文 史 哲 通 识 读 本 丛 书

廖祥忠 | 总主编

中国古代文学

通 识 读 本

葛晓音 ◎ 编著

中国传媒大学出版社
·北京·

总 序

一、缘起

近年来，全国艺术类院校招生火爆，确实发现了不少好苗子。但大家也普遍感到很多学生文化素养亟待提高，创作出来的文艺作品比较肤浅，缺少深刻的内涵，有数量缺质量，有“高原”缺“高峰”。经过长时间的思考，我们认为原因主要有以下三点：一是生活阅历不够，没有积淀；二是文史哲的根基没有，或者很少；三是我们的教育也没有完全回应中华优秀传统文化的传承问题，绳短不能汲深井，浅水难以负大舟。

习近平总书记高度重视中华优秀传统文化，并将其作为治国理政的重要思想文化资源。他强调，中华优秀传统文化是中华民族的突出优势，是我们在世界文化激荡中站稳脚跟的根基。实现中华民族伟大复兴，必须结合新的时代条件传承和弘扬中华优秀传统文化。他强调，大学教育要“坚持立德树人，遵循教育规律，弘扬优良传统，扎根中国大地办大学”。干什么学什么，缺什么补什么。鉴此，中国传媒大学决定先行先试，在全国启动艺术类招生考试改革。2019 年艺考初试（文化素养基础测试），我们一改以前只考语数英的情况，新增文史哲，让考生二选一。当年有约 10

万艺考生，竟然近一半选择了文史哲，出乎我们的预料，也在全国引起了积极的反响。

怎样才能更好地抓住文史哲艺考这个“牛鼻子”，切实提高广大艺术类考生的文化素养？我们决定实施通识教育发展三步走战略：一是五湖四海，聘请名师名家，打造一流的文史哲通识教材；二是组建通识教育中心，以阳明书院为依托，以融媒体为手段，用人文素养修身，引导学生从中华优秀传统文化中汲取养分；三是以落地、落实新文科建设为目标，逐步建立和完善大学本科教育的文史哲知识体系及教育体系模块。近期的任务，是对艺术类考试全面改革，从 2020 年起，艺术类考生必须通过文史哲的考试这一关。

二、问道

打造一流的文史哲通识教材谈何容易！为此，学校多次召开专题会议，确定了“双一流”目标：一流的作者、一流的质量。

作为一校之长，我深感责任重大。我把目光聚焦到了百年名校北京大学。2019 年 6 月 26 日，我和出版社曾白凌、蔡开松等同志一起前往该校，专程拜访了文史哲方面的著名学者李中华先生、温儒敏先生、张帆先生，畅谈对新文科建设的设想，交流对文史哲通识教材的看法。

北京大学哲学系博士生导师、中国哲学暨文化研究所所长、中国文化书院副院长李中华先生强调，文史哲通识教育不仅是一种文化知识的学习，更是一种文化精神的熏陶和传承。在学习中国传统文化和历史中，重要的一点是要把自己放进去，思考自己该怎么做。正如《论语》中所说：“古之学者为己，今之学者为人。”通识教材的文史哲内容不能停留在泛泛而谈的概论上。现在讲国学，核心是要解决我们内在的思想、修为和精神，这是文史哲通识教育的立足点和出发点。

北京大学语文教育研究所荣誉所长、中小学语文统编教材总主编、国家级高校教学名师温儒敏教授表示,中国传媒大学能够直接抓文史哲教材,考虑具体的事情,很难,也很难得,他积极支持。他认为考试是个指挥棒,这么多艺考生,如果中国传媒大学能带个头,带好这个头,寻找一种可行的模式,把基础教育、文化考试和思想教育、文化素养结合起来,可以说是功德无量的事情。他认为一定要建设一支高素质的教师队伍,带领学生通读、精读传统文化和世界经典原著。要先开设课程,让学生在通识教育的基础上走向经典阅读的提高过程。通识教材要在"通"字上下功夫、做文章,要打破专业的局限和条条框框,使文史哲成为不同学科都能融会贯通的基础知识教育。优秀的文艺人才、优秀的文艺作品必然与世界接轨和同步,所以,文史哲不仅要有中国传统文化的内容,也要有世界文化的精华。

北京大学历史学系主任、教育部"九五"规划教材《中国古代简史》作者张帆教授认为,通识教材要有大历史观。要在结构和体例上有创新和突破,以时间和朝代为经线,通过概论、重大事件、重要人物等有机组成部分,使历史能够全景、重点、形象地展现出来。

教授们的讲话我非常认同,也深受感动。于是我趁热打铁,当场邀请在座的名师名家出山,为中国传媒大学通识教育中心站台助阵,为传媒人传道授业解惑。教授们欣然接受了邀请。

同年 12 月 25 日上午,中国传媒大学通识教育中心成立,教授们如约前来,令人感动。尤其是李中华教授,凌晨四点从外地赶回北京,九点准时莅会,殊出意料;发完言,身体实在难以支撑,不得不提前离会,让我深感内疚。这也说明老先生对通识教育是多么重视!

会上,教授们再次就通识教育发表真知灼见。

李中华教授指出,老子讲"不出户知天下",当今社会,传媒进入到我们每一个人的生活里。传媒对人心的塑造是一种无形的力量、软性的力量、很难量化的力量。培养什么样的人来做传媒,关系到国家和民族的命运。通识教育可以借助现代传媒的力量，传媒人尤其要重视人文素养的养成与提升。我们愿意为学校的通识教育作出努力。

温儒敏教授指出，通识教育应该注重三点：一是注重全人教育，全人教育就是正常的人格教育；二是注重博雅教育，培养更高一点的优美情感、审美情趣；三是注重专业教育，但在专业教育的过程中不应该忘记通识教育，要让专业教育和通识教育水乳交融。最重要的还是要让学生读书，比如挑选20种中外的、古典的最精要的书，让大家从中再挑选5种读，效果比请人做讲座好得多。

葛晓音教授在上一次拜访时因身体不适而未晤面，这次拨冗出席，并结合自己多年的教学实践，提出古代文学教育的三个层次：一是把握古代文学的基本知识，提高阅读古代文学作品的能力和文字表达的能力；二是提高文学感悟的能力，培养健康纯正的审美趣味；三是以古代文学的精华滋养心灵，提升精神境界，培养高尚的情操和健全的人格。

张帆教授从当前历史学科教育出发，指出通识教育不仅可以让学生立体地而不是平面地、多线条地而不是单线条地看待历史，而且也可以培养学生养成读史的习惯，提高史学素养和历史意识。

会上，四位教授言我所未言，见我所未见，面聆謦欬，如沐春风，我感受到了真正的大家风范。如何搞好通识教育，尤其是如何搞好通识教育基础性工程的建设，打造能经得起各方检验的文史哲通识教材，我的脑海里慢慢有了清晰的思路。

三、布局

在多方征求意见后，我们确定了丛书名："文史哲通识读本丛书"，拟在2020年10月之前出齐《中国历史通识读本》《中国哲学史通识读本》《中国古代文学通识读本》《中国现代文学通识读本》这四本书。

接下来,我们进一步确定了如下撰稿原则:一是坚持立德树人的原则,以文化人,以文育人。二是书稿内容要求全面、系统、权威。“全面”是指知识构架不要有大的缺失,重要内容不要有大的遗漏。“系统”是指要注意知识的系统性、连贯性、一致性。“权威”是指材料的认可度高,所举案例,要么是经典性案例,要么是有典型意义的、有说服力的最新案例;并且,观点必须是权威的、为大家所公认的,不成熟的观点,或者不为大多数人所接受的观点,不宜收入。三是这套书不是研究性著作,而是通识读本,所以,行文要文笔流畅,通俗易懂;少用生僻的字词句,不用过于哲理化的弯弯绕的文字;要尽量使用陈述句,用字简省,表意准确,叙述概念、原理时尤应如此,以便学生爱读易记。四是应突出新文科的特点。“新文科”相对于传统文科而言,指进行学科重组、文理交叉,即把科学技术融入哲学、历史、文学等课程中,为学生提供综合性的跨学科学习。

四、希望

在2020年3月12日举行的全国高校艺术类专业考试招生工作视频会议上,我向全国高校介绍了我校艺术类招生考试改革举措及经验,得到教育部翁铁慧副部长的高度赞扬和充分肯定。这既是对我校大力推进艺考改革、取得成效的充分认可,也是对我校勇于担当、敢于实践探索的极大鼓励,令人振奋!

艺术生是文化建设的新生力量、战略储备,艺术生的文化素养决定了他们的创作水平,会影响一代甚至几代人,会影响我们的未来。艺考的导向有问题,教材、参考书不好,会误大事、出大问题。习近平总书记语重心长地说:“优秀传统文化是一个国家、一个民族传承和发展的根本,如果丢掉了,就割断了精神命脉。”文史哲是中国文化的精髓所在,根脉所系,灵魂所附,内容经过了时间的过滤、历史的淬炼,才得以一代一代传下来。

作为教育部新文科建设工作组副组长，我要站在新文科建设的高度，为提升艺考生的文化素养而努力。我们甚至设想，艺考时要考文史哲，艺考生招进来后，一、二年级还要系统地学习文史哲的基础知识，并加大对原著的阅读量，回望所来的未知，汲取往圣的智慧，为同学们将来的发展培元固本，强基铸魂。为此，中国传媒大学成立了“通识教育中心”，为有力、有恒、有制地进行通识教育做了机构性设置。不仅如此，在我校涉及招生、培养、学位、质量监控、学科专业等各个方面的研究教育综合改革中，我们在不少专业的招生中也更注意对文史哲的知识理解，对通识的贯通性认识。而且，我们特别重视对写作能力的考察，在培养环节中增加了相应课程，供大家选择。总之，我希望同学们真正学好这些课程，切实提高道德修养和人文素养，出口成诵，下笔成章，真正做到习近平总书记所说：“学以益智，学以励志，学以立德，学以修身。”让包含“忠诚、自信、包容、竞先”文化基因的新中传精神广泛传播，嵌入中传人的精神家园。请同学们一定要记住：“每一个不曾阅读的日子，都是对大学的辜负。”

古人说，作始也简，将毕也钜。我们先推出四种，待取得经验后，再推出《世界历史通识读本》《西方哲学史通识读本》《西方文学通识读本》等通识教材，让学子们既守故垒，兼通中西。

想法虽好，然孜孜汲汲，如琢如磨，奉献在您面前的这套教材成色如何，能否契合初心，说实话，我们没有把握，可谓战战兢兢，如临深渊，如履薄冰。所以，书中如有不妥及错讹处，希望您不吝赐教，我们一定俯身倾听，及时修正，使这套通识教材日臻完善。

是为序。

廖祥忠

〔廖祥忠，中国传媒大学党委书记、校长，教育部新文科建设工作组副组长，

教育部高等学校动画、数字媒体专业教学指导委员会主任委员〕

目录

CONTENTS

第一章
《诗经》和楚辞

早在原始社会时期，口头的歌谣就已经在生产劳动中出现了。见于文字记载的古代歌谣，可以追溯到商周的易卦爻辞。它们虽说是为卜筮所用，但淳朴真实地反映了上古的社会形态，已初具诗歌的形式特征。只是后世流传的《诗经》以前的古歌谣，大都是伪托，可信的极少。

第一节 国风和雅颂

《诗经》是我国第一部诗歌总集，汇集了从西周初年（公元前 11 世纪）到春秋中叶（公元前 7 世纪）五百多年间流传下来的诗作 305 篇，被后世尊为《诗经》。

一、诗六义

《诗经》有六义，指的是风、雅、颂、赋、比、兴。最初见于《周礼·春官》："太师教六诗，曰风、曰赋、曰比、曰兴、曰雅、曰颂。"次见于《毛诗序》，把"六诗"称为"六义"。诗序有大小之分：《大序》中，《诗经》的内容大致分为风、雅、颂三类；小序是指传自汉初的《毛诗》三百零五篇中每篇的题解。

"颂"的本义是"美盛德之形容"，一般认为是朝廷宗庙的诗歌、舞诗，用于宗庙祭祀，计有 40 篇。

"风"就是风土之音，指各国带有地方色彩的里巷歌谣之作。包括十五国风，其中除“周南”“召南”产生于江汉、汝水一带以外，其余十三国风都是中原地区的土风歌谣。计有160篇。

“雅”是产生于西周王畿（周王朝直接统治地区）的音乐，“雅”指中原的正声。一般是士大夫的诗。后来根据时代的不同、音调的变化和地域的迁徙，分为《大雅》31篇和《小雅》74篇，《大雅》中部分诗歌接近颂，《小雅》中部分诗歌接近风。《大序》说风和雅都有正和变，正雅是在西周王朝统治比较稳定的时期产生的。朱熹认为正大雅用于宴会，正小雅用于宴飨。变雅产生于西周末年到平王东迁、王室衰微的历史背景下。

赋、比、兴的具体含义见下文《诗经》艺术特色的阐述。

关于《诗经》的成书，历来流行孔子删诗的说法，见于《史记·孔子世家》，说古代《诗》本有三千余篇，到孔子时，去其重复，取其可施于礼义者，定为三百零五篇。但经历代《诗经》学者研究，现在已经基本上否定了孔子删诗的说法，大都倾向于《诗经》是由行人（春秋战国时主号令之官）、太师（掌管音乐的人）采集民谣，以及士大夫创作、宗庙乐章等编纂而成，与音乐舞蹈有密切的关系，《诗经》都是可以配乐的。

二、国风和雅颂的内容

颂诗有《周颂》《商颂》和《鲁颂》三类。其中《周颂》31篇，产生于西周初年。主要是歌颂周王朝祖先的功德，也有几篇春夏祈谷、秋冬报赛[①]的农事诗。《商颂》和《鲁颂》产生于东周时期，《商颂》5篇，最初被认为是商代作，后来认为是春秋时宋国人所作，因为宋是商的后代。《鲁颂》4篇，是春秋时期鲁国人的作品。

雅诗分《大雅》和《小雅》。《大雅》中有一部分反映了西周从后稷建立周民族的基础到武王灭商的开国史，最值得重视的是类似民族史诗的《生民》《公刘》《绵》《皇矣》《大明》五篇。《小雅》中有相当一部分表现了士大夫的危机意识，揭露了政治的黑暗、国君的荒淫，社会上贫富对立、劳逸不均的现

---

① 报赛：古时农事完毕后举行谢神的祭祀。

象，以及人民在苛政和战争的烦扰下难以生存的悲惨处境，具有强烈的讽刺性。这些都是雅诗的精华部分。

国风共有十五国风，内容大致可以分为三类：

1. 描写周代的农事和奴隶生活：其中最有代表性的是《七月》《硕鼠》《伐檀》等篇。《豳风·七月》用记流水账的方式，历数一年四季十二个月中农奴为奴隶主从事的种种繁重劳动，对照农奴和主人贫富悬殊的生活，揭示出奴隶主奢侈的物质享受都是农奴血汗凝成这一朴素的真理。它是一首全面深刻地反映周代社会生活的诗歌，具有很高的思想价值。

《魏风·硕鼠》把那些贪得无厌的剥削者比作大老鼠，发誓不再供养，要去寻找一个没有剥削、不受饥寒的乐土，表达了人民对理想社会的向往：

> 硕鼠硕鼠，无食我黍，三岁贯女①，莫我肯顾。
> 逝将去女②，适彼乐土③。乐土乐土，爰得我所④。

2. 抒发战争和徭役给人民带来的痛苦：《卫风·伯兮》《王风·君子于役》写独居在家的女子对征夫痛苦的思念；《豳风·东山》写久戍的战士在回家途中对故乡深切的怀念，都从不同角度反映了人民对战争的怨恨和厌倦。但是也有一些诗歌唱出了战士们保卫国家的高昂斗志，如《秦风·无衣》：

> 岂曰无衣？与子同袍。王于兴师，修我戈矛。与子同仇！
> 岂曰无衣？与子同泽⑤。王于兴师，修我矛戟。与子偕作⑥！
> 岂曰无衣？与子同裳⑦。王于兴师，修我甲兵⑧。与子偕行！

秦国在遭遇西戎侵犯边境时，兴兵抵抗，这首诗高唱民众和士兵同仇敌忾的爱国热情，节奏整齐，铿锵有力，犹如一首慷慨激昂的军歌。

---

① 三岁：三年。贯：事奉，养活。女：汝，你，指鼠。
② 逝：同“誓”。去：离开。
③ 适：去往。
④ 爰(yuán)：才，于是。
⑤ 泽：通“襗”(zé)，贴身的衣裤。
⑥ 偕作：一齐奋起去作战。
⑦ 裳：下衣，战裙。
⑧ 甲：铠甲。兵：兵器。

3. 表现男女相思之情：这类作品最多。朱熹说："凡《诗》之所谓风者，多出于里巷歌谣之作，所谓男女相与咏歌，各言其情者也。"（《诗集传序》）在这些情诗中，相当一部分是活泼欢快的恋歌。像《溱洧》《狡童》《野有蔓草》《静女》《木瓜》，等等，感情纯朴热烈，基调健康开朗。如《邶风·静女》：

静女其姝①，俟我于城隅②。爱而不见③，搔首踟蹰④。

静女其娈⑤，贻我彤管⑥。彤管有炜⑦，说怿女美⑧。

自牧归荑⑨，洵美且异⑩。匪女之为美⑪，美人之贻。

这首诗写一对情人在城隅约会，等候已久的女子在男子到来时故意躲起来，等他急得"搔首踟蹰"时，才出来相会，并赠他一束红彤彤的芳草。短短一首情歌，将男子的忠厚、女子的调皮写得生动如见，一个小插曲为他们纯真的爱情增添了活泼的情趣。

三、《诗经》的艺术特色和成就

《诗经》为我国古典诗歌确立了广泛反映社会现实的优良传统，在艺术方面也对后代产生了深远的影响。

1. 确立了我国诗歌以抒情为主的传统：《大雅》中虽有少数原始的民族史诗，风诗中也有个别带有叙事意味的作品，但《诗经》中最多的是抒情诗，这就开了我国古典诗歌抒情传统的源头。

2. 创造了赋、比、兴的表现手法：赋，就是"敷陈其事而直言之"，即直接

---

① 姝（shū）：美丽。
② 俟（sì）：等候。城隅：城角幽僻之处。
③ 爱："薆"的假借字，隐蔽，躲藏。
④ 踟蹰：徘徊不定。
⑤ 娈（luán）：美好。
⑥ 贻（yí）：赠送。彤管：红色管形小草，一说涂成红色的管乐器。
⑦ 有炜（wěi）：红亮鲜明。
⑧ 说（yuè）：同"悦"。怿（yì）喜爱。女：汝，你。
⑨ 牧：牧野。归：同"馈"，赠送。荑（tí）：初生的白茅草。
⑩ 洵（xún）：确实。
⑪ 匪：同"非"。女：汝，指白茅草。

铺陈叙述;比是“以彼物比此物也”,即用比喻而使形象生动或使意义更为明确。比如《小雅·大东》第一章:

维南有箕①,不可以簸扬。维北有斗②,不可以挹酒浆。
维南有箕,载翕其舌③。维北有斗,西柄之揭④。

以天上箕星和斗星的形状比喻“西人”对“东人”的搜刮。兴是“先言他物以引起所咏之词”,即借助其他事物引出所要歌咏的对象。兴有时和所咏之辞有意义上的联系,如《周南·关雎》:

关关雎鸠⑤,在河之洲。窈窕淑女,君子好逑⑥。
参差荇菜⑦,左右流之⑧。窈窕淑女,寤寐求之。
求之不得,寤寐思服⑨。悠哉悠哉,辗转反侧。
参差荇菜,左右采之。窈窕淑女,琴瑟友之。
参差荇菜,左右芼⑩之。窈窕淑女,钟鼓乐之。

这首诗写君子追求淑女以求结成佳偶,“关关”是雌雄雎鸠的和鸣声,作为起兴,含有比拟匹配的意思。荇菜是古人用作祭祀的一种水草,暗示淑女将成为举行祭礼时的主妇,在句中又是起兴。

有时兴与所咏之辞没有意义上的联系。不过《诗经》中更多的兴与所咏之辞的联系是在有意无意之间的,这是它为后世诗歌所不及的地方。如《秦风·蒹葭》:

---

① 维:语助词。箕:星宿名,由八颗星排列成簸箕状。
② 斗:北斗星。
③ 载:语助词。翕(xī):缩舌吞噬的样子。
④ 西柄:北斗星的柄指向西方。揭:扬起,高举。
⑤ 关关:鸟鸣声。雎(jū)鸠:水鸟名,即鱼鹰。一说为鸠类,求偶时雌雄相和而鸣。
⑥ 逑(qiú):配偶。好逑:佳配。
⑦ 荇(xìng)菜:一种水生植物。
⑧ 流:择取。
⑨ 寤(wù):醒着。寐(mèi):睡着。思:语助词。服:思念。
⑩ 芼(mào):择取。

蒹葭苍苍①,白露为霜。所谓伊人,在水一方。
溯洄从之②,道阻且长,溯游从之③,宛在水中央。
蒹葭萋萋,白露未晞④。所谓伊人,在水之湄⑤。
溯洄从之,道阻且跻⑥。溯游从之,宛在水中坻⑦。
蒹葭采采⑧,白露未已⑨。所谓伊人,在水之涘⑩。
溯洄从之,道阻且右⑪,溯游从之,宛在水中沚⑫。

开头两句写白露凝聚为霜的深秋季节,河里的芦苇还长得很茂盛。这茂密的芦苇似乎遮住了诗人的视线,因为他所思念的那人就在水的另一方。诗人逆流而上去寻找她,道路既有险阻又很漫长;诗人顺流而下去寻找她,那人又似乎就在水中央。三章重叠反复的歌唱写出了诗人对于一种可望而不可即的爱情的期待和忧愁。写得虚虚实实,实的是诗人对伊人执着的反复的追求,虚的是那个伊人,隐约缥缈,似有若无。茂盛的蒹葭引起他的秋兴,也引起他的愁思,又成为他把握不住伊人所在的障碍,所以此诗不但写景优美,而且能引起人丰富的联想。

3.《诗经》全部能合乐歌唱,因而大多用复沓的章节,造成回环重叠的效果,一唱三叹,余味无穷。

4.《诗经》以四言为主,有句句用韵也有隔句用韵,但也杂有各种长短不齐的句式,错综变化,不受拘束,出于自然的语调声口。如《郑风·将仲子》:

---

① 蒹(jiān)葭(jiā):芦苇。
② 溯洄(sù huí):逆水而上。
③ 溯游:顺水流而下。
④ 晞(xī):晒干。
⑤ 湄(méi):水岸。
⑥ 跻(jī):登高。
⑦ 坻(chí):水里的小块陆地。
⑧ 采采:芦花茂盛的样子。
⑨ 未已:未停止。
⑩ 涘(sì):水边。
⑪ 右:迂回。
⑫ 沚(zhǐ):水中沙滩。

"将仲子兮[①]! 无逾我里[②],无折我树杞,岂敢爱之? 畏我父母。仲可怀也,父母之言亦可畏也。"写女子请求爱人不要前来私会,句子四、五、八言不等,简直就是当时叮咛之辞的记录。这种直接发自人心的音响,也就是后人所说的天籁。

5.《诗经》善用双声叠韵的联绵词和叠字,以增加诗歌的音律美和辞藻美。声母相同的双音词称为双声,如参差、踟蹰;韵母相同的双音词称为叠韵,如窈窕、辗转、崔嵬等;叠字如《小雅·采薇》末章:"昔我往矣,杨柳依依,今我来思,雨雪霏霏。行道迟迟,载渴载饥。""依依""霏霏""迟迟"都是叠字。这些词用得好,能传神地表现出自然界各种事物的形貌动态特征及其给人的感受。所以刘勰说:"故灼灼状桃花之鲜,依依尽杨柳之貌,杲杲为日出之容,瀌瀌拟雨雪之状[③],喈喈逐黄鸟之声,喓喓学草虫之韵。皎日嘒星[④],一言穷理,参差沃若[⑤],两字穷形,并以少总多,情貌无遗矣。"(《文心雕龙·物色》)《诗经》形容景物用字准确多变的特色,给后代诗歌提供了丰富的词汇和宝贵的经验。

第二节 屈原和《离骚》

一、楚辞的产生及其形式特点

楚辞产生于战国后期,与《诗经》产生的时间大约相隔三百年。所谓楚辞,有两个概念,本来指屈原、宋玉等为代表的楚国人所作的诗歌。汉成帝

---

① 将(qiāng):请。仲子:兄弟排行第二的男子。

② 无:勿,不要。逾:越过。里:古代二十五家为里,有墙,这里指里墙。里中常种社树,下文的杞树即一种社树。

③ 瀌瀌(biāo):形容雪下得大。

④ 皎日:白日。见《王风·大车》:"有如皦(皎)日。"嘒(huì):微小的样子。见《召南·小星》:"嘒彼小星。"

⑤ 参差:形容不整齐,见《周南·关雎》:"参差荇菜。"沃若:形容柔润,见《卫风·氓》:"其叶沃若。"

时，刘向把这些作品以及汉代仿效屈原辞赋的作家淮南小山、东方朔、王褒等人的作品加上自己写的《九叹》编辑成书，定名为《楚辞》，此后"楚辞"又成为一部诗歌总集的名称。

一般认为楚辞是在南方民歌基础上发展起来的一种全新的诗歌体裁。实际上，战国时期无论南北都出现了带有楚辞典型句式的歌谣，但没有成为完整的诗体。而楚辞成为一种诗体，则是因为屈原的创造。它虽保留了部分四言体如《橘颂》等，但大部分都采用新的诗歌样式。最突出的形式特点是几乎每句都用"兮"字，而且大部分放在句中作为节奏点，把一个句子分成上下对称的两节，用来加强节奏感；这与《诗经》"兮"字放在句尾不同。同时诗句变长，突破了《诗经》以二字节奏为基础的形式，将三字节奏作为基本的节奏音组。

二、屈原的思想和创作

屈原（前340？—前277？），名平，楚国贵族，是楚辞的创始人，也是我国第一个名载史传的伟大诗人。他学识渊博、精通治乱之道，早年受到楚怀王的信任，后因上官大夫谗害而被疏远，作《离骚》以抒发其忧愁幽思。当时战国七雄中，以秦、齐、楚三国最强，楚怀王因贪小利受秦之骗，丧师失地。后又被骗到秦国，客死异邦。楚顷襄王即位，任用亲秦的子兰和上官大夫，将屈原放逐到江南，诗人在江边泽畔披发行吟，哀叹楚国的衰落和自己的命运，最后著《怀沙》之辞，抱石投江而死。

屈原处于一个社会迅速变化、各国政治军事斗争极其剧烈的时代，当时的谈士说客奔走各国，朝秦暮楚，以纵横之术谋求富贵，并无国家观念。但屈原从年轻时起，就对故国乡土怀着深深的眷恋。他曾作《橘颂》歌颂生于南国的橘树"受命不迁"①"深固难徙"②的志气，比喻自己"苏世独立，横而不流"③的精神。他还在许多作品中倾吐了自己的理想和抱负，痛斥那些腐败

① 受命不迁：受命于天，从不迁徙。
② 深固难徙：扎根很深，难以迁移。
③ 苏世：对浊世保持清醒。横而不流：敢于横渡，不随波逐流。

误国的贵族，渴望楚王能够举贤授能、疏远小人，遵循前代圣哲的轨道，将楚国治理成一个富强的大国。他在遭到楚国君臣的排斥时，也曾产生过到别处去做一番事业的想法，但最后还是留了下来。当他看清楚国的命运已经无可挽救时，宁可自沉而死，也不愿离开自己的故土。诗人一生坚持理想、宁死不悔的崇高品格，寻求真理的智者精神，以及在被放逐后仍然热爱祖国的情怀，始终保持高洁的操守，使他的作品成为不朽的诗篇。

屈原的作品，据汉代王逸的《楚辞章句》，有《离骚》、《九歌》(11 篇)、《九章》(9 篇)、《天问》、《远游》、《卜居》、《渔父》等 25 篇，与《汉书・艺文志》所载数字相同。后人又加入《大招》、《招魂》等篇，删并《九歌》，看来是不妥当的。但王逸所定的 25 篇中也有一些疑问，后人看法不同。其中《渔父》在《史记》中是作为屈原有关事迹来记述的，可以肯定不是屈原所作。

三、《离骚》的思想内容和艺术成就

1. 思想内容。《离骚》是屈原的代表作，作于被楚怀王疏远之时。它全面表现了诗人革新政治的理想、追求真理的精神，以及他在斗争中的苦闷、不惜牺牲生命以殉其祖国的决心。“离骚”有遭遇忧愁和离别之忧两解。全诗分三大部分。第一部分追述自己的祖先和身世：

帝高阳之苗裔兮①，朕皇考曰伯庸②。
摄提贞于孟陬兮③，惟庚寅吾以降④。
皇览揆余初度兮⑤，肇锡余以嘉名⑥。

---

① 高阳：远古帝王颛顼在位时的称号。这句说自己是古帝王高阳氏的后裔。
② 朕：我。皇考：对亡父的尊称。曰伯庸：名字叫伯庸。
③ 摄提：摄提格。古代天文学家设想出一个与岁星背道而驰的太岁，将黄道附近一周天分为十二等分，根据太岁所在位置纪年，并取了十二年份的名称。太岁在寅称为摄提格。另一说：摄提是星名。贞：正对着。孟陬(zōu)：正月。这句是说寅年寅月。
④ 庚寅：正月里的一天。降：降生。
⑤ 皇：皇考的简称。览：观察。揆：估量。初度：初生的时节。
⑥ 肇(zhào)：始。锡：赐。嘉名：好名字。

名余曰正则兮，字余曰灵均[①]。
纷吾既有此内美兮[②]，又重之以修能[③]。
扈江离与辟芷兮[④]，纫秋兰以为佩[⑤]。
汩余若将不及兮[⑥]，恐年岁之不吾与[⑦]。
朝搴阰之木兰兮[⑧]，夕揽洲之宿莽[⑨]。
日月忽其不淹兮[⑩]，春与秋其代序[⑪]。
惟草木之零落兮，恐美人之迟暮。
不抚壮而弃秽兮[⑫]，何不改乎此度[⑬]？
乘骐骥以驰骋兮，来吾道夫先路！

诗人认为他的出生日期以及他的名字就标志着他具有天赋的忠贞品质和才能。他所担心的只是日月飞逝、壮志蹉跎，希望能趁壮年及时努力，在政治上有所作为，引导楚君使国家走上正轨。接着诗人对比了前代圣君贤臣光明正大的美德和暴君奸臣放纵淫乐的丑行，指出这两种人分别将国家导向兴盛和危亡的两种不同后果，表明了自己追踪古先王、唯恐国家倾覆的心迹，并为楚王相信谗言、反复无常而深感痛心。诗中还斥责了那些“竞进以贪婪”“兴心而嫉妒”的小人，哀叹平时扶植的群贤临事而变节。尽管诗人的处境如此孤危，他却坚持自己效法前贤的原则，任凭群小谗毁，也不肯趋时媚俗，改变直行正道的立身原则。如不能为世所容，则宁愿以身殉志，保

---

① “名余”两句：给我起名为正则，字叫灵均。
② 纷：盛。内美：美好的内在品质。
③ 重：加上。修能：才能。
④ 扈：披，带。江离：香草名，即川芎。辟芷：生在幽僻处的芷草。
⑤ 纫：连缀成串。
⑥ 汩：形容水流急速。
⑦ 不吾与：不等我。
⑧ 搴(qiān)：拔取。阰(pí)：大土坡。木兰：香木名。
⑨ 宿莽：一种经冬不死的草。
⑩ 淹：久留。
⑪ 代序：交替更换。
⑫ 抚壮：乘着壮年。弃秽：抛弃污秽的政治。
⑬ 此度：指楚国现行的法度、政治。

住清白的节操:“民生各有所乐兮[1],余独好修以为常,虽体解吾犹未变兮,岂余心之可惩[2]!”

第二部分借女须的申斥以设辞,重复申述自己好修守正的决心。诗人历数前代昏君身死国灭的下场,以证明只有盛德、正义、善行才能治服天下。接着,诗人展开想象的翅膀,上下求索,探寻自己今后漫长的人生道路。他驱风鞭日,驾着云霓来到天帝的閶阖,然而帝阍却望着他不加理睬;他乘着骏马佩着琼枝来到宓妃的所在[3],宓妃却半途变卦,违弃了旧盟。他周流天下,四处托媒求女而均为徒劳,唯有叹息“世溷浊而嫉贤兮,好蔽美而称恶”。这段梦幻般的神游象征着诗人在现实世界到处碰壁,找不到出路的处境。希求楚王醒悟而无路可通,想使良辅见知而不获接遇,他在苦闷之中,对自己的去留产生了怀疑。

第三部分借灵氛占卦提出远离故土去谋求前途的想法,又以巫咸的吉占解除了狐疑[4]。想到光阴易逝、淹留无成,诗人决定趁壮年有为之时远去他乡追寻自己的理想,但当他驾着八龙、载着云旗神驰在空中的时候,却在赫然东升的朝日下看到了自己的故乡:“陟陞皇之赫戏兮[5],忽临睨夫旧乡。仆夫悲余马怀兮,蜷局顾而不行[6]。”最后虽然以“国无人莫吾知兮,又何怀乎故都”自解,但仍然重申了如不能实现美政的理想,就将效彭咸遗则[7]、以身殉志的决心。

2. 艺术成就。这首长诗的内容纷繁复杂,将楚国的现实政治、前代兴亡治乱的教训、天上人间的神话传说、斑驳陆离的幻想世界交织在一起。既有雄奇瑰丽的场面描写,又有激昂深婉的抒情独白。全诗第一部分直抒胸臆,第二、三部分另辟神境,从不同角度围绕着何去何从的矛盾以及宁死不变其志的中心意思反复申述,回环跌宕,在感情达到最高潮时结束,展现出诗人

---

① 民生:人生。
② 体解:肢解。惩:怨悔。
③ 宓(fú)妃:传说是伏羲氏的女儿,溺死洛水,成为洛神。
④ 灵氛、巫咸:都是神巫的名字。
⑤ 陟(zhì):上升。陞(shēng)皇:刚升起的太阳。赫戏:太阳光明照耀。
⑥ 蜷(quán)局:拳曲,蜷缩身体。顾:顾盼流连。
⑦ 彭咸:殷商贤大夫,劝谏其君不听,自投水而死。(据王逸《楚辞章句》)

崇高的精神境界。

《离骚》发展了《诗经》的比兴手法，使比兴变成有明确意义的象征。将三大部分比兴思路联系起来看：全诗的比兴主要由香草、道路、求女、绳墨这四组喻象组成，并且贯穿三大部分，有多个层次的重复，从而成为全诗结构的经纬。这四种主导思路的象征意义是高度抽象的，但在各个具体的章节中，每一种喻象又包含着丰富的喻指对象，如香草的喻象中佩饰和服食芳草可喻品格之修洁，兰蕙不芳可喻同道之变节；道路的喻象可指诗人理想的光明正道，也可指诗人上下寻求真理的漫漫长途，还可以指不同的政治道路；求女可以借男女婚约喻君臣关系，也可以借众女善妒喻贤人遭忌，还可以借媒人喻小人的离间；绳墨规矩可以指治国的法度，也可以喻做人的准则。以同一类比兴形象喻指不同的对象，使全诗丰富的内容集中为四条主要的比兴思路，在这三大部分中重叠复沓，产生一唱三叹的艺术效果。又使反复抽象的抒情言志在比喻的重复中层层深化，诗中善恶、清浊、正邪的对比也因此而更加鲜明。

总之，全诗感情热烈深沉，场面波澜壮阔，辞藻惊彩绝艳，完整地塑造了诗人坚持正义、热爱祖国、高尚峻洁、疾恶如仇的光辉形象。

四、《九章》《九歌》和《天问》

《九章》共包括9篇诗歌：《橘颂》《抽思》《哀郢》《涉江》《怀沙》《惜往日》《惜诵》《思美人》《悲回风》(后四篇是否为屈原所作，学术界尚有疑问)。“九章”一名是后人所加。关于各篇的创作年代，说法不一。它们大都是在屈原被疏远和放逐的处境中所作。主题与《离骚》大体相同，但侧重在如实反映诗人的放逐生活以及当时的政治形势。如《哀郢》写屈原九年来浮于江夏、渺然南渡的经历，以及心中郁积的愁怨。特别是在流亡途中听到郢都荒废的消息，更使他忧心如焚，痛恨群小蔽贤、君子失位，断送了楚国的前程。这首诗以诗人漂流东去的路程为主线，茫然的心绪与浩渺的风波融成一片，对故国的怀念随着“郢都之日远”而无限延伸，在恣肆动荡的文气中抒发了“忧与忧其相接”的心情。《涉江》写屈原流放陵阳之后，从鄂渚进入溆浦，由东北向西南的经过。同样是写忠贤被逐、小人进用的怨愤，但展开了另一种幽深迷蒙的境界："深林杳以冥冥兮，乃猿狖之所居。山峻高以蔽日兮，下幽晦以多雨。霰雪纷其无垠兮，云霏霏而承宇。"诗里还记录了他流放的路线，同时也透露出诗人逆流中奋进的精神。

《九歌》共11篇：《东君》《东皇太一》《云中君》《大司命》《少司命》《河伯》《湘君》《湘夫人》《山鬼》《国殇》《礼魂》，都是祭神娱神的歌曲，并配有舞蹈，富有戏剧性。《九歌》中的神，大都是自然神，是大自然的人格化，但又富有人情味。同时因为每篇各祀一神，各篇风格因内容不同而呈现出很大的差异。如《东君》庄严富丽、《国殇》悲壮激烈、《山鬼》凄迷幽艳、《湘夫人》清丽淡远，等等，各异其趣。

《国殇》是追悼阵亡将士的祭歌。第一段描写军队"操吴戈兮被犀甲，车错毂兮短兵接"的战斗场面，绘声绘色，如临其境。第二段赞美将士们视死如归、刚毅英武的气概，虽然写的是全军覆没的场面，但是因为突出了楚军在交战失利的情况下奋勇进击的精神，加上三字一顿的句法结构，形成了铿锵有力的节奏感，读来气势凌厉，声情悲壮。《山鬼》是祭祀山神的乐歌。诗中的山神是一位美丽多情的少女。她身披薜荔和女萝，乘坐赤豹，驾着辛夷车，尽管是神鬼，但她那"既含睇兮又宜笑"①的情态，思慕公子而又疑信并作的哀怨，则完全属于人间女子。深山中风雨飒飒、杳冥幽晦的景色又为山鬼所处的泉石松荫增添了凄迷的气氛。这是由楚国泽畔山巅云烟变幻的风光和楚国少女窈窕多情的姿态融合而成的山的精灵。《湘夫人》和《湘君》是祭祀湘水神的姐妹篇。一般认为《湘夫人》是以男神湘君思念湘水女神湘夫人的语气，抒发无缘会合的惆怅心情。其中"帝子降兮北渚，目眇眇兮愁予。嫋嫋兮秋风，洞庭波兮木叶下"四句，写湘夫人随着秋风落叶飘然降临在烟波浩渺的洞庭湖上，意境缥缈空灵，堪称描写秋色的绝唱。

《天问》是古代的一部兴亡史诗，共188句。由于受到错字错简的影响，有些地方比较难解。从整体看来，内容分为两大部分。第一部分问有关天地宇宙的起源，第二部分问关于上古三代的历史。它采用问话体，对自然现

---

① 含睇（dì）：含情而视。睇：微微斜视。

象以及楚人所保留下来的远古神话和传说提出质疑，其中特别突出了兴亡治乱的主题。全篇使用整齐而富有变化的四言句式，以囊括日月天地的气势，再现了渺茫的远古世界，重申了诗人在《离骚》中反复陈述的效法前王、探求真理的精神。

屈原的精神及其所开创的楚骚体，对于后代的影响极为深远。无数在政治斗争中坚持理想的诗人都从屈原的诗作中汲取了精神力量；他创造的楚辞，适应时代和语言的发展，突破了《诗经》四言体的限制，扩大了诗歌的表现力，催生了后来的骚体赋和七言诗；其象征比兴的手法、璀璨华美的辞藻、雄浑奇伟的气势，浪漫飞动的想象，可说是“衣被词人，非一代也”①（《文心雕龙·辨骚》）。《诗经》和楚辞为我国古典诗歌确立了反映现实、歌唱理想的优良传统，并成为后代诗人革新诗风的旗帜和学习的榜样。

知识点：

诗六义　楚辞　《九章》《九歌》

思考题：

1. 举例说明《诗经》赋、比、兴的基本表现特点。

2.《离骚》表现了屈原什么样的精神品格？

---

① 衣被：加惠于人，给人良好影响。

第二章
先秦散文

春秋战国时期，社会激烈动荡变化。周平王东迁以后，王室衰落，诸侯兴起，各国之间的兼并战争和外交往来十分频繁，政治舞台上不断演出的兴亡盛衰的事件，促进了历史观念的发展。当时各国经常有会盟朝聘，国有大事，也要派使者互相赴告。各国史官提倡“褒善贬恶，直笔不隐”的精神，自觉地积累了大量的档案资料，从前专门记载王朝、诸侯诰命和大事记的《尚书》《春秋》之类，未免过于简单，于是出现了记载各国政治、外交、军事活动和卿大夫言论的新型历史著作。同时，这又是一个文化学术极其活跃的启蒙时代、一个智者的时代。新兴的士阶层显示出取代没落贵族的趋势，各阶层的代表人物都用自己的思考来解答社会变化中出现的难题，所以人们要重新整理和创造自己的思想，这就必然出现一个散文勃兴的时代。许多富有文学价值的诸子哲学散文，正是在这样的时代风气下产生的。

第一节　历史散文

一、《尚书》

我国最古老的散文是《尚书》，也是最早的历史典籍之一。尚就是上，“言此上代以来之书，故曰尚书”（孔颖达《尚书正义·尚书序》）。据《汉书·艺文志》，《尚书》记载的年代上至尧，下至秦，有百篇。但现在《十三经注疏》本《尚书》，共有 58 篇正文及一篇孔安国序，共 59 篇。58 篇中有《虞书》5 篇、《夏书》4 篇、《商书》17 篇、《周书》32 篇。其中大部分被认为是先秦时代的作品。

在经学史上，《尚书》有"今文尚书"和"古文尚书"之分。

今文尚书：汉文帝时，广罗天下典籍，伏生口述，晁错用隶书记录献上《尚书》28 篇，后又得《秦誓》1 篇。通称为"今文尚书"。

古文尚书：汉景帝时，鲁恭王刘余从孔氏旧宅的墙壁中发现《尚书》等几种书，以先秦篆文书写，其中《尚书》比伏生等所献的多 18 篇。被称为"古文尚书"。

另外到东晋时，今古文《尚书》都不全了。梅颐献上另一种本子，共 58 篇，就是今天见到的传世本，有人称之为《伪古文尚书》，有多种版本。

《尚书》文风简洁典要，共有六种文体：典，如《尧典》；谟，如《皋陶谟》；训，如《无逸》；诰，如《盘庚》；誓，如《秦誓》；命，如《文侯之命》。这"六体"后来成为提倡复古的古文家模仿的标准。

二、《左传》

《左传》是《春秋左氏传》的简称，一般认为这是一部解释《春秋》的书。《春秋》是我国历史上第一部编年体史书，记载了鲁隐公元年到鲁哀公十四年(前 722—前 481)的历史。汉初传《春秋》有公羊、谷梁、邹氏、夹氏四家，都是为《春秋》作注释的书。公羊、谷梁曾立于学官，邹氏无师，夹氏无书。东汉以后左传、谷梁、公羊三家并行于世，合称为"春秋三传"。至隋代盛行左氏。公羊、谷梁之学逐渐衰落。

《左传》记事到鲁哀公二十七年(前 468)，甚至提到了韩、赵、魏三家分晋的事情，比《春秋》多十三年。《左传》的作者不清楚，有三种说法：一说是左丘明；一说是汉代刘歆；一说是战国时人根据各国史料辑录而成。

《左传》是编年史，有很高的文学价值：

1. 善于剪裁错综复杂的史料，记事有条不紊，详略适当，主次分明，又能多方照应。尤其富有故事性、戏剧性，情节紧张动人，人物鲜明生动，语言简洁有味。如“晋公子重耳之亡”记述重耳从出奔流亡到回国的经过，前后共20年左右的历史，人物众多，头绪复杂。对重耳在外流亡时期的描写，按照他所经历各国的次序展开，每经一国，只选一件最重要的或有典型意义的事件，表现重耳在流亡中逐渐在政治上成熟的过程。如重耳在齐国娶妻，贪图安逸，其妻姜氏与他的随从子犯商议，灌醉重耳，赶他上路。可见姜氏的深明大义和子犯的政治远见。而重耳“醒，以戈逐子犯”这一细节的点缀，则表明此时重耳还只是一个安于现状、不思发愤的贵公子。但后来他在楚国与楚子应对时，就表现得不卑不亢，有理有节，说明他已经成长为一个有大志有胆识的政治家。此书还围绕着重耳在列国受到的不同待遇，表现了他的随从及各国国君、大夫的性格。如子犯的深谋远虑、赵衰的外交才能、曹共公的轻薄、郑大夫叔詹的明智、楚子的大量等，都只就一件事或几句话便得到生动的显现。重耳回国的经过比较简略，重点描写他继位成为晋文公以后，对待功臣以及当初曾谋害或背叛他的小人的态度，表现出政治家不咎既往的气度，最后以介之推不言禄的精神境界反衬重耳的过失，及其善于补过的雅量。

2. 描写战争的能力高超。其特点是较少正面铺叙交战的场面，而是把重点放在战争前的准备、双方形势的对比等方面，自然显示出胜负的结局。如“曹刿论战”记载鲁庄公十年齐鲁长勺之战，弱小的鲁国战胜了强大的齐国。此书没有详述战争经过，而是把重点放在曹刿论战的思想和指挥战争的策略上。曹刿是一个无权无势的人，面临齐师入侵的危难，他挺身而出，为国出谋划策，表示了对统治者的鄙视。出战以前，他首先对庄公论述战争取胜的依据，逐步启发庄公认识到处理大小案件必须调查清楚、合乎情理，取得民心方可一战。在正式开战时，他要求军队养精蓄锐，在齐军三鼓、勇气衰落之时进兵，待看清敌军确实撤退之后才继续追击。这样就以曹刿为主线，清楚地交代了战争的经过，点出了鲁国以弱胜强的原因，并塑造出曹刿这一具有深谋远虑和实战经验的下层人物的丰满形象。

又如“秦晋殽之战”写秦国和晋国的战争，前面用大段笔墨渲染秦师必败的结局，写了几件事：一是蹇叔哭师，料定秦军不能回国。二是秦师过周北门时，表现轻率无礼，旁观的王孙满预言骄兵必败。三是郑国商人弦高犒劳秦师，机智地拖住秦国军队，使郑国有准备，驱逐秦国使者。说明郑国连商人都如此爱国，这个国家是不可攻破的。四是通过晋国大将原轸说出秦违背天意的必败结局。在预示这一结果的同时，也就分析了它失败的原因。而秦晋真正交战的经过只用几句话带过。最后一段写秦帅被俘逃回的经过，作为余波，点出晋襄公的失策和秦穆公能够引咎自责，也很耐人寻味。

当然，《左传》正面写战争也很精彩。像“齐晋鞌之战”，写双方将帅在交战中的表现，晋国主将郤克受箭伤，血流到脚，未停止击鼓，但说了一声：“余病矣！”驾车人张侯和车后郑丘缓立刻用自己受伤和危险的情况激励他，只要伤不至死，就要坚持。三人的对话显示出晋军勇敢而坚韧不拔的精神，胜利自在必然。齐军虽然失败，但也有逢丑父这样的忠臣，能巧妙地让齐君逃脱，自己替代主公被俘。对于胜负双方的这些描写既有客观的褒贬，也能见出人物的性格。

三、《国语》

这是一部国别体著作，与《左传》为编年史的体例不同，分别记载周王朝及诸侯各国史事，而主要在记言，故名为国语。共 21 卷，记事起于周穆王十二年（前 990），终于周贞王十六年（前 453），共记周、鲁、齐、晋、郑、楚、吴、越八国的历史片段。

作者是谁不能肯定。司马迁说：“左丘失明，厥有国语。”因此前人都认为是左丘之作，甚至有人认为《国语》与《左传》既为同一作者，就把《国语》称为“春秋外传”。实际上两书差别很大：(1)记事的开始年代不同，不是一个系统；(2)《国语》所记多与《左传》矛盾，彼此详略互异。目前学界也多认为二书作者不是同一人。

《国语》的文学成就总的说来不如《左传》。如同是记长勺之战，《左传》简练传神，《国语》平板乏味。但也有很好的篇章，如《周语》“召公谏厉王弭谤”写周厉王贪婪残忍，且严禁人民批评，派人四处监视，任意屠杀。召公极力劝阻，厉王不听，最后人民起来造反，把厉王赶到彘地。这篇写得结构严谨，语言生动，如召公说：“防民之口，甚于防川。川壅而溃，伤人必多。民亦如之。”道理说得十分形象警策。

《国语》中关于“勾践灭吴”的史实写得非常精彩，它通过越王勾践十年生聚、十年教训的故事，说明了国家兴亡盛衰的道理：骄奢淫逸、贪图小利、缺乏远见，会使胜者转败，霸主亡国；而发奋图强、吸取教训、固结民心，就能转败为胜，亡而复兴。其中勾践向吴请和的过程以及后来复国雪耻的结局，都是通过人物对话来交代的。这些对话都经过筛选和提炼，用一两段话精确地表现出事件的进展、人物的语气神情，而且详略取舍都紧紧地扣住了复国这一中心主题。比如勾践和文种的对话，重点是勾践在文种批评下虚心就教于谋臣，而不写他们策划复国的具体内容，这就使吴胜越败的形势出现了一个精神上的转机。而文种向吴国求和，实际上只有文种的独白，他作为败国使臣，用表面卑顺实则强硬的口气利诱胁迫吴国答应请和；而吴国伯嚭和伍员对吴王的两段话，暴露了吴国的内部分歧和吴王夫差的优柔寡断，使吴越两国形势的对比又进一步深入。后面写越王和国人父兄的对话，在于教民知耻，到这时已经从各方面充分渲染了越国必胜的情势。所以后来写越国三次打败吴国，只用三句话简单带过。而尾声是夫差向勾践求和的对话，与当时文种向吴王求和恰成对照，非常巧妙，不但写出吴王的愚蠢，而且也为吴国从此不能复兴做了一笔补充。

由于此书夹杂有不少文学性的虚构和想象，柳宗元曾从史书应该实录的标准出发，批评它“务富文采，不顾事实”（《非国语》）。但《国语》各篇文风很不一致，总体看来语言还是比较质朴的，而思想比较驳杂则是其明显的缺点。

四、《战国策》

春秋末年，许多小国逐渐合并成七国，进入战国时期。到战国末期，秦齐两大强国各自称帝。尤其秦国进行社会变革后，变得富强起来，打破了六国的均势，企图统一海内，这就引起了各国间复杂的矛盾和斗争。这时各国间的胜负虽然主要取决于武力，但与谋臣策士的胜算也很有关系。所以春秋时讲的礼法信义，到这时已经为权谋机诈所取代，行人的从容辞令也变成了说士的剧谈雄辩。《战国策》这部书记载的就是这些谋臣策士纵横捭阖的斗争及其有关的谋议策略。

这部书今存33篇。杂记西、东周及秦、楚、齐、赵、魏、韩、燕、宋、卫、中山等各国之事。时代上接《春秋》,下至秦并六国,从公元前452到公元前216年,约240年的历史。书的别名很多,有《国语》《长书》《国事》《短长》《事语》等。作者无法查考,大约是秦汉间人杂采各国史料编纂而成。后来刘向重加整理,定名为《战国策》。1973年马王堆三号汉墓出土大批帛书,其中一部分经文物考古工作者整理研究,共27章,325行,定名为《战国纵横家书》,其中11章内容在《战国策》和《史记》中都有,另16章则从未见过。这部书类似刘向编辑《战国策》所根据的一种辑本,可能那16章为刘向所未见。

《战国策》的写作特色是:(1)以写人为中心,描写人物绘声绘影,口吻毕肖,各具风姿。(2)每篇结构都比较完整,情节曲折生动,章法布置严谨,已有后世历史小说的特色。(3)语言辩丽恣肆,人物说话或辩论擅长夸张渲染,运用譬喻层层深入,锋芒毕露,发挥充分,很有说服力。

例如《冯谖客孟尝君》通过冯谖为孟尝君设狡兔三窟的故事,反映了齐国贵族为巩固政治地位和权势所采用的权术和策略。文章中所称颂的冯谖是一个具有深谋远虑的策士形象。开头写冯谖不受孟尝君赏识,后来在报答孟尝君的知遇之恩中显露出才智,说明孟尝君虽好养士,却不懂识人。而社会地位低下的冯谖却能以他的权谋使孟尝君保住几十年的相位,实际上赞扬了士高出于贵族之上的智慧。同时,冯谖为孟尝君焚烧债券,固然是为主人着想,但也说明当时的士已经认识到民心的重要性,民心的向背是统治者能否有立身之地的关键。这两点是很有意义的。文章在写法上也很有特色:全篇由冯谖三次弹剑而歌和为孟尝君设计三窟结构而成,冯谖三次弹剑而歌,要求一次比一次高,为下文设下悬念。后来为孟尝君设计三窟,也是一招比一招高。章法上前后对照,相互映带,鲜明地刻画出冯谖的机警和远见。在具体描述中又能对人物神情加以简略勾勒,含蓄传神。如孟尝君对自称无能的冯谖"笑而受之",意味深长。冯谖三次弹剑,左右的态度是"皆贱之""皆笑之""皆恶之"。用词变化灵活,从左右的势利反衬出孟尝君对冯谖的轻视,但又始终保持着好客的态度。冯谖烧了债券,孟尝君不悦,说:

"先生休矣!"流露出他既不满又无可奈何的心理,但又显得很有度量,这就充分写出了人物的复杂性。

又如《邹忌讽齐王纳谏》写齐国丞相邹忌因形貌伟丽,想与城北徐公比美而不自信,但妻妾客人都说徐公不如自己,待见到徐公后,觉得自己远不如徐公,"于是入朝,见威王曰:'臣诚知不如徐公美,臣之妻私臣,臣之妾畏臣,臣之客欲有求于臣,皆以美于徐公。今齐地方千里,百二十城,宫妇左右,莫不私王;朝廷之臣,莫不畏王;四境之内,莫不有求于王。由此观之,王之弊甚矣!'"齐王顿时领悟,立即下令广泛征求全国臣民的意见,改进政治。文章通过邹忌与妻妾和客人的三次问答以及仔细观察徐公的细节描写,生动地描绘出邹忌头脑冷静、实事求是的人物特征,借以说明了当政者不能只听奉承赞美的假话,而要多听真话,及时改过,才能立于不败之地的真理。

从《尚书》《春秋》到《左传》《国语》和《战国策》,先秦历史散文所开创的记事、记言和记人的不同体制,为后代历史散文的发展奠定了重要基础。

第二节　诸子散文

春秋时期,出现了士这一阶层。战国时各国贵族养士的风气更盛。士的成分来源很复杂,有的是新兴地主,有的是没落贵族,有的是下层社会的人物。士有学士、策士、侠士、术士等,他们有相对独立的社会地位,但大多数依附于大贵族门下,希望发挥其一技之长。从这个群体中涌现的学者和政论家,代表着各种不同的社会思潮和不同社会群体的利益,他们著书立说,争论不休,这就产生了诸子百家哲学。据《汉书·艺文志》载,这时的学术流派有十大家,其中最重要的是儒家、墨家、道家、法家。儒家代表作是《论语》《孟子》《荀子》,墨家代表作是《墨子》,道家代表作是老子《道德经》《庄子》,法家代表作是《韩非子》。

从春秋末期到战国末期,诸子著作的体裁有一个发展过程:语录体(《论语》《墨子》)→对话式论辩体(《孟子》《庄子》)→专题论文(《荀子》《韩非子》)。

一、孔子与《论语》

孔子(前551—前479),名丘,字仲尼,鲁国陬邑(今山东曲阜)人,儒家学派创始人。《论语》是语录体,风格比较朴素简洁。一般认为,《论语》由孔子的弟子和后学辑录孔子的言行片段而成,共20篇。全书多处表达了孔子以"仁"为核心的思想主张,如他回答颜渊:"克己复礼为仁。一日克己复礼,天下归仁焉。为仁由己,而由人乎哉?"(《颜渊》篇)孔子指出,克制自己,使行为言语都合于礼,就是仁。而要做到仁,全在于自己,不能凭借他人。又如谈仁和礼乐的关系:"人而不仁,如礼何?人而不仁,如乐何?"(《八佾》篇)认为人如果不仁,就不知如何对待礼乐。也就是说,没有仁,就谈不上礼。孔子的"仁"还体现在治理国家的思想上,如"丘也闻有国有家者,不患寡而患不均,不患贫而患不安","故远人不服,则修文德以来之"(《季氏》篇),认为对内避免贫富不均,才能使人民和谐,社会安定;对外应当通过文德招徕远方之人,而不应以武力征服。这些思想对现代国家仍有指导意义。

《论语》的思想表述中往往闪耀着智慧的光芒,富有哲理的启示,如:"朝闻道,夕死可矣。"(《里仁》篇)认为应当以只争朝夕的精神追求真理。"君子喻于义,小人喻于利。"(《里仁》篇)重"义"还是重"利",概括了人类道德的基本差别。其中还有许多关于士人修身立德的警句,如:"见贤思齐焉,见不贤而内自省也。"(《里仁》篇)指出与人相处,贤者值得自己学习,不贤者也有益于自省。"士不可以不弘毅,任重而道远。"(《泰伯》篇)士要担重任、行远道,就必须有宏大刚毅的精神。"君子食无求饱,居无求安。"(《学而》篇)君子志在学道,不应只知追求饱食安居。"知者不惑,仁者不忧,勇者不惧。"(《子罕》篇)智者心无所惑,仁者心无私忧,勇者心无惧怕。这些片言只语无不意味深长,可视为人生格言。

还有不少语录对于学者尤有启发,如:"志于道,据于德,依于仁,游于艺。"(《述而》篇)教导学者要立志于道,据守在德,不违仁义,然后习于六艺。"譬如为山,未成一篑;止,吾止也;譬如平地,虽覆一篑,进,吾往也。"(《子罕》篇)以堆土为山作为比喻,如果只需加一筐土就能成山,自己放弃了,就前功尽弃。如果平地上只有一筐土，只要自己坚持向上堆，也能积久而成山，进止都在我而不在人。启发学者在学业上自强不息，坚持不懈。

《论语》中不少话颇有文学意味。如“子路、曾皙、冉有，公西华侍坐”，孔子问各人志向，曾皙回答：“‘暮春者，春服既成，冠者五六人，童子六七人，浴乎沂[①]，风乎舞雩[②]，咏而归。夫子喟然叹曰：‘吾与点也。’”（《先进》篇）曾子没有子路三人的用世之心，只想在沂水沐浴，在舞雩台上吹风，一路唱着歌回来。正与孔子“不义而富且贵，于我如浮云”（《述而》篇）的想法相合。这段话把忘世之乐写得颇有诗意，后来成为诗赋中描写隐逸时常用的典故。其余如：“子在川上曰：逝者如斯夫，不舍昼夜。”（《子罕》篇）“岁寒，然后知松柏之后凋也。”（《子罕》篇）也都是诗的语言，常为后代诗歌所引用。《论语》还体现了孔子的文学思想，如“质胜文则野”“文质彬彬，然后君子”（《雍也》篇），指出质朴太过就会失于粗鄙，质朴和文采不可缺一，二者兼备才是君子。“子曰：‘小子何莫学夫诗？诗可以兴，可以观，可以群，可以怨。’”（《阳货》篇）指出诗歌的功能在于感发情志，观察社会，促进人群交流，表达怨恨不平，这些对中国传统文学理论都有深远的影响。

二、孟轲与《孟子》

孟子（前372？—前289），名轲，邹县（今山东邹城）人。《孟子》是记载孟子言行的一部儒家经典，现存7篇。既保留了对话的形式，又有专题的论述，其主要特点是文笔雄健，善于论辩，以气势见长。在说理中，又善于运用短小的寓言故事和生动的比喻，如《公孙丑章句上》写孟子与公孙丑的一段对话：

> “敢问夫子恶乎长？[③]”曰：“我知言，我善养吾浩然之气。”
>
> “敢问何谓浩然之气？”

---

① 浴乎沂：一说“浴”字为“沿”字之误。沂水源出山东邹县东北，西流经曲阜与洙水汇合，入泗水。

② 舞雩：祭天祈雨之处，有坛有树。约在今曲阜市南。

③ 恶（wū）乎长：有什么擅长。

曰："难言也。其为气也，至大至刚，以直养而无害，则塞于天地之间。其为气也，配义与道；无是，馁也[①]。是集义所生者[②]，非义袭而取之也[③]。行有不慊于心[④]，则馁矣。我故曰，告子未尝知义[⑤]，以其外之也。必有事焉而勿正，心勿忘，勿助长也。无若宋人然：宋人有闵其苗之不长而揠之者[⑥]，芒芒然归，谓其人曰：'今日病矣[⑦]！予助苗长矣！'其子趋而往视之，苗则槁矣。天下之不助苗长者寡矣。以为无益而舍之者，不耘苗者也；助之长者，揠苗者也。非徒无益，而又害之。"

"何谓知言？"

曰："诐辞知其所蔽[⑧]，淫辞知其所陷[⑨]，邪辞知其所离[⑩]，遁辞知其所穷[⑪]。生于其心，害于其政；发于其政，害于其事。圣人复起，必从吾言矣。"

这段话包含了孟子最著名的"养气"说，他认为自己的长处是能知言，即凡是天下之言，都能穷究其理，知其所以然。又善于养气，所谓浩然之气，就是充塞于天地之间的一种正大刚直之气。这种气合乎道义，是因义的积聚而生成的，所以能行为勇决，无所疑惧。如果不养，就会体气不充，所以要经常培养仁义道德，这种气才能自然从体内生发，而不是靠偶然的正义行为能够取得的。但告子不懂这一道理，以为义是外在的。接着孟子以宋人"揠苗助长"的故事说明人的养气必须持之以恒，心中不忘，但也不要刻意助长。所谓知言，就是偏颇之词知其蒙蔽之处，放荡之词知其沉迷之处，邪僻之词

---

① 馁(něi)：饥乏而气不充体。
② 集义所生：事事都能合于义，气就由此而生。
③ 义袭而取之：只行一事合于义，便袭取义的名声。
④ 慊(qiè)：满足。
⑤ 告子：有无其人说法不一，在《孟子》中作为和孟子辩论的人物出现。
⑥ 闵：同"悯"。揠(yà)：拔。
⑦ 病：劳累。
⑧ 诐(bì)辞：偏颇之词。蔽：遮隔。
⑨ 淫辞：放荡之词。陷：沉溺。
⑩ 邪辞：邪僻之词。离：背离。
⑪ 遁辞：闪烁之词。穷：困顿。

知其背离之处,闪烁之词知其理屈之处。这些词生于其心,就危害施政;生于政令,就危害国家大事。这段论辩从养气说到知言,不但逻辑严密,理直气壮,而且妙喻随手拈来,充分体现出孟子长于雄辩的特点。

孟子还有许多格言式的论断,如通过分析"天时不如地利,地利不如人和",说明"得道者多助,失道者寡助"(《公孙丑下》)的真理。又如"富贵不能淫,贫贱不能移,威武不能屈,此之谓大丈夫"(《滕文公下》),指出大丈夫应有的人品、操守和志气;以鱼与熊掌不可得兼,比喻义和生不能兼顾时,应当舍生取义(《告子上》),这些都成为后世志士仁人遵奉的立身原则。此外如《告子下》"舜发于畎亩之中章"论"天将降大任于是人也,必先苦其心志,劳其筋骨,饿其体肤,空乏其身"一节,连用排比句和对照句,一气说出"然后知生于忧患,而死于安乐"的道理,极为警辟。在论辩中,他善于抓住对方说话的潜台词,针对要害进攻,一句句逼出中心论点,给人无往而不利的印象,留下了许多名言。他所用的不少寓言故事如"揠苗助长""齐人有一妻一妾"等,也都在汉语中转化为成语。

三、荀况与《荀子》

《荀子》的作者荀况(前 313? —前 238?),又称荀卿,赵国人。战国后期的大儒,学问渊博精深,逻辑思辨周到严密。《荀子》现存 32 篇,行文气魄宏大雄浑,能纵横古今,从天道人事到兴亡治乱,无所不包。其中《劝学篇》全面论证学习的意义、目的、态度、内容和方法,运用大量比喻劝人勤奋治学,不可中止,总结了治学的经验,是后人传诵的名篇。如:

> 青,取之于蓝,而青于蓝;冰,水为之,而寒于水。木直中绳,輮以为轮①,其曲中规。虽有槁暴②,不复挺者,輮使之然也。故木受绳则直,金就砺则利,君子博学而日参省乎己③,则知明而行无过矣。

---

① 輮(róu):使木条弯曲。

② 槁暴(pù):枯,晒干。

③ 参省乎己:参,通"三",每天自省多次。一说,参:验,检查。

故不登高山，不知天之高也；不临深溪，不知地之厚也；不闻先王之遗言，不知学问之大也。

这一段连用青与蓝的关系，冰与水的关系，木要制轮必须烤弯，剑要锋利必须磨砺四个比喻，说明学习要经过刻苦磨炼，才能成器。不学习，便不知天地之广和学问之大。又如以下一节论学习必须有坚定的意志和顽强的毅力：

积土成山，风雨兴焉；积水成渊，蛟龙生焉；积善成德，而神明自得，圣心备焉。故不积跬步①，无以至千里；不积小流，无以成江海。骐骥一跃，不能十步；驽马十驾，功在不舍。锲而舍之②，朽木不折；锲而不舍，金石可镂。蚓无爪牙之利，筋骨之强，上食埃土，下饮黄泉，用心一也。蟹六跪而二螯③，非蛇鳝之穴无可寄托者，用心躁也。

是故无冥冥之志者④，无昭昭之明；无惛惛之事者⑤，无赫赫之功。行衢道者不至⑥，事两君者不容。目不能两视而明，耳不能两听而聪。螣蛇无足而飞⑦，鼫鼠五技而穷⑧。《诗》曰："尸鸠在桑，其子七兮。淑人君子，其仪一兮。其仪一兮，心如结兮！"⑨故君子结于一也。

这两节采用大量整齐的四言和赋体排偶句，以及博喻的手法，并列许多比喻，从正反两面指向同一个观点，反复强调学习要持久积累、专心致志的道理。既生动具体，明白易懂，又说理透彻，气势磅礴。短短几段比喻中产生了为后世常用的多个成语。

---

① 跬(kuǐ)：行走时两脚之间的距离，等于现在所说的一步、古人所说的半步。
② 锲(qiè)：用刀雕刻。
③ 六跪而二螯(áo)：螃蟹有八条腿，两个钳子。后世注者认为"六"为"八"字之误。
④ 冥冥：昏暗不明的样子，形容专心致志。
⑤ 惛惛：昏暗不明，形容专心做事。
⑥ 衢(qú)道：歧路。
⑦ 螣(téng)蛇：古代传说中的一种能飞的神蛇。
⑧ 鼫(shí)鼠：能飞，能爬树，能游泳，能挖洞，能奔跑，但都做不好。穷：困窘。
⑨ "尸鸠在桑"六句：见《诗经·曹风·鸤鸠》，鸤鸠即布谷鸟。这首诗由布谷鸟起兴，赞美君子表里如一，其心坚定，固结不散。

四、老子与《道德经》

道家学派的创始人是老子，姓李名耳，字聃（dān），一字伯阳，或曰谥伯阳，楚国苦县（今河南鹿邑）人，生卒年不详，大约出生于公元前571年春秋晚期。其代表作《老子》分“道经”三十七章，“德经”四十四章，共5,000字左右，后称《道德经》。老子的主要思想是“道”，也就是天地万物存在的本体。“人法地，地法天，天法道，道法自然”。道无名，也是无为的，一切顺其自然。他主张世间一切事物都是相反相成的，柔弱可以克刚强，祸福之间也常常转化。从这些基本观念出发，他提出社会应当“绝智弃诈”“绝巧弃利”，反对巧智和争利，主张“小国寡民”“无为而治”。老子的许多理论成为后代处世的名言，如第八章：“上善若水，水善利万物，又不争。”水虽柔弱，但深不可测，其广无边，万物赖以生存，却无私不求回报，这也正是道的比喻。第十二章：“五色令人目盲，五音令人耳聋，五味令人口爽。驰骋畋猎，令人心发狂；难得之货，令人行妨。是以圣人为腹不为目，故去彼取此。”指出声色耳目和美味的享受，以及田猎的放纵、难得的货物，都会使人失去理智，行为不轨，所以圣人只求饱腹而不求声色之娱，要去彼物欲，而取此正道。第十五章：“古之善为士者，微妙玄通，深不可识。夫唯不可识，故强为之容。”①认为古代思想境界高的人，微妙幽玄而通达，深邃到无人可以捉摸。因为不可捉摸，所以勉强为之形容，这其实也就是道的境界。第二十二章：“曲则全，枉则直，洼则盈，弊则新，少则得，多则惑。是以圣人抱一为天下式。”认为能柔曲就能自我保全，懂得绕弯反能直达，能凹陷就能自我充盈，败坏能得到更新，少取则能获得，贪多则反而惑乱。因此，圣人守“一”之道可以为天下的法则，体现了老子思想的辩证法。

《老子》中有不少话可以视为修身的箴言，如第二十四章：“企者不立，跨者不行，自见者不明，自是者不彰，自伐者无功，自矜者不长。其在道也，曰余食赘形，物或恶之。故有道者不处。”认为踮起脚跟反而站不住，迈开大步

---

① 这句有异文，一作：“古之善为道者”。容，一作颂。

反而不能远行，自逞己见却往往无法使人明白，自以为是反而不能彰显自己，自我夸耀的人未必能成功，自以为贤能未必受人敬重。从道的角度看，以上这些只能说是剩饭赘瘤，因为它们令人厌恶，所以有道的人绝不这样做。第二十七章“善行无辙迹”，说善于行走的人，不留下足迹或车辙。说明真正高尚的人，不愿显露行善的痕迹。第三十三章：“知人者智，自知者明。胜人者有力，自胜者强。知足者富，强行者有志。”说了解他人是有智慧的，了解自己是高明的。战胜他人固然有力，能战胜自我才是强者。知足的人是富有的，能不懈奋斗才是有志气的。第八十一章：“信言不美，美言不信。善者不辩，辩者不善。知者不博，博者不知。”说诚实可信的言说不求华丽，华丽的言辞未必可信。善者的言说不用巧辩，而巧言善辩的人不是善者。有真知灼见的人未必广博，知识广博的人未必真知。这段话指出了信与美、善与辩、知与博的矛盾和辩证关系，这些都是发人深省的警世格言。

五、庄周与《庄子》

《庄子》想象丰富、文笔恣肆、妙趣横生，有大量虚构寓言和神话故事，在诸子中文学价值最高。庄子(前369？—前286？)，名周，宋之蒙人，曾为蒙之漆园吏。《庄子》现存33篇，内篇7、外篇15、杂篇11。一般认为内篇是庄子自著，其余为门徒后学所撰。

庄子处于社会急剧动荡变化的时代，深感危机四伏、无所适从。他看到现实社会充满虚伪、贪婪、钩心斗角，认为所谓仁义、法律都只是为某些人名正言顺地盗窃天下所利用的工具。“彼窃钩者诛，窃国者为诸侯，诸侯之门而仁义存焉”(《胠箧》)。但庄子提不出改造现实的办法，只能幻想毁灭人类现有的物质文明和精神文明，倒退到最原始的上古去。他也看到了人类无法逃避生老病死的自然规律，意识到人生的短促：“人生天地之间，若白驹之过郤(同“隙”)，忽然而已。”(《知北游》)提出要以任自然的态度来对待人生，不必为亲人或自己的消亡过于悲痛，所以他在妻子死后还能箕踞鼓盆而歌。庄子的思想方法的特点是否定，但否定不能解决问题，要解决问题又必须有所肯定。所以庄子否定时道理层出不穷，肯定时就只是悠谬之说、荒唐之言。

《庄子》一书中文学价值最高的代表作是《逍遥游》。这篇文章反映了庄子在精神上追求绝对自由的人生观。他看到人类不能避免各种不可预料的灾祸,认为原因在于人人都有所期待。如果人们一无所求,自然就没有苦恼和灾难。但人处于社会中,不可能无期待,所以他只能在空想中制造出一个可以超出于一切社会矛盾和自然规律之上的至人。这就是《逍遥游》一文的基本观点。

《逍遥游》最主要的写作特色是大量使用比喻,文中的逻辑关系是由大小比喻套叠在一起形成的。首先庄子举出鲲鹏展翅九万里的故事,与斥鴳、蜩、鸴鸠在篱笆之间飞行做对比,说明了小和大的分别。在这个大比喻中又套着很多小比喻。如为了说明鲲鹏需要三千里水和九万里高空的大风背负,以芥舟和杯水做对比;为了说明鲲鹏志向远大,用蜩、鸴鸠的嘲笑做陪衬,引出朝菌不知晦朔、蟪蛄不知春秋、小知不及大知、小年不及大年等一系列比喻,说明大小事物各有至境,眼光短浅、志量狭小是不能理解伟大境界的。

鲲鹏和斥鴳的大小之辩只是为了比喻人类社会中一乡之官和一国之君的差别,然后由此引出能够超出这种世俗荣辱的更高境界,即宋荣子不为荣辱所动,虽为世上所稀有,但这也不够自由。列子驾风而行,不必走路,比宋荣子更自由,但还要依赖于风,还是不能做到一无所待。所以最高的境界是乘天地之正,驾云气之变,游于无穷,这才是真正获得自由的逍遥游。由此得出结论:"至人无己,神人无功,圣人无名。"也就是说:圣人达到了无意求名的境界,神人达到了无意做功的境界,至人忘了自己,物我一体,完全顺应自然,才是真正的自由。这些比喻都是一个比一个高。以下分别举例说明:尧让天下给许由,许由不肯接受,这是圣人无名的境界。肩吾和连叔关于藐姑射之山神人吸风饮露的对话[①],说明神人无功,不为万物所伤害,不靠五谷生活。尧舜有功,见了这样的神人就会忘掉天下。

那么怎样才是至人无己的境界呢?前面讲过的乘天地之正,驾云气之变,只是一种虚幻的想象,而庄子的目的是把这种无己的态度应用于处世当

---

① 肩吾、连叔:庄子虚构的人物。藐,远。姑射之山:《山海经》说是寰海之外神圣之人住的山。

中。所以下面通过惠子和庄子的两段对话，再用一些有关人事的比喻来表达这种难以言传的境界。以下是第一段：

惠子谓庄子曰①："魏王贻我大瓠之种②，我树之成而实五石③。以盛水浆，其坚不能自举也。剖之以为瓢，则瓠落无所容④。非不呺然大也⑤，吾为其无用而掊之。"庄子曰："夫子固拙于用大矣。宋人有善为不龟手之药者⑥，世世以洴澼絖为事⑦。客闻之，请买其方百金。聚族而谋曰：'我世世为洴澼絖，不过数金，今一朝而鬻技百金⑧，请与之。'客得之，以说吴王。越有难，吴王使之将，冬，与越人水战，大败越人。裂地而封之。能不龟手，一也⑨，或以封，或不免于洴澼絖，则所用之异也。今子有五石之瓠，何不虑以为大樽而浮乎江湖，而忧其瓠落无所容？则夫子犹有蓬之心也夫！⑩"

这一段以大瓠太大难以为用引出不龟手之药的故事，先说明物无小大，在善于用。拙于用，则大材无用；善于用，则小物也可大用。意思是要善于把事物用到大处，在逻辑上是为第二段说明怎样才是大用做铺垫，所用寓言故事很有说服力。接着后面一段惠子以樗木为比，说明其本干小枝都不能成材，犹如庄子之言大而无用，为世所共弃。庄子以狸牲牦牛为比，指出狸牲会逮老鼠，反而中了陷阱；牦牛不能抓老鼠，大而无用，但保全了自己。所以樗木这样的大树看似无用，但把它放在一无所有之处，在它下面逍遥自在，无所事事，不为刀斧所伤，没有困苦可言，那正是它的大用。所以第二段说明无用就是大用，大用就是保全自己。"至人无己"的境界落实到社会人

① 惠子：即惠施，庄子的朋友。
② 魏王：魏惠王，即梁惠王。瓠：葫芦。
③ 实：容纳。石(dàn)：容量单位，十斗为一石。重量单位，一石为一百二十斤。
④ 瓠落：平浅。
⑤ 呺(xiāo)然：大而虚的样子。
⑥ 龟：皮肤皴裂。
⑦ 洴(píng)澼(pì)：漂洗。絖(kuàng)：通"纩"，絮衣服的丝绵。
⑧ 鬻(yù)技：出卖制作药方的技术。
⑨ 一：同样。
⑩ 蓬之心：即蓬心，心有茅塞，比喻不能开窍。

事上，就是逍遥自在，无所事事，全身远祸。在精神上无所依赖，超脱一切，获得最高自由。

《逍遥游》完成以上逻辑，实际上存在着相对论和诡辩论。但是庄子将一个接一个的比喻和寓言套叠使用，使读者只注意抽绎出来的概念是否一致，而不容易觉察概念产生的不同前提。这就是利用文学的比喻、寓言有其多义性的特点，来跳过哲学思辨的逻辑环节，但也因此而造成了庄子诡谲恣肆的文风。

《庄子》任自然的哲学、纵放的文风、奇诡的想象，打开了后世文心诗境的无限机窍，因而是诸子中文学影响最大的一部著作。

六、墨家和法家代表作

《墨子》是墨子的后学记载墨子言行之书。墨子名翟(前 476? —前 390?)，鲁国人。《墨子》现存 53 篇，有语录、对话，每篇论题比《论语》集中。文字的主要特点是质朴无华。其中《非攻》通过层层推理，论证攻战之不义；《兼爱》论治理天下，“不可以不劝爱人”的道理，说理都很明白，是代表墨子思想的名篇。

《韩非子》作者韩非(前 280? —前 233?)，韩国人，是法家思想的代表人物。《韩非子》共 55 篇，主要特点是论述深刻严峻，都是论辩性、逻辑性很强的议论文。其中《五蠹》《说难》等尤为后人所熟知。

综上所述，《尚书》是我国散文的重要源头，载言记事质朴典要，但文字艰涩难读。春秋战国时期出现的叙事详博的历史散文以及丰富多彩的诸子散文，语言平易，逻辑清晰，文气流畅，说理透辟，形成了既实用又富有文学价值的新文体，是我国古代散文史上的第一个高峰。

知识点：

《尚书》《春秋》《左传》《国语》《战国策》《论语》

《孟子》《荀子》《老子》《庄子》《墨子》《韩非子》

思考题：

1. 举例说明《左传》描写战争的特点。

2.《战国策·邹忌讽齐王纳谏》对现代人有什么启发意义？

3. 试选若干语录说明《论语》对学者立德修身的教益。

4.《孟子》和《庄子》中的寓言在文章中起什么作用？试举例分析。

第三章
汉赋和汉诗

第一节　汉赋

赋的原意本来指直接铺陈的一种表现手法。最早把赋当作一种文体来写的，是荀子，他的《赋篇》采用君臣问答的方式，赋咏多种事物，语言简朴，句法较整齐，是诗文混合的体式。到楚国末年的宋玉，汉初贾谊、枚乘写的赋，篇幅变长，内容由单一的说理转为说理、叙事、抒情的多样化，语言生动有文采。宋玉的《风赋》，贾谊的《鹏鸟赋》《吊屈原赋》，枚乘的《七发》，都是这一阶段的代表作。贾谊的赋抒写自己和屈原类似的不幸遭遇，介于骚体和散文体之间。枚乘的《七发》通过对音乐、饮食、车马、巡游、田猎、观涛等一系列事物的铺陈，引出要言妙道，指出骄奢淫逸损害身心的道理。其中"观涛"一节写得最为精彩："其始起也，洪淋淋焉①，若白鹭之下翔。其少进也，浩浩溰溰②，如素车白马帏盖之张。其波涌而云乱，扰扰焉如三军之腾装③。其旁作而奔起也，飘飘焉如轻车之勒兵④。"排比中又见句法错综，比喻十分形象，常为后世文学所引用。

汉武帝时期，篇制宏富的大赋达到全盛时期，成为汉代文学的主流文体。其主要特点有：

---

① 洪淋淋焉：潮头腾起，又从空中落下的样子。
② 溰溰（yì）：又高又白的样子。
③ 腾装：三军装备整齐，奔腾前进。
④ 轻车之勒兵：主帅在轻便的战车上指挥队伍。

1. 内容上极力铺写宫苑、都城的富丽繁华；歌颂祖先和皇帝的功德；夸示贵族社会祭祀的隆盛和田猎、宴饮的欢乐，最后提出不要过度享受的告诫。由于全篇以铺陈为主，结尾的讽喻只是点缀，所以被称为“劝百讽一”。这类大赋客观上反映了汉代国力的强盛和大一统的气势声威。

2. 表现上“铺彩摛文①，体物写志②”（《文心雕龙·铨赋》），铺张扬厉，夸饰瑰丽，想象丰富，大量堆砌繁富艰深的词语，体现了汉代崇尚雄浑气魄和厚重力量的审美观。

两汉大赋的主要代表作有司马相如的《子虚上林赋》《长门赋》、扬雄的《甘泉赋》《羽猎赋》《解嘲》、班固的《两都赋》、张衡的《二京赋》，等等。

司马相如是汉代大赋作者的杰出代表，据《汉书·艺文志》载，司马相如曾作有29篇赋。他的赋结构宏伟，气魄极大，用字奇僻，词语丰富。虽因过于堆砌而十分难读，但也有一些很生动的片段。如“撞千石之钟，立万石之虡③，建翠华之旗，树灵鼍之鼓④，奏陶唐氏之舞⑤，听葛天氏之歌⑥；千人唱，万人和，山陵为之震动，川谷为之荡波”。（《史记·司马相如传》载《子虚上林赋》）运用排比句式，把天子的乐舞盛会写得气壮山河。

东汉出现大量京都赋和咏物赋，到后期抒情小赋开始增多，张衡的《归田赋》、赵壹的《刺世疾邪赋》都是后人经常引用的名篇。

第二节　汉乐府

一、乐府的由来

乐府本来是音乐机关的名称，后来指乐府官署采集、创作的乐歌，而成

---

① 摛(chī)：舒展。铺彩摛文：铺叙词汇。
② 体物写志：体察物象，抒写情志。
③ 虡(jù)：古代悬挂编钟、编磬的木架的立柱。
④ 灵鼍(túo)之鼓：鼓皮用鳄鱼皮制作的大鼓。鼍即古代鳄鱼，被视为灵物。
⑤ 陶唐氏：即尧，古唐国人。十三岁封于陶，十五岁改封于平阳，号陶唐氏。
⑥ 葛天氏：传说中远古部落名。

为一种诗体的名称。魏晋到唐代，凡是能入乐的诗歌以及文人模拟乐府古题的作品，都可以称为乐府。宋人郭茂倩《乐府诗集》把汉代到唐的乐府诗按音乐和用途分成十二类。汉乐府主要保存在鼓吹曲辞、相和歌辞、杂曲歌辞三类中。宋元以后，词和散曲有时也称乐府，但已经不是乐府的本义了。

乐府之名，最早见于汉初乐府令的官职。汉武帝时设立乐府署，与太乐署分掌俗乐和雅乐。乐府的主要职责是令御用文人制作诗赋，并从民间采集歌谣，以供祭祀之礼、道路游行、朝会宴飨之用。同时也可以“观风俗，知薄厚”，即了解人民的生活状况及思想情绪。

二、汉乐府的内容

1. 汉乐府有相当一部分是统治者为了观察民间风俗而采集的，因此不少来自民间歌谣，能反映社会现实问题。

汉乐府的采集有明确目的，主要是为了考察地方郡守的政绩，体现统治者“存问耆老鳏寡孤独失职之民”的思想，所以汉乐府对社会问题的反映主要表现在发现家庭问题和刺美郡县吏治这两方面①。如《妇病行》描写一个穷苦的男子在病妻去世后无法养育幼子的痛苦；《孤儿行》写一个失去父母的孤儿被兄嫂虐待的遭遇；《艳歌行》写“兄弟两三人，流宕在他县”，请女主人补衣服，却遭到男主人猜疑的情景，反映了鳏夫、孤儿、流民的痛苦生活。而《东门行》写一个男子因为家里无衣无食，不顾妻子劝阻，决定出门造反的心情，则是对统治者的警告，说明“乏困失职之民”很容易铤而走险。配上音乐后，又增加了劝诫人民切莫犯上作乱的内容。

对于郡守的讽刺，较有代表性的如《平陵东》：

平陵东②，松柏桐，不知何人劫义公。劫义公③，在高堂下，交钱百万

---

① 刺美：讽刺和赞美，这是汉儒主张用诗歌施行政治教化的两项基本功能。

② 平陵：汉昭帝墓，在长安西北七十里。

③ 劫：威胁。指官府强行捕人，以势威胁。

两走马。两走马，亦诚难。顾见追吏心中恻。心中恻，血出漉①，归告我家卖黄犊。

据《后汉书·虞诩传》载："是时长吏、二千石听百姓谪罚输赎，号称'义钱'，托为贫人储，而守令因以聚敛。"虞诩上疏指出："元年以来，贫百姓章言长吏受取百万以上者，匈匈不绝。"说明当时州县官假托为穷人储钱的名义，让百姓受责罚时交钱赎罪，借以搜刮钱财，百姓告状说太守县令收钱有百万以上的情况很多。所以此诗中的"义公"应是被官府指为有罪的百姓，被追吏所捕，以威势胁迫，要他出"义钱"百万赎罪。诗歌通过这件事揭示了汉代吏治的黑暗腐败。《陌上桑》则是一篇立意严肃、笔调幽默的乐府叙事诗。诗里写一个美丽的女子罗敷，清晨出门采桑，却遇到一个"使君"（太守）派人来问她是否愿意跟他一起回府。罗敷用自夸夫君的办法机智地拒绝了太守。这个太守下乡本来是为了"观览民俗"，自己却在做伤风败俗的事情，因此这首诗的讽刺是很辛辣的。

2. 对于人生问题的探索：汉乐府中有不少作品反映了人们对人生的醒觉和思考。其中一些关于生活经验的总结，包含着朴素简明的人生哲理。如《长歌行》：

青青园中葵②，朝露待日晞。阳春布德泽③，万物生光辉。
常恐秋节至，焜黄华叶衰④。百川东到海，何时复西归。
少壮不努力，老大徒伤悲。

借阳光照耀下的园葵起兴，由万物在四季的盛衰变化，联想到光阴如水流入大海不可复归，总结出"少壮不努力，老大徒伤悲"的至理名言，用朴素的语言说明了人生应该珍惜时光、努力奋斗的基本道理。

3. 其他内容：汉乐府里有极少量的情歌，最好的两首《上邪》《有所思》都见于西汉时期的杂言乐府《铙歌十八曲》。《上邪》是一首热烈奔放的情歌：

---

① 血出漉（lù）：血都渗了出来。
② 葵：葵菜，古人常吃的一种蔬菜。
③ 布德泽：普施阳光雨露。
④ 焜（kūn）黄：枯黄。华：花。

上邪[①]！我欲与君相知，长命无绝衰。山无陵，江水为竭，

冬雷震震，夏雨雪，天地合，乃敢与君绝！

诗里连用五种不可能出现的反常的自然现象来比喻绝交的先决条件。以诅咒为誓言，非常奇警。《有所思》则是写一个女子发现男子负心后，坚决与对方绝交的痛苦心情。除此以外，汉乐府中还有写上层社会生活的，如《鸡鸣》《长安有狭斜行》等。有赞美妇女能干的，如《陇西行》等。有的出自乐工的创作，只是为了娱乐贵族而用，并无深意。

三、汉乐府的艺术特点

1. 从体裁看，汉乐府作品主要有杂言和五言两种。西汉作品都是杂言，东汉时期则五言体大大增多。

2. 汉乐府中有相当一部分是叙事诗，但并不追求故事的完整性，也不求展示事件发生发展的广阔背景，而只是对人物的语言、行动略加勾勒，通过一个场景来概括某一类社会现象。如《东门行》：

出东门，不顾归。来入门，怅欲悲。盎中无斗米储[②]，还视架上无悬衣。拔剑东门去，舍中儿母牵衣啼："他家但愿富贵，贱妾与君共餔糜[③]。上用仓浪天故[④]，下当用此黄口儿。今非[⑤]！""咄[⑥]！行！吾去为迟！白发时下难久居[⑦]。"

这首诗描写男主人公决定造反时极度矛盾的心情，仅通过他环顾家中无米无衣的眼光，出而复返、返而复出的动作和夫妇间的几句对话，表现出他由犹豫到坚定的思想斗争过程，说明人民犯上作乱实在是出于迫不得已。

---

① 上邪：相当于说"天啊"。
② 斗米储：一斗米的储蓄。
③ 餔(bǔ)糜：喝粥。餔，原意为傍晚时吃，引申为吃。
④ 上用仓浪天故：上为苍天的缘故。
⑤ 今非：现在这样不对。
⑥ 咄(duō)：呵斥声。
⑦ 白发时下：白发一天天脱落。

3. 风格朴实无华、绝去雕饰，想象浪漫奇特而又天真稚拙。如《战城南》：

战城南，死郭北，野死不葬乌可食。为我谓乌："且为客豪①：
野死谅不葬，腐肉安能去子逃！"水深激激，蒲苇冥冥，
枭骑战斗死，驽马徘徊鸣。梁筑室②，何以南，何以北！
禾黍不获君何食？愿为忠臣安可得！思子良臣③，良臣诚可
思，朝行出攻，暮不夜归！

这首诗反映了汉代流民和战士常常被弃尸郊外不能收葬的社会现象。诗里仅仅通过死者与乌鸦的一段对话，写出大量百姓战死，导致无人耕种庄稼的恶果，将残酷的现实诉之于奇特的想象和幽默的语调，取得了格外令人惊心的效果。《江南》是后代无数采莲诗的始祖：

江南可采莲，莲叶何田田④。鱼戏莲叶间。鱼戏莲叶东，
鱼戏莲叶西，鱼戏莲叶南，鱼戏莲叶北。

诗写采莲的愉快情景，显得很笨拙、幼稚。但从重叠的语调中仿佛可以见出鱼儿在莲叶之间四处穿来穿去的飘忽动态，以及采莲人观看鱼儿游戏时欢快的神情。民歌的这种活泼生动，是真正的天籁之音。

第三节　汉末文人五言诗

一、文人五言诗的形成

五言句虽然早见于《诗经》，但五言诗形成一种诗体，经过了漫长的发展

---

① 豪：嚎哭。
② 梁筑室：古代桥梁上盖有房屋，称"桥屋"。汉代重要桥梁两头还设有木柱，有津吏把守，盘查往来行人，定时启闭。这里仅用作比兴，以桥上有屋就使南来北往受到限制，兴起下句臣民战死就无人种地。
③ 思子良臣：想念你们这些战死的好臣民。
④ 田田：形容荷叶层叠相连的样子。

过程,直到西汉时,才出现少量的五言俗语和歌谣。汉成帝以前,没有可靠的文献证明已经产生诗人所作的五言。相传为苏武、李陵、枚乘等所作的五言诗,都是不可信的。

现存最早的文人五言诗,一般都认为是东汉班固的《咏史》。大约到东汉后期,安帝、顺帝之世以后,才出现不少有署名和无名氏的五言诗。它们学习汉乐府的风格和表现手法,在艺术上逐渐成熟。其中受乐府影响最明显的是辛延年的《羽林郎》,它的主题和《陌上桑》相近,写一个胡族酒家女严词拒绝仗势欺人的贵族家奴对她的调笑,态度更为刚正激烈。还有一篇宋子侯的《董娇娆》,写一个女子在采花时受到花儿的责备,通过她和花儿的问答,抒发了人不如花、盛年难再的感叹。整个折花的情节和对话构成了一个完整的比兴。

到汉末灵帝时,出现了一些言志的五言诗。如蔡邕的《翠鸟》,借翠鸟逃脱罗网比喻自己脱离陷害的庆幸。郦炎的《见志诗》两首是作者满怀雄心而又生不逢时的感愤之作。赵壹的《疾邪诗》也是用比兴抒发他的愤世嫉俗之情。这类作品标志着五言诗已经从言情之作上升为言志之作,并被文人确认为可以与四言、骚体一样表现严肃内容的重要体裁。

二、"苏李诗"

梁代萧统《昭明文选》中收入署名为苏武的四首五言诗以及署名为李陵的三首五言诗,一般称为"苏李诗"。此外还有十首明代人所说的"拟苏李诗"。苏李诗可以肯定是汉人所作,但作者不是西汉的苏武和李陵。这七首诗都是送别赠答之作。其中署名李陵的三首中有一首影响最大:

良时不再至,离别在须臾。屏营衢路侧①,执手野踟蹰。

仰视浮云驰,奄忽互相逾②。风波一失所,各在天一隅。

---

① 屏营(bīng yíng):徘徊,彷徨。衢路:歧路。

② 奄忽:倏忽、忽然。互相逾:形容浮云飞驰,互相超越。

长当从此别，且复立斯须[1]。欲因晨风发[2]，送子以贱躯。

这首诗着重表现临别之际最难分手的一刻，从离人执手踟蹰的情态见其内心的依恋，由天上浮云的飘散联想到今后天各一方的长别。以“浮云”比游子此后成为汉诗中最典型的比兴意象。

三、古诗十九首

“古诗”原指古代人所作的诗歌。汉代在乐府诗以外还有一批无名氏所作的五言诗，六朝人统称之为“古诗”。梁代萧统的《昭明文选》将十九首风味相同的古诗编在一起，冠以“古诗十九首”的标题，这些诗便成为东汉后期无名氏五言诗的代表作。

1. 古诗十九首的思想内容。这些古诗大致可分两类。一类是抒写游子怀乡、闺人怨别之情。如“行行重行行”“青青河畔草”“涉江采芙蓉”“冉冉孤生竹”“庭中有奇树”“迢迢牵牛星”“凛凛岁云暮”“孟冬寒气至”“客从远方来”“明月何皎皎”等。这类诗作的产生，与汉代动荡的社会生活有关。一方面，大量农民失去土地，无数征夫流民被迫离乡；另一方面，汉代游宦风气极盛，当时士子的仕进道路一般是公府辟召、郡国推荐，或在本地做小吏逐级上升。士子们为求进取，往往要背井离乡，外出交游，请求朝官引荐，许多游宦的士子和支差的中下层官吏往往死于行旅途中永无归日。古诗十九首中的游子主要是这些为名利趋走风尘的士子。

另一类是抒发人生如寄、人情冷暖之叹。如“青青陵上柏”“今日良宴会”“明月皎夜光”“回车驾言迈”“东城高且长”“驱车上东门”“生年不满百”“西北有高楼”等。游子们疲于奔波、不得安宁的生活触发了他们对于人生聚短离长的深切感叹，长途旅行使他们感到人生的虚幻，因此面对“人生忽如寄，寿无金石固”的自然规律，提出了不同的人生目标。有的认为应该“荡涤放情志”，有的认为应该“安贫乐道”，有的认为应该及时追求荣华富贵：

---

① 斯须：须臾，片刻。

② 晨风：鹯鸟，即鹞鹰。

“人生寄一世，奄忽若飙尘[①]，何不策高足[②]，先据要路津[③]。无为守穷贱，轗轲常苦辛[④]。”于是，在仕进失意的时候也难免产生世态炎凉的怨叹。

古诗十九首看起来没有汉乐府那样深刻的社会内容，但是如果从诗歌发展的角度来看，这些主题不仅仅反映了当时人们生命意识的最初醒觉，而且也集中地显示了中国古典诗歌感悟人生的基本精神。这种感悟不但有短促的百年和永久的天地的对比，有不知如何安顿生命的烦恼，而且有对于夫妇、朋友这些人与人的最基本关系的思考。汉诗自觉地把亲朋离合与人生感叹联系在一起，在离别聚散中体味人生的哀乐和时光的流逝，这正是所谓“人心之至情”，也是这组诗能够深深打动人心的原因。

2.古诗十九首的艺术成就。汉代的文人五言诗处于刚从民歌转入文人诗的阶段，在艺术上还保留着民歌直截了当、真率自然的抒情风格，不用巧思和藻饰。它们将质朴平易的口语和《诗经》的复沓、叠字，楚辞的比兴手法融汇在一起，形成了句平意远、浑融天然的艺术特色，产生了为后代文人所追慕不已的深婉隽永的情味。

(1)古诗十九首的抒情往往反复重叠，淋漓尽致，而又自有含蓄不尽的韵味。如“行行重行行”写妻子对出门在外丈夫的思念，反复强调两地相隔之远，会面无期，全诗重重叠叠的诉说与首句“行行重行行”的复沓节奏相呼应，在反复的咏叹中倾泻出两地绵绵无尽的相思之情。“西北有高楼”写失意人听到高楼弦歌时的感伤，回环往复的句法和“一弹再三叹”的咏叹交织成复叠流转的旋律，这种往复不已的抒情方式与《诗经》的一唱三叹有异曲同工之妙。

(2)创造性地吸取了《诗经》善用叠字的表现艺术。《诗经》叠字多用在后半句，而古诗十九首则多用在前半句。由于每句音节加长，兼用叠字，使得象声、绘色、状形、摹态无不逼真，更增添了古诗辞婉意浓的情味。如“青

---

① 飙尘：被风卷起的尘土。
② 策：鞭打。高足：长脚善跑，指快马。
③ 要路津：行人必经的渡口，指高位要职。
④ 轗轲(kǎn kē)：坎坷，不得志。

青河畔草，郁郁园中柳，盈盈楼上女，皎皎当窗牖[1]。娥娥红粉妆，纤纤出素手”（“青青河畔草”），连用六对叠字，借叠字本身的节奏感和形象性突出了青草园柳的春意、楼上女子鲜艳的红妆和皎洁的肤色。叠字用得最好的是“迢迢牵牛星”这一首：

迢迢牵牛星，皎皎河汉女。纤纤擢素手[2]，札札弄机杼[3]。
终日不成章[4]，泣涕零如雨。河汉清且浅[5]，相去复几许？
盈盈一水间，脉脉不得语。

这首诗化用《诗经·小雅·大东》的成辞，咏叹牵牛织女的传说。由于叠字用得有声有色，灵活传神，使织女终日织布的情态和银河清浅的流水变得更富有真实感。而牵牛的迢迢不可及，二星的脉脉不得语，又使人感到这真实的仙境是多么遥不可及。像这样想象天真、情韵委婉，并将实境和幻境融合得天衣无缝的优美意境，是后世诗歌难以企及的。

（3）多用比兴，变化多端。古诗十九首善于化用《诗经》《离骚》现成的意境，并融入相应的景物描绘，从而大大丰富和发展了比兴的表现力。如：

涉江采芙蓉，兰泽多芳草。采之欲遗谁[6]？所思在远道。
还顾望旧乡，长路漫浩浩。同心而离居，忧伤以终老。

“涉江”是屈原《九章》中的一章篇名，这里借来暗示游子流离转徙的生活；芳草也是《离骚》中的重要意象，古代有赠香草结恩情的风俗习惯，《诗经》《楚辞》里都曾写到。此诗继承这一描写传统，只以采摘芙蓉和芳草的一个场景起兴，便表达了多少游子思妇因长久离居而忧伤终老的共同心情。

---

① 牖（yǒu）：窗子。
② 擢素手：摆动洁白的双手。
③ 札札：织布机的响声。杼（zhù）：织布梭。
④ 章：布的经纬纹理。《诗经·小雅·大东》：“跂彼织女，终日七襄。虽则七襄，不成报章。”七襄：织女星一天移动七次位置。报，指织机的梭子引线往复织作。报章，织成布。
⑤ 河汉：银河。
⑥ 遗（wèi）：赠给。

四、汉代其他五言古诗

除了“苏李诗”和古诗十九首以外，散见于《文选》《玉台新咏》的古诗还有不少。一般来说，乐府五言偏重于叙事，五言古诗偏重于抒情，但界限并不分明。如“十五从军征”“上山采蘼芜”两首，后来也被谱入乐府。前一首反映汉代统治者穷兵黩武给人民造成的深重灾难：

十五从军征，八十始得归。道逢乡里人：“家中有阿谁？”
“遥看是君家，松柏冢累累。”兔从狗窦入，雉从梁上飞。
中庭生旅谷①，井上生旅葵。烹谷持作饭，采葵持作羹。
羹饭一时熟，不知贻阿谁②。出门东向望，泪落沾我衣。

这首诗以十五和八十的年龄对比，概括了老兵一生被兵役葬送的悲惨命运。诗里着重描写老兵回到荒芜的家园，用野谷野菜做饭，幻想着有人与他分享的情景，这种渴望亲人温暖的可怜愿望将他家破人亡的处境反衬得更加伤心惨目。此诗对杜甫的《兵车行》《无家别》都有明显的影响。

如果说汉乐府开创了我国诗歌杂言、五言体的源头，那么汉代文人五言诗则初步奠定了后代文人五言诗的基础，并以其独特的艺术成就确立了五言诗学习的楷模。

知识点：

汉赋　乐府　“苏李诗”　古诗十九首

思考题：

1. 怎样理解汉乐府的思想内容？
2. 古诗十九首有什么艺术特点？

---

① 旅谷：野生的谷子。旅：不因播种而生。下文“旅葵”意同。
② 贻(yí)：给。

第四章
两汉散文

两汉散文是继先秦散文之后的又一重要发展阶段，主要包含政论文和史传文两大类。

第一节　贾谊和两汉政论文

一、两汉政论文

汉代统治者为巩固政权，提倡政论文的写作。西汉的政论文名篇很多，最著名的有贾谊《过秦论》、晁错《论贵粟疏》、桓宽《盐铁论》等。《论贵粟疏》主要是针对时弊，陈述政见，阐述作者重农抑商的经济思想，其中反映农民生活的悲惨状况，暴露现实颇有深度，提出的措施也很切实。全文结构严谨紧凑，文字洗炼周密，风格浑厚朴茂。《盐铁论》实际是汉昭帝时朝廷讨论盐铁问题的纪要，桓宽在集中两派意见后，按专题重新组织整理，共60篇，全部采用对话体。东汉的政论文写作不如西汉，以王符《潜夫论》、仲长统《昌言》、王充《论衡》为最著名，已经发展到由几十篇论文组成的专著，文风趋向铺陈排偶。汉代以后的作者效法秦汉之文，实际主要是以贾谊、晁错写作的政论文作为典范。

二、贾谊和《过秦论》

贾谊是西汉杰出的政治家，他的《过秦论》共三篇，主要观点是批评秦朝的过失，是西汉讨论政权兴亡得失的第一篇重要政论。文章指出秦统一六国之后不久，便被陈涉带领的数百戍卒推翻，原因就在于“仁义不施”。并通过分析秦灭亡的原因，提出夺取政权时要“高诈力”，即运用机诈和武力，而巩固政权时便要“贵顺权”，即顺从形势和民心。上篇先写秦国由强盛到统一六国的过程，极力铺陈渲染。其中写六国以强大阵容攻秦，反被秦国所灭的一节尤其声势夺人：

> 尝以十倍之地，百万之众，叩关而攻秦。秦人开关而延敌，九国之师，逡巡而不敢进。秦无亡矢遗镞之费[①]，而天下诸侯已困矣。于是从散约解[②]，争割地而赂秦。秦有余力而制其弊，追亡逐北，伏尸百万，流血漂橹；因利乘便，宰割天下，分裂河山。强国请服，弱国入朝。施及孝文王、庄襄王，享国之日浅，国家无事。及至始皇，奋六世之余烈，振长策而御宇内，吞二周而亡诸侯，履至尊而制六合，执敲扑以鞭笞天下[③]，威振四海。

然后再写秦朝迅速灭亡的过程：

> 始皇既没，余威震于殊俗。然陈涉瓮牖绳枢之子[④]，氓隶之人，而迁徙之徒也；才能不及中庸，非有仲尼、墨翟之贤，陶朱、猗顿之富[⑤]，蹑足行伍之间，而俛起阡陌之中[⑥]，率罢散之卒[⑦]，将数百之

---

① 亡矢遗镞(zú)：损失弓箭。《过秦论》异文颇多，此处引文据李善注《昭明文选》。

② 从散约解：六国合纵的盟约失败。

③ 敲扑：刑具，借指刑罚。

④ 瓮牖绳枢：破瓮作窗，绳子系住门轴。形容生活贫苦。

⑤ 陶朱、猗顿：范蠡帮勾践复国以后，归隐江湖，在陶地经商致富，自称陶朱公。猗顿：传说原为鲁国贫寒书生，因向陶朱学习经商而致富，与陶朱齐名。

⑥ 俛：一说，卑屈；一说，同“勉”。

⑦ 罢(pí)散：疲困的样子。罢，同“疲”。

众，转而攻秦，斩木为兵，揭竿为旗。天下云集而响应，赢粮而景从[①]，山东豪俊遂并起而亡秦族矣。

这段描写极力渲染陈涉带领的起义者出身的低贱、才能和财富的匮乏，以及身体的疲惫、武器的简陋，与前半篇写六国人才谋士云集、名将军队众多的阵势形成鲜明对比，自然推出文章最后的问题：陈涉与六国相比，“不可同年而语”，而秦“以六合为家，崤函为宫[②]，一夫作难而七庙隳[③]，身死人手，为天下笑者，何也”？于是只需一句话，结论就水到渠成：“仁义不施，而攻守之势异也。”全文用一连串排比对偶句式和散句相间，写得大气磅礴，文采斐然。尤其是夸大前后对比以突出论点的章法，对唐宋古文家深有启发。

第二节　司马迁和《史记》

两汉史传文中文学价值最高、对后代古文影响最大的是司马迁的《史记》，其次是《汉书》。这两种史书综合先秦史传文的成就，创造出规模宏伟的以人物为中心的纪传体，标志着记叙散文的高度发展。

一、司马迁和《史记》的写作

司马迁（前145—前87?），字子长。西汉武帝时人。父亲司马谈学问渊博，在汉武帝时任太史令。司马迁随父来到长安，十分好学。后在20岁时开始漫游江淮、两湖、齐鲁、中原一带，又奉使去过巴蜀。这些游历扩大了他的眼界，丰富了他的历史知识和生活经验。司马谈临终时对司马迁托付了自己著述历史的遗愿。三年后，司马迁继承父职成为太史令，开始在国家藏书处“金匮石室”整理历史资料。从42岁开始正式写作《史记》。五年后，李陵

① 赢粮：背负着粮食。景从：像影子一样追随。

② 崤函（xiáohán）：古代地名，崤山与函谷关的合称，今河南洛阳以西至潼关一带。

③ 隳（huī）：崩毁。

兵败投降匈奴，他为李陵辩护，触怒武帝，被下蚕室受宫刑，出狱后任中书令。他曾经想死，但为了完成著述，最终忍受耻辱坚强地活了下来。这一遭遇对他的史学思想的形成有很大影响。他在给朋友任安的回信《报任安书》里以无比激愤的心情诉说自己内心的屈辱和痛苦，揭露封建统治者对豪俊之士的残忍无情，并以历代命运坎坷而终成大业的杰出人物激励自己，决心完成历史著作以传于后世。其中论述古人伟大著作皆“圣贤发愤之所为作”的一段最为感人：

古者富贵而名磨灭，不可胜记，唯倜傥非常之人称焉。盖文王拘而演《周易》①；仲尼厄而作《春秋》②；屈原放逐，乃赋《离骚》；左丘失明，厥有《国语》③；孙子膑脚，《兵法》修列④；不韦迁蜀，世传《吕览》⑤；韩非囚秦，《说难》《孤愤》⑥；《诗》三百篇，大底圣贤发愤之所为作也。此人皆意有所郁结，不得通其道，故述往事，思来者。乃如左丘无目，孙子断足，终不可用，退而论书策，以舒其愤，思垂空文以自见。仆窃不逊，近自托于无能之辞，网罗天下放失旧闻，略考其行事，综其始终，稽其成败兴坏之纪，上计轩辕，下至于兹，为十表，本纪十二，书八章，世家三十，列传七十，凡百三十篇。亦欲以究天人之际，通古今之变，成一家之言。草创未就，会遭此祸，惜其不成，是以就极刑而无愠色。仆诚已著此书，藏之名山，传之其人，通邑大都，则仆偿前辱之责，虽万被戮，岂有悔哉！然此可为智者道，难为俗人言也。

① “文王”句：传说周文王被殷纣王拘禁在羑里时，把古代的八卦推演为六十四卦，成为《周易》的骨干。
② “仲尼”句：孔子周游列国，曾被困在陈、蔡，返回鲁国后作《春秋》。
③ “左丘”句：左丘失明著《国语》事不详，现代学者认为《国语》非左丘作。
④ “孙子”句：春秋战国时著名军事家孙膑有《孙膑兵法》传世，他曾与庞涓一起师从鬼谷子学习兵法。后为庞涓骗入魏，剔去膑骨（膝盖骨）。
⑤ “不韦”句：吕不韦，曾为秦相国，命门客著《吕氏春秋》，又名《吕览》。
⑥ “韩非”句：法家代表人物韩非子入秦被李斯谗害，下狱死。著有《韩非子》，其中有《说难》《孤愤》两篇。

大约在公元前 93 年，他完成了《史记》，以后的情况就不可考了。

《史记》是我国历史学上一个划时代的标志。全书包括本纪、表、书、世家、列传共 130 篇，526,500 字。“本纪”专记帝王的事迹；“表”是各历史时期简单的大事记；“书”是分别叙述天文、历法、水利、经济、文化等发展和现状的文献；“世家”记贵族侯王的历史；“列传”是不同类型、不同阶层人物的传记。《史记》记事上自黄帝，下至汉武帝太初年间（前 104—前 101），全面叙述了我国上古到汉初三千多年来的政治、经济、文化史。

《史记》有文学价值的部分主要是人物传记。它们展开了广阔的社会生活画面，流露出作者自己遭受迫害的孤愤，表现了卓越的政治见解、对现实和历史的批判精神，以及高度的概括历史事件的能力。

从历史学的角度看，作者本着“不虚美，不隐恶”的实录精神，忠实地记录了历史的面貌。而从文学的角度来看，它又是一部“无韵之离骚”。司马迁在《报任安书》里说过“屈原放逐，乃赋《离骚》”，类似的遭遇正是他写作《史记》的动力，从他在《屈原列传》中对《离骚》的评价也可看出《史记》中寄托的思想感情：

> 屈平疾王听之不聪也，谗谄之蔽明也，邪曲之害公也，方正之不容也，故忧愁幽思而作《离骚》。“离骚”者，犹离忧也①。夫天者，人之始也；父母者，人之本也。人穷则反本，故劳苦倦极，未尝不呼天也；疾痛惨怛，未尝不呼父母也。屈平正道直行，竭忠尽智以事其君，谗人间之，可谓穷矣。信而见疑，忠而被谤，能无怨乎？屈平之作《离骚》，盖自怨生也。《国风》好色而不淫，《小雅》怨诽而不乱。若《离骚》者，可谓兼之矣。上称帝喾②，下道齐桓，中述汤、武③，以刺世事。明道德之广崇，治乱之条贯，靡不毕见。其文约，其辞微，其志洁，其行廉。其称文小而其指极大，举类迩而见义

---

① 离忧：遭遇忧患。离：罹，遭逢。

② 帝喾（kù）：上古五帝之一，黄帝的曾孙。

③ 汤、武：商汤、周武王。

迩[①]。其志洁，故其称物芳；其行廉，故死而不容自疏[②]。濯淖污泥之中，蝉蜕于浊秽[③]，以浮游尘埃之外，不获世之滋垢，皭然泥而不滓者也[④]。推此志也，虽与日月争光可也。

这一段先用一半篇幅说明屈原创作《离骚》的动机是出于对楚王的怨愤：一个正大光明的正直君子，对君王竭忠尽智，却反遭怀疑，被小人毁谤，当然会产生怨辞。这种"疾痛惨怛"也正是司马迁创作《史记》的心情。接着，司马迁分别从内容上称述了《离骚》举历代君王以刺时事的全面性，阐明崇高道德和兴亡缘由的重要性；从写作艺术上赞美《离骚》的简练深微和条理性，以及用词举例能由小见大、由近见远的概括性。并特别指出，《离骚》能取得这样的成就是因为屈原志趣高洁，行为端正。这种志向使屈原能超脱世俗，远离尘埃，出污泥而不染，可与日月争光。作者不但对《离骚》作出了极高的评价，而且透露出对屈原的无限同情和敬仰。

二、《史记》的文学成就

《史记》在刻画人物方面取得了极高的成就，主要有以下特点：

1. 在坚持历史真实的原则下，着重选取最重要的、能够表现人物性格特征的材料，抓住主要事件，具体细致地描写人物的活动。例如《项羽本纪》中写项羽英雄末路的境况，非常凄楚悲壮。但作者突出了项羽在重重包围下奋力突围、勇敢战斗的气概，明明是困兽犹斗，作者却把他写得所向披靡，连战连胜，丝毫没有败将的颓唐。拒渡乌江，是他生命中最后光彩的一笔，卷土重来不是没有可能，项羽却因为自己辜负江东父老而自刎，更显得光明磊落。又如《李将军列传》，李广一生英勇善战，却始终未能立功封侯。作者对他极其同情，选择的几件典型事例，其实都来自他的败仗，但突出了他个人

---

① 迩(ěr)：近。
② 不容自疏：不容自己疏忽懈怠。
③ 蝉蜕于浊秽：像蝉脱壳那样脱离污浊。
④ 皭(jiào)然：洁白的样子。滓：黑。

的英勇无畏以及匈奴对他的惧怕。如李广被匈奴生擒，置于两马之间的网兜里，他能跳出来将骑马的胡兵推下去，取其弓箭，上马驰回汉营，可见他过人的胆量。传记还用具体事例描写李广的廉洁、爱护士兵等多种品格，所以他的冤死是必然的下场，又特别令人为之不平。这样的人物塑造直刺汉廷赏罚的不公，李广也因此成为后代边塞诗中不得志的良将典型。

2. 善于通过一些细节琐事来烘托人物性格。如写李广有一次出猎，见草间石头，以为是老虎，一箭射去，箭镞竟然没入石中，可见其勇力过人。这类细节往往与符合人物身份的口语相配合，使人物性格更加鲜明生动。如写项羽年轻时和叔叔一起看秦始皇出游的场面，项羽说："彼可取而代也！"显示出项羽的大志。又如汉王刘邦的父亲被项羽抓住，项羽威胁刘邦说要把他父亲煮成羹汤，刘邦却说："幸分我一杯羹。"其无赖的嘴脸立现纸上。

3. 善于把人物放在激烈的矛盾冲突中来表现，使历史事件充满故事的趣味性和情节的曲折性。如《魏其武安侯列传》写外戚窦婴失势，另一个外戚田蚡得势。在一次宴会上，满朝大臣都趋奉田蚡，窦婴的朋友灌夫非常不满。司马迁用四个细节细致地描写灌夫从强忍怒气到借题发挥，最后发作骂座，并豁出去与田蚡正面交锋，被扣留以后仍不肯低头的过程。冲突发生的场面颇有戏剧性，田蚡的自大、阴险、目中无人，灌夫的不畏权势、暴躁刚直，宾客的趋炎附势、胆小怕事，都在交锋中凸显出来。又如著名的鸿门宴、蔺相如完璧归赵等故事，都是通过激烈的场面冲突来表现，以致这些著名的历史故事后来成为戏剧表演的经典。

《史记》的可贵还在于消解了统治者头上的圣光，还原了他们的本来面目，对封建社会中形形色色的官僚，都能将他们复杂的个性表现出来。而对于一些社会下层的人物，则显示了他们高尚的品格。特别值得一提的是司马迁对游侠的看法。游侠是触犯封建法网的一个群体，司马迁却给予热情的赞颂。《游侠列传》记述了很多救人济贫、言必信、行必果、重然诺的游侠，如朱家和郭解在后世文学作品中被称颂不绝，成为游侠的祖师和楷模，主要就是凭借司马迁的记载。司马迁对游侠的评价是："今游侠，其行虽不轨于正义，然其言必信，其行必果，已诺必诚，不爱其躯。赴士之阨困，既已存亡生死矣，而不矜其能①，羞伐其德②，盖亦有足多者焉③。”这些评价也概括了属于游侠的传统道德。

《史记》倾注了作者的爱憎和激情，其中写得最好的一些人物往往是司马迁着力歌颂的正直贤明的英雄才杰，所以被后世称为“史家之绝唱，无韵之离骚”。

第三节　班固和《汉书》

一、班固和《汉书》的写作

班固(32—92)，字孟坚。扶风安陵(今陕西咸阳市东)人。年轻时入洛阳太学，博览群书。从汉明帝永平元年(58)开始私撰《汉书》，后为人控告私改国史，被捕入狱。弟班超上书为他解释，汉明帝读了《汉书》初稿后，十分赞赏，召他为兰台内史。此后班固继续编著《汉书》，经过二十余年努力，至章帝建初七年(82)基本完成，后因事牵连入狱死，时年61岁。《汉书》中一部分“志”“表”在他死后由妹妹班昭续成。

《汉书》是我国古代第一部纪传体断代史。其体制仿照《史记》，只改“书”为“志”，取消“世家”，并入“列传”。有12本纪、8表、10志、70列传，共100篇。叙述自汉高祖元年(前206)至王莽地皇四年(23)共229年的历史。

二、《汉书》的文学特色

《汉书》中武帝以前的传记大量从《史记》取材，并且收入很多经术文章和辞赋，多参考现成的文献。而《史记》取材则雅俗并收，文献之外，多旁搜

---

① 矜：骄矜、自夸。
② 伐：自我夸耀。
③ 多：推崇、赞扬。

异闻，或得之于名山旧宅，或取之于风俗谣谚。两人思想也不同，司马迁是先黄老而后六经，班固是正统儒家思想。所以这两本书的思想倾向和文风有很大差异。

从文学的角度将《汉书》和《史记》加以比较，有三点不同：

1.《汉书》的文风儒雅典正；《史记》则饱含感情，多慷慨之气。

2.《汉书》笔法工整严密；《史记》奇特多变，不拘一格。

3.《汉书》多藻饰，倾向排偶骈俪；《史记》采用当时语言兼取口语，多散体。

《汉书》因为章法严整，用笔细腻，也有不少很好的篇章。例如《苏武传》细致描写了苏武在单于的胁迫下坚韧不屈、“引佩刀自刺”以明志，被救活以后斥骂劝降者的情景，将苏武正气凛然的形象刻画得非常鲜明。尤其是关于苏武牧羊的描写，成为千古流传的经典：单于“乃幽武，置大窖中，绝不饮食。天雨雪，武卧啮雪，与旃毛并咽之，数日不死。匈奴以为神，乃徙武北海上无人处，使牧羝①，羝乳乃得归。……武既至海上，廪食不至，掘野鼠去草实而食之。杖汉节牧羊，卧起操持，节旄尽落”。匈奴又派后来投降的李陵来劝降苏武，两人的对话写得也很精彩。作者没有简单地将李陵写成一个无耻的叛国者，而是借他的大段谈话，倾诉了自己初降时的矛盾痛苦，揭示出汉廷对大臣的刻薄寡恩，同时以苏武父兄获罪、母死妻嫁的遭遇来劝苏武面对现实，这些都是人性的真实流露。而当苏武终于能回汉朝，李陵来送别时的大段告白和诀别的歌唱，又在自我辩解的同时流露出他内心的惭愧和无奈，也非常感人。而将李陵的内心世界写得越是真实复杂，也就越加显示出苏武全节而归的难能可贵。

《史记》和《汉书》对于后代文学的影响很大。它们不但开创了中国史书的纪传体和纪传文学，而且为后代的小说戏曲提供了丰富的题材。许多历史人物也成为诗词中常用的典故。唐宋至明清凡是提倡古文者，更是莫不以这两部史书为典范。

---

① 羝(dī)：公羊。

知识点:

《过秦论》《史记》《汉书》

思考题:

1. 联系司马迁的《报任安书》和《屈原列传》,说说他发愤写作《史记》的原因。

2. 举例说明《史记》描写人物的特点。

第五章
魏晋南北朝诗歌

从汉末大乱到隋代统一，大约四百年间，魏晋南北朝处于长期分裂、战乱频繁的状态。错综复杂的社会矛盾和民族矛盾交织在一起，导致每个王朝的统一都无法长久。其中繁荣太平的时代更是短暂，只有西晋的太康年间和刘宋元嘉年间，出现过可称治世的局面。这一时期，掌握土地的主要是从汉代产生的大士族。士族在魏晋两代掌握着国家的经济命脉和政治实权，而曹魏时期形成的九品中正制则在人才选拔上保证了士族的特权，同时也阻碍了寒门子弟的仕进道路。"上品无寒门，下品无士族"，成为魏晋南北朝的重要政治特点，这对士人的命运和思想影响最为直接。

魏晋南北朝时期，儒家思想的影响衰退，玄学为士族所爱好。佛教从东汉时传入中国，两晋时在思想上依托玄学而兴盛，壮大势力之后，到南北朝开始与本土道教展开激烈斗争。儒、道、佛三家在相互排斥中相互吸收。玄学的清谈、佛经的翻译、佛寺的增多，都对文人的思想以及诗赋、笔记小说等产生了巨大影响。

第一节　建安风骨和三曹七子

一、建安风骨

建安是东汉末年汉献帝的年号，这时，魏、蜀、吴在汉末的军阀混战中形成三国鼎立的局面。文学上的建安时期包括汉献帝建安至曹魏明帝以前的时段，以魏国为主。魏的统治者曹操和他的儿子曹丕、曹植都是文学家，在他们周围又聚集了一批文人。在诗歌方面，形成了五言诗的盛况，七言诗也开始成熟。在赋的方面，有不少篇幅短小的抒情小赋。在散文方面，则趋向于自由活泼，同时也出现了曹丕的《典论·论文》这样的文学批评著作。

建安文学因风骨遒劲而受到后代的特别推重。所谓"建安风骨"，指这一时期的文学在内容上主要反映社会的动乱和人民的苦难，抒发统一天下的理想和壮志，寻求人生的永恒价值；在艺术风格上则体现为浑厚、刚健、质朴的特色和慷慨悲凉的情调。刘勰的《文心雕龙·时序》说："观其时文，雅好慷慨，良由世积乱离①，风衰俗怨②，并志深而笔长，故梗概而多气也③。"这段话精确地概括了建安风骨的特点与其时代的关系。后代也称之为"建安风力"。

二、"三曹"

文学史上的"三曹"一般指曹操、曹丕和曹植。

1. 曹操(155—220)，字孟德，沛国谯郡(安徽亳县)人。史称他"外定武功，内兴文学"(《魏书·荀彧传》)。他凭借政治地位广泛搜罗文士，形成了"彬彬之盛，大备于时"(《诗品》)的建安文坛盛况，又以自己的创作开出了文学上的新风气。他的诗歌现存24首，全部是乐府诗。这些诗有的表现了他的政治理想，如反对"劳民为君，役赋其力"(《度关山》)，希望通过"王者贤且明"(《对酒》)的治理，出现一个"吏不呼门"的"太平时"。当然如果人民"犯礼法"，也要"轻重随其刑"，这是儒家和法家思想的结合。他在统一北方的长期战争中，感受很深，因此也写下了一些反映当时现实的诗篇。如《薤露行》写汉末董卓焚烧洛阳，挟持献帝西迁。《蒿里行》写董卓作乱，群雄并起给人民造成的灾难："铠甲生虮虱，万姓以死亡。白骨露于野，千里无鸡鸣。

① 世积乱离：长期战乱。
② 风衰俗怨：社会风气败坏，人民哀怨。
③ 梗概：慷慨。多气：气势充沛。

生民百遗一,念之断人肠。"后人称赞此诗"乃汉末实录,真诗史也"(明·钟惺《古诗归》)。此外,他的《苦寒行》和《却东西门行》都描写了征夫戍卒行军在外的艰苦生活和他们怀乡思归的心情,也是其代表作。

曹操还有一些诗篇表现了他的雄心壮志和积极进取的精神。如《短歌行》:

> 对酒当歌,人生几何?譬如朝露,去日苦多。
> 慨当以慷,忧思难忘。何以解忧?唯有杜康①。
> 青青子衿②,悠悠我心。但为君故,沉吟至今。
> 呦呦鹿鸣③,食野之苹。我有嘉宾,鼓瑟吹笙。
> 明明如月,何时可掇④?忧从中来,不可断绝。
> 越陌度阡⑤,枉用相存⑥。契阔谈讌⑦,心念旧恩。
> 月明星稀,乌鹊南飞,绕树三匝,何枝可依?
> 山不厌高,海不厌深。周公吐哺⑧,天下归心。

这是一首用于宴会的歌辞,诗人将一片渴望贤才归附共图大业的深情写得淋漓尽致,既像是内心的沉吟独白,又像是对满座嘉宾倾诉衷肠。慷慨沉郁的歌声中,交织着人生苦短的浩叹、功业未成的忧思、故旧相聚的契阔之感,以及天下归心的坚定信念。思绪若断若连,节奏低昂往复。同时将比兴和典故穿插交错,与抒情写景融为一体。"青青子衿"和"呦呦鹿鸣"两段,既是用《诗经·郑风·子衿》和《诗经·小雅·鹿鸣》的成句暗寄思贤礼贤的心事,又正合眼前欢宴宾朋、鼓瑟吹笙的实景。在明月星空下绕枝择木的乌

---

① 杜康:相传是开始造酒的人,这里代指酒。
② 青青子衿:青衿是周代学子的服装。
③ "呦呦"四句:用《诗经·小雅·鹿鸣》成句,以鹿食艾蒿时欢快地呼叫同伴的呦呦声,兴起欢迎嘉宾的鼓乐声。
④ 掇:同"辍"(chuò),停止。
⑤ 陌:田间东西向的小路。阡:田间南北向的小道。
⑥ 枉用:枉驾前来。存:问候,探望。
⑦ 契阔:聚散,久别重逢。讌:同"宴",宴会。
⑧ 周公吐哺:传说周公辅佐武王,唯恐失去人才,凡有人来访,立即接待,以至于"一沐三握发,一饭三吐哺"。哺:嘴里嚼着的食物。

鹊，当是夜宴时偶见，又令诗人联想到当此群雄并起之时，天下贤才尚未择定归宿，成就功业全在争取人心的归向。全诗吸取《诗经》一唱三叹、重叠往复的章法，但又有五言诗朴素的情韵，这就大大丰富了四言体的表现力。

《步出夏门行》也是曹操四言诗的代表作。诗分四章，第一章“观沧海”：

东临碣石，以观沧海。水何澹澹，山岛竦峙。
树木丛生，百草丰茂。秋风萧瑟，洪波涌起。
日月之行，若出其中；星汉灿烂，若出其里。
幸甚至哉，歌以咏志。

这首诗描写了诗人登临碣石山的所见所感，以古朴的笔触勾勒出大海和山岛的轮廓，郁郁苍苍的草木焕发出大自然的无限生机，秋风卷起的波涛吹送来四时更替的消息，使诗人凭空想象出大海包容日月星汉的度量，同时也展示了这位大政治家吞吐宇宙的气概和大海般宽广的胸怀。第四章“龟虽寿”则用长寿的神物终有一死来反衬老骥志士要用有限的生命建立不朽功业的雄心壮志。

曹操的诗歌大都直道本心，质朴苍凉，表现出率真的鲜明个性和豪迈劲健、笼盖一世的气概。他的散文也很有个性，鲁迅说他“是一个改造文章的祖师。……他胆子很大，文章从通脱得力不少①，做文章时又没有顾忌，想写的便写出来”(《魏晋风度及文章与药及酒之关系》)。曹操著名的散文代表作是《述志令》。

2. 曹丕(187—226)，字子桓，是曹操的次子，建安二十三年(218)战胜了他的竞争者曹植，被立为太子。建安二十五年(220)代汉献帝自立国号魏。死后谥为魏文帝。他在政治远见和才能方面不及其父，性格旷荡，不拘礼法，魏晋玄学的初起，与他的“慕通达”有关。他大力提倡文学，把周围的一批僚属文士当作友人看待。他的《与吴质书》《又与吴质书》是两篇有名的抒情散文，信里悼念亡友，感情真挚，文笔清新流畅。他还有一部学术专著《典论》，大部分已散失，现存较完整的是《自叙》和《论文》两篇，后者是最早的文

---

① 通脱：通达脱俗，不拘小节。

学评论。这篇文章着重批评文人相轻的陋习，强调文章的永恒价值，又提出"七子"的说法，对他们的评价都很中肯。

曹丕的诗以游子思妇一类内容为多，风格清隽婉约。其中最著名的代表作《燕歌行》是现存最早最完整的七言诗。七言在汉代虽然早就广泛运用于铭文、字书等各种实用文体，但没有形成抒情诗。这与当时七言句句押韵、每行一句、文气不能连贯的体式有关。曹丕之前只有张衡的《四愁诗》用七言写情，但第一句是骚体而非纯七言。曹丕的《燕歌行》虽然还是句句押韵，但是形成了两句一行或三句一行的诗行，建构了七言抒情诗的基本形态：

> 秋风萧瑟天气凉，草木摇落露为霜，群燕辞归雁南翔。
> 念君客游思断肠，慊慊思归恋故乡[①]，君何淹留寄他方？
> 贱妾茕茕守空房[②]，忧来思君不敢忘，不觉泪下沾衣裳。
> 援琴鸣弦发清商[③]，短歌微吟不能长。明月皎皎照我床，
> 星汉西流夜未央。牵牛织女遥相望，尔独何辜限河梁？

此诗写深秋的夜晚思妇对游子的无限思念，结合凄凉的境界细腻地描绘出缠绵悱恻的心理状态，语言清丽，音节优美。后世思妇诗多喜用七言歌行体，当归因于曹丕这一成功的创举。

3. 曹植（192—232），字子建，曹操的第三子。他自幼聪颖，十岁时就能诵读诗、论及辞赋数十万言，又爱好民间的俳优小说。曹操起初认为他"最可定大事"，后来由于他的放任不羁，立曹丕为太子。曹丕即位后对他很猜忌，杀掉他的党羽，一再改换他的封地，并加以监视。曹丕之子魏明帝即位后对他的迫害更是有增无减。在兄侄两代皇帝的压迫下，曹植的名号先后换过多次：安乡侯、鄄城王、雍丘王、东阿王、陈王。死时仅 40 岁，死后谥为"思"。有《曹子建集》。他的作品也因其前后遭遇的变化而分成截然不同的两个时期。

---

① 慊慊（qiàn）：怨恨不满的样子。
② 茕茕（qióng）：孤独。
③ 清商：乐调名。

早期他满怀建功立业的雄心壮志，蔑视世人放荡游乐、虚度岁月的生活，充满豪放俊逸的少年意气。作品内容可分为三类。第一类是反映与兄弟、僚属们的游乐生活的，如《斗鸡诗》《公谦》等。第二类是抒发报国立功的理想的，如《白马篇》《鰕䱇篇》等。《白马篇》通过对边塞游侠的热情赞美，寄托自己报国立功的壮志。前半首用一连串的排比句表现游侠武艺的高超，后半首写游侠奋不顾身的英雄气概："羽檄从北来①，厉马登高堤②。长驱蹈匈奴，左顾陵鲜卑。弃身锋刃端，性命安可怀？父母且不顾，何言子与妻！名编壮士籍，不得中顾私。捐躯赴国难，视死忽如归。"这种写法开了六朝和唐代边塞游侠诗的先声。《名都篇》讽刺整天斗鸡走马、虚度光阴的贵族少年，和《白马篇》中的游侠少年形成一正一反的对照。第三类是反映战乱现实的，如《送应氏》二首，写洛阳焚毁之后的荒芜景象："不见旧耆老，但睹新少年""中野何萧条，千里无人烟"，朴实地写出了人事兴废的酸楚之感。

后期作品则表现出他竭力挣脱牢笼、不甘向迫害低头的铮铮傲骨，以及执着地追求理想、与命运抗争的顽强精神，形成了悲愤哀怨的基调。如《赠白马王彪》作于他和任城王曹彰、白马王曹彪一起到洛阳朝会的时候，由于曹彰暴毙，朝廷派的监国使者不准他和曹彪一起回封地，曹植非常气愤，就写了这首长诗送给曹彪。诗里交织着哀伤、愤慨和恐惧之情，七章以辘轳体连接，艺术成就很高。《野田黄雀行》则用乐府诗写一个少年用剑解救困在罗网里的黄雀，借以抒发他无法解救受迫害的友人丁氏兄弟的无奈和痛苦。《杂诗》"仆夫早严驾"写他不甘闲居，希望在征吴战争中建立功业的急迫心情：

仆夫早严驾，吾行将远游，远游欲何之？吴国为我仇。

将骋万里途，东路安足由③？江介多悲风④，淮泗驰急流⑤。

---

① 羽檄(xí)：紧急调兵的文书。

② 厉马：策马。

③ 东路：指曹植东向回到封地去的路。安足由：哪里值得去走。

④ 江介：江间，指长江。

⑤ 淮泗：淮水、泗水，是征吴的必经之地。

愿欲一轻济，惜哉无方舟[1]。闲居非吾志，甘心赴国忧。

全诗笔势凌厉，语语紧健，一起调便渲染出急行军的紧迫之感，接着紧问紧答，如箭在弦上，急如星火地直奔他向往的征吴之途，这就更深刻地表现出他在理想中骋足万里，而在现实中却寸步难行的悲剧命运。

曹植的诗被梁代钟嵘赞为“骨气奇高，辞采华茂，情兼雅怨，体被文质”（《诗品》），他继承发展了汉乐府的表现手法，善于运用比兴抒发情感，同时又注意对偶、声律和雕琢辞藻，讲究声色和意境的描绘，在五言诗从朴实无华的民歌转向文质彬彬的文人诗这一发展阶段中，做出了巨大贡献。

三、建安七子和蔡琰

建安七子指孔融、陈琳、王粲、徐干、刘桢、阮瑀、应玚七人，除孔融为东汉旧臣以外，其他六人都属于曹魏政治集团。他们都经历了汉末动乱，有一定的政治抱负，从事文学活动主要是在建安年间，在魏文帝黄初元年（220）以前便先后谢世。其中诗歌成就较高的是王粲、陈琳和刘桢。

王粲在诗赋方面的成就被刘勰称为“七子之冠冕”。早年，他在董卓之乱中离开长安，南下依附刘表，不受重视，曾作过有名的《登楼赋》，抒发漂泊他乡、怀才不遇的苦闷。南下途中所作《七哀诗》三首是他的代表作。第一首写“出门无所见，白骨蔽平原”的中原乱象，并选取“路有饥妇人，抱子弃草间”的一个典型事件，反映了整个社会哀鸿遍野、民不聊生的惨况。后期诗歌多写随曹操出征的所见所闻，风格较为整密。

陈琳是草拟檄文的高手。他的《饮马长城窟行》，借用秦代民谣《长城歌》的题材，结合自己在战乱生活中的体验，概括了秦汉以来统治者无休止地征发徭役给人民带来的深重灾难。前半篇描写一个“太原卒”和“长城吏”的对话，后半篇写“太原卒”寄信给妻子，劝她改嫁，免做寡妇。这和王粲的《七哀诗》其一相同，都是通过时代所造成的母弃子、夫嫁妻这类人情反常的

---

① 方舟：二舟相并而行。

现象，表现出人间最残酷的景象和最悲痛的心情。这种概括典型的取材方法，对后来杜甫的“三吏三别”有深刻的影响。

刘桢最著名的诗是《赠从弟》，这首诗赞美松柏在与山风和冰雪的搏斗中显示出端正挺劲、卓立不挠的本性，成为咏物诗比兴寄托的典范之作。

蔡琰是东汉末年著名文学家蔡邕的女儿，字文姬，博学多才，精通音律。汉末大乱时，她为胡兵所掳，身陷南匈奴12年，生二子，后被曹操赎回。现存题为蔡琰作的诗仅三首:《悲愤诗》五言、骚体各一首和《胡笳十八拍》一首，其中可信的只有五言《悲愤诗》，这首诗长540字。它以作者悲惨的一生为线索，展开了汉末大动乱的广阔背景，把人们带进那个在乱兵的屠刀和铁蹄下震颤的苦难时代，也为所有在战乱中惨遭蹂躏的妇女倾诉了悲愤的心曲。此诗主要以情境的真切震撼人心，但波澜壮阔的叙事结构、细腻曲折的心理描绘，为它增添了无穷的感染力。评论家称之为杜甫的《咏怀五百字》《北征》等鸿篇巨制之祖。

建安乐府中还有一首《古诗为焦仲卿妻作》，是我国民间最优秀的长篇五言叙事诗。它描写男女主人公因反抗家长专制而导致的爱情婚姻悲剧，反映了汉代普遍的出妻现象，具有典型的社会意义。汉代的礼教规定，妇女有七条被休的理由。这首诗的悲剧冲突主要是女主人公刘兰芝不顺婆母的倔强性格，与她和丈夫的坚贞爱情之间的矛盾。诗歌通过刘兰芝、焦母、焦仲卿三人的大段对话推进情节，塑造了我国文学史上第一位具有斗争精神的妇女形象。全诗长达1,785字，结构严密，剪裁精当，故事曲折动人，叙事详略紧紧扣住人物性格的发展，并善于插入环境描写和场面铺叙，烘托气氛，制造波澜。开头以孔雀起兴，结尾以合葬墓上树木连理、鸳鸯并栖的浪漫幻想呼应，可说是集汉乐府民歌表现艺术之大成，同时也确立了我国叙事文学的民族风格。

第二节　从阮籍到西晋诗歌

一、阮籍与正始诗歌

曹魏后期，从齐王曹芳登基改年号为正始(240)起，到司马炎以晋代魏(265)为止，在文学史上通常被称为正始时期。这一时期，以曹爽为首的曹氏宗室与以司马懿为首的政治集团展开了激烈的夺权斗争。士人的前途乃至生死主要取决于对司马氏的向背，时世极为险恶。同时，魏晋玄学也在这一时期兴起。所谓玄学就是以老庄思想为主导、糅合易学形成的一种哲学，最早兴起于依附曹爽的何晏、夏侯玄等人，所以曹爽集团中大多是崇尚老庄虚无之说的名士。司马氏得势后，依附曹爽的名士几乎被一网打尽。但玄学适用于整个士族阶层，司马氏也能接受，因此到西晋和东晋更加盛行。

在这样的政治学术风气中，出现了"竹林七贤"。据《晋书·嵇康传》载："嵇康与阮籍、山涛、向秀、刘伶、阮咸、王戎为竹林之游，世所谓竹林七贤也。"虽然玄学促成了七人的交游，但他们的政治取向不同。其中阮籍和嵇康是正始时期的重要诗人。他们围绕着在艰难时世中如何保住气节的问题，对前人所指出的各种人生道路重新进行探索，寻求适应他们那个时代的生活原则，并大胆地以老庄的"自然"思想否定封建礼法，对当时的秩序和社会风气进行尖刻的揭露和严厉的抨击。

阮籍(210—263)，字嗣宗，陈留尉氏(今河南尉氏县)人，是阮瑀的儿子。有《阮步兵集》。他爱喝酒，擅长弹琴和长啸。曹爽执政时他托病辞官，到司马氏时不得已出来，但不问世事，以佯狂逃脱了一次次的陷害和麻烦。但他内心十分痛苦，常"率意独驾，不由径路，车迹所穷，辄痛哭而返"。反映在他的代表作82首《咏怀诗》里，便集中表现为对万物盛衰变化的思考，以及探寻处世方法的彷徨。其诗作大体有三类内容。

1.用典故和比兴隐喻曹爽集团失败的原因以及司马氏阴谋篡权的形势：如“驾言发魏都”用战国梁王荒淫失政的典故，影射魏王只知歌舞行乐，不知养兵用贤，难免亡国之祸；“嘉树下成蹊”以桃李由繁华转向零落的景象，比喻肃杀凋零的时代气氛，寄寓难以自保的恐惧。

2.讥讽礼法之士和势利小人的丑恶：他把那些一心追求荣华富贵的轻薄小人称为“繁华子”“缤纷子”，讽刺他们“朝生衢路旁，夕瘗横街隅”（“河上有丈人”）的下场。“洪生资制度”用漫画的笔触，刻画了礼法之士“外厉贞素谈[①]，户内灭芬芳[②]”的丑恶嘴脸。

3.抒发忧生之嗟：阮籍本来和建安文人一样，满怀雄心壮志，“壮士何慷慨”说自己的理想是：“忠为百世荣，义使令名彰。垂声谢后世，气节故有常。”但在现实中却是危机四伏，如履薄冰。“一夕复一夕”就描写了他“但恐须臾间，魂气随风飘。终身履薄冰，谁知我心焦”的苦闷和焦虑。

《咏怀诗》大量运用象征比兴，思绪恍惚玄远，寓意隐晦曲折，形成了高远清丽而又沉重阴晦的独特风格。第一首就颇能体现整组诗的基调：

> 夜中不能寐，起坐弹鸣琴。薄帷鉴明月[③]，清风吹我襟。
> 孤鸿号外野，翔鸟鸣北林。徘徊将何见？忧思独伤心。

清风朗月、高云碧宇的景致中弥漫着迷惘阴凄的气氛，凸显出诗人孤独的形象。

《咏怀诗》中比喻的寓意往往不确定，可使人作多种猜想，这就形成了钟嵘《诗品》所评的“厥旨渊放[④]，归趣难求[⑤]”的特点。这组诗在五言文人诗的发展中具有重要地位，它首创了大型五古抒情组诗的体例。后世的文人们往往将比兴寄托的五言古诗集合成组，集中地反映对社会和人生的感想。从西晋到唐代，出现了各种形式的咏怀组诗，特别是唐代陈子昂、张九龄的

---

① 外厉贞素谈：外面高谈纯正的言论。厉：高。贞：正。素：纯。
② 户内灭芬芳：家中私生活毫无美德可言。
③ 薄帷鉴明月：明月透过薄薄的帷帐照进来。鉴：照。
④ 厥旨渊放：其主旨深远放诞。
⑤ 归趣：最终的旨趣。

《感遇》和李白的《古风》,都和阮籍的《咏怀》一脉相承。

嵇康(223—262,一说224—263),字叔夜,谯郡铚县(今安徽濉溪县)人。其诗歌主题和阮籍类似,但是他的诗比较枯燥,说理成分太多。嵇康的主要成就在于四言诗,四言诗在汉代趋于僵化,曹操的四言诗以新的句式和语言恢复了四言诗生动自然的本来面目。嵇康的四言诗吸取四言赋的对偶,写得清隽可喜,颇有新创。例如《赠秀才入军》中的两章:

良马既闲①,丽服有晖。左揽繁弱②,右接忘归③。
风驰电逝,蹑景追飞④。凌厉中原,顾盼生姿。

息徒兰圃⑤,秣马华山。流磻平皋⑥,垂纶长川。
目送归鸿,手挥五弦。俯仰自得,游心太玄⑦。
嘉彼钓叟,得鱼忘筌。郢人逝矣,谁与尽言?

前一章写兄长嵇喜纵马驰骋的凌厉意气,后一章写自己挥弦垂钓的悠游自在,委婉地对照了两种不同的生活志趣。句法的活泼新颖对陶渊明的四言诗有一定影响。

二、西晋诗歌

西晋时期全国统一,出现了短暂的繁荣太平局面,诗人众多。著名的有傅玄、张华和三张(载、协、亢)、二陆(机、云)、两潘(岳、尼)、左思,等等。这一时期诗歌最重要的贡献是对题材的开拓,例如陆机的行役诗,潘岳的悼亡诗,左思的咏史诗,张华的游侠诗和情诗,郭璞的游仙诗,等等。此外还有招隐诗,以及描写日常生活的诗歌。其次是在艺术上更讲究对偶、修辞、剪裁

---

① 闲:娴熟。
② 繁弱:古良弓名。
③ 忘归:箭矢名。
④ 蹑景:追着影子。飞:飞鸟。
⑤ 息徒兰圃:在开有兰花的野地上休息车驾。
⑥ 流磻(bō):用生丝绳系在箭上射鸟。皋:草泽地,或水边高地。
⑦ 游心太玄:神思遨游在天地自然的大道中。

等,对事物和景物的描绘比前代更加细致。

西晋诗人中陆机和潘岳得到钟嵘《诗品》的很高评价。陆机(261—303),字士衡,有《陆士衡集》。其《文赋》是魏晋时重要的文学批评著作。他富有才华,文辞较为繁富。较好的作品是行役诗中的《赴洛道中作》两首,第二首中"清露坠素辉,明月一何朗",以及《拟明月何皎皎》中写月光的"照之有余辉,揽之不盈手"等句,都为人所称道。

潘岳(247—300),字安仁,有《潘黄门集》。他擅长悼亡之作,《悼亡诗》三首其一写得特别真挚感人,结尾"春风缘隙来,晨霤承檐滴[①]。寝息何时忘,沉忧日盈积。庶几有时衰,庄缶犹可击"几句,用雪化春回的新鲜感受衬托他长期沉浸在哀伤之中的心情,尤其新颖。

傅玄(217—278),字休奕。有《傅鹑觚集》。他擅长乐府诗,其中反映妇女问题的《豫章行·苦相篇》写封建社会重男轻女的现象和女子所受的痛苦,《秦女休行》写庞烈妇不畏强权,手刃仇人为父母报仇的故事,都有很强的社会意义。此外一些描写爱情的小诗如《杂言》《西长安行》《昔思君》等,也都构思新巧,清丽可爱。

西晋最有风骨的诗人是左思和刘琨。左思(250? —305?),字太冲,临淄(今山东淄博市)人。他出身寒族。曾以十年时间写成《三都赋》,人们争相传抄,一时洛阳为之纸贵。他的《咏史》八首把咏史和咏怀结合起来,借历史故事抗议埋没人才的门阀制度,展现藐视豪族的傲气,歌颂永世不朽的英名,表达建功立业的愿望,是一组能够继承建安风骨的名作。如第一首写一个梦想为国立功的书生,赞美功成不受赏的高节,反映了寒士阶层朝气蓬勃的精神面貌。第二首最为著名:

> 郁郁涧底松,离离山上苗[②]。以彼径寸茎[③],荫此百尺条。
> 世胄蹑高位[④],英俊沉下僚。地势使之然,由来非一朝。

---

① 晨霤(liù):早晨从屋檐上流下的水。承檐滴:被檐沟接住又滴下来。
② 离离:稀疏下垂的样子。
③ 径寸茎:直径一寸粗的树干。
④ 世胄:世家子弟。

金张藉旧业[①],七叶珥汉貂。冯公岂不伟[②],白首不见招。

这首诗用山上的小树苗和谷底的松树所处地势的对比,精警地揭示了西晋社会"上品无寒门,下品无士族"的不合理现实及其历史渊源。《咏史》八首各自独立成章,又相互承接,风格刚健明快,明人胡应麟赞其"造语奇伟,创格新特,错综震荡,逸气干云,遂为古今绝唱"(《诗薮》)。

刘琨(270—318),字越石,中山魏昌(今河北无极县)人。在西晋末年因民族矛盾异常尖锐而成为爱国志士。他历任刺史、大将军等职,在北方深入敌后,辗转抗敌。后因军事失利,投幽州刺史段匹磾,为段所害。他的诗仅存3首。其中《扶风歌》真实地描写了他在"胡寇塞路"的情况下,以少击众,转斗荒山、粮尽援绝的困苦境况,流露出深恐出征无功、日久不能见谅于朝廷的忧惧之情。《重赠卢谌》作于被段匹磾囚禁时,最后几句说:"功业未及建,夕阳忽西流。时哉不我与,去乎若云浮。朱实陨劲风,繁英落素秋。狭路倾华盖[③],骇驷摧双辀[④]。何意百炼钢,化为绕指柔!"连用多个比喻抒发时势已去、功业难成的无奈,都是英雄末路的浩叹,十分悲壮感人。

郭璞(276—324),字景纯,生活在西晋末和东晋初,曾注释《尔雅》《山海经》《楚辞》,有《郭弘农集》。诗赋中最著名的是《游仙诗》十四首,这一题材虽早就出现在秦汉时期,但是郭璞改变了以前描写方士求仙采药的主题,指出山林栖隐中自有仙境,这就使游仙和隐逸结合起来,并且融入老庄哲学,同时也借以寄托了自己对现实的不满:"朱门何足荣,未若托蓬莱。"在表现上,他把隐逸的真趣和游仙的幻境相结合,景物描写鲜明,富有文采,给李白的游仙诗提供了艺术经验。但他同时又在诗里直接引用老庄的道理甚至《易经》的卦辞,对后来东晋玄言诗的产生有明显的影响。

---

① "金张"两句:西汉金日(mì)磾(dī)七代为内侍,张汤子孙为侍中、中常侍者有十几人。珥汉貂:插貂尾(貂尾是侍中、中常侍冠上的装饰)。这两句说像金、张这样的高官仗着祖先功业,世代占据高位。

② 冯公:汉文帝时冯唐任中郎署长,年老而官职低微。

③ 华盖:车上的绸伞。

④ 骇驷:惊马。辀:车。

第三节 陶渊明与田园诗

陶渊明(365? —427),字元亮(一说名潜,字渊明),浔阳柴桑(今江西九江)人。曾祖陶侃为大司马,父、祖也做过太守、县令。但他出世后家境贫困,29 岁始出为江州祭酒,不久辞归。后又担任镇军参军、建威参军、彭泽令等职。最后在 41 岁时作《归去来辞》弃官归隐,此后一直过着躬耕隐居的生活。刘裕初建宋朝时曾征他为著作郎,他坚辞不出。死后被朋友私谥为“靖节”。有《靖节先生集》。

一、陶渊明隐居的意义

陶渊明被称为“隐逸诗人之宗”,其实他的隐逸具有深刻批判社会现实的积极意义,与前代和同代的隐士都大不相同。

1. 他早年有建功立业的理想,后来坚持归隐,固然有不满刘裕篡位的现实原因,但更主要的是出于对“自真风告逝,大伪斯兴”(《感士不遇赋》)的封建社会的彻底否定。

2. 他在很多诗歌中真诚地袒露了自己在坚守“固穷节”①的过程中所经历的思想斗争。物质生活的贫困,光阴流逝的恐惧,都曾使他动摇,但最终他所追求的“道”使他坚定了安贫的信念:“贫富常交战,道胜无戚颜。”(《咏贫士》)

3. 他在田园坚持躬耕自给,并且在长期的生产劳动实践中认识到“民生在勤,勤则不匮②”(《劝农》)的人生真谛:“人生归有道,衣食固其端。孰是都不营,而以求自安?”(《庚戌岁九月中于西田获早稻》),而且在《劝农》诗里批评东晋士族好逸恶劳的风气,也对鄙视农稼的儒家观念委婉地表示了自己

① 固穷节:君子固穷的节操,出自《论语·卫灵公》:“君子固穷。”
② 匮:匮乏。

的不同见解。

4. 提出了“桃花源”的社会理想。他的《桃花源诗并记》描写了一个“春蚕收长丝，秋熟靡王税”的空想社会，这里“土地平旷，屋舍俨然，有良田美池桑竹之属。阡陌交通，鸡犬相闻。其中往来种作，男女衣着，悉如外人。黄发垂髫，并怡然自乐”。其“先世避秦时乱，率妻子邑人来此绝境，不复出焉，遂与外人间隔。问今是何世，乃不知有汉，无论魏晋”。这个没有王税剥削、农民通过共耕就可以安居乐业的平等社会，虽然带有老庄小国寡民中原始蒙昧生活的痕迹，但已经是从当时封建的生产关系中可能产生的小生产者的最高理想。

陶渊明的思想高度很难为后代隐士所超越，主要基于以上四个方面的原因。

二、陶诗的艺术成就

1. 平淡的风格和澄明的意境。他善于用朴素的语言和白描的手法，真实平易地抒写日常生活的感受，表现平静安宁的田园生活，以及诗人自己恬淡旷远的襟怀和孤傲高洁的品格，从而形成了平淡自然的风格和清朗澄明的意境。如《归园田居》其二：

> 种豆南山下，草盛豆苗稀。晨兴理荒秽[①]，带月荷锄归。
> 道狭草木长，夕露沾我衣。沾衣不足惜，但使愿无违。

带月荷锄归村的天真想象和不惜夕露沾衣的微妙心理，正出于诗人初离尘网、重亲耕稼的兴致。诗里没有一字刻画山村的夜景，但夜色中的南山、荒草中的小径、月光下的夕露，作为诗人活动的背景，自然构成了一幅静谧的山村夜归图，散发着浓郁的泥土气息。又如《饮酒》其五：

> 结庐在人境，而无车马喧。问君何能尔？心远地自偏。

① 荒秽：荒芜。秽：田里的杂草。

采菊东篱下，悠然见南山。山气日夕佳，飞鸟相与还。

此中有真意，欲辨已忘言。

开头四句说出了一个真隐的道理：真正的避世，不论身居何处，都是因为心远才觉得地偏，而不是因为地偏才使心远。在这样一种远离世俗的心境中，人才能对万物悠然兴会：在东篱下采菊，无心之间抬头看见南山。斜阳西下，山间的夕岚分外美好，飞鸟结伴纷纷归来。对此佳景，兴与意会，不觉沉浸在一片忘机的天真之中。这几句写出了诗人对大自然的会心，更有对菊和归鸟所包含的人生启示的领悟，采菊东篱的诗人形象也因为这首诗而永远在文学史上定格。

但陶渊明的自然并非不用构思和对偶等修辞技巧，他非常善于炼字，只是不见雕琢痕迹。比如《归园田居》其一：

少无适俗韵，性本爱丘山。误落尘网中，一去三十年①。

羁鸟恋旧林，池鱼思故渊。开荒南野际，守拙归园田②。

方宅十余亩③，草屋八九间。榆柳荫后檐，桃李罗堂前。

暧暧远人村，依依墟里烟。狗吠深巷中，鸡鸣桑树颠。

户庭无尘杂，虚室有余闲。久在樊笼里，复得返自然。

这首诗详细描写了旧居村巷的风光以及重返田园的愉快生活。除了首尾六句以外，全都是工整的对偶，但七组对偶句错落参差，或以数字相对，或以叠字相对，句法和构词方式没有一组雷同。全诗布局也颇具匠心："园田居"的环境由近到远，从屋前房后的榆柳桃李到外面的田园，再到更远处的村墟，一层层将园田居与世俗风尘隔离开来，凸显其环境的朴素清净。其中"暧暧远人村，依依墟里烟"两句，写远村朦胧、炊烟袅袅的景色，又饱含着诗人对田园的依恋之情，其自然天成最为后人所欣赏。

---

① 三十年：当作十三年。作者从太元十八年（393）为江州祭酒到彭泽弃官，共 12 年，次年写此诗，刚好 13 年。

② 守拙：依守愚拙的本性，与世俗的机巧相对。

③ 方宅：住宅四周。

其余如四言诗《时运》中的"山涤余霭，宇暧微霄[①]。有风自南，翼彼新苗"，"翼"字活用《诗经》将名词当动词用的特点，写新苗在风中有如展翼起舞的姿态，更是生动。

2. 比兴的人格化。陶诗继承了《诗经》、楚辞和汉魏诗歌的特点，大量运用比兴，如用归鸟自比回归田园，用孤云比喻自己的孤独，用青松、芳菊比喻高尚的节操，等等。与汉魏诗歌的比兴不同的是：这些比兴一般都取自他的日常生活，对于表现他的处境和人格具有鲜明的象征意义，因而达到人格化的高度。如《和郭主簿》其二：

和泽周三春，清凉素秋节。露凝无游氛，天高肃景澈[②]。
陵岑耸逸峰，遥瞻皆奇绝。芳菊开林耀，青松冠岩列，
怀此贞秀姿，卓为霜下杰。衔觞念幽人，千载抚尔诀[③]。
检素不获展[④]，厌厌竟良月[⑤]。

这幅肃穆澄澈的秋景图其实也是诗人的静穆气质和高尚节操的自然化，毫无尘染的晴空、光辉耀目的芳菊、挺拔秀杰的青松，无不是诗人心境和品格的比兴形象，只是融化在景物的真切描绘之中而已。陶渊明所独有的这种境界，使他的田园诗形成了极其鲜明的艺术个性。

3. 对于四言诗和五言咏怀组诗的创造性贡献。他活用《诗经》四言诗的句法和字法，用田园生活的新鲜内容使两晋僵化的四言诗再度复活，形成四言诗发展中的最后一个高峰。同时他突破了前代五言咏怀组诗内容庞杂的结构，把五言咏怀组诗按照主题分类，如《咏贫士》专咏历史上各种安贫乐道的先贤以自勉，《杂诗》十二首专写光阴流逝、有志难展的痛苦，等等。这些对唐代的同类组诗都有重要影响。

除了诗文以外，陶渊明的辞赋也写得很好，如名篇《归去来兮辞》：

---

① 宇暧微霄：天空蒙着一层微薄的云气。
② 肃景：秋景。
③ 抚尔诀：遵循你们的法则。尔：指幽人，古代隐者。
④ 检素：自检平生。
⑤ 厌厌：无情绪。

归去来兮，田园将芜胡不归？既自以心为形役①，奚惆怅而独悲？悟已往之不谏，知来者之可追。实迷途其未远，觉今是而昨非。舟遥遥以轻飏，风飘飘而吹衣。问征夫以前路，恨晨光之熹微②。乃瞻衡宇，载欣载奔。僮仆欢迎，稚子候门。三径就荒，松菊犹存。携幼入室，有酒盈樽。引壶觞以自酌，眄庭柯以怡颜。倚南窗以寄傲，审容膝之易安③。园日涉以成趣④，门虽设而常关。策扶老以流憩，时矫首而遐观⑤。云无心以出岫，鸟倦飞而知还。景翳翳以将入，抚孤松而盘桓。

归去来兮，请息交以绝游。世与我而相违，复驾言兮焉求⑥？悦亲戚之情话，乐琴书以消忧。农人告余以春及，将有事于西畴⑦。或命巾车⑧，或棹孤舟。既窈窕以寻壑，亦崎岖而经丘。木欣欣以向荣，泉涓涓而始流。善万物之得时，感吾生之行休。

已矣乎！寓形宇内复几时？曷不委心任去留⑨？胡为乎遑遑欲何之？富贵非吾愿，帝乡不可期⑩。怀良辰以孤往，或植杖而耘耔。登东皋以舒啸，临清流而赋诗。聊乘化以归尽⑪，乐夫天命复奚疑！

这篇辞前面有序，明确交代作于陶渊明 41 岁辞去彭泽令归田之时。辞共分三段，每一段开头都以感叹语自呼归去，激情直贯全篇。第一段抒发其急于乘舟归去时的轻快心情，描写故乡景色的美好和亲情的温馨，以及初归田园时的自在意趣；第二段写归来后断绝世俗交往，开始躬耕生活的愉悦；第

---

① 心为形役：心志被形体役使，指自己为衣食出仕，不能从心所欲回归自然。
② 熹微：天未大亮。熹：光亮。
③ 审容膝之易安：看着地方窄小反而心里安稳。容膝：形容居室狭小。
④ 日涉：每天涉足。
⑤ 矫首：抬头。遐观：远望。
⑥ "复驾言"句：我又驾着车出去寻求什么？
⑦ 有事于西畴：到西边去耕种田亩。
⑧ 巾车：有帷幕的车子。
⑨ 委心任去留：随心所欲，生死任其自然。
⑩ 帝乡：天帝所居之乡，仙境。
⑪ 乘化以归尽：随着自然变化的规律走到生命尽头。

三段表明自己不求富贵、乐天知命的人生态度。其中“问征夫以前路,恨晨光之熹微”“僮仆欢迎,稚子候门。三径就荒,松菊犹存”“云无心以出岫,鸟倦飞而知还”等句,对仗工整而朴素自然,富有诗意,是后世传诵的名句。

陶渊明在诗歌史上的主要贡献是开创了田园诗的题材。其追求真朴自然的审美理想、平淡天然的语言风格为后代的田园诗确立了极高的艺术标准。他的人格和诗境的浑然一体也是后人难以企及的。

第四节　谢灵运与山水诗

一、山水诗的产生

中国古典文学中很早就有对自然景物的描写,但是山水诗成为一种独立的题材,还是在晋末宋初。东晋大士族南渡以后,生活在风景优美的江南,占有面积广大的山林庄园,这是山水诗产生的现实基础。此外当时流行的玄学清谈都以“自然之道”为主题,这就促使他们想用山水诗和山水画将“道”形象地表现出来。因此山水诗画在这一时期同时产生。

在谢灵运以前,东晋诗人如殷仲文、谢混等,已经写出了少数集中刻画山水景物的诗篇。而谢灵运则是第一个大力写作山水诗的作家。

谢灵运(385—433),祖籍陈郡阳夏(今河南太康附近),世居会稽(今浙江绍兴)。他是东晋名士谢玄的孙子,18 岁时袭封康乐公。刘裕以宋代晋后,打击王谢门阀大族,谢灵运被降为康乐侯,以后又一直得不到朝廷重用,于是就以隐居庄园、游览山水来排遣烦闷,晚年因谋反被杀。有《谢康乐集》。

二、谢灵运山水诗的艺术特色

谢灵运的山水诗在艺术上有很多开创,其主要特点有以下几方面。

1. 善于用精工富丽的语言细致刻画自然景物的形貌特征。例如《石壁精舍还湖中作》：

> 昏旦变气候，山水含清晖。清晖能娱人，游子憺忘归。
> 出谷日尚早，入舟阳已微。林壑敛暝色，云霞收夕霏。
> 芰荷迭映蔚[①]，蒲稗相因依[②]。披拂趋南径，愉悦偃东扉。
> 虑澹物自轻[③]，意惬理无违[④]。寄言摄生客[⑤]，试用此道推[⑥]。

前四句写自己从早到晚徜徉在山水清晖中流连忘返的愉悦心情，颇有理趣，也能见出诗人平时欣赏山水的哲学修养。之后描绘夕阳已落、余晖将收时湖上的景色。“林壑”两句写暮色悄悄聚拢在林壑、云霞渐渐收敛在天边，精微准确地表现了人在开阔地带观景，总是先从远处见到暝色降临的感受。湖中芰荷层叠，在光线暗淡时色彩更显浓重，蒲稗在晚风中摇曳依倚，也写出了黄昏时特有的情调。

2. 其诗歌的典型结构是按游览顺序，面面俱到地刻画一路观赏的景物，形成上句写山、下句写水的公式。同时，通过章法的铺垫，烘托某些印象深刻的景物，形成突出在全篇之中的名句，最后以玄言结束。

比如《登江中孤屿》前面写他从江南回船到江北去寻找新异的景色，发现了“乱流趋正绝[⑦]，孤屿媚中川。云日相辉映，空水共澄鲜”的美景，后面再用玄言表现对景物的赞赏和养生的道理。后人批评他的诗“有句无篇”，就是指这类清新鲜明的佳句往往在较长的篇幅中只有两到四句。但他的名句很多，如：“春晚绿野秀，岩高白云屯。”（《入彭蠡湖口》）“白云抱幽石，绿筱媚清涟[⑧]。”（《过始宁墅诗》）“密林含余清，远峰隐半规[⑨]”（《游南亭》），等等。而

---

① 芰（jì）：菱。迭映蔚：层叠相映，更觉茂盛。
② 蒲：香蒲，水草名。稗（bài）：形似稻谷的一种杂草，这里指水草。因依：依倚。
③ 虑澹：思虑淡泊。物自轻：对外物看得轻。
④ 意惬：自觉适意。理无违：不违背自然常理。
⑤ 摄生客：养生的人。
⑥ 此道：上文所说的“虑澹”“意惬”的道理。推：推求。
⑦ 乱流：从江中截流横渡。正绝：直截横渡。
⑧ 绿筱（xiǎo）：绿色小竹。
⑨ 半规：半轮落日。

最著名的是《登池上楼》中的“池塘生春草，园柳变鸣禽”，这诗写他长期患病之后，登楼眺望春景所引起的无限新鲜而又惆怅的感受。景物描写中饱含着对时节变化、新旧更替的无限感慨，又都融会在一片生机蓬勃的大好春光中。谢灵运自己也认为“此语如有神助”。

谢灵运的山水诗为中国古典诗歌开创出极貌写物的新阶段，他的诗歌风格和结构特点形成了被后人效仿的“大谢体”，对于唐代山水诗具有深远的影响。

第五节　鲍照和七言乐府

一、鲍照和他的时代

鲍照(414? —466)，字明远，原上党(南朝侨置县名，今江苏宿迁)人，后迁东海(刘宋东海郡，属徐州)，家居建康，出身寒族。他曾在《世说新语》的主编临川王刘义庆门下任职。后来在宋孝武帝时当过中书舍人，以后又任过县令。最后在临海王刘子项手下任参军，因兵乱丧生。有《鲍参军集》。

刘宋文帝元嘉时期，鲍照和谢灵运、颜延之三位大作家被称为“元嘉三大家”。但因为出身低微，鲍照对时代的观感与谢灵运不同。一方面，他对那些掌握特权的高门大族满怀怨愤，有关作品继承了左思诗歌对门阀制度的批判精神；另一方面，因为元嘉时代是太平治世，刘宋皇室也起用了一些寒族士人承担某些吏务，所以他对时代又存有幻想。但是刘宋王朝政治险恶，宗室斗争残酷，一些新进小人又滥用权力作威作福，这又使鲍照对仕途的险恶与龌龊充满畏惧和憎恶。所以他的一生都在乘时进取的幻想和遇险缩步的矛盾中徘徊。

二、鲍照对诗歌史的贡献

鲍照诗现存 200 多首，在诗歌史上的贡献主要有两方面。

1. 他大力恢复汉魏古诗抒情言志的传统，并复活了建安诗人的少年豪侠意气和建功立业的精神，开创了边塞诗。虽然《诗经》、楚辞中早就有描写战争和士兵的诗歌，但是文人借边塞题材抒写立功理想的诗歌，是从建安时期才开始的。曹植《白马篇》、阮籍《咏怀》中的“少年学击刺”“壮士何慷慨”等通过塑造武艺高强、勇于效命战场的壮士形象，寄托了许身报国的大志，富有豪迈乐观的精神。鲍照能继承这种传统，除了与他本人积极进取的思想有关以外，还因为刘宋时代北伐的呼声很高。

鲍照不但用边塞诗寄托立功的理想，而且还在诗歌中增加了对边塞风物和征人边愁的描写，把捐躯报国的高昂斗志和边塞征戍的艰苦环境结合起来，确立了边塞诗的题材范围。如《代出自蓟北门行》：

羽檄起边亭，烽火入咸阳。征师屯广武①，分兵救朔方②。
严秋筋竿劲③，虏阵精且强。天子按剑怒，使者遥相望。
雁行缘石径，鱼贯度飞梁④。箫鼓流汉思⑤，旌甲被胡霜。
疾风冲塞起，沙砾自飘扬。马毛缩如猬，角弓不可张。
时危见臣节，世乱识忠良。投躯报明主，身死为国殇。

这首诗以胡汉双方阵势对照的结构、沙场激战中的细节描写、紧健的节奏和劲挺的笔力，奠定了边塞诗的典型模式，对唐代高适的《燕歌行》影响很大。

2. 接续在东晋中断一百年之久的乐府诗创作传统，大量创作文人拟乐府诗，遍尝三言、五言、七言乐府诗的各种体式，尤其对杂言乐府诗和七言乐府诗的转型有重大贡献。

鲍照的代表作《拟行路难》是一组以五七言或七言为主的乐府诗。七言诗从曹丕《燕歌行》以后，一直延续着句句押韵的体式。鲍照将部分杂言诗

---

① 广武：县名，在今山西省代县西。
② 朔方：郡名，在今内蒙古黄河以南一带。
③ 筋竿：弓箭。
④ 飞梁：飞跨两岸的桥梁。
⑤ 箫鼓：军乐。流汉思：流露出汉军戍边的情思。

中的七言句变成了隔句用韵,还探索了句句韵和隔句韵交替组合的多种方式。《拟行路难》其四“泻水置平地”和其六“对案不能食”两首写得最好。其四:

泻水置平地,各自东西南北流①。人生亦有命,
安能行叹复坐愁!酌酒以自宽,举杯断绝歌路难。
心非木石岂无感,吞声踯躅不敢言!

诗一开头就像泻水于地,流漫横溢,倾泻出满腹的忧愁,叹息人的命运无法掌握。而泻水的比喻中又暗含典故,寄托着世间善人少恶人多、无人正方圆是非的愤慨。通篇并未说明为何忧愁,只是以一声自问和“不敢言”结尾,声调抑扬之间,更见出难以明言的深愁。这首诗的起势和内容对于李白《将进酒》的影响是显而易见的。

鲍照诗歌风格多样,但他的乐府诗大多数是平易直白的。他那乘时进取的精神、不甘沉沦的傲气、俊逸遒丽的诗风,尤为盛唐诗人所乐于接受。杜甫称赞李白说:“清新庾开府,俊逸鲍参军。”(《春日忆李白》)可见李白的风格是颇受鲍照影响的。

第六节　永明体和齐梁诗

一、永明体

魏晋以来,中国音韵学受印度梵音学的影响,有了新的发展。南齐武帝永明年间(483—494),周颙发现汉字有平、上、去、入四种声调。同时代著名诗人沈约对音韵也很有研究,就根据四声和双声叠韵来研究诗歌中音律的配合,指出平头、上尾等八种声病需要避免。当时一些作家如谢朓、王融、

---

① “泻水”两句,《世说新语·文学》中刘尹回答殷中军“何以正善人少,恶人多?”的问题:“譬如写(通‘泻’)水著地,正自纵横流漫,略无正方圆者。”

范云等,在沈约的倡导下,将这种诗歌音律和排偶对仗的形式结合起来,就形成了一种新的诗体——永明体,又称为新体诗。这就是我国格律诗的开端。

永明体只讲究五言诗两句十字之内的音韵配合,篇制也没有固定。齐梁以后,逐渐出现了极少数暗合律诗声律规则的诗歌,趋向于一篇四句和八句的体制。到初唐沈佺期、宋之问时,律诗才完全定型。

永明体讲究构思新颖,其中的一些小诗受到南朝乐府民歌的影响,尤其清新可爱。如谢朓的《玉阶怨》《王孙游》《同王主簿有所思》等,无不音调和谐,语言精美。《王孙游》:

绿草蔓如丝,杂树红英发。无论君不归,君归芳已歇。

此诗写思妇春怨,说无论君归还是不归都已经赶不上美好的春景,从两边说透错过春光的遗憾,构思就很新鲜。“蔓如丝”的“丝”双关“思”字,又有意无意地暗示了情思的蔓生和春兴的勃发。可见永明体诗歌刚产生时已经具备含蓄隽永的特点。

二、齐梁诗

齐梁时期的诗人众多,个人风格不突出,但都追求新巧的构思和清丽的辞采。语言从晋宋之交的凝重生涩转为平易流畅、清新自然,使诗风为之一变。

齐梁诗题材大体以三类为主:第一类是山水诗,以南齐谢朓成就为最高。谢朓(464—499),字玄晖,有《谢宣城集》。他继谢灵运之后,专注于描写山水,尤其在宣城任太守时,名作很多。他把山水描写的视角转向宦游中所见的平常景物,偏重水上行旅的风光,注意景物的剪裁,开始将诗人的感情初步融入景物。在他之后,齐梁时期的何逊、梁陈时期的阴铿,在继续发展山水羁旅题材的同时,探索山水诗的情景交融技巧,开辟了新体山水诗的新境界。他们的探索为唐代山水诗高潮的来临做好了艺术上的准备。

第二类是闺怨诗,以描写女子的情态和姿貌为主。第三类是咏物诗。这两类诗内容都比较单薄,较少感发人意的言志之作,加上掺杂着一些内容不健康的作品，所以齐梁诗风在初唐受到严厉的批判，成为绮靡诗风的代名词，是诗歌革新的对象。但是齐梁诗在题材开拓、语言风格以及艺术技巧方面对唐诗的直接影响是不可低估的。

第七节　庾信和北朝诗

一、庾信的由南入北

南北朝时期，南北文化水平相差很远，北魏末期才出了温子升、邢邵、魏收这三个号称“北朝三才”的诗人，但他们基本上都是模仿南朝的作品。直到梁朝的庾信来到北方，才给北朝文坛带来了转机。

庾信（513—581），字子山，南阳新野（今河南新野）人。他的生平可分为前后两期，前期他和父亲庾肩吾是梁朝著名宫廷诗人，他们和徐摛、徐陵父子出入太子萧纲的东宫，以风格绮靡、构思新巧的诗赋骈文名噪一时，时称“徐庾体”。侯景之乱中，梁武帝和简文帝萧纲都死于侯景之手，庾信逃到江陵的梁元帝萧绎的小朝廷里任职。后来在庾信出使西魏期间，梁朝为西魏所灭，他被迫留在西魏、北周，虽然因文名而受到很高礼遇，但内心极度痛苦和羞愧。今存《庾子山集》，其中绝大多数是后期作品，前期作品很少。

二、庾信后期诗的特点

庾信后期诗里充满着深切的亡国之痛和乡关之思。他以南朝讲究声色、长于骈俪用典的技巧描写北方雄壮肃杀的战争气氛和萧疏开阔的边地景色，形成了苍凉悲壮的风格。代表作《拟咏怀》27首，和他的《哀江南赋》一样，以史诗的规模，将咏史、述怀、用典、写景、比兴等多种表现手法结合起来，通过回顾自己一生的遭遇，描绘出一幅幅浸渍着血泪的时代画卷，真切地表现了诗人面热心寒的精神状态。如其二十六：

萧条亭障远，凄惨风尘多。关门临白狄[①]，城影入黄河。

秋风苏武别[②]，寒水送荆轲[③]。谁言气盖世，晨起帐中歌[④]。

这首诗综合了若干具有北方特征的边塞景物，营造出冷落萧条的总体氛围，与诗人寂寞悲凉的心情融为一体。后半首用李陵与苏武长绝、荆轲刺秦不归的典故表达了长别故土、屈仕敌国的羞愧，感叹自己不复有当年荆轲的豪气，而只能像陷入绝境的项羽那样作无可奈何的帐中歌。从声律上看，此诗已经暗合五律的规则。

庾信特别善用典故，讲究语句的锤炼和声律对偶的工整，构思和表现富有变化，各类诗体的艺术成就都很高。许多诗歌的创意对王维、李白、杜甫乃至李贺、李商隐都有影响。但初唐对他的评价很低，称他为“词赋之罪人”。直到杜甫指出“庾信平生最萧瑟，暮年诗赋动江关”(《咏怀古迹五首》其一)，才对他做出了正确的评价。

知识点：

建安风骨　建安七子　《咏怀》82首　《咏史》8首　元嘉三大家

永明体　齐梁诗　庾信《拟咏怀》27首

思考题：

1. 试述建安风骨在曹操《短歌行》中的体现。

2. 如何评价陶渊明的隐逸？

3. 谢灵运的山水诗有什么特点？

4. 鲍照对七言乐府诗的发展有什么贡献？

---

① 关门：关塞的城门。白狄：春秋时狄族的一支，这里指外族。

② “秋风”句：引用了苏武归汉、李陵送别的典故。一作“别苏武”。

③ “寒水”句：引用了荆轲刺秦、易水送别的典故。

④ 帐中歌：项羽在垓下被围，听到四面楚歌，夜起悲歌，首句是“力拔山兮气盖世”。

第六章
南北朝乐府民歌

晋宋之交，当文人诗的语言趋于雅化乃至僵化的时候，南北朝乐府民歌继汉乐府以后，再一次给诗坛带来了生机。

第一节　南朝乐府民歌

一、南朝乐府民歌的种类和内容

南朝乐府民歌产生的时代在晋宋之交。其中小部分作品收在宋郭茂倩编的《乐府诗集》“杂曲歌辞”中，大部分被收在“清商曲辞”中。大体可以分为三类：

1. 吴声歌，326 首，曲子题目较少，每题包括的曲辞大多为几十首，主要产生于首都建业一带；

2. 西曲歌，142 首，曲子题目较多，曲辞不如吴声歌集中，主要产生于荆、郢、樊、邓之间，也就是今湖北江陵、襄樊一带；

3. 神弦歌，18 首，是祭神的歌曲。

南朝乐府民歌产生于经济繁荣的城镇，加上统治者采集的目的不是像汉乐府那样观察风俗，而是为娱乐消遣之用，其中一部分是士大夫或他们蓄养的歌妓所作，因此几乎清一色都是情歌，在反映社会问题的深度和广度上不如汉乐府。但其中真正来自民间的作品仍然在对爱情的歌唱中折射出当时社会生活的面影和人民的喜怒哀乐。如《那呵滩》：

我去只如还，终不在道边。我若在道边，良信寄书还①。

这一首写舟人出门时与家人道别，说即使倒毙在路边，也会托可靠的人带信回家。寥寥几句毫无把握的安慰之词，道出了舟人生命毫无保障的悲惨命运。

《子夜四时歌·夏歌》：

田蚕事已毕，思妇犹苦身。当暑理絺服②，持寄与行人。

该诗写思妇蚕事已毕，还要冒着酷暑为远行在外的丈夫料理夏衣。以上这些诗都反映了征夫、思妇、舟人终年辛劳的生活。

南朝乐府民歌大多是写男女相思，有的是对家长扼杀爱情的抗议，有的是对负心男子的谴责，有的是坚贞的誓言，也有迟疑的试探，总之主题单一，翻来覆去歌唱的只是求爱失欢的相思相怨之情。

二、南朝乐府民歌的艺术特色

1. 大多用口语和唱和的形式，声调发自心口，因而语言明快生动，风格清新自然。正如《大子夜歌》所说："歌谣数百种，子夜最可怜。慷慨吐清音，明转出天然。""丝竹发歌响，假器扬清音③。不知歌谣妙，声势出口心。"

2. 大量使用双关隐语，有同音同字和同音异字两类。同音同字如以布匹的"匹"双关匹配的"匹"，同音异字如以"丝"双关"思"，但两类经常混用。如《子夜歌》：

始欲识郎时，两心望如一。理丝入残机，何悟不成匹？

---

① 良信：可靠的信使。
② 絺(chī)：细葛布。
③ 假器：借助乐器。

高山种芙蓉，复经黄檗坞①。果得一莲时，流离婴辛苦②。

“匹”以织成布“匹”双关“匹”配，“芙蓉”双关“夫容”，“莲”双关“怜”，辛苦是黄檗“心苦”的谐音。

南朝乐府民歌中最长的诗是《西洲曲》，作者不明，可能经过文人加工。它实际上是由八首五言四句的小诗构成，抒写女子的四季相思。全诗通过人物动作情态和景物的转换，点出时序的变化，并组合重复用字、顶针、复沓、双关等多种修辞手法，音调流畅，声情并茂。比如其中“采莲南塘秋，莲花过人头。低头弄莲子，莲子清如水。置莲怀袖中，莲心彻底红。忆郎郎不至，仰首望飞鸿”两节，前六句句句有“莲”。不但以弄莲、怀莲双关怀怜之意，而且以女子出没于莲花之中的优美情态和置莲于怀袖之中的细致动作，反复抒写女子对情人的思慕，象征她的情意和莲子一样清纯如水。而从仰望飞鸿，季节又自然转到秋天，并且暗含着希望飞鸿传书的心愿，过渡十分自然。这首诗在艺术上代表着南朝乐府民歌的最高成就。

第二节　北朝乐府民歌

一、北朝乐府民歌的内容

北朝乐府民歌主要作于五胡十六国时期，大部分保存在《鼓吹曲辞》的《梁鼓角横吹曲》里。现存约60首，数量很少，反映社会的深度和广度却远远超过了南朝乐府民歌。从五胡十六国到北魏统一这段历史时期，是北方历史上最混乱黑暗的年代，各少数民族豪酋之间的攻伐与人民反抗统治者的斗争错综复杂地交织在一起，战争的旷日持久和残酷激烈导致无数男儿死无葬身之地。这在不少民歌中有直接的反映，如《企喻歌》：

---

① 黄檗(bò)：即黄柏，芸香科乔木，内皮薄，鲜黄色，味苦。

② 婴：缠绕。

男儿可怜虫，出门怀死忧。尸丧狭谷中，白骨无人收。

《隔谷歌》：

兄在城中弟在外，弓无弦，箭无栝①。食粮乏尽若为活？

救我来！救我来！

围城中受尽饥饿困辱的士兵在垂死之际向城外敌军中的兄弟发出了惨痛的呼救声。这是因为各族军事势力之间无休止的混战，导致同族同姓乃至兄弟都被分裂成敌对的两方。还有反映社会贫富问题的，如《幽州马客吟歌辞》：

快马常苦瘦，剿儿常苦贫②。黄禾起羸马③，有钱始作人。

以苦瘦的快马比喻苦贫的剿儿，以黄禾可以让羸马振作比喻有钱才有做人的资格，揭示出人的社会地位不由能力而由金钱决定的不合理现象。

二、北朝乐府民歌的艺术特色

北朝乐府民歌的特色是感情单纯粗犷，风格刚健质朴，比南朝乐府民歌更少辞采的修饰，但也有动人的艺术效果，如著名的《敕勒歌》④是一首赞美北国风光的千古绝唱：

敕勒川⑤，阴山下⑥。天似穹庐，笼盖四野。

天苍苍，野茫茫，风吹草低见牛羊⑦。

这首牧歌以简括的线条，勾勒出北方草原辽阔苍茫的景色，以最淳朴的

---

① 栝（guā）：箭末扣弦处。
② 剿（jiǎo）儿：劳苦健儿。
③ 黄禾：好的马料。羸：瘦弱。
④ 敕（chì）勒：民族名，北朝时聚居今山西北部一带。
⑤ 敕勒川：当时敕勒族聚居地的河流，所在地未详。
⑥ 阴山：山脉名，起于河套西北，穿过内蒙古自治区，和大兴安岭相接。
⑦ 见（xiàn）：同“现”。

语言唱出了游牧生活粗犷豪放的风情。

《木兰诗》是北朝乐府民歌中的代表作。它歌颂木兰代父从军的英雄事迹，赞美她压倒须眉的非凡气概和功成不受赏的高尚境界，表达了人民追求和平安定生活的愿望。木兰既是北方民族尚武精神的化身，又集中了劳动妇女勤劳善良、肯于自我牺牲的可贵品质。

这一长篇叙事诗是用北朝民歌特有的抒情方式写成的，除中间的偶句和结尾的比兴外，全诗几乎皆由复叠的对句组成。故事的展开处处扣住木兰是女郎的特点，每一情节的发展都用四至八句排比铺陈，反复咏叹。同时每组叠句整散相间，富于变化，句子长短错落有致。像这样大量运用重叠复沓的对偶句式叙事，在民歌中还是首创。

南北朝乐府民歌以清新明快的风格和生动活泼的口语，打破了晋宋诗典雅板滞的语言僵局，对南北朝诗歌语言风格的变革具有重要的影响，其中抒情小诗的新体式，是五言绝句和七言绝句产生的源头。

知识点：

吴声歌　西曲歌　《西洲曲》《木兰诗》

思考题：

南朝和北朝乐府民歌的内容与风格有何不同？

第七章
魏晋南北朝文和小说

第一节　南北朝赋和骈文

一、南北朝骈文的形式特点

骈文起源于汉魏，形成于南北朝，全篇以双句(即俪句、偶句)为主，讲究对仗和声律，其中以四字六字相间定篇者，也称四六文，为骈文中的一体。

我国散文从东汉起逐渐趋于整齐对偶。魏晋时期骈文已经形成，但较粗糙。发展到南北朝，骈文的形式技巧愈益精致。主要特点有：

1. 句法不仅要对偶，还讲究言对(词性虚对虚、实对实)、事对(典故对典故)、正对(用不同例子说明同样的意思)、反对(用相反的例子说明同样的意思)，这就是所谓"四对"；

2. 句子的字数渐趋于骈四俪六，偶尔掺杂三言、五言句，以免呆板；

3. 声律要调平仄；

4. 讲究用典、比喻、夸饰、修辞，等等。

南北朝还有不少赋，形式上接近骈文，因此称为骈赋。

二、南北朝赋和骈文的代表作

1. 鲍照的《芜城赋》：这是一篇著名的骈赋，为凭吊广陵而作。作者借西汉曾在广陵建都的吴王刘濞叛乱失败的故事，讽刺刘宋竟陵王据广陵叛乱所造成的灾难，并指出统治者的富贵煊赫不能长久，有较深的社会意义。这篇赋虽极力夸张渲染，却没有雕琢堆砌之病。其中“崩榛塞路，峥嵘古馗①。白杨早落，塞草前衰。稜稜霜气，蔌蔌风威。孤蓬自振，惊沙坐飞。灌莽杳而无际，丛薄纷其相依②。通池既已夷③，峻隅又以颓④。直视千里外，唯见起黄埃。凝思寂听，心伤已摧”一段，写广陵乱后的荒凉，境界阴沉，“孤蓬”两句所写景物都像惊魂未定，尤其生动形象。

2. 南齐孔稚珪(447—501)的《北山移文》：这是一篇绝妙的骈体讽刺文，嘲笑南齐时先隐居于钟山，后应诏出仕的假隐士周颙，生动地刻画出士大夫表面清高而实际上利欲熏心的典型形象。文章对周颙出山之前的假清高和接受征辟之后出山的俗气作了夸张的对比。其中“于是南岳献嘲，北陇腾笑，列壑争讥，攒峰竦诮”“于是丛条瞋胆⑤，叠颖怒魄⑥，或飞柯以折轮，乍低枝而扫迹”等句，用拟人化的手法写山峦草木对周颙的嘲讽和厌恶，甚至要把他出山的车辙扫平，尤为别致。

3. 齐梁江淹(444—505)的《恨赋》和《别赋》：江淹在刘宋末和鲍照齐名，《恨赋》和《别赋》是他的代表作。《恨赋》写历史上著名的帝王将相、英雄烈士功业未竟、壮志未酬就死去的遗恨。《别赋》写常人夫妇、富贵人家、游侠剑客、赴边的军人、去外国的使者、远游做官的人、学道成仙的人、相恋的男女青年等各种人不同的离情别绪。这两篇赋都有很浓厚的感伤情调。就艺术表现而论，《别赋》更好。如“春草碧色，春水渌波，送君南浦，伤如之何！至乃秋露如珠，秋月如珪，明月白露，光阴往来。与子之别，思心徘徊”这一段，文字清新，意境优美，富有诗情画意和青春情调。

4. 梁代吴均的《与宋元思书》和陶弘景的《答谢中书书》：这是两篇优美的骈文山水记。前者写富阳到桐庐一段富春江两岸奇峻幽美的景色，绘声

---

① 馗(kuí)：通向九处的大道。

② 丛薄：草木丛杂处。

③ 通池：城壕。

④ 峻隅：城上角楼。

⑤ 丛条：丛聚的枝条。瞋胆：怒目而视，气坏了肝胆。

⑥ 叠颖：重叠的草穗。

绘色;后者写江南四季的山水之美,简练概括,都有很高的审美价值。

5.庾信的《哀江南赋》:庾信在骈赋、骈文上的成就最高。其代表作《哀江南赋》是他晚年在北周怀念故国、自伤身世之作。这篇赋以作者的遭遇为线索,回顾梁朝由兴到衰的过程,揭露出梁朝统治者的无能和政治的腐败,反映了山河破碎、民生凋敝的现实,并歌颂了为国牺牲的忠勇将士,表现出作者痛定思痛时对现实较清醒的认识和屈身事敌的内疚。该赋不但有史料价值,艺术成就也高。此赋的主要特点是借用典故写时事,且大都用得巧妙恰当。只是用典过多,难免隐晦。

三、北朝的散文

南朝的散文被骈文排挤。北朝散文虽受骈文影响,也有骈俪成分,但成就较高。其中代表作是北魏郦道元的《水经注》和北齐杨衒之的《洛阳伽蓝记》。

郦道元(? —527),字善长,范阳涿州(今河北涿州)人。自幼好学,历览奇书,博闻强记。曾为桑钦(一说为郭璞)的《水经》作注,即《水经注》。这是一部很有价值的地理学著作。从文学的角度来说,它最成功的地方是那些对山川景物的描述,其中《江水》篇中关于三峡的描写尤其为人称道:

> 自三峡七百里中,两岸连山,略无阙处①;重岩叠嶂,隐天蔽日,自非亭午夜分,不见曦月②。至于夏水襄陵③,沿泝阻绝④。或王命急宣,有时朝发白帝⑤,暮到江陵⑥,其间千二百里,虽乘奔御风⑦,不以疾也。春冬之时,则素湍绿潭,回清倒影。绝巘多生怪柏⑧,悬

---

① 阙:缺口。
② 曦:日光。
③ 夏水襄陵:夏天江水上涨,溢上山坡。襄:上。
④ 沿泝:沿江而下,逆流而上。
⑤ 白帝:城名,在今重庆奉节县东。
⑥ 江陵:今属湖北荆州市。
⑦ 乘奔:乘着奔马。
⑧ 绝巘(yǎn):极高的山峰。

泉瀑布，飞漱其间，清荣峻茂，良多趣味。每至晴初霜旦，林寒涧肃，常有高猿长啸，属引凄异①，空谷传响，哀转久绝。故渔者歌曰："巴东三峡巫峡长，猿鸣三声泪沾裳！"

作者从七百里三峡中岩嶂相连、遮蔽日月的昏暗写出峡壁的高峻，从白帝江陵间行舟的迅速写出长江涨潮时水流的湍急，又在春冬朝暮景色的变化中写出峡中遍布清潭泉水和瀑布的美景，最后为这幅山水长卷添上空谷中回响的猿声，语言精致，笔趣清隽，被后世公认为描写三峡的经典文本。此外，作者还善于描绘全国各地山川的不同地貌，这对唐代柳宗元的山水游记有直接影响。

杨衒之(生卒年不详)，北魏人。他的《洛阳伽蓝记》主要记述了北魏王朝兴盛时期洛阳佛寺建筑的宏伟壮丽，意在通过佛寺的衰败来哀悼北魏王朝的衰落。其中对洛阳佛寺的结构和园林景物，以及与佛寺有关的各种人物的活动和民情风俗的描写，客观上也暴露了贵族豪门奢侈荒淫的生活。有些片段写得简洁有趣。

第二节　南北朝的小说

一、魏晋南北朝小说的产生和分类

"小说"一词虽然早见于先秦某些古书，但指浅薄琐碎的言论，含义和今天的不同。班固《汉书·艺文志》说："小说家者流，盖出于稗官，街谈巷语，道听途说者之所造也。"意思是说小说来自民间的口头传说，这里的"小说"已经接近今天的意思。班固还著录小说家书 15 种，1,380 篇。只有少数遗文保留下来，也不全是小说。

魏晋南北朝时期产生小说的原因主要有四个：一是战乱频繁，社会动

① 属引：接连不断。

荡，可资谈论的民间故事很多；二是巫祭、道教、佛教等宗教盛行，给神怪故事提供了丰富的资料；三是魏晋清谈除了谈玄还品评人物，很多士族人物讲究言谈举止，制造出很多话柄，也促进了轶事小说的发展；四是受先秦古籍的影响，如《神异经》《十洲记》《穆天子传》《汉武故事》等书吸收发展了《山海经》中的神话传说，史书《左传》《国语》《战国策》、子书《孟子》《庄子》《韩非子》中的寓言和人物情事的描写都对轶事小说有启发。

这一时期的小说可以分为志怪和轶事两类。

二、以《搜神记》为代表的志怪小说

魏晋南北朝的志怪小说，连不完整的在内现存共 30 多种，可分三类。

1. 记述地理博物的琐闻：如托名东方朔的《神异经》《十洲记》，托名郭宪的《汉武洞冥记》，西晋张华的《博物志》，其中也有一些关于神仙道术的故事。

2. 记述历史传闻：如托名班固的《汉武帝内传》《汉武故事》，就专写汉武帝生前死后的琐事，但也带有浓厚的神怪色彩。

3. 记述鬼神怪异的故事：如晋干宝的《搜神记》，北齐颜之推的《冤魂志》，梁吴均的《续齐谐记》，托名曹丕的《列异传》，托名陶潜的《搜神后记》，宋王琰的《冥祥记》，刘义庆的《幽明录》等。这类小说一般都用灾异变怪的故事附会政治现象，或推断人的吉凶祸福，或宣传佛的灵验和信佛吃素的好处。

志怪小说中《搜神记》的成就最高，其中《干将莫邪》《韩凭夫妇》《李寄斩蛇》等篇都是优秀的民间传说。《干将莫邪》写巧匠干将、莫邪夫妇为楚王铸成雌雄二剑后，干将被楚王杀害，其子赤为父报仇的故事，不仅揭露了封建暴君残害人民的罪行，也赞扬了劳动人民誓死反抗压迫的英雄行为，意义深刻，鲁迅的故事新编《铸剑》即据此写成。《李寄斩蛇》写一穷苦女孩冒生命危险砍死大蛇的故事，赞美了她的机智勇敢、不怕牺牲、为民除害，讽刺了官府的残酷和无能。《韩凭夫妇》写战国时宋康王强占韩凭之妻，韩凭被迫做苦工，继而自杀，其妻也从高台跳下自尽。二人死后宋康王阻止其合葬，但两座墓上有大树环抱生长，上有雌雄鸳鸯日夜悲鸣，宋人遂名此树为相思树。故事将韩凭夫妇坚贞不渝的爱情化为超自然的力量，表达了受迫害者不可征服的反抗意志。

《列异传》中有一篇《宋定伯卖鬼》的故事，后收录在《搜神记》里，写宋定伯捉鬼变卖得钱，十分有趣，说明鬼并不可怕，只要凭着勇敢机智就可将它制服，也很有教育意义。

这一时期志怪小说的特点是艺术上比较粗糙幼稚，只能粗线条地勾勒故事轮廓，不过较好的篇章已经能够通过某个故事突出主人公的主要特点。志怪小说的出现为唐传奇准备了条件。宋以后的笔记小说如宋代洪迈的《夷坚志》，明代瞿佑的《剪灯新话》，清代蒲松龄的《聊斋志异》和纪昀的《阅微草堂笔记》等，都和它有一脉相承的关系。

三、以《世说新语》为代表的轶事小说

这类小说中较早的是西晋葛洪的《西京杂记》(托名汉代刘歆作)，之后有裴启的《语林》、郭澄之的《郭子》等。刘宋时刘义庆的《世说新语》是一部集大成的著作，保存比较完整。其余各书大多散失，只在类书里保留着一些遗文。

《世说新语》的编著者刘义庆(403—444)，是刘宋王室的宗室，袭封临川王。他爱好文史，喜招揽文学之士。《世说新语》是他和手下的文士一起编写的。后来梁代的刘孝标作注，大大丰富了此书的内容。

此书专记汉末到东晋名士文人的言行风神，分列“德行”“言语”“文学”等36门，加以褒贬，可以看出其取向的标准。有些篇章能体现东晋士大夫的精神面貌，如“言语”门中写“过江诸人，每至美日，辄相邀新亭”，在草地上饮宴，其中周侯叹息：“风景不殊，正自有山河之异！”众人都相视流泪，唯有丞相王导愀然变色说：“当共勠力王室，克复神州，何至作楚囚相对！”“新亭对泣”的故事常为后世爱国诗人所引用。有的描写典型的魏晋风流，如“任诞”门中写王子猷雪夜访问戴安道，经宿方至，却“造门不前而返”，说“吾本乘兴而行，兴尽而返，何必见戴？”于任性中又见其风雅放达的风度。又如“雅量”

门中写谢安在与客人下棋时收到淝水之战大捷的喜讯，“默然无言”，继续下棋，客人问起，才说：“小儿辈大破贼。”这种遇事不露声色的雅量也是名士风度的表现。

《世说新语》的主要艺术特点是善于抓住言行的片段，选取典型细节，用精炼而又隽永传神的语言生动地表现人物性格和神情面目。其中不少故事成为后代诗词中常用的典故，还为后世的戏曲提供了不少素材。《世说新语》对唐以后的笔记小说和小品文的影响也很大。

知识点：

骈文　《哀江南赋》《水经注》　志怪小说　轶事小说　《世说新语》

第八章
隋及初唐诗歌

隋唐时期，社会的安定、经济的繁荣、国力的强盛，促使文人的精神面貌发生了重大变化，推动了文学艺术的发展。

从先秦到隋末，中国古典诗歌已经有一千多年的历史。随着社会生活的变化和语言的发展，诗歌题材不断扩大，各种诗体相继出现，表现艺术愈益成熟，在内容、形式、风格等各方面为唐诗积累了宝贵的创作经验，犹如蕴蓄丰富的江河上游，预示了唐诗波澜壮阔的前景。

古人把唐诗分成初、盛、中、晚四期，虽然各期之间的年份界限难以确切划定，但大体上可以说明唐诗发展的阶段性及其与时代的关系，因此一直被沿用下来。初盛唐诗歌的分界一般定在唐睿宗景云年间(710—711)，以此上推到唐高祖武德时期(618—626)近一百年，是为初唐，而唐玄宗开元(713—741)、天宝(742—755)四十多年间则为盛唐。

第一节　从王绩到初唐四杰

唐王朝开国之初，既要吸取六朝和隋代亡国的教训，改革政治和文风，又面临着收拾战乱之后文化残破局面的迫切需要。唐太宗的大臣魏征主张把江左的清绮文采与河朔的贞刚气质结合起来，“则文质彬彬，尽善尽美矣”(《隋书·文学传序》)，最早指出了唐诗发展的正确方向，描绘了唐诗未来的理想风貌。

从现存的唐初诗歌来看，作者多为朝廷大臣。宫廷诗歌中有一部分是为阐释唐太宗的统治思想而作的。还有一部分则是歌颂太平气象的诗歌，或写帝居王城的宏丽繁盛，或写万国来朝的壮丽气象。此外就是台阁官员宴集山池的唱和诗，主要描写宫廷、台省的池苑景物。隋唐之交，能够独立于宫廷诗坛之外的诗人主要是王绩。

一、王绩

王绩(590？—644)，字无功，自号东皋子，在隋唐两朝都曾出仕，但因不得志而终归于隐逸。有《王无功文集》。他以阮籍、陶潜自比，表现出放达简傲的名士风度。他的一部分诗歌描写田园生活的闲逸情趣，平淡自然，在典雅富丽的唐初诗坛上掠过了第一阵田野的清风。他把田园诗拓展到山水景物的描写中去，代表作《野望》是一首大体合格的五言律诗：

> 东皋薄暮望，徙倚欲何依[1]？树树皆秋色，山山唯落晖。
> 牧人驱犊返，猎马带禽归。相顾无相识，长歌怀采薇[2]。

这首诗抒发了诗人面对山野晚秋而产生的恬淡茫然的心情，秋色和落晖渲染出一片安宁的黄昏情调，牧人与猎马归来的情景似乎在提醒人们日落之时应当各寻归宿，却反衬出诗人彷徨不定的身影。全诗在闲逸的情调中流露出诗人举世“无相识”的寂寞和苦闷。这类含蓄隽永的诗歌为初盛唐山水田园诗指出了提炼典型意境的发展方向。

二、初唐四杰

王绩之后，初唐四杰进一步把诗歌从窄小的宫廷里解放出来。“四杰”之称，见于《旧唐书・杨炯传》：“炯与王勃、卢照邻、骆宾王以文词齐名，海内称为王、杨、卢、骆，亦号为‘四杰’。”他们的文学活动主要在高宗至武后初

---

① 徙倚：徘徊。
② 采薇，用《诗经・小雅・采薇》：“采薇采薇，薇亦作止。曰归曰归，岁亦莫止。”表示岁暮归去的意思。

年，其中卢照邻、骆宾王年辈较长，杨炯时代较晚。

四杰生活在贞观(627—649)以来大唐日益太平的时代，由此产生了欣逢盛世的自豪感，他们都渴望做一番建功立业的大事业。他们的长篇歌行极力铺陈帝京的壮丽气象，其力量和气势远远超过了刻板工丽的宫廷文学。而在歌颂太平时所流露的对人事沧桑的感慨，又使这些铺陈富丽的诗歌微笼着一层轻烟淡雾般的感伤情调。

由于四杰官卑职低，境遇坎坷，阅历较广，所以他们能使诗歌"由宫廷走到市井""从台阁移至江山与塞漠"(闻一多《四杰》)，不但开拓了诗歌的视野，并在强烈的爱国热忱中灌注了人生的远大理想、抑郁不平的苦闷，以及对边塞形势的密切关注和重义轻生的豪侠意气，表现出积极进取的人生态度。同时，王勃、杨炯针对唐高宗龙朔初年(661)以上官仪(约608—665)为代表的诗风，批评"上官体"诗歌"气骨都尽、刚健不闻"，自觉担当起使"积年绮碎，一朝清廓"(杨炯《王勃集序》)的历史使命，鲜明地指出诗歌振作在于"气骨"这一核心问题，提出了革新诗歌的主张。

四杰中卢、骆擅长七言歌行，王、杨擅长五言新体诗。卢照邻(634?—686?)，字升之，号幽忧子。有《卢升之集》。他做过邓王府的书记、新都县尉，后来久困长安市井，晚年又身患残疾。他的诗歌多为行旅、游览、应酬之作，特点是长于铺叙发挥。卢照邻最著名的作品是长篇七言歌行《长安古意》。骆宾王(生卒年不详)，有《骆临海集》。他一生足迹所至，从天山到海曲，乃至蜀中，因此在行役途中写下的作品很多，这些诗兼有边塞的内容和山水的描写，体现了丰富的生活阅历和开阔的视野。他也善写铺陈的长篇歌行，如《帝京篇》《畴昔篇》，都是挥洒淋漓、极见才力的长诗。他还写过少量五言新体诗，其中《在狱咏蝉》最为著名：

西陆蝉声唱①，南冠客思侵②。那堪玄鬓影③，来对白头吟。

---

① 西陆：指秋天。古人想象太阳按黄道向东走，365日绕天一周，日行东陆为春，行南陆为夏，行西陆为秋，行北陆为冬。

② 南冠：春秋时楚人钟仪被晋军俘虏，戴着"南冠"，后人遂以"南冠"指囚徒。

③ 玄鬓影：指蝉翼如黑色的鬓发。

露重飞难进，风多响易沉。无人信高洁，谁为表予心。

这是一首咏物诗，写于678年，作者因为上书议论政事，触怒武则天，被诬陷贪赃下狱。古人认为蝉“饮露而不食”，所以蝉在古代是清高的象征。诗人咏蝉，正是借以表明自己的清白。诗里抒发了秋天在狱中听到蝉声而引起的与世隔绝的悲哀，诗人以向来被比作乌黑鬓发的蝉翼与自己的白头对比，流露了对蹉跎岁月的忧思；而蝉因露水太重不能高飞，鸣声被风声掩没，又令人自然联想到种种诽谤阻断了诗人向朝廷表明心迹的言路。全诗处处扣住蝉的特点，以蝉的“清畏人知”比喻自己的高洁，贴切含蓄，深沉凝练。

王勃(650？—676？)，是王绩的侄孙。14岁就应举及第，当过沛王府的修撰，后任虢州参军，犯死罪，遇赦革职，父亲受牵连被贬到交趾。王勃在渡海省亲时溺水而亡，年仅27岁。有《王子安集》。他曾游历过很多地方，因此最擅长山水行役和赠别之作，诗以五言和绝句为多，也有少量七言。五律已有一部分合乎声律规则，其中以《送杜少府之任蜀川》最为著名：

城阙辅三秦①，风烟望五津②。与君离别意，同是宦游人。

海内存知己，天涯若比邻。无为在歧路，儿女共沾巾！

诗人立足于三秦大地眺望五津风烟，将想象中的视野拓展到千里之外，自然引出后三联的惜别之情。而在表达“离别意”的同时又转出更深一层的意思：只要同在海内，必定长为知己；即使远隔天涯，情亲亦犹如比邻。“海内”一联化用曹植“丈夫志四海，万里犹比邻”(《赠白马王彪》)的句意，用来表现彼此不能被地理空间阻隔的深厚友情，更展示了诗人放眼四海的开阔胸襟，因而成为千百年来人们赠别的格言。像这样神情爽朗和境界开阔的送别诗，还是首次出现在初唐诗坛上。

王勃还擅长写大赋和骈文，气势宏博。《滕王阁序》就是他的代表作，这篇骈文作于上元二年(675)九月九日，王勃参加洪州刺史阎伯屿在滕王阁

① 辅三秦：以三秦为畿辅。三秦：项羽灭秦后，三分关中，立雍、塞、翟三国，称为三秦。

② 五津：岷江自湔堰至犍为一段有五个渡口——白华津、万里津、江首津、涉头津、江南津，合称五津。

（位于今江西南昌市东湖区）上举行的宴会，作《滕王阁诗》和此序。序文中历叙洪都的“物华天宝”“人杰地灵”，描绘滕王阁上远眺所见的壮丽秋色，抒发“天高地迥，觉宇宙之无穷；兴尽悲来，识盈虚之有数”的感慨，悲叹人生的“时运不济，命途多舛”。其中“潦水尽而寒潭清，烟光凝而暮山紫”“落霞与孤鹜齐飞，秋水共长天一色”等对句写景，精工淡雅，鲜明如画，最为脍炙人口。

四杰追求的远大人生理想，以及因怀才不遇而激发的种种不平之鸣，开启了盛唐诗歌的基本主题；他们以比兴寄托融入辞采华靡的齐梁体，为初唐诗歌融合建安风骨和齐梁文采提供了宝贵的经验；在诗体和格律方面，也为七言歌行的兴盛、五言律诗和绝句的成熟作出了自己的贡献。可以说唐诗声律风骨兼备的风貌，是从他们开始形成的。

第二节　陈子昂与建安风骨的提倡

一、陈子昂革新诗歌的理论主张

从武则天时代到唐玄宗开元前期，陈子昂等诗人以刚健清新的风格，振起初唐诗歌的骨力，在艺术上为盛唐开出古雅一源。

陈子昂（661—702），字伯玉，梓州射洪（今四川射洪）人。他出身富豪之家，中进士后受到武则天赏识，任谏官。后因政治理想不能实现，壮年辞官回乡，被当地县令害死。有《陈伯玉集》。

陈子昂在唐诗史上最重要的贡献是标举风雅兴寄和建安气骨，指出革新诗歌的关键在于恢复建安文人抒写人生理想的慷慨意气：“汉魏风骨，晋宋莫传，……仆尝暇时观齐梁间诗，彩丽竞繁，而兴寄都绝，每以永叹[①]。窃

① 永叹：长叹。

思古人,常恐逶迤颓靡[①],风雅不作,以耿耿也[②]。一昨于解三处[③],见明公《咏孤桐篇》[④],骨气端翔,音情顿挫,光英朗练[⑤],有金石声[⑥]。遂用洗心饰视[⑦],发挥幽郁。不图正始之音[⑧],复睹于兹;可使建安作者,相视而笑。”(《与东方左史虬修竹篇》序)这篇序文明确批评了齐梁诗只追求辞采华丽、缺乏比兴寄托的弊病,将汉魏风骨和建安作者归入风雅传统,这就使建安气骨和风雅兴寄在理论上得到了统一。

二、陈子昂的《感遇》诗

陈子昂的《感遇》38 首效仿阮籍《咏怀》组诗,从宇宙变化、历史发展中探索人生的真谛和时代的使命,把初唐四杰对功业的渴望、现实生活中的不平,以及对宇宙无限、人生有尽的感慨和惆怅升华到更自觉、更富有理性的高度。一方面,他以济时拯世为己任,激发起个人对时代和国家的责任感;另一方面,对现实有更清醒的认识,保持穷达进退的节操,这就是他所提倡的风雅兴寄的主要内涵。盛唐诗歌的基本精神正是由此确立的。

在艺术上,《感遇》诗主要学习阮籍的比兴手法,适当吸取汉魏以后咏史、写景的技巧,彻底淘汰了齐梁的浮艳辞采,恢复了汉魏古诗浑穆的气象。如“其二”写得含蓄蕴藉,颇有情韵:

兰若生春夏,芊蔚何青青[⑨]。幽独空林色[⑩],朱蕤冒紫茎[⑪]。
迟迟白日晚,袅袅秋风生。岁华尽摇落,芳意竟何成?

---

① 逶迤颓靡:形容诗风衰败不振。
② 耿耿:心中挂怀,感到不安。
③ 解三:姓解,排行第三。
④ 明公:指东方虬,陈子昂的诗友,所作《咏孤桐篇》已失传。
⑤ 光英朗练:富有文采,明白简练。
⑥ 有金石声:称赞作品语言铿锵,掷地有声。
⑦ 饰视:擦拭眼睛。
⑧ 正始之音:指《诗经》中的正风正雅。一说指阮籍、嵇康正始时期的诗歌。
⑨ 芊(qiān)蔚:草木茂盛的样子。
⑩ 空林色:使林中的花草树木都为之失色。
⑪ 朱蕤:红花盛开。蕤(ruí):鲜花盛开的样子。

诗人先给了幽雅孤独的兰花和杜若一个大特写：红色的花朵盛开在紫茎上，夺目的光彩使林中草木都为之失色。然而如此美好的芳姿和茂盛的青春，却在空度时日，等着繁花在秋风中飘零摇落。诗人慨叹兰若的芳香如何保持，也正是双关自己的理想和抱负不能实现。虽然没有明点寓意所在，但不难看出空林幽兰所寄托的是诗人自己孤高的情怀和时不我待的感慨。他的《登幽州台歌》更是一首将情感高度抽象化的佳作：

前不见古人，后不见来者，念天地之悠悠，独怆然而涕下！[①]

诗人没有局限于政治失意的牢骚之中，而是把他在政治社会中的孤独寂寞之感、纵观古今历史的慷慨悲凉之情，化为一片苍茫空旷的天地。一无所有的背景凸显出诗人兀立于悠远时空中的高大形象，诗人的慨叹也概括了古往今来无数志士仁人在困厄境遇中的激愤不平。

陈子昂对建安风骨的提倡为张说、张九龄等人所继承发扬，在盛唐诗人中引起很大反响，到开元年间，已经形成“言气骨则建安为传”（殷璠《河岳英灵集论》）的共识，而盛唐诗歌正是因为继承了建安风骨，才能发展到诗歌史的巅峰。

第三节　律诗的形成和初唐诗歌

一、沈、宋

沈佺期和宋之问在唐代并称为“沈宋”，是对律诗的定型作出重要贡献的两位诗人。虽然永明体出现以后，经过众多诗人之手，到初唐已大致形成律诗的体式，但是沈、宋在武则天、中宗的宫廷内以诗名并称，律诗数量既

① 有学者认为这不是诗，因为其中“前不见古人，后不见来者”两句，见于唐人孟棨《本事诗·嘲戏》所载宋武帝称赞谢庄《月赋》之言。但陈子昂的朋友卢藏用《陈氏别传》说这是陈子昂“流涕而歌”，应是陈子昂即兴之作，歌名为后人所加。

多，又能“回忌声病[①]，约句准篇[②]”，即讲究平仄粘对的声律规则，以及每首律诗固定八句的篇制，当时学者都向他们学习，所以历来将律诗的定型归功于沈、宋。

律诗的基本形式是：

1. 五律和七律都是每首八句。八句以上称为排律，四句称为律绝。每首单句不入韵（有时首句可入韵），双句押平声韵。

2. 一句之中和句与句之间的平仄，都有规定。两句一联，各联上下句要求平仄相对，每联下句和次联的上句头两字平仄必须相同，叫作相粘。

3. 首尾两联可以不对偶，中间两联一般要求对偶。但在唐人律诗中，也时有不合以上规则的例外。

宋之问（656？—712）长于五律，构思很巧，如《题大庾岭北驿》：

> 阳月南飞雁，传闻至此回。我行殊未已，何日复归来。
> 江静潮初落，林昏瘴不开。明朝望乡处，应见陇头梅。

这首诗写于宋之问流放岭南途中。大庾岭是五岭之一，腹地自江西大余县入广东南雄市。传说大雁南飞，也只是到此为止，而行人南下的路程还十分遥远。二者对比，已写尽贬谪的荒远，然而想到明天将走得更远，回头望乡，连今日视为天涯的岭头，以及岭上的梅花看起来都变得亲切。这就更深一层地抒发了人不如雁的悲哀和无奈。结尾耐人寻味，但又自然现成。

沈佺期（生卒年不详）在五律之外，更有不少七律，其名作《古意呈补阙乔知之》：

> 卢家少妇郁金堂，海燕双栖玳瑁梁。九月寒砧催木叶，
> 十年征戍忆辽阳[③]。白狼河北音书断[④]，丹凤城南秋夜长[⑤]。

---

① 回忌声病：沈约提出诗歌有八种声病，应当回避。从永明体到律诗的形成，诗人们一直在探索避忌声病的声律规则。

② 约句准篇：永明体五言每篇有四句、六句、八句、十句不等，到律诗成型后才确定八句一篇的标准体制。

③ 辽阳：今辽宁大辽河以东之地。

④ 白狼河：今辽宁省大凌河。

⑤ 丹凤城：指长安。

谁谓含愁独不见，更教明月照流黄[①]。

此诗从思妇的角度抒写征人久戍不归、音书断绝的痛苦，将齐梁歌行中边塞与闺中景象两相比照的写法压缩成七律。中间两联对仗，音节流畅，语调和辞藻都富有歌行的装饰美。

沈佺期和宋之问不仅促使律诗的格律形式更加规范，而且在意境的提炼、思致的工巧等表现艺术方面对唐诗的发展也有不可忽视的贡献。

二、文章四友

文章四友指李峤、苏味道、崔融、杜审言，四人都在武则天朝任职；除苏味道以外，其余三人又都在中宗朝得以复用。他们与沈、宋是同时代人，都能写标准的律诗。

苏味道（648？—705？）的有些小诗能真实地反映出初唐的社会风情，如《正月十五夜》：

火树银花合，星桥铁锁开[②]。暗尘随马去，明月逐人来。
游伎皆秾李，行歌尽落梅。金吾不禁夜[③]，玉漏莫相催。

这首诗描写了长安城元宵之夜开禁，任游人赏灯的热闹景象。当时西域的灯轮已传入内地，“火树银花”所描写的就是这种树状的灯轮。地上的灯火与天上的星月交相辉映，乐伎打扮得像桃李一样浓艳，游人边走边唱《梅花落》曲，“李”“梅”都与正月早春的景色暗中关合。全诗用词简妙，但能概括满城灯火辉煌、满街歌声笑语的气氛和场面，错彩镂金之中自有韵致流溢。

杜审言（646？—708？），字必简，是杜甫的祖父。他的诗现存40多首，多数是五言律诗，也有少数七律。代表作是《和晋陵陆丞早春游望》：

① 流黄：褐黄色物品，指绢。这句写思妇在月下捣衣，明月照着石砧上的衣料，引起她的愁思。
② 星桥：秦代李冰开蜀江，置七座桥，对应天上七星，每桥装一铁锁。此句指长安宵禁在元夕开放。
③ 金吾：掌管宵禁的金吾卫。

独有宦游人,偏惊物候新[①]。云霞出海曙,梅柳渡江春。
淑气催黄鸟[②],晴光转绿蘋。忽闻歌古调,归思欲沾巾。

全诗气象宏丽,境界开阔。梅柳、黄鸟、绿蘋都沐浴在和暖的淑气和明亮的晴光里。"云霞"一联思致尤其新鲜:江北春迟,江南春早,现在江北也都梅开柳绿了,那么春天不就像是渡江过来的吗? 杜审言对景物动态观察深细,注意在写景中把握微妙的感受和意趣,构思又很新颖,其造诣对杜甫有直接的影响。

三、吴中四士

中宗神龙年到玄宗开元初,号为"吴中四士"的贺知章、张旭、张若虚、包融引起时人的注目。《旧唐书·文苑传》载,神龙中,贺知章与贺朝、万齐融、张若虚、包融等"俱以吴越之士,文辞俊秀,名扬于上京,人间往往传其文"。他们的诗歌大多描绘吴越清丽的山水,抒写亲切动人的人生感触,在宫廷应制体充斥一时的诗坛上,以纯净优美的意境和悠扬宛转的旋律使人耳目一新。

吴中四士中的贺知章(659—744),字季真,会稽(今浙江绍兴)人。他的《咏柳》把二月的春风比作裁剪新叶的剪刀,笔致非常新鲜:

碧玉妆成一树高,万条垂下绿丝绦。不知细叶谁裁出?
二月春风似剪刀。

诗中所咏是满树碧绿生翠的新柳,所以开头就以碧玉形容此树犹如碧玉装饰而成的感觉。此外,刘宋时汝南王有妾名叫"碧玉","碧玉妆成"在字面上又令人联想到凝妆而立、婀娜多姿的美女。柳条如同万条绿色的丝带下垂,可见新叶生长得非常整齐。"不知细叶谁裁出"的疑问固然构思十分新巧,却也可从宋之问的"今年春色早,应为剪刀催"(《奉和立春日侍宴内出

---

① 物候:气候节物。
② 淑气:温暖美好的春气。

剪彩花应制》)找到渊源,但宋诗是写初唐宫廷立春在树上粘剪彩花的风俗,贺诗则倒过来将真正的柳叶说成是被春风裁出的绿叶,既与“绿丝绦”的比喻相呼应,又更显出柳叶的齐整新鲜实为天工之巧制。《回乡偶书》其一也是世人传诵的名篇:

少小离乡老大回,乡音无改鬓毛衰。儿童相见不相识,
笑问客从何处来。

少年离乡,回乡已是鬓发衰白之时,一生在外消磨,只有乡音未改。而儿童笑问客从何处来的天真无心,又最能触动回乡者的心境。后两句从回乡的见闻中截取这个偶遇的生活片段,正与开头呼应,尤其亲切有趣。而最难得的是,诗里人生易老的深刻感触确实概括了很多人老来还乡的共同体会。

吴中四士诗歌里最有代表性的是张若虚的《春江花月夜》,它将原为五言的陈隋乐府旧题扩充为七言长篇歌行,使春江月夜的静美景色和有关宇宙人生的哲理思索结合起来,汇成情、景、理交融的艺术境界,代表着初唐歌行向盛唐发展的过程中所取得的最高成就:

春江潮水连海平,海上明月共潮生。滟滟随波千万里①,
何处春江无月明?江流宛转绕芳甸②,月照花林皆似霰③。
空里流霜不觉飞,汀上白沙看不见。江天一色无纤尘,
皎皎空中孤月轮。江畔何人初见月?江月何年初照人?
人生代代无穷已,江月年年只相似。不知江月待何人,
但见长江送流水。白云一片去悠悠,青枫浦上不胜愁④。
谁家今夜扁舟子⑤?何处相思明月楼?可怜楼上月徘徊,

---

① 滟(yàn)滟:形容水光。
② 芳甸:花草遍地的郊野。
③ 霰(xiàn):小雪珠。
④ 青枫:暗用《楚辞·招魂》:“湛湛江水兮上有枫,目极千里兮伤春心。”浦:水口。《九歌·河伯》:“送美人兮南浦。”这句隐含离别之意。
⑤ 扁(piān)舟:小舟。

应照离人妆镜台。玉户帘中卷不去，捣衣砧上拂还来[①]。
此时相望不相闻，愿逐月华流照君。鸿雁长飞光不度，
鱼龙潜跃水成文。昨夜闲潭梦落花，可怜春半不还家。
江水流春去欲尽，江潭落月复西斜。斜月沉沉藏海雾，
碣石潇湘无限路[②]。不知乘月几人归，落月摇情满江树！

该诗开头先以大笔挥洒，烘托江潮连海、月共潮生的宏伟气势；接着从细处点染月色迷茫、浸染春江花林的奇妙效果，创造出梦幻一般空灵澄澈的境界。然后由月色笼罩的纯净世界引出对生命和宇宙奥秘的探索，并从前人关于宇宙永恒、人生短暂的慨叹中翻出新意："人生代代无穷已，江月年年只相似"指出个人的生命虽然短暂，人类代代相承的历史却与宇宙同在，这种开朗的感情正是初盛唐时代精神的体现。以男女相思之情、游子飘零之感抒写人生聚短离长的感触，虽是传统主题，但此诗只从咏月着眼，以孤月的徘徊不定、月色的拂卷不去烘托思妇中夜徘徊、难以驱遣的惆怅；以落花流水、残月满江烘托游子眷恋春光、思念家乡的深情。在月色的笼罩下，江水、芳甸、花林、沙汀、白云、青枫、扁舟、妆楼、镜台、杵砧、鸿雁、鱼龙、游子、思妇等丰富多彩的意象融合成完整的意境，统一在淡雅的色调中。再加上韵律抑扬回旋，富有优美的节奏感，音调随诗情变化起伏，宛如小提琴上奏出的梦幻曲，深沉柔和，宛转谐美。所以闻一多先生热情地赞美它"是诗中的诗，顶峰上的顶峰"(《宫体诗的自赎》)。

知识点：

初唐四杰　律诗　沈宋　文章四友　吴中四士

思考题：

1. 陈子昂对初唐诗歌发展的主要贡献是什么？

2. 试述阅读《春江花月夜》的审美感受。

---

① 捣衣砧：古代妇女秋天要在砧上捣衣，做寒衣寄给远方的亲人。
② 碣石：山名，在渤海边上。潇湘：潇水和湘水，在湖南零陵县合流后称潇湘。"碣石潇湘"泛指天南地北。

第九章
盛唐诗歌

第一节　盛唐气象

一、诗歌中的"盛唐气象"

盛唐是唐诗发展的最高峰，也是中国古典诗歌的全盛时期。诗歌史上的"盛唐气象"，是南宋文学批评家严羽在他的《沧浪诗话》里提出来的。"盛唐"是一个笼统的时代观念。盛唐气象所指的是诗歌中蓬勃开朗的气象，是一种积极进取的思想感情所形成的时代性格；主要是指在开元年全盛时期清平政治的背景下，一代文人对时代充满幻想、渴望有所作为的浪漫精神。天宝时期虽已由治转乱，但当太平表象下的政治危机还没有充分显露时，乐观浪漫的情绪仍然是当时诗歌的主要倾向。

陈子昂以"风骨"和"兴寄"为标准，区分了建安和齐梁文风，但他对于齐梁辞采淘汰过分，又不免偏颇。在初盛唐之交对于诗歌革新发挥了最重要作用的是两位先后在开元年间任宰相的政治家兼诗人张说和张九龄。

二、张说和张九龄

张说（667 — 730），字说之，洛阳人，历仕武后、中宗、睿宗、玄宗等朝，兼有文才武略，曾率军巡边，平定西北叛乱。官至中书令，封燕国公。朝廷大述作多出于其手，有《张燕公集》。他主张作诗要文采和风骨并重，典雅和"滋味"兼顾，鼓励多样化的内容和风格，并提出盛唐诗歌应当以"天然壮丽"为主的审美理想。他以一代文宗的地位引导着诗歌发展的方向，经他引荐的一批文学之士，或者成为执掌政坛和文坛的重臣，或者成为著名的诗人。张说的诗风亦如其为人，豪放开朗，刚健明快。他在开元十八年(730)去世后，张九龄继之而成为文宗哲匠。

张九龄(678—740)，字子寿，韶州(今广东韶关市)人。开元二十二年(734)官至中书令，二十三年(735)封始兴县开国子。有《张曲江集》。他支持陈子昂重幽素、黜雕华的主张，作《感遇》12首，以贤士闻达之难、世路不平之叹为中心，抒写对功名理想、志士高节的追求，并提出了乘时而起、功成身退的处世原则。这些思想对盛唐诗人的影响最直接。在艺术表现上，这组诗与陈子昂的《感遇》一样，也是以比兴为主，但风格清雅。如著名的《感遇》其七：

> 江南有丹橘，经冬犹绿林。岂伊地气暖？自有岁寒心。
> 可以荐嘉客，奈何阻重深！运命唯所遇，循环不可寻。
> 徒言树桃李，此木岂无阴？

这首诗取屈原《橘颂》诗意，感慨丹橘既有岁寒之节，又有果实和树荫可用，只因阻隔深重而不能进荐，借以比喻自己品性坚贞、才堪任用而被排挤在朝廷之外的命运，写得从容委婉、意味深长。

活跃在开元年间的诗人王维、孟浩然、卢象、储光羲等人在思想上和人事上与张九龄都有密切的联系。由于政治气象的更新和二张的影响，开元诗人把他们共同的时代感受反映到诗里，并意识到他们渴望及时建功立业的人生理想正是建安气骨和时代精神的契合点，因而"言气骨则建安为传"(殷璠《河岳英灵集论》)已成为盛唐诗人普遍的自觉意识。

第二节　王维、孟浩然和山水田园诗

一、盛唐山水田园诗繁荣的社会原因

1. 盛唐取士的路径较多，除了科举以外，征召辟举也是一种辅助的办法。君主为了粉饰太平，热衷于招隐士、征逸人，一些文人怀着起于屠钓[①]、风云际会[②]的幻想，把隐居山林、学道求仙当作求官的一条捷径，因而很多文人都有过山林田园生活的经历。

2. 繁荣的经济和安定的社会为大多数地主官僚提供了游赏林泉的物质条件和安逸环境，在盛唐官员中形成了公务闲暇时寻找风景胜地修养身心的风气。

3. 唐代南北统一，交通方便，文人游学观览的风气十分流行，当时几乎没有一个著名诗人不曾外出远游。各地州县官又大多爱好文学，所到之处，总有文人聚会迎送，赋诗留别，大量的山水诗和送别诗就是在这样的环境中产生的。

因此，山水田园诗的兴盛正是盛世气象最突出的表征。

二、孟浩然

孟浩然（689—740）生活在开元承平年代，一生经历简单。四十岁前在襄阳老家隐居，后来赴长安考进士落第，到吴越一带漫游，几年后回到家乡，曾在张九龄幕中任从事。开元二十八年（740）去世。有《孟浩然集》。他既有魏晋名流清朗潇洒的风神仪表，又追慕陶渊明躬耕田园的高尚情操，同时也怀有盛唐拯世济人的时代理想，称得上一个典型的盛世隐士。

---

① 起于屠钓：西周姜太公原为屠夫，晚年在磻溪钓鱼，遇到周文王，成为辅佐。

② 风云际会：在时代风云中寻找机遇，做一番事业。

孟浩然的田园诗侧重描写在襄阳隐居时的种种高雅生活和闲情逸致，风格清空旷淡。《过故人庄》是他的代表作：

故人具鸡黍，邀我至田家。绿树村边合，青山郭外斜。
开轩面场圃[①]，把酒话桑麻。待到重阳日，还来就菊花。

这首诗通过田家留饮的生活场景，将一个普通的村庄和一餐简单的鸡黍饭写得极富诗意，却又浅易省净。诗人善于从不同角度把室内外的景色打通，使近景和远景融成一片，构成一幅完整的田园风光图。而且从宾主一边饮酒闲谈、一边眺望室外景色的惬意和闲适，可以联想到陶渊明"相见无杂言，但道桑麻长"（《归园田居》其二）的诗句，以及与陶渊明一样爱好赏菊的意趣。恬静优美的乡村景色和宾主间淳朴真诚的情谊表现得既朴素自然，又包含着从陶诗中吸收来的深厚内涵。

《春晓》是他最有名的一首小诗：

春眠不觉晓，处处闻啼鸟。夜来风雨声，花落知多少？

此诗写风雨之后惜花的淡愁，亲切的一问中包含着多少春去春来、花开花落的感慨，给人以无限启示，因而成为新鲜活泼的盛唐绝句的代表作。

孟浩然在漫游吴越、两湖等地的过程中写下了大量山水行旅诗，创造出许多清空雄浑的意境。《望洞庭湖赠张丞相》是一首写洞庭湖的名作：

八月湖水平，涵虚混太清[②]。气蒸云梦泽[③]，波撼岳阳城[④]。
欲济无舟楫，端居耻圣明。坐观垂钓者，徒有羡鱼情[⑤]。

诗人以融入宇宙深处的整个身心去感受洞庭湖云气蒸腾、天水混茫的气势，以及洪波涌起、撼动岳阳的伟力。唐太宗曾以"舟楫伫时英"比喻汲引人才，鼓励贤良辅佐王业。孟浩然化用此意，从眼前水景推想，借湖边常见

---

① 场圃：打谷场和菜园。
② "涵虚"句：包含虚空，与天混为一体。
③ 云梦泽：云、梦为古代二泽名，后来淤成陆地，大约在今洞庭湖北岸地区。
④ 岳阳城：今湖南岳阳市。
⑤ 羡鱼情，用《淮南子·说林训》："临河而羡鱼，不如归家织网。"比喻自己空有出仕愿望而无法实现。

的垂钓者和舟船暗寄欲借舟楫以济时的深意，委婉地表达了自己希望进取而无人引荐的心情，不但兴寄自然，还可见出孟诗在冲淡之外另有雄健的一面。

总之，孟浩然以比兴寄托和壮逸之气充实了山水诗的骨力。他以不刻画、不雕琢的白描手法写景抒情，直寻兴会，创造出浑融完整的意境，给盛唐山水田园诗提供了重要的艺术经验。

三、王维

王维（701？—761），字摩诘，太原祁（今山西太原祁县）人，后移家河东蒲州（今山西永济县西）。开元九年（721）中进士，任大乐丞，后谪官济州。曾在淇上、嵩山一带隐居，开元二十三年（735）被张九龄提拔为右拾遗。后迁监察御史，出使凉州。天宝年间先后住在终南山和辋川别业，过着亦官亦隐的生活。安史之乱时被强迫任伪官。晚年笃志奉佛，官终尚书右丞。有《王右丞集》。

王维是盛唐最负盛名的大诗人。他的诗歌今存400多首，题材和内容丰富多样。其中山水田园诗兼有绘画音乐之美，被后人称为“诗中有画”“百啭流莺、宫商迭奏”，体现了盛唐诗形象鲜明、情韵深长的典型风貌。

他善于以疏放的线条和劲健的笔力勾勒雄伟壮丽的名山大川，如《终南山》：

太乙近天都①，连山接海隅。白云回望合，青霭入看无。
分野中峰变②，阴晴众壑殊。欲投人处宿，隔水问樵夫。

这首诗利用五律四联分层的章法来构图布局，逐层夸张终南山辽远的地脉、高耸的山势，以及占地的广阔，从世外鸟瞰的角度，集合了多方的视点，构成一幅远超画境的终南山全景图，表现出终南山云烟变幻、干扰阴阳

---

① 太乙：古时指太白山，为终南山主峰。天都：指长安。

② 分野：古代中华九州的划分和天上星宿的方位对应，如以鹑火对应周，周即鹑火的分野；以鹑尾对应楚，楚即鹑尾的分野。中峰变：中峰两侧分野就变了，可见终南山占地不止一州。

的雄姿。最后以投宿的游人与樵夫隔水对话的情景点缀其间，以小衬大，使大山在对比之下更显得气势壮伟而又生趣盎然。这种构图遂成为后世文人画的范本。

王维更善于用清新的笔调、匀润的色彩，精致地描绘山林幽美清空的意境，以及生活在这静美环境中的情趣。如《皇甫岳云溪杂题五首·鸟鸣涧》：

人闲桂花落[①]，夜静春山空。月出惊山鸟，时鸣春涧中。

人闲桂落，夜静山空，写人处于极度闲静的境界中时，心灵仿佛化为一片虚空，能感知大自然内在的生命律动，体察到常人难以发现的动静。月出之时，已经栖宿的山鸟竟然被月光惊醒，以致涧谷中不时传来断断续续的鸟鸣声，从而更反衬出空山的寂静。这就以动衬静，构成了春山月夜空静优美的意境。这类诗中最为人们称道的是《辋川集》绝句20首，这组诗为他的辋川别业二十景留下了精美传神的写照，诗人通过对虚实和动静关系的巧妙处理，将山水景色的精细刻画与更富于艺术想象的境界结合起来，使五绝这种短小的诗歌形式获得了极高的概括力。如其中的《鹿柴》[②]：

空山不见人，但闻人语响。返景入深林[③]，复照青苔上。

夕阳余晖的暖色与青苔的冷色形成色调互补，林中的静谧与山中的人语形成动静对比，使有限的画面延伸到画外无限的空间，从而以深林中夕阳返照的一角显示出山中的空灵意境。

《山居秋暝》也是一首意境优美而又极富生趣的名作：

空山新雨后，天气晚来秋。明月松间照，清泉石上流。
竹喧归浣女，莲动下渔舟。随意春芳歇，王孙自可留。

山中雨后新鲜的空气，石上清泉潺潺的水声，明月照耀下松林的剪影，构图不但可以入画，而且表现出画所不到的意趣：竹林中的喧哗令人想见浣

---

① 桂花：有多种解释，其中多数人同意的说法有两种，一说为月光的代称，一说为春桂。
② 柴(zhài)：木栅栏。鹿柴：辋川地名之一。
③ 返景：夕阳返照。

纱女归途的热闹，莲花的摇动见出渔舟穿行的轻盈，自然界的光色声响交织成优美的旋律，宛如一支恬静的山村小夜曲。

王维描写乡村风光和农家生活的诗篇更多地体现了清新淳朴的风格。如《渭川田家》[①]是一首最有代表性的盛唐田园诗：

斜光照墟落，穷巷牛羊归。野老念牧童，倚杖候荆扉。
雉雊麦苗秀[②]，蚕眠桑叶稀。田夫荷锄立，相见语依依。
即此羡闲逸，怅然吟式微[③]。

这首诗不仅集中了雉鸣、麦秀、蚕眠等乡村暮春季节的时景，而且暗中化入许多表现村墟晚归情景的典故，如《诗经·君子于役》中的"日之夕矣，羊牛下来"，陶诗中的"时复墟曲中，披草共来往。相见无杂言，但道桑麻长"（《归园田居》其二），以及江淹《陶征君潜田居》中的"归人望烟火，稚子候檐隙"等，都能和眼前景浑然一片。结尾巧用《诗经·邶风·式微》诗："式微，式微，胡不归?"将仕途行役之人陷于泥水、风露煎熬的处境与田园的美好宁静加以比较，又与全诗黄昏的景色协调，融合成淳朴安闲的牧歌情调。

王维继承了陶渊明、谢灵运以来山水田园诗的全部成就，并在前人基础上进一步解决了运用动静虚实相生之理以简化意象、追求象外之趣的问题。在创造静美的意境和处理空间的表现手法等方面，为后世的文人诗和文人画树立了极高的艺术标准。

在山水田园诗以外，王维的相思送别诗同样脍炙人口。他往往采用五七绝的形式，学习民歌单纯明快的新鲜风格，从人们日常的生活经验中提炼出共同的人生感受。如《九月九日忆山东兄弟》：

独在异乡为异客，每逢佳节倍思亲。遥知兄弟登高处，
遍插茱萸少一人[④]。

---

① 渭川：渭水。源出甘肃渭源县鸟鼠山，东南经陕西，于华阴县渭口入黄河。
② 雉雊（gòu）：野鸡鸣叫。秀：麦子抽穗开花。
③ 式微：《诗经·邶风》中的一篇，写日暮思归的心情。
④ 茱（zhū）萸（yú）：又名"越椒""艾子"，常绿植物，有香气，可辟恶气御冬。

九月九日是重阳节，诗人独在他乡为客，遇到佳节倍加思念亲友，这是自古以来在同样情境中人人都有的感受。此诗从重阳节插茱萸的习俗着想，将遥分两地的兄弟之情联系在一起，写出了中华民族重视节日团聚和亲友至情的深厚传统。又如《送元二使安西》①：

渭城朝雨浥轻尘②，客舍青青柳色新。劝君更尽一杯酒，
西出阳关无故人③。

人在渭城饯别，而悬想的则是故人西出阳关的心情，所以渭城的柳色也都仿佛蕴含着离情。分手在即，劝君再饮一杯，便可再多留一刻。因为一出阳关，便是塞外，人地生疏，再也没有亲朋故知了。“劝君”的语气，如面对面交心般恳切，又道出了送行者自己的伤别之情。这些诗都能概括人心之所同，因而成为千古绝唱。

四、盛唐其他山水田园诗

王、孟之外，盛唐诸家在描写自然景物方面都有不同的成就。如常建善于在山水中表现禅趣，捕捉光影以构成清冷幽微的意境，个人风格也较鲜明。《题破山寺后禅院》④是他的名作：

清晨入古寺，初日照高林。竹径通幽处，禅房花木深。
山光悦鸟性，潭影空人心。万籁此都寂⑤，但馀钟磬音。

诗以高朗的境界发端，却转入花木幽深的曲径，最后在一片空潭中顿悟心性的空寂，体会鸟性与山光相悦的活跃生命。耳边只有钟磬之音在回荡，这声音不仅仅是为了衬托万籁俱寂的空静，更是因为诗人感受到了从宇宙深处传来的大自然的节律。

---

① 安西：唐代安西都护府治所，在今新疆库车附近。
② 渭城：在长安西。浥（yì）：润湿。
③ 阳关：在今甘肃敦煌西南，位于玉门关东南方向，为出塞要道。
④ 破山寺：破山位于江苏常熟虞山北，唐代属苏州。山上有寺，俗称破山寺。
⑤ 万籁：自然界万物的声响。

盛唐还有不少诗人留下了行旅登览诗的名篇，如王湾（生卒年不详）的《次北固山下》①：

客路青山外，行舟绿水前。潮平两岸阔，风正一帆悬。
海日生残夜，江春入旧年②。乡书何处达？归雁洛阳边。

这首诗写早春大江行舟时所见晨景及旅途乡思。"潮平"一联着意提炼出两岸潮平和一帆高悬的垂直关系，使江天的空阔之感无限拓展，凸显出行舟高挂风帆行进在浩荡大江之上的气派。海日初升，是黎明出发时所见之景，而"江春入旧年"则是节气巧合。旧年未过已经立春，仿佛是江上新春闯入了旧年。这一妙思不但以早春日出的壮丽景观为大江行舟增添了光明灿烂、朝气蓬勃的背景，还蕴含着丰富的哲理：海日自暗夜升起，新春在旧年萌生，给人以光明生于黑暗、新事物从旧事物中诞生的无限启示。这首五律虽作于盛唐初期，但已经展示出盛唐气象天然壮美的典型特征。

又如朱斌③的《登鹳雀楼》④：

白日依山尽，黄河入海流。欲穷千里目，更上一层楼。

白日西下，大河东去，昭示着"逝者如斯"的自然规律，但诗人没有因此怅惘感叹，反而激起再上一层、放眼千里的无限豪情，不但拓展出穷尽千里目的更广视野，更将登楼的现成体会自然上升为登高才能望远的哲理，给人以无穷的启示。

再如崔颢的《黄鹤楼》⑤：

昔人已乘白云去，此地空余黄鹤楼。黄鹤一去不复返，

---

① 次：住宿，这里指泊船。北固山：在今江苏镇江市北，面对长江，三面临水。
② "江春"句：古代用农历，新年从正月初一开始，立春才算是进入春天。但也有立春在正月初一之前的情形，也就是说新年未至，就已经立春了。
③ 此诗作者传统版本误作王之涣。盛唐人芮挺章天宝三载（744）选此诗入《国秀集》，作者为"处士朱斌"。
④ 鹳雀楼：故址在今山西省永济县西南城上，共三层，前瞻中条山，下瞰黄河。
⑤ 黄鹤楼：旧址在今湖北武昌蛇山上，下临长江。传说三国蜀费文祎曾在此楼乘鹤登仙。一说仙人王子安曾乘黄鹤经过这里。

白云千载空悠悠。晴川历历汉阳树，芳草萋萋鹦鹉洲①。

日暮乡关何处是，烟波江上使人愁。

诗人将他对黄鹤楼传说的神往，转化为对时空悠久的遐想。前半首四句中两用“黄鹤”，两用“白云”，以复沓递进的句法，构成两层意思的回环，形成悠扬流畅的声调，与黄鹤杳然、白云悠然的意境正好相得益彰，更能触发人们关于宇宙之间人事更迭的感慨。后半首实写楼上所见和怀乡之意，反衬出前半首“托想之空灵、寄情之高远”（俞陛云《诗境浅说》），全诗既合典，又切景，将古今登楼之人所见所感概括无余。

以上这些诗都能在游赏山水中表现出对时空和人生的哲理思考，体现了诗歌审美所能达到的极高境界。

第三节　高适、岑参和边塞诗

一、盛唐边塞诗的繁荣

唐初从贞观到开元的一百多年间，国力强盛，疆域扩大，各民族之间经济、文化的交流引起了人们对边塞生活的关心。当时有雄心壮志的文人大都意气风发，十分活跃。他们不仅想通过科举步入仕途，施展自己的政治抱负，还向往边塞军旅生活，希望有所作为。这一时期，大多数发生在边境上的战争仍是防御性的。因此他们这种要求建立边功的愿望表现了当时文人普遍推崇的英雄气概，这也正是建安风骨的核心内涵。

开元、天宝年间，许多文人都有过边塞生活的经历，大量优秀的边塞诗在这一时期涌现出来。这些诗歌颂了广大战士英勇抗敌的精神，描绘了祖国边塞辽阔壮丽的风光，揭露汉族和外族、统治者和被统治者、将军和士卒之间的矛盾，反映了重振国威的理想和各族人民渴望和平的心愿。在艺术

---

①　萋萋：茂密的样子。鹦鹉洲：在武昌西南长江中。

上，盛唐边塞诗既继承了建安诗慷慨悲凉的风格，又吸取了南朝诗善写离愁别怨的长处，形成了悲壮高亢的基调和雄浑开朗的意境，为盛唐诗增添了无限新鲜壮丽的光彩。

二、高适

高适(704？—765)，字达夫，渤海蓨(今河北沧县)人。他半世蹉跎不遇，混迹渔樵，浪游燕赵、梁宋一带。40岁后才得授封丘尉，不久辞去。后来在哥舒翰幕中掌书记。安史之乱后任西川节度使，官至散骑常侍。有《高常侍集》。

高适有过长期贫困沉沦的生活体验，对下层社会比较了解，因而能够写出一些反映和同情人民疾苦的诗篇。他又颇有政治才干，曾两次北上蓟门，对边塞境况和士卒生活有实际的观察。如《蓟门五首》描写士卒的游猎生活，歌颂他们的高昂斗志，同时反映军中的厌战情绪，并对头白尚未建功的老兵寄予深切的同情，指责统治者处理和战关系缺乏远见，揭露了当时边事中的一些深层次矛盾。

他擅长五言和七言古诗，部分边塞诗采用七言歌行，气势沉雄，音调流畅。最杰出的代表作是《燕歌行》：

汉家烟尘在东北，汉将辞家破残贼。男儿本自重横行，
天子非常赐颜色。摐金伐鼓下榆关①，旌旆逶迤碣石间。
校尉羽书飞瀚海，单于猎火照狼山②。山川萧条极边土，
胡骑凭陵杂风雨③。战士军前半死生，美人帐下犹歌舞。
大漠穷秋塞草腓④，孤城落日斗兵稀。身当恩遇常轻敌，
力尽关山未解围。铁衣远戍辛勤久，玉箸应啼别离后⑤。

---

① 摐(chuāng)：撞击。金：铃、钲一类军中所用铜制响器。伐：击。榆关：山海关。
② 狼山：内蒙古自治区乌拉特旗有狼山，其他地方也有。这里瀚海、狼山都是泛指交战的地方。
③ 凭陵：逼压。杂风雨：形容来势汹汹。
④ 腓(féi)：枯萎。
⑤ 玉箸：形容思妇的涕泪。

少妇城南欲断肠,征人蓟北空回首。边庭飘飖那可度,
绝域苍茫更何有。杀气三时作阵云,寒声一夜传刁斗①。
相看白刃血纷纷,死节从来岂顾勋?君不见沙场征战苦,
至今犹忆李将军。

开元二十六年(738),有客人从蓟北回来,作《燕歌行》以示高适,高适就写了这首诗和他。诗虽是有感于蓟北边事而发,却并非专指历史上的某次战役,而是融合他在边塞的见闻,高度概括了唐代征战生活的各个方面。开头先以汉将东征的豪迈气概与胡骑欺凌的强大阵势相对照,在狼山猎火、山川萧条的景色衬托下,预示出战斗的激烈和艰苦。然后从汉家军营中提炼出"战士军前半死生,美人帐下犹歌舞"的典型情景,揭露了将士之间苦乐不均的深刻矛盾,以及上层将领的骄淫轻敌。接着选取战斗中最危急的一个场面,极力渲染战场从黄昏到夜晚的悲凉气氛,表现战士浴血奋战的英勇和顽强,并插入征人思妇相互思念的心理描写,热情赞美了战士们不求功名、舍身报国的高尚品格和牺牲精神。最后以回忆李广结尾,表达了战士们的共同心愿:望国家用将得人,巩固边防,永保和平。全诗写得慷慨激昂、悲壮沉郁,音韵随内容的变化四句一转,对偶整齐却能显出跳跃奔放的气势。各种复杂的情感错综交织在一起,产生了雄厚深广的艺术力量。

在边塞诗以外,高适的送别诗写得也很好。如《别董大》其一:

十里黄云白日曛②,北风吹雁雪纷纷。莫愁前路无知己,
天下谁人不识君。

诗人和董大是分手十几年后重逢的老相识,送别时天空黄云笼罩,旷野雪花纷飞,眼前的景色正像是两位半世漂泊的贫贱士人心境的写照。但诗人从中看到的并非惨淡的前景,而是友人必定能遇识者和知己的潜在希望,因此他对友人的慰勉充满了前程万里的信心和大丈夫的豪气。其中的深厚含意,对于任何时代在人生路途中艰难跋涉的人都具有鼓舞作用。

① 刁斗:军用铜器,白天用以煮饭,夜里用以打更。
② 各本作"十里",唐钞本《唐诗选》残卷作"千里"。曛(xūn):日色昏黄。

三、岑参

岑参(717? —769?),荆州江陵(今湖北江陵)人。早年曾在王屋山、嵩山、终南山等多处隐居,写过不少山水诗。天宝三载(744)中进士。天宝八载(749)在安西节度使高仙芝幕中任掌书记,十载(751)归长安。十三载(754)又随封常清出任安西北庭节度判官。安史之乱后任嘉州刺史等职,卒于成都。有《岑嘉州集》。

岑参写诗题材很广泛,而以边塞诗最为出色。他于天宝后期两度出塞,在西北边境共六年。这时唐王朝政治已很腐败,矛盾重重。安禄山在范阳,哥舒翰在青海,杨国忠在南诏,都因贪图军功而大事征伐,盛唐诗人对边事的批评也愈益激烈。但是当时西域基本上还保持着稳定的局面,民族关系也较融洽,加上诗人的心情仍然乐观开朗,因而能够写出不少热情洋溢、笔力雄健的边塞诗。

岑参的边塞诗以英雄的气概描绘了塞外行军、征战、送别等各种情境,富有浪漫的奇情异彩。最有代表性的是《白雪歌送武判官归京》:

> 北风卷地白草折①,胡天八月即飞雪。忽如一夜春风来,
> 千树万树梨花开。散入珠帘湿罗幕,狐裘不暖锦衾薄。
> 将军角弓不得控,都护铁衣冷难着②。瀚海阑干百丈冰③,
> 愁云惨淡万里凝。中军置酒饮归客④,胡琴琵琶与羌笛。
> 纷纷暮雪下辕门,风掣红旗冻不翻。轮台东门送君去⑤,
> 去时雪满天山路。山回路转不见君,雪上空留马行处。

---

① 白草:西域草名,秋天变白。

② 都护:镇守边疆的长官,唐时设六都护府,各设大都护一人。但唐代往往尊称节度使为"都护""都使"。着:穿。

③ 阑干:纵横。

④ 中军:主帅亲自率领的军队,这里借指主帅营帐。

⑤ 轮台:轮台有汉轮台和唐轮台的区别,汉轮台在今新疆轮台县。唐轮台属于北庭都护府,位置相当于今新疆阜康境内。

这首诗是岑参在轮台时为送别同僚武判官而作。诗中以绚丽多彩的笔触描绘塞外八月飞雪的奇观，抒写诗人客中送别的愁绪和久戍思归的心情。全诗始终从描写雪景的角度表现诗人复杂的情绪变化。对因久戍绝漠而渴望春天的诗人说来，初见大雪很容易产生令人惊喜的想象。仿佛一夜春风催开千树万树梨花的美妙比喻，不仅使萧条的边塞呈现出一派气象万千的美景，而且展示了诗人乐观豪迈的情怀。当诗人从温暖的幻想回到军营奇寒的现实和眼前离别的情景时，冰天雪地又变得惨淡无光，仿佛凝聚着万里愁云。如果说帐幕中饯别宴会上的琵琶羌笛牵动了诗人怀乡的深情，那么辕门外暮雪纷纷、风掣红旗的描写则是用无声的画面烘托出送客的离愁。当故人渐行渐远之后，大雪又给远去的归客留下了一道踪迹，使诗人不觉随着这道通向长安的马蹄印迹神驰故乡。因此大雪成为贯串全篇、牵引诗人感情发展的主线。惜别思乡，难免伤神，这诗却写得一往情深而又如此奇丽豪放，正体现了岑参的英雄本色。

岑参以饱满的热情和瑰丽的色彩表现塞外辽阔壮丽的景色、西域少数民族的生活习俗以及各族人民之间的友好交往，为边塞诗增添了新奇多彩的艺术特色，代表着盛唐边塞诗的最高成就。

四、盛唐其他边塞诗

边塞诗与山水田园诗一样，是一种普遍的题材，因此盛唐诗人几乎都有佳作传世。如王昌龄(698? —757?)，是一位有独创性的优秀诗人。他和高适一样，饱读兵书，关怀现实，开元前期就漫游西北，考察过边塞的形势。他善于从军旅生活中提炼出最典型的情景，将现实的感受和历史的回顾结合起来，创造深邃高远的意境。他的《出塞》曾被唐人推为七绝压卷之作：

> 秦时明月汉时关，万里长征人未还。但使龙城飞将在，
> 不教胡马度阴山。

这首诗以千年不变的明月和关塞作为历史的见证，从秦汉以来无数战士从征未还的悲剧中，提炼出多少代人民的和平愿望和爱国热情，为盛唐边

塞诗奏出了雄浑壮美的主旋律。

王昌龄号称“七绝圣手”，在边塞诗以外，也以送别诗著称，如《芙蓉楼送辛渐》①：

寒雨连江夜入吴，平明送客楚山孤。洛阳亲友如相问，
一片冰心在玉壶②。

王昌龄当时任江宁丞，正处于遭人毁谤的艰难处境中，所以托辛渐给洛阳亲友带去的口信不是通常的平安竹报，而是传达自己依然冰清玉洁、坚持操守的心志。此诗中屹立在寒雨江天中的孤山，不仅烘托出诗人送别友人的凄清孤寂之情，更与冰心置于玉壶的比象之间形成一种有意无意的照应，令人自然联想到诗人孤介傲岸的形象，又使精巧的构思和深婉的用意融化在一片清空明澈的意境之中，王昌龄七绝的含蓄蕴藉也由此可见一斑。

李颀(生卒年不详)一生不达，是盛唐诗人中的杂家。他的边塞诗虽只有几首，但成绩也很突出。《古从军行》是盛唐边塞诗中的名作：

白日登山望烽火，黄昏饮马傍交河③。行人刁斗风沙暗，
公主琵琶幽怨多。野云万里无城郭，雨雪纷纷连大漠。
胡雁哀鸣夜夜飞，胡儿眼泪双双落。闻道玉门犹被遮，
应将性命逐轻车④。年年战骨埋荒外，空见蒲桃入汉家⑤！

《史记·大宛列传》记汉武帝命李广利征伐大宛，士兵伤亡惨重，军粮不继，李广利请求罢兵。武帝大怒，“使使遮玉门曰：‘军有敢入者斩之！’”这里用这个故事，借咏汉武帝穷兵黩武的史实，揭示出统治者发动不义战争的本质在于掠夺。诗里集中了刁斗琵琶、雁鸣人哭等边塞最哀怨的声音和风沙雨雪、野云大漠等最荒凉的景象，着眼于敌对双方士卒的切身痛苦，反映了

---

① 芙蓉楼：原名西北楼，遗址在润州(今江苏镇江)西北。辛渐：王昌龄的朋友，当时拟由润州渡江，北上洛阳。此诗当为王昌龄任江宁丞时所作。
② 冰心在玉壶：出自鲍照《代白头吟》，“直如朱丝绳，清如玉壶冰”。
③ 交河：在今新疆吐鲁番市西北，是安西都护府治所。
④ 轻车：汉代有轻车将军和轻车都尉。唐时有轻车都尉。
⑤ 蒲桃：葡萄。

战争带给胡汉人民的深重灾难，语气沉痛，情调悲凉。但诗作能在辽阔的时空中展现出历史的纵深感和现实感，是盛唐边塞诗中思想最深刻的一篇。

王维虽以山水田园诗著称，但他的边塞诗也有很多名作。如《使至塞上》：

单车欲问边，属国过居延①。征蓬出汉塞，归雁入胡天。

大漠孤烟直，长河落日圆。萧关逢候骑②，都护在燕然③。

这首诗作于开元二十七年（739）他出使凉州劳军途中。首联说明使至塞上的原因和目的地。颔联中飞蓬和大雁都是塞外常见之景，又暗含着出塞远行的漂泊之感。颈联是王维的名句。诗人从大漠与孤烟、长河与落日的几何形状及其相互垂直的关系着眼，以"大""直""长""圆"这些没有色彩的字，勾勒出几笔粗线条的速写，把握住宏阔景观的大体轮廓和基本特征，便使落日映照大漠长河的壮丽景象鲜明地呈现在眼前。这也是王维将画理应用于写景的一个范例。

此外，王之涣的《凉州词》④是一首"传乎乐章，布在人口"的名作：

黄河远上白云间⑤，一片孤城万仞山⑥。羌笛何须怨杨柳，

春风不度玉门关。

此诗寓征人远戍的哀怨于边塞高远壮丽的境界中，借羌笛《折杨柳》的曲名双关玉门关春意甚少、杨柳无多的荒寒景色，在排遣中写出更深的客愁，愈觉含蓄宛转，意味深长。王翰的《凉州词》也颇负盛名：

---

① 属国：附属国，东汉凉州有张掖居延属国，唐河西都护府有羁縻州居延。这里借汉代的"属国"之称，指唐代的居延州。居延：泽名，在凉州以北，今内蒙古境内。

② 萧关：在今甘肃环县北。候骑（jì）：骑马的侦察兵。

③ 都护：各处边防所设的最高武官。燕然：山名。东汉车骑将军窦宪大破北单于，登燕然山刻石记功而返。

④ 凉州词：唐代乐府曲名，是歌唱凉州一带边塞生活的歌词。凉州：指河西一带。

⑤ "黄河"句：此句一作"黄沙直上白云间"。《国秀集》卷下作"一片孤城万仞山，黄河远上白云间"。

⑥ 仞：八尺。

葡萄美酒夜光杯[①],欲饮琵琶马上催[②]。醉卧沙场君莫笑,
古来征战几人回?

诗人首先推出玉杯美酒的特写,然后再写征人正欲取杯痛饮,却被催上战场的心情,用夸张的口吻指出自古征战归者无几,就更显出人生的美丽和战争的残酷。征人醉卧沙场的颓放情态加上浓郁的西域色彩,使全诗别具一种豪放浪漫的情调。

天宝后期,不少诗歌对统治者的穷兵黩武有所揭露批评,语气尖锐、朴质鲜明,风格就与上述边塞诗迥然不同了。但总的说来,盛唐边塞诗大多情绪乐观,胸襟开阔,富有进取精神和英雄气概,表现了民族自强的信心和健康的审美观念,因而具有不朽的艺术魅力。

知识点:

盛唐气象　山水田园诗　边塞诗　送别诗　王、孟　高、岑

思考题:

1. 王维的山水田园诗有什么特点?

2. 怎样理解边塞诗与唐代安边战争的关系?

---

① 夜光杯:东方朔《十洲记》载,周穆王时,西胡献夜光常满杯。杯用白玉之精制成,光明夜照。

② 琵琶:唐代琵琶有多种形制。西凉乐所用乐器中有曲项琵琶及五弦琵琶,皆出自西域。马上:指马上所奏之乐。

第十章
李白和杜甫

第一节　李白

李白(701—762),字太白,祖籍陇西成纪(今甘肃天水附近)。其先祖在隋末流徙到西域。李白诞生于碎叶城,5岁时随其父到绵州彰明县(今四川江油)。早年在蜀中读书,25岁出蜀,任侠访道,交游干谒,漫游全国各地,后隐居东鲁。天宝初,应诏赴长安,供奉翰林。三年后因遭谗言中伤,被玄宗“赐金放还”。离开长安后,曾在梁、宋一带客居十年之久,天宝十三载(754)移居吴越。安史之乱中,隐居庐山,被永王李璘征入军幕,希望能报国平乱。但不久永王被其兄唐肃宗剿灭,李白因此被系浔阳狱中,次年流放夜郎,途中遇赦。此后不久,李白病死在他的族叔当涂(今安徽当涂县)令李阳冰处,享年62岁。有《李太白集》。

一、李白对盛唐诗歌精神的深化

李白的思想以天宝三载(744)为界,可分前后两期。前期李白的诗歌集中体现了同时代文人“济苍生”、“安社稷”、以天下为己任的共同理想。这种理想是在盛唐的时代条件下,融合任侠、纵横、儒、道各家思想的产物。他以鲁仲连、吕尚、张良、诸葛亮、谢安等非凡的历史人物自比,将积极入世的政治抱负和老庄隐逸思想结合起来，形成功成身退的具体奋斗目标。《将进酒》[①]最能体现他早年对于这种抱负的自信：

君不见黄河之水天上来，奔流到海不复回。
君不见高堂明镜悲白发，朝如青丝暮成雪。
人生得意须尽欢，莫使金樽空对月。天生我材必有用，
千金散尽还复来。烹羊宰牛且为乐，会须一饮三百杯。
岑夫子，丹丘生[②]，将进酒，杯莫停。与君歌一曲，
请君为我侧耳听。钟鼓馔玉不足贵[③]，但愿长醉不愿醒。
古来圣贤皆寂寞，惟有饮者留其名。陈王昔时宴平乐[④]，
斗酒十千恣欢谑。主人何为言少钱，径须沽取对君酌。
五花马[⑤]，千金裘，呼儿将出换美酒，与尔同销万古愁。

开头以黄河奔泻之势形容人生变老之速，使"人生不满百"的短促之感凝缩在朝暮之间，便产生了惊心动魄的力量。这种光阴飞逝之愁，正透露出诗人及时建功立业的渴望以及对人生永恒价值的追求。满篇狂言中既充满了诗人对自己才能的强烈自信，又深含着怀才不遇的牢骚。

天宝三载，李白因遭谗受谤，被玄宗"赐金放还"。此后他看清了统治集团的黑暗内幕和腐朽实质，写下大量诗篇，从各个角度批判天宝以来权奸把持朝政、佞幸窃据要津的黑暗政治，指斥斗鸡者气焰熏天、黩武者以屠杀获取高位、贤俊埋没、谗邪得势、黑白是非颠倒等种种社会现象，表示了弃绝龌龊仕途的决心，从而大大深化了盛唐诗歌的现实意义和浪漫精神。

李白对现实的批判主要指向统治集团的上层权贵，与人民接触较少，但仍可从某些诗篇看出他对百姓苦难的真诚同情。例如《丁督护歌》[⑥]：

---

① 《将进酒》：汉《鼓吹曲·铙歌》十八曲之一。将，有二解，一说为将要，读 jiāng；一说为请，读 qiāng。

② 岑夫子：岑勋。丹丘生：元丹丘，隐者。

③ 钟鼓：富贵人家的音乐。馔（zhuàn）玉：珍美如玉的饮食。

④ 陈王：陈思王曹植。平乐：观名。

⑤ 五花马：名马。

⑥ 《丁督护歌》：乐府《清商曲·吴声歌曲》旧题。

云阳上征去[1]，两岸饶商贾[2]。吴牛喘月时[3]，拖船一何苦。

水浊不可饮，壶浆半成土。一唱都护歌，心摧泪如雨。

万人凿盘石，无由达江浒[4]。君看石芒砀[5]，掩泪悲千古。

这首诗描写南运河上纤夫们拖船运石的惨重劳役，声泪俱下，非常感人，与他藐视权贵的傲岸态度恰恰形成了鲜明的对照。

李白继陈子昂和张说、张九龄之后，以《古风》其一总结了开元全盛之世诗歌革新的理论，提出在清平时代应当恢复“大雅正声”[6]的理想，赞美“文质相炳焕，众星罗秋旻”的盛唐诗坛，表达了自己希望像孔子一样总结一代文化的愿望。他像盛唐诗人一样肯定“蓬莱文章建安骨”[7]（《宣州谢朓楼饯别校书叔云》），并大力提倡“天然去雕饰”的诗歌风格，有意利用乐府的复古来反对当时诗歌格律化的倾向，表现出“将复古道，非我而谁”的强烈使命感，而且以大量诗歌创作实践了这些革新诗歌的主张。

二、李白诗歌的艺术成就

李白诗歌以《庄子》《楚辞》为源，广泛吸取了汉魏六朝诗人的成就，并融合盛唐诗歌清新豪放的共同特点，形成了壮浪纵恣的独特风格和高远宏阔的艺术境界。

1. 李白壮浪纵恣的风格体现为夸大到极致的雄杰壮阔的气势、狂放的风神、奇特的想象、跳跃的思路以及善于糅合隐逸真趣和游仙幻境的艺术表现。他把自我形象放大到极限，在想象中为自己展开了来去自由、不受时空

---

① 云阳：今江苏丹阳。上征：逆水上行。
② 饶商贾：有很多商人。
③ 吴牛喘月：据说吴地水牛怕热，看见月亮以为是太阳，也会气喘。
④ 江浒：长江边。
⑤ 芒砀（dàng）：叠韵词，形容石头又大又多。
⑥ 大雅正声：《诗大序》中所说的正风正雅，指西周政治清平时期的诗歌。盛唐人认为开元年间已经恢复了儒家理想的尧舜之治，诗歌也应该反映出政治的这种变化。
⑦ 蓬莱文章：指汉代的文章。东汉学者将官家著述和藏书的东观比喻为蓬莱山。建安骨：建安风骨。

和一切自然规律限制的广阔天地。诗人总在太清中遨游的非凡形象，使他的诗歌产生了“天与俱高，青且无际，鲲触巨海，澜涛怒翻”（《唐诗纪事》引张碧语）的独特美感。

最能体现这种风格的诗体是他的杂言和七言乐府歌行。尤其是他那些描写名山大川的名篇，如《蜀道难》：

噫吁嚱①，危乎高哉！蜀道之难，难于上青天。
蚕丛及鱼凫②，开国何茫然。尔来四万八千岁，
不与秦塞通人烟。西当太白有鸟道，可以横绝峨眉巅。
地崩山摧壮士死③，然后天梯石栈相钩连。
上有六龙回日之高标④，下有冲波逆折之回川。
黄鹤之飞尚不得过，猿猱欲度愁攀援。
青泥何盘盘⑤，百步九折萦岩峦。扪参历井仰胁息⑥，
以手抚膺坐长叹。问君西游何时还，畏途巉岩不可攀。
但见悲鸟号古木，雄飞雌从绕林间。又闻子规啼夜月，愁空山。
蜀道之难，难于上青天，使人听此凋朱颜。
连峰去天不盈尺，枯松倒挂倚绝壁。飞湍瀑流争喧豗⑦，
砯崖转石万壑雷⑧。其险也如此，嗟尔远道之人胡为乎来哉！
剑阁峥嵘而崔嵬⑨，一夫当关，万夫莫开。
所守或非亲，化为狼与豺。朝避猛虎，夕避长蛇。

---

① 噫吁（xū）嚱（xī）：惊叹声。
② 蚕丛、鱼凫：传说是古蜀国的两个国王。
③ “地崩”句：据《华阳国志·蜀志》：“秦惠王知蜀王好色，许嫁五女于蜀。蜀遣五丁迎之。还到梓潼，见一大蛇入穴中。一人揽其尾掣之，不禁。至五人相助，大呼拽蛇。山崩时压杀五人及秦五女并将从，而山分为五岭。”
④ 六龙回日：传说中驾驭日车的六条龙。
⑤ 青泥：岭名，在今陕西略阳县西北。
⑥ 参、井：都是天上的星宿。扪参历井：山高入云，人可以摸到参、井二星。秦、蜀分别为井、参的分野。
⑦ 喧豗（huī）：喧闹声。
⑧ 砯（pīng）：水击岩石声。
⑨ 剑阁：大剑山和小剑山之间，一条长三十里的奇险栈道，遗迹在今四川剑阁县。

磨牙吮血，杀人如麻。锦城虽云乐[①]，不如早还家。

蜀道之难难于上青天，侧身西望长咨嗟！

《蜀道难》是乐府古题，这首诗根据题意展开了对蜀道山川的奇丽想象。开头以"蜀道之难，难于上青天"的强烈咏叹点题，使之随着感情的起伏和景色的变化反复出现，成为全诗的主旋律。诗意分三层递进。首先融入五丁开山的神话，追溯蜀道开辟的起源，以古老的传说引人进入蜀道奇险的山川。其次，以夸张的手法渲染山势之高、深川之险和人行之难，分别用高标与回川的对比，黄鹤和猿猴的难渡层层虚写蜀道的高峻，并想象人在山巅上手扪星辰、呼吸紧张、抚膺长叹等惶悚的动作和神情，烘托山路的艰险，进而将人带进"悲鸟号古木，子规啼空山"的苍凉意境，以显现蜀道之幽森凄惨，古来无人敢行。而在这忧郁低沉的旋律中，又忽然响起了飞湍瀑流在悬崖岩石间发出的轰鸣，以排山倒海的气势将蜀道的险绝写到了淋漓尽致的地步。最后从人事着眼，联系社会背景写出蜀道剑门关易守难攻的险要地势，借"磨牙吮血，杀人如麻"的豺狼为喻，表现了对此处形胜容易造成割据的隐忧。全诗驰骋飞动的想象，将夸张、神话、传说融为一体，创造出变幻莫测、瑰伟奇特的艺术境界。大量散文句式和杂言参差错落，长短不齐，形成了极为奔放的语言风格。

又如《梦游天姥吟留别》[②]：

海客谈瀛洲[③]，烟涛微茫信难求。越人语天姥，

云霞明灭或可睹。天姥连天向天横，势拔五岳掩赤城[④]。

天台四万八千丈[⑤]，对此欲倒东南倾。我欲因之梦吴越，

---

① 锦城：锦官城，今四川成都。

② 天姥：山名。在今浙江嵊州和新昌之间。

③ 海客：海上来客。瀛洲：传说海上有三神山：蓬莱、方丈、瀛洲。

④ 势拔五岳：山势之高超出五岳。赤城：山名，在今浙江天台县北。

⑤ "天台"二句：天台：山名，在今浙江天台县北，天姥山东南。欲倒东南倾：指天台山与天姥山比，仍显得低矮，仿佛气势被压倒一般。

一夜飞度镜湖月①。湖月照我影，送我至剡溪②。
谢公宿处今尚在③，渌水荡漾清猿啼。脚著谢公屐④，
身登青云梯。半壁见海日，空中闻天鸡⑤。
千岩万转路不定，迷花倚石忽已暝。熊咆龙吟殷岩泉⑥，
慄深林兮惊层巅。云青青兮欲雨，水澹澹兮生烟。
列缺霹雳⑦，丘峦崩摧。洞天石扉⑧，訇然中开。
青冥浩荡不见底，日月照耀金银台⑨。
霓为衣兮风为马，云之君兮纷纷而来下。虎鼓瑟兮鸾回车，
仙之人兮列如麻。忽魂悸以魄动，怳惊起而长嗟⑩。
惟觉时之枕席，失向来之烟霞。世间行乐亦如此，
古来万事东流水。别君去兮何时还？且放白鹿青崖间⑪，
须行即骑访名山。安能摧眉折腰事权贵，使我不得开心颜！

这首诗作于天宝后期，展示了诗人在神游山水中所追求的自由的精神世界。开头以海外仙山的微茫来烘托天姥的神秘，先将人引入似仙非仙的幻境。然后从对面着笔，用极度夸大的高度写出天姥山周围山势的高峻和五岳的挺拔，又使它们俯伏在天姥山的足下，便更突出了天姥难以想象的宏伟气势。诗人将自己梦游吴越、登上天姥的情景写得缥缈奇幻，然而又无处不切合梦境的真实。“一夜飞度镜湖月”，以极清澈静穆的境界反照出一个在梦幻中飞行的诗人。“千岩万转路不定，迷花倚石忽已暝”，则用梦境转换

---

① 镜湖：在今浙江绍兴南。
② 剡（shàn）溪：水名，在今浙江嵊州南。
③ 谢公宿处：晋、宋时期大诗人谢灵运曾在这一带游历。
④ 谢公屐：谢灵运为游山特制的一种木屐，上山时去前齿，下山时去后齿。
⑤ 天鸡：据《述异记》，地之东南有桃都山，上有大树名桃都，树枝之间相隔三千里，上有天鸡。日初出照到树间，天鸡先鸣，天下之鸡随之而鸣。
⑥ “熊咆”句：熊咆龙吟之声充满层岩山泉之间。殷：盛，有充满之意。
⑦ 列缺：闪电。
⑧ 洞天：神仙所居洞府。
⑨ 金银台：神仙所居宫阙。
⑩ 怳：同“恍”，恍惚。
⑪ 白鹿：仙人坐骑。

快速的特点表现人处于仙山之中目眩神迷的感受。神秘可怖的熊咆龙吟和清淡迷茫的青云水烟交织成一片似真似幻的景象，而訇然中开的一个神仙世界写得又是那样金碧辉煌，深远莫测。这个洞天福地结合了诗人对宫廷生活的印象，因此当他从梦幻中突然醒来，回到现实时，不禁发出了“安能摧眉折腰事权贵，使我不得开心颜”的大声感叹，点出了梦醒的含意。这首诗的奇特之处在于梦境的不确定性，它可能是李白所向往的自由天地，也可能是他精神上迷惘失意的反映，甚至包含着他对长安三年一梦的嗟叹。正因如此，全诗在给人奇谲多变的丰富印象的同时，又引发了人们多方面的联想。

在很多诗篇中，李白善用豪放纵逸的气势驾驭瞬息万变的感情，凭灵感和热情控制诗歌的思绪，不少诗歌往往有出人意料的转折和语断意连的飞跃，如《行路难》①：

> 金樽清酒斗十千②，玉盘珍羞直万钱③。停杯投箸不能食，
> 拔剑四顾心茫然。欲渡黄河冰塞川，将登太行雪满山。
> 闲来垂钓碧溪上④，忽复乘舟梦日边⑤。行路难，
> 行路难，多歧路，今安在？
> 长风破浪会有时，直挂云帆济沧海⑥！

鲍照《拟行路难》其六说：“对案不能食，拔剑击柱长叹息。”李白在这两句诗的基础上夸大了前路茫然的苦闷，以黄河冰和太行雪象征人生道路上的重重障碍，将姜太公垂钓磻溪和汤的辅臣伊挚梦见乘舟经过日边的典故化为相距遥远的地域，使思路随着失望和希望的情绪不断变化，在雪山、冰川、碧溪、沧海之间跳跃，最后展示出乘风破浪、前程万里的壮阔境界，暗中寄寓了“风云际会”“功成身退”的理想。

---

① 《行路难》，乐府《杂曲歌辞》旧题。
② 斗十千：斗酒值万钱。
③ 珍羞：珍贵的菜肴，羞，同“馐”。直，同“值”。
④ 垂钓碧溪：传说姜太公未遇周文王时，曾在磻溪（今陕西宝鸡市东南）钓鱼。
⑤ 乘舟梦日边：伊挚在将受商汤之命时，曾梦见自己乘舟经过日月之旁。
⑥ 济沧海：《论语·公冶长》：“道不行，乘桴浮于海。”

2. 李白在描写日常生活感情的诗篇中，善于创造纯真高洁的意境，突显其天真狂放的艺术个性。例如他的名作《月下独酌四首》其一：

花间一壶酒，独酌无相亲。举杯邀明月，对影成三人。
月既不解饮，影徒随我身。暂伴月将影，行乐须及春。
我歌月徘徊，我舞影零乱。醒时同交欢，醉后各分散。
永结无情游，相期邈云汉。

全诗以月明花好之夜为背景，在独饮的醉歌醉舞中，寄寓人生的孤独感和关于时空的哲理思考，而举杯邀月、影随人舞的奇想和狂态，则成为“诗仙”清狂形象的典型写照。

在李白擅长的各种诗体中，写得最有特色的是他的乐府诗。乐府来自民歌，不受声律束缚，所以李白真率的个性与民歌真率朴素的风格有一种天然的联系。他是盛唐诗人中创作乐府最多的诗人。在初盛唐的全部乐府诗中，李白的作品占了三分之一，对乐府的表现艺术有很大的发展。如《静夜思》“床前明月光”取夜里见月光照到床前、恍如霜白的一时错觉，直道乡思被明月触发，只在举头、低头的俯仰之间，便概括了人们望月思乡的常情，成为家喻户晓的名诗。《古朗月行》借月影被蚀暗喻天宝时政治逐渐黑暗的形势，却用儿童般天真的口气，写出月亮初升时的清明：“小时不识月，呼作白玉盘。又疑瑶台镜，飞在青云端。”光明美丽的想象中透着稚气。《子夜吴歌》：

长安一片月，万户捣衣声。秋风吹不尽，总是玉关情。
何日平胡虏，良人罢远征？

用捣衣表现思妇对远方征人的想念，始于南北朝诗歌。李白在长安秋月之下千家万户的捣衣声里，融进广大人民渴望和平的心声，就大大拓宽了“吴声歌”向来只表现男欢女爱的窄小境界，既有清商乐府的委婉情致，悠扬的音调又能引起人深沉的遐想。

绝句和乐府也有天然的联系。盛唐诸家诗人都特别善用七绝写送别诗，这些诗具有清新明快、情深韵长的共同特色。李白同样善写离别之情，但又有自己的个性风格。如《闻王昌龄左迁龙标遥有此寄》将自己的心寄托给明月，随被贬的王昌龄前往遥远的夜郎："我寄愁心与明月，随君直到夜郎西。"除了懂得李白之心的明月以外，他诗里的桃花潭水、长江碧流也都能通人情："桃花潭水深千尺，不及汪伦送我情。"（《赠汪伦》）"仍怜故乡水，万里送行舟。"（《渡荆门送别》）《黄鹤楼送孟浩然之广陵》是他的七绝名篇：

故人西辞黄鹤楼，烟花三月下扬州。孤帆远影碧空尽，
唯见长江天际流。

孤帆远影在碧空尽头消失，最后只见长江浩浩荡荡流向天际，而江水之去向，也正是故人之去向，所以江水可以将故人一路相送到扬州。那么这江水中包含着诗人多少离情，也就不言而喻了。全诗虽然句句是望中之景，凝神远眺的诗人却呼之欲出。李白还善于用七绝写山水纪行诗，如《早发白帝城》：

朝辞白帝彩云间，千里江陵一日还。两岸猿声啼不住，
轻舟已过万重山。

从白帝城出发，放舟三峡，顺流而下，千里之遥，一日可还，足见水流之急。更兼两岸猿声在耳旁响成一片，万重山影从眼前飞快闪过，在耳目不暇迎送之间，便写出轻舟随江流一泻千里的快意。《望天门山》：

天门中断楚江开，碧水东流至此回。两岸青山相对出，
孤帆一片日边来。

诗人虽是出于相对运动的感受，描写行舟时远望天门山迎面而来的景象，然而全诗给人的视觉印象却是以水天相接处的一轮红日为背景，以两岸对峙的青山为近景，在两山之间的水平线上，勾勒出一片缓缓驶来的孤帆，构图十分壮美。此外如《望庐山瀑布》："日照香炉生紫烟，遥看瀑布挂前川。飞流直下三千尺，疑是银河落九天。"大气磅礴地渲染香炉峰在日照下紫烟氤氲的气象，突出了瀑布如银河般从九天飞泻直下的气势，成为能传庐山瀑布之神的一首绝唱。

总之,在群星灿烂的盛唐诗坛上,李白是最耀眼的一颗巨星,他的诗歌体现了开元时代乐观向上的进取精神,同时又反映了唐王朝处于盛极而衰的转折关头的社会现实。他以强烈的激情和豪迈的气魄歌唱自己远大的理想,憎恨和反抗封建政治中的不合理现象,追求独立的人格和自由的精神世界。并继承了前人诗歌创作的全部成就,完成了盛唐诗歌的全面革新。丰富的想象,大胆的夸张,天然清新的语言,壮浪纵恣的风格,使他成为继屈原之后最伟大的诗人,代表着我国古典诗歌发展的最高峰。

第二节 杜甫

杜甫(712—770),字子美,祖籍为京兆杜陵(今西安市东南),出身于一个具有悠久诗书传统的旧世家。杜甫生于唐玄宗登基的那一年,因此他可以说是开元、天宝盛世的同龄人。青年时代他曾漫游吴越、齐鲁,24 岁时应举不第。天宝三载(744)他结识了从宫廷放还的李白。天宝六载(747)到长安应制举被黜,此后直到他 44 岁时,才被授右卫率府胄曹参军。在还家探亲时,安史之乱爆发。次年他被安禄山叛军俘到长安,后逃到唐肃宗所在的凤翔,任左拾遗。不久贬华州司功参军。乾元二年(759)弃官,经秦州、同谷入蜀,在成都营建草堂。其间因蜀中军阀混战,一度流亡梓州、阆州。回到成都后,被严武表为节度参谋,检校工部员外郎。永泰元年(765)杜甫离成都南下,次年至夔州,旅居两年。57 岁时出川,在岳州、潭州、衡州一带漂泊。大历五年(770)病死在湘水上,享年 59 岁。有《杜工部集》。

一、安史之乱前后的杜甫

1. 安史之乱前的杜甫。杜甫在盛世文明的教育下长大,整个青壮年时代在开元年间度过。他从同时代人的远大抱负和活跃思想中获得了进取的信心,从一代文化艺术的成就中吸取了丰富的营养。“致君尧舜上,再使风俗淳”(《奉赠韦左丞丈二十二韵》),正是盛唐文人共有的大志。“会当凌绝顶，一览众山小”(《望岳》)，又显示出诗人对前途的充分自信。

但当他满怀希望进入长安时，统治集团已经腐败。十年困守，奔走权门，使他熟知上层骄奢淫逸的状况和黑暗政治的内幕。沦落下层，既贫且病，又使他对社会弊端和民生疾苦体察尤深。因此，安史之乱前，当大多数盛唐文人还在讴歌太平的时候，杜甫已经透过繁荣的表象看到了社会政治中潜伏的严重危机。如《兵车行》指出穷兵黩武所引起的田园荒芜、赋税繁重、人民无法负担等一系列严重的社会危机。《丽人行》则是直截了当地讽刺杨国忠兄妹骄纵荒淫的丑态。尤其是安史之乱爆发前夕所作的长诗《自京赴奉先县咏怀五百字》，通过真切描写沿途见闻和到家后的情景，集中表现了杜甫“致君尧舜上”的抱负，对社会现实的洞察力，以及对国家命运和人民疾苦的深切关怀。其中“彤庭所分帛，本自寒女出。鞭挞其夫家，聚敛贡城阙”四句，一针见血地指出朝廷权贵的奢华生活建立在剥削榨取贫寒百姓的基础之上。而“朱门酒肉臭，路有冻死骨”这一千古名句，更是触目惊心地概括了贫富之间的尖锐对立。当他回家以后遭到幼子饿死的惨重打击时，又从自己的境遇联想到更加困苦的广大人民：“生常免租税，名不隶征伐。抚迹犹酸辛，平人固骚屑[①]。默思失业徒，因念远戍卒。忧端齐终南，澒洞不可掇[②]。”不仅表现了推己及人的仁者之心，还从贫困失业之徒和远征边戍之卒的骚动不安中看到了一触即发的政治危机。这首诗代表着杜甫在安史之乱前所达到的思想高度，也是他对当时社会认识的全面总结。

2.安史之乱中陷贼时期的杜甫。杜甫身陷叛军占领的长安，热切地关注着国事的变化，与人民一起经受战争的磨难，写下了许多反映战乱现实，抒发忧时浩叹和爱国热忱的篇章，描绘出这一苦难时代的历史画卷。如《悲陈陶》以血淋淋的笔触实录唐军惨败、叛军气焰正盛的形势，以及两京百姓在血泊中哀吟的惨象；《哀江头》在荒凉的曲江边抒发对太平盛世的追念，带出马嵬之变的重大历史事件；《哀王孙》通过他和落难王孙的对话，反映了唐王朝从大乱之初几近崩溃到开始整顿的历史过程。《春望》抒发思念家人和

---

① 骚屑：骚动不安。

② 澒(hòng)洞(tóng)：浩大无边。掇：收拾。

忧虑国运的深情：

国破山河在，城春草木深。感时花溅泪，恨别鸟惊心。
烽火连三月，家书抵万金。白头搔更短，浑欲不胜簪[①]。

诗人强烈的忧国之情使无情的草木花鸟都为感时恨别而溅泪惊心，与家人音讯隔绝的焦虑，又使他深深体会到乱离中亲人平安的消息无比珍贵的道理。由于能精辟地提炼出常人在患难时的共同感受，这首诗也成为高度概括家国之恨的传世名作，百代之下犹能引起共鸣。

从投奔行在[②]到贬官华州这段时期，杜甫写出了可与《自京赴奉先县咏怀五百字》媲美的名篇《北征》，表达对当时政治军事形势的看法，希望朝廷总结安史之乱的教训，及时纠正错误，不要过于倚重助唐平叛的回纥，以免留下更大的后患。《北征》在对现实的清醒批判中，又表达了对国家中兴的展望和信心。“三吏三别”记述他在兵荒马乱之际亲眼所见邺城大败给人民带来的种种苦难，既谴责统治者不顾百姓死活强行征兵，又忍痛鼓励人民走上前线支持平叛战争。由于命运的机缘巧合使杜甫深入社会的底层，他所描写的一切都是亲身体验，并与他经历的兵灾祸乱、政治风波以及家庭的悲欢离合融合在一起，这些诗篇才具有极其强烈真切的感人力量。

3. 漂泊西南时期的杜甫。这时杜甫远离了政治中心，但他将自己艰苦的生活与国家的安危、人民的苦难紧紧联系起来，写下大量抨击现实、怀念盛唐的诗篇，抒发了中兴无望的悲慨。这种对开元盛世的追怀又往往与他晚年贫病衰朽的身世飘零之感，以及对世乱不息的忧虑交织在一起：“不眠忧战伐，无力正乾坤。”（《宿江边阁》）直到生命的最后一刻，他所念念不忘的还是“战血流依旧，军声动至今”（《风疾舟中伏枕书怀三十六韵》）的现实。

尤为可贵的是，诗人在漂泊流离的生活中，一刻也没有忘记在战乱和苛政中被榨干血泪的人民，不断地以诗篇愤怒谴责那些巧取豪夺的官吏。例如《枯棕》对被官府“割剥”至死的江汉人民寄予深切的同情。《客从》以寓言

---

① 浑欲：简直要。簪（zān）：别住发髻的条状物。
② 行在：指天子巡行所在之地。

故事形象地说明了朝廷征敛的珠玉均为人民的血泪所凝的道理。《岁晏行》感叹潇湘百姓在官府“诛求”和奸商欺骗下民穷财尽，被迫卖儿鬻女上交租税的悲惨处境。随着对乱世现实的认识愈益加深，杜甫早年推己及人的精神又上升到一个新的高度，写出了《茅屋为秋风所破歌》这样的杰作：

八月秋高风怒号，卷我屋上三重茅。茅飞渡江洒江郊，
高者挂罥长林梢①，下者飘转沉塘坳②。南村群童欺我老无力，
忍能对面为盗贼？公然抱茅入竹去，唇焦口燥呼不得，
归来倚仗自叹息。俄顷风定云墨色，秋天漠漠向昏黑。
布衾多年冷似铁，娇儿恶卧踏里裂③。床头屋漏无干处，
雨脚如麻未断绝。自经丧乱少睡眠，长夜沾湿何由彻！
安得广厦千万间，大庇天下寒士俱欢颜，风雨不动安如山。
呜呼！何时眼前突兀见此屋④，吾庐独破受冻死亦足！

杜甫曾屡次在诗里表露过愿将“微命”奉献给国家的伟大情怀，而这首诗之所以特别感人，就是因为他能由个人的不幸处境联想到天下百姓水深火热的生活，为了穷苦人的幸福，他甘愿以一己之身承担起所有的苦难。这种宁苦身以利人的精神，体现了历代中国人理想的古圣人之心。全诗在冰冷暗淡的氛围之中闪耀出理想的光芒，代表着杜甫思想所达到的最高境界。

由杜甫一生的几个阶段可以看出，由于他处于唐王朝由盛而衰的突变时期，因而对国家的动乱具有特别强烈痛切的感受。又由于他个人特殊的遭际，盛世所赋予他的远大理想和时代责任感才能在乱世中得到深化，使他对现实的批判产生震撼人心的激情和力量。这一点是杜甫高出中国文学史上所有诗人的主要原因。

---

① 罥(juàn)：挂结。
② 坳(ào)：低洼处。
③ 恶卧：睡相不好。踏里裂：蹬破被里。
④ 见：同“现”。

二、杜诗的艺术成就

杜甫被尊为“诗圣”，除了他的忧世悯人之心与古人理想的圣贤相同以外，还因为他在诗歌艺术上的集大成。他将《诗经》、汉乐府、魏晋齐梁诗、初盛唐诗的各种表现艺术熔为一炉，形成了博大精深、沉郁顿挫的独特风格，同时又擅长各种诗体，风格变化多端。元稹称他“尽得古今之体势，而兼人人之所独专矣”（《唐故检校工部员外郎杜君墓系铭》），秦观说：“于是子美者，穷高妙之格，极豪逸之气，包冲澹之趣，兼峻洁之姿，备藻丽之态，而诸家之作，所不及焉。……‘孔子之谓集大成。’呜呼！杜氏、韩氏亦集诗文之大成者欤？”（《韩愈论》）都从不同角度评价了杜诗地负海涵、包罗万汇的艺术成就。

1. 创造性地采用多种诗歌形式，真实地记录了安史之乱前后唐王朝由盛而衰的历史过程，其诗作被誉为“诗史”。集中体现杜甫“诗史”特色的诗体主要是两类：

一类是五言古诗、五言排律等以咏怀为主的长篇诗歌，善于把直抒胸臆、慷慨述怀、长篇议论和具体的叙事、细节的描绘、用典的技巧，以及对丰富社会内容的高度概括和谐地统一在完整的艺术结构中，深厚雄浑，体大思精。最有代表性的是《自京赴奉先县咏怀五百字》，这首五古长诗作于安禄山已经反叛而长安尚未证实反讯的时候，这时唐玄宗和杨贵妃还在骊山华清宫避寒享乐，杜甫回家探亲，正好经过骊山。与皇帝咫尺天涯的特定环境，使诗人成为这一特殊历史时刻的见证；而他在华清宫墙外的所闻所感，也为安史之乱爆发的社会政治原因提供了最切实生动的解释。全诗以杜甫还家探亲的过程为主线，叙事细节处处扣住行旅风霜之苦，以及回到家里后得知幼子饿死的惨剧，通过自己的切身感受使宫内宫外的苦乐之别和贫富对立形成巨大的反差，展现了大乱即将来临的历史氛围。

最能体现杜诗“诗史”特色的另一类诗体是杜甫首创的新题乐府。这类诗恢复汉乐府叙事的传统，以记叙具体的事件为主，每首诗有一个中心主题，从不同角度描写了安史之乱前和叛乱中最重大的一些历史场面。如果把它们按时序排列的话，就会发现杜甫几乎没有漏掉他所经历过的所有重要历史事件。最典型的作品是《兵车行》《丽人行》《哀王孙》《悲陈陶》《悲青阪》和“三吏三别”。

“新题乐府”的名称始见于中唐李绅的《新题乐府二十首》，但是杜甫首先运用盛唐出现的新题歌行反映时事，创造出新题乐府这种形式，直接开启了中唐和北宋的新乐府创作。他的新题乐府继承《诗经》、汉乐府反映现实的优良传统，本着缘事而发的精神，即事名篇[①]，吸取了汉魏至北朝乐府民歌多用对话问答和片段情节客观反映社会现实的特点，善于从现实生活中提炼具有典型意义的主题，生动地描绘细节，并且能以史诗般的大手笔展现出深广的社会背景，使每首新题乐府都包含了最大的历史容量。同时这些诗又大多从诗人自身经历的情境出发，带有强烈的主观抒情色彩，这是杜甫的新题乐府与汉乐府的重要区别。

如作于安史之乱前的《兵车行》：

车辚辚，马萧萧，行人弓箭各在腰。
耶娘妻子走相送，尘埃不见咸阳桥[②]。牵衣顿足拦道哭，
哭声直上干云霄。道旁过者问行人，行人但云点行频[③]。
或从十五北防河[④]，便至四十西营田[⑤]。去时里正与裹头[⑥]，
归来头白还戍边。边庭流血成海水，武皇开边意未已[⑦]。
君不闻汉家山东二百州[⑧]，千村万落生荆杞。纵有健妇把锄犁，
禾生陇亩无东西。况复秦兵耐苦战[⑨]，被驱不异犬与鸡。
长者虽有问，役夫敢伸恨？且如今年冬，

---

① 缘事而发，即事名篇：因时事的触发而写作，根据所写的事情给诗篇拟定题目。
② 咸阳桥：即中渭桥。在长安通往咸阳的大路上。
③ 点行：根据丁籍征发差役。
④ 防河：当时吐蕃常侵扰黄河以西之地，即今甘肃、宁夏一带。开元十五年诏令陇右道、河西及诸军团、关中兵集于临洮，朔方兵集于会州，防秋，至冬初无军情撤兵。
⑤ 营田：驻戍的军队一边捍卫边境要害之地，一边开垦田地。
⑥ 里正：唐制，每一百户设一里，置里正一人。
⑦ 武皇：汉武帝以穷兵黩武著称于史。这里实指唐玄宗。
⑧ 山东：指华山以东。
⑨ 秦兵：指关中的士兵。

未休关西卒。县官急索租[①],租税从何出?
信知生男恶[②],反是生女好。生女犹得嫁比邻,
生男埋没随百草。君不见青海头[③],古来白骨无人收。
新鬼烦冤旧鬼哭,天阴雨湿声啾啾!

此诗开头通过提炼车声、马嘶、人哭和滚滚黄尘等典型的细节,概括了从汉到唐统治者无数次征丁所造成的百姓妻离子散的悲惨场景。接着又借鉴陈琳《饮马长城窟行》采用长城吏和太原卒的对话展开叙事的手法,在成千上万士卒与亲属渭桥送别的这一场景中,构思出一个历经征战之苦的老战士,借他对生平的自述,展现了从关中到山东,从边庭到内地,从士卒到农夫,广大人民深受兵赋徭役之害的历史和现实。

又如作于乾元二年(759)的"三吏三别",反映唐军在邺城进攻安史叛军遭遇大败的事件,在取材上学习汉魏乐府善于抓住最典型的场景和人情反常的现象进行艺术概括的特点,选取中男、新婚丈夫、老翁、老妇、归卒这些最不该被征兵的对象,集中了他们生离死别的悲惨情景,从各个角度反映了由于战争的旷日持久,民间已无丁壮可征,而朝廷仍在强行征发的严重问题。其中《石壕吏》写诗人夜投石壕村,遇见官府抓丁的情景:

暮投石壕村[④],有吏夜捉人。老翁逾墙走,老妇出门看。
吏呼一何怒!妇啼一何苦!听妇前致词,三男邺城戍[⑤]。
一男附书至,二男新战死。存者且偷生,死者长已矣!
室中更无人,惟有乳下孙。有孙母未去,出入无完裙。
老妪力虽衰,请从吏夜归。急应河阳役[⑥],犹得备晨炊。
夜久语声绝,如闻泣幽咽。天明登前途,独与老翁别。

---

① 县官:指朝廷。
② "信知"四句:化用秦时民谣:"生男慎勿举,生女哺用脯。不见长城下,尸骸相支拄。"
③ 青海头:唐军与吐蕃的交战之地,开元天宝年间唐军曾多次在此大破吐蕃。
④ 石壕:陕州陕县石壕镇,在今河南三门峡市陕州区东。
⑤ 邺城:主体遗址在今河北省临漳县境内。759年,唐军九节度使包围邺城,与安庆绪大战而溃败。
⑥ 河阳:今河南孟州西,即古孟津,在黄河北岸。

尽管全家壮丁都在战场，而且已有人战死，家里最不应该被抓丁的老妇还是被抓走了，这一事实典型地说明了朝廷不顾民生凋敝强行征兵的做法，已经发展到完全违背常理的地步。全诗从头到尾没有一句诗人自己的议论，纯以听觉写事写人，整个过程几乎都在老妇的独白中显现。但是老妇悲苦中不失机智的神情，"吏"的凶神恶煞的嘴脸，都能通过对话鲜活地浮现在读者眼前，这是杜甫善于实录亲身经历的长处与特殊的生活际遇相结合而产生的一篇杰作。

2. 风格沉郁顿挫，境界雄伟壮阔，同时又极大地开拓了诗歌的题材内容，形成了丰富多样的艺术特色。

杜甫在继承汉魏以来常见的感怀言志、行旅送别、山水边塞、咏物闺情等题材以外，还把写作范围扩大到日常生活的许多方面，内容包罗万象，都有名篇传世。其风格也呈现出多样化的特色，不同题材、不同体裁、不同时期的作品，风格也不同，或俊逸，或清新、或奔放、或恬淡，或华赡、或古朴，能融会古今、兼备众体，但还是以雄浑博大、沉郁顿挫为主要风格。"沉郁顿挫"这四字原是杜甫的自评。"沉郁"指文思深沉蕴藉，"顿挫"指声调抑扬有致。后人以此四字来概括他的基本特色，便包含了深沉含蓄、忧思郁结、格律严谨、抑扬顿挫等多重内涵。

杜诗形成沉雄博大的主要风格与意境的壮阔和气象的宏伟有关。他的写景取境往往超越视野的局限，包蕴了广漠的时空和无边的乾坤。如《望岳》：

岱宗夫如何①？齐鲁青未了②。造化钟神秀，阴阳割昏晓③。

荡胸生层云，决眦入归鸟④。会当凌绝顶，一览众山小⑤。

---

① 岱宗：《尚书》称泰山为岱宗，"岱"有代谢之意，《太平御览》卷十八引《三礼义宗》："东岳所以谓之岱者，代谢之义。阳春用事，阴故生新，万物更生，相代之道，故以代为名也。"古人认为泰山处于东方，是万物生长、阴阳更替、春天开始的地方。"宗"意为"长"，泰山为五岳之首，故称岱宗。

② 齐鲁：出自《史记·货殖传》"泰山之阳则鲁，其阴则齐"。

③ "造化"两句：造化，大自然。钟：聚集。神秀：神奇灵秀。阴阳：山南山北明暗差别。割昏晓：像早晨和黄昏一样判然分明。

④ 决眦(zì)：睁大眼眶。决：裂开。眦：眼角。

⑤ "一览"句：出自《孟子·尽心上》"孔子登东山而小鲁，登泰山而小天下"。

这首诗选择眺望泰山的角度，但放眼齐鲁无边的青色，从“岱宗”一词的本义出发，赞美大自然把神奇和灵秀都集中于泰山。由于万物代谢、昏晓变化正是阴阳造化之功，这就概括了泰山的主要特征：一个象征造化伟力和代谢变化的自然奇观。诗人仰望泰山时，仿佛层层云气从胸中升腾，又充分表现出将大自然的浩气都纳入胸怀的豪情。而归鸟所向之处，就是诗人相信自己终有一天会登上的极顶。结句用孔子“登泰山而小天下”的典故。因为泰山的崇高伟大不仅是自然的也是人文的，所以登上绝顶的向往本身当然也具备了双重的含义。《登岳阳楼》：

昔闻洞庭水，今上岳阳楼①。吴楚东南坼②，乾坤日夜浮。
亲朋无一字，老病有孤舟。戎马关山北③，凭轩涕泗流。

这首诗形容洞庭湖的壮观，着眼于湖水分裂吴楚的地势和包容乾坤的度量。由于星辰日月的循环周转都浮在湖上，那么与乾坤对应的洞庭自然更加浩渺无边。后半首以“无一字”对“有孤舟”，强调在兵乱中漂泊的诗人形象的孤独渺小，但“戎马关山北”五字，却与乾坤、吴楚的广阔境界相当，最后凭栏的诗人又正是面对着整个北方的戎马洒泪，所以胸襟极宽。全诗气象宏放，含蓄深远，诗人包容宇宙的襟怀，使他创造了比洞庭湖更为壮阔的诗境。

3. 杜诗的语言千锤百炼，在用典、构思、意象、诗律等方面精益求精，而且变化多端，富有创新。如《春夜喜雨》：

好雨知时节，当春乃发生。随风潜入夜，润物细无声。
野径云俱黑④，江船火独明。晓看红湿处，花重锦官城。

“好雨知时节”一句称赞下雨时是正当春天最需要雨的时节，概括了人

---

① 岳阳楼：湖南岳阳城西门楼，下临洞庭湖。
② 吴楚：今湖北、湖南及安徽、江西的部分地区上古属楚地。今江苏、浙江及安徽、江西的部分地区上古时为吴地。坼：分裂。
③ 戎马：杜甫作此诗的768年八月，吐蕃十万众进犯灵州，两万众犯邠州，京师戒严，郭子仪率兵五万屯奉天防备吐蕃。
④ “野径”句：田野的道路上乌云笼罩，漆黑一片。

们盼望及时雨的心里话。"潜"字以拟人化的动词，形容雨在夜里趁人毫无察觉时悄悄地随风而来的动态，"润"字进一步描写它细细地滋润着万物，这就把雨势的绵细连同其之所以润物无声的道理一起写出来了。最后用"重"字写花儿饱含雨水的感觉，能使人想象出花枝经受不起花朵重量的情状。全诗善于从真切入微的物态观察中写出事物内蕴的性理，得益于杜甫用字的讲究。

4. 杜甫兼长各种诗体，五七言古、律体、绝句、歌行各方面的成就都无不达到极致，而七律尤其有独创性。七律比五律成熟得晚，到杜甫笔下才工整精练，格律严谨，同时句式自由，章法多变，表现功能大大拓展。如《蜀相》：

> 丞相祠堂何处寻[①]，锦官城外柏森森。映阶碧草自春色，
> 隔叶黄鹂空好音。三顾频烦天下计[②]，两朝开济老臣心。
> 出师未捷身先死，长使英雄泪满襟。

这是杜甫初到成都拜谒武侯祠时所作。首联渲染祠堂内古柏参天、森肃静穆的气氛。颔联以"自"与"空"二字突出春草和黄鹂的无情，反衬出拜谒者的物是人非之感。颈联以工整而凝练的对仗评价诸葛亮的毕生功业和高尚品格，上句嵌入三顾茅庐的典故，概括了诸葛亮一生为蜀主运筹帷幄、力图统一天下的功绩，下句称赞他辅佐刘备父子的忠心耿耿，重点在"老臣心"三字，强调诸葛亮鞠躬尽瘁的精神。"三顾"和"两朝"相对，正好包括他的事业自三顾茅庐始，而以辅佐刘禅终的全过程。尾联叹息诸葛亮一生为兴复汉室而耗尽心血，却赍志而没，也表达了古往今来一切为振兴国家民族而奋斗的英雄人物壮志未酬的无穷遗恨。全诗慷慨悲壮，概括力度之高，令后世咏武侯祠的同题之作无法超越。又如《客至》：

> 舍南舍北皆春水，但见群鸥日日来。花径不曾缘客扫[③]，

---

① 丞相祠堂：指成都西北郊的诸葛亮祠堂，因诸葛亮于 223 年封武乡侯，所以诸葛庙又称武侯祠。
② "三顾"两句：刘备曾三顾茅庐请诸葛亮出山。两朝：指诸葛亮辅佐刘备、刘禅父子。
③ 缘：因为。

蓬门今始为君开。盘飧市远无兼味[1]，樽酒家贫只旧醅[2]。
肯与邻翁相对饮，隔篱呼取尽余杯。

这首诗写杜甫在草堂款待客人的热诚，以及宾主共饮的忘机之乐。首联写茅舍南北都是春水，说明江水环抱村庄，环境非常清幽宁静。只有群鸥日日自来，又可见诗人远离世间的真率忘俗。颔联是杜诗的名对："花径不曾缘客扫，意为今始为君扫。蓬门今始为君开，意为不曾为客开。"上下两句意思互相包含，交络成对，构思巧妙，而平易流畅。后半首说待客没有多种菜肴，家贫只有旧醅，却隔着篱笆要把邻翁也叫来一起喝剩酒，可见杜甫和邻居的关系是何等熟不拘礼。无须事先约请，随意过从招饮，这是陶渊明诗中所写的真率纯朴的人际关系。因此末句是以杜甫自己与邻居相处的率真态度再现了陶渊明的自然之乐。整首诗围绕着待客这件小事，突出了杜甫生活的清贫及其对陶诗境界的深刻领会。又如《闻官军收河南河北》：

剑外忽传收蓟北[3]，初闻涕泪满衣裳。却看妻子愁何在，
漫卷诗书喜欲狂。白日放歌须纵酒，青春作伴好还乡。
即从巴峡穿巫峡[4]，便下襄阳向洛阳[5]。

诗人内心积压已久的大悲，一旦遇到大喜，便冲破了格律严谨的七律，气势如乘奔御风，节奏如瀑水急湍，语调如歌哭笑吟，将久经丧乱之后听到胜利捷报的狂喜强烈地倾泻出来，因而不知打动了多少乱世中流亡者的心。

杜甫晚年居于夔州时期，致力于创作七律组诗，章法结构严整精致而又变化莫测，字法句法与声调节奏紧密配合，将七律的表现力发挥到了极致。如《登高》：

---

① 兼味：两种以上菜肴。
② 旧醅：陈酒，旧酿。唐人喝酿酒，以新醅为好。
③ 剑外：剑门以南。蜀地在剑门南，所以代指蜀。蓟北：指唐代幽州蓟州一带，今河北省东北部，是安史之乱的发源地。762 年十月到 763 年正月，河南河北相继收复。
④ 巴峡：一说指湖北巴东县西的巴峡；一说指四川东北部巴江中的峡；一说泛指渝州以下川东峡江地带。
⑤ 襄阳：今湖北襄阳市，杜甫祖籍在此。洛阳：这句下面有原注"余田园在东京"，东京即东都洛阳。

风急天高猿啸哀，渚清沙白鸟飞迴①。无边落木萧萧下，
不尽长江滚滚来。万里悲秋常作客，百年多病独登台。
艰难苦恨繁霜鬓②，潦倒新停浊酒杯③。

首联密集的音节和写景的急速变换，使风声、猿啸、鸟飞构成动荡回旋的意象，渲染出秋气来临的紧迫之感。颔联采用歌行式的对仗，放大了落叶的阵势和江水的流速，使人联想到一切生命的有限和宇宙的无尽，在触发岁暮的感伤之时又给人以哲理的启示。后两联连用递进句法，一意贯串，集中了诗人一生在动乱流离中悲秋、在贫病潦倒中走向生命终点的“艰难苦恨”。四联句法和声调的变化使全诗构成了雄浑高远的意境和飞扬流转的旋律，被后人誉为“章法、句法、字法，前无古人，后无来学，此当为古今七言律第一”(胡应麟《诗薮》)。

杜甫的绝句活泼清新，别有特色。五绝如《绝句二首》其一：

迟日江山丽，春风花草香。泥融飞燕子，沙暖睡鸳鸯。

此诗一句一景，并不追求意境的营构，而是在各种似不相关的景物中捕捉看不见的气息和感觉：春日迟迟，江山明丽，春风拂过，带来阵阵花草的香气。融化的泥土招来捕虫的燕子，暖和的沙滩上睡着成对的鸳鸯。日之“迟”，草之“香”，泥之“融”，沙之“暖”，共同融合成醉人的春天气息。七绝如《绝句四首》其三：

两个黄鹂鸣翠柳，一行白鹭上青天。窗含西岭千秋雪，
门泊东吴万里船④。

黄鹂点缀于翠柳之间，白鹭排列于青天之上，形成明快的色彩对比；西岭的雪和万里桥的船虽是纳入了“窗含”和“门泊”两个画框之中，诗里所展现的时空却扩展到千秋万里之外。这四句写景分取一角，固然可以合成一

---

① 渚(zhǔ)：江中小洲。
② 繁霜鬓：白发日渐增多。
③ 新停浊酒杯：当时杜甫因肺病戒酒，所以说“新停”。
④ 万里船：据范成大《吴船录》，蜀人入吴，都从合江亭登舟，其西为万里桥。

幅鲜明的画面,但更有一层窗中览景、由近见远的意趣可以寻味。《江畔独步寻花七绝句》描写花事最盛时期的美景,表露了诗人惜花惜春的放达和多情。如其五:

> 黄师塔前江水东[①],春光懒困倚微风。桃花一簇开无主,
> 可爱深红爱浅红?

黄师塔是禅师的骨灰塔,禅师已故,而江水照样东去。正因春光慵懒困倦时,却见那倚在微风之中的一簇桃花,寂寞无主,盛妆亭立,让人不知是爱深红呢,还是爱浅红呢?诗人有点应接不暇了。然而与黄师的墓塔和水流的消逝相对照,这可爱的红色只不过是一时之盛,由此不难体味出杜甫如此爱花的深微含意。

杜甫对诗歌题材的开拓和体式的建设,以及在用典、构思、语言等艺术技巧方面的变化创新,开辟了中晚唐各种艺术流派的蹊径。

总之,杜甫一生将自己与国家的命运联系在一起,深切地同情人民的苦难,写下了大量抨击时弊的优秀篇章,深刻反映了唐王朝由盛而衰的急剧转变,尤其是安史之乱以后的社会现实,因而被称为"诗史";他的诗歌集前代诗歌艺术之大成,形成了博大精深、沉郁顿挫的独特风格,同时又兼备众体,表现变化多端。被后人尊为"诗圣"的杜甫,为中国的人文精神树立了忧国忧民的百世楷模,为中国的诗歌艺术确立了沉雄博大的最高典范。

知识点:

李白生平　李白革新诗歌的理想　杜甫生平　诗史　新题乐府

思考题:

1. 试析《蜀道难》和《梦游天姥吟留别》的共同特点。
2. 李白的七言绝句有什么艺术特色?
3. 杜甫忧国忧民的精神有什么现代意义?
4. 举例说明杜甫律诗锤炼语言的艺术。

---

① 黄师塔:黄姓禅师的墓塔。

第十一章
中唐诗歌

中唐诗歌的分期一般从唐代宗大历元年(766)算起,到唐文宗太和九年(835),约七十年。

第一节　大历诗人

从唐代宗大历年间(766—779)到唐德宗贞元年间(785—804),是诗歌由盛唐转向中唐的过渡时期。从总体风貌来看,大多数诗人还是延续了盛唐诗的传统创作方法,没有出现明显的新变,但是精神状态与盛唐已大不相同。

一、元结和顾况

大历时期,一部分人继李、杜的余绪,"感于哀乐,缘事而发",前后相继,写了不少反映社会现实的作品,成为中唐元稹、白居易创作新乐府的先导。主要代表作家有元结、顾况、韦应物等。

元结、顾况提出诗歌应总结兴亡治乱的教训,达到规讽时政的目的。他们强调比兴寄托,反对声律辞藻。两人都能用诗歌讽刺现实,表现他们对国计民生的关怀,同时又都爱用古体,不拘于格律。

元结(719—772),字次山,河南(今洛阳)人。曾在天宝六载和杜甫同赴制举,同时被黜落。后在安史之乱中平乱有功,历任道州刺史、容管经略使。

有《元次山集》。他对现实的认识比较清醒。写于天宝年间的《系乐府》十二首，相当深刻地反映了玄宗晚年政治的腐败和人民在苛重剥削下所遭受的苦难。安史之乱中的代表作有《春陵行》和《贼退示官吏》。《春陵行》前半首活画出百姓经过丧乱，在急征暴敛下困疲之极的孱弱形象：

军国多所需，切责在有司①。有司临郡县，刑法竞欲施。
供给岂不忧？征敛又可悲。州小经乱亡，遗人实困疲。
大乡无十家，大族命单羸②。朝餐是草根，暮食仍木皮。
出言气欲绝，意速行步迟③。追呼尚不忍，况乃鞭扑之！
邮亭传急符④，来往迹相追。更无宽大恩，但有迫促期。
欲令鬻儿女，言发恐乱随⑤。悉使索其家，而又无生资⑥。
听彼道路言，怨伤谁复知！……

诗里细致描写了上司催租的具体场景，直截了当地批评官府不让百姓活命的凶残，最后表明自己宁可抗诏获罪，也要违令缓租的决心。《贼退示官吏》指责朝官还不如"蛮贼"顾恤人民，而且表示决不为图"时世贤"的虚名而做朝廷残害人民的帮凶。这两首诗得到了杜甫的激赏："道州忧黎庶，词气浩纵横。两章对秋月，一字偕华星。"(《同元使君春陵行》)

顾况(727—815?)，苏州人，至德年间进士。当过著作郎等小官，后隐居茅山。有《华阳集》。所作《上古之什补亡训传十三章》，是借上古之事刺当时现实。这组诗仿照《诗经》四言体，又学《诗经》取首句为题加小序的形式，说明每一首诗所刺何事。其中《筑城》《持斧》都是揭露官军随意欺压掠夺百姓之事。《囝》一章写被掠卖为奴、惨遭阉割的小儿与父亲生离死别的悲怆，揭露闽中盛行此风的罪恶，字字血泪。这组诗对白居易新乐府"首章标其目"并加小序的形式应当有所启发。

---

① 有司：主管某部门的官吏。
② 大族命单羸(léi)：大族本来人口众多，现在也变得人口稀少，人丁瘦弱。
③ "出言"两句：形容百姓饿得说话都没力气，想走快点也走不快。
④ 邮亭：传送文书的驿馆。急符：催交租赋的紧急文书。
⑤ 言发恐乱随：恐怕话一出口大乱就随之而至，指会激反百姓，导致骚乱。
⑥ 无生资：家里没有可赖以生存的衣食。

二、刘长卿和韦应物

大历诗人中有不少生长在开元天宝时期，诗风也沿袭了盛唐时期的特点。其中一部分主要活动在以江东、吴越为中心的东南地区，以刘长卿为代表。他们都在这一带任过州县官，并曾遭到贬谪。有些作品在伤时怀旧中感叹兵戈不息的动乱形势以及江南十室九空的残破景象，更多的是在江南的青山白云间抒发迁客逐臣的流寓之感。

刘长卿（718？—790？），字文房，河间（今河北河间）人，是大历年间的著名诗人，早年功名不成，安史之乱后曾两度被贬。有《刘随州集》。他写过一些感伤乱离之作，如《穆陵关北逢人归渔阳》描写战乱之后南北各地荒凉残破的景象，是他的名篇。各体诗歌中五言律诗最多，时人说他曾自称“五言长城”。这些诗的基本特色是在清寒悠远的境界中寄托贬谪之悲和思乡之情，情调寥落凄清。夕阳孤帆、秋山清猿、松风寒月、荒村野寺是他主要的审美对象，代表作有《碧涧别墅喜皇甫侍御相访》：

荒村带返照，落叶乱纷纷。古路无行客，寒山独见君。
野桥经雨断，涧水向田分。不为怜同病，何人到白云？

诗人为了强调他见到友人来访的喜悦，将落照下的荒村寒山写得极其萧瑟苍凉，从而突出了在古路上踽踽独行的来客。“野桥”两句是点“碧涧别墅”之名，却给这幽寒的意境增添了生机，因而全诗空灵而有野趣，主客的风雅也尽在山景中显现。著名的五绝《逢雪宿芙蓉山主人》：

日暮苍山远，天寒白屋贫①。柴门闻犬吠，风雪夜归人。

用简洁的笔墨勾勒出一幅清淡的寒山白屋图，写出了游子在风雪之夜投宿山里人家的温馨之感。

他的七律也颇多佳作，如《别严士元》中“细雨湿衣看不见，闲花落地听

---

① 白屋：茅屋。

无声”一联工致新颖，以“看不见”强调春雨的细润，以“听无声”强调花落的悄然，不但写出江南雨景的韵味，而且借周围环境的闲静烘托出离人相对无语的情景。总的说来，刘长卿诗含情悱恻，意境清空，大抵能代表律诗从盛唐向中唐过渡时期的最高水平。

韦应物(737—791)，京兆长安(今西安)人，是中唐前期有名的诗人。有《韦苏州集》。后人多将他与陶、王、孟、柳等山水田园诗人并提。实际上他的诗中颇多讽喻时事之作。作为州县官，韦应物直接受到朝廷催促交租的压力。他的很多诗就从这一角度反映了百姓在迫促繁杂的徭赋下无以聊生的困境，以及自己夹在中间进退两难的心情。《寄李儋元锡》诗说：

> 去年花里逢君别，今日花开又一年。世事茫茫难自料，
> 春愁黯黯独成眠。身多疾病思田里，邑有流亡愧俸钱[①]。
> 闻道欲来相问讯，西楼望月几回圆。

在离情、乡思、孤独等种种复杂的愁绪之中，最折磨诗人的还是愧对所在州邑离乡流亡的百姓。韦应物反映现实的诗歌，主要采用古体。如《杂体》五首其三“春罗双鸳鸯”，就采用魏晋古体形式，描写民间织妇之苦。用对比的写法，讽刺长安豪家的奢侈，对后来新乐府诗也有明显的影响。《采玉行》《夏冰歌》也是新题乐府类的作品。所以白居易把他和杜甫的新题歌行视为新乐府的先导。

韦应物的山水田园诗继承了孟浩然和王维的创作传统，风格高雅闲淡。代表作《滁州西涧》作于他任滁州刺史时：

> 独怜幽草涧边生，上有黄鹂深树鸣。春潮带雨晚来急，
> 野渡无人舟自横。

这首诗写诗人独自沿着涧边漫步，一边赏玩着路边的幽草，一边听着旁边茂密的树丛中传来黄鹂的鸣叫，逐渐深入幽清无人之处。此时恰逢春潮上涨，带来了一场急雨，又时近傍晚，自然不会有人摆渡，所以渡船悠闲地横

---

① 邑有流亡：自己管辖的地区有百姓逃亡。愧俸钱：拿了官家的俸禄，未能使百姓安居乐业，心中有愧。

在渡口。“舟自横”的自在意态正体现了诗人在独往西涧的过程中领悟的自在意趣。这类作品后来受到白居易和苏轼的推重。

三、大历十才子

这一时期还有一群号称“大历十才子”的诗人，他们是钱起、韩翃、卢纶、李端、耿湋、崔峒、吉中孚、苗发、司空曙、夏侯审十人。除了叹老嗟贫以及抒发身世之感以外，吟咏山水、称道隐逸是大历十才子诗歌的基本主题。但很多山水诗只是为饯行送别而作，缺乏深厚的内容。

钱起的《省试湘灵鼓瑟》颇有名气，特别是最后几句：“流水传潇湘，悲风过洞庭。曲终人不见，江上数峰青。”写湘瑟悲哀的曲调从洞庭湖上飘过之后，眼前只见江上淡淡的几峰青色，空灵的意境中蕴含了曲子给人的无穷回味。韩翃《寒食》诗是他的名作：

> 春城无处不飞花，寒食东风御柳斜[1]。日暮汉宫传蜡烛[2]，
> 轻烟散入五侯家。

此诗借寒食节宫中特许燃烛一事，为满城飞花、东风拂柳的大好春光再添上几分轻烟氤氲的皇家气象，既比一般富丽堂皇的颂圣诗显得淡雅，又比绮靡浮华的宫廷诗显得端庄，因而得到唐德宗的赞赏。

卢纶（748—798?）的《和张仆射塞下曲六首》是风格近似盛唐的边塞诗，其三写得最为雄健：

> 月黑雁飞高，单于夜遁逃[3]。欲将轻骑逐，大雪满弓刀。

此诗只取大雪之夜骑兵将要出发追击敌人的一刻，表现唐军边备之严整，将士斗志之高昂。这样的精神面貌在安史之乱后显得格外可贵，可以和盛唐边塞诗的名篇媲美。

---

① 寒食：据《荆楚岁时记》，寒食节在冬至节后的105天，禁火三日。
② “传蜡烛”两句：据说汉代寒食禁火，朝廷特赐王侯家蜡烛。五侯：有多种说法，这里借指外戚显贵。
③ 单（chán）于（yú）：匈奴君主。

四、李益和张继

大历时期诗歌成就较高的是李益(748—829)。他写过不少边塞诗,又以七绝著称,作品流传较广,常被谱入管弦歌唱。最著名的是《夜上受降城闻笛》①:

回乐峰前沙似雪②,受降城下月如霜③。不知何处吹芦管④,
一夜征人尽望乡。

沙明似雪、月冷如霜的边关静夜犹如晶莹的冰雪世界,被夜风吹遍关山的芦笛声,在荒沙凉月中缭绕,勾起了多少征人的边愁。"尽望乡"三字,虽是直抒乡思,结尾却仍有余音不绝于耳。因而此诗既有盛唐边塞诗的雄浑壮阔,又自成苍凉凄清的意境。

此外,这一时期家喻户晓的名作还有张继的《枫桥夜泊》⑤:

月落乌啼霜满天,江枫渔火对愁眠。姑苏城外寒山寺⑥,
夜半钟声到客船⑦。

月落乌啼、空里流霜、枫林夹岸、渔火闪烁,构成清空静谧的秋江夜景。愁眠之人对着江枫渔火,竟夕目未交睫。正当夜色最深沉的时候,寒山中寺院的钟声遽然响起,从姑苏城外远远传来,在空廓的江天之间回荡,带着悠悠的客愁,为清寂的秋夜拓开了无限苍茫空远的境界。由于钟声诗韵千古流传,枫桥附近的寺庙到明代被正式称为"寒山寺",成为姑苏城名闻中外的一座古寺。

---

① 此诗作者有疑问,一说为戎昱。但李益有多年从军经历,另有《暮过回乐峰》《夜上西城听梁州曲二首》均作于回乐峰和受降城。

② 回乐峰:有不同说法,旧说在灵州回乐县(今甘肃灵武西南)。

③ 受降城:指西受降城,故址在今内蒙古杭锦后旗乌加河北岸。

④ 芦管:笛。"管"字下原注"一作笛"。

⑤ 枫桥:在苏州城西。

⑥ 姑苏:苏州的别称,因其地有姑苏山。寒山寺:从明代以后专称枫桥附近的一个寺院。唐时"寒山寺"只是泛指寒山中的寺院。

⑦ 夜半钟声:唐时寺院有半夜敲钟的习惯。

第二节　韩愈和奇险诗派

唐诗从贞元(785—805)到长庆(821—824)年间,发生了重大变化。当时出现的元、白和韩、孟两大诗派,一平易,一险怪,同时体现了中唐诗歌大变的实绩,各自开辟了新的发展途径。

奇险诗派的特点非常鲜明。这一诗派以韩愈为首,代表人物有孟郊、贾岛、卢仝、李贺等。他们提倡继承风雅比兴的传统,凭着坚守古道的执着信念,坚持抨击世俗社会的丑恶和虚伪,体现了沦落下层的寒士在现实挤压下奋力抗争的精神,以及对世态炎凉的愤慨和蔑视。与此同时,追求新奇的表现手法,崇尚奇峭险怪、生涩奥衍的审美趣味,善于驰骋想象,在构思、命意上痛下功夫,在遣字造句上好难争险,就成为他们在艺术上的共同特点。当然由于每个人个性不同,他们又各有自己鲜明的风格特征。

一、韩愈

韩愈(768—824),字退之,河阳(今河南孟州)人。贞元八年(792)进士。曾任监察御史,后因上书论时事被贬为广东阳山令。宪宗时随宰相裴度平定淮西,迁刑部侍郎。因谏阻迎佛骨,贬为潮州刺史。穆宗时官至吏部侍郎。有《昌黎先生集》。他主张尊儒排佛,维护国家统一,反对藩镇割据,并倡导古文运动,也是中唐奇险诗派的领袖。诗歌的主要风格是奇险豪放。

韩愈博学多才,气魄很大,能继承和发展杜甫长篇五言和七言古诗的特色,创作出许多内容丰富复杂的长篇巨制,最大限度地拓展了古诗叙述和议论的功能,因而导致某些古诗近似散文,被后人视为“以文为诗”。但是这些长篇始终能以抒情为主导,而且形成了与其雄厚才学相称的独特表现方式。如《山石》:

山石荦确行径微[①]，黄昏到寺蝙蝠飞。升堂坐阶新雨足，
芭蕉叶大支子肥[②]。僧言古壁佛画好，以火来照所见稀。
铺床拂席置羹饭，疏粝亦足饱我饥[③]。夜深静卧百虫绝，
清月出岭光入扉。天明独去无道路，出入高下穷烟霏。
山红涧碧纷烂漫，时见松枥皆十围[④]。当流赤足蹋涧石[⑤]，
水声激激风吹衣。人生如此自可乐，岂必局束为人鞿[⑥]？
嗟哉吾党二三子，安得至老不更归？

此诗一句一景，移步换形，层层展开黄昏、入夜、黎明等各个时分的不同画面。一座荒山古寺，经诗人用浓淡相间的色彩点染之后，不但处处呈现出幽美的景色，而且传神地表现出诗人的个性。可见全诗虽以游记平铺直叙、篇末结出感想的记述手法为纲，但从头至尾都是以诗歌直寻兴会、融情于景的传统表现方式为本。

韩愈虽有意创奇，但他在传统诗歌的创作方面其实有很深的造诣。特别是后期有较多抒写闲情逸致的小诗和近体诗。如《早春呈水部张十八员外》：

天街小雨润如酥[⑦]，草色遥看近却无。最是一年春好处，
绝胜烟柳满皇都[⑧]。

此诗真切地捕捉到细雨滋润后初泛的一层似有若无的草色及其给人的新鲜感受，传达出北方早春的神韵。《左迁至蓝关示侄孙湘》[⑨]是一首著名的七律：

---

① 荦(luò)确：险峻不平的样子。
② 支子：即栀子花。
③ 疏粝(lì)：粗粮粗米。
④ 松枥(lì)：松树和栎树。枥，同栎，即柞(zuò)树。十围：指十人拉起手来才能合抱的树干直径。
⑤ 蹋：脚着地。
⑥ 鞿(jī)：古羁字，马笼头。
⑦ 天街：京城中的街道。酥：酥油。
⑧ 绝胜：极佳。一说在此诗中意为“绝胜于”。
⑨ 左迁：被贬。蓝关：又名蓝田关，故址在西安蓝田县城南，自古为关中平原通往南阳盆地的要隘。侄孙湘：韩愈的侄孙韩湘。

一封朝奏九重天[1]，夕贬潮阳路八千[2]。欲为圣明除弊事，
肯将衰朽惜残年！云横秦岭家何在？雪拥蓝关马不前。
知汝远来应有意，好收吾骨瘴江边[3]。

元和十四年(819)，唐宪宗迎佛骨入宫，韩愈上表谏诤，被贬为潮州刺史。此诗抒发自己忠而获罪、无辜远谪的愤慨，以及为朝廷除弊不惜付出残年的勇气，凄楚刚烈而又大义凛然，充分显示出古诤臣宁折不弯的可贵气节。

总的说来，韩愈纠正了大历以来的平庸诗风，避免了诗歌往浅易油滑一途发展的不良趋势，为中国古典诗歌的表现艺术开出了一种全新的境界。

二、孟郊

孟郊(751—814)，字东野，湖州武康(今浙江武康县)人，是韩愈的诗友。他一生穷困，耽于科举，五十岁才做到溧阳尉这一任小官。有《孟东野集》。他的性格孤僻耿介，诗歌调子苦涩矫激。有一部分诗歌如《寒地百姓吟》《织妇词》《征妇》等，流露出作者对底层百姓困苦境况的深切理解和同情。由于诗人境遇的潦倒，他更多的诗篇是悲叹自己饥寒交迫的生活，抒发怀才不遇的精神苦闷。

孟诗的风格主要是奇险苦涩。他大量使用比兴，在艺术表现上往往有出人意料而又新奇形象的思路。如“寒者愿为蛾，烧死彼华膏”(《寒地百姓吟》)形容寒冷的痛苦，说不如像飞蛾那样烧死在烛火中，和韩愈的《苦寒》写鸟雀“不如弹射死，却得亲炰燖[4]”的构思方式相同。“冷露滴梦破，峭风梳骨寒”，“席上印病文”(《秋怀》)写梦比纸薄，冷露一滴就破；寒风梳骨，说明人瘦得肋骨像一把梳子；卧床日久，席上印出了人形，成了病画的花纹图案[5]。

---

① 一封：指韩愈向唐宪宗所上《谏佛骨表》。九重天：指朝廷。
② 潮阳：潮州潮阳郡，唐时属岭南道。
③ 瘴江：指潮州。岭南湿热，瘴气很重。
④ 炰燖(páo xún)：用火烧烤。
⑤ 陈贻焮. 从元白和韩孟两大诗派略论中晚唐诗歌的发展[M]//唐诗论丛. 湖南人民出版社，1980.

“南山塞天地，日月石上生”（《游终南山》）运用夸张手法，描写终南山高得塞满天空，以至于日月也被挤得只能从南山的石头上生出，更是惊人奇想。总之，孟郊的主要特点是通过挖空心思的苦吟，用平常的语言在平常的生活中写出精神上奇苦的状态。

但他也善于用传统的表现手法写出佳作。如著名的《游子吟》：

慈母手中线，游子身上衣。临行密密缝，意恐迟迟归。
谁言寸草心，报得三春晖[①]。

慈母为子女缝衣，本是最平常的生活细节，诗人却能从密密缝的针线中觉察出母亲的难舍之情。而游子多少年来一直带着母亲的这份牵挂在外奔走，感动之余，唯有难以报答的深深愧疚。结尾以寸草心为喻，是由于在游子的万里长途中，到处可见的只有小草。这就令诗人想到小草依赖阳光成长，而春晖从来不求回报。寸草有心，春晖无私，比喻新鲜警策，能最贴切地表达天下游子对无法报答的母爱的感恩之情。

三、李贺

李贺（790—816），字长吉，河南福昌（今河南宜阳）人。家居昌谷（在宜阳境内）。他出身于李唐宗室的远支，家境贫寒，自恃才高，遭人嫉妒毁谤，竟因其父名“晋肃”，为避讳而不得考进士。韩愈特别为他做了一篇《讳辩》，也没能为他争到参加科举的权利。因此他终身郁郁不得志，仅做过奉礼郎，死时年仅二十七岁。有《李长吉歌诗》。

李贺一生所创作的诗篇，主要是抒发对光阴飞逝的焦虑和怀才不遇的极端愤激之情，《长歌续短歌》《浩歌》《将进酒》等，咏叹英雄无主、彷徨追索的不幸遭遇和苦痛心情，可以说是这类诗歌的代表作。“长歌破衣襟，短歌断白发。”诗人的歌声慷慨激烈，震破衣襟，割断了白发。“我有迷魂招不得，

---

① 三春晖：春天的阳光。

雄鸡一声天下白。少年心事当拏云[①]，谁念幽寒坐呜呃[②]？”(《致酒行》)渴望奋发有为的凌云壮志与投奔无门的痛苦迷乱交织在一起，写得极为警绝。

李贺的风格主要是奇险瑰丽。其艺术构思往往荒诞虚幻，思想感情则多为怨恨悲愁，但不同题材又有不同情调，风格是多样化的。如《雁门太守行》[③]：

> 黑云压城城欲摧，甲光向日金鳞开。角声满天秋色里，
> 塞上燕脂凝夜紫。半卷红旗临易水，霜重鼓寒声不起。
> 报君黄金台上意[④]，提携玉龙为君死[⑤]。

在黑云压城的背景衬托下，战士的盔甲反射出云隙里透出的阳光，金光闪闪，更加耀眼。这样描写不仅在色彩上形成浓重黑暗和鲜艳明亮的强烈反差，而且造成感觉上压抑与高扬的对比。“塞上燕脂凝夜紫”既切合长城雁门塞上土色为紫的实景，又混合着伤亡惨重、夜色中凝血遍地的印象，寥寥几笔便生动真切地写出了大军压境、危城将破时的悲壮情景和紧张气氛。又如《李凭箜篌引》[⑥]：

> 吴丝蜀桐张高秋[⑦]，空山凝云颓不流。江娥啼竹素女愁[⑧]，
> 李凭中国弹箜篌。昆山玉碎凤凰叫，芙蓉泣露香兰笑。
> 十二门前融冷光[⑨]，二十三丝动紫皇[⑩]。女娲炼石补天处，
> 石破天惊逗秋雨。梦入神山教神妪[⑪]，老鱼跳波瘦蛟舞[⑫]。

---

① 拏(ná)云：凌云。
② 呜呃：悲叹的样子。
③ 《雁门太守行》：汉乐府旧题。
④ 黄金台：相传战国时燕昭王在易水东南筑台，上置千金，招揽人才。
⑤ 玉龙：指宝剑。
⑥ 李凭：中唐时的梨园弟子。箜(kōng)篌(hóu)：古代的一种弦乐器。
⑦ 吴丝：吴地所出优质蚕丝制作丝弦最好。蜀桐：蜀地桐木最宜制作琴瑟。
⑧ 江娥啼竹：传说舜死后其二妃泪洒竹林，竹尽变成斑竹。素女：天帝命素女鼓五十弦瑟，破为二十五弦。
⑨ 十二门：长安有十二座城门。融冷光：形容乐声能改变气候，消融寒冷。
⑩ 二十三丝：指竖箜篌。紫皇：地位最高的天神。
⑪ 神妪：据《搜神记》，晋永嘉年间，兖州有神妪名成夫人，爱好音乐，能弹箜篌，闻人弦歌便会起舞。
⑫ “老鱼”句：化用《列子·汤问》：“瓠巴鼓琴而鸟舞鱼跃。”

吴质不眠倚桂树①,露脚斜飞湿寒兔。

全诗将有关音乐的典故化成一个个神秘奇丽而又各不相干的印象,使听觉和视觉效果不断相互转换,如以昆山之玉碎裂形容其声清脆,以凤凰鸣叫形容其声和美,以秋日芙蓉泣露形容其声幽咽,以春天香兰含笑形容其声明丽,从不同角度渲染出箜篌声动人的音乐效果。最巧妙的是,夸张乐声响彻云霄的力度,竟然想到天被震破之处一定是昔日补过的地方,秋雨就从曾经补过五色石的裂缝里漏出,既出人意料又合乎生活逻辑。这些奇想的独特思路,使他描写音乐的诗歌能在同时代诗人的名作中自成奇格,难以效仿。

李贺诗歌的浪漫色彩受楚辞影响很深,但比楚辞的《九歌》更凄凉哀怨,别具一种神秘幽清之美,而且蕴藏着一种由忆旧、伤逝、相思等因素交织而成的复杂感情。这种特色使他得了"诗鬼"的称号。李贺诗歌艺术上的特点后来直接为晚唐李商隐、温庭筠所继承发展,形成了自成一格的"长吉体",直到元代和近代还一直有人效法。

四、贾岛

贾岛(779—843),字阆仙,范阳(今北京一带)人。曾做过和尚,法名无本,经韩愈劝说还俗。他也是韩孟诗派的重要作家,以苦吟与孟郊并称,有"郊寒岛瘦"之说。《寻隐者不遇》是他的名作:

松下问童子,言师采药去。只在此山中,云深不知处。

此诗用松下童子的三句老实而天真的答问之词,简笔勾勒出山中白云不可知的幽深境界,从隐者的无迹可寻想见其飘逸神秘的意态,理趣在似有若无之间。

贾岛又与姚合长期交往,友谊深厚,两人都以苦吟来表现隐逸闲居的生

① 吴质:据清人姚文燮《昌谷诗注》引《余冬序录》:吴刚字质,谪月中砍桂。

活和日常所见的自然风物，有追求清冽平淡的共同特色，因而“姚、贾”也被相提并论。他们的五律在唐末五代产生过很大的影响。

第三节　白居易和新乐府

一、新乐府运动

元、白一派最显示中唐诗歌大变实绩的，是发端于张籍、王建、李绅，大备于元稹、白居易的新乐府之类讽喻诗。《诗经·国风》“饥者歌其食，劳者歌其事”、汉乐府民歌“感于哀乐、缘事而发”的传统，从魏晋以来不绝如缕，到杜甫创作的新题乐府又将这一传统发扬光大。从盛唐天宝末到中唐贞元、元和年间，在提倡复古、要求改革的社会思潮中，元结、韦应物、顾况、王建、张籍、韩愈、孟郊、刘禹锡等诗人，效法汉魏古乐府，创作了许多新题歌行，其中包含着一些关注现实、兴讽时事的作品，与杜甫新题乐府的精神相同。

元和四年(809)，李绅、元稹、白居易看到诗歌创作的这一趋势，出于向朝廷进谏的需要和教化的目的[①]，提倡恢复周代采诗制，用美刺讽喻的标准对杜甫以来歌行效仿汉魏古乐府制作新题的现象加以总结，并以一批“新题乐府”和“新乐府”组诗作为示范，融合《诗经》、汉乐府和中唐前期兴讽歌行的创作精神和表现形式，确立了“新乐府”的名称。他们不但写作大量讽喻诗，并提出理论，对当时政治和其后诗歌的发展产生了显著影响。现当代人所著的《中国文学史》中一般称这一文学现象为新乐府运动。

① 参见陈贻焮《从元白和韩孟两大诗派略论中晚唐诗歌的发展》中关于白居易新乐府与进谏关系的论述。

二、张、王乐府

继杜甫和韦应物之后，大量创作乐府以反映社会现实的主要有张籍和王建这两位诗人，后人常称之为“张王乐府”。他们是元稹和白居易创作新乐府的先导。

张籍（766？—830?），字文昌，祖居苏州。贞元十四年（798）进士，曾任水部员外郎、国子司业等小官。有《张司业集》。他所采用的乐府以古题为多，但内容则是针对现实而发，此外他也写了不少即事名篇的新题乐府。如《野老歌》将农夫“苗疏税多不得食，输入官仓化为土。岁暮锄犁傍空室，呼儿登山收橡实”的生活与“西江贾客珠百斛，船中养犬长食肉”相比，在乐府中最早反映了农与商之间的差异和不平，很有新意。

张籍的乐府诗篇幅不长，但构思精巧，往往从不同处境中不同人物的心理状态着眼，找到最能打动人心的表现角度。如《牧童词》纯以牧童的心理和眼光写郊外放牧情景，极富生活情趣。最后以牧童对牛的天真斥骂作结：“牛牛食草莫相触，官家截尔头上角！”官家竟成了牧童平时用来吓唬牛的话，可见官府的横暴已到何种程度。

他的七绝有一些名作，如《秋思》：

> 洛阳城里见秋风，欲作家书意万重。复恐匆匆说不尽，
> 行人临发又开封。

此诗表现秋思的角度十分新颖：交信之前又开封的细节，生动细腻地写出万重秋思在一封家书中难以尽言的心理活动。构思虽然新巧，却是从日常生活中随手拈来。

王建（766—?），字仲初，大历时进士。有《王建诗集》。他和张籍交往颇多，创作倾向一致，有不少古乐府和新题乐府。《水夫谣》是他新题乐府中最有代表性的一篇：

> 苦哉生长当驿边，官家使我牵驿船。辛苦日多乐日少，

水宿沙行如海鸟。逆风上水万斛重，前驿迢迢后淼淼。
半夜缘堤雪和雨，受他驱遣还复去。夜寒衣湿披短蓑，
臆穿足裂忍痛何！到明辛苦无处说，齐声腾踏牵船歌。
一间茅屋何所值，父母之乡去不得。我愿此水作平田，
长使水夫不怨天。

纤夫生活被如此详尽地写进诗里，这还是诗歌史上的第一篇。全诗以第一人称的口吻，选取在逆风上水、半夜雨雪中拉纤的最艰苦的景况，写出了纤夫们从肉体到精神的无限痛苦，感人至深。就艺术表现来说，他比张籍更细致具体，语言也更轻快本色，与白居易的风格近似。

总之，张籍、王建的乐府，能结合中唐的社会现实，抨击时事；词意浅近，讲究艺术构思，对新题乐府的形式和表现都有较大贡献。

三、白居易

白居易（772—846），字乐天，下邽（今陕西渭南）人。贞元中进士，元和时曾任翰林学士、左拾遗及左赞善大夫。因敢言直谏，于元和十年（815）得罪权贵，贬江州司马。转忠州刺史。穆宗长庆间任杭州、苏州刺史等职。后官至刑部尚书。晚年住在洛阳，号香山居士。有《白氏长庆集》。

白居易主张发挥诗歌为政治服务的作用，批评社会现实，反映民生疾苦，反对六朝以来文学"嘲风雪，弄花草"的倾向。他有关新乐府的理论主要有以下几方面：首先，强调诗歌"感人心"的巨大力量①；其次，明确诗歌创作要反映时事的正确目的，也就是"文章合为时而著，歌诗合为事而作"（《与元九书》）；最后，艺术上要求主题鲜明，通俗易懂，朴素质直，便于歌唱②。

"新乐府"一名是白居易正式提出的，指的是一种用新题写时事的乐府

① 白居易《与元九书》："感人心者莫先乎情，莫始乎言，莫切乎声，莫深乎义。诗者，根情、苗言、华声、实义。上至贤圣，下至愚騃……未有声入而不应、情交而不感者。"

② 白居易《新乐府序》："首句标其目，卒章显其志。""其辞质而径，……其言直而切，……其事核而实，……其体顺而肆。"

式的诗，但不以入乐与否为衡量的标准。

元、白的新乐府讽喻诗广泛触及中唐的各种社会政治问题，反映现实的深度和广度都是中唐前期的新题乐府所不及的。如揭露宫廷和各级官吏对人民的残酷剥削，有《卖炭翁》《红线毯》《重赋》《缭绫》《杜陵叟》等；反映战乱以及外患给人民带来的痛苦，有《新丰折臂翁》《缚戎人》等；指斥统治阶级骄奢淫逸的生活，有《买花》《歌舞》《轻肥》等；反映农村困苦生活的有《田家词》《织妇词》《采地黄者》等；同情宫女的有《上阳白发人》，等等。这些诗大都感受深刻，观点鲜明，言辞犀利，形象生动，充分显示出古诤臣的大义凛然的精神。

白居易的新乐府语言大多浅显俚俗，有民歌特色。词句流畅，有如自然的散文，又富有诗歌之美。善于通过对比揭示主题也是白居易新乐府的一个重要特色。如《卖炭翁》：

> 卖炭翁，伐薪烧炭南山中。满面尘灰烟火色，
> 两鬓苍苍十指黑。卖炭得钱何所营？身上衣裳口中食。
> 可怜身上衣正单，心忧炭贱愿天寒。夜来城外一尺雪，
> 晓驾炭车辗冰辙。牛困人饥日已高，市南门外泥中歇。
> 翩翩两骑来是谁？黄衣使者白衫儿①。手把文书口称敕②，
> 回车叱牛牵向北。一车炭，千余斤，
> 宫使驱将惜不得。半匹红绡一丈绫，系向牛头充炭直。

此诗有小注：“苦宫市也。”中唐德宗贞元末年，宫里派宦官到闹市购物，只要称“宫市”，卖主就不敢问来历，宦官常以百钱购入价值数千之物。这首诗细致地描写了一个依靠烧炭糊口的白发老翁遭遇宫市的经过，先从他满面尘烟、两手黑灰的外表写出他烧炭的辛苦，然后再从他在大雪天气穿着单衣，还担心炭贱只求天寒的心理活动，写出他饥寒交迫的处境，制造这车炭能否卖出好价钱的悬念。然后突然转为整车炭都被宫使白白牵走的悲惨结

① 黄衣使者：宦官品级较高的穿黄衣。白衫儿：宦官无品级的穿白衣。
② 口称敕：宣称奉皇帝命令。

局，前后鲜明的对比，自然说明所谓“宫市”只不过是奉旨掠夺的本质。

白居易诗中除讽喻诗以外，更多的是感伤、闲适和杂律诗。这些诗存在一种共同的通俗化倾向，一般都追求语言的通俗易懂。有的感伤诗接受中唐以来市人小说、传奇、变文的影响，在长诗中铺排故事。例如《长恨歌》用七言长篇叙述唐玄宗和杨贵妃的爱情悲剧，借着历史的一点影子，根据当时人们的传说、街坊的歌唱，从中蜕化出一个回旋曲折、宛转动人的故事，用回环往复、缠绵悱恻的叙事和抒情手法以及精巧独特的艺术构思描摹出来。虽然也有讽喻意味，但着重表现的是这一故事本身的传奇色彩。《琵琶行》抒发自己由市井倡女的命运所引起的贬谪之感，其中写听琵琶一段最为精彩：

转轴拨弦三两声，未成曲调先有情。弦弦掩抑声声思，
似诉平生不得志。低眉信手续续弹，说尽心中无限事。
轻拢慢撚抹复挑①，初为霓裳后绿腰。大弦嘈嘈如急雨②，
小弦切切如私语③。嘈嘈切切错杂弹，大珠小珠落玉盘。
间关莺语花底滑④，幽咽泉流冰下难⑤。冰泉冷涩弦疑绝，
疑绝不通声暂歇。别有幽愁暗恨生，此时无声胜有声。
银瓶乍破水浆迸，铁骑突出刀枪鸣。曲终收拨当心画⑥，
四弦一声如裂帛。东舟西舫悄无言，唯见江心秋月白。

这段描写以各种声音比喻琵琶演奏的乐曲效果。唐代四弦琵琶以大拨子弹奏，因而乐音低沉者如急雨骤降，细高者如窃窃私语，各弦错杂弹奏，则如大珠小珠洒落玉盘，都绝妙地形容出弹拨乐的声响特点和听觉感受。“间关莺语”四句既是形容乐声由清脆流畅转为低沉凝涩，同时又使情绪由高潮落到低谷。当乐曲在暂时间歇后，又在“此时无声胜有声”的静默中突然爆发出最强音，快速升到高潮，却以一声裂帛般的尾声戛然而止，此时江月当

① “轻拢”两句：拢、撚、抹、挑：弹琵琶的几种指法。《霓裳》《绿腰》：唐大曲名，《绿腰》又叫《六幺》。
② 大弦：低音弦，粗弦。
③ 小弦：高音弦，细弦。
④ 间关：鸟鸣声。滑：流利轻快。
⑤ 冰下难：形容幽咽之声。一作“水下滩”。
⑥ 拨：拨弦的器具。唐代四弦琵琶用大拨子。画：划。

空的曲终意境更胜过赞美音乐的千言万语。除了妙喻纷呈以外，此诗还有许多警句，如“千呼万唤始出来，犹抱琵琶半遮面”，“此时无声胜有声”，“同是天涯沦落人，相逢何必曾相识”等，为后人所乐于引用。

白居易的闲适诗和杂律诗数量最多，所表现的思想感情比较复杂。《赋得古原草送别》是他的名作：

离离原上草[①]，一岁一枯荣。野火烧不尽，春风吹又生。
远芳侵古道，晴翠接荒城[②]。又送王孙去，萋萋满别情。

这首诗以年年生长的春草比喻年年送别的离情，感叹人生的聚散正如春草的荣枯，年年循环不已。“野火”一联将古原草生生不息的活力写得极其形象新警：无论是一年一次的枯萎，还是野火的焚烧，都无法摧毁其重生的生机。这就不止于写景，而是将古原草坚毅顽强的性格揭示出来了。由于此诗在咏物中含有耐人寻味的哲理，因而能启发人在离情之外产生更丰富的联想。

杂律诗中还有多篇描绘西湖风光的佳作，如《钱塘湖春行》：

孤山寺北贾亭西[③]，水面初平云脚低。几处早莺争暖树，
谁家新燕啄春泥。乱花渐欲迷人眼，浅草才能没马蹄。
最爱湖东行不足，绿杨阴里白沙堤[④]。

此诗景致句句都出自诗人绕湖踏青、边走边看的观感，并以询问、预期等不同的语气精细地描摹出早春时节莺燕花草的不同动态：早莺只有几处，还在争抢朝阳的暖树；新燕刚刚飞回，正在啄泥，还没来得及筑窝，既抓住早春犹寒的季节特征，又烘染出春阳已暖、春泥已融的春意。春花虽发，尚未盛开，春草虽生，亦还嫌浅，同样精准地量出了“春光之浅深，春色之浓淡”[⑤]。所以读来风情骀荡，生趣盎然。

---

① 离离：分披繁盛的样子。
② 晴翠：晴天下翠绿的草色。
③ 孤山：在西湖中后湖和外湖之间。贾亭：贞元年间贾全任杭州刺史时，在西湖造亭，人称贾公亭。
④ 白沙堤：在杭州西城外，东起断桥，沿堤向西南直通孤山，长可二里，简称白堤，又称孤山路。
⑤ 清·赵臣瑗辑《山满楼笺注唐诗七言律》。

白居易的诗因通俗易懂，在当时就广传人口，影响巨大，并远播海外，白居易也成为日本人最熟悉的重要诗人。

四、元稹

元稹(779—831)，字微之，洛阳人。贞元年中进士。早年和白居易共同提倡新乐府。后期热衷仕进，官至宰相。有《元氏长庆集》。

《连昌宫词》是元稹著名的七言长篇，诗里借一个住在连昌宫边的老人之口，回忆天宝年以来的盛衰变迁，并联系元和时代的政治局面，追溯了安史之乱发生的根源。他的新乐府中较好的作品如《田家词》写“六十年来兵簇簇”的形势下，农民月月送军粮的车声从来不曾断绝，官军将输送军粮的人、车、牛一齐征用，逼得“姑舂妇担去输官，输官不足归卖屋”，“农死有儿牛有犊，誓不遣官军粮不足”，从农家代代相继倾家荡产输送军粮的事实中，反映出安史之乱后六十年来战争不断、官军腐败的历史和现状，也颇有深度。

元稹善写深情，最著名的是他的悼亡诗《遣悲怀》三首其二：

> 昔日戏言身后事，今朝皆到眼前来。衣裳已施行看尽，
> 针线犹存未忍开。尚想旧情怜婢仆，也曾因梦送钱财。
> 诚知此恨人人有，贫贱夫妻百事哀。

这首诗全不用典，如从白话中提炼而成，尤其浅易，但含意深长。结尾因道出“人人有”的贫贱夫妻之哀，更成为善于总结人之常情的成语，所以被历代评者誉为悼亡诗之绝唱。

五、李绅

在元、白以外，另一位新题乐府的提倡者李绅(772—846)的《新题乐府》二十首今已不存，但他著名的《悯农》①二首同样体现了新乐府“惟歌生民病”

---

① 题目一作《古风》。其一“秋成万颗子”，“成”一作“收”。

的精神。其一：

春种一粒粟，秋成万颗子。四海无闲田，农夫犹饿死！

农夫终年辛劳，四海开垦已遍，却不能用自己的劳动成果养活自己，这就概括了封建社会中历代农民共同的生存境遇。其二：

锄禾日当午，汗滴禾下土。谁知盘中餐，粒粒皆辛苦。

锄禾常在暑热季节，赤日炎炎，正当中午，汗流浃背以致滴汗入土，对农民而言几乎是每日的平常事，所以开头两句概括了无数农夫天天重复的日常劳作。而后两句突显出香气四溢的盘中餐，也是不愁饥寒的人们每日享用的常见食物。但前后对照，便自然揭示出盘中餐粒粒都是农夫汗水浇灌而成的真理。此诗与他曾经创作的新题乐府一样，应是针对浪费民脂民膏的上层统治者而发，但其影响却远远超出唐代，对于所有不知稼穑艰难的人们都是一种善意的规讽，因而在后世长期流传中成为警世的格言。

第四节　刘禹锡和柳宗元

中唐还有两位杰出的诗人——刘禹锡和柳宗元，他们都是唐顺宗时永贞改革的参与者，失败后政治遭遇几乎完全相同，但诗风各有特色。

一、刘禹锡

刘禹锡(772—842)，字梦得，彭城(今江苏徐州)人。贞元年进士及第后，授监察御史。因参加王叔文政治改革集团，失败后被贬为朗州司马，此后做过连州、夔州、和州刺史。晚年回到洛阳，任太子宾客，与白居易唱和最多。有《刘梦得文集》。他的诗以讽刺诗、怀古诗和根据当代民歌曲调创作的七绝歌词最为著名。

在政治生涯中遭到的挫折，使刘禹锡满怀愤激不平。他写过很多政治感怀诗，例如《酬乐天扬州初逢席上见赠》：

巴山楚水凄凉地①，二十三年弃置身。怀旧空吟闻笛赋②，
到乡翻似烂柯人③。沉舟侧畔千帆过，病树前头万木春。
今日听君歌一曲④，暂凭杯酒长精神。

唐敬宗宝历二年（826）冬，刘禹锡罢和州刺史返回洛阳，与秋天已罢苏州刺史的白居易相遇在扬子津。此时刘禹锡已历经二十三年的贬谪生涯，首联即概括自己大半生在远荒消磨殆尽的残酷事实。颔联在追忆故旧的同时，又道出了回到故乡的恍如隔世之感。颈联以“千帆过”与“万木春”构成生机勃勃的画面，比喻人人竞进、意气风发的满朝新贵；与之对照的“沉舟”和“病树”则比喻半世被弃、早已心死的诗人自己，对人事的更替荣悴表达了极其透彻的感悟，也饱含着无限辛酸和悲凉。所以当白居易为自己高歌不平的时候，他深表感激，但也只能暂时依靠手中的杯酒提振精神，不可能再恢复二十三年前的豪气了。此诗颈联虽是牢骚，但以新鲜的喻象和直白的语言说明了新旧更替的某种规律性，富有哲理启示。

刘禹锡的怀古诗往往就历史的陈迹想象出优美而怅惘的意境，寄寓兴亡盛衰之感，语言浅显而含蕴深厚。如《西塞山怀古》⑤：

王濬楼船下益州⑥，金陵王气黯然收。千寻铁锁沉江底⑦，
一片降幡出石头⑧。人世几回伤往事，山形依旧枕寒流。

---

① 巴山楚水：概括作者二十三年来被贬任官的地方。
② 闻笛赋：即魏晋时向秀所作《思旧赋》，嵇康、吕安去世后，向秀经其旧居，听邻人吹笛，有感而作。
③ 烂柯人：晋时王质伐木至信安郡石室山，观童子数人下棋唱歌。俄顷起身，斧柄已烂。归家已是隔世。
④ “今日”句：指白居易与刘禹锡见面时，所作《酬赠刘二十八使君》。
⑤ 西塞山：在今湖北大冶市东，是长江中游险要处，三国时孙吴的江防前线。
⑥ 王濬（jùn）：晋武帝时益州（今四川成都）刺史。受命伐吴，造楼船（战舰），从成都出发，沿江东下。
⑦ 千寻铁锁：吴人为抵挡晋水军，在长江险要处装上铁锁阻挡船舰。王濬制作大火炬，灌以麻油，在船前遇锁时则燃炬焚烧，铁锁断绝，战舰直抵石头城（今南京）下，吴主孙皓出降，吴灭。寻：周尺，一寻为八尺。
⑧ 降幡（fān）：指吴国投降的旗子。石头：石头城，故址在今南京市西清凉山。

今逢四海为家日，故垒萧萧芦荻秋。

诗人取西晋灭吴这件史事，描写晋武帝时益州刺史王濬受命伐吴，楼船以摧枯拉朽之势直下金陵，烧断东吴阻拦的千寻铁锁，最终石头城上升起降幡的全过程，说明了兴废由人事、山川不足恃的道理。全诗四联依次构成四层对比：晋、吴气势之对比，双方胜败之对比，人事、江山之对比，以及今昔之对比，开阖跌宕，转折自如，在反复对照中自然体现出精辟的历史见解，可称中唐怀古诗的杰作。又如《乌衣巷》：

朱雀桥边野草花，乌衣巷口夕阳斜①。旧时王谢堂前燕，
飞入寻常百姓家。

乌衣巷在金陵，曾经是东晋王、谢两家大士族的住宅区。首二句仅截取朱雀桥边夕阳斜照野花杂草的一角春景，便可见昔日繁华只剩下一片荒凉。后两句出人意料地将今昔之感寄托在飞燕的去向上。燕子春天归来，在旧屋营巢的习性是不变的自然现象，只是其栖息的旧址已经从王、谢大族的高堂变成了寻常百姓人家，于是“旧时”与“寻常”的对照便使燕子似乎成为人世沧桑的见证，言外自有不尽之意。

刘禹锡的七绝长于以比喻写景，如《望洞庭》：

湖光秋月两相和，潭面无风镜未磨。遥望洞庭山水翠，
白银盘里一青螺。

以未磨的镜面比喻湖光秋月上下相映的空明朦胧，可见正是风平浪静的日暮时分。又将君山浮现在万顷银波之上的一团青翠喻为白银盘里的一颗青螺，更写出了洞庭月夜水天一色的静谧柔和之美。

刘禹锡善于向当代民歌学习，创作了许多声情并茂便于歌唱的七言绝句，并能运用地方民歌的曲调创作新词，其中最主要的是《竹枝词》《杨柳枝词》《踏歌词》《浪淘沙》等。例如《浪淘沙》：

---

① 乌衣巷：在金陵秦淮河南，离朱雀桥不远。三国时是孙吴守军的驻扎营地，因士兵都穿乌衣而得名。东晋时成为王、谢两家大族的住宅区。

九曲黄河万里沙，浪淘风簸自天涯。如今直上银河去，
同到牵牛织女家。

这首绝句扣住《浪淘沙》的曲名，赞美九曲黄河挟带着泥沙，历经风浪淘洗和簸扬，自天涯滚滚东来、直上星汉的气势。后两句巧借天河与大海相通，可遇见牵牛织女的传说，写出了大河向东入海不可阻挡的力量，极为雄壮豪迈，语调又似民歌般通俗天真。

总之，刘禹锡的诗浑然天成，神情豪爽，优美明快，含蕴深厚，因而后人称他为“诗豪”。

二、柳宗元

柳宗元（773—819），字子厚，祖籍河东（今山西永济县）。贞元九年（793）中进士。永贞年间，参加王叔文集团改革政治的活动，官礼部员外郎。改革失败后，被贬为永州司马，十年后调柳州刺史，死于柳州。有《柳河东集》。

柳宗元大多数诗是反复吟叹自己在政治生涯中的不幸遭遇，抒写寂寞抑郁的贬谪之感和思乡之情，以及重新振作的希望，往往凝聚着一腔孤愤。作为有志改革现实的政治家和思想家，他对于人民的疾苦有很深的体察，在诗文中也有反映。

在流放永州、柳州的长期贬谪生活中他还写下了大量的山水诗，成为继承王、孟山水诗的重要诗人，最为人传诵的是他的《江雪》和《渔翁》。《渔翁》：

渔翁夜傍西岩宿，晓汲清湘燃楚竹①。烟销日出不见人，
欸乃一声山水绿②。回看天际下中流，岩上无心云相逐。

当一片炊烟渐渐消散，一声柔橹从江面传来时，渔翁已远下中流，唯有

---

① 汲（jí）：打水。湘：湘水，源于广西，流经永州。楚：指湖南一带，古属楚地。
② 欸（ǎi）乃：象声词，摇橹声。

岩上白云无心地追随着他的孤舟。渔翁依山傍水、行宿无常的生活，便与追随无心的云水同归于自然了。不着形迹的人物描写不仅给这秀丽的青山绿水增添了楚湘特有的神秘感，也给一个普通的渔父染上了潇洒忘机的隐士色彩。“欸乃一声山水绿”写烟消日出时山水顿时现出一片绿色，但在诗人看来，仿佛是一声船橹摇绿了山水，构思神奇，尤为后人激赏。《江雪》：

千山鸟飞绝，万径人踪灭。孤舟蓑笠翁，独钓寒江雪。

这首诗展示了一个万籁俱寂、江天一色的纯净世界。千山银装素裹，大地白雪茫茫，飞鸟不到，人影绝迹。只有披蓑戴笠的一位渔翁，稳坐孤舟，独钓寒江，俨然是一幅空灵的寒江钓雪图。诗人独对风雪中的“千山”“万径”，那种悠然淡定的意态自然令人联想到他当时被贬的政治处境，因而许多解诗者都将此诗中的渔翁视为诗人孤独高洁的人格写照。

总之，中唐诗人众多，风格各异，可称是唐诗史上继盛唐之后的第二个高潮。

知识点：

大历诗　奇险诗派　长吉体　张王乐府　新乐府　元白诗派

思考题：

1. 新乐府讽喻诗的思想艺术特点是什么？

2. 韩愈、孟郊和李贺诗风的“奇”有什么差别？

3. 举例说明刘禹锡的七言绝句的特点。

4. 怎样欣赏柳宗元的《渔翁》和《江雪》？

第十二章
中唐古文运动

第一节　古文运动的背景和文学主张

一、古文和古文运动

“古文”一词是韩愈提出的，作为文体，原指先秦两汉以来用文言写的散体文，是相对六朝骈体文而言的。所谓“古文运动”，是现代人在撰写文学史时提出的概念，指的是发生在唐德宗贞元（785—805）到唐宪宗元和（806—820）期间的一次文体革命。它的指导思想是文以明道，也就是要求用古文阐明儒学之道的基本宗旨，摆脱骈偶体裁的束缚，使形式为内容服务。这次运动的主要领袖人物是韩愈和柳宗元，参加者有作家李观、李翱、欧阳詹、刘禹锡，以及韩愈的门生皇甫湜等人。由于目标明确，既有理论指导，又有创作实践，在当时形成了一股文学浪潮，使古文对骈文取得了压倒性的优势，而且对后代散文的发展产生了深远的影响，所以文学史上称之为古文运动。

二、中唐古文运动发生的背景

1. 历史渊源。六朝时代，骈文成为文坛的统治形式。西魏时，苏绰作《大诰》，提倡模仿典雅的《尚书》文字，反对华丽的骈文，但矫枉过正，无法实行。隋文帝曾下令禁止骈文，但仅靠行政命令，又无新文体，也失败了。唐天宝以来，萧颖士、李华、独孤及、元结、梁肃、柳冕等人提倡古文，成为古文运动的先驱。萧、李等都主张尊经载道，以改变衰靡文风。元结的散文在形式上已经摆脱骈俪体裁的束缚，内容也和他的诗一样具有现实意义。特别是柳冕提出文道合一的主张，已经认识到创造新文体的重要性。他们在理论和实践上为古文运动奠定了基础，但也存在一定的局限，这种局限只有在古文运动的进一步发展中才能得到突破。

2. 现实原因。唐王朝自安史之乱以来一直没有恢复元气。加上外族入侵，藩镇割据，国力逐渐衰退。这时一批关心国家命运的文人就起来指陈朝廷的得失，寻求改革的处方。虽然他们的政治派系不同，但都主张恢复孔孟之道的正统地位，强化封建秩序，巩固中央政权。六朝以来，儒家思想在佛教和各种思想影响下，已经不符合孔孟本意，所以韩愈和柳宗元都主张对儒家思想加以清理。韩愈更是强烈排斥佛教，呼吁朝廷重用真正有才能有道德的人士，反对以出身门第取人，因此他大力提倡儒家的"古道"，要求根据时势对周孔之道进行重新阐释。而骈文已经不能适应传播古道的要求，所以必须提倡古文。

三、古文运动的文学主张

韩愈提倡学习古文，主要有以下三方面的主张：

1. 学习古道必须兼通古文辞，"学古道则欲通其辞"（韩愈《题欧阳生哀辞后》），读通古文辞才能学到古道。

2. 学古文要学习古人措辞的意思，但不能照抄他们的文句，而是要树立自己的一家之言，不因袭模仿，"师其意不师其辞""能自树立，不因循"（韩愈《答刘正夫书》）。

3. 加强作者的学识和道德修养，"气盛则言之短长与声之高下皆宜"（韩愈《答李翊书》），修养好，气势足，则文句的长短和声调的高下自然都会合适。这样写出来的文章必然是有自己见解的新古文。

韩愈、柳宗元以丰富的古文创作实践了自己的理论主张，他们在学习先秦两汉散文的基础上，广泛吸取前代各种文学形式的艺术经验，根据当代口语提炼新的散文语言，创造出以奇句单行为主，有条理、有规律，适宜于说理、抒情、叙事的新散文。在他们的指点下，又涌现出一大批古文作家，这种新散文便成为中唐以来最流行合用的文体。正是由于他们的实绩，才保证了古文运动的成功。

第二节　韩愈和柳宗元的散文

一、韩愈的古文

韩愈的文集有《昌黎先生集》，散文计300多篇，内容丰富复杂，主要有以下两类：

1. 集中阐述他对古圣贤之道的看法，严厉批评不利于施行古道的社会风气。如《原道》提出著名的道统论，确立了从唐尧、虞舜到孔孟一脉相传的道统，指出儒家之道的核心思想在于仁义道德，社会等级的区分应当根据“智愚”的差别，而不是门第贵贱。《原人》提出“圣人一视而同仁，笃近而举远”，认为圣人之道主张对人不分远近，一视同仁。仁就是博爱，要提倡仁政。《原性》认为人性分上、中、下三品，区分的标准是仁义礼智信。《原毁》批评了当时士大夫相互嫉妒、喜欢诋毁别人的不良风气。《原道》《原性》中的理论虽然后来被发展成维护封建统治的基本原则，但在当时具有巩固中央政权、反对分裂和苛政以及抵制门阀制度残余意识的进步意义。

2. 抒发自己困顿失意的牢骚，为广大才学兼备而仕途失意的寒庶文人鸣不平。如《进学解》自嘲动辄得咎、投闲置散的命运，实际上是暗讽宰相用人不公；《讳辩》为李贺因为父亲名“晋肃”而不能考进士辩护；《送孟东野序》感慨孟郊空有才能而不为国家所用，等等。这类文章数量最多，也是韩文中最精彩的部分。

韩愈的散文雄奇奔放，大气磅礴，波澜壮阔，被誉为“如长江大河，浑浩流转”（苏洵《上欧阳内翰第一书》）。同时创造了富有创作个性而又丰富多变的艺术风格和表现形式。

如《师说》针对师道像古道一样久已失传的现象，论述学习必有师的道理，提出不论地位贵贱，年辈长少，谁掌握知识和真理，谁就可以当老师，并且引古代圣人和巫医乐师百工都不耻从师的例子为证，批判了当时士大夫耻于相师的不良风气。文章采用首尾正面立论、中间驳论的方式，分析透辟，辞情恳切。其中“弟子不必不如师，师不必贤于弟子，闻道有先后，术业有专攻”的论点，尤其警策。

《送李愿归盘谷序》分别描写了骄奢荒淫、作威作福的达官贵人，洁身自爱、安于贫贱的山林隐士，以及趋走权门、钻营功名的势利小人，以这三类人相对照，赞美李愿不肯与世同流合污的精神。文章吸取辞赋铺陈排比的句法，淋漓尽致地刻画出形形色色的世态人情，嬉笑怒骂，笔调冷隽。

著名的《杂说》其四《马说》以伯乐相马作为比喻，引出议论：

> 世有伯乐①，然后有千里马。千里马常有，而伯乐不常有。故虽有名马，祇辱于奴隶人之手②，骈死于槽枥之间③，不以千里称也。马之千里者，一食或尽粟一石，食马者④不知其能千里而食也。是马也，虽有千里之能，食不饱，力不足，才美不外见，且欲与常马等不可得，安求其能千里也？策之不以其道，食之不能尽其材，鸣之而不能通其意⑤，执策而临之曰：“天下无马！”呜呼！其真无马邪？其真不知马也！

全篇就比喻本身层层展开论证，先说能识马的伯乐不常有，致使千里马折辱于奴隶人之手；然后说养马者像对待普通的马一样给千里马供食；最后以养马人执策叹息天下无马的一幅漫画，使结尾宕出一波，点明关键不在有

① 伯乐：姓孙名阳。秦穆公时人，以善相马著称。
② 祇：只。
③ 骈死：和一般的马并列而死。
④ 食（sì）：喂马。
⑤ “鸣之”句：马鸣时，养马人又不能通晓马的意思。

马无马，而在识马与否。论证过程就在比喻故事的叙述中完成，喻义和喻象融合无间。

《蓝田县丞厅壁记》感叹崔斯立因被贬为县丞而不能有所作为，讽刺县丞地位的尴尬：

> 丞位高而偪，例以嫌不可否事①。文书行，吏抱成案诣丞②，卷其前，钳以左手，右手摘纸尾③，雁鹜行以进④，平立睨丞曰⑤："当署。"丞涉笔占位⑥，署惟谨。目吏，问："可不可？"吏曰："得。"则退。不敢略省⑦，漫不知何事。官虽尊，力势反出主簿、尉下。

小吏对县丞的轻慢，与县丞签署时胆怯恭谨的态度形成戏剧性的对照。下属和上司之间这种颠倒的关系，形象地揭示出县丞有职无权、形同虚设的处境，写得极为含蓄幽默。"厅壁记"本来是专门叙述官员创置及迁授始末的一种文体，韩愈这篇文章却把这种传统文体变成了为士人鸣不平的小品文。

韩愈追求"陈言之务去"，在文体和语言方面极富创新性，其著名的传世之作几乎每篇风格都不同。他不但在改造传统文体的基础上，首创"解"（《获麟解》《进学解》）、"杂说"等生动形象的杂文，还创造出许多鲜明准确的比喻和词语，如"俯首帖耳""摇尾乞怜""垂头丧气""同工异曲""动辄得咎""贪多务得，细大不捐""深居简出""落井下石""杂乱无章""不平则鸣"等，都成为今天广为使用的成语。

二、柳宗元的古文

柳宗元的文集有《柳河东集》，散文计400多篇，大多作于贬官之后，内容

---

① "丞位"二句：县丞地位高于主簿、尉，逼近县令，按照惯例为了避嫌而对公事不置可否。
② 成案：县令已判定的案卷。
③ 摘纸尾：把公文最后部分要县丞签署的小半页纸展开。
④ 雁鹜（wù）行：像雁行一样斜着走路的姿势，形容小吏不把县丞放在眼里。
⑤ 睨（nì）：斜视。
⑥ 涉笔：动笔。占位：看好签署位置。
⑦ "不敢"句：指县丞不敢稍微了解一下公文内容。

主要有以下三类：

1. 政论和哲学论文，从政治制度和哲学思想方面阐述他对圣人之道的理解，辨析先秦以来的各种学说。这部分数量最多，其中《封建论》分析分封制的弊病，主张中央集权的郡县制，直接针对藩镇割据的现实而发，是他的名篇。《天说》《天对》论述天和自然界的一切都由元气构成，根本不存在天意，国家气运不取决于天，而在于仁政。这些进步思想奠定了他在中国哲学思想史上的重要地位。

2. 寓言和杂感、传记类，对于种种世态人情和社会现象发表感想。寓言如《三戒》(《临江之麋》《永某氏之鼠》《黔之驴》)、《蝜蝂传》。杂感、传记如《捕蛇者说》《童区寄传》《段太尉逸事状》等。

3. 寄托政治苦闷的山水游记，以《永州八记》为代表。

柳宗元散文的基本特色是风格峻洁严谨，立意新奇深刻。在思维的精密方面超过韩愈，但不像韩愈那样气势浑厚。各类内容不同的散文又有不同特色，例如他的寓言既有生动形象的漫画笔触，又描摹贴切、寓意深刻、言简意赅，能用一篇小故事涵盖一类社会现象，揭示出生活的本质。《三戒》中《临江之麋》写麋鹿仗着主人保护和家犬狎戏成习，最终为野犬所食的故事，指出依靠势力干求与自己不是同类的人，不会有好结果，同时也说明与天敌暂时的友好相处不能改变敌人的本性。《永某氏之鼠》写永州某人因生肖属鼠而爱鼠成患。用老鼠比喻趁势而肆行暴虐的人如一旦失去时运，就会被歼灭，并挖苦了因迷信而纵容恶行的人。《黔之驴》除了讽刺那些不自量力的“出技以怒强者”外，又是外强中干、虚有其表的人物的写照。这些寓言都出自他对政治社会中各种现象的深刻观察。

柳宗元的传记类散文也有不少思路类似寓言，重点不在于刻画人物，而在于从人物的事迹、技能和品格中引申出某种道理。如《种树郭橐驼传》为一个富有种树经验的郭橐驼立传，通过他所说的两种植树方法的对比，说出养物必须顺其天性的道理，进而将它与官府的治人之术类比，得出为官者应以植树之道为鉴的结论：

"……他植者则不然，根拳而土易[①]，其培之也，若不过焉则不及[②]。苟有能反是者，则又爱之太恩，忧之太勤。旦视而暮抚，已去而复顾。甚者，爪其肤以验其生枯，摇其本以观其疏密，而木之性日以离矣。虽曰爱之，其实害之；虽曰忧之，其实仇之；故不我若也。吾又何能为哉？"

问者曰："以子之道，移之官理，可乎？"驼曰："我知种树而已，官理，非吾业也。然吾居乡，见长人者好烦其令[③]，若甚怜焉，而卒以祸。旦暮吏来而呼曰：'官命促尔耕，勖尔植[④]，督尔获，早缫而绪[⑤]，早织而缕[⑥]，字而幼孩[⑦]，遂而鸡豚[⑧]。'鸣鼓而聚之，击木而召之[⑨]。吾小人辍飧饔以劳吏者[⑩]，且不得暇，又何以蕃吾生而安吾性耶[⑪]？故病且怠。若是，则与吾业者其亦有类乎[⑫]？"

写那些过分爱护树木的"他植者"以及不断干扰百姓的俗吏，用一系列琐细的动作表现不胜其烦的情状，上下两段对比，层层相扣，自然揭出寓意，加上排比句错落变化，颇有笔趣。此外，如《捕蛇者说》，通过蒋氏三世为免租赋而冒死捕蛇的遭遇，揭露官府的横征暴敛更甚于蛇毒的现实，有力地证明了"苛政猛于虎"的古训，也是寓言式的杂感。

柳宗元还有一些着重塑造人物的传记。如《童区寄传》写儿童区寄杀死两名抢劫人口的强盗的奇事；《段太尉逸事状》描写中唐一位正直官吏段秀实的几件轶事，突出其敢于抗暴、不畏权势、关怀人民、清正廉洁的可贵品

---

① 根拳：树根拳曲。土易：更换新土。
② 若不过焉则不及：如果不是过多就是不够。
③ 长(zhǎng)人者：为人之长者，指当官治民的地方官。
④ 勖(xù)：勉励。植：栽种。
⑤ 缫(sāo)：煮茧抽丝。而：通"尔"，你们。绪：丝头。
⑥ 早织而缕：早些纺好你们的线。
⑦ 字：养育。
⑧ 遂而鸡豚(tún)：养好你们的鸡和猪。
⑨ 击木：敲着梆子。
⑩ 辍飧(sūn)饔(yōng)以劳吏者：不吃饭来慰劳差官。辍，停止。飧，晚饭。饔，早饭。
⑪ 蕃吾生：繁衍我们的人口。
⑫ "则与"句：与我们这个(植树)行业的人大概有相似之处吧？

格。这些传记都写得生动传神，情节富有传奇性或戏剧性。

柳宗元的山水游记很多，他在山水中探幽寻胜，主要是为了排解心中的郁闷，每篇的构思布局也随内容变化百出。其中《永州八记》[①]成就最高。八篇文章按西南走向顺序描写西山及其附近的八处胜景，描绘出永州山水苍劲秀丽的风貌，寄托深远。如《始得西山宴游记》写登临山顶后仰见天穹的高远寥廓，俯视群山的低矮渺小，通过夸张对比，烘托出西山雄奇挺拔的气势，抒写作者傲然独立、不与世俗为伍的精神：

> 则凡数州之土壤，皆在衽席之下[②]。其高下之势，岈然洼然，若垤若穴[③]。尺寸千里，攒蹙累积[④]，莫得遁隐。萦青缭白[⑤]，外与天际，四望如一。然后知是山之特立，不与培塿为类[⑥]。悠悠乎与颢气俱[⑦]，而莫得其涯；洋洋乎与造物者游[⑧]，而不知其所穷。

《钴鉧潭西小丘记》由小丘被弃在边荒的遭遇兴起慨叹，暗寓作者怀才不遇、沦落天涯的伤感。由于把小丘当作有生命有人情的对象来写，人与景的沟通和理解也表现得新颖别致，颇有情趣。《小石潭记》中描写潭水游鱼的动态尤为精彩：

> 潭中鱼可百许头，皆若空游无所依。日光下澈，影布石上，佁然不动[⑨]。俶尔远逝[⑩]，往来翕忽[⑪]，似与游者相乐。

---

① 永州八记：《始得西山宴游记》《钴鉧潭记》《钴鉧潭西小丘记》《小石潭记》《袁家渴记》《石渠记》《石涧记》《小石城山记》。

② 衽(rén)席：席子。

③ “岈然”句：岈(xiā)然，形容山谷空阔。洼然，形容溪谷低洼。若垤(dié)：形容小丘如蚁穴积土。

④ 攒(cuán)蹙(cù)累积：簇聚叠压堆积。

⑤ 萦青缭白：远山为青霭白云所缭绕。

⑥ 培(péi)塿(lǒu)：小土堆。

⑦ 颢气：天地间的大气。

⑧ 造物者：天地自然。

⑨ 佁(yǐ)然：呆住。

⑩ 俶(chù)尔：忽然。

⑪ 翕(xī)忽：轻快敏捷的样子。

写小石潭水的明净清澈，以及鱼和游者相乐的意趣，观察深细入微，描摹准确逼真。这组游记每篇只写一丘一潭或一山一涧，但表现各具特色，既有精妙传神的景物描写，又蕴含着人与自然共鸣的理趣。辞采清丽，情韵深长，达到了诗一般的境界。

韩、柳开创了散文的新传统，有力地冲击了骈文在文坛上的传统地位，对中唐散文的发展产生了很大影响，不但出现了李翱、皇甫湜、沈亚之、樊宗师等一批紧随韩愈的古文家，就连白居易、刘禹锡等诗人也有不少用古文写作的杂说、传记、序文等。刘禹锡有多篇杂文，都是对日常生活中的所见所闻抒发感慨，借一事一物大发议论，明显受到韩愈的影响。《陋室铭》是他的名作：

> 山不在高，有仙则名①。水不在深，有龙则灵。斯是陋室，惟吾德馨②。苔痕上阶绿，草色入帘青。谈笑有鸿儒③，往来无白丁④。可以调素琴，阅金经⑤。无丝竹之乱耳，无案牍之劳形⑥。南阳诸葛庐⑦，西蜀子云亭⑧。孔子云：何陋之有？

写身居陋室，远离声色利禄，以山水琴书自娱自乐的佳趣，诗句、骈句、散句交替，警策而有逸韵。

苏轼称赞韩愈“文起八代之衰，道济天下之溺”（《潮州韩文公庙碑》），准确地概括了他倡导古文运动的功绩。中唐古文运动对晚唐小品文的创作、北宋古文运动和欧阳修、苏轼等大家，乃至明清散文都有深远影响。此外，它还为同时兴起的唐传奇提供了一种新文体，促进了小说的发展。

---

① 名：著名。
② 惟吾德馨：只要我的品德高尚。
③ 鸿儒：大儒，这里指学识渊博又品德高尚的人。
④ 白丁：平民，这里指没学问的人。
⑤ 金经：用泥金书写的佛经。
⑥ 案牍（dú）：官府的公文。劳形：使身体劳累。
⑦ 南阳诸葛庐：诸葛亮躬耕南阳时的草庐。南阳：今河南南阳。
⑧ 西蜀子云亭：扬子云的亭子。西汉文学家扬雄，字子云，蜀郡成都人。

知识点：

古文　古文运动　永州八记

思考题：

1. 以《杂说》其四为例，谈谈韩愈杂感类散文的特点。
2. 柳宗元《种树郭橐驼传》的寓意是什么？写法有何特点？
3. 试述柳宗元山水游记的艺术成就。

第十三章
晚唐诗文

从唐文宗大和年(827—835)到唐末,文学史上一般称为晚唐时期。但有创造性的诗人主要出现在晚唐前期,以李商隐、杜牧最为杰出,不论古体、近体均有成就。李商隐继承发展杜甫、李贺的诗歌艺术,尤其擅长七律和七绝,风格精丽,在晚唐诗坛上独树一帜。杜牧以清新俊逸的七绝继承盛唐遗响,又能吸取中晚唐艺术变化而自成一格。此外,温庭筠以浓艳的风格为晚唐诗又添一种色泽。但与盛唐和中唐相比,开宗立派的大诗人太少,多数诗人追随中唐白居易、张籍、韩愈、李贺、姚合、贾岛的诗风,从整体上呈现出衰退的趋势。

在散文方面,由于韩愈的弟子片面发展韩文中的生涩倾向,加上骈文复兴,出现了李商隐、温庭筠这样的骈文大家,导致古文逐渐衰落。但在唐末五代兴起的小品文却继承了韩柳古文运动的精神,成为"一塌糊涂的泥塘里的光彩和锋芒"(鲁迅《小品文的危机》)。

第一节　杜牧和李商隐

一、杜牧

杜牧(803—852?),字牧之,京兆万年(今陕西长安)人。中唐名相、《通典》作者杜佑之孙。26 岁中进士,作过黄州、池州、睦州刺史和司勋员外郎、中书舍人等。晚唐著名的诗人和古文家,有《樊川文集》《樊川诗集》。

杜牧的诗歌风华流美,在萎靡的晚唐诗坛上以俊迈雄健的气概"独持拗峭"。形成这种风格的原因,与他对时事的独特看法有关。晚唐时,很多人对国家的命运和前途失去了信心,杜牧却始终幻想着否极泰来、衰而复兴的政治局面。晚唐政治的两大症结是藩镇割据和宦官专权。杜牧一生的理想就是收复被割据的燕赵、河湟,并希望通过天子发愤图强、堵塞政治漏洞来挽回国运。因此他多次向朝廷上书献策,对政治弊病提出许多具体改革的意见。这种远大的理想和积极进取的精神使他能在暮霭沉沉的晚唐诗坛上投下最后一道理想的光辉。

杜牧才气俊爽,擅长各种诗体。七律《早雁》借咏雁反映边民在胡人侵扰下逃亡到南方的痛苦生活,是他的名作:

> 金河秋半虏弦开①,云外惊飞四散哀。仙掌月明孤影过②,
> 长门灯暗数声来③。须知胡骑纷纷在,岂逐春风一一回。
> 莫厌潇湘少人处,水多菰米岸莓苔④。

被胡人的弓弦惊得四散的早雁象征遭胡骑蹂躏而四散流离的边民;失群的孤雁哀鸣着在月夜飞过长安的仙掌和长门的情景,暗示朝廷对边事的冷漠和无能;诗人劝早雁滞留潇湘暂时安居,更说明收复边地的无望。全篇化用《诗经·小雅·鸿雁》,以哀鸿比喻背井离乡的劳苦征人,句句咏雁,句句写人,揭示了晚唐边民流亡无着的重大问题以及造成这一现象的社会原因,在咏物诗中亦不多见。

杜牧的七绝风调绝佳,许多名篇被广为传诵。他创造的明快优美的意境具有盛唐诗善于概括、画面鲜明的传统特点。如著名的《江南春》:

---

① 金河:在内蒙古呼和浩特市南。秋半:阴历八月。虏弦开:胡人开弓射雁。暗喻唐武宗会昌二年(842)八月,回纥南侵,大肆掳掠。

② 仙掌:西汉长安建章宫有铜仙人,掌托承露盘。

③ 长门:西汉长安宫名,泛指冷宫。

④ 菰(gū)米:生于浅水中的植物,嫩茎叫茭白,果实叫菰米。莓:即苔。均为大雁食物。

千里莺啼绿映红，水村山郭酒旗风。南朝四百八十寺①，
多少楼台烟雨中。

诗人采用大全景的视野，展开千里江南的山水长卷，以巨大的魄力将最富有江南特色的景物集中在一起，概括了整个江南历经兴亡盛衰而繁华依旧的风貌，烟雨迷蒙的春色中又隐约流露出诗人对国运的忧虑。再如《泊秦淮》：

烟笼寒水月笼沙，夜泊秦淮近酒家②。商女不知亡国恨，
隔江犹唱后庭花③。

建康作为六朝故都，一度繁盛至极。到晚唐时，这里仍是富贾士子寻欢作乐的地方。但诗人却从眼前醉生梦死的景象看到了六朝的兴亡，将历史的虚幻感和对现实的思考融进了秦淮河迷茫如画的优美意境之中。这朦胧清冷的烟水沙月从本质上烘托出热闹背后的空幻和悲凉，再经隔江商女所唱的靡靡之音点醒，便自然凝聚成足以警世的千古绝唱。

《华清宫》三首都是通过典型场景再现唐玄宗、杨贵妃在华清宫荒淫奢侈生活的片段，突出最高统治者不到国破家亡决不醒悟的昏庸。其一：

长安回望绣成堆④，山顶千门次第开⑤。一骑红尘妃子笑，
无人知是荔枝来⑥。

首先煞有介事地展开骊山千重宫门依次打开的隆重场面，然后将远处的一骑红尘和近处的贵妃笑脸拉到一起，点出千门开启的原因只是为了用荔枝博取妃子一笑。一个“笑”字令人自然想到周幽王在骊山上为博褒姒一笑而演出的历史悲剧。这就通过一个场景概括了周、唐两代灭亡的深刻教

① 南朝：宋、齐、梁、陈四朝。四百八十寺：南朝君王及士族都崇信佛教，梁武帝更是大兴佛寺，仅都城便有四百余所。

② 秦淮：秦淮河，源出江苏溧水县，流经南京入长江。

③ 后庭花：《玉树后庭花》，陈后主所作舞曲，历来被视为亡国之音。

④ 绣成堆：骊山有东绣岭和西绣岭。

⑤ 次第开：形容从山顶到山下的层层宫殿大门先后打开。

⑥ 荔枝来：杨贵妃嗜食荔枝，必求新鲜，唐玄宗便派人从数千里外送到京师，使其味不变。

训。《赤壁》[①]：

> 折戟沉沙铁未销[②]，自将磨洗认前朝。东风不与周郎便[③]，
> 铜雀春深锁二乔[④]。

这首诗指出赤壁之战中周瑜实靠天时以破曹兵，议论十分新警。诗人从反面想象，把周郎不得东风之便的后果幻化为春深时大小二乔被锁在铜雀台里的幽怨情景，构思出人意料。《山行》：

> 远上寒山石径斜，白云深处有人家。停车坐爱枫林晚，
> 霜叶红于二月花。

这首诗描写山中高爽绚丽的秋色。“霜叶红于二月花”的精妙比喻，攫取了春秋两季大自然中最热烈的色彩，通过秋叶之红与春花之红的比较，赞美了枫林经霜之后越发艳丽红火的顽强生命力，以及晚秋更胜于春朝的生机，对于一切在衰暮之时犹能使生命放出异彩的人和物都是一个壮美的礼赞。

总之，杜牧追求高绝的意境和豪迈的气魄，保持了盛唐诗积极进取的精神、善于发现和提炼自然美的敏感以及高度的艺术概括能力，这是他能独立于晚唐诗坛的根本原因。

杜牧也是晚唐的散文大家，文章主要是政论，论事能合于时势，切中要害。他的《阿房宫赋》是初具规模的散文赋，前半篇铺陈阿房宫的壮丽和宫人生活的奢华，根据想象将历史还原成活生生的画面；后半篇论阿房宫的奇观是耗尽天下民力所致，以建筑宫殿所费的材料与农夫工女、九州城郭、仓廪粟帛的数字相比，形象地揭示出秦因民怨难遏而亡，阿房宫正是见证的道理，构思奇警新颖：

---

① 赤壁：在今湖北赤壁市西 36 公里的长江南岸。
② 折戟沉沙：战争中的断戟沉埋在沙土里。
③ 东风：曹操在赤壁之战中将战船连在一起，周瑜采用黄盖之计，采用火攻，当时恰有东南风大作。
④ 铜雀：铜雀台，在邺城，曹操所建歌舞游乐的场所。二乔：孙策之妻大乔和周瑜之妻小乔，东吴美人。

嗟乎！一人之心，千万人之心也。秦爱纷奢，人亦念其家。奈何取之尽锱铢[①]，用之如泥沙？使负栋之柱，多于南亩之农夫；架梁之椽，多于机上之工女；钉头磷磷，多于在庾之粟粒[②]；瓦缝参差，多于周身之帛缕；直栏横槛，多于九土之城郭；管弦呕哑，多于市人之言语。使天下之人，不敢言而敢怒。独夫之心，日益骄固。戍卒叫[③]，函谷举[④]，楚人一炬[⑤]，可怜焦土。

这篇文章基本上保持了古赋的形态，但将赋常用的四言、六言，间杂三五言的句式全都改成散文句结构，使用大量隔句相对的排比，虽极力铺陈却无堆砌之弊，辞采瑰丽却无绮靡之感，自有一种劲健的气势贯穿在流畅的声调之中，为后来的散文赋提供了成功的创作经验。

晚唐诗人中风格近似盛唐的诗人还有许浑(788—858?)，字用晦，一作仲晦。润州丹阳(今江苏镇江)人。有《丁卯集》。他的代表作有五律《行次潼关驿》：

红叶晚萧萧，长亭酒一瓢[⑥]。残云归太华[⑦]，疏雨过中条[⑧]。
树色随关迥，河声入海遥。帝乡明日到，犹自梦渔樵。

此诗另有一题为《秋日赴阙题潼关驿楼》，作于诗人 846 年秋天北上赴京的时节。开篇在红叶萧萧的背景上突出一座长亭和一瓢酒的特写，带出客途中暂歇潼关驿的题意。中间两联写登临驿楼所见，以雄壮的笔力勾勒出潼关的地势特点和内外山河之险，写出雨霁后秋空转为高朗的视觉印象，将眼前景象拓展到视野之外。全诗气势雄浑，声调宏壮，在晚唐诗中少见。

---

① 锱铢(zī zhū)：旧制锱为一两的四分之一，铢为锱的六分之一。比喻极其微小的数量。
② 庾(yǔ)：露天的谷堆。
③ 戍卒：指陈胜吴广起义。
④ 函谷：函谷关。刘邦于公元前 206 年率军先攻入咸阳，并派兵守函谷关。举：被攻占。
⑤ 楚人一炬：项羽也在公元前 206 年入咸阳，并焚烧秦的宫殿，大火三月不灭。
⑥ 长亭：古代行人饯别之处，也供旅途中休息。
⑦ 太华：即华山。
⑧ 中条：中条山，在山西永济西南，与潼关隔黄河相望。

此外，许浑的七律《咸阳城东楼》中“溪云初起日沉阁，山雨欲来风满楼”一联精准地捕捉住山雨来临的先兆，写出风云酝酿骤雨的自然之理，境界颇有独创，也是他的名句。

二、李商隐

李商隐(813—858)，字义山，号玉溪生。怀州河内(河南沁阳)人。开成二年(837)进士。早年受牛党令狐楚赏识，后入泾原节度使王茂元幕中，当了他的女婿。以后曾在桂管观察使，剑南、东川节度使幕中当过书记。最后客死荥阳。有《李义山诗集》《樊南文集》《樊南文集补编》。

李商隐出身孤贫，家族衰微，深感世态炎凉，加上一生郁郁不得志，这种政治苦闷、身世之感和唐王朝衰落时期封建文人普遍的没落情绪融合在一起，便形成了其诗歌的感伤基调。他的诗歌中最有特色的是政治讽刺诗和爱情诗两大类。

李商隐的政治讽刺诗中艺术成就最高的是咏史诗，以讽刺君王荒淫误国的为最多。如《隋宫》：

> 乘兴南游不戒严，九重谁省谏书函①？春风举国裁宫锦，
> 半作障泥②半作帆。

隋炀帝为南游扬州，开通运河，甚至赐死上书谏阻的朝官。此诗选取春耕时节，举国上下却忙于裁剪宫锦准备障泥和船帆的典型事例，描写了隋炀帝从水陆两路大举南游的排场，尖锐地揭示了隋朝灭亡的原因就在于炀帝的游乐无度及其导致的民生凋敝。《贾生》③：

---

① 九重：皇帝居处。省(xǐng)：省悟。谏书函：炀帝南游，奉信郎崔民象谏阻，被处死，从此无人敢谏。

② 障泥：垫在马鞍下的马鞯，用来障蔽泥土。

③ 贾生：贾谊。

宣室求贤访逐臣[①],贾生才调更无伦[②]。可怜夜半虚前席[③],
不问苍生问鬼神。

贾谊被贬为长沙王太傅后,汉文帝曾将他召回长安,在祭祀完毕后接见他,谈论鬼神一事,直到夜半。李商隐由文帝与贾生谈论鬼神之事生出感想,先大力渲染文帝求贤的诚恳和虚心,然后以“问”与“不问”的对比,点出文帝关心的并不是苍生之事,从而产生了令人啼笑皆非的艺术效果。

李商隐有相当一部分爱情诗,用“无题”或者首句的头两个字作为诗题。这些无题诗内容和表现手法相似,都写得迷离隐约,其寓意难以确解。在这类诗里,他将汉魏古诗的比兴手法和齐梁体的绮靡风格结合起来,多用比喻、典故、象征,甚至借咏物来暗示,许多意象互不连贯,从而形成了神秘隐约而又浓艳的独特风致。但因为诗人将他爱情生活中的痛苦、惆怅和思念表现得极其深切美丽,所以人们仍能欣赏这些诗中的朦胧美。如著名的《无题》:

相见时难别亦难,东风无力百花残。春蚕到死丝方尽[④],
蜡炬成灰泪始干。晓镜但愁云鬓改[⑤],夜吟应觉月光寒。
蓬山此去无多路[⑥],青鸟殷勤为探看[⑦]。

写他与情人相见的不易和离别的痛苦,以“东风无力百花残”象征其爱情横遭摧残,借用南朝乐府以“丝”双关“思”的比喻,扣住“春蚕到死丝方尽”的特点,比喻人至死才能终结绵绵相思。又以蜡芯成灰和蜡脂融化犹如泪行的特点比喻离别之后煎心的痛苦和流不尽的泪水。这一联作为生死不渝

---

① “宣室”句:汉未央宫前殿正室。逐臣:指贾谊被贬为长沙王太傅。
② 才调:才华。无伦:无与伦比。
③ 虚前席:据《史记·屈贾列传》,贾生被征见,汉文帝坐宣室,询问鬼神之事,贾生回答至夜半,文帝不觉移近前席。前席:古人席地而坐,从坐处向前移动,接近谈话的对方。“虚”字表示贾生徒然得到文帝倾听。
④ 丝:双关“思”。
⑤ 晓镜:女子晨起对镜梳妆。云鬓改:乌黑的鬓发因离愁而变色。
⑥ 蓬山:蓬莱山。
⑦ 青鸟:神话中西王母派去探望汉武帝的信使,后借指爱情信使。

的盟誓，透辟地写出了诗人刻骨铭心的柔情，虽凄苦柔弱，却意境极美。

《锦瑟》是无题诗中最难解的一首名作：

> 锦瑟无端五十弦①，一弦一柱思华年。庄生晓梦迷蝴蝶②，
> 望帝春心托杜鹃③。沧海月明珠有泪④，蓝田日暖玉生烟⑤。
> 此情可待成追忆，只是当时已惘然。

此诗历来歧解最多，有的说是悼亡，有的说是回忆。联系李商隐的全部作品来看，诗中追忆的应是他早年的一段恋情。诗中大意是写华年逝去之后，昔日的情景已如庄生梦蝶般恍如隔世。“望帝春心托杜鹃”，用杜鹃啼血的典故，写至死不泯的怨恨悲痛；“沧海月明珠有泪”，用鲛人泣珠的典故，形容夜夜对月的痛苦寂寞；“蓝田日暖玉生烟”则形容当初像阳光那样明媚的日子如今已像烟雾一样缥缈空幻。全诗用有关典故作暗喻，取其中最富有象征意义的意象构成优美而又迷惘的境界。即使人们不知其所悲何事，也能为他忧郁而迷乱的深情所打动。

仕途的失意、时代的没落感、多愁善感的性格、难言的爱情悲剧，使李商隐对许多即将消逝和已经消逝的美好事物具有特殊的敏感。《登乐游原》⑥：

> 向晚意不适⑦，驱车登古原。夕阳无限好，只是近黄昏。

夕阳西下是人们每天都要面对的自然现象，诗人登高望远，虽然望尽美景，却又看到了夕阳的短暂，及其接近黄昏的必然趋势。结尾用惋惜的口气一语说尽观景的感悟，极为透彻警策，并且使“只是近黄昏”的事实显得格外无情。这类意境构成了他诗歌中浓厚的感伤情调，这是李商隐诗歌艺术的一大特征。

---

① 锦瑟：瑟是古代一种乐器，锦瑟形容瑟的精美。古瑟有五十弦，后来一般为二十五弦。
② “庄生”句：据《庄子·齐物论》，庄子梦为蝴蝶，以为自己就是蝴蝶，醒来后又觉得自己真是庄子。
③ “望帝”句：传说周末蜀王杜宇号望帝，死后化为啼血的杜鹃鸟。
④ “沧海”句：传说南海中有鲛人，哭泣时泪水变成珠子。
⑤ “蓝田”句：蓝田山，在今陕西蓝田县东南，出美玉。玉生烟：《搜神记》中吴王小女紫玉死后，在墓前显形，又像烟一般消失。形容一种迷惘空幻的景象。
⑥ 乐游原：在长安南，地势高敞，是唐代著名游览区。
⑦ 向晚：将近傍晚。意不适：不惬意。

李商隐的诗虽有用典深僻、想象奇丽的特点，但也有不少诗以语浅情深取胜，如《夜雨寄北》：

君问归期未有期，巴山夜雨涨秋池①。何当共剪西窗烛，
却话巴山夜雨时。

诗题之“寄北”有寄给妻子或友人的不同解释。全诗仿佛直接与所怀之人遥相对答，将今夜苦雨之寂寞孤独，融入“何当”与友人共话眼前景的期盼之中，构思新颖，却清浅如话，含蓄不露，因而倍觉委婉动人。

李商隐的诗歌艺术对后代影响极为深远，连有些宋词大家也爱好他在炼字、用典和构思方面力求深隐的特点，有意效仿其风格的诗人更是不可胜数。

三、温庭筠

晚唐与李商隐齐名的还有温庭筠(801—866)。温庭筠，本名岐，字飞卿。太原祁(今山西省祁县)人。一生仕途淹蹇，晚年任国子监助教，后贬为方城尉。有《温飞卿诗集》。温庭筠和历来文人一样，有用世济时的政治抱负，但因屡遭毁谤，报国无门，于是怀才不遇、孤芳自赏便成了他诗歌的主要内容。

温庭筠的羁旅酬唱、咏物写景之作颇多精品，他善于发现独特的审美角度，曲折密致的构思中别有清新淡雅的韵味。如著名的五律《商山早行》：

晨起动征铎，客行悲故乡。鸡声茅店月，人迹板桥霜。
槲叶落山路②，枳花明驿墙③。因思杜陵梦④，凫雁满回塘⑤。

写早行情景，“鸡声”一联最为脍炙人口，它不用任何连词、动词和虚词，

---

① 巴山：亦称大巴山、巴岭。这里泛指巴蜀。李商隐于唐文宗大中五年至十年间(851—856)在巴蜀。

② 槲(hú)：应作“檞”，一种落叶乔木，叶子冬天存留在枝上，次年长出嫩芽时才脱落。

③ 枳(zhǐ)：果树名。果实似橘而酸，开白花。

④ 杜陵：汉宣帝陵墓所在的陵邑，在长安城南。

⑤ 凫(fú)：野鸭。回塘：曲折的池塘。

而是提炼最典型的景物，纯用名词组合。鸡鸣不已、残月未落、小桥茅舍、人迹履霜，不但将山区凌晨的景色鲜明地描绘出来，宛然在目，而且使道路辛苦、羁愁旅思也都见于言外。

温诗的主要艺术特色是典丽精工、婉曲含蓄。乐府七古极为浓艳绚丽、寄意深隐，有些艺术表现对于花间词派有明显的影响。

第二节　晚唐小品文

晚唐散文中出现不少杂谈类的小文章，追求一种轻松幽默的倾向，促进了小品文的发展。但唐末小品文真正显露出光彩和锋芒，还是在皮日休、陆龟蒙、罗隐这三位作家出现之后。

一、皮日休

皮日休(834？—883?)，字逸少，后改字袭美，襄阳人。唐末进士，曾参加过黄巢起义。著有《皮子文薮》。他的诗和散文都很多，诗歌中的《正乐府十篇》《橡媪叹》是他的名篇。他非常推崇韩愈的古文，并继承发扬了韩愈倡导的古文运动的精神，在散文的文体上也有所创新。他把历来用骈文写的赋和箴都变成散文，继杜牧之后，促进了赋的散文化。

代表作《鹿门隐书》六十篇采用《论语》语录体的写法，每篇只有一小段或两三句话，以阐发圣人“隐而不言”之言为名，全面系统地论述了他的政治观和道德伦理观。皮日休的表达也很有特色，他善于在重叠句中通过关键字面的对换，构成对比句式，一针见血地概括种种社会现象。如：

> 古之官人也，以天下为己累，故己忧之；今之官人也，以己为天下累，故人忧之。
>
> 古之置吏也，将以逐盗；今之置吏也，将以为盗。
>
> 古之取天下也以民心，今之取天下也以民命。

这类句法将韩愈散文爱用古今对比的手法高度浓缩，使深刻的社会内涵通过一层对比便得到透彻的揭示。他的语录体小品也因此形成了锋利、警策、隽永的独特风格。

二、陆龟蒙

陆龟蒙(？—881?)，字鲁望，号天随子、江湖散人。吴郡(今江苏苏州)人，隐居松江甫里。著有《笠泽丛书》《甫里先生集》。他创作了许多富有知识性、趣味性和讽刺性的随感、漫笔和杂谈，主要特点是善于通过日常生活琐事的描写来阐发微言大义，如渔隐耕作、田舍风光、四时节气、风土民俗等，虽是极平常的生活，但都能由小见大，从中挖掘出深刻的社会问题和人生哲理，反映出唐末尖锐的社会矛盾和衰乱的时代面相。如《记稻鼠》记乾符己亥年吴兴大旱，结穗的稻子不到十分之一二，但一夜就被田鼠吃光。官府却“赋索愈急，棘械束榜箠木肌体者无壮老”①，农民在稻鼠和官府的两重灾难中，犹如“率一民而当二鼠，不流浪转徙聚而为盗者何哉?”文中用“硕鼠”的典故，把官府比作田鼠，十分贴切，且有画龙点睛的效果。又如他的名作《野庙碑》从本地风土取材，批评吴越滥祀山野无名之鬼的愚蠢，又从野庙供奉的土人木偶得到启发，把百姓供奉的各级官吏比作戴冠带、会说话的土人木偶。以真土木和“缨弁言语之土木”②的比较为两大层次，有意使用重复的词语生动地描述真假土木之偶的相貌、住处、出行排场，以及供奉一旦懈怠给百姓带来的恐惧等，以突出二者的相似之处，最后进一步指出人民供奉官吏所带来的危害更甚于供奉野庙中无知的土木。碑文本来是歌功颂德的文字，这篇文章却以替野庙立碑为名，把这种文体变成了讽刺小品。

此外，陆龟蒙博闻杂识，还有不少小品寓深刻的含义于丰富的生活知识之中。像《蟹志》通过螃蟹从泥渎进入江海的生活规律，悟出人之求学应当舍小道而求大道的道理；《蠹化》写橘蠹化为蝴蝶，最后触网被粘的过程，把

---

① “棘械”句：不分壮年、老年都被抓捕、捆绑、用各种刑具拷打。棘：带刺的木。械：桎梏。束：捆绑。榜(péng)：捶击或鞭打。箠：同“棰”，以杖击。木：木制的刑具。

② 缨弁(yīng biàn)：代指仕宦。缨，帽缨子，弁，冠名。

取得功名比作大羽化，讽刺世人因追求名利而触犯法网。这些文章的前半篇都可以看作昆虫学的知识小品，从而大大开拓了散文的题材范围。他还把赞、铭、赋等这些向来用于歌功颂德的文体都用来写讽刺小品，文风辛辣俏皮，十分幽默，辞采又很华丽，和皮日休的冷峻恰成对照。

三、罗隐

罗隐(833—909)，字昭谏，新城(今浙江富阳)人。曾连续七年考进士不第。咸通八年自编《谗书》，被当权者憎恶。晚年依靠吴越王钱镠(liú)，曾任钱塘令、司勋郎中等职。

罗隐有感于有道者不得其位，在位者不能行道的不合理现实，将《谗书》写成了"疏善恶""警当世而诫将来"的讽刺之作。他站在总结历史经验的高度，用一则则数百字的短文提出了封建政治中一些带有普遍性的问题，对现实的讽刺具有相当的深度。主要特点是：

1. 取材于史传，对某些史实做翻案文章，从而对某种传统观念提出质疑。比如《英雄之言》将寻常的盗贼和所谓的英雄加以比较，指出盗贼取财物总是以"牵于寒饿"为借口，英雄取天下总是以"救民涂炭"为借口。然后举出刘邦和项羽的例子，两人见到秦始皇的排场，直言不讳地道出了"居宜如是""彼可取而代"的野心，由此戳穿了所谓的英雄们"救民涂炭"的虚伪面目。

2. 经常采用故事新编的形式，有时甚至虚构故事。如《吴宫遗事》写吴王在姑苏筑台，使参政者听百姓疾苦。伍子胥还未登上三、四级，就报告了民饥、兵疲、国危的真相，吴王不悦。伯嚭则报上来一片歌功颂德之声。结果伍子胥被处死，吴国次年灭亡。作者通过自编这段遗事，浓缩了历代兴亡的教训：统治者不肯听怨刺之言，只爱听颂美之声，是国家灭亡的重要原因。

罗隐的讽刺小品见识卓杰，立论新警，"几乎全部是抗争和激愤之谈"(鲁迅《小品文的危机》)，富有故事性和哲理性，因而能区别于皮、陆而自成一家。

知识点：

杜牧《阿房宫赋》　李商隐的无题诗　罗隐《谗书》

思考题：

1. 杜牧的七绝有什么特点？

2. 举例说明李商隐咏史诗的特色。

3. 皮日休、陆龟蒙、罗隐的小品文有什么代表作？其讽刺艺术各有什么特点？

第十四章
唐传奇

第一节 唐传奇兴起的原因和发展过程

一、传奇的定义和唐传奇兴起的原因

“传奇”一指唐代的小说，二指明清的戏曲。所谓唐传奇得名于晚唐裴铏的小说书《传奇》，后人便以传奇概指唐代文人小说。

唐传奇的兴起主要有以下三方面原因：

1. 中国古代小说最早的萌芽是神话、传说、寓言，小说的形成有较长的历史过程，特别是汉魏六朝志怪、轶事小说的创作成果为唐传奇提供了很多素材和写作经验。

2. 唐代城市经济繁荣，市民需要文化娱乐。当时城市里流行一种“市人小说”（段成式《酉阳杂俎》），这种市人小说对唐传奇的影响最直接。如白行简的《李娃传》就是根据市人小说“一枝花话”写成的。

3. 唐代士人在科举考试前，要先向考官献上自己平时的作品，称为“温卷”。当时用诗文小说温卷的风气很盛，传奇可以表现文才、诗笔和议论，这就促使唐传奇形成了诗歌与散文相结合、抒情与叙事相结合的独特风格。

鲁迅曾说，唐传奇“叙述宛转，文辞华艳，与六朝之粗陈梗概者较，演进之迹甚明，而尤显者乃在是时则始有意为小说”（《中国小说史略》）。这段评

价简要精当地指出了唐传奇最重要的特征和文学史意义。

二、唐传奇的三个发展阶段

1. 初盛唐时期，唐传奇数量少，思想内容也差，受六朝志怪小说影响较深，但已经注意到形象的描绘和结构的完整。如王度的《古镜记》、无名氏的《补江总白猿传》、张鷟（zhuó）的《游仙窟》等。虽然成就不高，但显示出从志怪走向传奇、由粗简走向细致的过程。

2. 中唐是唐传奇的繁荣时期，作家多、名作多，大多表现社会人生的主题，即使是神怪题材，也有较强的现实性。以下单辟专节说明。

3. 晚唐时期传奇中的神怪气氛复盛，与现实生活逐渐疏远，但数量未曾减少，且出现了许多专集。如牛僧孺的《玄怪录》、李复言的《续玄怪录》、牛肃的《纪闻》、薛用弱的《集异记》、袁郊的《甘泽谣》、裴铏的《传奇》、皇甫枚的《三水小牍》等，其中著名的作品有杜光庭的《虬髯客传》、袁郊的《红线》、裴铏的《聂隐娘》等。

第二节　中唐传奇的繁荣

中唐传奇的基本特点，首先是逐渐脱离了志怪的写作，多半以当代的人物故事为主题，变得更富有人情味；其次是游侠和恋爱故事普遍发展，尤其以恋爱故事为多；最后是不少小说通过梦的构思来展开情节，代替了神怪的荒诞想象。

一、《枕中记》和《南柯太守传》

《枕中记》，沈既济作。写卢生在邯郸道旅途中遇到道士吕翁，自叹贫困，吕翁拿出一个青瓷枕头让卢生睡觉，卢生在梦中娶崔氏大姓之女，接着又考取进士，屡次升官，享尽人间荣华富贵，最后病死。醒来之后才知只是做了一场梦，道士的黄粱饭还未蒸熟。

《南柯太守传》，李公佐作。主题和手法与《枕中记》近似，写淳于棼酒醉，梦入槐安国，当了驸马，又做了南柯太守，政绩卓著，屡升高官，极为显贵。后因与檀萝国交战失败，公主又逝世，于是遭遇谗言，被国王遣送出城。淳于棼醒来后在附近寻找，从槐树下挖出一窝蚂蚁，这就是他梦里的槐安国。这两篇故事都从六朝的《焦湖庙祝》发展而来，以梦的故事讽刺士大夫醉心名利，很有典型意义，"黄粱一梦"和"南柯一梦"后来都成为著名成语。

二、《柳毅传》和《霍小玉传》

中唐的爱情故事既多又好，如《柳毅传》《任氏传》《离魂记》《霍小玉传》《莺莺传》《李娃传》等，都通过男女主人公不同的命运，谴责封建礼教和门阀观念，具有强烈的现实意义。

《柳毅传》，李朝威作。写落第书生柳毅为龙女传书，几经曲折，最后和龙女结成美满姻缘的故事。柳毅的身上体现了正直无私、见义勇为、言守信义、行重操守的美德。他不避艰辛，为受泾水小龙虐待的龙女送信给老龙王，完全出于对受害者的同情，没有夹杂任何私心。在钱塘君乘酒使性，逼他与龙女成亲时，他虽然对龙女有爱慕之情，但仍坚持以信义为上，表现出威武不能屈、富贵不能淫的品格和骨气。

这篇小说的特色是：

1. 善于在情节发展的关键处设计精彩的场面描写，例如柳毅和钱塘君的一场对话，前面对钱塘君的刚烈火暴脾性渲染得淋漓尽致，甚至把柳毅吓得蹶倒在地。但当钱塘君用威势强迫柳毅时，他却能从容不迫，以义相争，用一腔正气征服了在威严、神力、体型上都占绝对优势的钱塘君。

2. 人物描写生动传神，能与环境描写相融合，富有浓厚的浪漫色彩，以及真幻参半的趣味。如写钱塘君一段：

> 语未毕，而大声忽发。天拆地裂，宫殿摆簸，云烟沸涌。俄有赤龙长千余尺，电目血舌，朱鳞火鬣，项掣金锁，锁牵玉柱。千雷万

霆,激绕其身,霰雪雨雹,一时皆下。乃擘青天而飞去,毅恐蹶仆地。

这段描写抓住神龙发怒时天崩地裂的情景,将一个气性刚烈、疾恶如仇的钱塘君写得跃然纸上,读来如见雷电之光,如闻风涛之声,刻画出一个既是罪龙又是人的神仙形象。又如以柳毅的口吻描述龙女牧羊的形象:"见大王爱女牧羊于野,风鬟雨鬓,所不忍睹。"写龙女所放的羊:"毅顾视之,则皆矫顾怒步,饮龁(hé)甚异。而大小毛角,则无别羊焉。""风鬟雨鬓"简单四个字就勾勒出龙女美丽憔悴的形象,写雨工(雷霆之类)化成的羊,也从其神态动作见其神性,都很有创造性。

《霍小玉传》,蒋防作。写出身王家庶女的霍小玉和李益相爱而终被抛弃的故事。这篇小说不仅是写痴心女子负心郎的悲剧,还批判了唐代以家世门第作为婚姻基础的社会观念。六朝旧士族在唐代虽然衰落,但是门第观念仍然根深蒂固。李益服从家长意志,为攀附卢氏大族而抛弃小玉,正是悲剧的根源。小玉虽然希望能有一个理想的才貌双全的爱人,但深知自己地位微贱,不可能靠爱情维系牢固的婚姻关系,只能对李益提出一点可怜的希望:与自己相处八年。八年后年老色衰,甘心被人抛弃。但是就连这一点愿望也没有实现,这就深刻地揭示了这个悲剧的社会意义。

这篇小说不以情节的曲折取胜,而以叙述的委婉和描写的细腻见长。例如人物出场非常精彩。开头细致描写李益求见小玉前的心理和动作:沐浴修饰,通宵不眠,引镜自照,唯恐不谐等,不惜繁复。又如写小玉迟迟不出场,一旦出场便光彩夺目:"但觉一室之中,若琼林玉树,互相照耀,转盼精彩射人。"这些描写与结尾李益屡屡躲避小玉的情景正成对照:小玉遍托亲朋,多方招致,不见;明知小玉病得要死,不见;遭到许多朋友谴责,还是不见;直到最后被黄衫客骗到小玉家里,这就更见出李益的冷酷绝情。

此外,小说还提炼了几个很有概括力的对话场面,如小玉在新婚之夜对李益痛哭流涕,只求相守八年的对话。最后小玉见到李益后的大段诉说,以及一恸而绝的场面,都写得凄厉沉痛,催人泪下。人物态度的前后转变也在这些场面的前后对照中得到充分展示。

三、《李娃传》和《莺莺传》

《李娃传》，白行简作。写荥阳公子某生赴京考试，遇到名妓李娃，热烈相恋，以致放弃科举考试。后因资财荡尽，娼家用计将某生逐出妓院。某生流落街头，做了丧葬店的歌者，后被其父认出，将他痛打一顿，不顾而去。某生沦为乞丐，饥寒交迫。李娃遇见，感念旧情，不顾鸨母阻拦，将他收留下来，为他养病，并督促其奋发读书，资助其参加科举。某生得第后，做了高官，其父又来相认。李娃也被封为汧（qiān）国夫人，得到皇帝嘉奖。这篇小说故事情节曲折细致，对娼家的势利、士族的冷酷揭露得十分深刻。其中有些社会风情的描写，如写两家丧葬店开棚比赛唱挽歌的场面，也很新颖生动。但大团圆的喜剧结尾，不但俗套，而且不符合实际，只能看成是市民阶层的幻想。

《莺莺传》，元稹作。写张生和莺莺恋爱，后来张生服从家长指定的婚姻，将莺莺抛弃。张生不但没有为自己的始乱终弃感到羞愧，反而说自己是善改过者。《莺莺传》的思想性和艺术性均不如上述几篇，但这个故事对后代影响很大，从唐代到金代的诸宫调《西厢记》，再到元代王实甫的《西厢记》，中间有一个很长时间的完善过程。

唐传奇的成就很高，给后来的戏曲、小说提供了许多创作素材。对兼有志怪和传奇两体的《聊斋志异》也有深远的影响。

知识点：

传奇　唐传奇的三个发展阶段

思考题：

1. 简述《柳毅传》的故事梗概，说说柳毅这个人物形象的塑造。

2.《霍小玉传》反映了唐代的什么社会问题？

第十五章
晚唐五代词

中晚唐以后，市井文化的发展、音乐的世俗化，加上晚唐诗歌中新的表现方式和口语化的倾向，与自由的长短句结合在一起，便促进了词的产生。词的出现，不仅意味着一种新的诗歌体裁的出现，也在主题和语言上为诗歌开辟出一片新的绿洲。

第一节　词的起源和形式

一、词的音乐背景

词的出现，与音乐直接有关。隋唐时期，音乐成分有了很大的变化。如果说魏晋南北朝中原的主导音乐是传统的清商乐，那么隋唐音乐就包含了三种成分：一种是从南北朝以来，就不断传入中原的周边民族的音乐，以西凉乐和龟兹乐最为盛行；一种是本土保留的传统清商乐，但在唐代宫廷中日趋衰落；一种是民间新兴的里巷歌曲。盛唐时，设有内外教坊和梨园。来自域外、边州的胡夷之曲和来自民间的里巷之曲汇集到教坊，并经过教坊传播开去，教坊曲因此成为盛唐乐曲的总汇，也是唐五代词调主要的乐曲来源。中晚唐俗乐流行，新声竞起，曲调更加繁多，其中一部分被配上曲辞歌唱。当时选词配乐的曲辞，称为“声诗”或“歌诗”；根据曲调节拍填词的曲辞叫作“曲子词”“歌词”，或简称为“词”。这两种曲辞在唐代并行于世，为词的产生提供了曲调的条件,是词的先行阶段。

二、词的体裁特征

词的体裁与诗不同,种类很多。每一种词调的长短、句法、韵位、分片等都取决于曲调,一经定型,便可脱离曲调而独立成体。唐宋词调有千百个,其基本特征是:

1. 每个词调都有调名,如[蝶恋花][菩萨蛮][浣溪沙]等,又叫词牌。词调类别按音乐或体段的不同,分为令、引、近、慢等体裁。

2. 根据乐曲的遍数分片:分片方式有一片、二片、三片、四片这四种。一片一调称为单调、单遍;两片一调称为双调,这是词曲的基本形式,双调分为两半,叫上下阕或上下片;三片一调称为三叠;四片一调称为四叠。

3. 押韵方式因调而异。用韵较近体诗宽,可以平仄互押,中间转韵。

4. 句式长短不齐。用字继承近体诗声律特点,分出平仄。

第二节　敦煌曲子词

一、敦煌曲子词的发现

1900 年,敦煌鸣沙山藏经洞被打开,一大批珍贵文献现世,其中有数百首词曲。从敦煌卷子中清理出来的唐五代词曲,就称为敦煌曲子词,或称为敦煌歌辞。前辈学者整理成集的有王重民《敦煌曲子词集》164 首,饶宗颐《敦煌曲》收 318 首。敦煌词中除杂有极少数文人词以外,均为民间词,题材内容广泛。任二北《敦煌曲初探》校录 545 首,后增订为《敦煌歌辞总集》,收入 1,160 余首,将题材分为 20 类,可见其反映社会生活面相当宽广。

二、敦煌曲子词的特点

总的看来，敦煌曲子词艺术上很粗糙，但也有一些清新质朴、生活气息浓厚的佳作。如[浣溪沙]：

> 五两竿头风欲平[①]，长风举棹觉船轻[②]。柔橹不施停却棹，是船行。 满眼风波多闪灼，看山恰似走来迎。仔细看山山不动，是船行。

前半首从人驾船的动作感知风向的转变，后半首写顺风行船的痛快，人在船上满目波光粼粼的视觉印象，以及山从对面迎来的错觉，都极真切生动。[鹊踏枝]：

> 叵耐灵鹊多谩语[③]，送喜何曾有凭据。几度飞来活捉取，锁上金笼休共语。 比拟好心来送喜[④]，谁知锁我在金笼里。欲他征夫早归来，腾身却放我向青云里。

设为喜鹊和闺人的对话，将闺中少妇望夫不归的怨愤发泄在报喜不灵的喜鹊身上，构思天真新颖，语气生动逼真。这种朴拙的风格正是词在草创时期的特点。

第三节 唐代文人词

一、中唐文人词

唐代文人根据曲调节拍填写的歌词有齐言和杂言。现在一般认为创作

---

① 两：一作“里”，当为“量”的形误。“量”“两”六朝以来常通用。五两：鸡毛制的占风具。
② 棹(zhào)：划船的工具，形同长桨。
③ 叵(pǒ)耐：不可耐。谩：欺诳。
④ 比拟：准备。

杂言曲子词最早的作家有中唐的刘长卿、戴叔伦、韦应物、王建、刘禹锡、白居易、张志和等。如韦应物的[调笑令]：

胡马，胡马，远放燕支山下①，跑沙跑雪独嘶，东望西望路迷。
迷路，迷路，边草无穷日暮②。

着力刻画了一匹迷路的胡马着急而又茫然的可爱动态，衬托出边塞日暮时苍凉寥廓的意境。张志和的[渔歌子]：

西塞山前白鹭飞，桃花流水鳜鱼肥③。青箬笠④，绿蓑衣，斜风细雨不须归。

用鲜明的色彩描绘出一幅渔父在春雨中垂钓的图画，雪白的鹭鸶、粉红的桃花，与渔翁的青箬笠、绿蓑衣融于微凉的细雨中，境界优美闲适，神情潇洒惬意。白居易的[忆江南]：

江南好，风景旧曾谙⑤。日出江花红胜火，春来江水绿如蓝⑥。
能不忆江南？

这首小词以红似火焰、青如蓝染的色彩对比，渲染出江花江水在初春日出时两种最鲜明的色调，强化了江南浓郁的春意在作者记忆中最明艳的印象。写得热烈真率，情深意长。

唐代文人词中还有两首无名氏的[菩萨蛮][忆秦娥]，前人传为李白所作。[菩萨蛮]：

平林漠漠烟如织，寒山一带伤心碧⑦。暝色入高楼，有人楼上

---

① 燕支山：在今甘肃山丹县东南。
② 边：边塞。
③ 鳜(guì)鱼：今称桂鱼。大口细鳞，色淡黄微褐。
④ 箬(ruò)笠：竹箬做的斗笠。箬，竹皮，或指一种叶片较宽的竹子。
⑤ 谙(ān)：熟悉。
⑥ 蓝：蓝草，蓼蓝。可制造靛青颜料。
⑦ 伤心碧：极言寒山绿得苍翠碧绿。

愁。　　玉阶空伫立，宿鸟归飞急。何处是归程，长亭更短亭[①]。

上片首先在视线尽头展开一片迷漫溟蒙的烟景，平林背后的一带寒山在旅人眼中显得分外苍翠。“暝色入高楼”真切地写出在高楼远眺，暮色自远而近，逐渐浓重的视觉印象。下片从盼望归去的心理活动写归日的遥遥无期，强调即使有了归程，路途还是这么遥远，这就将两地愁思联系起来，使凄黯的心境自然融入无边的暮色之中。[忆秦娥]：

箫声咽，秦娥梦断秦楼月[②]。秦楼月，年年柳色，灞陵伤别[③]。　　乐游原上清秋节，咸阳古道音尘绝。音尘绝，西风残照，汉家陵阙[④]。

如果说“年年柳色，灞陵伤别”的习见之景概括了人生聚短离长与春秋更替这对永恒的矛盾，那么咸阳古道、汉家陵阙等古迹笼罩在西风残照之中，又启发人们从时光的消逝中看到由无数短暂的生命连接起来的漫长历史。由于在春思秋悲中寄托了伤今怀古的感慨，这首词的情调虽然低沉感伤，意境却苍凉开阔。含蕴之深厚尤为唐代文人词所罕见。

二、温庭筠词

温庭筠是第一个大量创造词牌的作家。他的词主要描写男女间的离愁别恨，偶尔抒发自己失意的哀怨。色彩华丽绮艳，表情隐约细腻，是温词的主要特色。例如他的名作[菩萨蛮]：

---

① 长亭更短亭：都是大道上行人停留歇脚的地方。

② 秦楼：据《列仙传》，秦穆公时有个叫萧史的人，善吹箫。穆公的女儿弄玉很喜欢萧史，秦穆公就将女儿嫁给他。萧史每天教弄玉吹箫，几年后吹出凤鸣声，招来凤凰。秦穆公为他们建凤台，夫妇住在上面，一日都随凤凰飞去。

③ 灞陵：汉文帝陵墓，在长安东。附近有灞桥，唐人常在此折柳送别。

④ 汉家陵阙：汉代帝王陵墓分布在长安郊外平原上。阙，墓道前的牌楼。

小山重叠金明灭[①],鬓云欲度香腮雪[②]。懒起画蛾眉,弄妆梳洗迟。　照花前后镜,花面交相映。新帖绣罗襦[③],双双金鹧鸪。

写女子晨起梳妆的慵懒情态,处处只从弄妆的动作着墨,而句句暗点思念之情。朝阳映照画屏的华丽背景,镜中照花、人面相映的妙思,绣罗襦上贴有双双金鹧鸪的暗示,都写得明丽辉煌,而又婉厚温雅。这种表现手法对花间词有直接影响,温庭筠也因此被五代花间词派奉为始祖。

第四节　花间词和南唐词

五代时词有两个中心,一在西蜀,一在南唐。西蜀的花间词和南唐词也是当时最重要的两个词派。

一、花间词

五代后蜀赵崇祚选录温庭筠、皇甫松、韦庄、和凝、孙光宪、李珣等十八家词,计五百首,结为《花间集》。所选词家大部分是西蜀人。其共同特点是用华丽的辞藻和婉约的构思集中描写女性的美貌、服饰以及她们的离愁别恨,从而形成花间词派。

花间派词人多数是宫廷、豪门的清客,作品内容较为单调贫乏,但不少在艺术上有可取之处。如牛希济的[生查子]:

春山烟欲收,天淡稀星小。残月脸边明,别泪临清晓。　语已多,情未了,回首犹重道。记得绿罗裙,处处怜芳草。

① 小山:有歧解,一说指眉山,形容眉毛如远山;一说指屏山,屏风上画的山;一说指头上发髻的式样。

② 鬓云欲度:鬓发蓬乱,快要垂到脸上来的样子。

③ 帖:贴。一种在衣服上贴金的工艺,这里指下句贴成一双鹧鸪的花样。襦:短衣。

写清晨情人离别的情景。“残月脸边明，别泪临清晓”两句，细腻地描绘出情人脸上的泪珠与天边残月相映的景象。“记得绿罗裙，处处怜芳草”两句从罗裙绿色如芳草的常见比喻中翻出睹物思人的新意。这种构思对后来的婉约派词很有启发。皇甫松的[望江南]：

> 兰烬落①，屏上暗红蕉②。闲梦江南梅熟日，夜船吹笛雨萧萧，人语驿边桥。

江南梅熟、春雨潇潇、夜船吹笛、驿桥人语，都是最有水乡特色的场景，作者将它们提炼出来，融合成一个闲梦，在朦胧的梦境中写出了江南雨夜的神韵，意境格外优美惆怅。

在花间派词人中，韦庄(836—910)是别具一格的词家。他主要生活在晚唐，晚年仕于西蜀，曾任宰相。与温词及大多数花间词人浓艳的词风不同，韦词风格较疏淡自然、平易晓畅。[菩萨蛮]是他的名作：

> 人人尽说江南好，游人只合江南老。春水碧于天，画船听雨眠。　　垆边人似月③，皓腕凝霜雪④。未老莫还乡，还乡须断肠。

此词清丽婉畅，上片写江南景色之秀丽，春水碧色，画船中听雨入眠，写尽江南春雨恬静而令人惆怅的滋味。下片写江南女子之姝丽，暗用卓文君当垆卖酒之事，将游人只应终老江南的道理说得千真万确，夸大了足以令人断肠的江南之美。以写情的风流蕴藉而言，韦词与花间词仍有相同之处，只是他语言明秀而口语化，富有民歌抒情意味，因而能居西蜀词人之首。

二、南唐词

南唐词也是在宫廷和豪门享乐的基础上发展起来的，但南唐词人都是

---

① 兰烬：蜡烛之余烬，状似兰芯。

② 红蕉：即美人蕉。一说蜀人称深红为蕉红。

③ 垆：酒店用土砌台，安放酒缸，四边隆起，一面高，如锻炉。

④ 凝霜雪：形容肌肤洁白如雪。

帝王宰相等最高层的统治者，在学术、艺术领域有广泛的涉猎和较高的造诣。他们开始用词歌咏人生，多少表现一些士大夫的思想感情，因而超过花间词的艳科绮语，成为士大夫词的先驱。

南唐词的主要作者是冯延巳和南唐二主李璟、李煜。冯延巳（903—960），一名延嗣，字正中，广陵（今江苏扬州）人，是南唐中主李璟的宰相。其词情致缠绵，语言清新，具有中晚唐七绝的风韵，开北宋一代词风。［谒金门］是他的压卷之作：

风乍起，吹皱一池春水。闲引鸳鸯芳径里，手挼红杏蕊①。斗鸭阑干独倚②，碧玉搔头斜坠③。终日望君君不至，举头闻鹊喜④。

这首词写贵族妇女在深闺中独居生活的寂寞，围绕着小池春水点缀鸳鸯、斗鸭、喜鹊等春天最活跃的禽鸟，在一片蓬勃生机中，反衬出思妇独对春光的惆怅。"吹皱一池春水"是南唐词的名句，描写小风微波，用形容绸子的"皱"字来形容，一池春水平滑如绸的景状便了然在目。而春水微皱又微妙地烘托出贵妇心头随春水泛起的涟漪，景中含情妙在有意无意之间。

南唐中主李璟（916—961），字伯玉，徐州人。他的词只流传下来四首。但［山花子］二首堪称佳作。其二写秋思：

菡萏香销翠叶残⑤，西风愁起绿波间。还与韶光共憔悴⑥，不堪看。　　细雨梦回鸡塞远⑦，小楼吹彻玉笙寒⑧。多少泪珠何限恨，倚阑干。

---

① 挼（ruó）：揉搓。
② 斗鸭阑干：用栏杆围养一些鸭子，供它们相斗。
③ 碧玉搔头：即碧玉簪。斜坠：形容玉簪斜插将掉的样子。
④ 闻鹊喜：汉唐以来一般人家听到喜鹊叫声都认为将有客来，是喜兆。这里表示希望喜鹊报告"君至"的喜讯。
⑤ 菡萏：荷花。
⑥ 韶光：春光。
⑦ 鸡塞：鸡鹿塞。在今内蒙古自治区磴口县西北。
⑧ 彻：大曲中的最后一遍。吹彻：吹到最后一曲。

西风吹损荷花，人的韶华年光随之一起憔悴，正是思妇自伤迟暮之意。而青春老去，与离人只能在梦中相见，自然怅恨无限。鸡塞即鸡鹿塞，在汉代朔方郡，可见梦中之人正在戍边。梦中鸡塞似在咫尺，而醒后回味已是天涯。此时正是秋雨绵绵、寒意袭人之际，以吹笙排遣愁闷，一直吹到最后一曲，也只是更添寒意而已。“细雨”两句妙在立意曲折，其韵味就在“梦回”的怅然若失，以及眼前的小楼细雨之中。这首词虽写思妇，但渗透着作者自己不堪迟暮的感伤心情。

南唐后主李煜(937—978)，字重光，961年即位。金陵被攻破后，投降宋朝，封违命侯，又改封陇西郡公。他的著作很多，但大都散失，词现存30余首，却能以少胜多，艺术成就很高。他的词风可据其遭遇分为前后两期。前期词20余首，以写宫中生活为主，显示出才情蕴藉而又多愁善感的特点。有的能洗尽宫廷富丽词彩，语言富有创造性。如[清平乐]：

> 别来春半，触目愁肠断。砌下落梅如雪乱[①]，拂了一身还满。　　雁来音信无凭，路遥归梦难成。离恨恰如春草，更行更远还生。

此词妙在善用具体的景物形容无形的愁恨。刚把落梅拂去，立刻又满一身，不仅见出他在花下痴立低徊已久，也烘托出如落花般纷乱的惜春之情。以春草喻恨，乃因绵绵芳草，远接天涯，正如人行多远，离恨也有多远。“更行更远还生”，短语一波三折，句法与春草离恨的姿态韵味融成一片。

李煜于40岁后亡国北上，待罪被囚，留居汴京，过着以泪洗面的日子，后期词均为哀伤身世、思念故国之作。如[浪淘沙]：

> 帘外雨潺潺，春意阑珊[②]。罗衾不耐五更寒。梦里不知身是客，一晌贪欢。　　独自莫凭栏，无限江山，别时容易见时难。流水落花春去也，天上人间！

---

① 砌：台阶。

② 阑珊：将尽，衰落。

春将尽时,五更天气,听到帘外潺潺雨声,因不耐晨寒而回想梦里贪欢的情景,更能体会醒来一切皆空的凄凉滋味,也道出了往事如梦的无限感慨。“无限江山,别时容易见时难”,既概括了普通人的人生体会,又深切地写出了亡国之君的悔恨。“流水落花春去也,天上人间”,将水已流、花已落、春已去之后的无奈,比之未流、未落、未去之时的情景,见出梦中与现实、昔日与今日的差别,有如天上比之人间。种种复杂的情绪都包含在岁月流逝无可挽回、天上人间无可改变的含浑意象之中,格外动人心魄。[虞美人]:

> 春花秋月何时了,往事知多少?小楼昨夜又东风,故国不堪回首月明中。　　雕阑玉砌应犹在,只是朱颜改。问君能有几多愁,恰似一江春水向东流。

这首词开头连发两问,直道岁岁花开、年年月满,前视茫茫,不觉厌春秋之长的心情,烘托出“故国不堪回首月明中”的物是人非之感。结尾以一江春水比喻难以排遣的愁,极其新奇而贴切。水向东流,是无法挽回的趋势,江水的去向正是故都金陵。因而向东奔流的一江春水,就像载着亡国之君的一江之愁不停地流向故国,这就使全词虽然悲哀至极,却自有一股充沛的感情力量奔泻而来。尤其末句气势奔放而深意内含,千年来为人传诵不绝。

李煜把历代诗歌言志述怀的传统引进词体,改变了温、韦以来词仅用于应酬、娱乐的趋向。他的词风接近唐人绝句,善用清丽的语言、白描的手法,抓住生活感受中最深刻的方面,动人地把情感表达出来,并能概括某种人生体验,因而能引起广泛的共鸣。王国维说:“词至李后主而眼界始大,感慨遂深,遂变伶工之词而为士大夫之词。”(《人间词话》)这句话精准地道出了李后主对词的巨大贡献。

知识点:

词的形式　敦煌曲子词　花间词　南唐词

思考题:

1. 花间词和南唐词的基本差别是什么?

2. 李后主后期词为什么能引起人们的共鸣?

第十六章
北宋诗词散文

宋代结束了五代十国的分裂状态，重新统一了中国，但是版图比唐朝缩小了许多，再也没有盛世的气魄。而商品经济却得到空前的发展，促进了城市和市民文化的繁荣。六朝的门阀士族制及其在唐朝残存的门荫制度至此彻底结束，加上军事制度的改革，使宋朝政治形成了重文轻武的特色。但文士地位的提高也造成了党争的加剧和不同思想派系的矛盾。所有这些都对北宋文学的发展具有直接的影响。

北宋文学的品类较前代大为丰富，除诗歌以外，词在宋代进入了全盛时期，散文成就也继中唐古文之后达到了顶峰，因而很多文人兼长诗词和散文。民间还产生了以口语写作的话本小说，在笔记志怪和传奇等文言小说之外开出了白话小说的另一系统。

第一节　欧阳修与北宋诗文革新

一、宋初王禹偁对“五代体”的变革

从晚唐到五代，古文衰落，骈文复兴。加上五代社会动乱，诗文以悲哀为主，风格华而不实。这种衰薄浮艳的文风在宋初继续流行，被称为“五代体”。首先起来提倡变革文风的是王禹偁(chēng)。

王禹偁(954—1001)，字元之，钜野(今山东巨野)人。出身农家，宋太宗

太平兴国八年(983)进士,历任右拾遗、左司谏、翰林学士等,曾三次遭贬。有《小畜集》《小畜外集》。他主张学习韩愈、柳宗元的古文和杜甫、白居易的乐府诗,自称"本与乐天为后进,敢期子美是前身"(《前赋〈春居杂兴〉诗二首》),并写了不少反映社会弊病、同情民生疾苦的诗篇。代表作《对雪》用自己在大雪天不愁饥寒的舒适生活,与河朔百姓在冰天雪地里运送军粮的辛苦劳累相对照,又联想到边塞士兵在穷荒绝漠的苦寒艰危,对自己的"偷安"和"尸位"表示由衷的惭愧和自责。联系他因敢言直谏而屡次被贬的遭遇,可以看出诗人坚持要做"直士""良史"的可贵品格。他还作过《畬田调》五首,序文说"欲采诗官闻之,传于执政者",可见他写这组诗的目的是希望被采诗官传到朝廷,这正是对白居易新乐府精神的继承。这组诗歌唱山村农民集体互助、自种自收的劳动生活,颇有民歌风味。如其四:

北山种了种南山,相助力耕岂有偏。愿得人间皆似我,
也应四海少荒田。

采用第一人称的口吻,配合着齐力锄田的节奏,读来就像一首朴实清新的山歌。

王禹偁的散文广泛涉及社会现实中的各种问题,有政论、史论、碑志等多种文体,其中有不少文学性散文。代表作如《待漏院记》,从宰相在待漏院等候上朝时的心理活动着眼,对比贤相和奸臣两种不同形象,使两种截然对立的为臣之道,在待漏院这个"示勤政"的地方变得格外令人戒惧警惕。《唐河店妪传》记述边境唐河店一名老妪设计将胡兵推入井里的事迹,不仅赞美她的勇敢机智,而且借此批评了宋初集中精兵于内地导致边境空虚的失策。此外,他的《黄冈竹楼记》抒发自己屡遭贬黜的感慨,也是名作。其中描绘竹楼佳景一节,笔致最为清雅:

远吞山光,平挹江濑①,幽阒辽夐②,不可具状。夏宜急雨,有瀑布声;冬宜密雪,有碎玉声。宜鼓琴,琴调虚畅;宜咏诗,诗韵清绝;

---

① 挹(yì):舀取。濑:从沙石上流过的急水。
② 幽阒(qù):清幽寂静。辽夐(xiòng):辽阔广远。

宜围棋，子声丁丁然[①]；宜投壶[②]，矢声铮铮然[③]，皆竹楼之所助也。

这段描写纯从听觉落笔，用六个“宜”字，将夏闻急雨、冬听密雪的静趣，鼓琴、吟诗、围棋、投壶的雅兴，借竹楼的清韵表现出来，句法和角度都很新颖。

王禹偁融合中唐新乐府讽刺时事和古文运动推崇道德的精神，将复兴古道和补察时政密切联系起来。加上他善于学习前人的多种艺术表现形式，各种文体都能胜任，因而成为振作宋初文风的文坛领袖和北宋诗文革新的先导。

二、范仲淹的诗词散文

王禹偁之后，范仲淹(989—1052)对北宋诗文变革的引领作用也不可低估。他是北宋主持“庆历新政”的改革家，曾任参知政事。作为一名政治家，他的文章以政论、史论为主，而且颇多滔滔不绝的长篇大论，风格典雅纯实。但也有一些抒情散文，格调极高。如著名的《岳阳楼记》否定了古人“达则兼济天下，穷则独善其身”的立身原则，继杜甫所说“穷年忧黎元”之后，提出了“先天下之忧而忧，后天下之乐而乐”的光辉思想，这是这篇名作千古不灭的重要原因。同时它在构思上也很见艺术功力，岳阳楼大观已为前人写尽，不易出新，尽管如此，文中“衔远山，吞长江，浩浩荡荡，横无际涯，朝晖夕阴，气象万千”一节，仍然以宏伟的气势铺写出洞庭湖浩瀚无际的壮观景象。并由巴陵岳阳向来是谪居之地这一点产生感想，概括了古往今来迁客骚人在登楼时因阴晴变化而产生的悲喜之情。但无论是为“去国怀乡，忧谗畏讥”而悲，还是因“心旷神怡，宠辱皆忘”而喜，都是因外物而感，为自己而发。而作者追求的古仁人之心，则是“不以物喜，不以己悲”，“进亦忧”民，“退亦忧”君，这就以一层高于一层的境界将文章推向前人所从未达到的思想高度，展

---

① 丁丁(zhēng zhēng)然：棋子敲在棋盘上的响声。

② 投壶：宴会上的一种娱乐，将箭投入壶中，投中为胜。

③ 矢声：箭投在壶中的响声。

现出一个以天下为心的政治家博大的胸怀。

范仲淹的诗词也有一些佳作，如《江上渔者》：

江上往来人，但爱鲈鱼美。君看一叶舟，出没风波里。

抓住江上一叶小舟出没在风波中的动态，对比一般人只爱鲈鱼美味，却不知捕鱼艰辛的心态，表现了诗人关怀民生疾苦的可贵感情。

再看以边塞生活入词的[渔家傲]：

塞下秋来风景异，衡阳雁去无留意①。四面边声连角起②，千嶂里，长烟落日孤城闭。　　浊酒一杯家万里，燕然未勒归无计③。羌管悠悠霜满地，人不寐，将军白发征夫泪。

上片写边塞荒凉的秋色，风声马嘶加上军营的号角声从四面响起，无边的山峰围绕着一座夕阳照射下的紧闭的孤城，冷落背后又隐隐显露出戒备森严的紧张气氛。下片抒情，以“浊酒一杯”和“家万里”相对照，感叹征夫久戍边关，却因匈奴未退而难归故乡的处境。满地银白的浓霜和将军的白发相映照，愈见将士征战的劳苦和作者忧国的深情。全篇声情雄壮而意境苍凉，为宋词开拓了壮阔的意境。

三、欧阳修排黜“西昆体”和“太学体”的功绩

1. 抵制“西昆体”。宋真宗大中祥符（1008—1016）初年，杨亿、刘筠等人在奉诏编写《册府元龟》的闲暇，互相唱和，写了一些点缀升平的诗歌。杨亿把以他为首的18个文人唱和的诗编成集子，名为《西昆酬唱集》。这些诗主要是模仿李商隐讲究声律和辞藻的风格，从前人著作中寻章摘句，捡拾典故，重加组织。用这种方法创作的诗歌被称为“西昆体”。杨亿、刘筠用辞彩华丽、堆砌典故、讲究声律对偶的晚唐体所写的骈文，被称为“杨刘时文”。

---

① 衡阳：今湖南衡阳市。衡山有回雁峰，传说大雁到此不再南飞。
② 边声：边塞的各种声音。角：号角声。
③ 燕然未勒：尚未建立功勋。东汉窦宪在燕然山刻石记功。

这种文风在社会上大约流行了40年之久。

宋仁宗时,一些文人为响应范仲淹的政治改革,起来革新文风,主要分为两大群体:以石介、孙复为代表的一群主要活动在山东泰山;以尹洙、苏舜钦、欧阳修为代表的一群主要活动在河南洛阳。他们都主张全面复古,学习韩愈。而石介对"西昆体"的攻击最为激烈。

2. 排抑"太学体"。范仲淹在庆历四年(1044)实行新政,设立太学。石介、孙复在太学任学官期间,提倡以古文取代杨刘时文,但因复古过当,导致太学里产生了一种"险怪僻涩"的古文,称为"太学体"。这种古文的内容大多是歌颂唐尧虞舜的高谈阔论,文字奇僻生涩。因不少太学生凭着这种文体在科举考试时取得高等,所以流行了十三四年之久。

欧阳修在嘉祐二年(1057)担任科举的主考官,凡是文风怪僻的考生一律不取,使"太学体"遭到有力的打击。欧阳修还在这次考试中把苏轼的古文拔到第二名,大力提倡"三苏"(苏洵、苏轼、苏辙)、王安石、曾巩等博古通今的"有用之言",要求学者研究古道必须适用于当今时务。他自己的创作也以平易简洁的文风为一代文人做出了表率。经过欧阳修的不断努力,北宋古文终于扭转了脱离社会现实的不良倾向,确立了平淡典要的文风。

3. "唐宋八大家"的形成。在北宋诗文革新的过程中,出现了欧阳修、王安石、"三苏"等多位杰出的散文大家,他们与中唐韩、柳古文运动的精神一脉相承,又各具鲜明的艺术风格,不但带动了北宋散文的全面繁荣,促使我国古代散文出现了秦汉文之后的第二个高峰,还对元明清散文的发展产生了深远的影响。明代文人唐顺之、茅坤等人针对明前期李梦阳、何景明等人仅从字句上模拟秦汉文的拟古风气,提出唐宋文才是真正继承秦汉文优秀传统的典范。为了给时人提供学习唐宋文的范例,他们将韩愈、柳宗元、欧阳修、王安石、曾巩、苏轼、苏洵、苏辙八人的古文选编成《唐宋八大家文钞》,"唐宋八大家"的名号从此确立。由于这八位作家确实能代表唐宋散文的最高成就,这一名称便为后人普遍接受。

四、欧阳修

欧阳修(1007—1072),字永叔,号六一居士。庐陵(今江西吉安)人。宋仁宗天圣八年(1030)进士。曾历任朝廷和地方多种职务,也曾屡遭贬谪和降职,最终官至翰林学士、枢密副使。终年66岁,谥“文忠公”,著有《欧阳文忠公集》《六一词》。

欧阳修的散文数量很多,成就也最高。政论、史论以义理取胜,爱好平淡简洁的文风,写得雍容舒缓,抑扬顿挫,不露锋芒。史论中最著名的代表作如《五代史伶官传序》总结后唐灭亡的教训,全文共三层抑扬。先以感叹开头,由后唐庄宗死于伶人之乱的下场,追想他当初得天下时的意气:“呜呼!盛衰之理,虽曰天命,岂非人事哉!原庄宗之所以得天下[①],与其所以失之者,可以知之矣。”做一层抑扬。然后写庄宗消灭燕、梁时告成太庙的得意情景,与他后来困于乱兵,断发泣下的狼狈模样相对照,在叙事中做一层抑扬。最后用议论再做一层抑扬:

> 《书》[②]曰:“满招损,谦得益。”[③]忧劳可以兴国,逸豫可以亡身,自然之理也。故方其盛也,举天下之豪杰,莫能与之争;及其衰也,数十伶人困之[④],而身死国灭,为天下笑。夫祸患常积于忽微[⑤],而智勇多困于所溺[⑥],岂独伶人也哉!

这篇文章不但从史实中总结出兴亡治乱的重要教训,见识高人一头,而且写得低昂顿挫,从容不迫。所以被前人称为“五代史中第一篇文字”。

文论的名篇如《梅圣俞诗集序》提出:“盖世所传诗者,多出于古穷人之

---

① 原:推究。
② 《书》:《尚书》,下两句引文见《尚书·虞书·大禹谟》。
③ “满招损”两句:自满会招来损害,谦虚会得到益处。
④ “数十”句:后唐庄宗宠幸伶官。同光四年(926),担任近卫军指挥使的伶人郭从谦乘乱进攻宫城,庄宗死于流箭。
⑤ 忽微:细小。忽:极小的度量单位。
⑥ 所溺:所沉迷、贪恋的事物。

辞也。”“内有忧思感愤之郁积，其兴于怨刺，以道羁臣寡妇之所叹，而写人情之难言，盖愈穷则愈工。然则非诗之能穷人，殆穷者而后工也。”这段富有独创见解的评论，对作家境遇和创作之间的关系做了规律性的总结，可称“千古不易之论”。

他也有很多写景、抒情、记人的散文。名篇如《醉翁亭记》作于庆历新政失败后被贬为滁州刺史之时，作者将郁结在心里的政治苦闷，消融在与民同乐的场面中，写得十分快活热闹。全文的章法很有特色：前半篇先从滁州四面环山的全景落笔，然后逐渐将视野一圈圈缩小，从群山到琅琊山，再从琅琊山到酿泉，以一句“有亭翼然”，衬托出飞耸的醉翁亭。后半篇写游人之乐，章法与前半篇呼应，先展开滁人游山的大全景，然后将视野逐渐缩小到觥筹交错的宴会，最后使焦点集中在太守身上，突出了一个不拘形迹的可爱的醉翁形象。全文连用 21 个“也”字，又以两段对称的排句概括四季朝暮景色的变化以及游人往来不绝的景象，是对古文虚字和骈文句法的活用。

又如《秋声赋》以壮阔的气势描写秋天的肃杀凛冽，由此引出对于自然和人生变化规律的思考。开头连用三个比喻：

> 初淅沥以萧飒[①]，忽奔腾而砰湃[②]，如波涛夜惊，风雨骤至。其触于物也，𪾢𪾢铮铮，金铁皆鸣；又如赴敌之兵，衔枚疾走[③]，不闻号令，但闻人马之行声。

将月夜树叶在秋风中哗哗作响的声息比作夜惊的波涛，突如其来的风雨和衔枚疾走的军队，写出了秋声自远而近的紧促之感和暗藏的凌厉气势。接着又分别描绘秋色、秋容、秋气、秋意的情状，并与刑、兵、礼、乐相联系，说明秋往往用来象征衰败，表现哀伤，代表天地间的义气和人间的杀气。最后联想到人生的秋天，深沉的感叹中寄寓着作者在政治上的忧劳和牢骚，又表现出力图看透盛衰规律的达观态度。这篇赋虽然仍采用赋体全面铺陈的框架，但已经具备诗体散文的灵魂，标志着从晚唐发展而来的散文赋体制到此

---

① 淅沥（xī lì）：象声词，形容稀疏的风雨声。萧飒：形容风声。
② 砰湃：波涛汹涌的声音。
③ 衔枚：行军时让战士们口中衔一根筷子状的东西，以免出声。

时已经臻于完美。

欧阳修也写过一些反映民生疾苦的讽喻诗，如《食糟民》对官吏饮酒、贫民吃糟的不合理现象深表不平。《边户》指责朝廷对辽国的妥协退让，讽刺直截了当。另外更多的是个人抒怀写景之作，《戏答元珍》是他自己很得意的一首七律：

> 春风疑不到天涯，二月山城未见花。残雪压枝犹有橘，
> 冻雷惊笋欲抽芽。夜闻归雁生乡思，病入新年感物华。
> 曾是洛阳花下客，野芳虽晚不须嗟。

这首诗写作者被贬夷陵令时的寂寞心情。首句起得突兀，先疑心春风吹不到天涯，然后才说明感慨的原因是二月里山城还不见开花，如此强烈的嗟叹，就不仅是写景，恐怕还暗含着自己在政治上再也无法随春天复苏的忧虑。但颔联随即乐观地否定了原来的疑虑：压在残雪下的橘树、春雷过后即将抽芽的竹笋，都在预告春天的消息。在颈联抒发新年的乡思以后，尾联反转以曾经见过洛阳名花安慰自己无须为野花晚开而怨嗟。四联之间，心情三次转折，委婉曲折而又平易流畅，在对春风春花的盼望中又别有更深的言外之意可以体味。

欧阳修的词现存《六一词》，词风清丽委婉。内容主要还是恋情相思、离愁别恨，与他那些庄重的诗文相比，较为自由地抒写了个人的情感生活，如[踏莎行]：

> 候馆梅残①，溪桥柳细，草薰风暖摇征辔②。离愁渐远渐无穷，
> 迢迢不断如春水。　　寸寸柔肠，盈盈粉泪，楼高莫近危阑
> 倚。平芜尽处是春山，行人更在春山外。

这首词上片写行人在风暖草香的旅途中的感受，妙在情景比喻相融合：离愁随着离家路程的变远而越来越长，就像春水无穷无尽，迢迢不断，眼前

---

① 候馆：旅舍。
② 摇征辔：策马远行。辔：马缰绳。

所见与心中所感妙合无垠，尤其显得绵长亲切。下片推想闺中人对行人的思念，将离愁融进长满青草的平原，乃至春山以外遥远的空间。这就因视野推到画面之外而增加了情的容量。

欧阳修还有少部分词作抒发啸傲湖山的襟怀，如[朝中措]《平山堂》将作者自己“挥毫万字，一饮千钟”“尊前看取衰翁”的形象表现在词里，境界明快爽朗，已成为士大夫词的先导。

五、梅尧臣和苏舜钦

梅尧臣和苏舜钦都是欧阳修诗文革新的支持者，但两人诗风不同。

梅尧臣（1002—1060），字圣俞，宣州宣城（今安徽宣城）人，又称梅宛陵。曾任主簿、都官员外郎等，一生仕途不顺。有《宛陵先生集》。他是北宋著名诗人，主张继承《诗经・国风》和《离骚》的怨刺精神，以诗歌比兴寄托，反对空洞华丽的诗风。他的诗有一部分能反映社会的贫富不均，直指当代时事。如《陶者》：“陶尽门前土，屋上无片瓦。十指不沾泥，鳞鳞居大厦。”将辛苦制陶的工人与大厦中的主人加以对比，尖锐地揭露了社会的不公平现象。《田家语》如实记叙宋仁宗康定元年（1040），国家为镇压北方叛乱，竟然征发陕西乡民为弓箭手的事件，披露了当地百姓因此骨肉流离、田园荒废的景况。他的代表作《汝坟贫女》也是以同样的时事为背景：

汝坟贫家女①，行哭音凄怆。自言有老父，孤独无丁壮。
郡吏来何暴，官家不敢抗。督遣勿稽留②，龙钟去携杖。
勤勤嘱四邻，幸愿相依傍。适闻闾里归，问讯疑犹强③。
果然寒雨中，僵死壤河上。弱质无以托④，横尸无以葬。
生女不如男，虽存何所当。拊膺呼苍天，生死将奈向？

---

① 汝坟：汝水岸边。坟：水边高地。
② 督遣：监督派遣。稽留：滞留。
③ 疑犹强：怀疑自己的父亲还能勉强活着回来。
④ 弱质：孤弱之身，指贫女。

这首诗的序文说："时再点弓手，老幼俱集。大雨甚寒，道死者百余人，自壤河至昆阳老牛陂[①]，僵尸相继。"诗人对这一事实加以剪裁和提炼，选择一位贫女的老父在这场点弓手的惨剧中遭遇横死的命运，更集中、具体地将这一事件的真相和不合理性突显出来，强烈地控诉了统治者征兵给人民带来的深重苦难。这类作品继承了杜甫和白居易新乐府"缘事而发"的优良传统。

梅尧臣的诗风平淡，追求"状难写之景如在目前，含不尽之意见于言外"（欧阳修《六一诗话》）。名作有《鲁山山行》[②]：

适与野情惬，千山高复低。好峰随处改，幽径独行迷。
霜落熊升树，林空鹿饮溪。人家在何许，云外一声鸡。

诗人独自沿着上下高低的山径，惬意地欣赏着随峰回路转而不断变化的美景，熊爬树和鹿饮溪的偶见之景，为深幽的山林带来几分野趣。云外传来的一声鸡鸣，点出此地原离人家不远，却反而使诗境更加古淡空灵。

苏舜钦（1008—1049），字子美，原籍梓州铜山（今四川中江县）人，生长于开封。历任县令、大理评事、集贤院校理等职，因支持范仲淹被贬，退居苏州，建沧浪亭。有《苏学士文集》。

苏舜钦文集中颇多伤时感事之作，如《城南感怀呈永叔》《吴越大旱》写百姓遭遇灾荒，只能挖野草充饥，导致饿殍遍野的惨状，愤怒指责统治者尸位素餐，为自己不能济世救民而深深叹息。《庆州败》《己卯冬大寒有感》《蜀士》等抨击朝廷边防不修，丧师辱国，表现了对国势积弱的忧虑以及杀敌报国的壮志。其中《庆州败》讽刺边塞将士只知饱食终日，遇敌一击即溃的狼狈相，全篇嬉笑怒骂，笔锋犀利，是苏舜钦的代表作。

苏舜钦诗歌的特点是笔力雄健、豪迈奔放。但也有清新秀朗的佳作，如《淮中晚泊犊头》：

---

① 壤河：或为瀼河镇，在今河南鲁山县西南。一说疑即瀼河，流经鲁山县入沙河。昆阳：今河南叶县。老牛陂（bēi）：昆阳县地名。

② 鲁山：在今河南鲁山县东。

春阴垂野草青青，时有幽花一树明。晚泊孤舟古祠下，
满川风雨看潮生。

首二句展开春阴笼罩平原、遍地草色青青的广阔视野。时时有花树从眼前经过，使人眼前一亮，是在行舟中观看两岸景色的动态描写。树间浓荫中的幽花在春阴映衬下色彩反而显得明快，正是暮色将临时的视觉印象。“春阴”则是风雨将至的预兆，这就自然引出孤舟晚泊时遇到的满川风雨，而在古祠下“看潮生”的孤寂中又可体味诗人内心正在悄然酝酿的风潮。

苏舜钦见识过人，熟悉民情，散文中有相当一部分是给统治者的上书。此外他还从多种角度深刻揭露了官吏贪赃枉法、百姓流离失所的社会现象。他的山水亭阁记和游记文字精工，《沧浪亭记》《苏州洞庭山水月禅院记》都是描写苏州风景的佳作。

六、王安石

王安石(1021—1086)，字介甫，晚号半山。抚州临川(江西临川)人。少年时博览群书。22岁中进士后，历任鄞县知县、淮南判官等地方官。仁宗时曾给皇帝上万言书，主张改革政治。宋神宗时担任参知政事，实行变法。后来遭到保守派反对，屡次罢相又屡次起用，最后退居江宁。哲宗时皇太后听政，废除新法，王安石忧愤成疾，次年病卒。有《王文公文集》传世。

1. 散文成就。王安石是著名的政治家和改革家，不但在政治上勇于革新，而且在思想上也敢于冲破传统观念。为人傲岸倔强，刚毅果断。他的散文大多是政论、史论和学术著作，从来不说空话。文风也如其人，立意新警，言简意赅，锋芒犀利。熙宁三年(1070)，司马光写了一篇长达三千字的《与王介甫书》，指责他变法是大讲财利，改变祖宗旧法，不肯听取别人对新法的意见。王安石只回了一封短短的《答司马谏议书》，将司马光的指责归纳为侵官、生事、争利、拒谏四条，但没有纠缠在具体的驳论中，而是站在更高的立足点上，从双方的根本分歧出发，逐条给予简短扼要的答复，不费口舌就驳倒了对方的洋洋千言。而且理足气盛、斩钉截铁，文风的简捷精悍可谓前

无古人。王安石的其他文章也大都是短句短篇，逻辑的衔接十分紧凑，能以一两句话扫过别人一大段文章。例如《读孟尝君传》：

世皆称孟尝君能得士，士以故归之，而卒赖其力，以脱于虎豹之秦[①]。嗟乎！孟尝君特鸡鸣狗盗之雄耳[②]，岂足以言得士？不然，擅齐之强，得一士焉，宜可以南面而制秦，尚何取鸡鸣狗盗之力哉？夫鸡鸣狗盗之出其门，此士之所以不至也。

全文一共只有四句话。第一句揭出要反驳的论点和论据：世人说孟尝君能得士的根据在于能利用鸡鸣狗盗之徒逃出秦国。作者就抓住这一论据，反过来把它变成驳论的有力依据。第二句分析孟尝君所得之士的性质不过是鸡鸣狗盗之类。第三句进一步指出真正的士，只要得一个就可以制伏秦国，无须依赖鸡鸣狗盗之徒。这句是转折的关键。第四句顺势逼进一层：正因为他只能用鸡鸣狗盗之徒，所以真正的士才不登他的门。四句话，三层转折，抓住士的真伪优劣立论，驳倒了一个传统说法。

王安石擅长议论，即使是游记也以此见长。如《游褒禅山记》[③]前半部分叙述自己尚有余力，又有余火可以照明，但不能坚持到后洞更深之处。后半部分写他从游山洞“入之愈深，其进愈难，而其见愈奇”的过程中得到的启发：

夫夷以近[④]，则游者众；险以远，则至者少。而世之奇伟、瑰怪[⑤]、非常之观，常在于险远，而人之所罕至焉，故非有志者不能至也。有志矣，不随以止也，然力不足者，亦不能至也。有志与力，而又不随以怠，至于幽暗昏惑而无物以相之[⑥]，亦不能至也。然力足

---

① 脱于虎豹之秦：齐国孟尝君，姓田名文，战国四大公子之一。曾被秦昭王用为相，后被囚，用善盗者偷回献给昭王的狐白裘献给昭王宠姬，得以释放。连夜逃到函谷关，恐有追兵，又用善学鸡鸣者，使关门提前打开，逃出秦国。

② 特：只是。

③ 褒禅山：在今安徽含山县北。

④ 夷：平坦。

⑤ 瑰怪：美丽奇特。

⑥ 相(xiàng)：辅助。

以至焉，于人为可讥，而在己为有悔；尽吾志也而不能至者，可以无悔矣，其孰能讥之乎？此余之所得也！

这段议论与前半篇对应，采用由浅入深、层层推进的章法，结合游洞不深的体会分析达到险远之地应具备的四个条件：有志，有力，不懈怠，遇到昏暗有物相助。然后退一步指出：尽管各人条件不同，不一定都能达到至境，但是否尽志尽力取决于自己，只有尽了最大努力，才能于己无悔，不为人讥。全文记游和议论丝丝入扣，分外精警透辟，对于勤奋或怠惰的人都有深刻的启示。

2. 诗歌特色。王安石的诗歌与其散文一样，内容充实，具有鲜明的政治倾向和不同流俗的个性。特别是那些涉及时事的诗歌，往往议论纵横，概括能力很高。如代表作《河北民》：

河北民，生近二边长苦辛①。家家养子学耕织，
输与官家事夷狄②。今年大旱千里赤，州县仍催给河役③。
老少相携来就南，南人丰年自无食。悲愁白日天地昏，
路旁过者无颜色。汝生不及贞观中，斗粟数钱无兵戎！

这首诗通过河北民从北到南流徙的经过，以较短的篇幅概括了北宋朝廷在内政和边防上存在的主要危机：对外屈辱求和，搜刮百姓血汗钱输送敌国以求苟安；对内只顾加重人民的徭役，南方虽有丰年却仍然绝粮，说明官府对南方的赋敛更加严苛。结尾的叹息流露出诗人对人民的深切同情，以及对贞观之治的热切向往。类似的诗歌还有《兼并》《收盐》《发廪》《省兵》等，篇篇针对北宋朝政的重大问题，表现了诗人忧国忧民的情怀和政治上的远见卓识。

王安石还善于通过评价历史人物来抒发自己的政治抱负。如《明妃曲》一反前人同情昭君和番的传统看法，指出“人生失意无南北”，“汉恩自浅胡

---

① 二边：与辽国和西夏接壤的边境。
② 夷狄：指辽和西夏。
③ 给河役：为治理黄河服役。

恩深,人生乐在相知心”。《杜甫画像》勾勒出杜甫的一生遭际和精神面貌,对他的爱国情操和高尚品格给予高度评价,借此抒发作者自己拯世济民的抱负。这两首诗都是影响较大的名篇。

王安石还有不少清丽精工的小诗,以意境新鲜、善于炼字著称,如《元日》:

爆竹声中一岁除,春风送暖入屠苏①。千门万户曈曈日②,
总把新桃换旧符③。

唐人写元日的诗已有很多,这首七绝将古代元日放爆竹、喝屠苏酒,以及换门神这三种最重要的风俗组合成一个场景,在爆竹声和春风阳光中展现出千门万户换桃符的欢乐景象,写出了春节来临万户更新的热闹气象。

《书湖阴先生壁》:

茅檐长扫净无苔,花木成畦手自栽。一水护田将绿绕④,
两山排闼送青来⑤。

写江南隐居的风光和情趣,后两句“护田”“排闼”都来自《汉书》,本来是两个形容人事的词语,诗人用来形容青山绿水的姿态,仿佛一条小河为保护田亩才环绕着绿野,而两座大山就像推门直入,送来了青翠的山色,这就使水的柔和与山的鲁莽相映成趣。

又如《泊船瓜洲》:

京口瓜洲一水间⑥,钟山只隔数重山⑦。春风又绿江南岸,
明月何时照我还?

---

① 屠苏:屠苏酒。古代风俗,每年除夕家家用屠苏草泡酒,吊在井里,元旦取出,全家一起向东喝酒。
② 曈(tóng)曈日:光辉明亮的阳光。
③ 新桃旧符:在两块桃木板上画上门神像,用来驱魔,叫作桃符。新年要换掉旧桃符,挂上新的。
④ 护田:《汉书·西域传序》:“而轮台、渠犁,皆有田卒数百人,置使者校尉领护。”
⑤ 排闼(tà):《汉书·樊哙传》:“樊哙排闼而入。”
⑥ 京口:今江苏省镇江市。瓜洲:又名瓜步洲,在今江苏扬州市南。
⑦ 钟山:南京紫金山。

这首诗抒发旅途中怀念金陵的心情，从瓜洲与金陵近在咫尺的地理位置，以及又逢春天的季节特点着眼，写出离家虽近却不得归去的惆怅。“绿”字以色彩词作动词用，是描绘春风春色的传神之笔。据洪迈《容斋随笔》卷八，这个字作者曾改过十几次，初用“到”，后改“过”“入”“满”等，最后才选定“绿”字。其实在唐诗中已有“绿”字同样的用法①，王安石的创造性在于这句诗里的“绿”字与全句意象的配合，使意境更为开阔，能更醒目地概括江南被春风染遍的绿意，因而成为传世名句。

王安石作为北宋著名政治家，虽然用心不在词，作品传世不多，但洗净五代以来的绮丽风习。[桂枝香]是他的名作：

> 登临送目，正故国晚秋②，天气初肃。千里澄江似练，翠峰如簇。征帆去棹残阳里，背西风，酒旗斜矗③。彩舟云淡，星河鹭起④，画图难足。　　念往昔，豪华竞逐，叹门外楼头，悲恨相续。千古凭高对此，漫嗟荣辱。六朝旧事随流水，但寒烟，衰草凝绿。至今商女，时时犹唱，后庭遗曲⑤。

金陵怀古一直是诗歌吟咏不衰的题材。王安石将它引入词里，利用词大体上一片写景一片抒情的格式，大笔渲染西风残阳里，大江澄静、山峰青翠的晚秋暮色，以及秦淮华灯如星、酒旗招摇、彩船泊河的繁华夜景；又就眼前的流水想到六朝兴衰旧事的流逝，将杜牧的名句“商女不知亡国恨，隔江犹唱后庭花”的意思延续到眼前，因而更富有历史的苍凉感。所以《古今词话》说：“金陵怀古，诸公寄调[桂枝香]者三十余家，惟王介甫为绝唱。”

---

① 如盛唐丘为《题农父庐舍》：“东风何时至？已绿湖上山。”李白《侍从宜春苑奉诏赋龙池柳色初青听新莺百啭歌》：“东风已绿瀛洲草。”

② 故国：旧都，指金陵。

③ 矗(chù)：竖立。

④ 星河：银河，借指长江。鹭：鹭鸶。南京西南长江中有白鹭洲。

⑤ 后庭遗曲：《后庭花》曲。

第二节　苏轼

苏轼(1037—1101),字子瞻,眉州眉山(今四川眉山)人。少年时就具有广博的历史文化知识和多方面的艺术才能。仁宗嘉祐二年(1057)中进士后,历经仁宗、英宗、神宗、哲宗、徽宗五朝,曾担任过多处州郡的刺史,官至翰林学士、知制诰等。一度被诬陷下狱,贬谪黄州,自号"东坡居士"。晚年因新党执政,被一贬再贬,最后流放儋州(今海南儋县)。直到徽宗即位,才遇赦北归,第二年就死于常州。著有《东坡全集》《东坡乐府》等。

苏轼具有经邦治国、改革政治的大志,他反对因循守旧,但又不赞成新法,加上性格耿直、看重操守,因而在新旧党争的夹缝中遭受了许多政治磨难,但仍能在逆境中始终保持豪爽开朗的性格和达观的人生态度。他支持欧阳修的文学主张,既重视文章服务于现实政治的"适用"功能,又强调其自身的艺术价值,无论是散文还是诗词都取得了极高的成就。

一、散文成就

苏轼的散文大致可分为三类。

第一类是奏议、进策、史论和科举文章。其中写得最好的是历史人物论,《贾谊论》《留侯论》等都是他的名篇。这些文章博采史事,借古论今,滔滔雄辩,笔势纵横,尤其善于从旧史料中翻出新见解。如《贾谊论》没有像前人那样一味同情贾谊的怀才不遇,而是认为贾谊自己"志大而量小,才有余而识不足",这才导致他遇到汉文帝这样的明君都不能"自用其才"。《留侯论》从张良为桥上老人拾鞋的传说入手,联系张良一生事迹,指出他能成大事在于能忍一时之耻。这些见解都包含了苏轼自己在政治斗争中的体会和善处逆境的人生态度。

第二类是记、传、碑、赋等写景抒情、论人记事的散文,风格随内容而异。其中为亭台楼阁做的题记名篇最多,一般都是从它们题名的原因上做文章,叙述、描绘、议论错杂并用，构思布局变化无穷。如《喜雨亭记》通过主客问答，论述下雨的意义和为亭命名的原因，表现了关心耕稼和与民同乐的思想感情。《放鹤亭记》则通过描绘放鹤亭所处的独特地势说明其名称的由来：

彭城之山①，冈岭四合，隐然如大环，独缺其西一面，而山人之亭，适当其缺。春夏之交，草木际天；秋冬雪月，千里一色；风雨晦明之间，俯仰百变。山人有二鹤，甚驯而善飞，旦则望西山之缺而放焉，纵其所如，或立于陂田，或翔于云表；暮则傃东山而归②，故名之曰“放鹤亭”。

这段文字以彭城之山环合的地势和四季阴晴景色的变化作为背景，衬托出放鹤亭正当西山缺口的位置，以及二鹤在云山之间飞翔的姿态，动静相映，俨然是一幅天然的西山放鹤图。

苏轼最脍炙人口的是那些意趣高逸的游记和散文诗，如《石钟山记》。苏轼通过亲自考察石钟山以钟命名的原因，体会到凡事不能臆断，必须目见耳闻才可知真相的道理，其中描写的夜景也很真切奇特：

至暮夜月明，独与迈乘小舟③，至绝壁下。大石侧立千尺，如猛兽奇鬼，森然欲搏人；而山上栖鹘④，闻人声亦惊起，磔磔云霄间⑤；又有若老人咳且笑于山谷中者，或曰此鹳鹤也。

绝壁大石在夜幕衬托下奇崛阴森的剪影，栖鹘磔磔的鸣叫声，老人如咳嗽怪笑般的回音从空谷中传来，更增加了山景的神秘感，但狞厉的境界中又自有一种空静的诗意美。前后《赤壁赋》是苏轼最享盛名的两篇散文赋，它们突破了赋体全面铺陈的格局，句式更加自由舒展，而且将抒情、叙事、说理和写景融为一体。《前赤壁赋》开头写“苏子与客泛舟游于赤壁之下”的兴致：

---

① 彭城：今江苏徐州。
② 傃（sù）：向着。
③ 迈：苏迈，苏轼之子。
④ 栖鹘（hú）：已栖宿的鹰隼。
⑤ 磔磔（zhé）：鹘的鸣叫声。

清风徐来，水波不兴。举酒属客[①]，诵明月之诗[②]，歌窈窕之章[③]。少焉[④]，月出于东山之上，徘徊于斗牛之间[⑤]。白露横江，水光接天。纵一苇之所如[⑥]，凌万顷之茫然。浩浩乎如冯虚御风[⑦]，而不知其所止；飘飘乎如遗世独立[⑧]，羽化而登仙。

在清风明月、山光水色之间，一叶小舟泛游于万顷碧波之上，人在飘飘欲仙的快意中，自然会生出自身在宇宙之间的渺小感。于是客人以呜咽的箫声来泣诉人生短促的悲哀，以及对长江无穷的羡慕。而苏轼却以眼前的水月为喻，说出正确看待大自然变与不变的一番大道理。旷达的情怀与明彻的哲理，融合在山水与箫声之中，交织成一个诗意盎然、韵味深远的优美境界。《记承天寺夜游》记他在黄州与友人夜半在月下散步的情景：

元丰六年十月十二日夜[⑨]，解衣欲睡，月色入户，欣然起行。念无与为乐者，遂至承天寺，寻张怀民[⑩]。怀民亦未寝，相与步于中庭。庭下如积水空明，水中藻荇交横[⑪]，盖竹柏影也。何夜无月？何处无竹柏？但少闲人如吾两人耳。

全文不足百字，只是对庭中景物稍加点染，就勾勒出一个空明奇幻的境界：月光泻地，庭院里像浮着一池清水，纵横交错的竹柏影子犹如水中漂浮的藻荇。这几句将“月光如水”的常见比喻翻出新意，借用错觉，使月光的澄澈因积水的真实感而得以强化。结尾惋惜世上少有闲人赏月，辜负了良夜美景，寥寥几笔，意味深长，贬谪的寂寞之感也自在言外。

---

① 属(zhǔ)：劝请。
② 明月之诗：指《诗经·陈风·月出》篇。
③ 窈窕之章：指《诗经·周南·关雎》篇。
④ 少焉：不一会儿。
⑤ 斗牛：斗宿和牛宿。
⑥ 一苇：一叶小舟。
⑦ 冯虚：凌空。冯：同“凭”。
⑧ 遗世：离开尘世。
⑨ 元丰六年：1083 年。
⑩ 承天寺：故址在湖北黄冈南。张怀民：张梦得，清河（今河北清河）人，当时也被贬黄冈，寄居承天寺。
⑪ 藻荇(xìng)：两种水草。

第三类是书简、杂著和题跋等，这类杂文数量很多，或叙友情，或述襟怀，或谈文艺，或论学术，文笔轻松，篇幅短小，是散文中最自由活泼的体裁。如《日喻》以盲人识日的故事为喻，指出别人的各种比方都无法使盲人认识太阳的全貌。又用潜水打比方，说明南方人会潜水是因为天天与水相处，北方人不会游泳，只听南方人介绍潜水的方法，便到河里潜水，没有不淹死的。这就从两面揭示出学习中的一个深刻道理：事物的许多奥妙难以言喻，探索真理必须亲自实践，并沉潜其中，才能心领神会。苏轼的许多杂文都是这样东拉西扯、左右逢源，但处处都能给人启发。三言两语，就能说出一些常人体会不到的道理。

苏轼大力提倡自然奔放的风格，主张写文章首先要心里对所写的事物清楚明白，同时使其与口和手相应，做到“辞达”。他自己的文章便能心手相应，意到笔随，如“风行水上”，自然成文。

二、诗歌特色

苏轼的诗歌今存2,700多首，题材广泛，内容丰富多彩。其中有不少诗篇表现了同情百姓、关心农业生产的可贵情怀。如《吴中田妇叹》写田妇在遭灾之后，千辛万苦从雨中收拾残稻入市，却因价贱如糠，只能陷入“卖牛纳税拆屋炊，虑浅不及明年饥”的绝境，并尖锐地指出“官今要钱不要米”导致的钱荒米贱的弊端。他还有一些诗歌以改良农具为题材，如《秧马歌》《游博罗香积寺》描写插秧的秧马、用水力推动磨面的碓磨，反映了当时农业生产技术的进步，这些都是前人很少关注的社会内容。

他对国运的忧虑也在诗歌里时有流露，如《祭常山田回小猎》《和子由苦寒见寄》等抒写他对北宋日益深重的边防危机的清醒认识，以及渴望扭转国家积弱局面的报国壮志。有的诗歌大胆揭露当朝权贵和各级官吏的贪婪残暴，如著名的《荔枝叹》虽是借古讽今，但从唐朝一直写到宋朝，讽刺那些向皇帝进献贡品以邀宠的官员，从这些诗歌中都可看出苏轼敢怒敢言的政治激情。

苏轼更多的诗篇是抒发自己在政治浮沉中的人生感慨。他一生足迹遍布天南海北，饱览祖国大好河山，写下了大量瑰奇的记游诗，并将他在仕途上的失意和怀乡的深情寄寓在对自然美的欣赏之中，体现了爽朗豁达的个性。这类诗多用七言古体，笔力豪健，气势奔放，最有代表性的是他的《游金山寺》①：

我家江水初发源②，宦游直送江入海。闻道潮头一丈高，
天寒尚有沙痕在。中泠南畔石盘陀③，古来出没随涛波。
试登绝顶望乡国，江南江北青山多。羁愁畏晚寻归楫，
山僧苦留看落日。微风万顷靴文细，断霞半空鱼尾赤④。
是时江月初生魄⑤，二更月落天深黑。江心似有炬火明，
飞焰照山栖乌惊。怅然归卧心莫识，非鬼非人竟何物⑥？
江山如此不归山⑦，江神见怪惊我顽。我谢江神岂得已，
有田不归如江水。⑧

这首诗作于宋神宗熙宁四年(1071)冬，苏轼赴杭州任通判的行役途中。全诗没有一笔实写山寺，而只取此寺以观望江景著称的特点，寓深沉的怀乡思归之情于连接故乡和山寺的江水，以此为主线贯穿全篇，展现出大江从黄昏到深夜的壮观景色，并借大石盘陀奇崛、屹立于风浪之中的情状，暗中寄托了诗人对自己身处政治风浪中的立身原则的思考，又在观看落日的瑰丽境界中，融入归山与出仕的矛盾心情。全诗笔意起伏跌宕，景随情转，情随景变，始终将诗人的命运、乡情与江水扣合在一起，政治上的苦衷和隐忧也在似有若无之间，分外耐人寻味。

苏轼的七绝善于在日常生活和自然景色中即景寓意、因物寓理，悟出前

---

① 金山寺：在今江苏镇江市西北的金山上。
② “我家”句：古人认为长江发源于四川岷山。苏轼家在四川眉山，位于岷江中游。
③ 中泠(líng)：泉水名。盘陀：形容石头高大不平。
④ 鱼尾赤：形容晚霞呈鱼尾红色。
⑤ 初生魄：旧历每月初三，月亮残缺部分开始转亮，叫作成魄或生魄。
⑥ 这句作者自注：“是夜所见如此。”
⑦ 归山：指辞官归隐。
⑧ “我谢”两句：指着江水向江神发誓，自己做官是不得已，如有田可耕，就会归去，江水可明此心。

人从未发现的新意妙理，如《题西林壁》[①]：

横看成岭侧成峰，远近高低各不同。不识庐山真面目，
只缘身在此山中。

诗人从庐山峰岭的变化多姿悟出人们观察事物的角度不同往往会得出不同印象，并根据这一道理进一步指出，要了解事物真相，应当身处局外，不为局部片面的现象所迷惑。此诗虽然以理趣取胜，却又概括了庐山云烟变幻、重峦叠嶂的壮丽奇观。有时他还会通过对景物动态的细微观察，在传神的描绘中写出事物内含的性理，如《惠崇春江晚景》[②]：

竹外桃花三两枝，春江水暖鸭先知。蒌蒿满地芦芽短[③]，
正是河豚欲上时[④]。

这首题画诗捕捉的都是早春特有的景物：桃花开得早，芦笋才冒芽，鸭子刚下水，河豚将上还未上。“春江水暖鸭先知”抓住鸭子对水温变暖最为敏感的特性，使自然界蕴藏的生机尽显纸上，既写活了画意，又富有哲理，最为人所激赏。

善用比喻也是苏诗的一大特点，如《六月二十七日望湖楼醉书》其一：

黑云翻墨未遮山，白雨跳珠乱入船。卷地风来忽吹散，
望湖楼下水如天。

这首诗写夏天西湖的阵雨，前两句以打翻的墨汁比喻满天乌云，以珍珠乱跳比喻打到船上的白色雨点，极为形象地描绘出黑云聚集、急雨骤降的阵势。然而一阵风刮过，湖面就立刻与天空一起恢复了平静，又写出了局部风雨来去的突然和迅速。

又如《饮湖上初晴后雨》二首其二：

---

① 题西林壁：这首诗题于西林寺的墙壁上。西林寺在庐山上。
② 惠崇：僧人，北宋著名画家。《春江晚景》是他作的画。
③ 蒌蒿：春天的一种野菜。芦芽：芦笋。
④ 河豚（tún）：一种味道鲜美但有毒的鱼。

水光潋滟晴方好[①]，山色空蒙雨亦奇。欲把西湖比西子，淡妆浓抹总相宜。

杭州以西湖美景和美人西施驰名于世，此诗就从二者的联系着眼，将西湖晴天的湖光和雨天的山色比作西子的浓抹和淡妆，呈现出西湖无论淡雅还是浓艳都各尽其美的全景，比喻巧妙贴切。

三、词的创新

苏轼的词有200首左右，被贬黄州时期是他创作的高峰期。他从内容到风格，从用调到音律，都打破了词的狭隘的传统观念，给词“指出向上一路，新天下耳目”（王灼《碧鸡漫志》）。他对词的革新主要体现为：将诗的境界引入词里，把词的题材从儿女私情、羁旅行役扩大到怀古咏史、悼亡送别、说理谈玄、感时伤事、山水田园等各种诗歌的题材，用以抒写自己的性情抱负、胸襟学问，从而使词和诗同样具有言志述怀的作用，这就大大提高了词的品格。

豪放、潇洒、飘逸是苏词的主要特点，如他的名作[水调歌头]：

明月几时有？把酒问青天。不知天上宫阙，今夕是何年。我欲乘风归去，又恐琼楼玉宇，高处不胜寒。起舞弄清影，何似在人间！　　转朱阁[②]，低绮户[③]，照无眠。不应有恨，何事长向别时圆？人有悲欢离合，月有阴晴圆缺，此事古难全。但愿人长久，千里共婵娟[④]。

词的原题说：“丙辰中秋[⑤]，欢饮达旦，大醉，作此篇兼怀子由[⑥]。”是为怀

---

① 潋滟（liàn yàn）：波光闪闪的样子。
② 朱阁：华美的楼阁。
③ 绮户：雕花的窗户。
④ 婵娟：美人，这里说嫦娥，借指月亮。
⑤ 丙辰：宋神宗熙宁九年（1076）。
⑥ 子由：苏辙的字。

念离别七年的弟弟苏辙而作。千里离愁，中秋良夜，把酒对月，难免思绪万端，但作者旷达的胸襟、丰富的想象和奇妙的艺术构思，却使得这首词超出一般赏月抒愁的范围，而集中了天上和人间、出世和入世、幻想和现实，以及悲欢离合等多种矛盾。政治上的失意使他面对神奇的月宫，自然产生了超尘脱俗的愿望，而对人间生活的热爱又使他从空幻的想象回到眼前的月下清影。“人有悲欢离合，月有阴晴圆缺”五句，从古往今来人们望月的普遍感慨中提炼出人事与天道的相同规律。“古难全”是无可奈何的事实，“人长久”是彼此珍重的衷心祝愿。这种美好的祝愿不只是对他弟弟一人而发，而是变为所有聚短离长的人们的共同希望了。全篇浓厚的离情别绪和深刻的人生哲理交织在一起，大大深化了词的意境。

又如[念奴娇]《赤壁怀古》，是苏轼词中境界最为雄奇阔大的一首：

> 大江东去，浪淘尽，千古风流人物。故垒西边①，人道是，三国周郎赤壁。乱石穿空②，惊涛拍岸，卷起千堆雪。江山如画，一时多少豪杰！　　遥想公瑾当年③，小乔初嫁了，雄姿英发。羽扇纶巾④，谈笑间，樯橹灰飞烟灭⑤。故国神游⑥，多情应笑我，早生华发。人生如梦，一尊还酹江月⑦。

开头三句，气势奔腾雄浑，由长江的滚滚东流联想到时间永无休止的流逝，历史淘尽了千古风流人物，但他们所建丰功伟业的遗迹却与壮丽的山河同在。这就把眼底心头的江山、历史、人物一齐推出，视野之大、胸次之高，实为空前。“乱石穿空，惊涛拍岸，卷起千堆雪”三句以气吞山河的笔力将赤壁写得惊涛澎湃、雄奇险峻，不仅出于对江山如画的礼赞，更为了烘托风云一时的豪杰。下片从赤壁一战中引出决胜的主帅周瑜，着力赞美他的英俊

---

① 故垒：旧时战争留下的营垒。
② 乱石：赤鼻矶陡峭的石壁。
③ 公瑾：周瑜的字。
④ 羽扇纶巾：描写周瑜的儒将装束。纶巾：配有青丝带的头巾。
⑤ 樯橹：指曹军的战船。
⑥ 故国：指赤壁古战场。
⑦ 还酹江月：将酒洒在江中，凭吊古代的英雄人物。

雄姿和儒将风度，以及从容谈笑、指挥若定的气概。追想古代英杰，难免产生自身功业无成的失意之感。但结尾随即以“人生如梦”化开个人的牢骚：周瑜的功业尚且已成历史的陈迹，何况自己这个渺小的人物？既然只有这江水和明月是永恒的存在，那么还不如在大自然中消解这历史的感慨吧！这首词将各种矛盾的思想感情有机地融合在一个整体中：眼前景物与古代人事相融合，渴望功业的积极精神和虚无失落的人生感慨相融合，豪迈的气概与超旷的情趣相融合。上下古今，目接神游，以虚实相生的艺术手法对词境作了最恢宏的开拓。

除了豪放以外，苏轼也不乏深情绵邈的一面，如[江城子]《乙卯正月二十日夜记梦[①]》就是一首著名的悼亡词：

> 十年生死两茫茫，不思量，自难忘。千里孤坟，无处话凄凉。纵使相逢应不识，尘满面，鬓如霜。　　夜来幽梦忽还乡，小轩窗[②]，正梳妆。相顾无言，唯有泪千行。料得年年肠断处，明月夜，短松冈[③]。

这首词抒发了他难忘亡妻的深情。上片设想即使相逢也已不识彼此的情景，勾画出自己满面风尘、两鬓如霜的形象，足见生死相隔之久远，以及生者经历之沧桑。下片忽见妻子倚窗梳妆的梦境与上片的假设相互印证，说明纵然能有片刻相聚，千言万语也不知从何说起，只有相顾无言、泪下千行，更是沉痛至极。全篇语言不加雕琢，朴素真挚，感人至深。

苏轼在传统的婉约词以外，开拓出了豪放词派，在当时就产生了很大影响。在北宋有晁补之、黄庭坚等传人，在南宋有叶梦得、陈与义、张元干、张孝祥、陆游、辛弃疾、陈亮、刘克庄等继承发扬，豪放词遂成为南渡后词坛的主流。其中辛弃疾成就最高，这一派又被称为苏辛词派。此后苏词的影响从金元一直延续到清代，始终不曾衰落。

---

① 乙卯：宋神宗熙宁八年（1075）。这首词为悼念苏轼亡妻王弗而作。王弗死于 1065 年。
② 轩：有窗槛的小室。
③ 短松冈：栽着松树的小山岗，指亡妻坟墓所在地。

四、苏洵和苏辙的散文

苏轼与其父亲苏洵、弟弟苏辙都以文章闻名，在宋代合称“三苏”。

苏洵(1009—1066)，字明允，眉州眉山(今四川眉山)人。嘉祐初年由于欧阳修的推荐，苏洵与苏轼、苏辙父子三人的文章盛传一时。后任秘书省校书郎、霸州文安县主簿，参加编纂礼书，书成后病死。有《嘉祐集》。

苏洵熟习《易经》、玄学，善于从哲学角度观察问题，注意事物的正反变化，文章多借古论今之作。《几策》《权书》都是系列论文，其中的名篇如《心术》论用兵必先治心的七个问题，写得很有气势，开头两句：“泰山崩于前而色不变，麋鹿兴于左而目不瞬，然后可以制利害，可以待敌。”劈头指出主将治心的首要条件是具有沉静、专注、镇定、勇敢的素质，十分精警。

苏洵的文风纵放豪健，颇受战国策士纵横捭阖之风的影响，《六国论》是他的代表作。文章认为六国灭亡的根本原因是割地贿赂秦国，但事实上六国中有三国并非因为赂秦而亡，要使论点成立，首先必须堵住这个漏洞。文章就把基本论点建立在这个漏洞上，提出不赂秦的三国也因为三国赂秦而失去了强有力的支援，因而导致灭亡。全文根据这一基本观点分成两大层次，先说透赂秦的害处，再一一分析没有赂秦的齐、燕、赵三国，强调它们失去援助后势孤力危的共同点，并以赵国对秦作战三胜二负的例子反过来说明不赂而战未必灭亡，把不利于自己的论据变成了有力的佐证。文章巧妙地利用逻辑关系进行论辩，可说是掌握了《战国策》的窍门，但老辣犀利、痛切明快，又是苏洵自己的特色。

苏辙(1039—1112)，字子由。十九岁中进士，后任右司谏、尚书右丞、门下侍郎等职，一生仕途受苏轼牵连，也屡遭贬谪。晚年归居颍川，闭门著书。有《栾城集》等。

苏辙的政论和史论受苏洵影响，但立论较为翔实稳当。他创造了一组系列性历史人物专论，共 45 篇，每篇只论一二人或一二事，短小精悍。此外也有像其父兄一样壮浪奔放的雄文，早年所作《上枢密韩太尉书》是他的名作。文章先以孟子和司马迁为例，提出作文必须培养自己的浩然之气：

辙生好为文，思之至深。以为文者气之所形，然文不可以学而能，气可以养而致。孟子曰："我善养吾浩然之气。"今观其文章，宽厚宏博，充乎天地之间，称其气之小大。太史公行天下，周览四海名山大川，与燕、赵间豪俊交游，故其文疏荡，颇有奇气。此二子者，岂尝执笔学为如此之文哉？其气充乎其中而溢乎其貌，动乎其言而见乎其文，而不自知也。

文章说明要养气就要加强自己的修养，只有拓展视野、增加阅历，才能使文章宽厚宏博。然后再以一段气势磅礴的排比句铺写自己出川后所见到的高山大河、宫室人物等奇闻壮观，最后表达了愿见贤人、尚未尽天下大观的遗憾，充分显示出少年作者登高望远的开阔胸襟，以及谦逊而不凡的气度。

苏辙的游记《黄州快哉亭记》和《武昌九曲亭记》的笔力胸襟都近似苏轼。后者写苏轼徜徉于山水之间的形象，从弟弟眼里见出其兄在贬谪生涯中逍遥自在、潇洒高雅的风神，让人倍觉亲切。苏轼称苏辙的文章像他的为人一样"汪洋淡泊，有一唱三叹之声，而其秀杰之气，终不可没"(《答张文潜书》)，指出了苏辙文章在宽广淡泊之中自有其内在的奇杰之气，这确是他与其父兄主要的区别。

第三节　黄庭坚和江西诗派

一、黄庭坚

黄庭坚(1045—1105)，字鲁直，号山谷道人，又号涪翁，洪州分宁(今江西修水县)人。宋英宗治平四年(1067)中进士。历任县尉、国子监教授、秘书省校书郎、国史编修等职。因政治上追随苏轼，屡遭贬谪。诗歌与苏轼齐名，时称"苏、黄"，又因受到苏轼赏识，与张耒、晁补之、秦观同称为"苏门四学士"。著有《山谷集》。

黄庭坚在诗歌艺术上有一套自己的主张和方法。他强调多读书，学习杜甫的语言艺术，尤其推崇杜甫晚年在四川时所作的诗歌，认为已达到“不烦绳削而自合”“平淡而山高水深”的境界，也就是不加雕琢、自然平淡。黄庭坚的具体主张有以下两个方面：

1. 字字有来处：他认为杜甫读书多，所以作诗“无一字无来处”(《答洪驹父书》)，诗中词句都可以在书本中找到来历出处。

2. 学习古人语言要善于点铁成金、夺胎换骨，要学习杜甫善于“取古人之陈言入于翰墨，如灵丹一粒，点铁成金”(《答洪驹父书》)，“不易其意而造其语，谓之换骨法，窥入其意而形容之，谓之夺胎法”(惠洪《冷斋夜话》卷一记黄庭坚语)。也就是说，或者借用前人的诗意，用新的语言表现；或者用前人的语言但加以变化，对前人的意思再加以形容发挥。这样做虽会造成一些流弊，但也是从形式上推陈出新的有效方法。

黄庭坚为了追求务去陈言，喜欢采用不常见的词语和奇僻的典故，在声调上采用拗律，即用反常的声律。用拗句，使句子声调反常；押险韵，用难押的韵脚，这就形成了他生拗古硬的风格。虽不免晦涩的弊病，但也确实能写出一些清新劲峭的好诗来。如《登快阁》[①]是他的一首著名七律：

> 痴儿了却公家事，快阁东西倚晚晴。落木千山天远大，
> 澄江一道月分明。朱弦已为佳人绝[②]，青眼聊因美酒横[③]。
> 万里归船弄长笛，此心吾与白鸥盟。

这首诗作于神宗元丰五年(1082)，诗人任太和县令时。完成一天的公务之后，诗人登上快阁欣赏晚晴，眼前秋景分外高远：万木落叶，千山萧疏，长天更加辽阔；赣江澄澈，明月当空，上下一色越发显得明净。这两句写秋江月色，只是以最干净的文字勾出江天、山木与明月的简单轮廓，便形成了空旷高爽的鲜明意境。后半首中以弦“绝”写世无知音，眼“横”写耽酒解忧，

---

① 快阁：在江西泰和县。

② 朱弦：琴的代称。佳人：指知心朋友。这句说没有知音，早就不弹琴了。

③ 青眼：阮籍善为青白眼，对人作青眼表示喜爱，对人翻白眼表示厌恶。这句表示只对美酒感兴趣。

最后表达乘船吹笛归去与白鸥作伴的愿望,又以生硬的声调突出了诗人冷傲清高的形象。景与人前后相映,最能见出黄庭坚诗生新峭冷的特色。以这种风格书写诗人后期坎坷的人生,更是别有一种他人所不及的情味,如《雨中登岳阳楼望君山二首》其一:

投荒万死鬓毛斑,生入瞿塘滟滪关①。未到江南先一笑,
岳阳楼上对君山。

作者被流放四川五六年,1102 年被赦免后,准备回到故乡江西。这首诗写他归乡途中经过洞庭湖,登上岳阳楼时心头的万千感慨。首二句概括他历年来被贬远荒,熬到双鬓斑白,终于死里逃生的侥幸,以及活着经过瞿塘滟滪堆这道鬼门关的欣慰。后二句说虽然还未到江南,但能在岳阳楼上对着洞庭君山的美景放怀一笑,又可想见其中包含着多少辛酸。“万死”“生入”等语词不但用得极惨,而且音调峭硬,使诗人的“一笑”显得分外冷峻,因而更传神地写出了历尽磨难的作者的刚毅性格。

黄庭坚所主张的创作方法和他本人独特的诗歌风格在当时就产生了很大的影响,以至于形成了宋代诗坛上最大的宗派——江西诗派。

二、江西诗派

北宋末年,吕本中作《江西诗派宗社图》,自黄庭坚以下,列出陈师道等 25 位后继者,但这一宗派中的作者并不都是江西人。他们师友相传,诗歌的共同特点是崇尚瘦硬的风格,要求字字有来历,提倡夺胎换骨、点铁成金之法。其影响从北宋元祐年到元朝初期,延续了两百年之久。元代方回在《瀛奎律髓》这本唐宋律诗选集中又提出“一祖三宗”之说,推杜甫为初祖,黄庭坚、陈师道、陈与义为三宗。“江西诗派”的名称由此而来。

---

① 瞿塘滟滪关:瞿塘峡和峡口的滟滪堆,都是长江的险要关口。

三、陈师道

陈师道(1053—1102),字履常,一字无己,号后山居士,彭城(今江苏徐州)人。一生潦倒清贫。诗歌初学黄庭坚,后学杜甫,风格质朴简古。代表作有《示三子》:

去远即相忘,归近不可忍。儿女已在眼,眉目略不省。
喜极不得语,泪尽方一哂。了知不是梦,忽忽心未稳。

诗人因无力养家,只得让妻子和三个儿子随岳父到四川去生活。这首诗写几年后三子回家见面时的心情,极其生动真挚:子女离远了记挂也没用,归期已近,心里的思念再也忍不住。等儿子站在眼前时,却发现眉眼有些不认识了。一时高兴得说不出话来,眼泪流尽了才笑起来。虽然知道这不是梦,但还是心神不定怕是做梦。八句诗每两句一对,从正反两面道尽与三子见面前后悲喜交集的矛盾心态,文字朴素,情见于词。

陈与义年辈晚于黄庭坚和陈师道,是南渡前后诗人。其诗歌虽受黄、陈影响,但因所处时代不同,风格亦有变化。方回视之为江西诗派的中兴之人,所以尊为"三宗"之一。

第四节　秦观、周邦彦与北宋词

词在晚唐五代兴起以后,到宋代取得极大的成就,迅速进入了辉煌的全盛时期。北宋初期词风沿袭南唐词风。最初出现于词坛的作者如晏殊、宋祁、范仲淹、欧阳修等都是一时的显宦,其词作虽然仍不外乎樽前花下的应酬之作,风度雍容闲雅,但总体趋向已经从男女相思转为感慨人生。到柳永出现,宋词才完全摆脱五代词风的影响,形成了独特的艺术风貌。

一、从晏殊到柳永

晏殊(991—1055),字同叔,抚州临川(今江西抚州)人。著有《珠玉集》。他是仁宗时的太平宰相,生活在北宋表面承平的前期,一生显达,大部分日子都在富贵优游的生活中度过,许多词的内容不外乎抒写流连光景的轻怨淡愁和惆怅落寞的情怀。但他善于用细腻的感受和警炼的词句准确地概括普遍的人生感触,表达又较委婉含蓄,因而形成了雍容清新的独特风格。如他的名作[浣溪沙]:

> 一曲新词酒一杯,去年天气旧亭台,夕阳西下几时回?
>
> 无可奈何花落去,似曾相识燕归来,小园香径独徘徊。

上片罗列一如去年的园景、天天西下的夕阳、朝夕相伴的酒杯,正是暗示人在这年年相同的岁月更替中年年不同。下片将光阴难以追挽的感伤凝聚在花落与燕归这两样年年见惯的景致上,写出了人老年往不以人的主观意志为转移的无可奈何之情。

晏殊的幼子晏几道(1038—1110),字叔原,号小山。词与晏殊齐名,号称"二晏"。有《小山词》传世。他虽出身宰相之家,但一生穷困落魄,怀才不遇。词的内容大多是回忆当年与歌儿舞女交往的风流生活,充满对昔日欢乐的追忆和往事的低徊。[鹧鸪天]一词是他的代表作:

> 彩袖殷勤捧玉钟①,当年拚却醉颜红②。舞低杨柳楼心月,歌尽桃花扇底风③。　从别后,忆相逢,几回梦魂与君同。今宵賸把银釭照④,犹恐相逢是梦中。

这首词从分别前的欢乐、分别后的怀念,以及乍见疑是梦中的惊喜等几

---

① 彩袖:代指歌儿舞女。玉钟:酒杯。
② 拚(pàn):不顾惜,舍弃。一作"拼",俗"拌"字。
③ 桃花扇:扇面上画着桃花的扇子。
④ 賸(shèng):惟,只管。釭(gōng):灯。

个角度，将他和情人久别重逢的复杂心情烘托出来。上片中“舞低”一联虚实相生：杨柳和月下楼台是实景，以扇子上的桃花图案与之对应，是虚写。歌声激起空气的回荡，扇子带起清风的飘拂，歌尽舞停，自然扇底风也尽。这一联对句除了生动地写出舞筵歌席的醉乐环境和狂欢气氛外，还以舞到月落风息的场面隐微地暗示了曲终人散的必然结局，深为前人所叹赏。下片用回环的句法、淡远的笔调将悲喜错杂的真情写出，既化开了上片的浓艳，又极其细腻传神。

从五代到宋初，表现含蓄的小令一直是词的主要体裁，较为铺张的长调虽然在敦煌词里已经出现，但写作长调的文人很少。从张先开始，这种情况才有所改变，到柳永大力作长调，宋词的形式才得以基本完备。

张先(990—1078)，字子野，吴兴(今浙江湖州)人。曾任都官郎中，晚年退居杭州、吴兴一带乡间。有《安陆词》。他的词善于炼字，尤其善用“影”字表现某种较难捕捉的美感。其中他自己最爱“云破月来花弄影”“娇柔懒起，帘压卷花影”“柳径无人，堕飞絮无影”三句，认为可以称“张三影”。如[天仙子]：

> 水调数声持酒听[①]，午醉醒来愁未醒。送春春去几时回？临晚镜，伤流景[②]，往事后期空记省。　　沙上并禽池上暝，云破月来花弄影。重重帘幕密遮灯，风不定，人初静，明日落红应满径。

上片直写送春时追挽流年的感伤，下片写风起时对明日落花满径的揣测。云破月，说明云彩飘移的速度较快，花弄影，说明花影摇曳不定，这就通过云月花影之间的动态关系写出了风起时的情景，意境很美。

北宋前期词风至柳永而一变。柳永(生卒年不详)，原名三变，字耆卿，出生于儒学仕宦之家。创作活动主要在真宗至仁宗的30多年间，有《乐章集》，计200多首词。他对词的贡献首先是大量创制长调，计有100多首；其

① 水调：曲调名，音调较悲哀。
② 流景：光阴流逝。

次是创造了以白描见长、铺叙层次分明、细致而又直露的艺术表现手法。例如[望海潮]：

> 东南形胜，三吴都会，钱塘自古繁华。烟柳画桥，风帘翠幕，参差十万人家。云树绕堤沙，怒涛卷霜雪，天堑无涯。市列珠玑，户盈罗绮，竞豪奢。　　重湖叠巘清嘉[①]，有三秋桂子，十里荷花。羌管弄晴，菱歌泛夜，嬉嬉钓叟莲娃。千骑拥高牙[②]，乘醉听箫鼓，吟赏烟霞。异日图将好景，归去凤池夸[③]。

这首词描绘杭州和西湖的美景，充分发挥了他用赋体的铺陈手法写词的长处。上片先总述杭州的地势形胜及自古繁华的悠久历史，又从湖上的烟柳画桥写到城中的风帘翠幕，概括这个大都会人口密集的兴盛景象，接着补足钱塘江的雄伟和险要，最后点出市集上珠宝罗绮充盈的豪奢，进一步夸赞这里的物阜民康。下片前半段专咏西湖，从湖山全景、四时风光、昼夜笙歌、湖中人物四方面分写，其中“三秋桂子，十里荷花”尤为著名，全词对北宋杭州的太平气象曲尽形容，传说竟使金主完颜亮听说后萌生了投鞭渡江之志。

柳永还将词的内容由上层社会转向下层生活，采用通俗浅显的市井口语俚语入词，开启了写通俗白话词的风气。据说当时“有井水处皆歌柳词”，可见他在民间的广泛影响。

二、秦观

秦观(1049—1100)，字少游，号淮海居士，扬州高邮(今江苏高邮)人。苏门四学士之一，一生受党争牵连，后期被贬杭州、郴州、横州、雷州等地。有《淮海词》传世。他在当时词名极高，被后世尊为婉约派的正宗。《淮海

① 重(chóng)湖：北宋时西湖已有外湖、里湖几重湖泊。叠巘(yǎn)：重叠的山峰。清嘉：清秀美丽。

② 高牙：军前大旗。

③ 凤池：凤凰池，中书省所在地，借指朝廷。

词》收录的词，题材涉及怀古、爱情、游赏、羁旅、咏物、游仙等各方面，其中抒写身世之感的作品最多。这些词多半作于他流徙贬谪途中。他以委婉细致的笔触，表现迁客逐臣愤懑哀苦的心情，反映了当时政治斗争的激烈残酷，以及受党争牵连的小人物"浮梗飘萍"的命运，言语悲惨，具有扣人心弦的艺术魅力。

秦观词主要的艺术特色是清丽婉约、情韵兼胜，但偏于柔媚纤细。他善于营造凄婉动人的意境，在艺术表现上很有创造性。[踏莎行]《郴州旅舍》是他写于郴州旅舍的一首名作：

> 雾失楼台，月迷津渡，桃源望断无寻处。可堪孤馆闭春寒，杜鹃声里斜阳暮。　　驿寄梅花[①]，鱼传尺素[②]，砌成此恨无重数。郴江幸自绕郴山，为谁流下潇湘去？

这首词抒发了词人被贬荒城的凄苦寂寞之情：楼台在春夜的浓雾中隐没，渡口在朦胧的月色中迷失，望尽天涯，桃源又无处可寻，实际上暗寄着词人困守山城而进退不得的心境——避世既无桃源，回京又无津梁。孤馆独居，人被锁在春寒之中，再加上斜阳暮色中杜鹃凄厉的啼声，虽不写一个愁字，却将愁情渲染得淋漓尽致。下片写无形的恨竟能如砖墙般重重砌起，这恨更使人感到分量沉重。词人被封闭在这无数重愁恨中，就越发孤独了。结尾忽然宕出一笔：连本来应当绕着郴山而流的郴江也流到潇湘去了，自己仍留在这里，什么时候才能获得自由呢？绝望中尚存的微茫希望借这冷然的一问写出，让人更觉余味无穷。这首词曾被苏轼写在扇上反复吟诵。

秦观不但写景多有巧思，而且抒情立意新颖，如著名的[鹊桥仙]：

> 纤云弄巧，飞星传恨，银汉迢迢暗度。金风玉露一相逢，便胜却人间无数。　　柔情似水，佳期如梦，忍顾鹊桥归路！两情若是久长时，又岂在朝朝暮暮？

---

① 驿寄梅花：用刘宋陆凯寄赠范晔的诗："折梅逢驿使，寄与陇头人。江南无所有，聊寄一枝春。"
② 鱼传尺素：汉佚名古诗《饮马长城窟行》："客从远方来，遗我双鲤鱼。呼儿烹鲤鱼，中有尺素书。"

牛郎织女的故事是一个古老的传说，历来诗人们以此为题材时，都是同情他们的会短离长，为之代诉相思之苦。而这首词却能推陈出新，认为在这样美好的夜晚每年相逢一次，就抵得过人间无数次团圆。尤其新警的是，下片在细腻描绘他们不忍匆匆分离的柔情时，指出两情若是长久，并不一定要朝暮相处，使离人们看到了爱情的更高一层境界。

总的说来，秦观词典雅清丽、含蓄蕴藉、音律和婉，文字精妙贴切而流畅自然，这些特点后来又在周邦彦词中得到了进一步发展。

三、贺铸

贺铸（1052—1125），字方回，原籍山阴（今浙江绍兴），生长在卫州（今河南卫辉市）。为人豪侠义气，一生渴望建立事功。其词内容丰富、风格多样，有《东山词》280多首传世。其中最有特色的是[青玉案]：

> 凌波不过横塘路[1]，但目送，芳尘去。锦瑟华年谁与度？月台花榭，琐窗朱户，只有春知处。　　碧云冉冉蘅皋暮[2]，彩笔新题断肠句。试问闲愁都几许？一川烟草，满城风絮，梅子黄时雨。

这首词借男女相思之情抒发悒悒不得志的愁闷。上片吸取曹植《洛神赋》中“凌波微步，罗袜生尘”的精彩描写，说所思美人不过横塘，只能从其带起的一片芳尘中想象其凌波微步的美妙姿态。又由伊人深居月台花榭，虚度韶华而暗暗关合自己寂寞独处、不为人知的遭遇。下片写眼前景色引起的万种闲愁。“一川烟草，满城风絮，梅子黄时雨”三句极为精警。从字面看，云烟笼罩中的平川芳草，空中纷飞的落花柳絮，梅子黄时的如雾细雨，都是春夏之交梅雨季节典型的景物。而就其意象来看，又将绵绵不绝、迷蒙纷乱、充塞天地无所不在的闲愁形象地表现了出来。由于这三句是亦景亦情、

---

① 凌波：《洛神赋》：“凌波微步，罗袜生尘。”横塘：在苏州城外。

② 蘅皋：长有香草的水边高地。蘅：杜蘅，野生植物，开紫色小花。

亦虚亦实、亦比亦兴，融成一体，因此工妙之至，当时盛称，以至于作者被呼为“贺梅子”。

贺铸既有秦观的婉约深微，也有近似苏轼的豪放。他的[六州歌头]“少年侠气”写自己少年时结交游侠，彼此肝胆相照，死生与共，一起痛饮酒家，以骑射为乐，到老来失意沦落，请缨无路，叹往事如梦。写得慷慨淋漓，是北宋词中极为少见的一首意气豪纵的自述体词。

四、周邦彦

周邦彦(1057—1121)是北宋末的大词人，字美成，自号清真居士，钱塘(今浙江杭州)人。宋徽宗时曾管理大晟乐府。著有《清真词》，存词180多首。内容主要是男女情爱，还有许多羁旅行役、写景咏物之作，与柳永词类似，但是格调有雅俗之别。作为北宋词的最后一位大家，他博采前代众多词家之长，形成了精致严整、工丽典雅的特色，在宋代词坛上享有极高的声誉。

周邦彦妙解音律，能自度曲，所创的新调有50多调。由于懂得作曲，他对词的音律要求也比前人更高。而且非常讲究艺术构思和表现手法，重视语言的锤炼，可以说笔笔勾勒，字字刻画，句句锻炼。尤其是他的长调，结构严密，层层深入，首尾照应，被后人奉为典范。

清真词最擅长咏物写景，描摹物象传神逼真，如[苏幕遮]：

> 燎沉香①，消溽暑②。鸟雀呼晴，侵晓窥檐语③。叶上初阳干宿雨④，水面清圆，一一风荷举。　　故乡遥，何日去。家住吴门⑤，久作长安旅。五月渔郎相忆否？小楫轻舟，梦入芙蓉浦⑥。

---

① 燎(liáo)沉香：烧香。沉香：一种香气很浓的香料。
② 溽(rù)暑：潮湿的炎夏。
③ 侵晓：天刚亮时。
④ 宿雨：昨夜的雨。
⑤ 吴门：苏州。
⑥ 芙蓉浦：荷花塘。

这虽然是抒发久客京城的羁旅之思，但也可以看作是一首咏荷花的词。上片写水面上的荷叶吸足了一夜的雨水，清晨太阳出来时，个个青翠圆润，清风吹过，一一挺起。“举”字写荷花亭亭昂立的姿态，极为生动，王国维《人间词话》赞其为“真能得荷花之神理者”。下片由追忆故乡吴门，回到乘舟与渔郎进入莲花塘的梦中，与上片呼应，正好点出作者是因为在京城见荷才引发乡思。周邦彦咏物时虽然寄托的感情不外乎离情别恨、羁愁相思，但往往含有某种普遍的人生感触，意蕴十分深厚，如[兰陵王]《柳》：

> 柳阴直，烟里丝丝弄碧。隋堤上，曾见几番，拂水飘绵送行色。登临望故国，谁识京华倦客？长亭路，年去岁来，应折柔条过千尺。　　闲寻旧踪迹，又酒趁哀弦，灯照离席，梨花榆火催寒食[①]。愁一箭风快，半篙波暖，回头迢递便数驿，望人在天北。　　凄恻，恨堆积！渐别浦萦回[②]，津堠岑寂[③]，斜阳冉冉春无极。念月榭携手，露桥闻笛。沉思前事，似梦里，泪暗滴。

这是他的一首著名的长调，共三叠，名为咏柳，实写送别的羁旅之感。第一叠开头两句直点本题，画出隋堤上一道笔直的柳阴。“丝丝弄碧”“拂水飘绵”写柳丝依依飘拂的情态，已见离情无限。接着由古往今来折柳送别的习俗说起，使人生年年离别的意蕴融入柳的意象之中。第二叠回到眼前饯别的酒宴上来，并代行人着想：春天水涨波暖，顺风之船疾行如箭，才一回头，送行之人便远在天北了。第三叠写别后伤情。“斜阳冉冉春无极”一句抒发送行者独自在水边凝望行者的无限惆怅，斜阳象征时间的消逝，春无极象征空间的无边和生命的永恒，将人生的悲欢离合在心灵深处引起的微妙悸动，以及这种感触里所包含的有限和无际的哲理意味，化成眼前一片斜阳和无限春色的浑然景象，具有很强的概括力[④]。

---

① 梨花榆火：指梨花开放取榆柳之火的时节。唐宋时四季取火之木不同，寒食节改取新火，用榆柳之木。

② 别浦萦回：船已离开，水波还在回荡。

③ 津堠(hòu)：码头上守望用的土堡。

④ 参见程千帆. 说“斜阳冉冉春无极”的旧评[M]//程千帆诗论选集. 太原：山西人民出版社，1990.

周邦彦在南北词风的转变中具有关键的作用，他集苏、秦各家之长，自成一宗，同时又成为南宋姜夔、吴文英等讲究格律的词派的源头，因而在南宋备受推崇，被视为北宋末最本色当行的词家。

知识点：

北宋诗文革新　西昆体　太学体　散文赋　三苏　江西诗派

柳永词　秦观《淮海词》　周邦彦《清真词》

思考题：

1. 举例说明欧阳修、王安石、苏轼三家散文的风格特点。
2. 说说王安石和苏轼七绝的写作特色。
3. 苏轼的词有什么创新？
4. 黄庭坚的诗风有什么独特之处？
5. 柳永对词的主要贡献是什么？
6. 说说清真词咏物的特色和成就。

第十七章
南宋诗词

1126 年靖康之变，北宋沦亡，背负着国仇家恨的文坛，风气为之大变。南宋文人为正视现实和志在恢复的精神所激励，慷慨悲壮的爱国高唱成为这一时期的主流。

第一节　李清照和南渡前后诗词

宋高宗南渡前后，宋王朝濒于灭亡，文人们在动乱中颠沛流离，写出了许多伤离感乱的动人之作，汇成了南宋爱国诗词的第一个高潮。

一、李清照

李清照(1084—?)，号易安居士，生于济南(今山东济南)历城西南的柳絮泉。有《漱玉词》，只传下来 40 多首，但质量很高，可以和宋代第一流作家比肩。她的创作生涯横跨承平的北宋末年和动荡的南宋初年，大体可分前后两个时期，前期主要抒发安定环境里的闲愁，虽然都是闺思离情，但艺术构思别出心裁，从不同角度表现出女性特有的深婉细腻的感情。

这时期李清照最著名的作品有[如梦令]：

> 昨夜雨疏风骤，浓睡不消残酒。试问卷帘人，却道海棠依旧。
> 知否，知否，应是绿肥红瘦。

对花事和春光的爱惜是诗词的传统主题。这首词把常见的“风雨”“疏骤”“红绿”“肥瘦”等词语拆开并重新组合，形成对仗，尤其是用“肥瘦”这两个描摹生物的形容词来形容红绿这两个表示色相的抽象名词，将经雨之后绿叶的丰润和红花的憔悴表现得极为形象。更有趣的是结尾用卷帘人漫不经心的神情与女主人公细腻的心理相对照，逗出“知否，知否”这两句活泼娇憨而又深有感触的话来，绘声绘色，神情毕现，让人觉得格外新鲜，所以这首词当时就为天下所称道。另一首[醉花阴]也是这时期的名作：

> 薄雾浓云愁永昼①，瑞脑消金兽②。佳节又重阳，玉枕纱厨③，半夜凉初透。　　东篱把酒黄昏后，有暗香盈袖。莫道不消魂，帘卷西风，人比黄花瘦！

这首词抒写重阳时节深闺中的寂寞愁闷：薄雾浓云整天笼罩着白日，铜香炉里飘出的烟香弥漫在空气中，好像女主人公心头驱散不开的愁云。东篱把酒本来是高士陶渊明的典型形象，这里却被赋予一个女子，便逼出“莫道不消魂，帘卷西风，人比黄花瘦”这一名句来。作者选取素淡的菊花与人比较，既包含前人以花衰比人老的意思，又切合重阳节的时令风景，这就以新颖的构思突出了一个与菊花同样高洁，而不得不在孤独寂寞中渐渐憔悴的女子形象。

李清照在 43 岁时，遭遇金兵南下，故乡沦陷。南渡后第二年，丈夫赵明诚病故。她孤身一人，在浙中奔走逃难，平生收集的金石书画丧失殆尽。经历了国破家亡的巨大创痛后，她的词转为表现颠沛流离的不幸遭遇，风格也自然转为缠绵凄苦、深沉感伤，较有代表性的是她的名篇[声声慢]：

> 寻寻觅觅，冷冷清清，凄凄惨惨戚戚。乍暖还寒时候，最难将息④。三杯两盏淡酒，怎敌他，晚来风急！雁过也，正伤心，却是旧时相识。　　满地黄花堆积，憔悴损，如今有谁堪摘？守

---

① 永昼：长长的白天。

② 瑞脑：龙瑞脑，一种香料。金兽：兽形的铜香炉。

③ 玉枕纱厨：瓷枕、纱帐。

④ 将息：调养。

着窗儿，独自怎生得黑！梧桐更兼细雨，到黄昏，点点滴滴。这次第，怎一个愁字了得！

这首词通篇直抒愁怀，头三句"寻寻觅觅，冷冷清清，凄凄惨惨戚戚"，连用七对叠字，是词人在艺术上大胆新奇的创造，历来为人所激赏。"寻寻觅觅"四字，劈空而来，描写心中若有所失而又无可寻觅的精神状态，最为传神。而环境的冷冷清清，和心情的凄凄戚戚，则由外到内、层层深入地写出愁的无可排遣。秋末忽寒忽暖的天气，已使人适应不易，见到由北南来的大雁，自然想到沦陷的故乡，更增悲感。满地黄花，黄昏细雨，独自对窗，所感所闻触处生愁，自然是一个"愁"字所无法包容得了的。[①] 全篇纯用口语，押仄声险韵，使节奏较慢的长调读来声情急促，正好借此将心中的无限痛楚抑郁倾泻无余。

李清照词在艺术上的主要特点是善于从口语中提炼明白省净、富有表现力的语言，"以寻常语度入音律"，表现清新精巧的构思，创造不平常的意境；典故含而不露，既能用古人之意翻新出奇，又不依傍古人，从而使词的时代性和她个人的艺术独创性达到完美的统一。

李清照的诗文数量虽少，但成就很高。她的《金石录后序》回忆她和丈夫34年来收藏金石的甘苦得失，是一篇优美动人的散文。一些诗歌也饱含强烈的爱国热情和深刻的现实内容，如著名的《夏日绝句》：

生当作人杰，死亦为鬼雄。至今思项羽，不肯过江东。

她赞美楚霸王不愿忍辱偷生的英雄行为，正是讽刺朝廷中一味逃跑求和而毫无恢复之志的昏君庸臣。此诗写得正气凛然、刚健有力，与她的词相比，确实别具一格。

与李清照同样经历靖康之变的作家还有很多，较有代表性的如叶梦得、向子諲、朱敦儒、陈与义等。他们在时代的动乱中表现出不同的政治态度，但"黍离之悲""故国之思"在南渡之初曾一度成为共同的主题。

---

① 本篇分析参见沈祖棻的《宋词赏析》。

二、陈与义

陈与义(1090—1138),字去非,号简斋,洛阳(今河南洛阳)人。在北宋徽宗时任文林郎、太学博士等职。靖康之变后逃到南方,几经周折,在高宗时历任礼部侍郎、参知政事等职。有《简斋集》。他生活在北宋末年和南宋初期,诗风虽学黄庭坚和陈师道,但能吸取其他各家,形成自己浑厚明净的风格,其律诗更是学到了杜诗的宏亮声调。在南渡的颠沛流离中,他对杜甫诗歌的精神有了更深切的体会,因而写出了不少伤时感乱的爱国诗篇来,如代表作《伤春》:

> 庙堂无策可平戎,坐使甘泉照夕烽①。初怪上都闻战马,
> 岂知穷海看飞龙②。孤臣霜发三千丈③,每岁烟花一万重。
> 稍喜长沙向延阁④,疲兵敢犯犬羊锋。

这首诗作于建炎四年(1130)春,前一年金兵渡江,攻下南京,宋高宗航海逃亡,第二年金兵攻长沙,长沙太守向子諲组织军民死守。诗里反映的就是这段史实。首联批评朝廷懦弱无能,面对金兵入侵束手无策,以致酿成大乱,劈头一语点透北宋亡国的根本原因。接着借用汉代以烽火报警的故事,突出皇宫在夕阳烽火下被照得通红的画面,以渲染军情的紧急。颔联通过诗人"初怪"和"岂知"的心理活动,将金兵战马踏入都城和高宗从海上逃跑的历史事件相对照,自然见出事实本身的讽刺意味,也暗中点出了南宋的无能和北宋的懦弱之间一脉相承的关系。颈联将李白的"白发三千丈"和杜甫的"烟花一万重"组合成对仗,倾泻出国难当头时诗人的满腔悲愤。尾联歌颂在长沙死守的向子諲,为穷途末路的时局展现了一抹亮色。全诗虽然写的是当时南宋朝廷极其狼狈困窘的处境,但是声情慷慨激越、豪壮悲凉,在

① 甘泉:汉宫名,借指宋朝廷。夕烽:汉文帝时匈奴入侵,边境上的烽火信号直照到甘泉宫。
② 穷海、飞龙:指宋高宗建炎三年(1129)冬,金兵连破临安、明州,宋高宗从海上逃跑到温州。
③ "孤臣"两句:用李白《秋浦歌》"白发三千丈"和杜甫《伤春》"关塞三千里,烟花一万重"的诗意。
④ 向延阁:向子諲(yīn),原来任秘阁直学士,这里用汉代史官的名称来称呼他。

南渡之际的诗坛上尤为难能可贵。

南渡前后词人中的张元干，与年辈晚于张元干的张孝祥，以及南宋初抗金派名臣李纲、李光、赵鼎、胡铨、岳飞等，则是南宋声势最大的爱国词派的开端。

三、张元干和张孝祥

张元干(1091—1161?)，字仲宗，自号芦川居士，长乐(今福州长乐区)人。一说永福(今福建永泰县)人。在北宋末已有词名，但肩随秦观、周邦彦，词风妩秀婉转，南渡后一变为慷慨悲歌。他寄李纲和送胡铨的两首[贺新郎]，是所著《芦川词》的压卷之作。其中一首是“送胡邦衡待制赴新州”[①]：

> 梦绕神州路。怅秋风，连营画角，故宫离黍[②]。底事昆仑倾砥柱[③]？九地黄流乱注[④]？聚万落千村狐兔。天意从来高难问，况人情易老悲难诉。更南浦，送君去。　凉生岸柳催残暑。耿斜河[⑤]，疏星淡月，断云微度。万里江山知何处？回首对床夜语[⑥]。雁不到，书成谁与？目尽青天怀今古，肯儿曹恩怨相尔汝[⑦]！举大白，听金缕[⑧]。

这首词作于张元干七十六高龄时。胡铨因上书反对和议、请斩秦桧，被主和派押送新州编管。张元干因作此词得罪秦桧，被除名。词的上片哀悼国家的颠覆，勾勒出中原天柱倾折、洪水横流、千村万落成为狐兔居所的荒

---

① 胡邦衡：胡铨，字邦衡。高宗绍兴十二年(1142)被除名，编管新州(今广东新兴县)。
② 故宫离黍：用《诗经・王风・黍离》诗意，诗写周朝旧臣看到故都宫城长满禾黍的悲哀心情。
③ 砥柱：砥柱山，在黄河中。
④ 九地：九州之地。
⑤ 耿斜河：天上银河明亮。
⑥ 回首对床夜语：回顾以前两人对床夜谈的情景。
⑦ 肯儿曹恩怨相尔汝：怎能像小儿女那样讲恩怨私情。尔汝：“你”的不客气的说法。
⑧ 大白：盏名。金缕：“贺新郎”词调的异名。

凉景象，对北宋统治者一手酿成的亡国之祸提出一连串质问，大声抗议南宋统治者不思恢复、任凭中原化为废墟的冷漠态度，将作者一腔抑塞不平之气倾泻无余。下片就胡铨被罚一事抒发二人无缘再见的悲愤，以高远旷淡的境界展示了两人离别后不能为万里长途所阻隔的深厚友情，勉励友人今后在望断青天的相互思念中，继续交流对古往今来国家大事的怀想，并对那些挟怀私仇、以个人恩怨陷害忠良的主和派投以尖刻的嘲讽。全篇亢壮激昂、气度豪爽，前人称赞这首词说："慷慨悲凉，数百年后尚想其抑塞磊落之气。"(《四库全书总目提要》)在南宋词坛上，张元干首先以其悲愤的高唱冲破了北宋末年的婉媚词风，为后来辛弃疾爱国词派开出了一条宽广的创作道路。

张孝祥(1132—1169?)，字安国，历阳乌江(今安徽和县)人。宋高宗时考取进士第一。历任中书舍人、建康留守、荆南荆湖北路安抚使等职，政绩卓著。有《于湖词》。

张孝祥在建康留守任上积极支持张浚北伐的计划，效力于抗金前线。张浚北伐失败，南宋朝廷又转向妥协投降。张孝祥为此写下了著名的[六州歌头]一词：

> 长淮望断，关塞莽然平。征尘暗，霜风劲，悄边声。黯销凝！追想当年事，殆天数，非人力。洙泗上，弦歌地①，亦羶腥。隔水毡乡，落日牛羊下，区脱纵横②。看名王宵猎③，骑火一川明，笳鼓悲鸣，遣人惊。　　念腰间箭，匣中剑，空埃蠹④，竟何成！时易失，心徒壮，岁将零，渺神京。干羽方怀远⑤，静烽燧，且休兵。冠盖使⑥，纷驰骛，若为情？闻道中原遗老，常南望，翠葆霓旌⑦。使行人到此，忠愤气填膺，有泪如倾。

---

① 洙泗：洙水和泗水，流经曲阜，是孔子讲学的地方。弦歌：指孔子教授诗三百，都配以弦歌。
② 区(ōu)脱：汉时匈奴筑以守边的土室。
③ 名王宵猎：金兵主将夜里打猎，实指金兵夜里对宋军作战。
④ 埃蠹：蒙尘和虫蛀。
⑤ 干羽：干盾(盾牌)和翟羽(雉鸡毛)，上古举行乐舞时舞者所执，表示以德怀远的意思。《尚书·大禹谟》说"舞干羽于两阶"。
⑥ 冠盖使：指议和的使者。
⑦ 翠葆霓旌：帝王所用的车盖和旌旗。

上片写眺望淮河边界，只见风尘黯淡，一片死寂，暗点边境防备的空虚。在回想往事之时淋漓尽致地渲染出中原的文化传统和生活习俗均已被外族侵略者摧毁殆尽的事实，谴责南宋朝廷对此不但不感到心惊，反而撤销边备，拱手退让，任金人在对岸猖狂逞威。下片写志士蹉跎岁月、遗民盼望复国的悲愤心情。在和议怀远的形势下，弓箭宝剑都被尘封虫蛀，恢复神京的希望愈益渺茫，看着来往奔忙的和谈使者，让人难以为情！而中原的遗老还在盼望着宋帝仪仗的来临。行人到此，怎能不泪下如雨呢？全篇利用[六州歌头]节拍短促的音调，一句一顿，长吁短叹，交替而出，情感由低回郁塞步步上升到忠愤填膺的高潮，一气呵成。相传这首词作于一次宴会，都督江淮兵马的张浚读后深为感动，竟罢席而入。

张孝祥的诗、文、词都受苏轼的影响，如著名的[念奴娇]《过洞庭》：

> 洞庭青草[1]，近中秋，更无一点风色。玉鉴琼田三万顷，著我扁舟一叶。素月分辉，明河共影，表里俱澄澈。悠然心会，妙处难与君说。　　应念岭表经年[2]，孤光自照，肝胆皆冰雪。短发萧骚襟袖冷，稳泛沧溟空阔。尽挹西江，细斟北斗[3]，万象为宾客。扣舷独啸，不知今夕何夕！

全篇在万顷湖水、明月倒映的透明境界中展现出词人表里澄澈、孤光自照的磊落襟怀和高尚品格，妙在景与情的浑融无间。水天一色、星河月影的无垠时空，是扁舟上“我”的诗心的外化；而以北斗为勺、尽挹西江，将万象作为宾客来招待的“我”，又与上下空明的湖天一样晶莹洞澈。因此“我”的扁舟已没有置身于广漠中的渺小感，而只有稳泛沧溟、与宇宙一体的自在感。前人称张孝祥“骏发踔厉”（汤衡《毛本于湖词序》）、“自在如神之笔，迈往凌云之气”（陈应行《于湖先生雅词序》），这种豪放超旷的特征与苏轼的词风颇有近似之处，因而他在苏辛词派的形成中所起的作用是不可低估的。

---

① 洞庭青草：洞庭湖和青草湖。

② 岭表：岭南。作者曾任广南西路经略宜抚使。

③ 细斟北斗：《楚辞·东君》：“援北斗兮酌桂浆。”

四、岳飞

南渡时期的抗金英雄岳飞虽然不是词人，只有两首词传世，但其中的[满江红]却是当时爱国词中的最强音：

> 怒发冲冠，凭栏处，潇潇雨歇。抬望眼，仰天长啸，壮怀激烈。三十功名尘与土，八千里路云和月。莫等闲[①]，白了少年头，空悲切！　　靖康耻[②]，犹未雪，臣子恨，何时灭！驾长车，踏破贺兰山缺[③]。壮志饥餐胡虏肉，笑谈渴饮匈奴血。待从头，收拾旧山河，朝天阙。

尽管有学者对这首词的作者是否为岳飞提出了怀疑[④]，但人们还是愿意相信它是岳飞所作。因为词里怒发冲冠、仰天长啸的激烈壮怀，披星戴月、转战万里的艰苦生涯，誓死雪耻、收复山河的忠愤之心，直捣敌巢、餐肉饮血的英雄气概，只能属于岳飞这位伟大的民族英雄，一般的文人很难唱出这样粗犷亢壮的悲歌。

第二节　陆游和南宋诗

在民族矛盾异常尖锐的南宋中叶，面对祖国分裂的现实，能够集中地将人民收复中原、统一南北的愿望反映在文学作品中的作家，词人以辛弃疾为先，诗人则以陆游为首。

---

① 等闲：轻易，随便。
② 靖康耻：靖康年北宋灭亡的耻辱。
③ 贺兰山：今宁夏回族自治区和内蒙古自治区之间的界山。
④ 近人余嘉锡曾怀疑这首词是明朝人伪托岳飞而作，但没有充分根据。

一、陆游

陆游(1125—1210),字务观,号放翁,越州山阴(今浙江绍兴)人。出生第二年汴京陷落,随父母从中原逃到山阴。他年轻时就立下"上马击狂胡,下马草军书"的雄心壮志。30余岁入仕途后,因坚持抗金复国的主张,四次被罢黜。46岁时应四川宣抚使王炎辟请,从夔州到南郑任干办公事,后又入蜀成为范成大的参议官。这段经历对他的创作产生了巨大影响,为此陆游把他全部的诗文集题为《剑南诗稿》和《渭南文集》。晚年退居山阴,86岁时与世长辞,临终前写下了著名的《示儿》:

> 死去元知万事空,但悲不见九州同。王师北定中原日,
> 家祭无忘告乃翁。

这是诗人的绝笔。人死之后,一切悲喜烦恼都将消失,唯独不能亲眼看到大好河山的光复,这才是最大的遗恨。可贵的是,诗人始终没有失去收复中原的信心,明知死后万事皆空,仍要求儿孙在家祭时勿忘告知自己,那是因为他相信自己的一腔爱国忧愤会凝聚成不散的精魂,听到儿孙报喜的祝告。虽然诗人的遗愿并没有实现,南宋不久即为蒙古所灭,但他将个人生命与民族前途融为一体的伟大精神,永远激励着一代代有志于振兴中华的后来人。

陆游是我国诗歌史上最高产的作家,虽然中年以前的诗散失不少,但仍存有9,300首。在民族危机深重的年代,他继承屈原、杜甫的爱国传统,在大量诗歌里表现了"铁马横戈""气吞残虏"的英雄气概和"一身报国有万死"的牺牲精神。这种爱国热情洋溢在他的全部作品里,冲破了生与死的界限,渗透在日常生活的各个方面,甚至是梦境之中。在《金错刀行》中,他将自己比作"夜穿窗扉出光芒"的金错刀,塑造出"提刀独立顾八荒"的英雄形象,大声发出"岂有堂堂中国空无人"的激昂呼喊,振聋发聩,振奋人心。《关山月》从将军、征人和遗民三个角度对比朝廷与军民对和戎的不同态度:

和戎诏下十五年[1]，将军不战空临边。朱门沉沉按歌舞，
厩马肥死弓断弦。戍楼刁斗催落月，三十从军今白发。
笛里谁知壮士心，沙头空照征人骨。中原干戈古亦闻，
岂有逆胡传子孙！遗民忍死望恢复，几处今宵垂泪痕。

当权者只知文恬武嬉，苟且偷安；而战士却空老战场，报国无门，遗民忍死垂泪，盼望恢复，这就将民族矛盾和阶级矛盾联系在一起，更深刻地揭露了南宋投降派15年来丧权辱国的恶果。他的著名绝句《秋夜将晓出篱门迎凉有感二首》其二替遗民倾诉了对南宋朝廷的无限失望：

三万里河东入海，五千仞岳上摩天。遗民泪尽胡尘里，
南望王师又一年！

前两句以“三万里”和“五千仞”对比，极力夸大黄河之长、山岳之高，正是强调如此雄伟壮丽的河山决不能拱手付与他人的决心。后两句写遗民挣扎在敌人的铁蹄之下，流尽眼泪仍在盼望王师的焦急心情，更痛切地谴责了南宋朝廷不图恢复的昏庸无能。

陆游诗歌的风格可根据其内容分成两大类，其中忧国忧民的诗篇大都悲愤激昂、雄健豪宕，如七律《书愤五首》其一：

早岁那知世事艰，中原北望气如山。楼船夜雪瓜洲渡[2]，
铁马秋风大散关[3]。塞上长城空自许[4]，镜中衰鬓已先斑。
出师一表真名世[5]，千载谁堪伯仲间[6]。

这是南宋淳熙十三年(1186)春天，陆游被罢官闲居在山阴老家时所作。首联回顾少年时代的豪情壮志，抒发老来方知世事艰难的感慨。北望中原，

---

① 和戎诏：指宋孝宗1164年下诏与金人议和。到陆游写此诗时(1177年)已过了14年。这里举整数。
② 瓜洲渡：在今江苏扬州市南，与镇江隔江相对，当时是军事要塞。
③ 大散关：在今陕西宝鸡市西南大散岭上，是南宋与金交界处的边防重镇。
④ 塞上长城：南朝刘宋檀道济能抵抗北魏南侵，自比为万里长城。
⑤ 出师一表：诸葛亮伐魏前写《出师表》给后主。名世：闻名于世。
⑥ 伯仲间：可以相比。

气涌如山，以有形之山形容无形之气，更可见胸中积郁的愤气之厚重。颔联以“瓜洲渡”和“大散关”对仗，有两层含义。首先，南宋曾在这两处打过两次胜仗：一次是1161年虞允文以战舰在瓜洲渡击退金主完颜亮，另一次是同年秋天吴璘用骑兵击退占领大散关的金兵。其次，正好概括了陆游从瓜州沿江入川、戍守大散关的一段军旅生涯。因而“楼船夜雪”和“铁马秋风”对得精工巧妙，贴合事实，含意深刻而又气势宏放。颈联用南朝人将檀道济自比塞上长城的典故，与下句中“镜中衰鬓”形成鲜明对照，倾吐出虚度年华的愤慨不平。尾联借赞美诸葛亮的《出师表》寄托自己北伐的心愿，一笔抹倒千载以来所有的主和派和投降派。全诗简练地概括了诗人一生遭际、思想和时代的关系，成功地将豪放沉雄和曲折含蓄这两种风格融合在一起，体现了陆游律诗极高的概括力。

陆游晚年退居山阴20年，有大量表现乡村风光和日常生活的诗篇，风格闲适细腻、清新自然、言简意深，善于熨帖地描绘生活中各种情味和意趣。如《游山西村》：

莫笑农家腊酒浑①，丰年留客足鸡豚②。山重水复疑无路，
柳暗花明又一村。箫鼓追随春社近③，衣冠简朴古风存。
从今若许闲乘月，拄杖无时夜叩门④。

这首诗大约作于宋孝宗乾道三年（1167），陆游因支持张浚北伐被罢官回山阴镜湖居住。首联从立春前热闹的生活风俗、农家待客的热诚写出当地民风的淳厚；颔联从山村所在地势的偏僻写其远离尘俗的清静，把游村途中山回路转、忽然别有天地的感悟写得特别透彻，可以把它看作是一联含有哲理的成语。后人在遇到某种困境以后忽然豁然开朗时，就会情不自禁地吟出这两句诗。颈联则从当地祭祀风俗和居民的简朴衣冠写其古风，由此自然引出尾联对此地淳朴生活的向往之情。这首诗从游览感受中提炼出前

---

① 腊酒：腊月里酿的酒。
② 豚（tún）：小猪。
③ 春社：古代立春后祭祀土地和五谷神的日子。
④ 无时：随时。

人没有说透的理趣，并赋予山村特有的地方色彩，表现出放翁本人疏放自适的情趣，因而成为名作。又如《临安春雨初霁》：

世味年来薄似纱，谁令骑马客京华。小楼一夜听春雨，
深巷明朝卖杏花。矮纸斜行闲作草①，晴窗细乳戏分茶②。
素衣莫起风尘叹③，犹及清明可到家。

陆游62岁这一年，将赴严州任知州，在临安等皇帝召见时，因春雨引起羁愁乡思而作此诗。首联先自述近年来淡于仕宦的心情，点出临安生活的乏味。颔联从听觉写诗人对春天的感受，尤为新颖。小楼深巷是最富有江南城镇特色的建筑，诗人在绵长的空巷雨声中一夜未眠，第二天清晨的卖花声又唤起他对江南春色的无边想象，“一夜”和“明朝”的对仗在时间上给人一种错觉，仿佛杏花一夜之间在春雨中全部绽放，特意来到这深巷报告春的消息。颈联写自己在思乡的寂寞中，只能在短纸上作斜行草书，对着晴窗烹茶细品来打发时间。然而这种闲适无聊其实隐藏着对时局的深深失望，所以尾联表示希望自己的素衣不至于被京城风尘玷污，早日归家，远离这龌龊的世道。全诗选用雅洁细致的意象，表现出江南早春轻柔如纱的惆怅情调，能在平淡中见新奇，为宋诗开出独特的新境界。

《放翁词》中也有140多首词，其中有一部分和他的诗一样充满悲壮慷慨的爱国激情。如[诉衷情]：

当年万里觅封侯，匹马戍梁州④。关河梦断何处，尘暗旧貂
裘。　胡未灭，鬓先秋，泪空流。此生谁料，心在天山⑤，身
老沧洲⑥！

心在天山和身在沧洲的分离，形象地概括了诗人志在收复河山而不得

① 矮纸：一张小纸。闲作草：闲着没事写草书。
② 细乳：沏茶时水面泛起的小泡沫。分茶：即点茶，宋以来的品饮法。
③ 素衣：洁白的衣服。风尘叹：被风尘污染的叹息。
④ 梁州：今陕西汉中一带。此句指陆游在川陕安抚使署干办公事期间的生活。
⑤ 天山：汉唐时的边疆，这里指前线。
⑥ 沧洲：水边，指隐居。

已退居江湖的痛苦。[卜算子]《咏梅》是他最著名的一首小令：

> 驿外断桥边，寂寞开无主。已是黄昏独自愁，更著风和雨。　　无意苦争春，一任群芳妒。零落成泥碾作尘，只有香如故。

以驿旁梅花在黄昏风雨中凋零的命运自况被排挤的政治遭遇，又通过歌咏梅花“无意苦争春”的孤高，以及即使碾作泥尘仍不失芳香的本质，凸显出失意英雄的孤傲品格和刚直节操。

总之，陆游的诗词具有丰富充实的现实内容、鲜明的时代特色，并且吸取了前代伟大作家李白、杜甫、苏轼的许多优点，又有新的创造，能兼取雄浑与清新，自成一家，是南宋最伟大的爱国诗人。

二、杨万里和范成大

陆游与杨万里、范成大、尤袤都生活在宋金对峙局面初步形成的时代，合称“中兴四大诗人”。尤袤流传下来的作品较少。杨万里和范成大各有特色，都是南宋杰出的诗人。

杨万里（1127—1206），字廷秀，号诚斋，吉州吉水（今江西吉水县）人。28岁时进士及第，曾任东宫侍读、宝谟阁直学士等，曾多次上书指摘朝政，得罪了权相韩侂胄，罢官家居15年，忧愤而死。曾写诗两万余首，仅存四千余首，有《诚斋集》。

杨万里早年学江西诗派，后改学王安石绝句，最后博观约取，师法自然，形成“诚斋体”。这一诗体的主要特征是：善于捕捉日常生活的情趣，风格新鲜活泼、诙谐幽默、想象新颖，并大量采用口语俚语谣谚入诗，形成了浅近通俗的语言特色。如《小池》：

> 泉眼无声惜细流，树阴照水爱晴柔。小荷才露尖尖角，早有蜻蜓立上头。

在泉水细流聚成的小池中，突出一支嫩荷叶卷着的尖角，上立一只蜻蜓，就像摄影师抓拍的特写镜头，不但饶有情趣，而且才露尖角的小荷还令人联想到许多刚露头角的新生事物。又如《晓出净慈寺送林子方》：

> 毕竟西湖六月中，风光不与四时同。接天莲叶无穷碧，
> 映日荷花别样红。

大笔渲染湖面上莲叶田田、与天相接的无穷碧色，与荷花在晨光下分外艳丽的红色相互辉映，不用任何华美辞藻的修饰。“毕竟”“别样”等白话仿佛是脱口而出，能令人从赞美的语气中清晰地想见西湖六月不同寻常的美景。

杨万里反映国事的诗不如陆游多，但也有佳作，如《初入淮河四绝句》其一：

> 船离洪泽岸头沙[①]，人到淮河意不佳。何必桑乾方是远[②]，
> 中流以北即天涯！

这首诗是绍熙元年(1190)杨万里奉命迎接金国使者时所作。诗人就眼前乘船离开洪泽驶往淮河的行程着想，醒目地点出如今宋、金两国的边界已经从桑乾河移到淮河中流这一残酷的事实，沉痛地讽刺了南宋小朝廷偏安一隅的屈辱处境。

范成大(1126—1193)，字致能，平江吴郡(今江苏苏州)人。曾在宋孝宗乾道六年(1170)以资政大学士之衔出使金国，不辱使命。后历任多地行政长官，担任过两个月的参知政事。晚年隐居石湖，号石湖居士。有《石湖诗集》。他的诗歌有一部分抒发驱逐敌寇、收复中原的爱国热情，其中最具代表性的是出使金国时所作的72首绝句。这组诗描写中原的山川文物，歌颂历史上卫国抗敌的英雄人物，谴责北宋君臣的昏庸无能，并通过观察中原人民的生活现状，发掘出他们藏在心底的民族感情。其中《州桥》[③]最为感人：

---

① 洪泽：湖名，在江苏西部，与淮水相连。

② 桑乾：永定河上游，源出山西，流经燕山府(今北京)，至直沽(今天津)入海。今写作桑干河。

③ 此诗有序：“南望朱雀门，北望宣德楼，皆旧御路也。”御路即天街，州桥指汴京城内横跨汴河的天汉桥。

州桥南北是天街，父老年年等驾回。忍泪失声问使者，
几时真有六军来①？

诗人由州桥处于汴京中心的地理位置着想，从使者路遇父老的一个场景中提炼出故都人民经久未变、隐而未申的复国愿望，简捷地表现了他们铭刻在灵魂里的爱国深情。

范成大还有不少同情农民疾苦的诗篇，《催租行》《后催租行》效仿王建的乐府诗，揭露催租官吏敲诈勒索的丑恶嘴脸，以及农民在官府残酷的榨取下被迫卖儿卖女的悲惨境地。晚年所作的《四时田园杂兴》60 首是他最有影响的组诗。田园诗从陶渊明到王维，主要表现农村的安逸宁静。范成大的田园诗既有对农村清新风光的描绘，又有对农民辛劳生活的描写，同时还有对租税剥削的批评。如其二：

梅子金黄杏子肥，麦花雪白菜花稀。日长篱落无人过，
惟有蜻蜓蛱蝶飞。

扣住梅子黄时的季节特征，以明快的色彩画出乡村油菜花和麦子花更替的美景，再在寂静无人的篱笆间点缀几只蜻蜓和蝴蝶，笔意灵动，别有生趣。又如其三十一：

昼出耘田夜绩麻②，村庄儿女各当家。童孙未解供耕织，
也傍桑阴学种瓜。

写农村青壮老幼日夜不息地辛勤劳作，连儿童都模仿大人在桑阴下学种瓜，极富生活情趣，又散发着浓郁的泥土和血汗气息。再如其三十五：

采菱辛苦废犁鉏③，血指流丹鬼质枯④。无力买田聊种水，
近来湖面亦收租！

---

① 六军：周制，天子有六军，这里指南宋的王师。
② 耘田：除草。绩麻：把麻搓成线。
③ 废犁鉏：不再用犁锄干田里的活。
④ 鬼质枯：枯瘦如鬼。

甘受采菱之苦，是因为可以不交租税，现在连湖面也要收租，足见农民已被苛捐田租逼到无路可走的地步。这些诗大都采用通俗活泼的语言，清新轻巧又自然生动，在陶、王之后，开拓了我国古代田园诗的新境界。

三、永嘉四灵和江湖诗派

南宋中叶以后，因部分诗人反对江西诗派而出现了永嘉四灵和江湖诗派。

永嘉四灵，指当时生长在浙江永嘉（今浙江温州）的四位诗人，他们的名字都有一个“灵”字，因而得名，分别是：徐照（灵晖）、徐玑（灵渊）、翁卷（灵舒）和赵师秀（灵秀）。这派诗人学习晚唐贾岛、姚合，擅长律诗，诗歌内容大多是描写寄情田园山林的闲逸、追求野逸清瘦的趣味，如翁卷的《乡村四月》：

> 绿遍山原白满川，子规声里雨如烟。乡村四月闲人少，
> 才了蚕桑又插田。

烟雨迷蒙之中，天地只见青白两色：绿油油的山原和白皑皑的河川。在杜鹃鸟的啼鸣声中，农人们忙完蚕事又忙着插秧，这正是江南乡村四月特有的风味。又如赵师秀的《约客》：

> 黄梅时节家家雨，青草池塘处处蛙。有约不来过夜半，
> 闲敲棋子落灯花。

约客不至本来扫兴，诗人却在灯下敲棋候客的无聊中，发现了黄梅时节池塘蛙声中的诗意。这些诗都写得自然清新，意趣闲雅。

南宋中叶有一群功名失意的文人，他们流落江湖，充当山人名士，诗酒唱和。书店老板陈起便把这群人的诗集刊刻出来，题名《江湖集》，有前集、后集、续集等，风行一时，江湖诗派由此得名。这群文人中，一类所谓“狷者”，只求艺术上专精以博取名声；一类所谓“狂者”，较关心政治，好高谈阔论。这一诗派中影响最大的是刘克庄（1187—1269），字潜夫，莆田（今福建

莆田)人,号后村。有《后村居士集》。他继承了陆游、辛弃疾的诗词传统,诗歌中较多讽刺时事、反映民生疾苦之作,以《苦寒行》《军中乐》等乐府诗最为突出。《戊辰书事》①是他的名作:

> 诗人安得有春衫?今岁和戎百万缣②。从此西湖休插柳,
> 剩栽桑树养吴蚕!

宋宁宗嘉定元年(1208),宋与金国议定和约,犒赏金兵三百万贯,以后每年纳"岁币"三十万两。这首诗用诗人穷得无衣可穿起兴,叹息朝廷一味屈辱求和,将全国财力物力搜刮一空,为了应付金人无休止的勒索,连西湖边都要种桑养蚕了。话说到绝处,极为透彻,也极为愤慨。

四、南宋其他诗歌

除以上诗派以外,这一时期还有其他诗人的一些名作广为流传,如林升的《题临安邸》③:

> 山外青山楼外楼,西湖歌舞几时休?暖风熏得游人醉,
> 直把杭州作汴州。

西湖山清水秀、风光秀丽,南宋朝廷偏安在此,游人只顾在暖洋洋的春风中游览湖山名胜,歌舞狂欢,简直把杭州当成了昔日的汴州。对杭州和汴州这两座都城的比较,自然暗示了汴京沦亡的原因和临安同样的前景。

在感叹国事之外,也有一些描写日常生活的佳作,如叶绍翁的《游园不值》:

> 应怜屐齿印苍苔④,小扣柴扉久不开。春色满园关不住,
> 一枝红杏出墙来。

---

① 戊辰:宋宁宗嘉定元年(1208)。.
② 缣(jiān):细绢。
③ 临安:南宋首都,今杭州。
④ 屐(jī)齿:木屐底下两头突出的部分。

虽然游园看花时进不了门，但从墙头伸出的一枝红杏仍可以想象满园的春色。"关"字是与实物相配的动词，"色"是可视而不可把握的印象，二者形成动宾结构，极为新颖，写出了春色不甘寂寞的活泼意态。

南宋著名理学家朱熹（1130—1200）的小诗也比较清新活泼，如七绝《春日》：

胜日寻芳泗水滨[①]，无边光景一时新。等闲识得东风面，万紫千红总是春。

春天赏花是诗歌中的古老主题，此诗仍能出新，在于不拘泥具体的景物描写，而是在无边光景的综合印象中，提炼出"万紫千红"的精彩诗语，概括万象回春给人带来的新鲜感受。值得注意的是，"泗水"并不在朱熹生活的南宋，而是孔子弦歌教学的地方，可见朱熹的"寻芳"其实是借喻寻求圣人之道的芳华，"无边光景"暗喻儒家思想的无边广大，"东风"暗喻孔子的教化有如春风，"万紫千红"则比喻儒学内涵的丰富多彩。但以上理趣蕴含在对春色的新颖描写之中，毫无说理的痕迹。又如《观书有感二首》其一：

半亩方塘一鉴开，天光云影共徘徊。问渠那得清如许？为有源头活水来。

前两句形容池水的清澈透明犹如打开的铜镜，又以"共徘徊"的拟人手法写云影天日倒映水中的动态。这就自然引出第三句的提问，使结尾的回答成为水到渠成的警句：池水如此清澈，是因为它的源头有一股活水在源源不断地涌出。即使不对诗意作任何引申，这样的描写也已经揭示了一个很重要的生活事理，那就是只有不断注入活水的池塘才可能是清澄而灵动的。而根据朱熹及其弟子的意见，这首诗的本意是象征道德修养中的"日新之功"。意思是说为了保持道德和人格的清明，必须努力地去除身上沾染的污垢而获得自新，在此基础上再每日都加以更新，就像源头活水一样不能间断。但是这首诗的警策意义在于，其喻象还可以启发人们多方面的联想，比

---

① 泗水：泗水县在金代为山东西路兖州所辖，今山东济宁市辖县。

如知识的积累和思想的清明，创造力和活力的保持，等等，都必须时时接纳新的元素，因而其中的理趣特别耐人寻味。

第三节　辛弃疾和南宋词

一、辛弃疾

辛弃疾(1140—1207)，字幼安，号稼轩，济南(今山东济南)人。与一般的文人词客不同，他以气节自负，以功业自许，有将相之才。年轻时曾在北方组织过一支抗金义军，参加农民领袖耿京的队伍，后来耿京被叛徒出卖，他赤手空拳率领五十骑，在五万人的敌营中缚取叛徒，并号召上万士兵反正，带领他们投奔南宋。他为朝廷上《美芹十论》和《九议》，提出符合强弱消长之势的北伐方案，也表现出他的善于用兵和远见卓识。但在主和派得势的南宋小朝廷，他得不到重用，只在建康、江西、湖北、湖南做过几任地方官，政治地位十分孤危。从43岁起，他闲居江西信州(今江西上饶)，20年被弃置不用，中间仅一度担任过福州知府兼福建安抚使。64岁时重被起用，任浙东安抚使和镇江知府，但不久又被罢免，只得再回铅山赋闲。最后赍志而没。有《稼轩词》。

辛词数量很多，今传620多首。内容广阔，题材多样，吊古伤时、谈禅说理、评论政治、歌咏山水，无所不写。最重要的作品大都是抒发热望恢复祖国河山的壮志豪情以及英雄失路的忧愤不平。如著名的[菩萨蛮]《书江西造口壁》追怀南宋建炎年间金兵追击隆裕太后直到江西造口[①]的往事，想到中原至今尚未恢复的现实，即景抒情：

郁孤台下清江水，中间多少行人泪！西北望长安，可怜无数山。

① 造口：在今江西万安县西南六十里。

青山遮不住，毕竟东流去。江晚正愁余，山深闻鹧鸪①。

郁孤台在今赣州市西南，赣江经过台下向北流去，与袁江合流的地方名为清江。词人想到江水中流淌着无数逃难行人的泪水，感慨南宋小朝廷经过几乎灭亡的颠沛流离，尚不思恢复。遮断人们遥望长安视线的青山，就像阻拦恢复大业的种种障碍，词人虽然坚信人们向往统一的心愿像江水东流一样无法阻断，但是深山里传来的鹧鸪声仿佛又在提醒着目前"行不得也"的艰难处境。

在主和派的压制下，辛弃疾渡江南来的理想逐渐破灭，因此更多的词抒发了壮志难酬的苦闷。驰骋沙场的愿望只能在对从前战斗生活的回想中实现，如[破阵子]《为陈同甫赋壮词以寄》：

醉里挑灯看剑，梦回吹角连营。八百里分麾下炙②，五十弦翻塞外声③，沙场秋点兵。　马作的卢飞快④，弓如霹雳弦惊。了却君王天下事，赢得生前身后名，可怜白发生！

作者以飞快的节奏将当年宿营练兵、跃马横戈的战斗生活写得龙腾虎跃，气势如霹雳闪电，然而这一切都只是醉梦中的回忆。一句"可怜白发生"说明他完成大业、名垂青史的幻想最终被年华老大、不受知遇的现实无情地粉碎。

辛词的风格以豪放为主而又变化多端，富于浪漫色彩和作者的独特个性。历来称豪放词者，往往以苏、辛并提。如果说苏轼词的豪放表现为壮阔的意境、雄浑的气势和超旷的情怀，那么辛词则体现为奔放激越的感情、暗呜沉雄的气势和狂放傲兀的风神。他读书广博，善于大量运用典故、诗文句法和口语，如他的怀古名作[永遇乐]《京口北固亭怀古》⑤：

---

① 闻鹧鸪：鹧鸪的叫声好像"行不得也"。
② 八百里：指牛。《世说新语・汰侈》篇记王恺有牛名"八百里驳"。炙：烤肉。
③ 五十弦：传说瑟原有五十弦，因声音太悲，黄帝命一破为二。这里借指塞外音乐声悲。
④ 的卢：一种白额的烈性快马。
⑤ 京口：今江苏镇江市。北固亭：在镇江市东北的北固山上。

千古江山，英雄无觅，孙仲谋处[①]。舞榭歌台，风流总被，雨打风吹去。斜阳草树，寻常巷陌，人道寄奴曾住[②]。想当年，金戈铁马，气吞万里如虎。　元嘉草草[③]，封狼居胥[④]，赢得仓皇北顾[⑤]。四十三年[⑥]，望中犹记，烽火扬州路。可堪回首，佛狸祠下[⑦]，一片神鸦社鼓。凭谁问：廉颇老矣，尚能饭否？

这首词作于辛弃疾66岁任镇江知府之时。北固亭在长江边的北固山上，又名北顾亭。前人在此怀古，都是感慨六朝的兴亡。这首词却把怀古的重点放在南北朝的关系上，用典故影射当前的时局。六朝的第一朝吴国在京口定都。南朝宋武帝刘裕小字寄奴，祖居京口，也是在这里起事。因此开头在回顾孙权英雄事业的流风余韵之后，随即自然地转入在平常巷陌中崛起的刘裕，称赞他当年北伐中原、收复洛阳和长安的气概。下片用刘裕之子宋文帝因草率北伐而一败涂地的狼狈结局作为对比，说元嘉时宋文帝想学霍去病消灭匈奴，结果反而仓皇逃跑。而作者还记得四十三年前，在扬州以北的烽火路上杀敌的往事，曾见瓜步山佛狸祠下的神鸦和社祭的鼓声响成一片，这就将北魏占领江北的历史和南宋君臣仓皇南逃的现实巧妙地联系起来，体现了作者既坚决主张抗金又反对冒进的主张。最后以廉颇自比，流露出老当益壮、仍堪一用的雄心和无人问津的悲凉。虽然全篇堆叠典故，但因运用贴切，能够给人以更多的启发和联想。他的另一首用[南乡子]写的《登京口北固亭有怀》也很受人赞赏：

何处望神州？满眼风光北固楼。千古兴亡多少事？悠悠。不

---

① 孙仲谋：三国时吴帝孙权。

② 寄奴：南朝宋武帝刘裕的小字。刘裕在东晋末年曾率军北伐，灭南燕和后秦，光复洛阳、长安。

③ 元嘉：宋文帝刘义隆的年号。草草：草率马虎。

④ 封狼居胥：想学古人封狼山立功。狼居胥山即狼山，在今内蒙古自治区西北。霍去病曾追击匈奴至此，封山而还。元嘉二十七年(450)，宋将王玄谟北伐失败，北魏军追到长江边。文帝登烽火台，对北伐表示忏悔。

⑤ 仓皇北顾：指宋文帝看到北方追兵慌张失色。文帝诗有“北顾涕交流”句。

⑥ 四十三年：作者南归是在四十三年前。

⑦ “佛狸祠下”两句：北魏太武帝小字佛狸，他在长江北岸瓜步山上建立行宫，后来称佛狸祠。“神鸦社鼓”指敌占区的庙里香火旺盛，意为这一带土地人民已非宋朝所有。

尽长江滚滚流。　　年少万兜鍪[①]，坐断东南战未休。天下英雄谁敌手？曹刘。生子当如孙仲谋。

北固亭见证着千古兴亡的历史，这里特别赞美能与曹操、刘备对抗的吴国孙权，主要是寄托自己希望坐镇东南抗击金兵的壮志。上片用杜甫登高诗"不尽长江滚滚来"，下片用《三国志·孙权传》中曹操所说"生子当如孙仲谋"语，嵌入古人成句，恰到好处。

辛弃疾还善于运用象征、比兴，借婉约词寄托深刻的寓意，如[青玉案]《元夕》：

东风夜放花千树，更吹落，星如雨[②]。宝马雕车香满路。凤箫声动，玉壶光转[③]，一夜鱼龙舞[④]。蛾儿雪柳黄金缕[⑤]，笑语盈盈暗香去。众里寻他千百度，蓦然回首，那人却在，灯火阑珊处[⑥]。

写临安元宵节之夜灯火辉煌、车马阒咽的热闹景象，在满城仕女珠翠簇动、笑语盈盈的背后，突现出独立在灯火零落处的"那人"。此词曾被视为"秦、周之佳境"，是正宗婉约词。实际上作者借这个耐得住寂寞而又略有迟暮之感的美人，写出了自己不屑随同众人趋附竞进、自甘淡泊的高洁品格。这就以比兴寄托充实了柔词绮语的骨力，使婉约词的意境有所开拓和深化。

辛弃疾一生中的许多岁月是在闲居中度过的，有很多作品抒写对田园生活的热爱和流连诗酒、啸傲溪山的情怀，如[西江月]《夜行黄沙道中》以口语写景，别有风味：

明月别枝惊鹊，清风半夜鸣蝉。稻花香里说丰年，听取蛙声一

---

① 兜鍪：俗语叫盔，此处借指士兵。
② 星：比喻灯，一说形容焰火。
③ 玉壶：一种精美的灯。
④ 鱼龙：做成鱼形和龙形的灯。
⑤ 蛾儿：闹蛾。雪柳黄金缕：加金饰的雪柳。都是元宵节时妇女头上的饰物。
⑥ 阑珊：灯火零落。

片。　七八个星天外，两三点雨山前，旧时茅店社林边①，路转溪桥忽见。

这首词写于“夜行黄沙道中”，一路上月色虽明，但惊起的鹊叫、半夜的蝉鸣和蛙声、稻花的香气以及谈论丰年的人语，都凭听觉和嗅觉感知，因而颇得夜行神理。结尾路转溪桥，忽然出现熟悉的茅店，轻快活泼而有不尽之意。其中“七八个星天外，两三点雨山前”，用口语中常说的数字写半夜雨前景致，疏朗明快，化俗为雅。

总的说来，辛弃疾以其广泛的成就开拓了歌词的领域，前人称“其词慷慨纵横，有不可一世之概”（《四库全书总目提要》）。当他在世之时就成为一班具有爱国思想的友人争相效仿的榜样。在他去世之后，蕴含在他作品中的振聋发聩的战斗力量，对后世处于深重民族危机中的文人仍起着启发和鼓舞的作用。

二、辛派词人

爱国诗人陆游，以及与辛弃疾唱和的陈亮、刘过，还有南宋后期的刘克庄、宋末的刘辰翁等，或与辛弃疾同声相应，或者明显受到辛弃疾的影响，形成了南宋中叶前后声势最大的爱国词派。这派词人的共同特点是以家国之念、恢复之志入词，喜用长调记交游、发感慨，使词更加散文化、议论化。

陈亮（1143—1194），字同甫，婺州永康（今浙江永康）人，南宋理学家，有《龙川词》传世。他与辛弃疾过从甚密，抱负相同，曾多次上书论北伐大计。其词慷慨激昂，直抒胸臆，较有代表性的是[念奴娇]《登多景楼》：

危楼还望，叹此意、今古几人曾会？鬼设神施，浑认作、天限南疆北界。一水横陈，连岗三面，做出争雄势。六朝何事，只成门户私计？　因笑王谢诸人，登高怀远，也学英雄涕②。凭

---

① 社：土地庙。

② 王谢诸人：东晋大族王氏和谢氏，这里泛指东晋南渡士大夫。“也学英雄涕”用“新亭对泣”的故事。

却江山，管不到、河洛腥膻无际。正好长驱，不须反顾，寻取中流誓①。小儿破贼，势成宁问强对②！

多景楼在镇江北固山上的甘露寺内，面临长江。这首词从长江的天然地形谈起，提出抗战派和主和派对长江天险的两种不同看法，讽刺主和派把长江看作天然的南北分界线，只知道守住自己的门户。东晋的王谢大族，虽然也为江山流过眼泪，但还是没有收复河洛。最后用祖逖北伐和谢石、谢玄在淝水击败前秦军队的故事，指出恢复中原的有利形势，重申中流誓师、义无反顾的抗战决心。全篇说古道今，用六朝凭借长江自守的史实，讽刺现实，议论透辟尖锐。

南宋后期，辛派词的后继之人是刘克庄，词有《后村长短句》，又名《后村别调》，共 250 余首。内容以关怀国运和揭露时弊为主，如[贺新郎]：

国脉微如缕。问长缨何时入手，缚将戎主？未必人间无好汉，谁与宽些尺度？试看取当年韩五③，岂有谷城公付授④，也不干曾遇骊山母⑤。谈笑起，两河路⑥！　　少时棋柝曾联句⑦。叹而今登楼揽镜，事机频误。闻说北风吹面急，边上冲梯屡舞⑧。君莫道投鞭虚语⑨，自古一贤能制难，有金汤便可无张许⑩？快投笔，莫题柱⑪。

这首词是作者与朋友王迈的唱和之作。上片劈头指出，国运已经微弱如线，并举韩世忠为例，呼吁朝廷放宽尺度，破格起用人才。下片感叹自己

① 中流誓：西晋祖逖统兵北伐，渡江时击楫发誓。
② 小儿破贼：谢安接到淝水之战的捷报时，冷静地说："小儿辈遂已破贼。"当时晋军统领谢石是谢安之弟，谢玄是谢安之侄。强对：劲敌。这句说破贼大势已成，不必怕强敌。
③ 韩五：指南宋抗金名将韩世忠，排行第五。
④ 谷城公：即黄石公，住济北谷城山下。《史记·留侯世家》载他曾向张良传授兵书。
⑤ 骊山母：据唐人《集仙传》，唐朝将军李筌曾在骊山下遇一老母为他讲解黄帝的《阴符经》。
⑥ 两河路：宋代行政区河北东路和河北西路。北宋末年韩世忠曾在这里抵抗金兵。
⑦ 棋柝(tuò)：下棋博戏。联句：两人以上作者每人作一韵(也可多韵)，联成一首诗。
⑧ 冲梯：冲车和云梯，古时攻城的工具。
⑨ 投鞭：前秦苻坚侵略东晋时扬言："以吾之众旅，投鞭于江，足断其流。"虚语：不能实现的说法。
⑩ 金汤：金城和汤池，指难攻的防御工事。张许：张巡、许远，唐安史之乱中死守睢阳的忠臣烈士。
⑪ 题柱：据说司马相如过成都升仙桥，在桥柱上题字，表示不得功名富贵，不再经过此地。

少年时本有才艺，但老来耽误成事的时机，听说北方形势紧急，自许能像安史之乱时坚守睢阳的张巡、许远那样拼死一搏。呼吁士人不要再追求功名富贵，赶快投笔从戎，共赴国难。词人敏锐地觉察到元朝灭金后进逼南宋的企图，但也流露出报国无门的深切悲哀。

三、姜夔与南宋雅词

南宋中叶，出现了"骚雅"之词。重要作家有姜夔、史达祖、吴文英等，他们虽也有一些伤时感乱的作品，但内容以离情、咏物、写景为主，艺术上承周邦彦之余绪，偏重形式的精巧华美，字句务求雅正工丽，音律务求和谐精密。他们与辛派词双峰对峙，成为南宋后期左右词坛的另一个重要词派。

姜夔(1155? —1221?)，字尧章，号白石道人，饶州鄱阳(今江西鄱阳县)人。一生漂泊江湖，依人门下。精通诗词、音乐、书法，为范成大、杨万里和辛弃疾等大作家所称赏。今传词集《白石道人歌曲》，计 84 首。与周邦彦一样，姜夔精通音律，长于审音创调。他大量创制新谱，改正旧调。每创一词调都标明它的音律，注出谱字。[扬州慢][暗香][疏影][秋宵吟]等 17 首自度曲都旁注音谱，宋词的音调和唱法因此得以传世，这是他最独特的贡献。

白石词中有一部分抒写家国兴亡之悲，交织着个人身世寥落之感，但情调相当低沉。例如他年轻时经过扬州时所作的自度曲[扬州慢]：

> 淮左名都，竹西佳处[①]，解鞍少驻初程。过春风十里[②]，尽荠麦青青。自胡马窥江去后[③]，废池乔木，犹厌言兵。渐黄昏，清角吹寒，都在空城。　　杜郎俊赏[④]，算而今，重到须惊。纵豆蔻

---

① "淮左"两句：扬州是宋代淮阳东路的著名都会，淮阳东路称"淮左"。竹西：扬州城东禅智寺西侧有竹西亭。

② 春风十里：杜牧《赠别》中有"春风十里扬州路，卷上珠帘总不如。"

③ 胡马窥江：金兵曾于 1129 年和 1161 年两次南侵，扬州受到严重破坏。

④ 杜郎：杜牧。俊赏：风流俊逸。一说，杜牧喜好游赏。

词工，青楼梦好，难赋深情[①]。二十四桥仍在[②]，波心荡，冷月无声。念桥边红药[③]，年年知为谁生？

这首词前面有一个长题："淳熙丙申至日[④]，予过维扬。夜雪初霁，荠麦弥望。入其城，则四顾萧条，寒水自碧，暮色渐起，戍角悲吟。予怀怆然，感慨今昔，因自度此曲。千岩老人以为有黍离之悲也[⑤]。"词里描写经过金兵焚掠的扬州废城景色，"过春风十里，尽荠麦青青"，在从前的"春风十里扬州路"（杜牧《赠别》）上生动地展现出"彼黍离离"的景象。尤其"自胡马窥江去后，废池乔木，犹厌言兵"几句，将废池乔木拟人化，烘托出居人对兵祸的深恶痛绝，能概括无限伤乱之意。下片由二十四桥下的波中冷月写出旅人面对荒城时产生的今昔之感和无可言喻的悲凉，极为凄艳。最后点到扬州的名花芍药虽然依旧开放，却已成无主野花，盛衰之意自见。全词处处在昔日繁华名胜的旧址上写出今日扬州的荒芜，对比巧妙；又隐括了杜牧写扬州的不少名作，融化发挥，自成佳句。

姜词追求韵度高绝、古雅峭拔的境界。咏物是他最见功力的题材，特点是善于化用大量典故，不着实于所咏对象的形貌特征，而能得所咏之物的神韵，亦即讲究不即不离、不拘泥于物，而又要使所咏之物象了然在目，这种作法"虽格韵高绝，然如雾里看花，终隔一层"（王国维《人间词话》）。以自度曲[暗香][疏影]最为著名，这两个调名来自北宋林逋的《山园小梅》："疏影横斜水清浅，暗香浮动月黄昏。"词应范成大之请，咏石湖雪后之梅。如[暗香]：

旧时月色，算几番照我，梅边吹笛？唤起玉人，不管清寒与攀

---

① 豆蔻词工：杜牧《赠别》中有"娉娉袅袅十三余，豆蔻梢头二月初。"青楼梦好：杜牧《遣怀》中有"十年一觉扬州梦，赢得青楼薄幸名。"

② 二十四桥：旧址在扬州西郊，传说有二十四个美人在桥上吹箫而得名。一说唐代扬州确有二十四座桥。此句反用杜牧《寄扬州韩绰判官》中的"二十四桥明月夜，玉人何处教吹箫？"写如今二十四桥的荒凉冷落。

③ 红药：红色芍药花。

④ "淳熙"句：宋孝宗淳熙三年（1176）冬至。

⑤ 千岩老人：萧德藻，字东夫，晚年居湖州，自号千岩老人。

摘。何逊而今渐老[1]，都忘却春风词笔。但怪得竹外疏花，香冷入瑶席。　　江国，正寂寂。叹寄与路遥，夜雪初积。翠尊易泣[2]，红萼无言耿相忆。长记曾携手处，千树压、西湖寒碧。又片片、吹尽也，几时见得？

上片从回顾旧时赏梅韵事说起，月色笛声、花光人影，融成一片清冷幽雅的意境。冒寒摘花，尤见情致高绝。接着笔锋陡转，用齐梁诗人何逊在扬州咏早梅的故事，转入今日风情才思减退的迟暮状况。而于衰飒之中，又埋怨竹林外疏落的梅花将冷香送到席上，足见仍不能忘情。“旧时”“而今”的比较，全从梅花在少时老来都引人幽思着眼，落到眼前赋咏正题，不着一字形容，而昔日月下清寒之梅香，今日竹外疏花之暗香，均已浮动笔底。下片寄梅的遐想化用陆凯的《寄范晔》诗：“折梅逢驿使，寄与陇头人。江南无所有，聊赠一枝春。”写路遥雪积，无法寄情之悲，曲折地传达出见到梅花时旧情耿耿难忘的心事。“翠尊”“红萼”扣住宴席上见梅的实景，又转回记忆中昔日西湖梅树之盛，感慨今日片片吹尽之衰。“千树压”二句不用一字敷色涂彩，便写出千树繁花压枝的盛况。下片化用折梅寄人的典故与上片回忆旧时韵事呼应，又处处暗合雪后和湖上之梅的眼前之景，使梅之清香从今昔盛衰之感、缠绵怀旧之情中托出，境界极其清高优美。

姜夔的成就使他自然接续了周邦彦的创作路数，并促使南宋形成远祖清真、近师白石的格律词派。这一派中的史达祖有《梅溪词》，也很擅长咏物，[双双燕]《咏燕》是他的名作：

过春社了，度帘幕中间，去年尘冷。差池欲住[3]，试入旧巢相并。还相雕梁藻井[4]，又软语商量不定。飘然快拂花梢，翠尾分开红影。　　芳径，芹泥雨润[5]。爱贴地争飞，竞夸轻俊。

---

① 何逊：南朝齐梁诗人，以山水诗著称。作有《早梅诗》，一名《扬州法曹梅花盛开》。这里是作者自比。
② 翠尊：绿酒。
③ 差(cī)池：燕子飞行时，尾翼舒张貌。
④ 相(xiàng)：细看。藻井：画有图案的天花板。
⑤ 芹泥：水边长芹草的泥地。

红楼归晚，看足柳昏花暝。应自栖香正稳，便忘了天涯芳信。

愁损翠黛双蛾①，日日画栏独凭。

上片写燕子过了春社后回来寻找旧巢的情景，非常生动细致：先是进窝去并卧着试试，接着又打量着雕梁和藻井上的图案，迟疑不决。"软语商量不定"写燕子喜欢华屋、择巢不定的情态，"快拂花梢，翠尾分开红影"写燕子尾部似剪，飘然出屋，在花丛上飞速掠过的姿态，可谓尽态极妍、形神毕肖。下片写燕子衔着被细雨润湿的泥贴地低飞，十分轻快，但只顾贪看春景，回来睡得香甜，便忘了为闺中人传递书信，又从闺人怨语中表现出春燕的活泼可爱。王士祯认为"咏物至此，人巧极而天工错矣"(《花草蒙拾》)。

除了史达祖以外，姜夔之后的南宋重要词人还有吴文英(1200？—1260)，字君特，号梦窗，四明(今浙江宁波)人。有关他的生平事迹，可考之材料绝少。仅知其一生未第，依人游幕数十年。有《梦窗词》甲乙丙丁四稿，计330余首。他生活在南宋小朝廷灭亡之前的表面承平时期，在他的后半生，蒙古已经灭金，形势相当危急。但《梦窗词》中有关国事的作品并不多，基本上还是以登临游赏、恋情、咏物、酬赠为主。

吴文英作词首先主张协律。除自度曲外，他所用词调主要取自周邦彦和姜夔。其次讲求用字要雅，这与周、姜的雅正也一脉相承。但他在艺术上务求深隐，与周邦彦的明秀和姜夔的清空不同，以用字浓艳凝涩、结构曲折绵密、境界奇丽凄迷自成一宗。不过小令中也有一些疏快的佳作，如[唐多令]《惜别》：

何处合成愁，离人心上秋。纵芭蕉不雨也飕飕。都道晚凉天气好，有明月，怕登楼。　　年事梦中休，花空烟水流。燕辞归，客尚淹留。垂柳不萦裙带住，谩长是②，系行舟。

"愁"字拆开为"秋"字和"心"字，开头两句虽然像文字游戏，但离人心头感秋，正是愁情。所以天气虽好，没有雨打芭蕉的凄凉，仍然怕在月下登楼。

---

① 翠黛双蛾：以眉黛借指闺中女子。

② 谩长是：老是空费心思。

秋意在心头，而不在天气，这样说就翻出了新意。下片直抒离怀，燕辞归既写秋景，也双关女子的辞别。所以结尾埋怨垂柳不系她的裙带让她留下，反而系住了自己的行舟，在此淹留，可见词人善于在曲折中求新。

吴文英善作长调，最长的是 240 字的[莺啼序]。不少作品堆砌辞藻过多，构思也有晦涩之病。但他善于用前人诗句或翻新典故，艺术上颇有独创，能在学习周、姜的基础上另辟蹊径，所以后代词论家对他评价较高。

第四节　文天祥和宋末诗词

南宋灭亡时，能够抒发亡国之痛和乱离之情，表现宋代最后一点爱国正气的文学作品，主要是宋末的遗民诗。而宋末爱国诗人的最杰出代表则是文天祥。

一、文天祥

文天祥(1236—1283)，字宋瑞，号文山，庐陵(今江西吉安)人，二十岁中进士第一，后任右丞相兼枢密使。元兵渡江，他奉召举兵，曾奉使与敌军谈判，被拘留后逃归，奉益王登位，出兵江西，兵败被俘，被关在燕京四年，坚持不屈，最后被杀。

文天祥最感人的诗歌大多收在《指南录》《指南后录》《吟啸集》里。这些诗记录了他兴兵救国的经过以及患难中的种种遭遇，表现出力图恢复的爱国精神和大义凛然的民族气节。如《过零丁洋》①是他用鲜血和生命写下的一首光耀千古的杰作：

辛苦遭逢起一经②，干戈寥落四周星③。山河破碎风飘絮，

---

① 零丁洋，在广东中山市南。

② 一经：指科举中的考试科目，要求精通一种经书。

③ 干戈：战争。四周星：四周年。

身世浮沉雨打萍。惶恐滩头说惶恐①,零丁洋里叹零丁。

人生自古谁无死?留取丹心照汗青②。

1278年底,文天祥在海丰北抗击元军,兵败被俘。第二年正月元水军大举进攻南宋最后一个皇帝赵昺所在的厓山,文天祥被押在船上。当船只经过珠江口外的零丁洋时,诗人想到当年在赣州起兵时经过的惶恐滩,不禁感慨万千,吟成了这首诗。首联写诗人经科举踏上仕途到带兵抗元的半生遭际;颔联以风中飞絮比喻风雨飘摇的江山,以雨打浮萍比喻自己身世的浮沉不定,这两句的含义相互穿插,正显示出个人命运与祖国山河的密切关联。颈联巧用地名抒发身处绝境的沉痛心情,并概括了自己从起兵到失败的经历。1277年,诗人因兵败从惶恐滩撤退到福建。眼前身处零丁洋,又将目睹南宋的灭亡,连说两个"惶恐"和两个"零丁",也叹不尽诗人满腔的悲愤和壮志未酬的遗恨。尾联针对元军的诱降和威胁,以一腔热血凝结成"人生自古谁无死,留取丹青照汗青"的豪言壮语。诗人向中华民族的史册捧出他那颗光芒万丈的丹心,不仅表明以死殉国的决心,也总结了中华民族由无数烈士用生命写成的历史。这种信念和气节使全诗的思想境界达到前无古人的高度,并永远激励着为爱国理想和正义事业奋斗献身的无数后人。

文天祥被囚在燕京牢狱中所作的《正气歌》也表现出同样的凛然气概,诗人历数从春秋到唐代的许多乱世中的英雄人物,指出他们都用高风亮节为祖国的历史增添了光辉:"天地有正气,杂然赋流形③。""时穷节乃现④,一一垂丹青。""是气所磅礴,凛烈万古存。当其贯日月,死生安足论!""哲人日已远,典型在夙昔⑤。风檐展书读,古道照颜色。"人固有一死,但为祖国而死,虽死犹存。他们的崇高气节将超越生死的界限,长留天地之间,支撑人间的正气。由此诗可见,文天祥的浩然正气来自中华民族悠久深厚的历史

① 惶恐滩:在江西万安县,是赣江十八滩之一,水流险急。

② 汗青:古代记事用竹简,制作时先用火烤竹片,其中水分渗出如汗,干后便于书写,故竹简又称汗青。

③ "杂然"句:纷杂地赋予天地间的万事万物。

④ 时穷:时局危急。现(xiàn):表现出来。

⑤ 典型:典范。夙(sù)昔:从前。

传统，而他遵循先哲古道所走过的一生，也成为照耀今人的光辉榜样。

二、宋末遗民诗词

宋末遗民诗人中的汪元量(1241—1317?)，字大有，号水云，钱塘(今浙江杭州)人。曾是宫廷琴师，南宋亡后，晚年为道士。在燕京时曾与文天祥唱和，有《生祭文丞相文》，勉励文天祥尽节。他对于亡国之痛具有深切的感受，并用朴素的语言淋漓尽致地描绘了他所目击的南宋灭亡、宫人被掳到北方的耻辱情景。最著名的是《醉歌》10 首和《湖州歌》98 首，被当时诗人称为"诗史"，如《醉歌》其五：

乱点连声杀六更，荧荧庭燎待天明①。侍臣已写归降表，
臣妾佥名谢道清。

1276 年，南宋太皇太后谢道清向直逼临安的元军统帅伯颜献上传国玺和归降表。此诗将太后签名投降一事置于每日早朝奏事的特定时刻，庭燎荧荧仍旧如故，而更鼓"乱点"中却透出兵临城下的杀气，宋朝的太后已变成元朝的臣妾。末句巧借太后的名字，一语双关，讽刺被迫投降还要感谢元军治道清平，也是极其辛辣之笔。又如《湖州歌》其六：

北望燕云不尽头，大江东去水悠悠。夕阳一片寒鸦外，
目断东南四百州。

这首诗写诗人被俘北上经过长江时的感想。默默无语的远眺之中，北方已为无尽的燕云所笼罩，遗民的愤恨正如悠悠大江长流不息，唯有几点寒鸦之外的夕阳惨淡地映照着东南四百州的旧河山。虽不着一个"恨"字，但苍凉阔大的意境中却饱含着诗人深刻的亡国之痛。

汪元量的《水云词》和他的诗一样，记录了他随恭帝和太后北上途中的见闻，不但悲凉凄惨，而且具有词史价值。

---

① 庭燎：庭院里照明的火炬。

谢翱(1249—1295),字皋羽,号晞发子。曾带兵投文天祥军队抗击元兵。文天祥死后,在严子陵钓台为文天祥设牌位哭祭,作《登西台恸哭记》一文悼念文天祥,寄托对故国的哀思,吞声泣血,悲不能已,是这时期的散文名作。谢枋得(1226—1289),号叠山,与文天祥是同科进士。南宋灭亡后,召集义兵抗元,写下大量诗文,表达复国愿望,后在被关押的元大都悯忠寺绝食殉国。有《叠山集》,艺术成就很高。

此外,宋末遗民诗人还有林景熙、郑思肖等,他们虽不得已隐迹山林,但仍然心系天下,以自己独特的方式表现强烈的故国之思。

宋末影响较大的遗民词人是刘辰翁(1232—1297),字会孟,号须溪,庐陵(今江西吉安)人。曾参与文天祥幕府,宋亡后隐居不仕。有《须溪词》100卷,大多亡佚。今存350多首,主要是感怀时事、悼念故国的作品,暮年有意以词存史,反映宋元之际的史迹。[柳梢青]《春感》一词大抵能概括他后期的处境和心情:

> 铁马蒙毡①,银花洒泪②,春入愁城。笛里番腔③,街头戏鼓,不是歌声。　　那堪独坐青灯!想故国,高台月明。辇下风光④,山中岁月,海上心情。

在元蒙统治下,元宵节虽然依旧热闹,但已满目异族风俗。最后三句分指宋亡以后临安元宵风光、自己避乱山中、南宋小朝廷逃到厓山的三种情况,同时又表达了今后唯有屏迹山林、心念故都的心情。

宋亡之后,百官宫人被俘北去,人民流离道路,哀悼家国的感人之作很多。其中一些妇女在生死之际写的词,直接记录了她们亲身经历的战乱,弥足珍贵。如宫廷昭仪王清惠的[满江红],即题于北上途中的汴京夷山驿。另有徐君宝妻随夫被掳,为拒敌人侮辱,题[满庭芳]一阕于壁上,投水而死。又如与文天祥和刘辰翁均有交往的邓剡,在厓山兵败后投海未死,以节操自

---

① 铁马蒙毡:指元军的骑兵。
② 银花:指花灯。
③ 番腔:外族人的腔调。
④ 辇(niǎn)下风光:故都的风光。

守，著有《中斋词》。这些诗词都写得极为凄凉沉痛，在国破家亡的动乱年代体现了民族的正气。

三、姜派词人

姜夔的后继者大都生活在宋元之际，成就较高的有周密、蒋捷、王沂孙、张炎等。

张炎(1248—1320?)，字叔夏，号玉田，出身于世代簪缨之家。元兵南下，斩其祖父，籍没其家，所以张炎的家国兴亡之感比一般人更深切。他著有《词源》二卷，是一部研究词学的重要著作。其中关于音律的部分是了解宋代音乐结构、解读宋乐谱和词曲歌唱规则的宝贵资料。词集名《山中白云词》，计 300 首，宋亡之后的词居多。

张炎论词主张协音合律，作词必须能歌，又讲求雅正含蓄，主要在句法、字面、用典上下功夫，并提出以“清空”为词的最高境界。在创作方面，他将咏物词发展到极精巧深微的境地。所作[南浦]《春水》一词，写景如画，体物极其工细：

> 波暖绿粼粼，燕飞来，好是苏堤才晓。鱼没浪痕圆，流红去，翻笑东风难扫。荒桥断浦，柳阴撑出扁舟小。回首池塘青欲遍，绝似梦中芳草。　　和云流出空山，甚年年净洗，花香不了。新绿乍生时，孤村路，犹忆那回曾到。余情渺渺，茂林觞咏如今悄[①]。前度刘郎归去后[②]，溪上碧桃多少！

这首词将春水当作物来赋咏，所以处处写景都能取春水之神。上片从初春写到暮春，在水色变换中自然完成季节过渡：波暖水绿时，是初春时节。而待到落红随浪流去，已是春将归去之时。“荒桥”两句，写春水上涨，柳阴

① 茂林觞咏：用兰亭雅集的故事。王羲之《兰亭集序》：“此地有崇山峻岭，茂林修竹。”觞咏：指兰亭集会上诗人曲水流觞、饮酒赋诗之事。如今悄：如今已经沉寂。

② 刘郎：刘晨，东汉人。相传刘晨与阮肇去天台山采药，在桃溪边遇两仙女，被邀至家中。半载返家，子孙已过代。后重返天台山寻访仙女，行迹渺然。

变深，化用北宋徐俯的《春游湖》："春雨断桥人不渡，小舟撑出柳阴来。"但更强调了断桥的"荒"和扁舟的"小"，比徐俯更善于烘托水面的宁静空阔和满湖阴阴的绿意。最后等池塘满是芳草，春天已经老去。下片化用李贺"溪女洗花染白云"、秦观"流水绕孤村"等诗句以及曲水流觞、刘晨入桃溪的故事，就春水的踪迹来写：它和着花香从空山流出，绕过孤村，在兰亭供人流觞，最后留下两岸碧桃，引人进入游仙的遐想。由于此词善于变化活用前人诗境，情思宛转，张炎遂被人称为"张春水"。

张炎对元词和清词的发展颇有影响，清代浙派词人推崇姜、张而实际接近张炎的更多。但作为南宋词最后的一位大家，宋词的繁荣也在他之后结束了。

知识点：

南宋爱国词派　南宋四大中兴诗人　诚斋体　永嘉四灵　江湖诗派　苏辛词派　白石道人歌曲

思考题：

1. 举例说明陆游诗歌中爱国精神的表现。
2. 辛弃疾词的豪放风格与他的英雄情怀和爱国热情有什么关系？
3. 试析文天祥的《过零丁洋》。
4. 姜夔的词有什么特点？

第十八章
宋元话本

第一节　话本的种类和形式

宋代的传奇志怪小说，大多沿袭前代，较少创新。值得注意的是那些出自民间的白话小说，当时人称“话本”或者平话。话本就是“说话”艺人用的底本，“说话”就是讲故事，相当于现代的说书。

一、话本兴起的背景

话本是宋代城市经济发展的产物。两宋虽然国势积弱，但经济发展较快。尤其是商业的发达、大都市的繁荣，催生了以手工业工人和商人小业主为主的市民阶层。为了满足城市文化娱乐生活的需要，各种瓦舍伎艺应运而生。瓦舍又叫“瓦子”，是当时规模很大的综合游艺场，其中有演出各种戏曲杂伎的戏院，叫作勾栏（用栏杆围成一些演艺场所）。瓦子里的表演有唱小曲、弄傀儡戏、弄影戏、说唱诸宫调等，“说话”也是一种重要的伎艺。

宋人话本从唐代说话和其他说唱艺术发展而来。唐代话本不多，但已有《一枝花话》《庐山远公话》《韩擒虎话本》等。这些都是宋元话本的先驱。

二、话本的种类和形式特点

据南宋耐得翁《都城纪胜》载，“说话”有四家：小说、讲史、说经、说铁骑儿，但近代学者对“四家”的说法不同。话本主要指小说和讲史两家。

小说专指短篇的话本，题材比较广泛，有灵怪、脂粉、传奇、公案、朴刀、杆棒、妖术、神仙等八类，而且多用白话。

讲史大多是长篇，专讲历史上兴废成败、争战权谋的故事，多数用浅近的文言和不十分成熟的白话夹杂写作。

由于文献资料不完备，现存作品的时代很难判断，说到话本，一般以宋元作品为标准。

话本的形式特点：

1. 正文之前，有引子开场。大概是为等候听众的垫场，或者是为引人入胜、点明正文意思之用。引子一般用诗词，或用故事。引子与正文故事在意义上有相似或相反的联系，叫作“入话”，用故事做引子的又叫“得胜头回”。

2. 说话人为了渲染故事场景或人物风貌，往往在话本中穿插骈文或诗词，结尾又常用诗词总结全篇，劝诫听众。

3. 说话人为吸引听众下次再来，往往选择在故事的紧要关头突然中断。

第二节　话本小说

现存宋元话本小说，包括元末明初编《京本通俗小说》的全部、明代洪楩编刻的《清平山堂话本》的大部分，以及明代冯梦龙编辑的《警世通言》《醒世恒言》《喻世明言》里的小部分，计 40 篇左右。

一、话本小说的内容

话本小说比过去的文学作品更广泛地反映了手工业者、商人和下层妇女的生活，并以爱憎分明的态度赞扬市井细民对封建势力的反抗，表现普通妇女对自由生活的勇敢追求。如《快嘴李翠莲》描写口齿伶俐的李翠莲不肯逆来顺受，只能处处受压，最后被迫出家的命运。《闹樊楼多情周胜仙》写一个贩海商人的女儿为追求开酒店的范二郎，不顾一切阻挠甚至死而复生的故事。最有代表性的是《碾玉观音》，女主角璩秀秀是裱褙匠的女儿，擅长刺绣，因不甘心被送进郡王府当奴婢，与府中的碾玉工匠崔宁私奔远方，被郡王的爪牙郭排军抓回。秀秀被处死后，变作鬼魂也要和崔宁及其父母生活在一起。这篇小说中的郡王就像一个魔鬼，拨弄着这个劳动妇女的命运，残害她的生命和幸福，而秀秀变鬼只是反抗封建恶势力的一种幻想，但还是体现了正义战胜强权的积极愿望。

话本小说中的公案故事大多能揭露封建官僚政治的黑暗和腐败，其中比较突出的是《错斩崔宁》。穷困的市民刘贵想做生意，向丈人借了十五贯钱做本钱。回家后因醉酒，以戏言吓唬小娘子陈二姐，说这十五贯是将她典当所得。陈二姐信以为真，当晚偷跑回娘家，半路遇见卖丝回家的青年崔宁，便一路同行。不料刘贵在家被人杀死，十五贯被偷。邻人发现后追赶陈二姐，把她和崔宁一起告到官府。崔宁身上恰巧带着十五贯钱，于是临安府尹认为抓到真凭实据，将二人屈打成招，处以死刑。这个案件虽有巧合的因素，但府尹草菅人命、轻率断案是造成这一冤案的主要原因，正如说话人所评："这段冤枉，仔细可以推详出来。谁想问官糊涂，只图了事。不想棰楚之下，何求不得。……所以做官的切不可率意断狱，任情用刑，也要求个公平明允。道不得个死者不可复生，断者不可复续。"说话人对错判的批评，虽然未能看到根源在于封建司法制度和典当妇女的野蛮行径，但也是对当时贪官污吏滥起冤狱的严厉谴责。

二、话本小说的艺术

话本小说处于白话小说发展的早期阶段，思想比较复杂，水平参差不齐，也存在一些糟粕，但能真实地反映宋元城镇生活的风貌人情，故事情节很少雷同，语言朴素通俗，有些人物性格也被刻画得较为鲜明生动。可以说话本小说是从生活的矿藏里挖掘出来的一块未经雕琢的璞玉。

第三节　讲史话本

现存的宋元讲史话本，多半称为“平话”，都是长篇，主要有《新编五代史平话》《全相平话五种》《大宋宣和遗事》这几种。

一、讲史话本的内容

《新编五代史平话》概述梁、唐、晋、汉、周五代历史，每代三卷，都以诗开头，以诗结尾，中间用散文叙述史事，多为浅近文言，偶有白话。所叙史事，重要的都本于正史，对于战争场面和人物性格有一些夸张滑稽的描写和铺叙，少数片段比较生动，已初具历史小说的规模。

《全相平话五种》包括武王伐纣平话、七国春秋平话、秦并六国平话、前汉书平话、三国志平话。内容大多以正史为依据，但其中颇多民间流传的故事，文字较简朴。它对后代的《封神演义》《前后七国志》《东周列国志》《西汉演义》《三国演义》等历史小说的形成颇有影响。

《大宋宣和遗事》分元、亨、利、贞四集，从历朝历代的昏君讲到宋徽宗，包括王安石变法、蔡京当权、梁山泺宋江起义、北宋灭亡、南宋定都南京。全书体例不一致，有典雅的文言，也有流利的白话，很可能出于文人之手。最值得注意的是其中梁山泺的故事，后来大部分成为水浒故事的骨干情节。

二、说经话本

在讲史话本以外，还有一种说经的话本，即《大唐三藏取经诗话》，又名《大唐三藏法师取经记》。全书分三卷，共十七章，叙述玄奘与猴行者西天取经的故事。当时的猴行者是个白衣秀才，但已经神通广大、文武双全。此书文字拙劣、叙事简略，但为明代吴承恩创作《西游记》提供了最早的依据。

讲史的思想倾向是评述历代兴亡盛衰之事，谴责荒淫暴虐的无道昏君，歌颂宽仁爱人的有道明君，指斥奸邪，褒扬忠义，赞美建功立业、青史留名的英雄人物。同时也存在思想较为陈腐、艺术表现粗糙、结构零散、缺乏文学趣味的问题，但已能将复杂的历史事件组织成为长篇故事，可以视为后世长篇历史小说的雏形。

知识点：

话本　话本小说　讲史　平话

思考题：

说说话本的分类和形式特点。

第十九章
金元诗词

与宋朝并存的辽、金王朝，以及在金代兴起、入主中原，并最后统一中国的元朝，是先后由契丹、女真、蒙古等少数民族统治集团建立的封建政权。在辽、金、元三朝与宋朝长期的战争中，民族矛盾极为尖锐，中原地区的生产力受到严重破坏。但在南北相对稳定的时期内，北方社会又受到宋朝发达的经济文化的影响，逐渐从渔猎畜牧转为农耕，并改变了原有的社会制度，使宋代以来愈益繁荣的商业贸易和手工业得到进一步发展。

金元时代的文人社会地位低下，很多人混迹于市民之中，从事市民文艺的创作。正统诗词则少有新创，杰出的诗人更是罕见。

第一节　元好问与《中州集》

一、元好问的诗词

元好问(1190—1257)，字裕之，号遗山，太原秀容(今山西忻州)人，是鲜卑族后裔。曾任南阳等地县令，后为左司都事，转行尚书省左司员外郎。金亡不仕，致力于著述和搜集金代史料，编纂了金诗总集《中州集》。他自己的诗今存 1300 余首，有《遗山集》传世。

金中叶一般作者大都模仿苏轼，也有少数人受江西诗派影响。元好问则从学习苏轼入手，进而学习杜甫，并通过《论诗三十首》提倡建安以来的优良传统，主张以清新自然、刚健慷慨的风格表达悲壮的情怀和远大的抱负，并批评齐梁诗风、西昆体和江西诗派等偏重于形式的倾向。这组诗还对汉魏以来的主要诗人和流派逐一作出中肯的评价，由于见解精辟，受到历代诗家的重视，成为继杜甫《戏为六绝句》之后又一组论诗的名篇。

元好问在许多诗歌里真实记录了蒙古灭金时肆意屠杀的罪行和生灵涂炭的惨状。《壬辰十二月车驾东狩后即事》即其中的一首：

惨淡龙蛇日斗争，干戈直欲尽生灵。高原水出山河改，
战地风来草木腥。精卫有冤填瀚海[①]，包胥无泪哭秦庭[②]。
并州豪杰知谁在，莫拟分军下井陉[③]。

“壬辰”为金哀宗天兴元年（1232），正月，蒙古军包围汴京，城中食尽。金哀宗亲自出征河朔，行抵黄河北岸，因军事失利，退守归德。诗题中的“车驾东狩”即指此事。元好问当时任左司都事，此诗是在围城中所作。古人认为岁在龙蛇（辰年和巳年），贤人有难，所以首联借此渲染战争的惨淡气氛以及人民将被屠杀殆尽的危难时局。颔联以高原变为深谷形容沧桑巨变，与下句描写的战地的血雨腥风对仗，概括了山河在战争中改色的悲惨现实。颈联用精卫填海和申包胥哭秦庭的典故，抒发亡国在即的深广忧愤，以及毫无救国之策的绝望，暗指当时金国公主嫁给大元皇帝也无法挽救金国的危亡。尾联叹息没有刘琨那样的豪杰从井陉分兵出来救驾，将矛头指向那些拥兵自重的将帅。全诗写得哀痛欲绝，悲凉之极。

汴京沦陷后，元好问被蒙古军驱遣到聊城，一路目睹敌兵掳掠烧杀的罪行，又写下《癸巳五月三日北渡》等多首实录史实的诗篇，正如清人赵翼所评：“此等感时触事，声泪俱下，千载后犹使读者低回不能置。盖事关家国，尤易感人。”（《瓯北诗话》）

① 填瀚海：瀚海即大漠。古代神话中，炎帝的女儿女娃“游于东海，溺而不返”，后变为精卫鸟，常衔西山木石，以填东海。贞祐二年（1214）三月，金国卫绍王公主嫁给元太祖，远渡沙漠。

② 包胥：春秋时吴国攻打楚国郢都，楚大夫申包胥赴秦国求援，在秦庭倚墙而哭，七天不绝声，最终感动秦哀公发兵救楚。

③ 并州豪杰：西晋末年，刘琨出任并州刺史，孤军奋战。而金哀宗兵败时，河朔诸帅都拥兵不救。

元好问的诗讲究构思炼意，以七古、七律成就为最高，乐府也有独到之妙。前人盛赞他的诗豪健英迈、清雅顿挫，甚至将他列为可与李、杜、韩、白、苏、陆并提的大家。

元好问的词也多是伤时感乱之作，风格慷慨沉郁，接近苏轼和辛弃疾，代表着金词的最高成就。较著名的作品有[摸鱼儿]《雁丘词》：

> 问世间情为何物，直教生死相许？天南地北双飞客，老翅几回寒暑？欢乐趣，离别苦，就中更有痴儿女。君应有语：渺万里层云，千山暮雪，只影向谁去？　横汾路[①]，寂寞当年箫鼓[②]，荒烟依旧平楚[③]。招魂楚些何嗟及[④]，山鬼暗啼风雨[⑤]。天也妒，未信与，莺儿燕子俱黄土。千秋万古，为留待骚人，狂歌痛饮，来访雁丘处。

这首词前有序，注明是在乙丑年（金章宗泰和五年，1205）赴并州时，道逢捕雁人说因杀死一雁，另一雁悲鸣不去，自投于地而死。作者便将雁买下，葬在汾水旁，垒石为雁丘，有感而作此词。上片起得苍茫，如仰天长叹，问世间之情究竟是什么，可以令人以生死相许，既是为殉情的雁而发，也是问人间一切痴情儿女，并将南来北往双飞的大雁与万里云山间落单的孤影加以对比，作为雁的答语，将生死离别写得分外震撼人心。下片为双雁招魂，渲染雁丘所在的汾水路上荒烟平林、风雨鬼啼的凄凉气氛，赞美了此情超越生死和时空的永恒意义。

二、《中州集》

元好问所编《中州集》是金代的一部诗词总集，共 10 卷，选录金代 249 位

① 横汾路：横渡汾水之路。汾水：黄河支流，发源于宁武县，经过太原，在河津县西流入黄河。

② 当年箫鼓：指汉武帝巡游汾水的鼓乐之声。

③ 平楚：平原上的树林。

④ 招魂楚些：楚辞《招魂》句尾多用“些（suò）”字。这句说用“楚些”招魂。

⑤ 山鬼：楚辞“九歌”中的一篇。

已故作家的作品,选诗多的达百首,少的只有一两首。此外还有金显宗诗两首和金章宗诗一首不入卷数,共251名作者。《中州集》还为每位作家撰写了小传,其中较为著名的作家有蔡松年、党怀英、赵秉文、王若虚等。这部诗词集大致可反映金代诗歌的全貌,为保存金代文献作出了重要贡献。

第二节 “元诗四大家”与“铁崖体”

元代的传统诗文相比散曲杂剧而言,呈现出相对衰落的状态。诗文作家大多有一官半职,作品较少反映社会现实,艺术成就也有限。

一、“元诗四大家”和萨都剌

元初较有影响的诗人主要有刘因、赵孟頫,他们能在诗文中曲折隐晦地反映一些遗民的感情。元中叶统治趋于稳定,文人对政权的抵触情绪有所缓和。元仁宗恢复科举,元文宗又开奎章阁,请名士任职,四方文士聚集京城,文坛上出现了号称“元诗四大家”的虞集、杨载、范梈(pèng)、揭傒(xī)斯。

虞集(1272—1348),字伯生,号道园,世称邵庵先生,官至奎章阁侍书学士,著有《道园学古录》。杨载(1271—1323),字仲弘,曾任国史院编修,著有《翰林杨仲弘诗集》。范梈(1272—1330),字亨父,一字德机,曾任翰林编修,后人辑有《范德机诗集》。揭傒斯(1274—1344),字曼硕,曾任翰林编修,官至翰林侍讲学士,著有《揭文安公全集》。

四大家诗各有特色,但都学习唐代大历、元和诗风,讲究蕴藉和藻饰,能代表承平年间的文风。他们都是书法家,虞集、杨载、范梈还有诗学著作传世。

与四大家同时但能摆脱其影响的诗人主要有萨都剌(1272? —1355?)。萨都剌,字天锡,号直斋,先世为西域回族(一说蒙古族)人。出生于雁门(今山西代县),将门之后,却自幼生活贫困。元泰定四年(1327)进士及第,官至江南行台侍御史，左迁闽海廉访知事，晚年退居杭州。他善于绘画，精通书法，著有《雁门集》。有些诗反映了当时尖锐的社会矛盾和民间疾苦，如《大同驿》《黄河月夜》《鬻女谣》《织女图》等。他的诗风清丽俊逸，也有雄健奔放之作，能自成一家。词虽不多，却有名篇，被誉为"有元一代词人之冠"。

萨都剌善写宫词，又以边塞诗著称，代表作如《上京即事》五首其一：

> 牛羊散漫落日下，野草生香乳酪甜。卷地朔风沙似雪，
> 家家行帐下毡帘。

此诗描绘了落日映照下牛羊遍地、处处毡帐的草原风光，既散发着野草和乳酪的甜香，又夹杂着风沙卷地的气息，视野开阔，风格清新。

他的词以怀古见长，[满江红]《金陵怀古》尤为世间所传诵：

> 六代豪华，春去也，更无消息。空怅望，山川形胜，已非畴昔。王谢堂前双燕子，乌衣巷口曾相识。听夜深，寂寞打空城，春潮急。　　思往事，愁如织。怀故国，空陈迹。但荒烟衰草，乱鸦斜日。玉树歌残秋露冷①，胭脂井坏寒螀泣②。到如今，只有蒋山青③，秦淮碧。

这首词作于萨都剌任江南行台侍御史时期。六朝繁华只剩下山川形胜，荒烟衰草，自然引发人事更替的无限感慨。上片吸取了刘禹锡《乌衣巷》和《石头城》两首名作的句意，但组合巧妙。下片借怀古发故国之思，取陈后主作《玉树后庭花》曲及其亡国时与宠妃张丽华、孔贵嫔自投胭脂井的故事加以对照，暗寄陈后主因贪图享乐而误国的讽意，但只是渲染宫井遗迹的荒芜冷落，便更觉悲凉凄楚。

---

① 玉树：陈后主所作舞曲《玉树后庭花》。

② 胭脂井：原名景阳井，在六朝之宫城——台城内。南朝陈祯明三年(589)，隋兵攻占台城，陈后主闻兵至，与妃张丽华、孔贵嫔投此井。

③ 蒋山：即南京市的钟山。三国时孙权为避讳其祖名"钟"而改为蒋山。

二、王冕

元末社会的动荡不安在诗人王冕的作品中得到了较深刻的反映。王冕(? —1359),字元章,号煮石山农,诸暨(今浙江绍兴诸暨)人,元朝著名画家、诗人、篆刻家。幼时家贫,应进士不第,拒绝荐举,在鉴湖隐居终生。他的诗揭露元蒙统治者的骄横跋扈,同情江南人民的困苦生活,也有不少抒写蔑视功名利禄的孤高襟怀,诗风质朴自然。他一生爱好梅花,种梅、咏梅,又善画梅。《墨梅》是他的名作:

> 吾家洗砚池头树,个个花开淡墨痕。不要人夸好颜色,
> 只留清气满乾坤。①

诗题又作《墨梅图题诗》,墨梅即用水墨所画梅花,不着彩色。此诗将画上的墨梅比作自己洗砚池边的树,因池水尽黑,所以花朵也都有淡淡的墨痕,构思新颖巧妙。后两句说此花天生不以艳丽的色彩示人,只求清香之气充满乾坤,既能传墨梅的神韵,又借以抒发了自己的怀抱。

三、杨维桢的"铁崖体"

元末明初还有一位重要诗人——杨维桢(1296—1370),字廉夫,号铁崖,晚年自号老铁、东维子等。诸暨(今浙江诸暨市)人,泰定四年(1327)中进士,放天台县尹,后任江西儒学提举等职。元末避乱居富春山、杭州等地,入明后不仕,在诗文、书画、戏曲方面都有较高成就,"诗名擅一时,号铁崖体"(《明史·杨维桢传》)。

"铁崖体"因杨维桢的诗风而得名,主要特点是擅长古乐府诗,取法杜甫、李白和李贺,兼取刘禹锡《竹枝词》等多家特点,想象奇特,辞藻瑰丽,诗风奇崛排奡。其诗歌内容自辟蹊径,多借用神仙故事和民间传说表现市井

---

① 此诗另一版本:"我家洗砚池边树,朵朵花开淡墨痕。不要人夸颜色好,只留清气满乾坤。"

细民的世俗生活和感情，有些诗歌的艺术表现已接近散曲。

他也有不少通俗清新的七言绝句，富有民歌风味，如《海乡竹枝词》其一：

> 潮来潮退白洋沙，白洋女儿把锄耙。苦海熬干是何日？
> 免得侬来爬雪沙。

此诗写海边盐场妇女终年在海水中耙盐田的辛苦生活。就盐从海水中提炼的眼前情景着想，随手取喻，将白洋女儿脱离苦海的希望寄托于将大海熬干，反过来更表现出这些劳动妇女的悲苦和绝望。

“铁崖体”在当时影响很大，风靡一时，人们纷纷效仿，号为“铁体”，虽然出现了过分追求奇怪的流弊，但杨维桢大力创作古乐府诗，敢于创新，直抒性情，为诗歌创作带来了新的生机。

知识点：

《中州集》《论诗三十首》　元诗四大家　萨都剌　铁崖体

思考题：

1. 怎样理解元好问的词[摸鱼儿]《雁丘词》？
2. 王冕的《墨梅》有什么寄托？

第二十章
元散曲

第一节　散曲的产生和形式特征

元代虽然有散曲这种体裁，但是并没有“散曲”这个名称。作为指称元曲体式名称的“散曲”一词，初见于明初朱有燉的《诚斋乐府》，指的是不成套的零散只曲，即人们所说的“小令”，明中叶以后才包括小令、套数。20世纪以来，一般文学史上所说的散曲是相对剧曲而言的，剧曲就是元杂剧里的曲子。

一、元曲的渊源

1.元曲的音乐渊源主要是北曲，形成于金元时期，元杂剧的音乐即用北曲。后来又在南方产生了南曲，成为明清传奇（戏曲）的音乐渊源。北曲的音乐以传统的词乐为主，吸收北方女真等少数民族音乐和北方汉民族的市井俗曲音乐，经过融合改造，渐渐形成一个来源于词乐又区别于词乐的新的曲乐体系。元曲的文化背景与金元少数民族入主中原有关。

2.散曲还受到大曲、诸宫调、唱赚等曲式结构的影响。大曲是唐宋时期带歌舞表演的多遍乐曲连接而成的一种表演形式；诸宫调是宋金时期兴起的用多种宫调的曲子连起来演唱一个故事的形式；唱赚是宋代的一种说唱艺术，由很多套曲组成。有学者认为唱赚是北曲套数体式的源头。

二、散曲的曲调特征

1.曲牌：和词的曲调不同，散曲的曲牌名称前面要加宫调的名称，比如[黄钟·人月圆][越调·小桃红]，黄钟、越调是宫调的名称，“人月圆”“小桃红”才是曲牌的名称。什么叫宫调呢？中国古代分七音：宫、商、角、徵、羽、变宫、变徵；又分十二律：黄钟、大吕、太簇、夹钟、姑洗、仲吕、蕤宾、林钟、夷则、南吕、无射、应钟。七个音和十二律相配，理论上得八十四调。比如黄钟律以宫调为调首，称为黄钟宫。但是实际上任何乐器都配不出八十四个调。唐代琵琶理论上可配二十八个调，实际上只有十四个调。这些调正式的名称是黄钟宫、林钟商之类，而每一种调还有别名，比如黄钟羽称为黄钟调、夹钟商称为双调、无射商称为壹越调（又称越调），等等。而元曲的调据统计只有十二个。这些宫调表示什么，是否和唐宋时的意思一样，目前也有争论，一般认为指调高，也就是表示各曲音域的高低。

2.散曲的三种主要形式：

（1）小令：又叫叶儿，单片只曲，结构稳定，基本没有增句减句现象，只有增字减字现象。

（2）套数：又称散套、大套等，指用同一宫调的两支以上的曲子相连而成的作品。基本特点是：多曲组合，一套里可有多个曲牌；从头到尾一韵到底；北曲一般有尾声（也有例外）。

（3）带过曲：是两支或三支乐律可以衔接的曲牌连成的作品。

三、散曲的文体特点

1.可以衬字：衬字就是在曲谱正字以外自由增加的字。比如关汉卿的[南吕·一枝花]《不伏老》中：“我是个蒸不烂煮不熟捶不扁炒不爆响珰珰一粒铜豌豆。”正字是“我是一粒铜豌豆”。词在早期可以适当加衬字，但很少，定型以后就绝不许随意增减字数；曲的这一特点使其与词的风貌大不相同。

2. 押韵:北曲没有入声字,同一个韵部里平仄不同也可以押;一韵到底,不换韵。词除了可以平仄互押,还可以转韵。

四、元散曲的发展分期

元散曲的发展趋势是逐渐走向典雅化,大致可分为前后两期,以元仁宗延祐年(1314—1321)为分界。

1. 前期:作家活动中心在大都。散曲从民间转到文人手中,走向全面繁荣。这时从事散曲创作的主要是一些兼作诗文的作家和关汉卿、白朴、马致远等兼写杂剧的作家,还有睢景臣、张养浩等人。散曲的题材和内容范围有所扩大,从早期多写男女恋情、歌咏四季风光,走向怀古、言志述怀。在艺术上,多有通俗平易的特色和质朴自然的意趣。

2. 后期:作家活动中心逐渐南移杭州,不少人专攻散曲,如张可久、贯云石、徐再思、杨朝英等。散曲创作也趋向于诗词化、规范化,并且出现了一批理论著作和散曲总集。

第二节　元前期散曲

一、关汉卿

关汉卿大约生于金末,卒于1300年左右。当过医户,或太医院尹。籍贯有大都(今北京)、解州(山西运城)、祁州(河北安国)三说。

关汉卿的散曲和他的杂剧内容大不相同,大都是写浪子的风流生活,也有一些有关离情别绪的描写。贯穿其中的主要是摆脱名利的牢骚、愤世嫉俗的壮语、与世无争的调侃、避世隐居的憧憬,其艺术风格主要是豪放泼辣、本色当行、雅俗并存。

[南吕·一枝花]《不伏老》套曲是他的散曲代表作。从曲牌名和内容来

看，写的是不服老的心情，也就是眼看中年已过、万事皆休，既然无所成就，那就索性放荡到底，享受生活。这种自我表白虽然夸张，却可以反映元代初期许多文人的共同心态。在传统的价值观被异族文化摧毁，又在民族压迫下失去原有的人生出路之后，文人们只能各自寻找释放内心积郁的渠道。关汉卿自夸浪子生涯、选择另一种人生价值的取向，与他消磨在市井勾栏的半生密不可分。这套曲尾声的语言极有特色："我是个蒸不烂、煮不熟、捶不扁、炒不爆、响珰珰一粒铜豌豆；恁子弟每，谁教你钻入他锄不断、斫不下、解不开、顿不脱、慢腾腾千层锦套头。"大量衬字组成一连串排比句，与曲词正文融合无间，以诙谐的口气为多才多艺、善弄风月的作者勾出一幅生动的自画像，狂放不羁的率真性情也活现于字里行间。

二、白朴

白朴(1226—1306?)，字太素，一字仁甫，号兰谷。祖籍隩(yù)州(山西河曲县)，出生在金朝。元蒙破金以后，寓居真定(河北正定)，后来迁到金陵等地。他一生没有做官，漂泊江湖，但交往很广，一般认为他是社会名流、上层文士。所作散曲现存小令 37 首、套数 4 篇。

白朴的散曲内容丰富、风格多样。与平民曲家相比，他多了一些文人化的特色。从题材内容来看，主要有叹世、写景和歌咏恋情三类。叹世之作比较平直，少雕饰，写景之作较有文采，写男女恋情的偏于淡雅庄重。[双调·沉醉东风]《渔父》很能体现他叹世的态度和写景的特色：

黄芦岸白蘋渡口，绿杨堤红蓼滩头①。虽无刎颈交，却有忘机友。点秋江白鹭沙鸥。傲煞人间万户侯，不识字烟波钓叟。

这首曲子以黄芦与白蘋、绿杨和红蓼的对比，渲染出丰富的秋色，再以秋江烟波为背景，突出终年与白鹭沙鸥为伴的钓叟形象。刎颈交是患难与共的生死之交，对于忘却机心的渔父而言，当然不需要。不识字便无忧无虑，

---

① 红蓼：一年生草本植物，花小却密集，多浅红色、紫色、白色。

远胜那些虽有功名富贵却难避人间祸患的王侯。作者赞美渔父自由自在的生活,也是在表明自己的人生选择。

三、马致远

马致远(1250? —1321?),号东篱,大都(今北京)人。近人将他的作品编集为《东篱乐府》,收入小令115首、套数22篇。他是元散曲中成就最高的作家,历来都被视为“朝阳鸣凤”,在散曲史上具有领袖群伦的地位。

早年他和一般读书人一样,具有传统的人生理想和功名追求,曾经奔走求仕,当过江浙省务提举。后来退隐,寄情山水。他在散曲中表现的叹世和超脱的主题,比同时代的任何作家都淋漓尽致、透彻放逸。如他的套曲[双调・夜行船]《秋思》强调看透名利、不问是非的处世哲学,满篇都是叹古讽今、嘲风弄月的牢骚,表现出昏酣逃世、超然尘外的人生态度,艺术手法也非常新颖。

马致远一向被视为豪放派的代表作家,其才情的特出、气概的豪迈、语言的优美,都颇似词中的苏东坡。其作品的主要特点是奔放、飘逸、老辣,但又清隽可喜,而且能根据不同的题材内容,表现出不同的风格。

他最著名的小令是[越调・天净沙]《秋思》:

> 枯藤老树昏鸦,小桥流水人家,古道西风瘦马。夕阳西下,断肠人在天涯。

这首小令纯用名词性词组构成画面,抒发流落天涯的游子面对秋色和黄昏的凄凉孤寂之感。首句中的“枯”和“老”字渲染深秋枯萎的色调在游子心目中引起的萧瑟感,以及被枯藤缠绕的老树生命的衰败感;“昏”字带出乌鸦归巢时的昏暗暮色,三个形容词感情色彩一致,为整首小令奠定了苍凉的基调。“小桥流水人家”三个意象组成的是游子渴盼的安宁温馨的家园。后三句在西风古道上,以夕阳为背景,衬托出游子骑着瘦马踽踽(jǔ)独行的剪影,令人联想到这一典型画面仿佛是对终生奔波的人生长途的概括,人的一生其实就是怀着永恒的乡愁寻找自己的精神家园。一首小令因其高度的艺术概括力而给人许多哲理的启示，在元曲中极为罕见，这就是它能超出同类作品而流传千古的原因。

四、张养浩和睢景臣

张养浩(1270—1329)，字希孟，号云庄，山东济南人。官至礼部尚书、参议中书省事等。散曲集有《云庄休居自适小乐府》。他是一个典型的忧国忧民的知识分子，有兼济天下的胸怀和正直清白的操守。他的散曲中最为人们所称道的也是这一类作品。最见其忧民情怀的是[南吕・一枝花]《咏喜雨》，它既像是一篇求雨的祷告文，又像是祈雨灵验后悲喜交集的独白，读来如见作者的热血随激情喷涌而出，化为滂沱泪雨，与他想象中的大雨一起倾泻。

张养浩最负盛名的散曲是小令[中吕・山坡羊]《潼关怀古》：

> 峰峦如聚，波涛如怒，山河表里潼关路。望西都，意踌躇。伤心秦汉经行处，宫阙万间都做了土。兴，百姓苦；亡，百姓苦！

曲子一开头就用“聚”和“怒”两个字写出潼关峰峦聚集、黄河怒涛翻涌的气势，不仅形容了此处地势的险要，更扣住潼关向来是古战场的历史内涵。从秦汉以来，凡是要打进长安、改朝换代的关键战争都发生在潼关。这就促使作者西望长安，思考历代统治者争夺天下的意义何在。还不是为盖起千万间宫殿供自己享乐！而一次次建造的宫殿，又都在兴亡变迁中化成了泥土。作者伤心的不是朝代的更替，而是百姓的疾苦，因而指出朝代兴亡只是统治者的争战，百姓永远是受害者。对历史的清醒认识使这首小令的思想境界之高非一般作品可及。

睢景臣，生卒年不详，字景贤。终身不仕。传世套数仅 3 篇，但[般涉调・哨遍]《高祖还乡》是元散曲中最著名的作品之一。散曲的主人公从刘邦功成还乡的威风中看出一个暴发户的心态，这种藐视至尊的见识本身就非常惊世骇俗。同时，作者还从乡下人只能从说书中了解皇帝出行排场的现实生活经验得到启发，在迎接车驾的众父老中构思出一个刘邦从前的乡邻，借这个子虚乌有的人物之口来揭穿刘邦的老底、煞他的风景，从而把这套曲写成了一出新奇的滑稽戏。其中[耍孩儿]及以下两支曲写高祖的出场，十分有趣：

> [耍孩儿]瞎王留引定火乔男女①，胡踢蹬吹笛擂鼓。见一彪人马到庄门，匹头里几面旗舒：一面旗白胡阑套住个迎霜兔②，一面旗红曲连打着个毕月乌③，一面旗鸡学舞④，一面旗狗生双翅⑤，一面旗蛇缠葫芦⑥。
>
> [五煞]红漆了叉，银铮了斧，甜瓜苦瓜黄金镀⑦。明晃晃马镫枪尖上挑，白雪雪鹅毛扇上铺⑧。这几个乔人物，拿着些不曾见的器仗，穿着些大作怪衣服。
>
> [四煞]辕条上都是马，套顶上不见驴，黄罗伞柄天生曲。车前八个天曹判⑨，车后若干递送夫。更几个多娇女，一般穿着，一样妆梳。

旗帜上的图案本来是日、月、龙、凤、飞虎，却都变形成了兔子、乌鸦、蛇、鸡、狗这类动物，这就先以乡下人的眼光丑化了那些本来象征皇帝天威的仪仗。接着将那些侍从手里拿的礼器说成涂了漆、镀了金银的斧叉甜瓜，把他们身上的穿着说成"大作怪衣服"。形容皇帝车驾的整齐，又特别指出拉车的是马不是驴，这更是乡下人才有的评判贫富的标准。经过这样一番糟蹋，被这支古怪的队伍簇拥着的皇帝在乡人眼里自然也没什么尊严，只不过是个傲慢的"大汉"而已。后面三支曲写乡邻认出那大汉后，一一数落他和妻子的姓名、出身以及当初欠债不还的无赖嘴脸。这套曲的[尾声]末句还说：

---

① 瞎王留：乡里人物的诨名。火：同"伙"。
② 白胡阑：白环。迎霜兔：白兔。这句写月旗。
③ 红曲连：红圈。毕月乌：乌鸦。这句写日旗。
④ 鸡学舞：写凤旗。
⑤ 狗生双翅：写飞虎旗。
⑥ 蛇缠葫芦：写龙旗。
⑦ 这句写黄金锤。
⑧ 鹅毛扇：指宫扇。
⑨ 天曹判：天上的判官。

"只道刘三，谁肯把你揪捽住，白甚么改了姓更了名唤做汉高祖！"这是全曲的点睛之笔。"汉高祖"是刘邦死后的谥号。作者故意用插科打诨的方式出这点差错，不仅是为了制造乡邻误以为刘三要赖账才改名的笑料，也是为了使套曲的喜剧效果在结尾达到高潮。确如有的学者所说，这套曲将专制帝王的个人存在价值和儒家礼仪制度所赋予他的外在价值彻底剥离，在中国古代的讽刺作品中几乎达到了登峰造极的高度。

第三节　元后期散曲

一、乔吉

乔吉(1280？—1345)，字梦符，号笙鹤翁，太原人，流寓杭州。美仪容，但颇威严，博学多能。一生失意潦倒，以江湖状元自居。他和张可久是元散曲清丽派的代表作家。所作散曲在明代有《文湖州集词》《乔梦符小令》等专集流传。现代学者任半塘辑有《梦符散曲》。

乔吉的曲大多数是叹世述怀、写景记游等内容。作为一个江湖名士，他潇洒放达；但作为一个传统意识有所复苏的文人，他又有不能舒展才学以实现抱负的苦闷。所以他的作品中经常充满着一种深沉而难以解脱的失落感和孤独感。他对于散曲的创作还有自己的论述："作乐府亦有法，曰：凤头、猪肚、豹尾六字是也。大概起要美丽，中要浩荡，结要响亮。尤贵在首尾贯穿，意思清新。"(陶宗仪《辍耕录》卷八)其散曲的风格特色是多样化的，总体说来雅俗兼备、生动活泼，以清丽为主。他很注意辞藻的锤炼和声律的推敲，较少用衬字和衬句，体现了散曲雅化的倾向。[双调·水仙子]《寻梅》较有代表性：

冬前冬后几村庄，溪北溪南两履霜，树头树底孤山上。冷风袭来何处香？忽相逢缟袂绡裳。酒醒寒惊梦[1]，笛凄春断肠，淡月昏黄。

前三句用三对反义词构成鼎足对，充分利用曲子句调活泼通俗的特点，在寻梅的过程中写出冬日溪边、孤山寒梅的景致。接着从冷风吹来香气引出忽然看见梅花的惊喜。后四句化用《龙城录》的典故，把林逋的咏梅名句“暗香浮动月黄昏”以及笛曲《梅花落》的意思自然地融入其中，并且创出“缟袂绡裳”这一新词，突出了梅花就像一个浑身素白、亭亭玉立的美人的印象。最后以照着梅花的昏黄淡月结尾，尤有韵味。

乔吉在散曲的构思和语言方面很有创造性。比如“瘦马驮诗”“倦鸟呼愁”（[越调·凭栏人]《金陵道中》），将“驮”与“呼”这两个及物动词直接与“诗”和“愁”这两个无法把握形态的抽象名词组合在一起。“批风抹月四十年”（[正宫·绿幺遍]《自述》）用“批”和“抹”字自比为编修院的翰林学士，不过批抹的不是朝廷文件，而是风月之情，形象地写出了作者自己江湖状元的风流情态。

二、张可久

张可久（1270？—1349?），号小山，庆元（今浙江宁波）人，一生坎坷，终生为吏。基本上一直生活在江浙一带。有《小山乐府》。现存小令 855 首，套数 9 篇，是元人中创作散曲最多的作家。

张可久的散曲内容大都是表现归隐生活的悠闲和大自然的美景，主要特色是骚雅和蕴藉。风格以清丽为主，却也变化多端。他很善于把握各种风格的度，使之不偏向极端。郑振铎先生称他“悟到了‘深浅浓淡雅俗’的最和谐所在”（《插图本文学史》）。

他那些怀古和自叹的作品善于用鼎足对把看似不相干的典型的地名和景色组合在一起，使深刻复杂的人事感触得到浓缩的表现。这些地名又多

---

① 据《龙城录》，赵师雄天寒日暮时与 相遇之素衣女子共饮，天明酒醒，却在 棵大梅树下。

含有历史典故，如最著名的[中吕·卖花声]《怀古》：

阿房舞殿翻罗袖，金谷名园起玉楼①，隋堤古柳缆龙舟。不堪回首，东风还又，野花开暮春时候。美人自刎乌江岸，战火曾烧赤壁山，将军空老玉门关。伤心秦汉，生民涂炭，读书人一声长叹。

上半曲中阿房宫、金谷园、大运河分别是秦、西晋、隋三朝皇帝或巨富为自己享乐所建所开，然而都已成野花遍地的历史遗迹。下半曲中项羽败于乌江岸，周瑜战胜曹军于赤壁山，班超希望生入玉门关，三件事不相干，但都是秦汉时著名的战事，主角无论胜败，都是英雄人物。前三种遗迹展示了帝王富豪同样的下场，后三件史实展示了三位英雄的不同遭际，但无论他们结局如何，都不是作者感慨的原因，关键在"生民涂炭"，这才是怀古的主旨所在。而更警策的是末句"读书人一声长叹"，既是作者为苍生遭难发出的长叹，也是历代读书人面对现实无可奈何的共同感叹。

张可久的精神境界、思想感情和审美意趣是传统文人中较为多见的。他把传统诗词的艺术精神输入散曲，又非常讲究字句的锤炼和格律的精致，是散曲雅化的主要代表作家。明清两代散曲家对张可久非常推崇，受他的影响极大。

知识点：

散曲　散曲的曲调特征和文体形式　元散曲的前后分期

思考题：

1. 元散曲有哪些重要作家？

2. 试以马致远的代表作为例，谈谈他的散曲成就。

---

① 金谷名园：金谷园为西晋大富豪石崇所建，遗址在今洛阳老城东北七里处的金谷洞内。

第二十一章
元杂剧

第一节　中国戏剧的形成和元杂剧的形式

一、中国戏剧的起源

世界各国的戏剧最初都由民间歌舞萌芽，但我国戏剧艺术的形成经历了漫长的孕育过程。在唐代以前，虽然有一些戏剧性的歌舞和表演艺术，如春秋时期的俳优，汉代的百戏，南北朝到隋代的伎乐、代面，唐代的踏摇娘、参军等，但没有发展成真正的戏剧。戏剧的形成期在唐宋两代，是由多种民间伎艺综合而成的一种艺术形式。唐宋时与戏剧关系最密切的歌舞伎艺主要有以下几种：

1. 参军戏：最初由参军、苍鹘两个角色扮演，靠滑稽的动作、对话引人发笑。后来发展到四五个角色，渐变成杂剧。

2. 大曲：宫廷宴会上表演的大型乐舞，体制宏大，歌舞表演相结合，宋元戏曲音乐大多与大曲有渊源关系。

3. 鼓子词：宋代说唱艺术。以同一词调重复演唱多遍，或间以说白，用来叙事写景，说唱时以鼓为节拍。现存鼓子词如赵令畤的[商调・蝶恋花]。

4. 唱赚：北宋说唱艺术，集合若干曲调为一套曲，前有引子，后有尾声，中间有以“赚”为名的曲调。

5. 诸宫调：用很多套不同宫调的曲子连接起来，穿插说白以演唱长篇故事的一种说唱文体，如董解元的《西厢记诸宫调》。

二、戏剧在宋元时期的形成

1. 宋杂剧：中国戏剧的雏形。它是北宋前期参军戏和宋词或大曲相结合，用来表演故事的短剧形式。一般分艳段、正杂剧（共两段，演出故事）三段，有时加杂扮，成为四段。演员少则两人，多则不定，可以是五六人，情节简单，以调笑为主。

在北宋灭亡到金朝灭亡的一百多年间，宋杂剧和各种伎艺开始分流。随后，北杂剧和宋元南戏分别在北方和南方开始形成。

2. 宋元南戏：宋杂剧到 12 世纪初发展成南戏，这是用南曲演唱的戏曲形式，最早出现在北宋灭亡后的南渡之际，叫作温州杂剧，又叫永嘉杂剧，一般被认为是中国戏曲中最早的成熟形式。元代南戏虽不如杂剧盛行，但在南方较流行，到明代逐渐发展为传奇。

3. 金院本：与宋杂剧性质类似。南北宋之交，主要的杂剧演员南下到临安，一部分演员仍留在北方。当金政权在燕山（今北京）建都时，他们就聚集在那里，形成了北方派的杂剧，即金院本。据陶宗仪的《辍耕录》载，金院本有 690 种名目，分 11 类，主要在民间演出，内容形式比宋杂剧更丰富，成为北杂剧的前身。

在元灭金的过程中，北杂剧在金院本的基础上形成，也就是元杂剧。它广泛吸取了诸宫调、北方各族的民间歌舞和各种百戏、伎艺的因素，是继南戏之后出现的又一种成熟的戏剧形式，虽比南戏晚一百年，但取得了辉煌的成就。

三、元杂剧的形式特征

1. 结构形式：一般四折一本演一个完整的故事，个别有一本五六折或多本连演的情况。折是音乐组织的单元，一折包括许多场次，又是情节发展的自然段落。有的杂剧有楔子，或在第一折之前介绍剧情，或在折与折之间作为过场。杂剧每折限用由同一宫调的曲牌组成的一套曲子。

2. 脚色行当：以“脚色”称演员是明中期以后的传统。行当是中国戏曲对不同年龄、性别、性格的演员进行概括的分类方法。元杂剧行当主要有三大类：(1)末：一般男角，又分正末、付末、小末、外末等；(2)旦：女角，分正旦、付旦、贴旦、外旦、旦儿、搽旦等；(3)净：往往指粗豪勇猛、滑稽可笑的男角，有净、付净等。

3. 表演手段：一个剧本往往只为一种脚色安排唱腔，由正末或正旦一唱到底。综合运用歌唱、念白、舞蹈等各种表演形式，即唱做念打，反映在剧本中，即曲词、念白、舞台指示(以“科”字表示)三部分。

四、元杂剧的盛衰和分期

元杂剧以元武宗至大元年(1308)为界分为前后两期。

前期杂剧表演集中在元大都和山西、河北等北方地区，这些地方是蒙古向南用兵的后方根据地，社会环境相对稳定。大都这个元代都城又在发展中形成了广大的市民阶层，使杂剧作家和演员纷纷向这里流动。当时元杂剧才人辈出，名作如林，出现了关汉卿、王实甫、马致远、白朴、纪君祥等重要作家。前期杂剧的特点是能广泛反映丰富的社会生活，富有现实意义。剧本文字质朴，多用北方口语，表情直率。

后期由于元代经济重心南移，杂剧也随之南移，脱离了它生长的环境。加上朝廷开放科举，从事杂剧创作的优秀作家大大减少，演出范围渐趋狭窄，南曲的冲击又限制了杂剧进一步发展的生机。后期作家以乔吉、郑光祖、宫天挺为代表。后期杂剧的特点是题材多为历史故事剧和风情剧，讲究辞藻雕饰，总体上趋向衰落。

第二节 关汉卿

一、关汉卿杂剧创作的基本特点

关汉卿长期生活在瓦肆勾栏之中，了解下层民众的生活，对民间语言和民间艺术非常熟悉，而且有自己粉墨登场的舞台经验。除了写作散曲以外，他还作有63种杂剧，现存18种，其中可以确认为是他创作的有十几种。最为人们称赏的有《窦娥冤》《拜月亭》《调风月》《救风尘》《望江亭》《鲁斋郎》《西蜀梦》《单刀会》等。

关汉卿一生不屑仕进，但在故作放浪的行为之下，隐藏着不得志的悲哀，因而他将毕生精力投入杂剧的创作。其作品的主要特点如下。

1. 取材广泛，爱憎分明：他的杂剧有历史英雄传奇、才子佳人恋爱、社会家庭琐事，还有官吏断狱的公案，表现最多的是社会上各式各样遭受欺压摧残的妇女。他往往通过社会底层小人物悲欢离合的命运，抨击横行霸道、作威作福的权豪恶霸、贪官污吏和泼皮无赖，揭露社会的黑暗和政治的腐败。结尾一般以被欺凌者和受冤枉者申冤得雪、坏人恶霸受到惩罚告终，反映出人民大众伸张正义的强烈愿望。

2. 表现手段丰富多样：他的杂剧往往根据题材内容改变文字风格和描写技巧，或雄壮，或妩媚，或俚俗，或文雅。写悲剧则感天动地，写喜剧则妙趣横生。本色当行则是其作品最基本的特点，本色主要指语言的质朴自然，“当行”主要指符合戏剧演出的要求。

二、《窦娥冤》

《窦娥冤》的某些情节虽然源于《汉书・于定国传》中“东海孝妇”的故事，但实际上取材于当时社会中的悲剧。剧情梗概是：穷书生窦天章将其七岁的女儿卖给放高利贷的寡妇蔡婆作童养媳,改名窦娥。某日蔡婆到医生赛卢医家讨债,险些被勒死,幸被路过的张驴儿父子救起。但张家父子借此威胁蔡婆,占住在蔡婆家里,要强娶其婆媳二人。窦娥坚决不从,小张便在羊汤里下毒,企图毒死蔡婆,嫁祸窦娥,借此霸占窦娥及其家产。不料老张因嘴馋喝了羊汤被毒死。小张将窦娥送到官府,贪官桃杌太守将她判了死刑。窦娥临死时对天发下三桩誓愿以表明自己的冤屈:一是被斩时,鲜血飞到丈二白练上;二是三伏天降下三尺大雪掩盖尸体;三是死后楚州大旱三年。三桩誓愿果然一一实现。三年后其父窦天章做了廉访使,到楚州查明冤情,她才得以昭雪。

造成这一悲剧的原因主要有两方面:间接原因是高利贷的债务追逼,直接原因是恶棍无赖勾结官府的诬陷迫害。从窦娥出场之后,剧本便连续展现出恶势力的横行无忌、官吏的贪污受贿,以及暗无天日的毒刑冤狱,因此这本杂剧的主要意义之一就在于以"衙门自古向南开,就中无个不冤哉"(第四折[收江南])的主题揭露了封建司法制度的黑暗腐败。

剧本还全力塑造了窦娥这个敢于反抗恶势力的女子形象,她既有柔顺体贴、肯为他人牺牲的善良,又有不肯在毒刑冤狱下屈服、至死不改其志的刚强。作者通过她反映了底层民众申冤复仇的愿望和不可被征服的反抗精神,这是剧本的另一重主要意义。

《窦娥冤》前两折在各种人物的矛盾中迅速推进剧情,交代清楚造成冤案的前因后果,到第三折重点表演窦娥就刑前的反抗,把全剧推向戏剧冲突的高潮。窦娥在赴刑场的路上发出了对天地的责问和呼喊:"叫声屈动地惊天!顷刻间游魂先赴森罗殿,怎不将天地也生埋怨!"([正宫·端正好])在以后的几支曲子里,她对掌握人间命运的天地鬼神的公正性提出了怀疑,指出连天地也在庇护社会上的恶势力,欺压善良的弱者:

[滚绣球]有日月朝暮悬,有鬼神掌着生死权。天地也,只合把清浊分辨,可怎生糊突了盗跖颜渊[①]:为善的受贫穷更命短,造恶的

① 盗跖:春秋时的著名大盗。颜渊:孔子的学生颜回。这句说不分是非善恶。

享富贵又寿延。天地也，做得个怕硬欺软，却元来也这般顺水推船！地也，你不分好歹何为地！天也，你错勘贤愚枉做天！哎，只落得两泪涟涟。

这段唱词将贫穷者和富贵者的对立上升到伦理道德层面的善恶对立，将社会的不公归因于天地的不分好歹、清浊，借痛骂天地鬼神吐出了心头的满腔怨愤。由于天地象征着支配社会的权威力量，掌握着人的贫富生死，所以作品通过对天地的强烈抗议，大胆地表达了弱小民众要求伸张正义的愿望。

三桩誓愿是全剧的最高潮，作者将“苌弘化碧①，望帝啼鹃”“飞霜六月因邹衍”②“东海曾经孝妇冤”③等历史传说集中在一起，表现窦娥的悲愤和反抗所产生的超自然力量：血飞白练意味着冤死者的鲜血不能随便泯灭，应在天地间展示其冤情；六月飞雪和大旱三年意味着天公应通过反常的自然现象表示“皇天也肯从人愿”，对当道不仁者进行惩罚，让天下都知道“这都是官吏每无心正法，使百姓有口难言”。这种不现实的想象有力地表现了窦娥死而不屈的精神。三桩誓愿的实现，使窦娥成为精神的胜利者，说明人民的怨气积累太多，总有一天会爆发出来，引起全社会的震动。

最后窦娥得以昭雪，主要依赖她的鬼魂对窦天章的申诉，说明作者的政治愿望是依靠清官，“从今后把金牌势剑从头摆，将滥官污吏都杀坏，与天子分忧，万民除害”（第四折[鸳鸯煞尾]）。剧本的这种时代局限性也是出于希望以申冤报仇来解决冲突的民族心理。

《窦娥冤》的戏剧语言大量吸取北方口语和方言俗语以及古典诗词中有生命力的成分，朴实自然，生动泼辣，富有艺术感染力。如窦娥发三桩誓愿的两支曲子：

[耍孩儿] 不是我窦娥罚下这等无头愿，委实的冤情不浅。若没些儿灵圣与世人传，也不见得湛湛青天。我不要半星热血红尘

---

① 周代苌弘一片忠心却惨遭杀害，死后鲜血化为碧玉。
② 燕国邹衍受到诽谤，仰天大笑，使五月飞霜。
③ 汉代的东海孝妇被枉杀，导致当地大旱三年。

洒,都只在八尺旗枪素练悬。等他四下里皆瞧见,这就是咱苌弘化碧,望帝啼鹃。

[二煞]你道是暑气暄,不是那下雪天,岂不闻飞霜六月因邹衍?若果有一腔怨气喷如火,定要感得六出冰花滚似绵,免着我尸骸现;要什么素车白马,断送出古陌荒阡?

以热血化为碧玉、怨火化成白雪的形象转化表现自然现象的反常,虽是用典,却色彩鲜明、对比强烈,诗情随激情喷涌,更增强了《窦娥冤》戏剧语言的感人力量。

三、关汉卿的其他杂剧

《救风尘》和《望江亭》是关汉卿最著名的两种喜剧,刻画了两位敢于向恶势力挑战的妇女形象。《救风尘》写妓女宋引章被恶少周舍迷惑,婚后受到百般虐待。其结拜姐姐赵盼儿仗义相救,用智谋斗败周舍,才使她跳出火坑。剧本中赵盼儿和周舍这两个典型人物形象都比较复杂。周舍残忍狡猾油滑,赵盼儿机智老练正直,她对周舍采用"以其人之道还治其人之身"的手法,始终在智斗中掌握主动权,但内心又充满风尘中人的自卑和矛盾,这就使人物的表演更加细致真实。

《望江亭》描写了一位敢于深入虎穴、智斗权豪的平民妇女谭记儿,她的对手是带着御赐金牌势剑来取其丈夫首级的权要杨衙内。她巧施计谋,假扮渔妇,利用酒色愚弄杨衙内,盗走金牌势剑,使这个本来要霸占她的权豪沦为阶下囚。剧本剥开这个衙内残暴狠毒的画皮,将他愚蠢可笑的丑恶灵魂揭示出来,同时也赋予谭记儿某些理想化的传奇色彩,创造出一位敢于藐视和嘲弄强权的女子形象。

《西蜀梦》和《单刀会》取材于三国传说,是关汉卿历史剧的代表作。它们通过对英雄人物的追怀,表现了强烈的爱国热情和复仇意志。《西蜀梦》只剩下唱词,但情调悲壮苍凉。《单刀会》写吴国鲁肃定计设宴,请蜀汉镇守荆州的大将关羽赴宴,准备逼他交出荆州。关羽单刀赴会,在杀机四伏中制伏鲁肃。这本戏中关羽在第三折才出场，之前借其他人物对他的赞美造足气氛，以烘托英雄人物的高大形象，表演手法别致。第四折中最出色的是关羽驾着小舟在大江上抒情的场面：

[双调·新水令]大江东去浪千叠，引着这数十人驾着这小舟一叶。又不比九重龙凤阙，可正是千丈虎狼穴。大丈夫心烈，我觑这单刀会似赛村社。

[驻马听]水涌山叠，年少周郎何处也？不觉的灰飞烟灭！可怜黄盖转伤嗟。破曹的樯橹一时绝，鏖兵的江水犹然热，好教我情惨切！[云]这也不是江水。[唱]二十年流不尽的英雄血！

这两支曲词熔铸了苏词“大江东去”的意境、“铜琶铁板”式的豪放风格，经过作者的再创作，动人地表现了关羽的英雄性格和他藐视敌人、无惧险恶的凌云豪气。

王国维的《宋元戏曲史》称“关汉卿一空依傍，自铸伟词。而其言曲尽人情，字字本色，故当为元人第一”。关汉卿生活在13世纪，比欧洲大戏剧家莎士比亚和莫里哀早三四百年。他在活着的时候，就是戏剧界的领袖人物，享有很高声望。在他身后，一些作品更是被南戏、京剧等多种剧种改编，上演不绝。《窦娥冤》还有法文、日文译本，流传到海外，对后世的影响极其深远。

第三节　马致远和白朴

元曲四大家“关、马、郑、白”中除了郑光祖为元代后期杂剧作家以外，其余三人都属元代前期，其中“马”“白”，即马致远和白朴。

一、马致远的《汉宫秋》

马致远一生创作杂剧15种，现存7种：《汉宫秋》《岳阳楼》《陈抟高卧》

《青衫泪》《荐福碑》《任风子》《黄粱梦》。除了《汉宫秋》以外,大多数都是神仙道化剧,这些戏主要抒发穷苦书生对当时黑暗仕途的愤懑不平之气,具有暴露和讽刺社会现实的意义,但也流露出祸福无常的宿命思想和求仙避世的消极态度。

《汉宫秋》是马致远的代表作,取材于汉元帝时昭君和番的故事。故事本身从西汉到元代有一个漫长的演变过程,剧本既集中了历代有关的笔记小说、文人诗篇、民间讲唱文学的成果,又有新的发展。全剧情节的改动主要在三方面:一是把民族关系处理成汉弱胡强;二是将画工毛延寿处理成中大夫,增加了他献图叛国的情节;三是设计了王昭君出塞在黑河投水而死的结局,番王受到感动,把毛延寿送交汉朝惩办,以维持胡汉交好的局面。这种改动固然不合历史事实,但显然是影射宋金元之际的时势,以及文怯武懦的宋廷。与此同时,剧本成功地塑造了王昭君这个具有高度爱国责任感的女子形象,因为"怕江山有失",她宁愿牺牲自己换取国家安全。从这种坚贞不屈的精神可见当时广大民众不肯屈服于外族统治的民族感情。

全剧结构紧凑,针线缜密。写情沁人心脾,写景如在眼前,文辞之美,最是脍炙人口。如第三折写汉元帝送走昭君后的情景:

> [梅花酒]呀!俺向着这迥野悲凉。草已添黄,兔早迎霜。犬褪得毛苍,人搠起缨枪,马负着行装,车运着糇粮,打猎起围场。他、他、他,伤心辞汉主;我、我、我,携手上河梁。他部从入穷荒;我銮舆返咸阳[①]。返咸阳,过宫墙;过宫墙,绕回廊;绕回廊,近椒房;近椒房,月昏黄;月昏黄,夜生凉;夜生凉,泣寒螀[②];泣寒螀,绿纱窗;绿纱窗,不思量!
>
> [收江南]呀!不思量,除是铁心肠!铁心肠,也愁泪滴千行。美人图今夜挂昭阳[③],我那里供养,便是我高烧银烛照红妆。

这段唱词利用曲牌急节促拍的旋律,从汉元帝的角度想象王昭君在草

① 銮舆:皇帝乘坐的车驾。
② 寒螀(jiāng):秋虫悲鸣。
③ 昭阳:汉宫名,汉帝嫔妃所居之处。

原上越走越远的悲凉景象，与他自己在深宫回廊上愈转愈深的凄凉心境相对照，传神地刻画出汉元帝精神恍惚、难以自持的状态。又用“他、他、他”“我、我、我”这一连串重复的单字表现其语哽气噎的声情，加上“过宫墙”等连续八组三字句顶针格的重字叠句，写得声泪俱下，荡气回肠，显示出作者在语言艺术方面极高的创造性。

二、白朴的《梧桐雨》

白朴作有杂剧16种，多为历史剧和风情剧，今存《梧桐雨》《墙头马上》《东墙记》三种。《梧桐雨》取材于唐明皇和杨贵妃的故事，这一史实在杜甫、白居易、李商隐、杜牧等唐代诗人的作品中已存在偏重于总结兴亡教训和同情李、杨爱情两种不同倾向。《梧桐雨》着重表现长生殿上李、杨密誓，以及马嵬之变后唐明皇入蜀和回京途中对贵妃的思念，显然是发展了白居易《长恨歌》的主题。由于历史事实的限定，其中也存在女色祸国的传统偏见，导致出现政治批判意义和爱情主题难以统一的矛盾。但笼罩全剧的悲剧气氛还是着意渲染出一种对太平盛世的追忆和乱离之后的感伤情绪。

《梧桐雨》的语言艺术成就很高，如第三折写唐明皇入蜀途中所见的凄凉景色：

> [驻马听]隐隐天涯，剩水残山五六搭；萧萧林下，坏垣破屋两三家。秦川远树雾昏花，灞桥柳风潇洒。煞不如碧窗纱，晨光闪烁鸳鸯瓦。

此处化用词的意境，写得萧疏清淡，以景色的凄凉衰败烘托出唐明皇逃亡时心境的黯淡凄清。第四折写唐明皇回京途中听雨打梧桐声：

> [叨叨令]一会价紧呵，似玉盘中万颗珍珠落；一会价响呵，似玳筵前几簇笙歌闹；一会价清呵，似翠岩头一派寒泉瀑；一会价猛呵，似绣旗下数面征鼙操。兀的不恼杀人也么哥！兀的不恼杀人也么哥！则被他诸般儿雨声相聒噪。

第四折不但写出了雨点打在梧桐叶上忽紧忽响、忽清忽猛的动静变化，而且形容雨声的所有比喻都取自唐明皇对往事的追忆：玉盘落珠、笙歌笑闹是太平年月中的宫廷景象，战旗征鼙则是安禄山“渔阳鼙鼓动地来”的战争场面。这就在雨声中融进一个个历史画面，将情景、回忆和想象化成一片，以新颖的手法，渲染出雨声“助恨添愁”的浓重气氛。

《汉宫秋》和《梧桐雨》都是历史剧，但只是保存了历史事件的基本框架，作者根据剧情的需要改造历史人物以寄托自己的思想感情，这是历史剧处理题材的常见手法之一。这两部剧都富有诗意，以文采见长，历来为评选家所称赏，因而成为元杂剧中的名作。

第四节　王实甫和其他元杂剧

王实甫，生平不详，名德信，大都人，原籍易州定兴（今河北定兴县）。一生创作杂剧 14 种，现存《西厢记》《丽春堂》《破窑记》及残曲 2 种各一折。《西厢记》是王实甫最著名的杰作，也是元杂剧中最为宏伟、优美的喜剧，在中国戏剧史上具有重要地位。

一、董解元的《西厢记诸宫调》

《西厢记》的故事最早出于唐代元稹的传奇《莺莺传》，这个故事在宋代被改编成多种文艺形式，如赵令畤写过鼓子词[商调·蝶恋花]《会真记》，宋杂剧有《莺莺六幺》，宋元南戏也有《张珙西厢记》等，但剧本都已失传。

金代董解元的《西厢记诸宫调》（简称“董《西厢》”）是北宋以来关于崔、张故事的一部最有创造性的作品，在主题思想、故事情节和人物描写方面都已摆脱《莺莺传》的框架，为后来王实甫的《西厢记》奠定了基础。它超出前人同题作品的成就主要有三方面：首先，改变了《莺莺传》中作者称张生对莺莺始乱终弃的行为是“能改过”的态度，把故事改编成张生、莺莺为争取婚姻自主，共同向封建家长抗争，最终如愿的喜剧；其次，把剧中人物张生从轻薄文人变成忠于爱情的痴心书生，把消极忍让的莺莺变成敢于冲破礼教羁绊的勇敢女子，把原来无足轻重的老夫人和郑恒作为对立面来塑造，婢女红娘和寺僧法聪也被描绘成热心助人的人物；最后，叙事细致生动，语言以经过提炼的口语为主，又吸收了戏剧行话和诗词经籍典故，流畅自然，富有美感。

董《西厢》的不足是人物性格不够鲜明，篇幅比较拖沓，说白不如曲辞活泼生动。王实甫的《西厢记》弥补了这些缺陷：体裁经过重新创造，语言更加纯正优美和抒情化，人物性格更为真实丰满，因而在这一题材的作品中取得了最高成就。

二、王实甫的《西厢记》

《西厢记》的主题在我国古代社会的爱情文学中具有典型意义，由于封建礼教的束缚，以及封建家族利益的需要，青年男女之间不允许存在以互爱为基础的自主婚姻，因此他们追求婚姻自由的愿望必然与封建家长和礼教发生冲突。尤其是在宋元之际程朱理学已为统治者普遍接受的时代，《西厢记》提出以"情"反"礼"，表达了"愿普天下有情的都成了眷属"的希望，是对封建礼教和婚姻制度的大胆挑战。

王实甫的《西厢记》（简称"王《西厢》"）最重要的艺术成就是塑造了性格各异、丰满鲜明的人物形象。例如对莺莺的描写没有脱离一个贵族少女生长的环境和教养，而是严格遵循其性格发展的逻辑，细腻地展示出她在红娘帮助下，逐渐克服外部障碍和内心矛盾的过程。尤其在结尾，她对老夫人逼迫张生求取功名表示极为厌恶，斥之为"蜗角虚名，蝇头微利"，将维护专一的爱情放在高于一切的地位，思想境界远高于董《西厢》中盼望"凤冠霞帔"的莺莺形象。

红娘是王《西厢》中最有光彩的人物，作者用大量笔墨将这个身份卑贱的侍婢放在与张生、莺莺、老夫人等各类人物的关系中，凸显出她的无私无畏、深明大义，通过各种矛盾冲突将她塑造成一个聪明可爱、坦率真诚、富有正义感的正面人物，"红娘"也因此剧成为乐于成人之美的热心人的代名词。

王《西厢》在戏剧结构的严谨、心理描绘的细腻、语言的优美和场景的诗化等方面达到的高度远远超出其他戏曲作品。全剧结构较一般元杂剧更为宏大，共有五本二十一折。故事发生的地点几乎没有离开普救寺，但作者善于根据情节发展的需要调度场面和气氛，使每一折戏都跌宕起伏，引人入胜。如第一本安排在普救寺佛殿和风和日丽的后花园，是一支充满诗意的爱情序曲；第二本从白马将军解围到老夫人赖婚，形成由紧张到欢乐再转为失望的几层波澜；从第三本到第四本，经过传简、赖简、幽会、送别的悲喜交替，又在大波澜中造成几个小波澜，使情节和结构的配合相得益彰。

王《西厢》优美抒情的语言历来为人赞叹。剧中崔、张二人的唱词，将唐诗宋词中的佳句和口语融为一体，化为典雅清丽而具有个性化的诗剧语言。最著名的是第四本第三折“长亭送别”中的唱词：

[正宫·端正好]碧云天，黄花地，西风紧，北雁南飞。晓来谁染霜林醉？总是离人泪。

[滚绣球]恨相见得迟，怨归去得疾。柳丝长玉骢难系，恨不倩疏林挂住斜晖[①]。马儿迍迍的行[②]，车儿快快的随，却告了相思回避，破题儿又早别离。听得道一声去也，松了金钏；遥望见十里长亭，减了玉肌：此恨谁知？

……

[收尾]四围山色中，一鞭残照里。遍人间烦恼填胸臆，量这些大小车儿如何载得起？

前一支曲化用范仲淹词“碧云天，黄叶地”句意，但极其自然，离人之泪染红霜林的想象，优美新颖，写出了离人如醉如迷的离愁别恨。后一支曲写莺莺坐车前往长亭送别的细腻心理，将她不能留住离人的遗憾都融入沿途所见的柳丝、疏林和斜阳之中，也很别致。[收尾]一曲活用李清照词中“只恐双溪蚱蜢舟，载不动，许多愁”的构思，又自有苍凉阔大的意境。

王《西厢》打破了元杂剧由一人主唱到底的形式，可由多人分唱，而且唱

---

① 倩：请。

② 迍(tún)迍：缓慢地走。

词风格因人而异。如红娘的唱词就保留了很多民间口语，锋利辛辣，俏皮活泼。惠明小和尚的唱词则鲁莽豪放，充满对佛门的嘲弄。除了唱词以外，王《西厢》中的人物对白也有很强的概括力，如红娘用"银样镴枪头"嘲笑张生中看不中用，因贴切生动，后来被《水浒传》和《红楼梦》所引用。由于作者出色的语言驾驭能力，剧本做到了集各种修辞格之大成，如比喻、衬字、复叠、对偶、反复、排比、层递、顶针等。贾仲名[凌波仙]词说王实甫"作词章，风韵美，士林中等辈伏低。新杂剧，旧传奇，西厢记天下夺魁"。《红楼梦》借林黛玉之口称赞王《西厢》"词句警人，馀香满口"。可见时人和后人对王《西厢》语言艺术的评价之高。

王《西厢》问世以来，影响巨大。张生、莺莺作为封建礼教叛逆者的典型，红娘作为聪明机智、热心助人的下层人物典型，进入了我国古典戏曲人物的画廊。元明两代不少杂剧作家模仿和改编过这个剧目，明清以后，该剧更被各地方剧种改编演出，甚至说唱、牙雕、泥塑、年画等各种民间艺术也都广泛取材于剧中故事和人物，从而使王《西厢》成为我国古典文学中家喻户晓的名著。

三、元杂剧的其他名作

元杂剧题材丰富，名家佳作迭出。其中较著名的有纪君祥的历史剧《赵氏孤儿》，取材于《左传》和《史记·赵世家》，写春秋时晋灵公手下奸臣屠岸贾与忠臣赵盾不和，进谗言诛灭赵氏父子的故事。赵盾之子赵朔的门客程婴将赵朔的遗腹子赵氏孤儿救出，并用自己的孩子替换孤儿骗过屠岸贾，公孙杵臼、韩厥等文武忠臣也为保全孤儿牺牲了自己。孤儿长大以后，程婴告知其实情，孤儿决心杀贼，以报血海深仇。全剧剧情紧凑，写得惊心动魄。从 18 世纪起，这个剧本还有几种法文译本介绍到欧洲。

康进之的《李逵负荆》是元代至明初出现的几种水浒戏之一，写李逵因误信奸人认为宋江强占民女，要和他平时最敬爱的宋江哥哥算账，弄清事实以后，又勇于承认错误，向宋江负荆请罪的故事。作者将李逵直率朴实的性格写得非常可爱，既赞扬他对聚义事业的无比忠诚和正义感，又对他头脑简单的缺点作了善意的批评，能站在一定的思想高度上表现农民起义队伍的内外矛盾。

无名氏的《陈州粜米》是元代较多的公案戏之一。陈州大旱三年，朝廷要派两名清廉官员去放粮。刘衙内保荐其子小衙内和女婿杨金吾前往。二人带着钦赐紫金锤到陈州，听从刘衙内的教唆，抬高米价、米里掺沙，小斗量米，大秤称银。灾民只能忍气吞声。农民张撇古带儿子买米，据理力争，被小衙内用紫金锤打死。小撇古到京城告状，包公带着御赐金牌势剑前往陈州，一路微服私访，最后查清此案，并与刘衙内斗智，处死小衙内和杨金吾。剧中借用宋代的人物形象，深刻反映了元代的现实生活。该作品的主要成就是描写了几种鲜明真实的官僚形象，尤其能从多方面刻画出包公诙谐有趣、机智刚直的性格，使其比一般公案戏中的包公形象更为丰满。

元代大德年后，杂剧趋向衰落，但乔吉、宫天挺、秦简夫、郑光祖等作家的一些作品仍有相当高的成就。郑光祖还被列入元曲四大家，《倩女离魂》为其代表作。但总体说来，元后期杂剧缺乏前期杂剧的生活基础和现实意义，最终为南戏所超越。

知识点：

宋杂剧　诸宫调　元杂剧的形式特征　元曲四大家

《窦娥冤》《汉宫秋》《梧桐雨》《西厢记》《赵氏孤儿》

《李逵负荆》《陈州粜米》

思考题：

1. 试述关汉卿《窦娥冤》的剧情和社会意义。

2. 试分析《西厢记》中红娘的人物塑造。

第二十二章
明代戏曲

第一节　从南戏到传奇

一、南戏的形式和剧目

在北宋南渡之际，温州地区已经出现了杂剧，又叫“永嘉杂剧”“南戏”“戏文”。南宋灭亡后，北杂剧南移，使南戏一度衰落。但南戏逐渐吸收了北杂剧的表演经验，又在元末明初出现了超过北杂剧的发展势头，到明代成化(1465—1487)、弘治(1488—1505)年以后，进一步发展为传奇(明清戏曲的总称)。

南戏每本动辄几十场，开头有题目正名，由付末开场。音乐以南曲为主，间用北曲，南北合套。每场不限一个宫调。脚色分为生、旦、净、末、丑、贴、外七种。各种脚色都可唱，有独唱、对唱、齐唱等。

南戏中最早的剧目有《赵贞女》《王魁》《王焕》《乐昌分镜》《韫玉传奇》《张协状元》六种，是宋代作品。元代以来遗存的剧本很少，只能收集到180种左右的剧目。但元末明初出现了《琵琶记》，以及号称“荆、刘、拜、杀”四大传奇的《荆钗记》《刘知远白兔记》《拜月亭》《杀狗记》等重要戏文。

二、高明的《琵琶记》

《琵琶记》的作者高明(1301？—1371？)，字则诚，号菜根道人，瑞安(今浙江瑞安)人。出身隐士家庭，1345年中进士，曾先后在江浙、福建任地方官，晚年旅居宁波的栎社，专心撰写《琵琶记》。此外他还著有南戏《闵子骞单衣记》，诗文集《柔克斋集》20卷，均散佚。

《琵琶记》的故事在鼓子词、金院本和早期南戏中就已经成型，大意是才子蔡伯喈外出求取功名，长期杳无音讯。妻子赵五娘独自在家支撑门户，公婆去世后，赵五娘上京寻夫，蔡伯喈却不肯相认。原来的故事结局是蔡伯喈因背亲弃妇，被雷劈死。高明的剧本将结局改写为蔡伯喈退官弃职，携妻回乡守孝三年，受到朝廷旌表，成为"全忠全孝"的典型。

为了完成这一改编，作者给蔡伯喈设计了"三不从"的情节：蔡父逼其进京赶考，他推辞，蔡父不从；考中状元后，他辞官，皇帝不从；牛丞相逼婚，他辞婚，丞相不从。这样就把他的背亲弃妇归咎于父、君、相对他辞试、辞官、辞婚的不从。虽是为男主角开脱，但客观上也反映了封建忠孝观念本身的虚伪性。与此同时，作者又将赵五娘塑造成孝妇的典型：在大灾之年，她吃糠咽菜，将米饭省给公婆，最后卖发埋葬公婆，以罗裙包土筑坟，以致十指染血。这些感人的行为发自她天性的善良忠厚和对家人的责任感，是古代劳动妇女的传统美德，不是封建愚孝观念的图解。而且剧本把荒年中农村的惨象、下层官员鱼肉乡里的情景与相府的豪华生活相对照，通过赵五娘的遭遇展示出普通百姓在天灾人祸中陷入绝地的境况。因此，剧本客观的现实内容并非作者外加的忠孝概念所能涵盖。

《琵琶记》的结构颇有独创性，全剧按蔡伯喈在京城、赵五娘在家乡的不同处境分两条线索交叉描写，使京城的豪华奢侈与乡村的家破人亡形成强烈对比，有效地扩展了剧本的容量。戏剧语言经过提炼，文雅俚俗，各尽其妙，写得最好的还是那些本色的唱词，如赵五娘吃糠一段：

[孝顺歌]呕得我肝肠痛，珠泪垂，喉咙尚兀自牢嗄住[1]。糠，遭砻被舂杵[2]，筛你簸扬你，吃尽控持[3]。悄似奴家身狼狈[4]，千辛百苦皆经历。苦人吃着苦味，两苦相逢，可知道欲吞不去。[吃吐介][唱]

[前腔]糠和米，本是两倚依，谁人簸扬你作两处飞？一贱与一贵，好似奴家共夫婿，终无见期。丈夫，你便是米么，米在他方没寻处。奴便是糠么，怎的把糠救得人饥馁？好似儿夫出去，怎的教奴，供给得公婆甘旨？

这两段唱词以糠被舂被簸与米分离的特点，比喻赵五娘这个糟糠之妇在社会底层被践踏、被遗弃的悲惨命运，深刻贴切，委婉尽致，极其真挚感人。

《琵琶记》提高了南戏的艺术水平，是南戏由民间创作转为文人创作的转折点，被称为南戏之祖，数百年来一直是戏曲舞台上地方剧种的保留剧目。

三、明代传奇

传奇之名，在唐代专指文言小说，宋元时期广泛用于说唱艺术和戏曲艺术，到了明代才确定称南曲剧本为传奇。

在杂剧衰落的同时，南戏的各种声腔并起竞争，明初到嘉靖(1522—1566)时期，形成了余姚、海盐、弋阳、昆山四大声腔。嘉靖以后，弋阳腔发展为一个系统。昆山腔经过音乐家魏良辅的革新，又有作家梁辰鱼编演昆曲《浣纱记》，也兴盛起来。戏曲舞台上出现了以南曲为主的传奇时代，传奇在明代盛极一时。

---

① 牢嗄(shà)：紧紧地卡住。
② 砻(lóng)：磨，碾。
③ 控持：折磨。
④ 悄似：恰似。

传奇的剧本特点:多为长篇巨制,剧本一般分为上下两卷,上卷结束称为小收煞,下卷结束叫作大收煞。分场称为"出"(齣),每部剧多达几十出。脚色行当由南戏的七色增加到十色:末、生、小生、外、旦、贴、老旦、净、副净、丑。音乐方面广泛运用"借宫""集曲""南北合套",以增加曲牌数目。

明代传奇剧目现共存 950 种。万历年间(1573—1619)是传奇最繁荣的时期,出现了汤显祖《牡丹亭》这样的杰作。与汤显祖齐名的沈璟则开创了明代剧坛的另一流派——"吴江派"。沈璟是江苏吴江人,所作传奇有《属玉堂十七种》,并著有《南九宫十三调曲谱》21 卷,确定了南曲的全部曲谱,对南曲声律有很大影响。以他为代表的吴江派主要有以下特征:重视音律,为协律宁可文字不工;在艺术上追求情节巧合,常用与剧中人命运相关的一件事物作为剧情安排的依据;喜欢文字游戏,如在曲辞中嵌入词牌、曲牌名,对白如参禅,等等;此外常穿插无聊的笑料,语言大多平板无味。

第二节　汤显祖和《牡丹亭》

汤显祖(1550—1616),字义仍,号海若、若士,又号清远道人,晚年号茧翁,江西临川人。一生大部分时间在明万历年间度过,早年曾受泰州学派杰出思想家李贽的影响。中进士后在南京先后任太常博士、礼部主事,与东林党人有交往。因批评朝政被贬至雷州半岛徐闻县做典史,后调任浙江遂昌知县,为官廉洁,关心百姓,颇有善政。49 岁时辞官归临川老家,读书著述,接连写出《牡丹亭》(《还魂记》)、《邯郸记》、《南柯记》,连同较早的《紫钗记》,合称玉茗堂四梦,又称"临川四梦"。除了戏剧以外,他还有诗文集《红泉逸草》《问棘邮草》《玉茗堂文集》。

一、《牡丹亭》的剧情和主题意义

《牡丹亭》的故事出自话本小说《杜丽娘慕色还魂记》,原来情节简单,经改编成传奇后变得丰富,主题大为深化。剧情梗概是南宋初年,江西南安府太守杜宝有独生女丽娘，随老儒生陈最良学习《诗经》，被侍女春香引到后花园游春。杜丽娘回房后梦见一位风雅才子手持柳枝与她在牡丹亭畔梅树下幽会，醒来后追念不已，竟感梦而亡。她临死前画了一幅自画像并题诗一首，托春香藏在后花园太湖石旁。其父遵其遗嘱将她埋在梅树下，并修建梅花观为她守灵。杜丽娘死后仍不忘向判官打听情人姓名，其痴情感动了判官。三年后，书生柳梦梅来到梅花观养病，在后花园捡到杜丽娘的自画像，觉得面熟，原来他也做过和丽娘一样的梦。晚上画中人突然出现，自诉衷肠。柳生帮助她起死回生后，两人逃到临安。柳生在科举结束后带着杜丽娘画像去见已经成为宰相的杜宝，杜宝误以为他是盗墓贼，将他打入牢狱，正在此时，柳生得中状元的消息传来。但杜宝始终不承认还魂的女儿和女婿，最后经皇帝公断才全家团圆。

杜丽娘在现实生活中因情而死的悲剧和在非现实世界获得爱情的喜剧，透露了当时思想界要求个性解放的最初信息。剧本的主题已经不限于追求自主婚姻，而是要借杜丽娘这个有情人为追求爱情出生入死的过程，展示人的至情可以超生死、忘物我、通真幻的巨大力量。在明代统治者大力提倡程朱理学、颁修性理大全的时代，这一主题具有冲破封建礼教束缚人性、禁锢思想的特殊意义。程朱理学的主旨是“存天理，灭人欲”，强调人的自然欲望和性情都要服从于封建纲常伦理这一根本的“天理”。汤显祖在《牡丹亭题词》里明确表示自己的创作动机就是针对“士大夫好谈性理”的风气，说明所谓“天理”就是能够起死回生的人欲至情，这对程朱理学的核心思想无疑具有极大的冲击力。

杜丽娘遭遇的特殊之处，在于她并非死于封建家长对自由爱情的破坏，而是死于禁锢着她全部生活的“理”以及对爱情的徒然渴望。因此她的死是理对情的扼杀，正如她在游园时所唱：“似这般花花草草由人恋，生生死死随人愿，便酸酸楚楚无人怨。”她所寻求的只是自由地发展天性和感情。在死后的世界里，情完全摆脱了理的束缚，形骸的死亡反而是她获得新生的开始。而她的复生则是情对理的更强烈的抗争。汤显祖正是用这离奇的情节向世人证明，能感动上天、得到鬼神承认的情，才是真正存在于冥冥之中的天理。

二、《牡丹亭》的艺术特色

这部戏借用死后还魂的古代传说，以浪漫的想象作为艺术构思的基点，情节离奇曲折，最关键的“惊梦”“冥判”“魂游”“回生”几出将梦境、实景和幻境结合起来，写得迷离惝恍，支持着剧情的发展和人物的塑造。

全剧语言雅俗各尽其妙，适合各自的角色。而男女主角的唱词尤其精美典雅，绚丽多彩，既能展现优美而富有诗意的场景，又能细致真实地描写人物的心理。如“惊梦”一出写杜丽娘游园时对烂漫春光的留恋和惋惜：

> [皂罗袍]原来姹紫嫣红开遍，似这般都付与断井颓垣。良辰美景奈何天，赏心乐事谁家院。朝飞暮卷①，云霞翠轩，雨丝风片，烟波画船，锦屏人忒看的这韶光贱②。

姹紫嫣红、明媚灿烂的春光与断井残垣的荒凉景色形成对照，令人联想到她美丽的青春也正像这鲜花和春色一样默默无闻地消逝在深闺中，外景与人物心境融成一片。“姹紫嫣红”“雨丝风片”等构词形象鲜明，颇有独创性。又如柳梦梅的唱词：

> [山桃红]则为你如花美眷，似水流年，是答儿闲寻遍③，在幽闺自怜。

此唱词与其说是柳生对杜丽娘的表白，不如说是高度概括了被幽禁在深闺中的青春女子自怜自惜的心情。

《牡丹亭》因其独到的成就，引起了当时和后世许多女子的强烈共鸣。不少作家受其影响，创作时重视刻画人物，讲究辞藻。他们被戏曲史称为“临川派”或“玉茗堂派”。

---

① 朝飞暮卷：指朝云暮雨的变化。
② 锦屏人：指富贵人家生活在锦堂里，与自然风景隔绝。
③ 是答儿：到处。

第三节　明代的杂剧

与传奇相比，杂剧在明代呈现出衰落的趋势，但仍有500多本作品存世。创作情况大致可分为两个时期。

一、明初到弘治、正德年间

这一时期（1368—1521）的杂剧题材以神仙道化剧和伦理道德剧为主。其中主要作家作品有：王子一的《刘晨阮肇误入天台》，写汉末刘晨、阮肇入天台山采药遇仙的故事；刘兑的《娇红记》，写仙人帮助青年男女结成婚姻的故事；还有杨讷的《西游记》杂剧6卷24折。明太祖之孙朱有燉创作了31种杂剧，总名为《诚斋乐府》，其中《关云长义勇辞金》较著名，他的杂剧可由多种脚色分唱，又采用南北合曲，说明已经受到南戏的影响。

二、嘉靖到明末

这一时期（1522—1644）出现了一些著名剧作家，如康海、王九思、徐渭、王骥德、吕天成等。康海的代表作是《东郭先生误救中山狼》，王九思也有一本《中山狼院本》（单折杂剧），都是借这个流传极广的寓言故事讽刺忘恩负义的奸人，告诫人们绝不可对濒死的敌人心慈手软，具有警世的意义。

年辈稍晚的徐渭（1521—1593）是明代有名的才子，精通诗文书画，性格狂放不羁。他的杂剧创作同样表现出愤世嫉俗的态度。最著名的代表作是《四声猿》，由四个独立的短剧组成：《狂鼓史渔阳三弄》《玉禅师翠乡一梦》《雌木兰替父从军》《女状元辞凰得凤》。它们都是为了发泄“英雄失路，托足无门之悲”，体现了作者主张写真性情、真道德的创作思想，以及对女性的尊重。四个戏气势奔放，词锋锐利，嬉笑怒骂，皆成文章。

嘉靖年间较好的杂剧还有李开先的《宝剑记》，写水浒英雄林冲被逼上梁山的故事；高濂的《玉簪记》写道姑陈妙常和书生潘必正的爱情故事。明后期的杂剧形式发生了更大的变化：每本不限于四折，有每折演一个独立故事，几折合为一本的，也有全剧仅一折的单折戏，还有一折中全是宾白没有唱词的。脚色也不限于末、旦主唱到底，而是各种脚色或自唱、或接唱、或合唱。乐调兼用南曲，甚至出现了只用南曲的南杂剧。

知识点：

南戏　《琵琶记》　传奇　昆山腔　吴江派　临川四梦　《四声猿》

思考题：

《牡丹亭》的主题在当时有什么现实意义？

第二十三章
明代小说

明中叶前，小说作者大多在话本的基础上进行再创作，出现了一批由讲史和话本故事总结而成的长篇章回小说和文人模仿话本写成的短篇小说。明中叶以后问世的《金瓶梅词话》虽是我国第一部文人独创的以家庭生活为题材的长篇小说，但也由水浒的话本故事演化而来，而且以词话形式出现，还没有完全摆脱话本的影响。

章回小说由宋元讲史话本发展而来，讲史把长篇历史故事分成多次讲述，每讲一次，即后来的一回，每回前用标题点出本次主要内容，即后来的回目。元末明初的一批章回小说如《三国志通俗演义》《残唐五代史演义》《平妖传》《水浒传》等，分为若干卷，每卷中分节，每节前有单句目录；明中叶后由分节改成分回，回目由单句变成双句。

第一节　《三国演义》

一、作者和成书过程

《三国演义》是我国章回小说的开山之作，也是我国最优秀的长篇历史小说。三国故事有一个漫长的演进过程：唐末已有通俗故事流行于民间；北宋有了说“三分”的专家；金元时期的院本和杂剧中有不少三国戏；元至治年间(1321—1323)，新安虞氏所刻《全相三国志平话》是今天能见到的最早的讲史话本，分上、中、下三卷，是没有经过加工的说话人的底本。

罗贯中，名本，字贯中，元末明初人，号湖海散人。毕生致力于通俗文学写作。他采用陈寿《三国志》和裴松之注的正史材料，吸取丰富的民间传说和戏曲故事，对《全相三国志平话》加以改编，写成了雅俗共赏的《三国志通俗演义》。该书共24卷，每卷10节，每节有1句七言小目。他的改编工作主要是增加篇幅，改正文字，删削荒诞不经之谈，增加大量史料和诗词书表，使之与史实大致统一。

罗贯中的改编本问世后，各种刊本纷纷出现。当代刊行的主要是清代康熙年间毛宗岗的120回《三国演义》，毛宗岗在罗贯中本的基础上又做了辩正史事、整理回目、增删诗文、修改文词等工作。可见《三国演义》不是一人一代之作，而是一部几百年来由正史进入民间，再由话本回到文人手里的集体创作。

二、思想意义

《三国演义》的主导思想是反对分裂、要求统一，符合中国历史发展的趋势。小说反映了汉末大乱时，各派政治力量和各种割据势力在战争中兼并为三家的过程。虽然作者的倾向是歌颂蜀汉一方为统一大业所作的种种努力，但对曹魏统一北方的功绩也有客观的描写。

这部小说体现出对中国封建统治政权的深刻理解，总结了政治、军事、外交等各方面斗争的经验和智慧，全面展示出魏、蜀、吴三个统治集团之间，三方与各地方割据势力之间，以及各集团内部错综复杂的矛盾和尖锐激烈的斗争，同时也揭示了矛盾和斗争推动历史发展的逻辑。

小说中描写篇幅最多的是大大小小的各种战役和战争形式，犹如一部封建时代的活的军事教科书。如曹操和张绣的南阳之战，足证“知己知彼，百战不殆”的真理；袁、曹官渡之战和诸葛亮六出祁山的失败，说明后勤尤其是粮草补给在战争中的重要性。魏、吴赤壁之战和吴、蜀彝陵之战中，曹操和刘备都因骄傲轻敌而失败。赵云据汉水与魏军对垒，甘宁以百骑劫魏营，都因出其不意、攻其不备而获胜。小说中最能体现这类军事斗争智慧的人物是诸葛亮，此外周瑜、曹操、庞统、姜维、陆逊、司马懿也都是善于应付各种事变的人物，他们层出不穷的奇谋胜算几乎可以囊括古代一般战争的规律和经验。

小说还在描写各派军事割据势力逐鹿中原的同时，对生活在战乱和暴政下的中原百姓寄予深切的同情，如董卓将良民当作贼寇大肆屠杀，魏主曹叡奴役几十万民夫修建宫殿，导致民怨沸腾。百姓在连年战争中，掘树皮草根为食，甚至人相啖食，这些虽然是史书中的实录，但小说中展现的惨绝人寰的场景更生动地再现了人民在兵祸不断的黑暗年代所遭受的深重苦难。

小说中"尊刘反曹"的倾向十分鲜明，这固然是出于维护一朝一姓的封建正统观念，但在三国故事的发展中有一个长期的形成过程。小说改编者借助这种倾向塑造出儒家理想中的圣君贤相的形象，通过曹、刘的对立，夸大刘备的宽仁爱民、知人善任、奖励农耕、使人民安居乐业，强调曹操的残暴自私、诡诈多疑、背信弃义，使仁政和暴政形成鲜明对照，在一定程度上反映了人民对这两种政权的向背和爱憎。

三、艺术成就

《三国演义》以史实为基础，经过文学的虚构和加工，历来被认为是"七实三虚"。它将漫长的历史、众多的人物和纷繁的事件组织成宏大而又严密的艺术结构，最突出的成就体现在人物形象的塑造和战争的描写这两个方面。

小说中人物形象众多、个性鲜明、各具特色，其中最有代表性的是诸葛亮、曹操和关羽三人。

曹操是在比较丰富的历史素材基础上再创造的一个奸雄形象，概括了作者对封建统治者中这类人物的认识。作为一个政治家和军事家，他有雄才大略、远见卓识，对英雄人物能不计贵贱、不念旧恶，唯才是用；多谋善断，善于出奇制胜，因而能聚集大批文武人才，统一北方。但他又极端自私自利，将"宁教我负天下人，不教天下人负我"奉为自己的人生准则，并在处理大小事件时充分显示出骄横霸道、阴险狠毒的另一面，因而是一个性格极为复杂的典型形象。

诸葛亮在三国故事流传的过程中已经成为忠臣贤相的典型，他上知天文，下知地理，运筹于帷幄之中，决胜于千里之外；举贤任能，亲政爱民，鞠躬尽瘁，死而后已，对蜀汉的霸业有巨大贡献。但在小说中，这个形象的深入人心更在于充满神奇色彩的超人智慧，他足智多谋、沉着冷静、料事如神、稳操胜券。虽然作者给他添加了一层呼风唤雨、神机妙算的神秘色彩，以致“状诸葛之多智而近妖”（鲁迅《中国小说史略》），但诸葛亮的形象确实集中了封建社会理想政治家忠诚重义的品质，以及处理复杂事件的应变能力，从而成为智慧的化身，在民间流传千古。

关羽是小说中“义绝”的英雄典型，他绝伦超群、儒雅英武、磊落严正、志坚义重，是古今名将中的第一奇人。早在小说成书之前，关羽已经定型为“忠义”的完人。小说为给他增加更多的光彩，创作出许多并无史实依据的情节，渲染他义勇正直的性格和神勇过人的威慑力，并全力凸显他对刘备“义贯千古”的高尚品质。结义本来是封建社会小生产者向往的一种纯朴的宗法关系，但也有其从个人恩怨出发的狭隘性。刘、关、张的桃园三结义同时也是君臣关系的联结，关羽既表现了他对刘备始终不渝的忠诚，又因“义”而在华容道私放曹操，这种超现实的义气实际上不能为政权利益所容许，显然违反了生活的真实逻辑。虽然小说也描写了关羽居功自傲、狂妄自大、不能顾全大局等明显的缺点，但因被过分神化，形象不如曹操和诸葛亮丰满。

《三国演义》描写的大小战役有四十多次，而且能各尽其妙，突出不同战役的复杂性、多样性和特殊性，呈现出波澜壮阔的战争场面，把紧张激烈的战争写得有张有弛、跌宕有致。其中最精彩的是赤壁之战。这场战争是决定三国鼎立局面的关键。作者首先抓住孙权、刘备和曹操之间的主要矛盾，又恰到好处地表现了吴、蜀之间的次要矛盾，运用八回的篇幅对大战的经过做了层次清晰的描写。首先以战前的形势作为铺垫，对比三方的实力，暗示曹操统一长江以北的地区后，挥戈南下的必然性。吴、蜀统一战线建立后，孙权仍然犹疑不决，于是诸葛亮舌战群儒，加上鲁肃力排众议，曹操在三江口折兵，周瑜夜探曹营水寨，促使情节发展到第一个高潮。这时插入一场潇洒轻松的群英会，先是蒋干中计，接着是诸葛亮草船借箭，黄盖苦肉计，阚泽密献诈降书,庞统巧授连环计,这一连串大战前的紧张准备,使情节发展到第二个高潮。决战开始,双方进入较量的最高潮,周瑜火烧连营,孙、刘大获全胜。小说在紧锣密鼓的战争布局中,还插入了一些充满诗情画意的描写,如曹操横槊赋诗、庞统挑灯夜读等,这些悠闲的插曲使战争场景张弛有度,更显得山外有山、戏中有戏,十分引人入胜。

《三国演义》在艺术上的成功,使这部书数百年来受到人民大众的喜爱,并且在海外广为流传。

第二节 《水浒传》

一、作者和成书过程

水浒故事在南宋时已有民间传说,宋元之际的《大宋宣和遗事》中就出现了三十六个水浒人物。元杂剧中也有许多水浒戏,人物变成“三十六大伙、七十二小伙”(元·李文蔚《燕青博鱼》楔子),梁山泊已有纵横港汊一千条、方圆八百里的规模。据学者考证,《水浒传》的成书年代大约是明永乐之后到正德、嘉靖的一百年间。

明代高儒《百川书志》录《水浒传》,题为“钱塘施耐庵的本,罗贯中编次”,因此一般认为施耐庵是最早的编撰者。但是明代的几种刊本题名不一致,施耐庵的真实身份也不清楚,尚待研究。

《水浒传》成书以后,又经历了一个修改过程。明嘉靖年间,武定侯郭勋家传有《水浒传》善本,前有汪大函序,托名“天都外臣”,共一百回。郭本问世后,陆续出现各种繁本和简本。明代天启、崇祯年间,杨定见用郭本,将繁本和简本合编。明末清初金圣叹腰斩《水浒传》,删去原本七十一回后面的部分,卷首加引子,结尾预示了梁山好汉的悲惨结局。经过这一编撰修改的过程,《水浒传》才有了当代流传的样貌。

二、思想意义

《水浒传》取材于北宋末年梁山聚义的故事，以这个民族矛盾和社会矛盾极其尖锐的时代为背景，将高俅的发迹和宋徽宗对他的宠信作为故事的引子，一开头就揭示出"乱自上作"的主题思想。全书展开了一张庞大的封建统治的罗网：高俅、蔡京、童贯这些朝廷的权要人物通过亲友朋党，将自己的势力扩张到各级官僚机构。这些官僚依仗权势，横行州县、搜刮民财、虐害人命，而他们的社会基础还有祝朝奉、毛太公之类的土豪劣绅，西门庆、蒋门神、郑屠那样的恶霸地头蛇，再加上张都监、张团练一类鱼肉百姓的酷吏、官府中的衙役胥吏、监狱中的管营差拨、社会上的流氓泼皮等，他们上下勾结、为非作歹，将整个社会弄得暗无天日、民不聊生。

在这张大网的笼罩下，不但处于社会底层的雇农、渔民、猎户、城市贫民、手工业者、小商人无法忍受，铤而走险，甚至许多中下层的庄园主和官僚军事机构中的官吏、军官也都被迫造反。小说通过来自社会不同阶层和不同职业的人们走上梁山的不同原因，有力地证明了封建统治集团从上到下的黑暗腐败是导致民众奋起反抗的根本原因。

《水浒传》的思想意义还在于塑造出许多富有反抗精神的英雄人物，肯定了被压迫者蔑视封建君权和法纪的正义性。梁山成员落草的原因各不相同，其中一部分人是因为吃官司或逃避官司被逼上梁山的，如宋江、林冲、杨志、鲁智深、柴进、武松、李逵、雷横、解珍、解宝、阮氏三兄弟、杨雄、石秀等，他们是梁山好汉群体的核心人物，在小说结构和人物塑造方面都有举足轻重的地位。这部分人正是在受诬陷、遭迫害的过程中，逐步加深了对黑暗的社会现实的认识，并通过报仇雪恨的行为显示出决不向恶势力屈服的英雄性格。由于他们的存在，《水浒传》中的好汉不仅被赋予了超越传统江湖人物的新品格，而且具备了崇高的人生使命感。

梁山好汉聚义的最终目的是"替天行道"，"道"的内涵主要是为民除害、明正典刑、主持公道、平反冤狱，这些虽是在话本故事和水浒戏长期流传过程中自然形成的思想倾向，但在小说中通过头领宋江这个人物又得以升华。

宋江以扶危济困、仗义疏财的义气和求贤若渴、真诚待人的态度，将出身、品行各不相同的好汉们聚集在一起，使这一存在内部差异和矛盾的聚义群体被核心人物的思想所同化，有了共同奋斗的事业和目标，“仗义疏财金字障”与“替天行道杏黄旗”被并列为梁山忠义堂前的招牌，提高了梁山聚义“人人勠力、个个同心”的精神境界。

但是宋江并没有彻底推翻朝廷的政治雄心，而是积极主张接受招安，劝导水浒英雄将边庭立功作为最后的人生归宿。百回本写宋江在接受招安以后，紧接着就是平辽。这样的情节安排，一方面与《大宋宣和遗事》以靖康之变结尾、人民容易将抵御外侮的希望寄予草泽英雄有关，另一方面是因为明代北方边患严重，所以明代极其重视边功。《水浒传》成书于明初到嘉靖的百余年间，正是蒙古屡屡犯边的时期，这种形势在当时的正统文学和市民文学中有广泛的反映。加上中国古代游侠历来就以建立边功作为最高人生理想，因此小说对招安立边功的处理，不仅是对时代的回应，也是塑造具有人生使命感的英雄性格的需要。

然而这群聚义英雄接受招安后虽然在平定外患内乱的战争中功勋卓著，却并没有实现封王封侯的愿望，而是在阴险毒辣的权要迫害下，陆续战死疆场，或是奔走离散，最后落得“魂聚蓼儿洼”的悲惨下场。这又说明当初迫使他们落草的社会环境并未因其接受招安而改变，从而在客观上揭示了水浒聚义失败的历史教训。小说对后三十回情节的处理虽然存在很多矛盾，但其深刻反映社会现实的成就，以及所创造的光辉的英雄群像是不可埋没的。

三、艺术成就

《水浒传》的艺术成就主要体现在结构和人物塑造两方面。成书之前，水浒故事虽然大致已成规模，但是内容零散、人物形象不完整。成书以后，整体上形成了伞状的结构，前七十回的主要部分由若干个英雄人物的传记衔接起来，每个人物自成段落，根据其特殊遭遇创作出一系列表现其性格发展的情节，犹如伞盖的各条伞骨，最后归总到梁山落草这根伞柄上。

每个英雄人物的传记又都由一些精彩的场面组成，如林冲的误入白虎堂、刺配沧州道、风雪山神庙，武松的打虎杀嫂、醉打蒋门神、血溅鸳鸯楼等，这些精彩的场面往往是编辑者的创作。而各条由不同英雄传记构成的主要线索之间又时有勾连交缠，如林冲和鲁达的友情，武松和张青、孙二娘的相识，杨志与晁盖的关系，都是因遭遇的关联而带出新的人物。智取生辰纲还引出了宋江、李逵等一干重要人物。在主要人物的单线故事中，还不时插入一些集体作战的大场面，如梁山众好汉为救宋江劫法场、三打祝家庄等。这些场面既能使结构更加复杂且富于变化，又能推动情节的发展，促使梁山阵容进一步壮大，从而丰满地表现出各路英雄由个人发展到“小伙”和“大伙”，最后汇聚到梁山泊的过程。

在人物塑造方面，小说最突出的成就体现在它善于根据英雄好汉的不同身份和经历写出他们的不同性格特征，如李逵的天真老实、鲁莽暴躁，与他出身贫苦，又身为牢子的底层经历有关；杨志的聪明机警、热衷功名、善于逢迎，与他旧家子弟的出身有关；林冲英勇刚直，但宽厚忍让、委曲求全，与他身为禁军教头，又有一个安乐家庭的生活状态有关。小说还善于表现同类性格人物各自的特点。比如鲁智深和武松都是粗中有细，鲁智深表现为沉着老练、遇事不动声色，武松则表现为机警精细、处事安排周密。又如林冲和杨志地位身份相似，在身处逆境时，都能忍气吞声，但林冲的忍辱中潜藏着不甘屈服的刚毅之气，杨志的忍辱中带有更多的攀附谄媚之意。

作为一部英雄传奇，《水浒传》描写人物时也运用了合理的夸张，如武松打虎，鲁智深倒拔垂杨柳、三拳打死镇关西等，都给英雄人物添加了夺目的神采，但只是根据现实生活的逻辑和人物性格的需要稍加夸大，意在突出他们反抗恶势力的智慧和力量。此外，小说中的环境描写十分简洁，但对推动情节和表现人物性格同样有点睛作用，如“林教头风雪山神庙”描写大雪纷飞的景色，引出草料场的倒塌以及林冲在山神庙遇见仇人的机缘，同时以萧瑟凄冷的气氛烘托英雄落魄的处境，更能激发读者对林冲的强烈同情。

《水浒传》以白话为主，创造了准确、生动、通俗的文学语言，风格明快洗练，用词丰富多彩。如写鲁智深拳打镇关西，三拳都抓住下拳之处，从味觉、听觉和色彩三方面来形容挨打人的感觉，比喻俏皮而又新颖。许多方言俗语的运用也都能生动传达出人物的声音、相貌和心理状态。

就反映现实的深度和文字表达的生动性而言,《水浒传》的影响超过了《三国演义》,尽管后人对此书的思想倾向有不同的评价,但它长期以来广为流传,为人民大众所喜闻乐道,因而不失为一部杰出的古典文学名著。

第三节　《西游记》

一、作者和成书过程

《西游记》的最后写定者,一般认为是吴承恩,字汝忠,淮安山阳(今江苏淮安)人,生活在明中叶时期。诗文集有《射阳先生存稿》4 卷,《西游记》可能完成于其老年。

西游故事从产生到成书,经历了 900 多年的漫长岁月。最早源于玄奘到印度取经的真实历史。玄奘回国后著有《大唐西域记》,其弟子慧立又著《大唐慈恩寺三藏法师传》,基本属于历史传记。南宋出现的《大唐三藏取经诗话》,吸收了取经故事和人民群众的口头传说,已逐步脱离真实历史,变成了佛教神话故事,其中有猴行者、深沙神,西行的种种磨难均靠猴行者的神通法力克服。

宋元时期,西游故事进入平话和戏剧。元代的《西游记平话》仅存两个片段,一段保存在明代《永乐大典》第 13,139 卷"送"韵"梦"条,另一条保存在朝鲜古代汉语教科书《朴通事谚解》里。元明戏剧中也有《唐三藏西天取经》等杂剧。

《西游记》主要是吴承恩根据元代《西游记平话》,吸取大量民间传说后,经过艰苦的艺术构思,重新组织和润色而成的,因此他是西游故事创造性的总结者。

二、思想意义

《西游记》是一部神话小说。神话故事中的基本矛盾是由抽象的伦理道德观念所构成的，如光明与黑暗、正义与邪恶、残暴与善良的对立等，其反映现实的方式是通过非现实的幻想，而不是以具体的社会矛盾和生活逻辑为依据。神话小说也是如此。《西游记》由孙悟空大闹天宫和保唐僧西天取经两大部分组成。前一部分调动丰富的想象，赞扬孙悟空反对束缚、要求自由、否定权威、无所畏惧的叛逆性格，是全书的序曲，为后一部分孙悟空保唐僧西天取经提供了一个敢于战胜一切困难的英雄主角。

西行取经是人类文明交流史上的一次壮举，是对取经人的艰苦卓绝的考验，因而自然赋予孙悟空一种崇高的使命感。唐僧师徒在西行路上遭遇的磨难，绝大部分是由各种妖魔造成的，这些阻挠取经事业的邪恶势力，集中了残杀、淫荡、抢劫、欺骗等各种恶行。因此小说歌颂孙悟空克服各种艰难险阻的坚韧不拔、勇往直前的战斗勇气，以及举重若轻、无往不胜的乐观精神，也投影式地嘲讽了封建社会的各种世态人情，反映了百姓摧毁恶势力和征服自然灾害的理想和愿望。

三、艺术成就

小说创造了一个神奇瑰丽的童话世界。作者的想象力在天庭地府、龙宫魔窟之间自由驰骋，超越时空，无所不到、无处不在，开辟出许多新奇有趣而又光怪陆离的艺术天地。佛教、道教故事以及神话传说中的玉帝、佛祖、老君和其他各路天上神仙、人间妖魔、阎王判官都被调动和集中起来，组成了庞大纷繁的神怪体系。

全书由四十多个故事组成，从头到尾没有雷同，但每个故事都被安排得曲折惊险、出奇制胜。如火焰山三调琵琶扇的故事，在铁扇公主和牛魔王、红孩儿、玉面狐狸之间制造出种种复杂矛盾，使三调琵琶扇的情节各不相同。而在紧张恐怖的场面描写中，作者又常常加入一些调笑滑稽的插曲，如车迟国斗法的故事中，唐僧与虎力、鹿力、羊力大仙赌斗，经过一系列惊险场面后，多心的孙悟空怀疑八戒、沙僧在嘲笑他，为了让他俩吃点儿苦头，假装赌输，这类调笑不但可以活跃气氛，而且有助于使故事"节外生枝"，从细处塑造人物的性格。

《西游记》塑造人物的方法是将人性和动物性巧妙地融合在一起。其中的主要人物孙悟空和猪八戒都是人的思维性格与动物体态习性的混合体，并具有神的超凡威力，也就是生物性、社会性和传奇性的奇妙结合体。孙悟空好动喜闹、急躁聪明，体现了猴性；但他又有人类诙谐俏皮、善于随机应变的性格，英雄好汉的正直无私、疾恶如仇、锄强扶弱的本色；同时他神通广大、法力无边，遇事总能化险为夷、绝处逢生，面对任何危险都轻松自如、充满自信，从来不会被困难吓倒。猪八戒则笨重迟钝、好吃懒做，体现了猪的特点；但他又有人类贪财好色、目光短浅的缺点和憨厚老实的优点；同时也有几分降妖伏怪的神力，只是总吃败仗。这两个人物的性格形成鲜明的对比，也因此而使小说充满了喜剧冲突。

唐僧师徒在西行路上遇到的各种妖魔鬼怪，几乎都是成精的动物，甚至是成精的植物和器物。这些动物也同样保留着自身的生理习性，从狮、犼、虎、豹到老鼠、蜘蛛、蝎子、蜈蚣，各具动物或昆虫的外形特征、生活环境以及害人的特殊本领，如老鼠精住在无底洞里，蜘蛛精从肚脐眼里吐丝结网等。神魔间的斗争也是根据动物之间一物降一物的关系来设计的，如请老母鸡精毗蓝婆治死蜈蚣精，请本相是鸡的昴日星官制服蝎子精等。这就使奇思幻想与细节真实得到了巧妙的糅合。

全书风格风趣幽默，善于用活泼调笑的笔调，使不少章回妙趣横生。这一方面是因为孙悟空和猪八戒这两个人物的喜剧性格，另一方面是因为书里随处可见的对世态人情的冷嘲热讽。此外，语言的流畅明快、洗练生动也决定了此书轻松诙谐的风格。吴承恩从家乡的苏北方言中吸取新鲜而又有生命力的语言，使人物语言达到了个性化的高度。例如猪八戒偷吃人参果的故事中，几个人的对话纯用口语，唐僧的语气虔诚胆小，小道童的口吻急躁蛮横，孙悟空的抵赖显得心高气傲，猪八戒的抵赖显得心虚愚蠢，都写得活灵活现，不看说话人的名字，也能猜出每句话出自何人之口。

《西游记》在明代刚问世，就被搬演到了戏剧舞台上。明清两代还有一些作者续写了《西游补》《续西游记》《后西游记》等。清代戏剧中取材于《西游记》的京剧、地方戏、木偶戏很多，宫廷内部还编了连台本戏。西游故事也早就流传到海外，出现了很多译本，直至今日，仍然可见于电影、动画和电视连续剧，受到广大民众的欢迎。

第四节　明代拟话本

明中叶以后，拟话本盛极一时。文人创作的拟话本与说话艺术开始分家，成为专供阅读的白话短篇小说，并随着印刷业的发展大量刊印上市。拟话本和话本的区别主要有三个方面：一是话本是口头文学的记录，供说话艺人演出之用，拟话本是文人模拟话本形式的书面文学作品，供案头阅读之用；二是话本主要反映市民阶层的生活，拟话本经过文人创作改编，更多地渗透了封建士大夫的意识；三是话本人物、情节较简单，大多数只写一人一事，拟话本篇幅大大加长，情节、人物更细腻丰富。

一、冯梦龙和“三言”

冯梦龙(1574—1646)，字犹龙。室名墨憨斋，因号墨憨斋主人，江苏长洲(今江苏苏州)人。一生科场坎坷，61岁时在福建寿宁县任知县，后退休闲居。明亡后参加抗清斗争，失败后忧愤而死，卒年73岁。

冯梦龙一生创作、改订、辑刊的著作有50多种，辑有“三言”等小说，改订过《东周列国志》《平妖传》等长篇小说以及多种戏曲传奇。他重视通俗文学和民间文学，认为小说有巨大的社会意义和教育作用。“三言”之所以题名为《喻世明言》《警世通言》《醒世恒言》，就是为了通过这些作品劝喻和告诫世人。

“三言”是三个话本集的总称，每集40篇，共120篇。其中宋元旧本占三分之一，其余为明代话本和文人的拟作，都经过冯梦龙的加工整理。“三言”

中还收入了他自己的一些作品。

"三言"中以爱情为主题的作品几乎占三分之一,《杜十娘怒沉百宝箱》《卖油郎独占花魁》是其中的代表作。前篇写教坊名妓杜十娘渴望过良家妇女正常的家庭生活,暗中积蓄赎身的珠宝,并选中李甲作为自己的终身依靠,但她在脱离青楼后不幸被李甲卖给少年富豪孙富。杜十娘在买卖交割的那天拿出自己的百宝箱,一面痛斥李甲,一面将珠宝一件件丢入江中,最后投江而死。一个沉沦在社会黑暗深渊中的妓女,费尽心机自救,却还是被人抛弃,只能以死抗争,这是一个具有深刻社会意义的悲剧。后一篇写妓女辛瑶琴在风尘中受尽欺凌侮辱之后,才认识到卖油郎秦重虽是市井之辈,却忠厚老实、体贴诚恳,具有那些衣冠子弟缺乏的美德,因此她愿意和他一起过"布衣蔬食"的日子。这两篇小说从不同角度对官宦子弟卑劣自私的品质痛加贬斥,充分肯定了下层妇女和普通百姓的人品和精神追求。

"三言"中还有小说直接从时事取材,大胆暴露当时统治的黑暗残酷,如《沈小霞相会出师表》写权相严嵩父子对正直官员沈炼全家的迫害,表现忠臣义士与权奸的斗争。有的谴责地主强占农民土地的恶行,如《灌园叟晚逢仙女》写恶霸地主张委要抢夺花农秋翁的花园,勾结官府陷害他下狱,秋翁幸得众花仙相助惩治了恶霸。有的赞扬市民推崇信义和友谊,如《施润泽滩阙遇友》写两个小手工业者因拾金不昧和知恩图报而结下的友情。这些都是"三言"中较有思想意义的佳作。但"三言"中也夹杂着一些封建思想的糟粕和低级趣味,应予辨析。

"三言"保留了话本的结构形式,但故事情节更加曲折动人,脉络清楚,首尾完整,对人物形象的刻画比宋元话本生动细致,能将人物的内心活动和细节描写结合起来,绘声绘色地表现人物的性格和神情。它所取得的艺术成就,使白话短篇小说在古代文学史上获得了重要地位。

二、凌濛初和"二拍"

凌濛初(1580—1644),字玄房,别号空观主人,与冯梦龙是同时代人。"二拍"指他创作的《初刻拍案惊奇》和《二刻拍案惊奇》这两本短篇小说集,但其取材于杂碎琐闻，只是个人消闲解闷之作，因而思想艺术都受到很大局限。宗教迷信、因果报应、低俗描写充斥全书。但部分作品能反映明代社会的某些黑暗面，如有一类专写敲诈拐骗之事，对明代官僚、地主、富商的贪婪、淫秽、愚蠢以及社会的险恶有所暴露，特别是对当时迷信方士炼丹药的世风持批判态度。另外还有相当多的曲折离奇的公案故事，其中较好的作品能大胆揭露封建社会"官即是盗"的社会现实，对当时官吏的贪赃枉法和司法衙门的暗无天日讽刺最多。

"二拍"中还有不少作品描写市民的商业活动和追逐利润的思想意识，如《转运汉巧遇洞庭红》写一个破产商人冒险出海经商，意外发财；《叠居奇程客得助》写一对徽州商人兄弟经商失败流落关外，得到海神指点经商门路等，都对行商坐贾的行为加以赞扬，显示出商人社会地位的提高，以及明代市民意识的发展。

"三言""二拍"对拟话本创作的影响很大，明末到清代乾隆、嘉庆时期出现的白话短篇小说集保存到今天的有四五十种，其中较著名的有《石点头》《醉醒石》《西湖二集》等，虽然总体成就不高，但也可从一些作品中见到"三言""二拍"没有触及的内容，仍有一定的认识价值。

知识点：

章回小说　《三国演义》成书过程　《水浒传》成书过程

《西游记》成书过程　拟话本　"三言""二拍"

思考题：

1. 试分析《三国演义》中关于赤壁之战的描写。

2. 如何理解《水浒传》的思想内容？

3. 试析《西游记》对孙悟空形象的塑造。

第二十四章
明代诗文和词曲

第一节　明代诗文

明代诗歌和散文的数量很多，仅朱彝尊编的《明诗综》就收入了 3400 多家，但独创性较弱，成就不能与唐宋时期相比。

一、明初诗文

明初的代表作家有刘基、宋濂、高启。他们经历过元末的社会大动乱，能写出一些较有社会意义的作品，摆脱了元末纤秾浮艳的风气。

刘基(1311—1375)以古文见长，语言简练生动。他的《卖柑者言》借卖柑人的话，揭露了封建朝廷里文臣武将"金玉其外、败絮其中"的本质，精悍泼辣，发人深省。寓言集《郁离子》包括一百多则寓言，内容丰富，含有哲理，也最有趣味，是我国寓言文学的宝藏之一。他的乐府诗里也有一些反映现实生活的佳作，清新自然，带有民歌情调。

宋濂(1310—1381)，字景濂，号潜溪，是朱元璋的开国文臣。有《宋学士文集》，擅长散文，其中人物传记成就较高。他的《送东阳马生序》是一篇励志名作，其中谈到学习必须勤奋刻苦、专心致志的道理，十分生动感人：

余幼时即嗜学。家贫，无从致书以观，每假借于藏书之家，手自笔录,计日以还。天大寒,砚冰坚,手指不可屈伸,弗之怠①。录毕,走送之,不敢稍逾约。以是人多以书假余,余因得遍观群书。

既加冠②,益慕圣贤之道,又患无硕师③、名人与游,尝趋百里外,从乡之先达,执经叩问④。先达德隆望尊,门人弟子填其室,未尝稍降辞色⑤。余立侍左右,援疑质理⑥,俯身倾耳以请;或遇其叱咄,色愈恭,礼愈至,不敢出一言以复;俟其忻悦,则又请焉。故余虽愚,卒获有所闻。

当余之从师也,负箧曳屣⑦,行深山巨谷中,穷冬烈风,大雪深数尺,足肤皲裂而不知。至舍,四支僵劲不能动,媵人持汤沃灌⑧,以衾拥覆,久而乃和。寓逆旅⑨,主人日再食⑩,无鲜肥滋味之享。同舍生皆被绮绣,戴朱缨宝饰之帽,腰白玉之环,左佩刀,右备容臭⑪,烨然若神人;余则缊袍敝衣处其间⑫,略无慕艳意。以中有足乐者,不知口体之奉不若人也⑬。盖余之勤且艰若此。

今虽耄老⑭,未有所成,犹幸预君子之列⑮,而承天子之宠光,缀公卿之后⑯,日侍坐备顾问,四海亦谬称其氏名⑰,况才之过于余者乎?

---

① 弗之怠:对抄书这件事一点儿不懈怠。
② 加冠:指成年。古代男子到二十岁时,举行加冠(束发戴帽)仪式。
③ 硕师:饱学而有名望的老师。
④ 先达:学问通达的前辈。
⑤ 降辞色:言辞变得委婉,脸色变得温和。
⑥ 援疑质理:提出疑难,询问道理。
⑦ 负箧曳屣:背着箱子,拖着鞋子。
⑧ 媵(yìng)人:陪嫁女子,这里指女仆。汤:热水。
⑨ 逆旅:旅店。
⑩ 日再食:每日两餐。
⑪ 容臭(xiū):香袋。
⑫ 缊(yùn)袍:粗麻絮制作的袍子。
⑬ 口体之奉不若人:吃穿享受不如人家。
⑭ 耄(mào)老:八九十岁的老人。
⑮ 预君子之列:能在有道德学问之人的行列里。
⑯ 缀公卿之后:尾随在公卿后面。缀(zhuì):连接。
⑰ 谬称其氏名:不恰当地称道我的姓名。这是自谦的说法。

这段文章从自己幼年家贫时如何借书抄写、如何远道拜师、如何艰苦求学、如何不慕富贵这四方面的生活细节落笔，写出要想学有所成，必须心志坚定、诚恳谦恭，不畏饥寒艰辛，不贪图生活享受等体会，质朴亲切，对今人颇有启发意义。

高启(1336—1374)，字季迪，自号青丘子，曾被推为“海内诗宗”。他才气纵横，不少诗抒发了自己不肯随俗的情怀和对现实的不满，较有寄托，因诗文得罪朱元璋而被腰斩。他的诗风格豪健奔放，接近李白，又能兼取众家所长。代表作《登金陵雨花台望大江》以遥望大江形胜起兴，追怀历史，开头写景很有气势：“大江来从万山中，山势尽与江流东。钟山如龙独西上，欲破巨浪乘长风。江山相雄不相让，形胜争夸天下壮。”大江似乎要控制山势向东，钟山却要向西扭转大江巨浪的态势，这就从大江与钟山的争雄中写出此地之险要。然而后半篇却说：“黄旗入洛竟何祥①，铁索横江未为固。前三国，后六朝，草生宫阙何萧萧！英雄乘时务割据，几度战血流寒潮。”指出三国以来凡是在此定都的朝代不但未能与天下争雄，反而很快亡国，说明守住江山不能依靠天险。最后歌颂明太祖结束战乱的功业，“从今四海永为家，不用长江限南北”，也道出了南北宋以来人民看到国家统一的欣慰之情。

时代晚于高启的于谦(1398—1457)，是明代著名的军事家和民族英雄，曾在明英宗土木堡之变发生后任兵部尚书，坚持抗敌，守住了北京。写诗虽是他的余事，却有几首名作传世。如《石灰吟》：

> 千锤万击出深山，烈火焚烧若等闲。粉骨碎身全不怕，
> 要留清白在人间。

这首托物明志的诗作于明成祖永乐十二年(1414)，于谦当时年仅十七岁。生产石灰要经过几道烧炼的工序，从深山采石，经过千锤万击碎成末，再经窑火焚烧多时，才能炼成。诗人虽然年少，却已经决心要像石灰一样，经过千锤百炼成为国家可用之材。这种不怕粉身碎骨的献身精神和清白高

---

①　黄旗入洛：吴国孙皓以为黄旗青盖入洛的传言是吴灭晋之先兆，遂带领数千人赴洛，半路不堪饥寒，复还金陵。其后孙皓降晋，举家西迁入洛阳。祥，吉凶的先兆。

洁的品格，在他应对民族危机的关头得到了最好的验证。

二、前后七子

明代二百余年间，出现了不少诗文流派。从永乐（1403—1424）到成化（1465—1487）的几十年间，流行以杨士奇、杨荣、杨溥（合称“三杨”）为代表的台阁体，主要是歌功颂德、雍容典雅的应酬诗文。与此同时，茶陵诗派的领袖李东阳强调从声调格律的角度学习唐诗，给前后七子的理论奠定了基础。所谓前七子，是指以李梦阳、何景明为首的一个文学派别，主要成员还有徐祯卿、边贡、王廷相、康海和王九思五人。他们基本的理论主张大体一致，都认为文必秦汉，诗必盛唐，盛唐以下无诗；学习盛唐要从模仿盛唐的格调入手。这一派的理论对矫正台阁体诗风有益，但过于强调模仿前人，又难免导致流弊。

嘉靖、隆庆年间（1522—1572），前七子之后，又有后七子兴起，主要有李攀龙、王世贞、谢榛、宗臣、梁有誉、徐中行和吴国伦七人，他们进一步发挥学习秦汉盛唐的主张，对前七子的弊病也有所纠正。后七子当时影响很大，直到明末还有不少人追随其后。

尽管前后七子的拟古主张导致其诗文创作缺少独创性，但这些派别在诗歌鉴赏理论方面颇有建树，至今仍有参考价值。

三、唐宋派和归有光

当时与前七子相抗衡、反对盲目拟古的有唐宋派，以唐顺之、王慎中、归有光、茅坤为代表，他们都擅长古文。这一派批评前七子强调古文、效法先秦两汉，只是模仿字句，并未学到精髓，因而提出文章要从自己胸中流出，作文的法则出于自然，认为唐宋文才是继承秦汉古文的典范。其中归有光的成就最高。

归有光（1506—1571），字熙甫，号震川，昆山（今江苏昆山）人。著有《震川先生集》。他的散文以抒情记事一类最有特色。如《先妣事略》《项脊轩志》《沧浪亭记》《寒花葬志》等，都能以清新淡朴的笔致记叙日常琐事，平易自然，生动真挚。《项脊轩志》通过追忆项脊轩从修葺到败坏的过程，抒发了作者对祖母、老乳母以及妻子的怀念。虽然每人只是寥寥几笔，只略举一件事或一句话，但都令人物身份和音容笑貌跃然纸上。如老乳母追忆作者母亲曾经站过的地方和说过的话，确是一个带过两代孩子的老仆人才有的口气；写妻子只提一句娘家小妹问什么叫阁子的闲话，又可想见当初妻子在轩中伴丈夫读书的温馨。写项脊轩的环境："借书满架，偃仰啸歌，冥然兀坐，万籁有声，而庭阶寂寂。小鸟时来啄食，人至不去。三五之夜，明月半墙，桂影斑驳，风移影动，珊珊可爱。"所取都是最平常的景物，却清幽朴素而自见天籁之趣。全文在淡淡的记述中流露出浓重的感伤，动人心弦又风味超然。

四、公安派和晚明小品文

晚明时期，以袁宗道、袁宏道、袁中道三兄弟为首的公安派兴起，反对前后七子的拟古倾向。阳明心学的左派特别是李贽的学术思想对这一文学派别的影响很深。三袁提倡抒写性灵，反对模拟；认为文学是发展的，各有其时代特点和历史原因；主张文章以精神气质为本；重视戏曲小说的文学价值，认为民歌是发自民间的真声。这些观点在当时是有批判精神和积极意义的。

在他们之后，以钟惺和谭元春为代表的竟陵派也赞同公安派的主张，想以幽深孤峭的风格挽救公安派创作流于轻率的弊病，但失于境界狭窄，成就不高。

在公安派影响下产生的一批小品文，题材多样，形式自由，无论叙事抒情还是写景说理，都是信笔直书，文字自然流畅，清新可喜，在明代诗文中最有特色。如袁宏道(1568—1610)的《晚游六桥待月记》：

> 西湖最盛，为春为月。一日之盛，为朝烟，为夕岚。今岁春雪

甚盛，梅花为寒所勒，与杏桃相次开发，尤为奇观。石篑数为余言[①]："傅金吾园中梅[②]，张功甫玉照堂故物也[③]，急往观之。"余时为桃花所恋，竟不忍去。湖上由断桥至苏堤一带，绿烟红雾，弥漫二十余里。歌吹为风，粉汗为雨，罗纨之盛，多于堤畔之草，艳冶极矣。

然杭人游湖，止午、未、申三时[④]。其实湖光染翠之工，山岚设色之妙，皆在朝日始出，夕舂未下[⑤]，始极其浓媚。月景尤不可言，花态柳情，山容水意，别是一种趣味。此乐留与山僧游客受用，安可为俗士道哉？

全篇将记事、写景、议论融为一体，层层铺垫，逐次推进。前段先说梅好却来不及看，先去看桃，这就烘托出西湖梅桃齐放、美不胜收的热闹春光。"绿烟红雾""歌吹为风，粉汗为雨"等构词也颇有独创性。后段评论西湖景色中午不如早晚和月景，又在比较中见出湖光山色、朝暮四时之美，不落俗套，表现了文人雅士游赏山水的独特趣味。

张岱(1597—1689?)，字宗子，一字石公，别号陶庵，山阴(今浙江绍兴)人。他也提倡抒写真性情，文学主张接近公安派和竟陵派，散文大多短小精悍，清新流丽，富有诗情画意，以《陶庵梦忆》《西湖梦寻》《琅嬛文集》著称，是明末小品文的代表作家。他少年时是纨绔子弟，生活豪奢，年至五十遭遇明亡，遂避乱隐居，以著述追寻昔日的旧梦。这些文集表现了他对故国乡土的热爱和眷恋，又难免流露出国破家亡的感伤。《西湖七月半》是他的名篇，专写西湖各类游客赏月的不同情态，将游湖人分为五类，前四类只是怀着各种目的来凑热闹，只有一类人专找僻静之处，待人散之后才慢慢赏月。文章将士大夫的清高和杭州市民的俗态加以对照，写得谐趣百出。

---

① 石篑(kuì)：即陶望龄，字周望，号石篑，明代会稽人。万历年进士，袁宏道的朋友。

② 金吾：官名，明亲军中有金吾卫。

③ 张功甫：张鎡，字功甫，号约斋，南宋人，张俊之孙。玉照堂是其园林，有名贵梅花。

④ 午、未、申三时：相当于从上午十一时至下午五时的这段时间。

⑤ 夕舂(chōng)：夕阳的代称。

他的《湖心亭看雪》更是一篇写雪景的美文，其中“雾凇沆砀[①]，天与云与山与水，上下一白，湖上影子，惟长堤一痕，湖心亭一点，与余舟一芥，舟中人两三粒而已”一节，巧用量词，以几点浓墨、一痕淡墨，反衬出云天山水一色的雪雾世界，犹如一幅简淡至极的水墨画。

明末小品文发展了北宋散文平易自然、清新脱俗的特色，但更加自由活泼，抒写随性，因而成为中国古代散文中的一大亮点。

第二节 明代散曲和民歌

一、明代散曲

明代的散曲数量不少，并且颇有成就。编印的散曲选集之多超过了元代，作者共计有 330 多人。北方的代表作家有王九思、康海、冯惟敏、薛论道等。王九思、康海是前七子中的成员，杂剧、散曲都写得较好，他们将满腹牢骚抒发到曲子里，风格粗豪爽朗，曲词本色，有关汉卿、马致远的遗风。冯惟敏是创作散曲的大家，著有《海浮山堂词稿》4 卷，题材广泛，内容丰富，能深刻激烈地讽刺当时的社会现实，语言活泼自然，风格豪迈爽朗，其成就可与元代散曲大家并称。

南方散曲作家以陈铎、王磐为代表。陈铎的《滑稽余韵》136 首，全面描写当时城市各行各业的生活习俗和职业特征，绘出人间百态，展开了明末经济生活和社会风情的长卷。

王磐(1470? —1530)，高邮(今江苏高邮)人。一生不仕，放情于山水诗酒。工诗善画，又精通音律。自号“西楼”。他的散曲取材很广，著有《王西楼乐府》，笔致有南方的华美清俊，又带有一点儿北方的爽朗古直和诙谐。如[朝天子]《咏喇叭》：

---

① 沆(hàng)砀(dàng)：一片白色混茫的样子。

喇叭，唢哪[①]，曲儿小，腔儿大。官船来往乱如麻，全仗你抬声价。军听了军愁，民听了民怕。那里去辨甚么真共假？眼见的吹翻了这家，吹伤了那家，只吹的水尽鹅飞罢！

这首曲作于明武宗正德年间(1506—1521)，当时宦官专权、欺压百姓，官船出行时常常吹号以壮声势。喇叭、唢呐都是吹奏类管乐器，曲儿小指其旋律简单，腔儿大指其声音响亮，借以隐喻宦官身份低微、才疏学浅，却因一朝得势而装腔作势、飞扬跋扈。无论军队还是民间都听到就怕，是因为官船所到之处，家家鸡犬不宁，被搜刮得倾家荡产。取材于喇叭，在咏物文学中本来就新颖罕见，何况可以双关宦官的特点和行事，因而特别贴切，加上散曲特有的俏皮语调，更能于幽默中见深刻的讽意。

昆腔兴起以后，北曲衰落，散曲形成南词一派，梁辰鱼的散曲集《江东白苎》就是南词散曲，曲词精美文雅，音律严整，曲味少而词味多。此外，明代著名的散曲家还有施绍莘、朱载堉等。

二、明代民歌

民歌的发展也是明代文学的一大特色，明代文人赞美其为“我明一绝”。明代小曲流行，曲调多来自民间，如《山坡羊》《劈破玉》《打草竿》《挂枝儿》等，都是民众自创的，后来传入上层社会，引起文人注意，并刊刻成编。在整理收集民歌方面贡献较大的是冯梦龙，他辑有《挂枝儿》《山歌》等民间俗曲集。《挂枝儿》10 卷，今本存 379 首。《山歌》也是 10 卷，存 380 首。两本俗曲集的内容基本上都是情歌，表现了青年男女真率热烈的感情。如《分离》：

要分离，除非是天做了地；要分离，除非是东做了西；要分离，除非是官做了吏。你要分时分不得我，我要离时离不得你。就死在黄泉也，做不得分离鬼。

---

① 唢哪：唢呐。

这首民歌和汉乐府《上邪》、敦煌曲子词[菩萨蛮]“枕前发尽千般愿”一样，都是青年男女在热恋中的山盟海誓，也是通过列举几种自然和社会上不可能出现的现象来强调无论生死都不可能分离。只是时代不同，明代民歌的语言更加通俗，也更加市民化而已。

有些士大夫因酷爱民歌，有不少模拟之作。通俗文学中的小说、戏曲等也常常引用民歌俗曲，使作品更生动活泼，可见其饱满的生命力以及在当时产生的广泛影响。

知识点：

前后七子　唐宋派　公安派　竟陵派　明末小品文　明代民歌

思考题：

1. 简析归有光的《项脊轩志》。

2. 举例分析张岱小品文的艺术特色。

第二十五章
清代诗文和词派

清代文学的时段指公元1644年明朝覆灭，到1839年鸦片战争前夕这一段时期。1840年鸦片战争开始以后，清帝国的统治虽然维持到1911年辛亥革命前，但因时代和文学的面貌都发生了巨大变化，一般称之为晚清近代。

第一节　清代诗词

一、清初遗民诗

明末清初，一部分诗人参加了抗清斗争，失败后成为遗民。他们将故国之思、民生之苦写到诗里，无不慷慨悲凉，具有深切的感染力量。其中成就较突出的有顾炎武、吴嘉纪、屈大均等人。

顾炎武(1613—1682)，字宁人，号亭林，昆山(今江苏昆山)人，是明清时期著名思想家、学者和文学家。清兵南下时，参加过昆山、嘉定一带的抗清斗争。失败后到全国各地考察山川形势，时刻不忘反清复明。他在学术上主张经世致用，在文学上主张作文要有益于天下。著有《亭林诗文集》《日知录》等。

顾炎武的诗从多方面反映了明末政治的腐败、江南人民的抗清斗争、清兵入关后大肆屠杀的罪行，是明清之际历史变迁的实录，被后人称为“诗史”。诗风苍凉悲壮，如《精卫》：

万事有不平，尔何空自苦。长将一寸身，衔木到终古？

我愿平东海，身沉心不改；大海无平期，我心无绝时！

呜呼，君不见，西山衔木众鸟多，鹊来燕去自成窠。

这首诗以问答的形式，借精卫鸟愿以身填平大海的壮志，表明自己复国之志至死不变的坚强意志。最后以西山那些忙着衔木为自己筑巢的燕鹊，作为精卫鸟的对照，讽刺为苟安而仕清的士人们，表现了诗人崇高的民族气节。

吴嘉纪（1618—1684），字宾贤，号野人，江苏泰州人。明亡后不再求仕，隐居海滨，以苦吟为乐，著有《陋轩诗》。诗集中最重要的内容是痛斥清兵在扬州屠城的血腥罪恶，如《过兵行》写扬州大屠杀十年以后，清兵再次践踏此地的惨象："扬州城外遗民哭，遗民一半无手足""入郡沸腾曾几时，十家已烧九家室""一时草死木皆枯，昨日有家今又无"。一幅幅惨不忍睹的画面，渗透着诗人的血泪。吴嘉纪诗的另一显著特点是描写苏北地区的民生状况，如煮盐的灶户、漕运的船民等，并揭露当时盐政、军输、河患给人民带来的无穷苦难，所以也被评论家誉为"以诗为史"。

二、"江左三大家"和"南施北宋"

"江左三大家"是明末清初人对当时著名文学家钱谦益、吴伟业、龚鼎孳三人的称号。因三人的籍贯都在江苏、安徽，南朝时称为江左地区。

这三人都在明亡之后投降清朝，只不过降清之后政治态度有所不同。三人的诗风都以学唐为主。其中钱谦益和吴伟业在清初诗坛上影响很大，尤其是吴伟业（1609—1672），字骏公，号梅村，诗风清丽，因擅长七言歌行，能学白居易长庆体而自成一格，人称"梅村体"，著有《梅村家藏稿》。他的代表作《圆圆曲》在清诗中享有盛誉。诗写于清顺治八年（1651），以1644年甲申之变为背景，叙述吴三桂和陈圆圆的故事。诗中"恸哭六军俱缟素，冲冠一怒为红颜"两句最为著名，讽刺吴三桂因陈圆圆被李自成所掠而叛明投清的丑恶行为。诗里流露出对故国的怀念，也是对明末清初动乱时代的实录。

"南施北宋"指清初的两位著名诗人施闰章和宋琬。施闰章(1618—1683),字尚白,号愚山,安徽宣城人,擅长五言古近体诗,有不少反映民生疾苦的诗作,风格温柔敦厚。宋琬(1614—1673),字玉叔,号荔裳,山东莱阳人。诗集中感伤忧患的作品较多,风格雄健磊落,两人在清前期诗坛上别具一格,与"南朱北王"齐名。

三、"南朱北王"

"南朱北王"是指清前期另外两位著名文学家——朱竹垞和王士祯。

朱竹垞(1629—1709),本名朱彝尊,字锡鬯(chàng),号竹垞(chá)。浙江秀水(今浙江嘉兴)人。清朝词人、学者、藏书家。有《日下旧闻》《经义考》《曝书亭诗文集》等多种著作。他是词坛领袖,曾编选唐、宋、金、元词659家,共2253首,名为《词综》,作为学词的范本。他所开创的"浙西词派"影响了康熙、雍正、乾隆三朝百余年的词坛。

王士祯(1634—1711),字子真,一字贻上,号阮亭,别号渔洋山人。新城(今山东桓台)人。顺治年进士,官至刑部尚书。著有《带经堂全集》。他论诗提倡"神韵",追求清远淡泊的风格,擅长绝句和律诗,内容多为山水、应酬。他的《秋柳》四首是传诵一时的名作,如其一:

> 秋来何处最销魂?残照西风白下门①。他日差池春燕影②,
> 只今憔悴晚烟痕。愁生陌上黄骢曲③,梦远江南乌夜村④。

---

① 白下门:指南京。

② "他日"句,化用南朝沈约《阳春曲》:"杨柳垂地燕差池"。

③ 黄骢曲:即黄骢叠曲。据唐人段安节《乐府杂录》,黄骢为"太宗定中原时所乘战马,后征辽,马毙,上叹息,乃命乐工撰此曲"。这句借黄骢曲抒发盛世已去的遗恨,暗中关联明朝在南京开国的历史。"陌上"与柳相关,宋人徐照有《陌上柳》诗。

④ 乌夜村:据范成大《吴郡志》卷9,乌夜村,"晋穆帝后,何准女,窝居县南,产后于此。将产之夕,有群乌惊于聚落。尔后乌更鸣,众共异之。及明,大赦。"晋穆帝皇后为东晋何准之女何法倪,据《晋书》本传,桓玄篡位时,她因在太庙停车大哭,被桓玄降为零陵县君,与晋安帝一起迁徙到巴陵。这句暗喻改朝换代的悲哀,关联南明政权在南京的短暂历史。"乌"与"柳"有关,李白《杨叛儿》:"乌啼白门柳。"

莫听临风三弄笛，玉关哀怨总难论！

此诗开头将秋怨集中在西风残照中的南京城，不只是凭吊六朝古都，因南京又是明太祖朱元璋建都之城，南明政权的朱由崧也曾在此即位。颔联将从前杨柳垂地、春燕差池的美好春景与如今晚烟笼罩的憔悴秋色相对照，盛衰之感自在其中。颈联中的黄骢是唐太宗定中原时所乘的战马，征辽时死去，太宗命乐人作黄骢叠曲以示哀悼；乌夜村是晋穆帝皇后何法倪出生之地，这位皇后曾因桓玄篡晋在太庙痛哭，典故的对仗暗中关联大明王朝开国和灭亡的历史，隐含着晋唐旧梦的幻灭感和难以明言的易代之悲，因而听到风中的《折杨柳》笛曲，更不堪春风不度玉门关的哀怨。全诗用典关合杨柳，扣住“秋柳”题意而不着痕迹，因而成为传诵一时的名作。

四、郑燮和“乾隆三大家”

郑燮(1693—1766)，字克柔，号理庵，又号板桥，人称板桥先生，江苏兴化人，是康、乾时期的重要文学家。他擅长书画，一生只画兰花和竹石，是“扬州八怪”的重要代表人物。他做过山东范县、潍县县令，政绩显著。在潍县所作《墨竹图题诗》颇能体现他的爱民之心：

衙斋卧听萧萧竹，疑是民间疾苦声。些小吾曹州县吏[①]，
一枝一叶总关情。

风吹竹林的萧萧声，听来却像民间痛苦的呻吟声，这是因为诗人身为州县小吏，虽然官职低微，但百姓的疾苦就像竹林的一枝一叶，都牵动着自己的忧思和责任感。由竹子一枝一叶的动静兴起对百姓一举一动的关注，比兴自然而新颖。

《竹石》诗则以质朴通俗的语言赞颂竹子在劲风中傲然挺立的品格：

咬定青山不放松，立根原在破岩中。千磨万击还坚劲，

---

① 些小：微小。

任尔东西南北风。

竹子立根于岩缝之中，没有土壤的滋养，但凭着咬定青山决不放松的劲头，经得起风霜雨雪的无数磨难，这种刚毅坚劲的性格，正是诗人高尚情操的自我写照。

清中叶的著名诗人“乾隆三大家”指袁枚、赵翼和蒋士铨三人。袁枚和赵翼的论诗主张相近，都推重性灵，主张创新。袁枚（1716—1798），字子才，钱塘（今浙江杭州）人，著有《小仓山房诗文集》和《随园诗话》。他的诗清新别致，浅易自然。如《苔》：

白日不到处，青春恰自来。苔花如米小，也学牡丹开。

青苔身处白日照射不到的阴湿之地，却也自有青春萌动。所以苔花即使像米粒那般微小，也要学牡丹盛开。这首诗不但从独特的角度发现了青春活力的无处不在，而且能激励所有最平凡的生命绽放出最美丽的光彩。

赵翼（1727—1814），字云崧，号瓯北，阳湖（今江苏常州）人。著有《瓯北诗集》和《瓯北诗话》等。《论诗绝句》五首其二是他的名作：

李杜诗篇万口传，至今已觉不新鲜。江山代有才人出，
各领风骚数百年。

诗人并非否定李、杜诗篇的永恒价值，而是认为每个时代都应该有杰出的诗人，继承国风和《离骚》的优秀传统，像李、杜那样领袖群伦，开出几百年的新风。在明清以来拟古因袭之风流行的诗坛上，这种主张不断创新的文学思想显得尤其可贵。

五、清词的复兴

词在清代出现了复兴气象，不但有大量的清词选本和很多词学的理论著作，而且作者和派别众多。清初先有以陈子龙、夏完淳为代表的爱国遗民词作家；之后又有以朱彝尊为代表的浙西词派和以陈维崧为代表的阳羡词

派，以及张惠言开创的常州词派。纳兰性德更是超越各家，成为清代成就最高的词人。

浙西词派推崇南宋的姜夔和张炎，追求清丽雅正的风格。与朱彝尊一起唱和的浙江词人中有一位龚翔麟，将各家所作的词合刻为《浙西六家词》，浙西词派由此得名。这一派后期的盟主是杭州的厉鹗(1692—1752)。

陈维崧(1625—1682)，字其年，号迦陵，宜兴人(今属江苏)人。他的词兼取苏轼、辛弃疾和周邦彦、秦观各家之长，填词数量极多，现存《湖海楼词》尚有1600多首。他的词题材宽泛，骨力遒劲，但不够含蓄。在他周围还聚集了一批与之风格相近的词人，如曹贞吉、万树、蒋景祁等，相互唱和，一时颇具声势。由于宜兴古称阳羡，所以这一词派被称为阳羡词派。

常州词派产生于清中叶，创始人张惠言(1761—1802)，号茗柯先生，武进(今江苏常州)人，是乾嘉时期著名学者和散文家。嘉庆二年(1797)，他客居安徽歙县教书，与其弟张琦编选唐宋词44家，共116首，作为教学生作词的课本。歙县的郑善长选录张惠言兄弟等九位常州词人的词，编为一卷，作为《词选》的附录，正式刊行，很快风靡大江南北，取代了浙西词派的《词综》，形成常州词派，影响长达一百多年。这一词派的宗旨，一是尊词体，要使词获得与诗赋同等的正统文学地位；二是崇比兴，以比兴寄托提高词的立意和格调；三是分正变，以婉约派词为正宗，排斥俚俗、豪放的变体。继张惠言之后，常州词派的重要词论家是周济，编有《词辨》《宋四家词选》，主张以北宋的质实来挽救浙西词派清空的弊端。

清代词人中成就最高的是纳兰性德(1655—1685)，他原名成德，字容若，号楞伽山人。满族正黄旗人。父亲为康熙时权臣纳兰明珠。他本人也是康熙侍卫，一生过的是太平富贵的日子。他生前将自己的词编为《饮水词》，内容主要是相思离别、哀感闲愁，风格清新自然，凄婉哀怨，接近李后主，尤以小令见长。如[长相思]：

山一程，水一程，身向榆关那畔行[①]。夜深千帐灯。　风一

---

① 榆关：山海关。那畔：那边。

更，雪一更，聒碎乡心梦不成。故园无此声。

纳兰性德曾于康熙二十一年(1682)随康熙出巡山海关外，这首词作于途中。上片连用“一程”概括一路跋山涉水的行程，只以“千帐灯”三字便写出皇家宿营的阵势；下片连用“一更”概括深夜风雪交加的景象，不加任何雕饰，只从风雪声的聒噪扰梦，和一句朴实的“故园无此声”，便足见风雪之猛烈，思乡之心切，最能体现词人自然真朴的特色。

纳兰词受到当代和后人极高的评价，曹寅曾有诗说：“家家争唱饮水词，纳兰心事几人知。”(《题楝亭夜话图》)王国维称他“北宋以来，一人而已”(《人间词话》)。可见他在清词中的地位之高。

第二节　清代散文和骈文

一、清初散文三大家

清初魏禧、侯方域、汪琬合称为清初散文三大家，三人的集子曾被合刻在一起。魏禧(1624—1681)，字冰叔，一字叔子，宁都(今江西宁都)人，有《魏叔子文集》。明亡后不仕，与其兄魏际端、弟魏礼合称“宁都三魏”。三魏与其他六位文学家一起聚居在翠微峰，讲学论道，实际以反清复明为目的。因魏禧之父的居室名“易堂”，合称为“易堂九子”。

魏禧受史传散文和苏洵的影响较大，文风雄健刚劲。名篇《大铁椎传》是他的代表作。文章描写作者在某将军席上认识一位大铁椎时刻不离身的豪客，重点记述他在半夜与一群劫匪恶斗的英勇场景：“时鸡鸣月落，星光照旷野，百步见人。客驰下，吹觱篥数声。顷之，贼二十余骑四面集，步行负弓矢从者百许人。一贼提刀突奔客，客大呼挥椎，贼应声落马，马首裂。众贼环而进，客奋椎左右击，人马仆地，杀三十许人。宋将军屏息观之，股栗欲堕[①]。"由豪客的勇猛无敌，作者联想起张良当初雇力士用大铁椎在博浪沙刺杀秦始皇未中之事，含蓄地表达了寄复仇之希望于市井奇人的寓意。

侯方域(1618—1655)，曾经主盟复社，这是明末的一个文社，以"兴复古学""务为有用"为号召，对当时政治持批判态度。入清后因参加乡试，认为自己失节于明，悔恨不已，又因国破家亡、壮志难酬，抑郁病亡。他所写的人物传记如《李姬传》《马伶传》等都很生动简洁。《李姬传》还成为清代戏曲《桃花扇》的题材依据。

汪琬(1624—1690)，字苕文，号钝庵，人称尧峰先生，长洲(江苏苏州)人。他以写作古文著称于时，文风力求纯正，以六经为本，同时上溯韩愈和欧阳修。有《尧峰文钞》。

二、桐城派古文

桐城派是康熙、乾隆年间兴起的一个散文流派，因代表人物方苞、刘大櫆、姚鼐三人都是安徽桐城人，所以后人称之为"桐城派"。由于姚鼐晚年以讲学为生，他所编选的《古文辞类纂》流传极广，门下弟子众多，而且历时长久，遂成为清代影响最大的一个文学流派。

桐城派的古文理论由方苞首倡，到姚鼐完成。他们的基本主张是：一、尊奉程朱理学，作文目的是通经明道，道统和文统的结合是古文最高标准。所谓文统，指六经、《论语》、《孟子》、《左传》、《史记》、唐宋八家到归有光。二、讲究"义法"，义指文章的思想内容，法指文章的表现形式，要求内容与形式统一。三、义理、辞章、考据三者结合。义理即有关圣人之道的内容；考据是使文章更加信实有据；辞章是对神气、音节、字句等形式的要求。

桐城派古文讲究语言雅洁、文章严谨简练。如方苞的《狱中杂记》写狱中瘟疫流行的情况，狱卒奸吏折磨犯人的狠毒手段和贪赃枉法的罪恶行为，揭露出当时监狱的阴森黑暗，颇有现实意义，记叙也很简净真切。姚鼐颇能代表桐城派古文善写游记的特点，如他的《登泰山记》全面记述泰山的地理

---

① 股栗：两腿发颤。

形势，冬日登泰山的时间，以及从南麓登山的路径，沿途所见胜景古迹及风光。其中在日观亭观看日出一段写得鲜明如画：

> 戊申晦①，五鼓②，与子颍坐日观亭③，待日出。大风扬积雪击面。亭东自足下皆云漫。稍见云中白若摴蒱数十立者④，山也。极天云一线，异色，须臾成五采。日上，正赤如丹⑤，下有红光，动摇承之。或曰，此东海也。回视日观以西峰，或得日，或否，绛皜驳色⑥，而皆若偻⑦。

这一段先写在风雪扑面的情况下等待日出，视线随云气从足下移到云中众山，再放眼到天尽头，渲染日出前云雾弥漫的冬晓景象。然后正面写日出之景，从云天一线色彩的变异转到日出时的丹红色，以及远处晃动着承接红日的一片红光。再从日观亭西面山峰被阳光照射的斑驳色彩，以及一律弯腰曲背的形态烘托出初日的壮美。寥寥百余字，全方位地展示了泰山云海日出的动态过程。结尾写附近山景：

> 山多石，少土；石苍黑色，多平方，少圜⑧。少杂树，多松，生石罅⑨，皆平顶。冰雪，无瀑水，无鸟兽音迹。至日观数里内无树，而雪与人膝齐。

大多使用三四字的短句，以三“多”、三“少”、三“无”概括山上石多松多、只见冰雪的景观，文字极其洁净，几乎无一字可以省略，充分显示出作者驾驭文字的能力。

桐城派在姚鼐以后，流传更广，随后出现的阳湖派等其他古文派别都是

① 戊申：这一年的十二月二十九日。晦：农历每月最后一天。
② 五鼓：五更。
③ 子颍：泰安知府朱孝纯，字子颍。日观亭：在日观峰上。
④ 摴蒱（chū pú）：古代的一种赌具。
⑤ 正赤：正红色。
⑥ 绛皜（hào）：红色和白色。驳色：颜色驳杂。
⑦ 偻（lǚ）：脊背弯曲。
⑧ 圜：圆。
⑨ 罅（xià）：缝隙。

受到桐城派的影响而形成的。阳湖派代表人物张惠言和恽敬，都是江苏阳湖（今武进）人，原来喜作骈文，因听到刘大櫆弟子传授师说，才改作古文，一时又有多人响应，于是形成阳湖派。与桐城派稍有不同的是，他们善于吸取六朝文体之长。除了取法六经八家以外，同时也兼取子史杂家，可视为桐城派支流。

三、骈文的复兴

除了散文以外，骈文也在清代复兴，写作骈文的人数众多，其中汪中向来被推为清代最杰出的骈文家。汪中（1744—1794），字容甫，江都（今江苏扬州）人，著有《述学》《广陵通典》《容甫遗诗》等。他的骈文能吸取魏晋六朝骈文的长处，高古醇雅。代表作如《哀盐船文》哀悼乾隆三十五年（1770）十二月仪征盐船失火的无辜死难者，运用骈文精工的对仗，渲染烈焰冲天、浮尸满江的惨状，写得惊天动地，令人目不忍睹，但又明白易懂，充分发挥了骈文便于铺陈和抒情的长处。

总之，传统诗文在清代出现了全面复兴的迹象，虽然不如小说戏曲的成就，但作者和流派众多，各种文体都能取得不俗的成绩，因而形成了自己的时代特色。

知识点：

清初遗民诗　梅村体　浙西词派　阳羡词派　常州词派
《饮水词》　桐城派

思考题：

1. 清初遗民诗反映了什么样的思想感情和社会现实？

2. 试析姚鼐的《登泰山记》。

第二十六章
清代戏曲

明代汤显祖的传奇和徐渭的短剧在清代戏剧创作中仍有较大影响。清初剧作家中，吴伟业、尤侗、李玉的作品较为突出。吴伟业和尤侗都很注重文采，并能结合自己的遭际，借历史故事抒发亡国的悲痛和怀才不遇的牢骚。李玉创作戏剧有六十多种，其中《万里缘》《千钟禄》等表现忠君爱国的思想感情，指责明末误国的官僚；《清忠谱》写明代天启六年苏州人民反对魏忠贤一党，为救周顺昌冤狱而展开的闹市斗争①，都能直接反映社会现实，思想艺术成就较高。

康熙年间《长生殿》和《桃花扇》两部传奇的出现，使戏剧界大放异彩。两剧作者洪昇和孔尚任被称为“南洪北孔”。乾隆时，杂剧传奇较著名的作者有蒋士铨、杨潮观。蒋士铨的《冬青树》歌颂文天祥、谢枋得为国殉节的凛然正气，谴责祸国殃民的奸臣，较有思想意义。杨潮观有《吟风阁杂剧》32种，每种仅一折短剧，大多取材古事作为寄托，或者讽喻现实，或者劝善惩恶，构思新颖，语言本色酣畅，但不适合舞台表演。

乾隆后昆曲衰落，花部兴起。清代以来，昆曲经过逐渐改良，得到士大夫和宫廷的欣赏，过分重视辞藻，逐渐雅化。被北京、扬州的士大夫们称为堂戏，又称“雅部”。这时各种地方戏曲得到迅速发展，包括京腔、秦腔、弋阳腔、梆子腔、罗罗腔、二簧调，等等，一般风格比昆腔粗犷，语言也较通俗。这些昆腔以外的地方剧种就被称为“花部”或者“乱弹”。花部都是草台戏、土

① 周顺昌(1584—1626)：万历年间进士，东林党人。在福州推官任上，反对矿监税使的掠夺，后被魏忠贤党迫害下狱。以颜佩韦等五人为首的苏州市民发动民众奋起反抗，引起暴动，遭东厂镇压，英勇就义。

班子，各种戏曲之间相互交流，取长补短，在唱腔、乐器、化妆、排场方面加以改进，表现出丰富多彩的不同特点，受到一般观众的欢迎，因而逐渐取代了昆曲的优势地位。当时有一位经学家焦循在《花部农谭》中对花部和昆曲加以比较，指出花部的三大优点，使花部的社会地位大大提高。

乾隆以后，道光、咸丰年间，著名演员程长庚、余三胜、张二奎吸取昆腔和花部诸腔之长，在唱腔和表演艺术上加以提高和再创作，形成盛极一时的皮黄剧，最后在咸丰、同治年间逐渐演变成京剧，成为全国影响最大的一个剧种。

第一节　《长生殿》

一、作者洪昇及其作品

洪昇(1645—1704)，字昉思，号稗畦，钱塘(今浙江杭州)人。一生功名不顺，但受过当时最好的文学教育，康熙年间当了二十年的国子监生。康熙二十八年(1689)，因他所作的《长生殿》恰在佟皇后丧葬期间演出，被革去国子监生籍，携家回到浙江。不幸于康熙四十三年(1704)在浙西乌镇落水而亡。

洪昇能作诗，著有《啸月楼集》《稗畦集》《稗畦续集》。戏曲则有杂剧《四婵娟》和传奇六种。今存仅《四婵娟》和《长生殿》。《四婵娟》是四种一折短剧，写谢道韫、卫夫人、李清照、管夫人四位才女的故事。创作这组杂剧的动机与他和夫人之间具有共同的文艺兴趣有关。洪昇夫人爱文学，通音律，多才多艺，能与他同甘共苦。这些杂剧中所表现的夫妇生死不易的爱情理想与《长生殿》是相通的。

二、李、杨故事的演变和《长生殿》的写作过程

《长生殿》以安史之乱为背景，取材于唐明皇李隆基和杨贵妃的故事。

对这一故事，历来有两种不同看法：一种是从真实的历史出发，指责唐明皇因宠幸杨贵妃导致安史之乱，主要见于唐宋人的许多诗作。另一种是将它当作艳闻逸事传播，主要见于市民小说、说唱文学。白居易的《长恨歌》和陈鸿的《长恨传》在故事性质的演变中起了关键作用。《长恨歌》利用这一历史事件本身的悲剧意味和民间传说的渲染，把李、杨故事写成一个凄婉动人的爱情故事，传说中的帝妃也完全不同于历史真实中的帝王和后妃。受这首诗的影响，元代白朴的《梧桐雨》更着重于表现李、杨故事的悲剧气氛，但是作者又没有放弃以此故事表现兴亡教训的主题，这样就必然造成爱情传说和历史真实之间的矛盾。

《长生殿》的写作经过十几年，三易其稿，主题也换了三次。先是感叹李白在盛世的遭遇，后来是表现李泌辅佐唐肃宗中兴唐王室的功绩，最后形成传世的稿本。这一写作过程与题材演变的过程所体现出来的自身矛盾，决定了这部传奇思想主题的复杂性。

三、《长生殿》的主题思想

洪昇在剧本自序中清楚地说明了自己的创作动机：一是“念情之所钟，在帝王家罕有”；二是“乐极哀来，垂戒来世”。显然作者是想把赞美李、杨爱情的民间传说与提供兴亡教训的历史真实统一起来，这就使剧本包含了相互矛盾的双重主题。

剧本对李、杨爱情的肯定，以及对这两个人物的塑造基本上是根据民间传说。全剧五十出，以“惊变”“埋玉”为界，前半部从“定情”开始到“密誓”，写他们生前感情的发展过程，基本上没有脱离帝妃的特定生活环境，但尽量净化两人的关系，减轻他们对朝政的危害程度。后半部写他们的生死恋，因为脱离了宫廷生活环境的局限，作者赋予人物以更多的传奇色彩，把他们的生死恋写成一种超越社会现实的至情。尤其是唐明皇对杨贵妃的悼念，通过“闻铃”“哭像”“雨梦”等出的渲染，淡化了悲剧主人公的身份以及造成悲剧的原因。剧本结尾企图以男女主人公的忏悔来化解爱情主题和政治主题的矛盾，但最后得出“情缘总归虚幻”的结论，说明二人升上忉利天永为夫妇的结局也不过是一场虚构的幻梦而已。

另外，剧本又把李、杨故事的背景处理成真实的历史剧的规模，它所铺开的历史画面，比之前同一题材的任何作品都要广阔。尤其是前半部分，通过对李林甫和杨国忠这两个反面人物的描写，成功地揭示出安史之乱的直接原因以及当时政治的黑暗腐败。同时剧本又将宫廷荒淫奢侈的生活与普通民众的苦难生活加以对比，明确指出最高统治者“逞侈心，穷人欲”是祸败的根本。如第十出“疑谶”借郭子仪和酒家的对话批判杨氏姐妹争盖豪宅的靡费：“朱甍碧瓦，总是血膏涂！”第十五出“进果”写当时农民的困苦：“田家耕种多辛苦，愁旱又愁雨。一年靠这几茎苗，将来半要偿官赋，可怜能得几粒到肚！”然后着重表现农田在进贡荔枝的使者的铁蹄下被糟蹋殆尽、百姓血肉横飞无处诉冤的惨状，使杜牧《过华清宫》诗和苏东坡《荔枝叹》中的讽刺性得到更加感性的呈现。

剧本还痛斥了安史之乱中投降事敌的失节官僚，如第二十八出“骂贼”出色地塑造出一个充满血性的乐工雷海青的形象，借他之口尖锐地质问那些腼颜事敌的伪官：“平日价张着口将忠孝谈，到临危翻着脸把富贵贪。早一齐儿摇尾受新衔，把一个君亲仇敌当恩人感。咱只问你蒙面可羞惭！”“弹词”一出将李龟年流落的地点安排在明代故都南京，唱出了作者自己的兴亡之感：“唱不尽兴亡梦幻，弹不尽悲伤感叹。大古里[①]凄凉满眼对江山，我只待拨繁弦传幽怨。”这种怀念盛世的兴亡感慨使剧本双重主题之间的矛盾得到一定程度的缓解，也增加了这部传奇的艺术感染力。

四、《长生殿》的艺术成就

这部传奇与《牡丹亭》一样，都以歌颂生死不渝的爱情为主题，强调至情可以超越生死界限的力量，因而也展开了从现实世界到幻想世界的丰富想象。剧中借用民间有关嫦娥月宫、牛郎织女的美丽传说，以及道教中关于东海蓬莱仙山的描述，展现出天上和海外虚无缥缈的仙境和幻境，加上人物众

---

① 大古里：大概，总是。

多,场面热闹,历史背景宽广,遂使“词场一新耳目”。只是剧本没有《牡丹亭》中人鬼或人神交感的情节,也不求证实幻境的实在性,而是要表现仙之可能有,也可能无,全看情缘的深浅,所以结尾最终归于虚幻。

《长生殿》的主要成就不在人物性格的塑造,而在强烈的抒情色彩和细腻的心理描写。剧本最成功的是那些诗情画意的戏剧场面,如“偷曲”一出写月夜的宫墙之下,李謩隐身在垂杨花影里,听着宫内传出的悠扬音乐,用笛子遥相应和,营造出极其清雅的场景。“闻乐”一出写贵妃梦游月宫,用音乐和舞蹈组合成梦幻般的仙境。作者所极力追求的正是这类场景中的诗意和美感,所以他不惜用四出的篇幅来表现“霓裳羽衣舞”产生的过程。后半部“闻铃”“哭像”“雨梦”等出也都融化了古典诗词的意境。因此可以说《长生殿》是一部戏剧化的抒情诗,其感人之处与其说是主人公的遭遇和命运,不如说是这些场景中浓郁的诗剧气氛。

《长生殿》的曲词能配合其场景情节和人物身份,变换不同的风格,有的细腻婉转,有的悲愤慷慨,有的哀怨凄清,有的华丽丰赡,有的粗犷雄放。特别是“闻铃”“弹词”中的一些唱段,向来为人传诵。如“闻铃”中的[武陵花]曲:

> 淅淅零零,一片凄然心暗惊。遥听隔山隔树,战合风雨①,高响低鸣。一点一滴又一声,一点一滴又一声。和愁人血泪交相迸。对这伤情处,转自忆荒茔。白杨萧瑟雨纵横,此际孤魂凄冷,鬼火光寒,草间湿乱萤。只悔仓皇负了卿,负了卿!我独在人间,委实的不愿生。语娉婷②,相将早晚伴幽冥。一恸空山寂,铃声相应,阁道棱嶒③,似我回肠恨怎平!

这段唱词从远近雨声写起,滴在心头的雨声和剑阁千山万树高响低鸣的雨声连成一片,与愁人的血泪交相迸发,仿佛笼罩着愁云惨雾的天地也在为离人呜咽,是以景写情。接着联想到马嵬此时的雨景,虽然人鬼分途,但

---

① 战合风雨:形容风雨如交战合击。
② 娉(pīng)婷:形容体态举止优美的女子。
③ 棱(léng)嶒(céng):崚嶒。形容山势高峻。

那凄冷的孤魂应当也在听着墓旁白杨潇潇的雨声，这是情中之景。以下直诉心中的悔恨，以空山中的哭声引起檐下铃声的回应，以阁道的崚嶒比喻难平的愁肠，使茫茫的长恨充塞在蜀山蜀水之间。写得苍凉凄楚，催人泪下。

洪昇自认为文采不如汤显祖，《长生殿》化用前人诗词曲的词汇和意境较多，但音律的细致精严超过了汤显祖，因而解决了明传奇向来文采与音律不能兼顾的矛盾，为当时乐家和文人竞相传写教习，传播极广。

第二节　《桃花扇》

一、作者孔尚任及其作品

孔尚任(1648—1718)，字季重，号东塘、岸堂，又称云亭山人。山东曲阜人。年轻时在曲阜石门山中读书。37 岁时，因康熙朝拜孔庙，他被引荐为康熙讲《大学》，兼做导游，由此被破格授予国子监博士。两年后被派去疏浚黄河入海口，在淮扬一带漂泊近四年，结识了很多明末遗民，又到扬州梅花岭拜史可法的衣冠冢，在南京登燕子矶、游秦淮河、谒明故宫、拜明孝陵。这一段生活经历加深了他对南明亡国的认识，也丰富了《桃花扇》传奇的素材。回到北京后，孔尚任继续任国子监博士，与顾天石合作《小忽雷》传奇。后升为户部主事、户部广东司员外郎。康熙三十八年(1699)，《桃花扇》脱稿，轰动一时。康熙听说后命孔尚任立刻将剧本送到宫里。第二年孔尚任被突然罢官，之后在北京逗留两年多，回到曲阜石门山，终老于家。

孔尚任的著作除了上述两种传奇以外，还有《湖海集》13 卷，辑录他在淮扬疏浚入海口时所写诗文。

二、《桃花扇》的故事背景

《桃花扇》共四十出，取材于明亡前夕(1643)到南明弘光王朝覆灭(1645)期间，发生在以南京为中心的政治舞台上的政治军事事件。崇祯末年，李自成占领北京，崇祯帝在煤山上吊自杀。吴三桂引清兵入关。清军进入北京后，凤阳总督马士英、阮大铖等在南京拥立福王，建立南明政权，这个小朝廷仅仅存在一年就被清兵击溃。

《桃花扇》的故事从复社文人和阉党余孽阮大铖之间的斗争开始，这场斗争是明代天启年间(1621—1627)东林党人与宦官魏忠贤阉党的斗争在新形势下的继续。东林党在万历年间出现，万历三十二年(1604)，顾宪成、高攀龙等在无锡建立东林书院，他们在讲学中讽议朝政，品评人物，一些在朝和在野的士大夫遥相呼应，被称为东林党人。其政治态度是反对宦官专权，主张改良政治，减免赋税，反对王公勋戚对土地的掠夺，反对矿监、税监的横征暴敛，因此得到城市居民普遍的支持。当天启年间魏忠贤残酷镇压东林党人的时候，市民的反抗发展成群众性的暴动。复社在崇祯(1628—1644)初年继承东林党的主张开始活动，《桃花扇》的男主角侯方域就是一位复社名士。马、阮把持南明政权后，继续迫害复社文人，这一斗争成为全剧的重要背景。与此同时，南明政权内部的文臣武将不顾清兵南下的危机，依旧搜刮百姓、争权夺利、自相残杀，甚至投降清军以求苟全。只剩下史可法率领三千老弱死守扬州，这是全剧的另一重要背景。侯方域作为史可法幕中的参谋，将这两重背景联系起来，通过他和秦淮名妓李香君悲欢离合的遭遇，全方位地呈现了这段历史时期错综复杂的政治斗争。

三、《桃花扇》的主题思想

剧本的主题首先是总结明王朝覆灭的教训，抒发作者深沉的兴亡之感。作者在剧本的小引中明确地指出，他的创作动机就是要“借离合之情，写兴亡之感”，令人“知三百年之基业，隳于何人？败于何事？消于何年？歇于何地？不独令观者感慨涕零，亦可惩创人心，为末世之一救矣”！

剧本首先展示出明亡前夕，南京城里的官宦士绅一派醉生梦死的景象，即使是头脑清醒之人，也毫无挽救国运的良策。崇祯死后，在迎立福王的争论中，侯方域已经向史可法指出福王的“三大罪”和“五不可立”的原因。果然，福王在登基之后将大权交给马、阮一伙奸党，甚至在清兵压城时，记挂的还是自己的及时享乐。而马、阮之辈则狼狈为奸，将国家的危难看成自己飞黄腾达的良机，一边卖官鬻爵，大肆敛财；一边搜捕复社文人，迫害忠良，随时准备投降南下的清兵。剧中的五镇将领们也都是一伙骄横跋扈的逆臣。防守江北的四镇武将因内讧而互相厮杀，导致千里江淮一片空虚，清兵长驱直入。这些描写充分说明南明政权内部各种无法调和的派系矛盾，加上文贪武暴的官僚大臣和荒淫无道的昏君，决定了这个小朝廷必然灭亡的下场。

剧本的另一个重要主题是赞美那些坚守政治节操的忠臣义士和下层市民。历史上的史可法是一位著名的抗清英雄，在剧本中，则是唯一可以担当中兴大任的中流砥柱。尽管在奸党排挤下，他对于朝政的腐败无能为力，在四镇将领的内讧中又束手无策，但他还是明知不可为而为之，带领三千残兵坚守扬州，英勇抗敌，直到城破之后，还抱着一片忠心赶到南京保驾，直到一切无可挽回，才投江自尽，以身殉国。剧本对史可法的赞扬，特别是"誓师"一出中描写他哭出血泪的情景，尤其感人。"沉江"一出中老赞礼和复社文人对他的沉痛悼念，也流露出作者的民族感情。

剧本最大的亮点是塑造了一些下层市民的正面形象。其中李香君虽是一个地位卑贱的秦淮歌妓，但她能出污泥而不染，性情刚烈，鄙弃富贵，具有强烈的正义感和鲜明的政治倾向。她对侯方域的爱情不是出于对少年公子才情风采的倾慕，而是出于对东林党人和复社文人的敬重。当她知道自己的妆奁是阮大铖所办的时候，立刻当众斥责侯方域"因私废公"，并将簪子裙衫全部扔在地上。侯方域被马、阮迫害出走后，她洗去脂粉，罢却弹唱，立志为侯方域守节，宁死不嫁给马士英的同党田仰为妾，并一头撞在墙上，鲜血飞溅在侯方域送她的诗扇上，被点染成桃花图。"骂筵"一出写她乘着马、阮一伙聚在一起的机会，大义凛然地痛斥他们上台后荒淫无耻、倒行逆施的罪恶。被丢在雪地里时，她更加激愤地唱道："冰肌雪肠原自同，铁心石腹何愁冻？奴家已拼一死，吐不尽鹃血满胸，吐不尽鹃血满胸！"作者将被侮辱与被损害的歌妓形象描绘得分外光彩照人，使她成为我国古典戏剧文学中一个具有独特高度的典型形象。

剧中的柳敬亭是明末著名的说书艺人，剧本着重突出了他勇于为正义事业献身的豪侠义气。他原为阮大铖的门客，得知阮大铖是魏忠贤余党后，立刻与众艺人离开阮家。左良玉兴兵东下时，他又冒着风险为侯方域送信，阻止他的分裂行动，并巧妙地运用自己的机智和舌辩才能说服左良玉改变了军事计划。马、阮将复社党人投入监狱后，他又为左良玉到南京投递声讨马、阮的檄文，最后被阮大铖投入监狱。柳敬亭和另一位下层艺人苏昆生不但在反对权奸误国的斗争中发挥了重要作用，而且最后都隐迹山林，实际上也体现了明末遗民不愿与清王朝合作的政治态度。

孔尚任生活在清朝统治已经六十年的康熙时期，虽然不敢从反抗外族侵略的立场来处理前代亡国的悲剧，但历史题材本身的现实意义，以及作者深切的悲悼之情，仍然会产生清代统治者所忌讳的社会反响。事实上《桃花扇》"凡例"中也说到，该剧演出时，一些故臣遗老"掩袂独坐""灯灺[①]酒阑，唏嘘而散"，说明《桃花扇》确能引发人们的故国之思。

四、《桃花扇》的艺术成就

《桃花扇》继承明代《鸣凤记》、清初《清忠谱》等历史剧忠于历史事实、爱憎分明的优良传统，借男女离合之情写兴亡之感，以艺术的真实展现出明清之际广阔的社会现实。最突出的成就是塑造了众多复杂的人物形象。

《桃花扇》剧中 29 个有名字的人物全是历史上的真人，剧本还附有一篇考据，列举剧中许多重要史实所根据的文献资料。作者根据这些人物不同的政治态度，分出左、右、奇、偶、总五部，每部中分出不同类型，排好主次关系，选择最有代表性的人物展开重点描写。除了主要人物李香君、侯方域、史可法、柳敬亭以外，反面人物着重刻画了马士英和阮大铖。各部人物既有共同特征，又有各自特点，面目绝不雷同。例如马士英和阮大铖结党营私、腐朽荒淫是其共同特征，但马士英平庸无能，阮大铖奸诈多谋，两人必须互相勾结才能为所欲为。

剧本的独到之处在于能揭示人物的个性特征和人性的复杂，防止人物形象简单化和类型化。典型例子如侯方域，他是复社名士，有正义感，也有

---

① 灺(xiè)：尽。

政治见识，但在与阮大铖的斗争中，较为软弱，往往取调和态度。他对李香君的认识也有一个逐渐深入的过程，两人从开始的狎妓关系到最后发展为志同道合的情侣，表现得层次分明。另一个人物杨龙友，在剧中起着串联敌对双方关系的引线作用。他是一个圆滑、世故又颇有才艺的政客，因能诗善画，与复社文人、秦淮名妓都有往来；他又是马士英的妹夫、阮大铖的盟弟，所以八面玲珑，两边讨好。他既为侯方域通风报信，又逼迫李香君嫁给田仰。李香君血溅诗扇时，他又在血迹上添加桃枝桃叶，为李香君写照。但马、阮被市民痛打时，他却救了这两个奸贼。作者没有把他写成一个卑鄙的投机人物，而是兼顾到他的人情味和毫无立场的态度，这样复杂的人物在我国古典戏剧中十分罕见。

《桃花扇》的另一特色是结构完整严谨，关目①针线细密，剧情转换灵活多变。全剧以侯、李的离合为中心线索，前十二出写二人因复社对阮大铖的斗争而结合，又因阮大铖的迫害而分离。从侯方域牵出请柳敬亭携书劝阻左良玉东下的活动。从第十三出到第十六出写南明政权的建立，从第十七出开始分两条线交错发展：一条以李香君的遭遇为中心，通过马、阮对她的迫害，揭示南明小朝廷的黑暗腐朽；一条以侯方域为中心，联系四镇的内讧，河南守将杀害四镇将领之一高杰后降清等情节。从第三十一出到第四十出，由复社党人被捕，引出左良玉声讨马、阮，扬州失守、南明覆灭等剧情。最后侯、李二人在团圆之后又因亡国之痛而分别斩断情根。两条线索始终围绕着桃花扇展开，每个人物的来龙去脉都交代得清清楚楚，又紧扣剧情发展。

剧本在宾白处理上也颇有独创性。明清传奇一般重视曲文，说白常由演员临时发挥。作者认为这样会使好剧本点金成铁，因而对唱词和说白做了精心安排，宾白非常详细，不容增减。但因作者主张“宁不通俗，不肯伤雅”，剧本的语言虽然情文并茂，但搬演到舞台上便不易听懂，这也是当时文人案头剧作难免的欠缺。

---

① 关目：戏曲术语，泛指情节安排和构思。

知识点：

花部　雅部　京剧的形成　李、杨故事形成过程　南洪北孔

思考题：

1.《长生殿》的艺术特色是什么？

2.谈谈《桃花扇》的背景和主题思想。

第二十七章
清代小说

明代小说大多为集体创作而经作者加工的产物，清代小说则以文人创作为主，优秀作家几乎都经历过穷困潦倒的生活，接触了较为复杂的社会现实，概括生活的能力和艺术表现的手法更加高超。《聊斋志异》《儒林外史》《红楼梦》这些杰出的小说，在继承前代优良艺术传统的基础上，发挥了巨大的独创性，代表着我国古典小说的最高成就。

第一节　《聊斋志异》

一、作者蒲松龄及其作品

蒲松龄(1640—1715)，字留仙，一名剑臣，别号柳泉居士。山东淄川(今山东淄博)人。出身于败落的书香门第，19 岁时连中县、府、道考试三个第一，补博士弟子员。以后却屡试不第，31 岁时给宝应县令孙蕙当幕宾，南游江淮。一年后返回故乡，在同乡名人毕际有家设馆教书。到 40 岁时，《聊斋志异》已大体完成，以后陆续增补。48 岁到 51 岁再应乡试不中，从此不再应考。他在毕家教书 30 年之久，后又到济南教书，直到 70 岁时才归乡，次年援例当上了贡生。享年 76 岁。

蒲松龄晚年给村民编写过一本简便的药方《药崇》，又采集农事经验，编为《农桑经》，此外还编过《日用俗字》《婚嫁全书》等适应百姓需要的书籍。

除了《聊斋志异》以外，还有诗文、词赋、俚曲、戏曲的创作，由今人收集整理为《蒲松龄集》。

二、《聊斋志异》的思想内容

《聊斋志异》是一部短篇文言小说集，各篇内容不同。大体说来，其中最有思想价值的一类作品能揭露各种贪官污吏和土豪劣绅的罪恶，反映封建统治者的残酷和社会的黑暗现象。如《促织》写明代宣德年间宫里向民间征收蟋蟀，华阴县一个里正的小儿子不慎把父亲捉到的蟋蟀弄死，投井身亡，魂气化为一只善斗的蟋蟀，被进贡到宫里，百战百胜，致使各级官吏都得到封赏。故事尖锐地指出皇帝的玩物是百姓以儿女生命换取的，而各级官吏则是帮助皇帝掠夺人民的工具。其余如《成仙》篇直斥"今日官宰半强寇"；《潞令》篇写官员为催逼租税，一百天内在公堂上打死 58 人；《韩方》篇揭露康熙三十三年山东大水，官员还要以"乐输"为名逼民交粮；《梦狼》更借梦境呈现出群狼在衙门当道，公堂上下白骨如山的情景，借喻各级官府就是由吃人的豺狼组成，意义都非常深刻。

尤为可贵的是，小说还赞扬了受压迫者对封建统治者的顽强反抗精神。如《席方平》篇写席父被财主仇人害死，席方平到地狱为父亲申冤，一直告到冥王那里，但各级上下都收受了仇人贿赂，席方平受尽酷刑拷打，始终不肯屈服。冥王为封口，又许其长寿富贵，席方平还是不为所动，最后告到二郎神前，才将冥王和阴间各级官府都治了罪。小说借阴曹地府为人间写照，控诉了各级官府沆瀣一气与豪绅相互勾结残害百姓的罪恶。席方平敢于反抗恶势力的勇气和不屈不挠的斗志也刻画得极为感人。类似的还有《向杲》《商三官》《崔猛》《红玉》等篇，都借小说人物之口发出了有仇必报，有冤必申的正义呼声。

《聊斋志异》的思想价值还体现在痛切地揭露了科场不公对读书人的戕害，是我国文学史上最早抨击科举弊端的小说。以前的文学作品中，科举功名都是读书人改变命运的主要途径。作者虽然尚未从根本上否定这种取士制度，但在当时已具有突破性的意义。如《叶生》写叶生诗赋文章可称翘楚，但屡试不中。县令丁乘鹤带叶生回家教授公子，叶生竭尽平生之力，使丁公子连考连中。最后在丁公子催促下叶生重上科场，竟然得中。但当他衣锦还乡时，才发现自己早已去世，原来他是变了鬼才考中阳间的举人。叶生死后借着一点阴灵为自己扬眉吐气的行为，反过来正说明有多少人才成为科场的冤魂。另外，作者又尖锐地指出科场取人的庸滥根源在于考官的不学无术。如《贾奉雉》写颇有名气的才子贾奉雉屡试不中，后来得到一位郎秀才的指点，学习了几篇冗滥不堪的文章，却得中第一。贾生的遭遇充分证明了考官的有眼无珠，批判极为辛辣。《司文郎》写一个盲和尚会用鼻子闻文章的好坏，结果都未说中。和尚叹息："仆虽盲于目，而不盲于鼻；帘中人并鼻盲矣。"可见颠倒是非优劣已是科场的普遍现象。《于去恶》指出考中的人只是拿八股当敲门砖，门敲开后就将经书文章全部丢弃，再在官场上弄十几年公文，即使是真才子，胸中也没有文字了。这样的认识已触及考官不识文章好坏的制度原因。

《聊斋志异》中女性形象的塑造折射出晚明以来经济社会和思想意识的变化。多数小说的主角都是痴情能干、大胆追求爱情的青年女子，表现出作者相当解放的妇女观念。如《鸦头》写狐女鸦头主动约男子私奔，在外乡卖酒贩浆、刺绣裁缝，用自己的劳动维持生活，后被母亲追回，受尽严刑拷打，仍誓不变心，最终和情人团圆。这种备受折磨而不折不挠的反抗精神，体现了小生产者希望通过自食其力获取爱情幸福的理想。尤为难得的是，作者所写的爱情有的不全取决于色貌，而是一种知己之感的寄托。如《瑞云》写贺生爱慕一个美丽的女妓瑞云，但无力为她赎身。后来瑞云被一神仙点墨，颜面变丑，沦为厨佣，贺生便倾家荡产将她赎出，与她结为夫妇。作者赞扬贺生对瑞云不以盛衰美丑而变心的真诚，说明他所提倡的是一种以知己之爱为基础的婚姻观。正因如此，作者笔下的女性有相当一部分不受封建礼教的束缚，具有独立自主的意识。如《侠女》写一个为父报仇的侠女为了报答对她有恩的穷书生，为他生了个儿子，以免其绝后，最后在成功复仇后飘然离去。《狐谐》写一个诙谐风趣的狐女与男客共坐一堂，饮酒论文，这种平等的男女社交生活在当时社会中也是很少有的。

当然，作者的思想也充满矛盾。他反对贪官污吏，但幻想通过告状、行刺来改良社会；他痛恨科举八股埋没人才，又希望借科举成名，扬眉吐气；他赞成妇女独立自主，争取自由的爱情，又主张用封建礼教挽回世道人心。但总体说来，批判精神和超越封建传统观念的思想是《聊斋志异》的主导，应予以充分肯定，而其中夹杂的封建迷信、宿命论等糟粕则应予以剔除。

三、《聊斋志异》的艺术成就

《聊斋志异》是我国文言短篇小说发展到最高阶段的标志，它直接继承六朝志怪小说和唐传奇的传统，又加以创新，用传奇的方式来志怪，形成了与小说内容相适应的独特艺术风格。

《聊斋志异》的许多篇章把花妖狐魅、畸人异行作为描写对象，借对梦境、仙界、阴曹地府等非现实世界的描写，反映了现实生活中的某些本质现象。

小说在塑造人物形象方面具有独到的成就。由于篇幅短小，作者善于抓住人物性格的主要特点，通过日常生活中富有特征的细节描绘，把人物的外貌、行动和心理表现出来。最精彩的如《婴宁》，这篇小说写一个天真烂漫的狐女，因从小远离世俗，养成了无拘无束、爽朗任性的性格。作者着重渲染她的憨痴和爱笑，她的笑有时是孜孜憨笑，有时是倚树狂笑，有时是拈花微笑，有时是纵情大笑。其中她与表兄王子服相见一节，写她一路笑来，一路笑去，在各种笑态中表现其貌似呆痴而其实慧黠的人物特征，在高高低低、时纵时收的笑声中，传神地刻画出婴宁不受约束的性格和可爱的情态。

作者笔下的狐妖鬼神多具人情，但也保留一些动物的特点。如《狐谐》的主角是一个聪明的狐女。作者将狐狸狡猾的特点化为人类的狡黠多智。狐女在行酒令时击败所有书生，还用故事捉弄了全部在座者，但始终不在人前现形，因此给人迷离恍惚之感。《绿衣女》结合女主角由绿蜂所化的特点，描绘其绿衣长裙、声音娇细的形貌，最有趣的是书生将她从大蜘蛛网中救出时，绿蜂“徐登砚池，自以身投墨汁，出伏几上，走作‘谢’字”，如此通达人情的行为，写得逼真而又奇特。

《聊斋志异》的故事离奇曲折，文势纵横诡变，有些情节既出人意料，又合情合理。如《佟客》篇写一个姓董的书生一向以忠臣孝子自夸，一心盼望得到异人传授的剑术。一次请一位佟姓客人到家大谈忠孝，深夜听见有强盗毒打其父，指名要董生出来受刑，董生出去前向妻子交代后事，被妻子拉住哭泣，一腔豪气便烟消云散，只顾自保，不再管他父亲。小说讽刺那些平时夸夸其谈，一旦大难临头便退缩不前的人，很有典型意义。结尾情节又起波澜，董生听佟客在房檐上笑说：强盗已经走了。走到院里，不见佟客，却见父亲刚打着灯笼回来，满院都是编草的剩灰，才知方才一幕是佟客用小法术戏弄他，这就又揭示出董生向往的异人已被当面错过，形成了双层讽刺，故事也更有余味。

小说的语言成就突出体现在人物的对话上，如《口技》中表演口技者模仿六七个人的对话，每个人口气各不相同：六姑的婢女春梅粗声大嗓，说话随便爽快；四姑的婢女则细声细气，虽然年轻性急却又要忍耐克制。这类对话可以产生闻声如见其人的艺术效果。小说的描述语言也极为精炼传神，如《促织》写成名儿子所化之蟋蟀第一次出战的场景：村中少年“视成所蓄，掩口胡卢而笑。因出己虫，纳比笼中。成视之，庞然修伟，自增惭怍，不敢与较。少年固强之。顾念蓄劣物终无所用，不如拼博一笑，因合纳斗盆。小虫伏不动，蠢若木鸡。少年又大笑，试以猪鬣毛撩拨虫须，仍不动。少年又笑。屡撩之，虫暴怒，直奔，遂相腾击，振奋作声。俄见小虫跃起，张尾伸须，直龁敌领。少年大骇，解令休止。虫翘然矜鸣，似报主知”。先从小虫的呆蠢、成名的心理、少年的骄矜各方面层层渲染小虫必败的结局，然后小虫以迅猛之势取胜的结果才更加出人意料，“翘然矜鸣，似报主知”八字写小虫得意的神态更是活灵活现。总之，小说吸收和融汇了大量民间口语，形成了典雅而又生动活泼的语言风格，大大丰富了古文语言的表现力。

《聊斋志异》在写作中就受到王士祯的关注和欣赏，问世后模仿之作纷纷出现，其中影响较大的是乾嘉年间纪昀(1724—1805)的《阅微草堂笔记》，此书主要是为了宣传风教，“有益于劝惩”。也有一些较有意义的好文章，如《河中石兽》：

沧州南一寺临河干[1]，山门圮[2]于河，二石兽并沉焉。阅十余岁，僧募金重修，求二石兽于水中，竟不可得。以为顺流下矣，棹数小舟，曳铁钯，寻十余里无迹。

一讲学家设帐寺中，闻之笑曰："尔辈不能究物理，是非木杮[3]，岂能为暴涨携之去？乃石性坚重，沙性松浮，湮于沙上，渐沉渐深耳。沿河求之，不亦颠乎[4]？"众服为确论。

一老河兵闻之，又笑曰："凡河中失石，当求之于上流。盖石性坚重，沙性松浮，水不能冲石，其反激之力，必于石下迎水处啮沙为坎穴，渐激渐深，至石之半，石必倒掷坎穴中。如是再啮，石又再转，转转不已，遂反溯流逆上矣。求之下流，固颠；求之地中，不更颠乎？"

如其言，果得于数里外。然则天下之事，但知其一，不知其二者多矣，可据理臆断欤？

这篇笔记就十几年前的石兽沉落河里如何寻找的问题，提出三种方法：顺流而下去找固然不懂得石头不可能随水漂流的物理，而学者以为石兽只会原地越沉越深的说法也是想当然，只有老河兵的分析因为来自实践，才能说清石兽反而溯流而上的原因，从而得出认识事物必须从实践出发、穷究其理的结论。记事引人入胜，寓意深刻，语言明快精炼，颇有说服力。

总的说来，《阅微草堂笔记》艺术上极力模仿晋宋时期的笔记小说，追求文字朴质。虽在上层社会广为流传，但其成就和影响力远不能与《聊斋志异》相提并论。

---

① 河干：河畔。
② 圮（pǐ）：倾塌，毁坏。
③ 是非木杮（fèi）：这不是木片。
④ 颠：同"癫"，精神错乱。

第二节　《儒林外史》

一、作者吴敬梓及其作品

吴敬梓(1701—1754),字敏轩,号粒民,后又自号秦淮寓客,晚年称文木老人,安徽全椒人。出生于一个科举显宦世家,后家道中落。其父吴霖起做过赣榆县的教谕,为人方正耿直,安于贫困,一心只做学问,还损资破产兴办学校,这种人生态度对吴敬梓有深刻影响。他自幼刻苦读书,在诗词、文章、小说方面都下过苦功。23 岁时乡试落榜,从此不再求取功名。33 岁时离开家乡全椒,把家搬到南京秦淮河畔,此时生活已十分困难,但他结交了不少有真才实学而并不热衷功名的朋友。

由于亲身经历了由富到贫的家庭变化,吴敬梓饱尝世态炎凉,深深体会到士大夫阶层的堕落和无耻,对社会现实的认识愈益清醒,并且对父辈规定的科举道路产生了怀疑。36 岁时,安徽巡抚赵国麟推荐他去北京应"博学鸿词科"的廷试,他坚决拒绝。乾隆皇帝南巡时,众人夹道拜迎,他却"企脚高卧向栩[①]床",表现出对最高统治者的蔑视。他将改革社会的理想寄托于儒家的礼治,为修复先贤吴泰伯祠,卖掉了最后一点祖产全椒老屋。最后靠卖文和亲友接济度日。49 岁左右完成《儒林外史》,54 岁时病死于扬州。

吴敬梓的作品还有《文木山房诗文集》12 卷,现仅存 4 卷。《儒林外史》在他死后十多年才刻印出来。当代出版的《儒林外史》55 回,以卧闲草堂本为底本。

二、《儒林外史》的思想意义

《儒林外史》是我国古典文学中最杰出的讽刺小说。全书围绕着科举八

① 向栩:东汉狂生,不与世合,常坐在灶北的板床上。

股取士制度的弊端，深刻地剖析各种文人热衷功名的肮脏灵魂，无情地鞭挞专横暴虐的赃官污吏和贪吝刻薄的豪绅地主，辛辣地讽刺虚伪残忍的程朱理学和封建礼教，绘出了一幅封建社会的百丑图。与此同时，书中还描写了一些轻视功名富贵的文人和自食其力的下层市民。它不但在批判科举制的深度上超过了《聊斋志异》，而且提出了一些具有民主色彩的思想理念。

首先，小说淋漓尽致地揭露了科举功名对人心的毒害，及其对封建官僚体系和社会风气的严重腐蚀，从根本上否定了以八股取士的科举制度。

科举制度始创于隋唐，对于六朝以门第取人的九品中正制而言，是一种进步。但随着封建社会的日趋没落，科举制也愈趋腐朽。明清科举变成只考八股文，题目限于四书五经以内的文句，文章格式都有规定，所录取的只能是思想被程朱理学禁锢的书呆子以及封建制度的工具。吴敬梓所处的时代，正是一般士人最醉心于八股制艺的时代。《儒林外史》用一系列具体生动的人物形象，揭示了科举八股对他们心灵的摧残。这些人物中，有中举前后歇斯底里或发疯变傻的老童生周进和范进；有一生沉迷于钻研举业的八股文选家马二先生；有为追求功名而从单纯的农村青年沦为骗子流氓的匡超人，小说通过这些人物的经历和遭遇，展现出科举八股如何使正常人变得人性扭曲、思想僵化，甚至道德沦丧，堕落为卑鄙无耻的衣冠禽兽。

同时，小说还通过对一群科举出身的贪官污吏和土豪劣绅的尖刻讽刺，指出科举制度是导致政治腐败的重要根源。这些人物中，有向往通过考试成为知县推官"坐堂、撒签、打人"的臧蓼斋；有当了南昌太守便用酷刑满城搜刮钱财的王惠，"三年清知府，十万雪花银"，"钱到公事办，火到猪头烂"成为他们的至理名言，营私舞弊、敲诈勒索无所不为。对这些人物的描写，有力地说明科举八股造就了一大帮敲剥百姓的贪官酷吏。这些人退隐在家，便是土豪劣绅。他们通过同年和师生关系与官府勾结，鱼肉乡里。如做过一任知县退仕、在乡里谋夺和尚田产的张静斋，强占亲属产业、讹诈乡人的无赖劣绅严贡生，都是典型。

小说还用大量篇幅刻画出一批假名士、假高人的丑恶嘴脸。这些人因科场落第而标榜清高，借此沽名钓誉。其中有网罗地痞作为门客而自命为信陵君的娄三、娄四公子；有专门侍奉部院衙门的"山人"陈和甫；有偷人遗稿冒名顶替、招摇撞骗的“诗客”牛浦；有奸拐尼姑的“狂士”权勿用；有俗不可耐的“高人”杨执中，更有到处骗钱的“侠客”张铁臂。可见科场之外的所谓高人，也都是八股举业的反作用力所造成的一批骗子和无赖。与此同时，作者还将这群人周边的泼皮赌徒、清客帮闲、和尚道士、媒人牙婆各色人等尽揽笔底，展示出一个充满势利、贪欲、吹牛、趋奉、欺诈、拐骗的污秽世界，用犀利的笔锋，剖析了全社会从个人道德堕落到群体风俗败坏的深层原因。

其次，小说撕开儒林伪君子的道德假面，谴责程朱理学和封建礼教压制人性、扼杀人命的罪恶，撼动了科举制度的思想基础。

八股文的内容被限定在程朱理学的思想范围之内，因而八股取士制度是推行程朱理学和封建礼教的工具，作者对程朱理学和封建礼教的批判是与反对科举制度联系在一起的。程朱理学把封建道德伦理看作至高无上的天理，吴敬梓所反对的，是这种天理对人性的压制，以及假道学口是心非、言行不一的虚伪。尤其是对程朱理学所推崇的妇女守节，批判最为激烈。小说中有一位劝女儿为夫殉节的穷秀才王玉辉，因为爬不上科举的阶梯，便想通过宣扬理学在青史留名。然而当女儿被送进烈女祠公祭时，他也忍不住伤心落泪。可见就是那些高喊“存天理，灭人欲”的道学家，也存在礼教和良心的冲突。此外，小说还用一些细节挖苦了儒林伪君子们标榜“礼义”的做作和无耻。如范进在服母丧时，为表示守礼，在宴席上坚持换用白木筷，却拣了个大虾元子放进嘴里。又如严贡生在正妻尚未咽气时，就急着买通妻舅，将小妾扶正。而身为秀才的两位妻舅则以“纲常上做功夫”为借口，看在银子面上公然违礼。这些刻画都入木三分地揭示出封建礼教已沦为伪君子丑恶面目的遮羞布。

最后，《儒林外史》在批判科举八股的同时，塑造出一批不同流俗的理想人物，体现了作者在困境中寻找社会出路的认真思考。

作者以元末明初的隐士王冕作为全书的引子，借他之口指出“用《五经》《四书》八股文”这个办法取士，是导致读书人看轻文章品行和出处进退的根源，由此揭出全书的批判主题。而王冕本人逃避朝廷征召的高尚行为，也使他成为作者心目中“终乃辞却功名富贵，品地最上一层”的“中流砥柱”（闲斋老人《儒林外史序》）。

小说中的杜少卿和沈琼枝是两位富有叛逆精神的人物。作者在杜少卿身上，融入了自己轻财重义、鄙弃功名、蔑视权贵的性格。他反对娶妾，还不受礼法约束，携妻之手同游清凉山，表现出由世俗反激出来的清新自由的思想。沈琼枝是一个刚强果断、性格独立的女子，她不甘为盐商做妾，逃到南京自食其力，靠刺绣和卖诗文过活，敢于反抗官府的迫害和地方恶少的纠缠。从这个人物可以看出当时资本主义萌芽产生以后，新兴市民阶层要求冲破封建束缚，争取个性解放的早期民主思想。

小说中的迟衡山、虞育德等品学兼优、清廉高尚的真儒和贤人，则淡泊功名，注重实学。他们修吴泰伯祠，提倡礼让之风，企图以汉唐礼乐来挽回世道人心；萧云仙在地方官任上修武备、筑城池、兴水利、劝农桑，也反映出当时部分知识分子通过"兵、农"等经世之学来改良社会现实的幻想。但小说的深刻之处在于最后写到了吴泰伯祠的荒凉破败，说明作者已经认识到礼乐无补于事，复古理想终归于幻灭。

作者在儒林中找不到希望，又把理想寄托在自食其力的下层市民身上。小说中一些置身功名富贵之外的市井奇人，如安于贫贱、以诗画自乐的茶馆老板盖宽；赚得温饱之后便弹琴写字、逍遥自在的裁缝荆元等，都显示出八股举业之外的另一种自由的人生境界。尽管作者并没有开出拯救社会的良方，但以上各种理想人物的存在，与形形色色的儒林群丑形成鲜明的对照，大大增加了《儒林外史》的思考深度，也强化了对科举制度和封建政治的批判力度。

三、《儒林外史》的讽刺艺术

吴敬梓继承我国文学史上讽刺艺术的优秀传统，根据自己对生活的观察和体验，创作了以严肃的写实为基础的讽刺之书。

《儒林外史》中的很多人都有生活的原型，许多事也是封建社会中司空见惯的现象，经过作者的提炼概括，就具备了高度的典型性。书中五六十个人物都写得栩栩如生，令人难忘的形象有一二十人。每个人物都显示出各自的复杂多面性，都有其思想性格发展的逻辑。甚至同一类型、同样遭遇的人物，也绝不会相互混淆。这主要得力于作者善于选取典型情节，在真实的基础上进行合理的夸张，使人物最突出的品性特点通过一两个精彩的场景得到集中展现，如考到白头也没中举的周进在省城贡院触景生情，百感交集，一头撞在号板上，哭得满地打滚，口吐鲜血。而家中无米下锅的范进则在得知中举喜讯后，一跤跌倒，不省人事，救醒后却得了疯病。这两幕情景都是周进和范进一生积压的辛酸苦楚的总爆发，只是行为反常的方式不同，便写出了两个完全不同的人物。再如写严贡生的无赖，竟为讹诈船钱，诬陷船家偷吃他的“名贵药品”；写严监生的吝啬，临死前因桌上多点了一根灯草，便伸着两根指头不肯咽气；写马二先生的酸腐庸俗，逛了三天西湖对风景全无会心，只对酱鸡酱鸭和书店里自己编选的八股文销路感兴趣。这些典型场景对塑造人物的鲜明形象都有画龙点睛的作用。

作者还善于通过人物自相矛盾的言语和行动，利用前后细节的对照取得强烈的讽刺效果。如范进的岳父胡屠户，在范进中举前后对他的态度判若两人；严贡生正在对人自夸从不占人便宜，小厮便跑来报告别人来追讨他关的那口猪；纨绔子弟杜慎卿一面高喊着最讨厌乌纱帽，一面却准备了几千两银子到京城活动求官。这些对照充分显示出人情的势利和虚伪，又省去不少笔墨。

《儒林外史》的文字准确生动，描述语言简练传神。如第二回写夏总甲出场：“正说着，外边走进一个人来，两只红眼边，一副铁锅脸，几根黄胡子，歪戴着瓦楞帽，身上青布衣服就如油篓一般，手里拿着一根赶驴的鞭子，走进门来，和众人拱一拱手，一屁股就坐在上席。”活灵活现地写出这个保甲总头目的痞子形象和趾高气扬的神态。又如写马二先生逛西湖：“马二先生身子又长，戴一顶高方巾，一副乌黑的脸，腆着个肚子，穿着一双厚底破靴，横着身子乱跑，只管在人窝子里撞。女人也不看他，他也不看女人，前前后后跑了一交。”写他无意中被卷进富贵人家女眷群中，忙着脱身又挤不出去的样子，神情茫然无措，动作僵硬机械，几句话就勾勒出一个迂夫子的喜剧形象。书中的人物对话，也往往声态并作，神情毕现。如严贡生闹船家一段，写他为了把船家偷吃的云片糕说成是价值几百两银子的名贵药品，满嘴省里张老爷，四川周老爷，县里汤老爷，一口一声“官”，一声一个“打”，胡赖带着威吓，一个刁钻、凶顽而又色厉内荏的恶棍形象跃然纸上。

小说中还有一些优美的环境描写，如第一回写雨后景色："那日，正是黄梅时候，天气烦躁。王冕放牛倦了，在绿草地上坐着。须臾，浓云密布，一阵大雨过了。那黑云边上镶着白云，渐渐散去，透出一派日光来，照耀得满湖通红。湖边上山，青一块，紫一块，绿一块。树枝上都像水洗过一番的，尤其绿得可爱。湖里有十来枝荷花，苞子上清水滴滴，荷叶上水珠滚来滚去。"雨后荷塘之美都从一个牧童眼里见出，语言通俗，形容贴切，更显得清新自然。

对于全书的结构特点，鲁迅先生有精妙的概括："唯全书无主干，仅驱使各种人物，行列而来，事与其来俱起，亦与其去俱讫。虽云长篇，颇同短制。"(《中国小说史略》)即全书没有贯穿始终的中心人物和主要情节，而是分别以一两个人为主要人物组成相对独立的故事，上一个故事中的次要人物又成为下一个故事的主要人物，这样使各个故事互相勾连，形成集锦式的长卷。这种结构灵活自由，适合于书中众多人物和情节的展示。

《儒林外史》是我国古代讽刺文学的典范之作，影响相当深远。晚清的"谴责小说"如李伯元的《官场现形记》、吴趼人的《二十年目睹之怪现状》等，从批判现实的精神、讽刺艺术到结构形式，都明显与《儒林外史》一脉相承。

第三节 《红楼梦》

一、《红楼梦》的作者和续书

《红楼梦》作者曹雪芹，名霑，字梦阮，号雪芹，又号芹圃、芹溪。生年不详，卒年是乾隆二十七年壬午除夕(1763 年 2 月 12 日)，另一说是乾隆二十八年癸未除夕。享年大约 40 岁。

曹雪芹先世为汉人，很早就加入满洲籍汉军正白旗。从他的先祖曹玺开始到他父亲曹頫（一说曹顒）一代，大约六七十年之久，世袭江宁织造①。曹玺之妻做过康熙的乳母，曹雪芹祖父曹寅当过康熙的侍读，因而曹家成为极其富有的百年望族。康熙六次南巡，四次以曹家织造府为行宫，可见曹家与皇室关系的密切。曹寅还是当时著名的藏书家和校勘家，《全唐诗》就是他负责刊刻的。

少年时代的曹雪芹经历过一段富贵的生活，但时间不长。雍正即位后，排斥康熙宠臣，曹家被削职、抄家，迅速败落，从南京迁回北京。乾隆朝初期，曹家再次受政治牵累被抄，从此更加破落。曹雪芹最后住在北京西郊，生活极其贫困。关于他的生平事迹，资料极少，仅从他的生前好友敦诚、敦敏、张宜泉的诗集和其他一些零星记载中，可以看出他工于诗画，性格豪放高傲，愤世嫉俗。《红楼梦》写于他居住西郊时期，这时他已"绳床瓦灶"，"举家食粥"。写作过程中有一个署名"脂砚斋"的朋友对这部小说至少做过四次以上的评阅。写到八十回时，曹雪芹因贫病缺医，加上唯一的爱子夭亡，未能写完全书，便"泪尽而逝"。

《红楼梦》初名《石头记》，最早只有前八十回的抄本在社会上流传，大都带有"脂砚斋"的评语。由于是传抄，各种本子的回目、正文互有差异。这些本子中有十六回残本（甲戌本）、七十八回本（庚辰本）、清怡亲王府抄本（四十回，其中两回残页，己卯本），这三种都名为《脂砚斋重评石头记》。还有戚蓼生序本石头记（八十回本，简称戚序本）等。

乾隆五十六年（1791），程伟元和高鹗对社会上流行了二十年但无定本的《石头记》做了一番整理工作，增补了后四十回，合成一部故事完整的小说。第一次印出的称为程甲本，第二年又做了些补遗订正，重新排印，就是现在最流行的程乙本《红楼梦》。

《红楼梦》后四十回，一般认为是高鹗所续。高鹗，字兰墅，一字云士，别号红楼外史。汉军镶黄旗人。曾在乾隆、嘉庆两朝任翰林院侍读、江南道御史、刑科给事中等职。他的补作大体上能与前八十回呼应，悲剧基调和文字风格比较一致，某些重要情节如贾府被抄、宝黛的悲剧结局等处理得较好。

---

① 织造：负责采办宫廷所用各项丝织物和日常用品的官职。

结尾让贾宝玉参加科举考试，又以“兰桂齐芳”预示这个家族的复兴，则违背了曹雪芹的预设。

二、《红楼梦》的思想内容

《红楼梦》是我国最伟大的古典小说，它以贾府这个封建大家族的衰败过程为主线，展现了封建社会生活的各个层面以及各种错综复杂的矛盾，并预示了这个社会必然没落和崩溃的历史趋势。这一主题思想具体表现在以下几方面：

第一，通过贫富悬殊的鲜明对照，深刻揭露了封建贵族依靠剥削农民维持其奢侈生活的本质，以及这种奢靡享乐已经难以为继的危机。贾府几百个奴仆每天所忙的是满足少数几个主子的奢华生活：为贵妃省亲，特地盖起一座大观园；平时吃一顿螃蟹就够庄稼人过一年。这样浩大的开支主要依靠佃户每年的地租。第五十三回写遇到灾年，单是黑山村的庄户向宁国府缴纳的东西，除了租银、常米以外，各种山珍野味就达四五十种之多。贾珍看过清单后还嫌太少，并且理所当然地说：“这一二年里赔了许多，不和你们要找谁去？”当佃农的血汗满足不了这种挥霍无度的生活时，他们就不得不靠典当、变卖等办法来维持。小说正是在许多豪奢的场面描写中展示了这个家族“盛筵必散”的趋势。

第二，从道德沦丧的层面，揭示出这个贵族家庭内部的荒淫无耻和恶性争斗对封建纲常伦理的破坏。宁国府和荣国府中不知隐藏着多少见不得人的丑事，甚至发展到乱伦的地步，公公和儿媳、大伯和小姨子、主人和仆人之间的肮脏关系成为这个家庭里极平常的事。对这类丑行，小说往往采取比较隐晦含蓄的笔法，但从老仆人焦大的醉骂中就可以看出其腐化堕落的程度。在虚伪的伦常秩序掩盖下，与这类丑行同时在腐蚀着这个家族的，则是家庭成员之间无时无刻不存在的钩心斗角，各种势力之间充满了猜忌和倾轧。长房和二房之间，嫡庶之间，兄弟妯娌、姑嫂姐妹之间，父子夫妻之间，矛盾复杂交错，彼此相互算计，甚至发展到生死斗争。正如探春所说：“咱们倒是一家子亲骨肉呢！恨不得你吃了我，我吃了你！”所有这些你争我夺无非都围绕着财产的掌握权和继承权。

第三，从上下内外多种角度，揭开了这个大家族底层婢仆遭受奴役凌辱的黑幕，以及豪门官府相互勾结欺压百姓的权力关系网。贾府的许多奴仆终生没有人身自由，可以被主子随意打骂撵走，甚至缺乏起码的生命保障，一言不合主子心意，便被逼跳井自杀。男主子侮辱丫鬟婢女乃至仆人之妻更是常事。与此同时，贾府的主子还在社会上勾通官府，仗势欺人，包揽词讼，贪污纳贿，巧取豪夺，放高利贷，几乎无恶不作。贾赦看上平民石呆子的二十把扇子，地方官贾雨村便诬陷石呆子"拖欠官银"，硬将扇子夺来献给贾赦，害得石呆子被关进衙门，生死不知。凤姐以贾府管家少奶奶的身份，竟能左右官府，收了三千两贿赂，逼得一对青年男女双双自尽。小说还围绕贾府，牵出了与贾府相关联的其他豪门贵族的种种恶行。开篇即因贾府至亲薛蟠争夺一个婢女而打死人的命案，引出四句歌谣："贾不假，白玉为堂金作马。阿房宫，三百里，住不下金陵一个史。东海缺少白玉床，龙王来请金陵王。丰年好大雪，珍珠如土金如铁。"这四句歌谣被奉为地方官的"护官符"，正说明这四大家族互相勾结所形成的恶势力，使官府和法律沦为封建贵族权势的保护伞。

由于作者的笔触深入到封建社会的阶级关系、道德伦理、法律制度、社会风气等各方面，因此全书生动地说明贾府的衰落并非偶然，而是由它自身的腐朽本质所决定的。

《红楼梦》在揭示封建贵族没落趋势的同时，还塑造了一批叛逆者的形象，已显露出早期民主思想的萌芽。其中最重要的是贾宝玉这个人物，他的反叛首先表现在彻底否定封建家族给士子规定的人生道路。他厌读被程朱理学奉为经典的四书五经，鄙视科举和功名富贵，将追求"仕途经济"之人一概骂为"国贼禄蠹"，甚至把"文死谏、武死战"这类封建最高道德说得一钱不值。其次表现为他与奴仆平等相处、"没上没下"的作风，甚至主张释放丫鬟，还协助戏子从王府逃跑。最后表现为尊重女性的态度，他把朝中的文武官僚以及许多庸俗男子都痛骂为"须眉浊物"，而对处于封建礼教重压之下的青年女子则怀着极大的同情，称她们是"水做的骨肉"。这对于数千年来男尊女卑的封建传统观念是重大的突破。因此，贾宝玉这个人物虽然不免带有贵族公子的惰性和纨绔习气,以及佛老思想的空幻色彩,但已经是一个初具民主意识的叛逆者典型。

林黛玉作为贾宝玉的知己,向这个封建家族的逆子奉献出纯洁的爱情,在实际行动上背离了封建礼教对妇道的规定。她对贾宝玉的反叛行为从不劝阻,还把当时被视为淫词邪说的《西厢记》和《牡丹亭》记得烂熟。她的才学、智慧和纯洁的本质使她和周围环境格格不入,因而与宝玉之间自然会因知己之感而发展成爱情。这种纯真的爱情脱离了封建秩序的轨道,得不到正常的发展,最终必然会被封建家长所摧毁。她在临死前焚毁诗稿和诗帕的行动,是她唯一能采取的反抗方式。要求爱情婚姻自主,虽然在中国古典文学中已有古老的传统,但宝黛的爱情基础不是郎才女貌,而是叛逆思想一致,人生志趣相投,因此这是一种志同道合的知己之爱。

宝黛之间爱情的思想基础,还因薛宝钗的介入而得到更清晰的显现。薛宝钗和林黛玉的聪慧美貌和文学才情不相上下,贾宝玉在两人之间的选择,实际上反映了两种思想意识和两种人生道路的抉择。宝钗是封建势力的卫道者,她经常劝宝玉去应科举,学些"仕途经济",因而导致宝玉对她的反感:"好好一个清净洁白的女子,也学得沽名钓誉,入了国贼禄蠹之流!"由于宝钗的反衬,才更显出黛玉与宝玉的声气相投。宝黛爱情的悲剧说明18世纪的中国封建社会不但不容许爱情自主,更不能容许他们自己选择人生道路。直接促成悲剧的因素还有封建家长对家族政治利益的考虑,即为了挽救家族颓势而借联姻以相互扶持的一种政治行为。这样的爱情描写就比《西厢记》《牡丹亭》具有更深刻的批判力度,并且闪耀出早期民主思想的光辉。

在贾宝玉、林黛玉之外,小说中还有一群反抗封建势力摧残的下层女子形象,其中最有代表性的是晴雯、尤三姐和鸳鸯。她们有做人的原则,能为保卫自己清白独立的人格做出激烈的反抗。晴雯是一个从小就失去人身自由、不知父母姓氏的奴婢,但疾恶如仇、不怕权势,敢于蔑视和冒犯主子,抄检大观园时她对王善保家的痛斥,将她的血性和勇气发挥到极致。尤三姐虽不得已到宁国府投亲,但宁死不做贾府兄弟的玩物,为向心爱之人自证清白,不惜以剑自刎。鸳鸯为抗拒贾赦娶她为妾的意图,设计将逼她就范的兄嫂骗到贾母面前，当众控诉贾赦的淫荡和邢夫人的无耻，并剪去头发以明志。在贾母保护下，她虽然暂时躲过这一关，但在贾母死后，只能悬梁自尽，表现出至死不受侮辱的志气。小说中这类不甘心受辱的少女还有很多，作者将这群底层妇女提高到诗意的境界，为她们做人的权利和尊严大声呼吁，并展示了她们高洁不凡的内心世界，这样的叛逆者形象是前所未有的。

《红楼梦》深刻地反映了整个封建社会崩溃前夕的历史情绪和时代气氛，从根本上挑起了人们对现存秩序和现存道德的怀疑，已经在某些方面闯到了新的历史门槛的前面，并且闪耀出带有近代民主色彩的思想火花，因而是我国古典小说中最伟大的一座丰碑。

三、《红楼梦》的艺术成就

鲁迅先生说："自《红楼梦》出来以后，传统的思想和写法都被打破了。"(《中国小说史略》)这句话说出了《红楼梦》在思想艺术上独步千古的关键所在。小说在艺术上的开创大致有以下几方面：

第一，借助大量平淡琐细的日常生活描写，塑造了具有典型意义的血肉饱满的艺术形象。《红楼梦》中共有四百多个人物，其中不但有贾宝玉、林黛玉、薛宝钗、王熙凤这样具有极高创作水平的艺术典型，而且有很多次要人物都能给人留下深刻印象。

小说最突出的成就是善于将人物的精神面貌和性格特征贯穿在日常的言笑动作、表情姿态和内心活动中，绘声绘形，精妙传神。如从林黛玉初入贾府的角度写王熙凤的出场，先听见她的笑语声，然后才见到一身珠光宝气的本人，一出来全场便只有她一人谈笑风生，既显出她在贾府中的位高权重，又突出了人物的聪明世故。又如写刘姥姥初见凤姐一节，"凤姐也不接茶，也不抬头，只管拨手炉的灰，慢慢地问道：'怎么还不请进来？'一面说一面抬头要茶时，只见周瑞家的已带了两个人在地下站着呢。这才忙欲起身，犹未起身时，满面春风地问好，又嗔着周瑞家的怎么不早说。"这一连串的动作表情，精彩生动地刻画出这个贵族少妇见穷亲戚时骄贵矜持的派头，以及善于机变、虚伪做作的特点。小说还突破了我国古典小说描写人物时重在对话动作而较少心理描写的传统，使笔触直达人物心灵深处，出现了大段的心理描写。如小说第二十九回写宝黛因“金玉良缘”之说引起口角，后面以一大段文字描绘二人各自在心里埋怨对方。又如林黛玉无意中听见贾宝玉毫无顾忌地在湘云、袭人面前称赞自己时内心复杂的感想，这些细致入微的心理描写都是前代小说中罕见的。

除了让人物在日常生活中自然展现其面目以外，小说还善于抓住激烈的矛盾冲突，通过大场面描写集中对比多个人物的思想性格。如宝玉挨打，不但进一步表现出死不悔改、叛逆到底的精神，也使小说中的几个主要家长贾母、王夫人、贾政各自流露出他们对待宝玉的不同态度和心理，林黛玉和薛宝钗则通过此事更鲜明地显示了二人思想性格的对立。又如抄检大观园是小说情节发展中的重大冲突，贾府里重要的女性人物几乎都被卷入，其中晴雯的大胆泼辣、迎春的懦弱胆小、探春的精明强悍都得到了突出的展现。

环境描写和人物刻画互相烘托，以诗意的境界象征人物的性格命运，也是《红楼梦》的独到成就。其中最出色的是围绕着林黛玉的环境描写，潇湘馆的竹林所营造的孤高清幽的境界，正是林黛玉气质和性格的写照。黛玉葬花的情景，也是以落花的纯洁和飘零，象征黛玉高洁的本质以及被封建家族势力摧残的悲惨命运。此外，如史湘云醉卧芍药裀的画面中那种颓放可爱的情态，只属于性格豪放洒脱的史湘云。大观园中薛宝钗所住的蘅芜院冰冷素净，探春所住的秋爽斋爽朗开阔，无不映衬出人物的性格特征。

第二，《红楼梦》反映的生活真实自然，浑然天成，不像之前的小说那样为强调传奇性和情节的紧张，夸大人物的特异行为和惊人的场面。《红楼梦》中的内容好像没有经过人为的加工和剪裁，除了通灵宝玉、空空道人这些虚幻的成分以外，生活仿佛就按它本来的样子自然地流进书里。因此小说不以曲折奇特的情节取胜，而大都是家长里短的细节描写，但能在平常的生活中显示出深刻的意蕴。如贾府中名目繁多的饭菜、器皿、服饰、摆设，充分展现了这个贵族家庭穷奢极欲的生活。又如写刘姥姥不认识“黄杨根子整雕的十个大套杯”，借一套杯子揭示出贫富之间生活的悬殊。又如贾母吃的细米饭有一次盛不上桌来，王夫人解释“这两年旱涝不定，田上的米都不能按数交的”，一个细节点出了贾府逐渐亏空的败相。《红楼梦》之所以如此真实自然，与大量精心提炼的细节描写是分不开的。

《红楼梦》的艺术结构正与其反映的生活内容紧密契合，众多的人物和纷繁的生活场面是穿插交错在一起描写的，人物的关系、情节的发展，就像一道道波浪相接、层层起伏的流水，只见其流动而不见其停滞、中断或弥合之处。这种结构与《三国演义》《水浒传》《西游记》《儒林外史》主要是各个重要人物或历史事件的串联完全不同，它表现出的生活是一个互相联系、不可分割的整体，而不是可以分拆开来的一个个独立的小故事。小说中千头万绪、错综复杂的生活事件背后都有其来龙去脉，每个人物和每个情节都是作为一个复杂整体的组成部分而存在的，同时又随着全书内容的不断丰富而添出很多枝叶。即使如此，全书仍然条理分明，结构严密，主要线索十分清晰。首先，宝黛爱情是贯穿全书的主线，主要人物始终非常突出。其次，作者多次对贾府作鸟瞰式的描写，如第二回先借冷子兴的话介绍贾府概况；第三回从林黛玉进入荣国府写起，使读者对全书重要人物有一个整体印象；第六回再从刘姥姥进大观园写起，理出人与事的各种头绪，再逐渐深入描写。这样就能使读者由远及近地把握全局。最后，全书中大事和日常小事间隔穿插，由小事引发大事，使情节在流动中又有波澜起伏。

《红楼梦》的人物语言极富个性，上自贾母，下至丫鬟，每个人物的只言片语，都能做到闻其声如见其面。刻画人物的叙述语言和描写语言则完全合乎人物本色。许多环境描写更是简练优美，含蓄隽永。全书语言以北方话为基础，大量吸取生活口语，又融入中国古典诗词的意境，纯净明快，洗练畅达，文采斐然，耐人寻味，达到了炉火纯青的境界。

《红楼梦》问世后，影响巨大，模仿之作和后续之作历久不绝。对于这部小说的研究更是发展成一门专精的学问——红学，近百年来影响遍及海内外，甚至从红学衍生出曹学。随着研究的逐渐深入，后人对这部伟大著作将获得更多更新的认识。

知识点：

蒲松龄的生平　吴敬梓的生平　《红楼梦》的版本

思考题：

1. 从《聊斋志异》中选择若干篇章说说作者借助狐鬼描写人物的创作手法。

2. 为什么说《儒林外史》对科举制度的批判达到了前所未有的深度？

3. 为什么说《红楼梦》中贾宝玉的形象体现了近代民主意识的萌芽？

4. 从《红楼梦》中任选一个你熟悉的人物形象试加分析。

第二十八章
近代文学

从1840年鸦片战争爆发到1911年辛亥革命结束帝制，中国历史进入了近代。这一时期，反对帝国主义侵略的斗争席卷全国，思想界的改良主义思潮开始兴起，社会的动荡和剧变都在近代文学中得到直接的反映。

第一节　近代诗文

一、龚自珍

龚自珍（1792—1841），字瑟人，后更名巩祚，号定庵。仁和（今浙江杭州）人，是嘉庆、道光年间著名的思想家和文学家。曾任内阁中书、礼部主客司主事等小官，48岁时辞官南归。他在学术上通晓文字训诂学和经学，提倡学问要“经世致用”，是近代改良思想最早的启蒙者。他的诗文深刻反映了当时严重的社会问题和民族危机，呼唤着时代的变革，表现出政治家的眼光和非凡襟怀。著有《龚自珍全集》。

龚自珍的诗歌代表作是《己亥杂诗》，共315首，全部作于道光十九年（1839，己亥年）辞官南归途中，均为七言绝句。这组诗回顾自己的生平抱负、交游和治学道路，表达了他对国事的关注，其中最有思想价值的是对时政的抨击和思考。不少诗即景托喻，寓意深刻。如其五：

浩荡离愁白日斜，吟鞭东指即天涯。落红不是无情物，
化作春泥更护花。

诗人在夕阳西下时辞别京城，怀着浩荡无涯的离愁，策马向东而行。正当四月，落红满地，触动诗人的却不是落花无情的春愁，而是落花可以化作春泥护育新花生长的联想。这一新颖的比兴，正体现了诗人愿为扶助新生事物而贡献一切的无私胸怀。又如其一百二十五：

九州生气恃风雷①，万马齐喑究可哀②。我劝天公重抖擞，
不拘一格降人才。

这首诗末作者自注，经过镇江时见当地正举行“赛玉皇及风神、雷神”的祭祀，有上万人到祠中祷告。诗人借此发挥，呼唤天公降生不受传统禁锢的人才，在死气沉沉的九州大地上掀起改革的风雷。这振聋发聩的呐喊，只能发自改革的先行者，因而成为近代诗歌中风格最为奇警的名作。

他的散文《病梅馆记》批评文人画士出于病态的审美心理，为追求梅花“欹”“曲”“疏”的反常姿态，故意用“斫直、删密、锄正”的方法扭曲梅树，借以针砭封建社会对人才的束缚和摧残，并以疗治病梅为己任，表达了个性解放的强烈诉求。所以龚自珍对晚清思想解放的贡献得到梁启超等新学家的充分肯定。

与龚自珍大致同时而齐名的魏源(1794—1857)，字默深，湖南邵阳(今隆回县)人，也是鸦片战争前后的爱国诗人，著有《古微堂诗文集》。他直接参加过抗英战争，提出了许多强国御侮的办法。有许多诗篇如《江南吟》《寰海十章》《都中吟》《寰海后》十首等，记述林则徐禁烟、奕山向英军赔款投降、三元里人民的抗英斗争等重大历史事件，谴责英帝国主义者向中国倾销鸦片的罪行，揭露清廷的腐朽无能，可以视为反映鸦片战争的诗史。这一时期享有盛誉的还有张维屏(1780—1859)，他的《三元里》长诗详细描述三元里人民“千众万众”同仇敌忾抗击英军的过程和场面，是近代诗史上的名篇。

---

① 恃：依赖，凭仗。
② 喑(yīn)：哑，沉默。

二、黄遵宪

黄遵宪(1848—1905),字公度,广东嘉应州(今梅县)人,是近代著名诗人。他曾历任清廷驻日本、英国使馆参赞,以及驻美国旧金山、新加坡的总领事。因而了解西方资本主义制度,具有开阔的视野。他主张变法图强,和梁启超一起创办《时务报》,宣传维新思想。还在湖南与巡抚陈宝箴一起推行新政。著有《人境庐诗草》。

他的诗歌充满爱国热情,《悲平壤》《哀旅顺》《哭威海》《马关记事》等记录了中日甲午战争以后,清军连连战败,旅顺、威海失陷的史实;《台湾行》《香港感怀》等痛心地揭露清廷一再割地赔款的屈辱外交。又如《书愤》五首其一:

一自珠崖弃①,纷纷各效尤②。瓜分惟客听,薪尽向予求③。

秦楚纵横日,幽燕十六州④。未闻南北海,处处扼咽喉!

诗作于光绪二十四年(1898),诗人愤怒地指出,自从德国侵略者强租胶州湾以后,旅顺、大连、威海、广州湾纷纷被俄、英、法等国强占,清廷只知听从外国瓜分土地,对内则搜刮民财不断赔款。列强用秦楚合纵连横之法侵吞中国,国土就像燕云十六州那样连续割让出去。从未听说从南到北如此广阔的海岸线,沿海港口和边防要地竟处处扼制在他国之手!全诗谴责列强瓜分中国的罪行和清政府丧权辱国的无能,简练概括,沉痛无比。此外,他还有《出军歌》24首,分《出军》《军中》《还军》三组各八首,每首最后一字连

---

① 珠崖弃:用汉元帝初元元年(公元前48),贾捐劝元帝放弃镇压珠崖人民起义之事,泛指放弃国土。珠崖约当于今海南北部地区。此句作者自注:"胶州"。

② 作者自注此句:"旅顺、大连湾、威海卫、广南湾。"指光绪二十三年(1897)十二月帝俄占领旅顺、大连,次年强占辽东半岛。光绪二十四年(1898)七月,英国将威海卫及威海湾内岛屿和沿岸十英里内土地划归英国管辖。以后法国又强租广州湾等地。

③ "薪尽"句:《庄子·养生主》说薪柴可以烧完,火可以不断加柴而延续,此用其意,比喻列强欲壑难填,不断向中国索取。予:我国。

④ 幽燕十六州:借用五代石敬瑭割让燕云十六州给契丹,自称儿皇帝之事。

接起来，就组成“鼓勇同行，敢战必胜，死战向前，纵横莫抗，旋师定约，张我国权”24字，得到梁启超高度评价。

黄遵宪在海外饱览异国风光和新奇事物，写下大量的旅游诗，打开了国人的眼界。如《今别离》分咏轮船、火车、电报、照相以及东西半球的昼夜相反，均为“古人未有之物，未辟之境”(《人境庐诗草自序》)，时代特色极为鲜明。所以梁启超称赞他“近世诗人，能熔铸新理想以入旧风格者，当推黄公度”(《饮冰室诗话》)。

三、梁启超

梁启超(1873—1929)，字卓如，号任公，别号饮冰室主人。广东新会人。他是康有为的学生，两人一起在上海组织“强学会”，创办《时务报》，宣传西方改良思想，并发起“戊戌变法”。变法失败后，他流亡日本，思想转为保守。曾在北洋军阀政府任司法总长和财政总长。晚年在天津、北京著书任教。他也是文学改良的积极提倡者，提出过“诗界革命”“小说界革命”“文界革命”等口号。著有《饮冰室合集》。

在创作上，梁启超对各种文体都有尝试。散文多为报刊政论，观点新颖，在当时影响很大，形成了所谓的“报章体”，也就是一种表达新内容和新思想的新文体，主要是为报章所写的。梁启超自己说：“启超夙不喜桐城派古文，幼年为文，学晚汉魏晋，颇尚矜炼。至是自解放，务为平易畅达，时杂以俚语、韵语及外国语法，纵笔所至不检束，学者竞效之，号为新文体。”(《清代学术概论》)如写于1900年的《少年中国说》，反对外国人称中国为“老大帝国”之说，把中国比作少年，并用一系列形象的比喻对老大和少年的差别加以比较，指出“造成今日之老大中国”“老朽之冤业”的原因，呼吁“制出将来之少年中国者，则中国少年之责任”，最后提出“少年智则国智，少年富则国富，少年强则国强，少年独立则国独立，少年自由则国自由，少年进步则国进步，少年胜于欧洲，则国胜于欧洲，少年雄于地球，则国雄于地球”，将中华民族复兴的希望寄托在奋发有为的青春少年身上，写得文采飞扬，热血沸腾，充满鼓舞人心的活力。

四、秋瑾

秋瑾（1875—1907），字璿卿，号竞雄，别号鉴湖女侠。浙江绍兴人。1904年赴日本留学，次年加入同盟会，宣传革命。回国后在上海创办《中国女报》。后回绍兴与徐锡麟等组织“光复军”，积极准备武装起义，事败被捕，不幸殉难。其诗词遗作今辑为《秋瑾集》。

秋瑾早年的诗词多写个人生活中的感伤，但已经流露出希望冲破现实环境束缚，为国家民族做一番事业的志向。如[满江红]词：

> 小住京华，早又是，中秋佳节。为篱下，黄花开遍，秋容如拭。四面歌残终破楚，八年风味徒思浙[①]。苦将侬，强派作蛾眉，殊未屑！　身不得，男儿列。心却比，男儿烈！算平生肝胆，因人常热。俗子胸襟谁识我[②]？英雄末路当磨折[③]。莽红尘，何处觅知音？青衫湿！

作者1896年与湘潭王廷钧结婚后入京居住，这首感秋之词写她目睹国家四面楚歌的严重危机，不屑于做一个普通的闺阁女子，自许为比男儿更加刚烈的末路英雄，深深感叹自己的胸襟肝胆无人能识，茫茫红尘，凡夫俗子，无处可觅知音。如此豪侠的气概在历代妇女诗词中极为罕见。

投身革命后，秋瑾的诗歌更多地抒发了救国忧时的豪情壮志，如《黄海舟中日人索句并见日俄战争地图》：

> 万里乘风去复来，只身东海挟春雷。忍看图画移颜色，
> 肯使江山付劫灰！浊酒不销忧国泪，救时应仗出群才。
> 拚将十万头颅血，须把乾坤力挽回。

1904年，日俄两国为争夺中国领土在东北开战，清政府竟然宣布中立。

---

① 徒思浙：一作“独思浙”。
② 俗子：一作“俗夫”。
③ 磨折：一作“折磨”。

题中所说日俄战争地图当与时局有关。作者在1904年冬从日本回国后，次年春天再赴日本，这首诗可能作于此次赴日途中。首联说明自己只身赴日，去而复来，是为挟带革命的春雷。颔联抒发不忍眼见国家版图变色，决不让江山毁于战火的雄心。后半首豪迈地宣称浊酒不能排解忧国之愁，而要靠出众的人才带领国人拼却热血头颅，力挽乾坤。诗人以出群之才自任，表现了唤起民众救时报国的献身精神和英雄气概，写得慷慨激昂、悲壮感人。

五、同光体

"同光体"是近代诗坛上影响最大的诗派。"同"指同治年，"光"指光绪年。光绪九年(1883)到十二年(1886)，郑孝胥、陈衍提出"同、光以来诗人不墨守盛唐者"(陈衍《沈一盦诗序》)为同光体诗人。主要开派作者有沈曾植、陈三立、陈衍、郑孝胥等，后继者有夏敬观、王易等闽、赣、浙多地的诗人学者。

同光体的主要特点是提倡学宋诗，也学中唐的韩愈、孟郊和柳宗元。但这派诗人的主张也不完全相同，陈衍主张诗有"三元"：开元、元和、元祐，以唐宋这三个年代的诗歌作为学习榜样，实际上偏重元和与元祐。沈曾植提出学诗要过元嘉(南朝宋文帝年号)、元和、元祐"三关"。同光体的代表人物陈衍在清亡以后，出版《石遗室诗话》，又选《近代诗钞》，扩大了这一诗派在民国时期的影响。直到日本帝国主义全面发动侵华战争以后，因陈衍、陈三立、郑孝胥先后病死，同光体才大体告终。

六、南社

这是清末民初的一个革命文学团体，由柳亚子、陈去病、高旭等发起，1909年11月13日在苏州成立。第一次雅集的17人中有14人是同盟会会员。建社的宗旨是呼唤国魂，提倡民族气节，反对清朝统治，支持民族民主革命。辛亥革命前有社员二百余人，辛亥革命后达一千余人。成立后共出版社刊《南社》22集。1923年后停止活动。

南社的主要发起者和领导者柳亚子（1887—1958），原名慰高，更名为弃疾，字亚子，江苏吴江人。1906 年参加同盟会，是南社中最激进的诗人。著有《磨剑室诗词集》《磨剑室文集》等。写过大量鼓动革命的文章，如《中国立宪问题》《中国灭亡小史》《哀女界》《民权主义！民族主义》等。诗歌代表作《题张苍水集》《题夏内史集》《吊鉴湖女侠》等都通过歌颂当代革命烈士来抒发其反清反帝、光复中华的激情。《孤愤》是他为反对袁世凯称帝而写的一首七律：

> 孤愤真防决地维①，忍抬醒眼看群尸。美新已见扬雄颂②，
> 劝进还传阮籍词③。岂有沐猴能作帝④，居然腐鼠亦乘时⑤。
> 宵来忽作亡秦梦，北伐声中起誓师。

这首诗讽刺窃国大盗袁世凯复辟帝制的闹剧，将那些支持袁世凯的人称作群尸，用扬雄写《剧秦美新》书奉承王莽，以及阮籍被迫为司马昭草拟劝进表两个典故，讽刺拥护袁世凯上台的政客是乘时的腐鼠，并痛斥登上帝位的袁世凯是沐猴而冠。最后借做梦表达了支持南方各省声讨国贼的鲜明立场。全诗倾泻出诗人几乎要冲决地维的孤愤，写得尖刻辛辣，骂得痛快淋漓。

柳亚子在辛亥革命后，一直追随时代进步，站在民主革命的前列，直到新中国成立。被茅盾誉为“前清末年到解放后这一长时期内在旧体诗词方面最卓越的革命诗人”。

南社还有一位著名作家苏曼殊（1884—1918），原名玄瑛，字子谷，广东香山县人，生于日本。曾两度削发为僧，曼殊是他的僧号。1902 年到 1903

---

① 地维：古人认为大地不会塌陷是因为有四根绳子维系。

② 美新：西汉末年，王莽篡汉自立，国号新。扬雄仿司马相如《封禅文》，上封事给王莽，指斥秦朝，美化新朝，名为《剧秦美新》。

③ 劝进：曹魏景元四年（263）十月，司马昭被封为晋公，位相国，加九锡。然后由公卿大臣“劝进”，司马昭即可篡权夺位。阮籍被迫执笔写作《劝进表》，但内心不愿，只能饮酒草拟塞责。

④ 沐猴：项羽继刘邦之后攻进长安，杀戮百姓及秦王子婴，焚烧阿房宫，掠夺金银财宝回江东，时人在背后讥讽楚人是沐猴而冠。

⑤ 腐鼠：用《庄子・秋水》典故，庄子把禄位比作腐烂的老鼠。

年间参加中国留日学生抗清反帝的组织“青年会”“拒俄义勇队”等。1903年归国，先后在苏州吴中公学、芜湖皖江中学、安徽公学等学校任教，并在报刊发表诗文和翻译小说，也漫游过南洋各地。这时爱国运动和革命形势迅速发展，苏曼殊与章太炎、陈独秀、柳亚子等结识，参加了南社。辛亥革命后趋于颓废。他多才多艺，精于诗文、小说、书画，通日文、英文、梵文等多种文字。后人将其著作编成《曼殊全集》。

苏曼殊的小说有根据雨果《悲惨世界》改编的《惨世界》，表现了作者破坏旧世界、另造新世界的革命热情。《断鸿零雁记》《绛纱记》《焚剑记》《醉簪记》《非梦记》以及未完成的《天涯红泪记》，多写爱情悲剧，因情节生动、语言优雅，具有异国情调，早期曾一度广泛流传。

苏曼殊的诗情调感伤，清丽隽永，在当时风靡一时，受到时人极高的评价。流传最广的是在日本写的《本事诗》十章，其中“春雨”章尤有风致：

> 春雨楼头尺八箫，何时归看浙江潮。芒鞋破钵无人识，
> 踏过樱花第几桥。

《本事诗》十章都是为日本歌妓百助枫子而作。这一首原注：“日本尺八与洞箫少异，其曲名有《春雨》者，殊凄惘。日僧有专吹尺八行乞者。”小楼春雨与《春雨》曲中的乐境融成一片，勾起诗人对故国江南的无限思念。芒鞋破钵的孤僧在樱花盛开的时节踏过小桥的形象，既像诗人飘零无依的自况，又宛如一幅江户时代的风景画，别具一种凄美怅惘的情韵。《以诗并画留别汤国顿》：

> 海天龙战血玄黄[①]，披发长歌览大荒。易水萧萧人去也，
> 一天明月白如霜。

在神州血战、天地变色的时代，诗人披发长歌，仿佛独立在鸿蒙大荒，看遍了几千年以来龙战于野的历史。易水萧萧，荆轲已去，但烈士的壮心和热血依然与天地明月同在。从这样的诗作又可看出苏曼殊不曾在禅门中泯灭的血性。

---

① 玄黄：玄为天色，黄为地色。

第二节　近代讽刺小说

一、镜花缘

《镜花缘》是在《红楼梦》《儒林外史》之后出现的一部较为优秀的小说。作者李汝珍(1763—1830),字松石,直隶大兴(今北京大兴)人。小说大约成书于嘉庆、道光年间。全书共100回。

小说的故事梗概是武则天违背天意,命百花同时开放,导致一百位花神被贬降人间,为首的百花仙子托生为秀才唐敖之女,名叫小山。唐敖科举得第以后,因结交反对武则天的徐敬业被革去功名,于是和妻弟林之洋到海外经商,周游了几十个国家,入蓬莱山不归。唐小山出海寻父,在小蓬莱山得到一百位花神的花名及其降生人间后的姓名。后来武则天开科考才女,所录取的一百人,正与唐小山所获名单相同。小山再次入海寻父,一去不返。

《镜花缘》想象出多种奇异的海外国名,如无肠国、两面国、毛民国、犬封国、结胸国、豕喙国等,通过对各种奇闻异事的夸张描写,影射现实社会的各类丑恶现象。其中淑士国写举国之人都经过科举考试,个个咬文嚼字,说话酸文假醋,满口之乎者也,讽刺现实生活中的科举文章。作者还构想出君子国、大人国等国家,寄托了人人谦让、民风淳朴的社会理想。全书描写的一百位才女,无不才识超群:黑齿国女子见多识广,令男子汗颜;女儿国妇女管理外事,男人掌管家务;等等。小说还明确反对妇女缠足、穿耳,以及男子娶妾、卜婚等封建陋习,体现了作者尊重女权的可贵思想。

小说的艺术表现颇有特色,关于海外各国的奇想应是在先秦道家代表人物列子想象基础上的发挥,但以夸张各国人外形举止、风俗习惯的某一方面,来对应晚清社会现实中的各种人情世态,则是作者独到的创新。书中不乏新奇有趣的片段,如唐敖和林之洋在淑士国酒楼与酒保和驼背老者的对话,林之洋在女儿国被选为“王妃”的场面,使荒唐可笑的故事建立在讽刺现实的基础之上。但小说作者在反对科举制度和解放妇女等问题上的思考并不彻底,还存在着不少局限。艺术上也有不少粗糙之处。

二、晚清四大谴责小说

晚清时期出现了四部反映近代社会生活的讽刺小说:李伯元的《官场现形记》、吴趼人的《二十年目睹之怪现状》、刘鹗的《老残游记》以及曾朴的《孽海花》,被鲁迅合称为“晚清四大谴责小说”。

李伯元(1867—1906),字宝嘉,别号南亭亭长,江苏武进(今属常州)人。《官场现形记》共五编 60 回,作于 1903—1905 年。这部小说对清朝官场腐朽本质的解剖极为犀利。首先从官僚系统的形成机制揭示出所有的官员都是通过进贡、捐纳、助账等方式买卖得来,而这种卖官鬻爵的普遍风气根源就在清政府的捐纳制,这是滋生贪官污吏的温床。其次,小说的笔锋指向从中枢大臣、封疆大员到各级藩台、道台、州县小吏,无一遗漏,既刻画出他们贪赃枉法的共性,又对各类人物的丑态作了穷形尽相的描绘。再次,小说还深入到整个官僚阶层违背伦理、败坏道德的层面。这些官员可以为求官不择手段:出卖女儿供上司淫乐,与胞弟争夺受贿财物,为争肥缺瞒报父丧,为盗卖矿产欺骗丈人与洋人签约等,所有的伦常关系都可以作为交易的手段,甚至达到丧失人性的地步。由这样腐败的各级官僚构成的清政府,必然形成对外奴颜婢膝、对内残酷镇压的政策,这就从官僚体制的角度挖出了晚清政权灭亡的重要原因。小说继承和发挥了《儒林外史》的讽刺艺术,但更加夸张和漫画化。由于能体现民心之所向,问世以后,反响极大。

吴趼人(1866—1910),原名宝震,又名沃尧,字茧人,后改趼人,广东南海(今佛山)人。《二十年目睹之怪现状》写于 1903 年到 1910 年,共 108 回。小说借一个自号“九死一生”的人帮助朋友弃官经商的经历,将他在官场和洋场所见的各种“怪现状”串联起来,刻画出清末社会的众生相。主线人物吴继之本来有经营仕途的本钱,但他避开仕路,经营商业,主要原因是“这个官竟不是人做的!”从这个形象可以看出作者在彻底弃绝官场之后,转向新兴工商业以寻求社会出路的思考。但吴继之最后的惨败又说明在封建势力的压制下,民族资本主义不可能得到正常的发展。小说又将正反两个典型人物的命运加以对照,一个是善于钻营而官运亨通的苟才,不但将官场中人贪财好色、缺德无耻的共同特征集于一身,而且公然宣扬银子可以大过法纪的官场逻辑:“不怕天大官司,只要地大银子。”另一个是清廉爱民的七品芝麻官蔡侣笙,因为刚正不阿,最终落得个因开仓赈灾而被革职的下场。两相对比,更有力地证明了清末官场内部的溃烂已发展到无可救药的地步。

小说以清末二十年为背景,包括中法甲申战争和中日甲午战争的两次大败,在更为深广的层面上揭开了清廷国防虚弱、军政腐败的黑幕:军队吃空饷,兵士抽鸦片提鸟笼,水军盗卖燃料,视战争如同儿戏,正是清廷战无不败的原因。此外,书中对上海十里洋场的描写在以前的小说中也是罕见的,恶棍、骗子、赌徒、强盗、惯偷、买办充斥在这个冒险家的乐园里,折射出半殖民地半封建社会的各种问题。这些新颖的内容和冷峻的剖析,使小说在陆续刊行过程中赢得了无数读者,产生了与《官场现形记》同样巨大的影响。

刘鹗(1857—1909),原名孟鹏,后更名鹗,字铁云,又字公约,号老残,江苏丹徒(今镇江)人,寄籍山阳(今江苏淮安)。《老残游记》初刊于1903年,署名“洪都百炼生”,到1907年基本完成,刊出排印本。30年代又刊出作者没有写完的二编前六回和后三回及外编一卷。这部小说采用游记体,写一个摇串铃的江湖医生老残在山东行医途中的所见所闻。开篇表明作者的创作意图是:“举世皆病,又举世皆睡,真正无下手处,摇串铃先醒其睡。”希望借小说唤醒国人。第一回写老残的南柯一梦,把清帝国比作一只在风浪中行驶的破船,老残送去一只外国罗盘,表明他希望“由欧洲新文明进而复我三皇五帝旧文明”的主张,反映出清末部分人士企图借助洋务挽回国家危局的思想动向。

小说讽刺的重点同样是官场黑暗,但又自有创新。如鲁迅所说:“历来小说皆揭赃官之恶,有揭清官之恶者,自《老残游记》始也。”(《中国小说史略》)书中塑造的清官玉贤为了清名而制造出许多冤案;另一个清官刚弼也是标榜清廉而实则贪婪残忍的酷吏。作者指出:“清官尤可恨,人多不知。盖赃官自知有病,不敢公然为非。清官则自以为不要钱,何所不可?刚愎自用,小则杀人,大则误国。”确是独到的见解。作者还通过批评昏官张抚台不懂水利导致黄河水灾的事实，指出天下之事也会坏在食古不化的君子之手，认识到旧知识和旧秩序都足以导致封建社会的崩溃。

但小说将当时国内的革命者比作大清这只破船上要打掌舵人的演说者，视为只能导致翻船的"乱党"，则是作者的局限。总的说来，《老残游记》艺术水平较高，写景状物，刻画人物，都能逼真传神，在晚清小说中的地位值得重视。

曾朴(1872—1935)，字孟朴，笔名东亚病夫，江苏常熟人。《孽海花》也是晚清讽刺小说中的名著。前六回的作者是金松岑(又名金一)，1903 年已开始刊发，1904 年曾朴修改前六回，并续写到二十回，1905 年刊出，1907 年续写五回。到 1927 年又陆续写成 35 回。

小说围绕着同治五年的状元金雯青和他所娶的名妓傅彩花的大半生经历展开，以男主角在官场、文场的交游以及他出使德国和俄国的过程为线索，先后呈现洋务派的流行、改良派的兴起、革命派的初露头角，戊戌变法和中法、中日战争的失败等一系列重大政治事件，概括了从同治年起到甲午海战约三十年间的历史。作者的视野还拓展到国外，关注到德国、俄国的政治风云，日本革命者和俄国虚无主义者革命运动的状况，提及赫尔岑、车尔尼雪夫斯基、托尔斯泰等伟大俄罗斯作家的名字及其与俄国革命运动的关系，传扬了"天赋人权、万物平等"的民主启蒙思想，表现出超越时人的胆识。

小说虽然也以批判官场的腐败为主要内容，但作者讽刺的对象，不是贪官污吏，而是达官名士精神世界的颓废。他们在国家内忧外患之时，只知钻研制艺，热衷考证，或者嫖妓纳妾，玩赏古董，貌似清正风雅，其实醉生梦死。同时他的眼光没有停留于官场，还通过对当时读书人群体的描写，反映出三十年间政治文化和社会思潮的变迁。例如开头借金雯青在雅聚园、一品香等处与各类人物的聚会，勾勒出同治时期一般读书人的精神风貌，虽然大部分对时局国运麻木不仁，也有一小部分关注"西国政治学艺"，可见在上海这些开放的大城市里，学习洋务、西法已成时尚。二十年后，又通过金雯青从俄国返回上海时参加的"谈瀛会"，写出康有为维新变法改良主义思潮大行于时的新形势。同是读书人聚会，不同的参与者和不同的谈话内容，便展示出洋务派和改良派先后兴起的时代变化。

尤为可贵的是，作者能从批判君主专制着眼，直指中国历代帝王的昏暴，并借书中人物之口明确表示反对“专制政体”，甚至提出“从前的革命，扑了专制政府，又添一个专制政府；现在的革命，要组织我黄帝子孙民族共和的政府”。正因如此，作者支持清末民主革命和民族革命的态度十分鲜明，并塑造了孙中山、陈千秋等革命者的正面形象，思想高度远远超出其他三部谴责小说。

《孽海花》由于思想倾向激进，加上“结构工巧，文采斐然”（鲁迅《中国小说史略》），刚一问世，便再版 15 次，行销 10 万册左右，在文坛上引起轰动。20 世纪 50 年代以来海外出现了很多译本和相关研究，一直受到学界的关注。

从《镜花缘》到《孽海花》，这些小说尽管存在着许多不足和局限，但反映了中国封建社会崩溃前夕，新的思想意识从萌芽状态发展为革命行动的全过程，这正是近代讽刺小说的价值所在。

知识点：

《己亥杂诗》　黄遵宪诗　《少年中国说》　秋瑾诗　同光体

南社　《镜花缘》　晚清四大谴责小说

思考题：

1. 龚自珍的《己亥杂诗》在近代诗坛上有何特殊意义？

2. 试述《孽海花》的思想价值。

附　录
中国古代文学理论选析

《诗大序》节选

诗者,志之所之也,在心为志,发言为诗,情动于中而形于言,言之不足,故嗟叹之,嗟叹之不足,故咏歌之,咏歌之不足,不知手之舞之足之蹈之也。

[解析]　汉代传授《诗经》的有齐、鲁、韩、毛四家。毛诗指西汉时毛亨(大毛公)和毛苌(小毛公)所辑注的《诗经》。在各篇下有小序,解释诗的主题思想。首篇《关雎》后面有一篇总纲式的概论,称为《诗大序》,又称《毛诗序》,作者是谁不能确知。这篇序系统地论述了儒家对诗歌的基本特征和社会功能的认识,并提出诗有"正变"说和"六义"说,对我国古代诗歌理论的影响极大。

以上节选部分着重论述诗歌抒情言志的基本特征,指出诗的本意是表达人的心志的,在心就是志,用语言表达出来就是诗。同时指出诗是抒情的。内心的情感被触动就表现为语言,语言还不足以表达,就要加上嗟叹;嗟叹还不足,就要长歌;长歌还不足,就会情不自禁地手舞足蹈。这说明情与志是统一的,诗歌的产生是情感发展的自然过程。《诗大序》的情志说为我国古代诗论奠定了重要的理论基础。

《典论·论文》节选

盖文章,经国之大业,不朽之盛事。年寿有时而尽,荣乐止乎其身,二者必至之常期,未若文章之无穷。是以古之作者,寄身于翰墨,见意于篇籍，不假良史之辞，不托飞驰之势，而声名自传于后。

[解析] 《典论》是三国时魏文帝曹丕所作。其中的《论文》和他的《与吴质书》是汉末建安时期文学批评的重要文献。《典论·论文》讨论作家的才能与文体性质的关系，强调作家个性对文学创作的重要意义，提出了“文以气为主”的著名论点，并将文章的价值和作用提高到前所未有的地位。

以上节选部分主要说明文章本身的独立价值，认为它是经邦济世的大事业，又是可以令人不朽的盛事。“经国”指文章可以表达治理国家的思想。“不朽”指对于个人留名后世的意义。建安时期，“太上立德、其次立功、其次立言”的“三不朽”思想深入人心。曹丕正是从人生短暂这一点着眼，指出人的年寿到时候就会结束，荣华安乐只能在生前享受，二者总有限期，不如文章是无穷期的。所以古代的作者，托身于文章笔墨，不借史学家的美言，也不依托飞腾的权势，自会有名声流传于身后。这种认识对于汉儒轻视文章的传统观念是重要的突破。汉代文学家扬雄视辞赋为“童子雕虫篆刻”，壮夫不为，蔡邕也认为“夫书画辞赋，才之小者”。而曹丕却将文章与生命的思考联系起来，充分肯定文章超越功利的意义，这就使文章脱离了附庸经学的地位，获得了自身的永恒价值。从这个角度也可以理解鲁迅为什么说“曹丕的一个时代，可以说是‘文学的自觉时代’”。（《魏晋风度及文章与药及酒之关系》）

《诗品序》节选

若乃春风春鸟，秋月秋蝉，夏云暑雨，冬月祁寒①，斯四候之感诸诗者也。嘉会寄诗以亲，离群托诗以怨。至于楚臣去境，汉妾辞宫。或骨横朔野，魂逐飞蓬。或负戈外戍，杀气雄边。塞客衣单，孀闺泪尽。或士有解佩出朝，一去忘返。女有扬蛾入宠②，再盼倾国。凡斯种种，感荡心灵，非陈诗何以展其义？非长歌何以骋其

---

① 祁寒：大寒，严寒。祁：大。
② 蛾：蛾眉。

情[1]？故曰："诗可以群，可以怨。"

[解析] 《诗品》是南朝文学理论家钟嵘品评前代五言诗的一部重要著作。钟嵘(468? —518)，字仲伟，颍川长社(今河南长葛)人，生活在南朝齐梁时期。《诗品》成书于他的晚年。全书品评122位已故的五言诗人，分为上、中、下三品。上品12人(含汉代无名古诗)，中品39人，下品72人。中品和下品前各有一小序，横向论述各品诗歌流别，然后逐一品评诗人的成就高低和艺术风貌特征，每位重要诗人有专论，次要诗人合论。全书前另有一篇总序，就是《诗品序》。

《诗品序》论述对诗歌本质的认识，认为诗的功能是"吟咏情性"，并提出诗歌的最高标准是自然真美，诗人应当"直寻"对景物的会心，反对雕琢和用典，摆脱声律的拘束。它还指出诗歌应当有"骨气"和"风力"，能综合赋比兴三种创作方法，产生令人回味无穷的滋味。这些都是钟嵘在纵观历代五言诗发展的得失之后，总结出来的诗学思想。

以上节选部分对序文开头提出的"物之感人，摇荡性情"之说做了进一步发挥，指出诗人所感之"物"的具体内涵不外乎这两类：一是对春夏秋冬四季景物和气候变化等自然现象的感应；二是人生离合的遭际引起的不同感触，诸如屈原被逐出境，昭君辞别汉宫那样的君臣怨别，或者将军出塞、战士戍边这类征人思妇的生离死别，更有贬黜罢官、嫔妃得宠那样的人生悲欢，凡此种种使心灵感动激荡，没有诗歌就不足以充分抒发感情。钟嵘认为这就是孔子所说"诗可以群，可以怨"的意思。"群"在这里指诗歌可使人们互相交流感情，"怨"则是充分宣泄内心的怨愤。儒家传统的观念是要求"怨而不怒"，用礼义克制"怨"情，钟嵘所说的都是因人生遭际的不幸或现实的不公而导致的"怨"，基本上概括了汉代以来离别诗、边塞诗、宫怨诗、思妇诗等常见题材的内容。他强调诗歌创作要表现这些感慨哀怨的情思，而不再如前人那样将歌功颂德视为诗歌表现内容的要义，足见他对"感物起情"的认识更加切合诗歌的本质特征。

---

① 骋：放开，尽情施展。

《与元九书》节选

感人心者，莫先乎情，莫始乎言，莫切乎声，莫深乎义。诗者：根情，苗言，华声，实义。

［**解析**］《与元九书》是白居易在元和十年(815)冬天写给好友元稹的一封长信，这年他被贬为江州司马，当时元稹在通州司马任上。白居易到江州以后，自编诗集15卷，并写这封信自述创作诗歌的主张，对他前期所作讽喻诗作了理论总结。信中的理论主要有两方面：一是强调诗歌创作的目的是“文章合为时而著，歌诗合为事而作”，“救济人病，裨补时阙”，即反映时事和民间疾苦，补察政治得失。二是在创作方法上应当“直书其事”，发扬史家的“实录”精神，“意激而言质”是自己讽喻诗的基本特点，也就是辞意激烈，语言质朴，令读者明白易懂。

以上选段主要说明白居易为何如此重视诗歌的社会作用，因为能感动人心的，无非是情、言、声、义这四点，而诗歌就具备了这四方面的特质：好比一棵植物，感情是诗的根，言辞是诗的苗，声音是诗开的花，意义是诗所结的果实。白居易认为从圣贤到愚人，甚至鬼神动物都会对声和情发生感应。如果以合乎六经的深义，配上五音协调的音韵，听来就容易顺耳，可以通过情的感应进一步领悟其意义。这段话基本是儒家对诗歌的传统认识，《礼记·乐记》早就说过：“凡音之起，由人心生也。人心之动，物使之然也。感于物而动，故形于声。”但白居易加以发挥，用来解释讽喻诗“怨刺”的重要功能，则是他对儒家诗教说的发展。

《画竹题记》一则

江馆清秋，晨起看竹，烟光日影露气，皆浮动于疏枝密叶之间。胸中勃勃遂有画意。其实胸中之竹，并不是眼中之竹也。因而磨墨展纸，落笔倏作变相[①]，手中之竹又不是胸中之竹也。总之，意在

---

① 倏(shū)作变相：很快就变了样子。

笔先者，定则也；趣在法外者，化机也。独画云乎哉！

［解析］　这是清代著名书画家郑燮为自己画竹所写的一则题记。所谓题记就是题在画幅上的短文，一般表述作画时的某些心得体会，叙事议论，长短不拘。郑燮的这类题记大都写得清新隽永，趣味盎然。

这则题记先写晨起在江馆看竹的兴致，竹林的疏枝密叶浮动在烟光日影和露气之中，浓淡深浅，自成墨韵，本身就像一幅清淡优雅的墨竹图，因而自然勾起画家胸中“勃勃”的画意，在写景中已经交代出产生创作灵感的原因，然后自然引出以下的议论。画家的心得主要在说明创作过程中两个阶段的变化：首先，从眼中之竹到胸中之竹并不一致，即画竹不是只求如实描摹眼中所见真竹的形貌，而是经过胸中酝酿构思之后的再创作，也就是说心感于物而并不拘泥于物；其次，从胸中之竹到手中之竹又不相同，因胸中之竹只是明确的创作意图，下笔能否从心所欲，也非画家能够完全把控。所以水墨落到纸上，又会因干湿浓淡的不同出现随机的变化。下面进一步对这两个阶段加以总结：下笔之前要胸有成竹，这是创作的固定法则；而画竹中的笔墨趣味却在法则之外，与“化机”相契合。明清诗画理论常称自然超妙的作品为“一片化机”，或“天机”“入化”等。“化”就是道家所说的“大化”、造化，指自然的运行变化。“机”指机窍、关键。“化机”“天机”在艺术评论中一般指非人力可为的天然神妙的创作效果，也就是巧夺天工的神来之笔。而这种“化机”，必须在亢奋的创作冲动和突发的灵感中才能领悟，这就与开头所说“胸中勃勃”的画意相照应。

苏东坡曾在《文与可筼筜谷偃竹记》[①]一文中提出画竹应当“胸有成竹”“心手相应”。郑燮这篇题记进一步说明眼中之竹、胸中之竹和手中之竹在创作过程中其实并不一致，心和手也不一定相应。因为在胸有成竹的定则之外，绘画还会有“法外”的兴会神到之趣，别具天成自得之妙，而且这种妙手偶得的更高境界不独限于绘画。这显然是画家从亲身创作实践中总结出

---

① 筼筜(yún dāng)谷：在陕西洋县西北，谷中多竹。文与可是北宋画家，以画竹著称，苏轼的朋友。这篇文章作于元丰二年(1079)文与可病逝后，苏轼在湖州曝晒书画时，因见到文与可所画的这幅遗作，有感而发。

来的体会，对于其他一切艺术创作都有深刻的启发。

《人间词话》三则

词以境界为最上，有境界则自成高格，自有名句。

［解析］　王国维(1877—1927)，浙江海宁人。《人间词话》从1908年11月到1909年2月陆续发表于《国粹学报》，是他评论词的一本名著。词以境界为最上，是本书多次提到的一个重要论点。“境界”作为汉语词意，本义是界限、境地等，指人们对事物状况达到某种程度的一种主观感知。这个词早在南北朝时期的佛教著作中就已出现，佛家把他们希望达到的某种悟道的程度称为“境”或“境界”。到了唐代，“境”的概念被广泛运用到文学艺术理论中，如王昌龄《诗格》中提出“诗有三境”：“物境”“情境”“意境”，皎然在《诗议》中提出“境象”等。到明清诗论中，“境界”一词更是常见，因此“境界”是中国传统的文学批评里原有的语词，但经过王国维大力提倡，才流行起来。

以上节选的片段提出词要有境界才是最上乘之作，有境界自然有高格调，自然有名句，又有他对境界的独到理解。联系本书中其他相关论述来看，他所指的境界应当是能出入于宇宙人生、自然真挚、富有生气和深厚内涵的诗词意境。王国维重视词的境界，是针对清末乾嘉以来诗词拘泥于文字、体格、韵律的弊病而言的。同时他认为前人所说的兴趣、神韵，都只能说明诗词的表面特征，“境界”二字才是探到了根本。因此“境界说”提出了一种评论诗词的新标准，丰富了中国诗词的鉴赏理论。

境非独谓景物也，喜怒哀乐，亦人心中之一境界。故能写真景物、真感情者，谓之有境界。否则谓之无境界。

［解析］　这段话说境界并非仅仅指客观的景物，喜怒哀乐也是人心中的境界，境界包含真感情和真景物两方面。如果不是这样就叫无境界。可见王国维所说的境界包含意和境这两个不可缺一的因素，而且景物必须真切、感情必须真挚。主观感情和客观物境的融合，便构成了王国维所说的境界。

古今之成大事业、大学问者，罔不经过三种之境界："昨夜西风凋碧树。独上高楼，望尽天涯路。"[①]此第一境界也。"衣带渐宽终不悔，为伊消得人憔悴。"（欧阳永叔[②]）此第二境界也。"众里寻他千百度，回头蓦见，那人正在，灯火阑珊处。"（辛幼安[③]）此第三境界也。此等语皆非大词人不能道。然遽以此意解释诸词，恐为晏、欧诸公所不许也。

[解析] 本条所说三种境界的内涵，据询问过王国维的人回忆，王国维的回答与当时政局有关，和今人的理解不一致。但联系王国维的其他著作来看，这段话也可以作更宽泛的理解。所谓大事业和大学问是超越世俗物质和一己得失，追求真理的最高人生境界。要成功必须经过三种境界，第一种借用晏殊[蝶恋花]词里所描写的登楼远望所见的景色，西风吹尽黄叶，眼前毫无遮挡，一眼就可以望到天涯尽头。由此可以联想到要成功先须有登高望远的视野，看清最远的前景。第二种境界借用柳永的[蝶恋花]里所写主人公为相思而消瘦的情景，让人联想到为实现理想、成就事业，要有苦苦追求、甘愿憔悴的精神和毅力。第三种境界借用辛弃疾[青玉案]《元夕》中所写词人在元宵夜的冷僻处遇见所约女子的情景，比喻寻找的目标未必在众人聚集的所在，而恰恰在不为人注意的地方，这种千百遍寻求不得，却在不经意间收获的惊喜，也只有能为事业学问付出毕生精力的人才能体会。

王国维知道三种境界的说法不是词作者晏殊、欧阳修等人的原意，但是这三首词能给人以这样深刻的启发，不是大词人是写不出来的。这说明好词能让人从中读出更高一层的境界，给人更丰富的联想。通过这段话，今人对于王国维所说"境界"的内涵，也可以有更清晰的理解。

---

① 这几句见晏殊[蝶恋花]"槛菊愁烟兰泣露"。

② 欧阳永叔：欧阳修。"衣带渐宽终不悔，为伊消得人憔悴"见柳永[蝶恋花]"独倚危楼风细细"。作者记作欧阳修词。

③ 辛幼安，即辛弃疾，这几句见其[青玉案]《元夕》。引文据滕咸惠校注《人间词话新注》，王国维所记作者与词句与通行版本有出入。

后 记

《中国古代文学通识读本》是应中国传媒大学“文史哲通识读本丛书”的邀约，为艺考生和艺术类高校学生撰写的一本教材。中国古代文学的历史跨度从上古到清末，两千多年的文学遗产，非一本四十万字的读本所能包容。本书主要着眼于重大的文学现象，基本的典籍和文体、流派知识，以及重要作家作品这三个方面，以历史的发展为纵向线索，对三类内容加以综合，希望能达到通识教育的要求。

由于本书将作为艺考生的指定参考书之一，因而经典作品的简析被置于首位，所选作品涵盖了教育部义务教育(小学初中)大纲语文课程标准(2011 年版)和普通高中语文课程标准(2017 年版)中的绝大多数选目，仅极少数篇章出于不同原因未能纳入本书。为阅读和复习方便，解析时尽可能引出作品原文或节录文本，并适当注释其中的典故、歧义和难字难句。同时，本书为适应艺术类高校通识教育的需要，必须顾及知识的系统性、连贯性和一致性，又在小学到高中语文课程大约两百篇选目的基础上增加了不少必要的文学知识和经典作家作品，以供考入大学的同学进一步扩大知识面，增进对中国古代文学的了解。

中国古代文学作品在流传过程中往往有不同的版本，作者的生卒年和署名也存在许多疑问。本书所述作者生平依据多数学者认可的说法，所引作品采用学界通用的版本或校订本,如有不同见解、不同版本或异文,限于篇幅一般不再注明。同时适当吸收学术界已成定论的研究成果,如历来以为是杜牧所作的《清明》"清明时节雨纷纷"已可确认非杜牧所作,虽然被初中语文课本收入,但本书不取。又如历来以为是王之涣所作的《登鹳雀楼》"白日依山尽",有确证为盛唐处士朱斌所作,便实事求是,改正旧说。

中国古代文学理论本来属于古代文学的范围,但自20世纪中叶以来已经发展成一门独立的学科。由于对普通高中毕业生和非古代文学专业的大学生来说,古代文学理论较为专深难懂,因此本书只是以附录的形式,对高中语文课程推荐背诵的若干古代文论选段做了解析。书稿正文中没有纳入文学理论的内容。

由于写作时间仓促,本人学力有限,读本必定存在不少疏漏和讹误,欢迎各方读者随时指正,以便今后不断修改完善。

编著者

2020年3月9日

图书在版编目(CIP)数据

中国古代文学通识读本 / 葛晓音编著. --北京 :中国传媒大学出版社, 2020.9 (2022.10重印)
(文史哲通识读本丛书 / 廖祥忠总主编)
ISBN 978-7-5657-2730-6

Ⅰ. ①中… Ⅱ. ①葛… Ⅲ. ①中国文学—古代文学史—教材 Ⅳ. ①I209.2

中国版本图书馆 CIP 数据核字(2020)第 109281 号

中国古代文学通识读本
ZHONGGUO GUDAI WENXUE TONGSHI DUBEN

编　　著　葛晓音
策划编辑　曾白凌　蔡开松
统　　筹　彭明哲　江　力
责任编辑　王雁来
责任印制　李志鹏
封面设计　拓美设计

出版发行　中国传媒大学出版社
社　　址　北京市朝阳区定福庄东街1号　　邮　　编　100024
电　　话　86-10-65450528　65450532　　传　　真　65779405
网　　址　http://cucp.cuc.edu.cn
经　　销　全国新华书店

印　　刷　三河市东方印刷有限公司
开　　本　710mm×1000mm　1/16
印　　张　26.5
字　　数　407千字
版　　次　2020年9月第1版
印　　次　2022年10月第5次印刷

书　　号　ISBN 978-7-5657-2730-6/I·2730　　定　　价　79.80元

本社法律顾问:北京嘉润律师事务所　郭建平